Aceptando el presente

Libros 1 y 2

Ivonne Vivier

Título: ACEPTANDO EL PRESENTE (Libros 1 y 2)
© Ivonne Vivier, [2018]
ISBN-13: [9781983143779]
Sello: Independently published
Todos los derechos reservados
Diseño de portada E-Desing SLG

Dedicatoria

A mi familia por la paciencia, ellos siempre estarán en mis agradecimientos porque son los que soportan mis cambios de humor mientras escribo y mis «hoy no tuve tiempo de cocinar», entre otras cosas.

A mi esposo particularmente, por animarme a seguir y creer en mí.

A Mónica por su apoyo, sus comentarios imparciales y críticas constructivas.

A Ceci, Kathy, Laura, Wendy y Yohana "mi oráculo del neutro" como yo las llamo.

A Myrian y Roxy, gracias por ser objetivas.

A Silvia Watson, a Tania de la Rosa., a RM Madera y Flavia Farías por su invaluable ayuda.

A E-Desing SLG, por la portada, gracias por la paciencia y la creatividad.

Y a ustedes que me eligieron. ¡Bienvenidos!

Primera

parte

Vanina

Estoy dándole los últimos retoques a mi peinado, si se le puede llamar peinado a mi liso y largo cabello negro levantado en una ajustada y perfecta cola de caballo que llega casi a mi cintura. Debo decir que estoy enamorada de mi pelo. Así como de mis ojos celestes, claros como el agua, que me recuerdan a mi hermoso abuelo, de quién los heredé.

Escucho que mi novio, y desde hace un par de meses concubino, hace ruidos cerca de la puerta del baño donde me estoy arreglando.

—Amor, ¿seguro que no quieres venir? —le grito desde mi lugar frente al espejo.

Hoy es la fiesta del reencuentro con mis compañeros del colegio secundario. Tengo muchas ganas de verlos. Realmente creo que mi vida hubiese sido distinta con ellos cerca, tal vez más... divertida y seguramente más feliz. Ellos eran pura alegría.

Tal vez cambiaron mucho.

Nada me intriga más que saber cómo son siendo adultos y cuánto de esa hermosa inmadurez y locura queda en ellos ahora que estamos pisando los treinta. Éramos tan unidos. Teníamos un hermoso grupo que, lamentablemente, se disolvió cuando cada quién comenzó su camino en la vida. Una lástima. Yo nunca perdí el cariño por ninguno, los sigo añorando, sigo pensando en ellos y me siento aún unida por ese fuerte lazo de amistad que creamos en nuestra adolescencia, pero que el tiempo hizo que se corte. Y, por buscar un culpable ajeno a nosotros mismos, agregaría al destino como parte responsable también.

No es cierto. No puedo mentir en algo así; somos y fuimos los únicos responsables de perdernos el rastro, e insisto en que fue una verdadera lástima. Sin embargo, hoy, y después de diez años, nos juntamos. Pasó mucho tiempo, mucha vida.

Ya estamos a punto de llegar a la treintena, sí, ya sé que lo mencioné, pero es algo que me preocupa. Para ser justa, nos faltan dos años, además no me voy a explayar en el tema ni explicar el susto que me da cumplir los treinta y enfrentar una nueva década.

Pienso que deberemos estar muy cambiados todos. Tal vez yo no hice demasiado por cambiar mi aspecto. Soy un poco conservadora y lo que la naturaleza me dio me gusta; mis ojos y mi pelo son lo mejor como ya conté. Mis labios son demasiado carnosos para mi gusto, aunque mi novio dice que son sensuales. Soy alta, delgada y con el cuerpo definido. ¿A quién quiero engañar? Con definido quiero decir que tengo muchas curvas y logro mantenerlas bajo control con mi rutina de ejercicio diaria, porque la ley de la gravedad es cruel con el paso de los años y me faltan dos para los treinta, ¿lo dije ya?, bueno, no importa, lo repito solo para autoflagelarme. Mi novio también dice que mis curvas son sensuales, puede ser. No es pedantería, pero puedo decir que cuando me miro al espejo me gusto. La naturaleza fue muy benévola conmigo, no me voy a quejar.

—No, Vani, ya te dije que esas reuniones me aburren —contesta mi concubino, casi bufando.

Pobre, ya le pregunté unas cuantas veces con la intención de hacerlo cambiar de opinión.

Salgo del baño, ya lista, y lo veo recostado en la cama con los brazos debajo de la cabeza. Es muy buen mozo el condenado, lástima que insiste en dejarse la barba que le tapa mucho de su lindo rostro de ojos celestes. Tiene el cabello claro, así como la barba, él ya tiene los trei…ese número, pero los lleva muy bien. No es musculoso ni nada de eso, pero se mantiene en buen estado físico y con el cuerpo fuerte y atlético. Algunas veces nos ejercitamos juntos y supera mis energías, porque ama correr. Lo hace seguido y a velocidad, está más entrenado que yo.

—¿Qué no te aburre, guapo? –le pregunto con ironía, acercándome a él hasta sentarme a horcajadas en sus piernas.

—Muchas cosas –dice, mientras agarra mi trasero, sus manos tienen un lugar definido en mi cuerpo, y ese lugar es mi culo–. ¿Justo este pantalón decidiste ponerte?

—Sí, ¿no te gusta?

—Mucho, y supongo que a más de uno les gustará mirar tu perfecto trasero enfundado en esa tela, que no hace más que hacerlo más llamativo.

—Nadie más que tú lo puede tocar. Qué te importa si lo miran.

Lo beso dulcemente en los labios, mientras él con sus manos me acercaba y me rozaba con su naciente erección.

Es uno de esos días en los que mi cuerpo arde de deseo, mis hormonas juegan conmigo y me tienen necesitada de contacto.

Mi boca dura unos pocos segundos controlando la dulzura y se vuelve exigente, mi lengua y mis labios querían devorarlo. Tal vez algo de sexo rapidito no estaría de más, pienso y comienzo a desprenderle la camisa, botón por botón, mientras nos besamos. Él sigue rozándome y excitándome. Mi ansiedad crece y esos roces prometen un buen final.

Entonces sus manos toman las mías para impedir que lo acaricie y aleja su boca.

—Basta, Vani, no es momento. Pilar está por llegar.

Mi ansiedad cae en picada y se hace añicos en el suelo, así como mi deseo de ese anhelado "sexo rapidito".

En su defensa puedo decir que su respiración parecía algo alterada y que también estaba un poco excitado. Pero su autocontrol lo puede.

Imposiblemente responsable y poco aventurero, me salió el concubino.

Llorisqueo como una criatura. Él tiene razón, tenemos que parar. Aunque odio que siempre mantenga el control, nunca desde que lo conozco lo ha perdido y eso me frustra. Me giro y quedo boca arriba en la cama haciendo una mueca de llanto de bebé con mi boca.

—Intento mantenerme despierto, pero si no lo logro tienes el permiso para despertarme y lo seguimos.

Se gira hasta ponerse sobre mí. Me guiña un ojo y vuelve a besarme.

Lo agarro fuerte del pelo y lo beso en la boca con tentadora pasión… Mentira, lo intento, pero no lo logro, me deja con las ganas. Él le baja unos cuantos grados a la pasión que le puse y lo transforma en un dulce beso.

A Sebas no le gusta lo agresivo. Es muy suave, lento y cariño- so y eso, a veces, también me frustra, porque en días como hoy ne- cesito que tengamos una acción más violenta y hacerlo en la mesa de la cocina si fuese necesario o en el sillón del living, en cualquier lugar que despierte morbo, pero no, con él todo es placentero, no voy a negarlo, pero tranquilo y de preferencia, en la cama. Debo de- cirlo otra vez…, eso también me frustra a veces.

Todavía besándonos sentimos el sonido del timbre, se termi- naba el recreo.

Pilar, mi amiga, que también está más que bien dotada por la naturaleza, siendo rubia natural y con cara de muñeca, estaba en la puerta. Habíamos quedado en que ella me pasaba a buscar en su flamante coche nuevo.

Sebas me regala una de esas miradas de cejas levantadas que acompañan una mueca en el rostro diciendo *viste que estaba por llegar*.

—Bien, tenías razón –digo, girando mis ojos.

Me sonríe mientras se levantaba para abrir la puerta y me dejaba, como decirlo sin que suene burdo…caliente…perdón, pero no encuentro otra palabra que me describa, bueno, tal vez no bus- qué demasiado.

Arreglo mi maquillaje, lo uso bastante natural, solo un poco de rímel, algo de delineador para resaltar mis ojos y brillo en los la- bios con tono rosado. No tengo demasiada producción, un pantalón blanco y una blusa transparente en diferentes tonos pasteles, debajo me puse una camiseta con tirantes, también blanca, y zapatos con taco alto, como dice Pilar, «de infarto». Es más que suficiente.

—Vamos, morocha, que se hace tarde.

Mi amiga me dice así desde la escuela, como lo hacían todos mis compañeros.

Nosotras éramos la rubia y la morocha para ellos, porque siempre estábamos juntas, éramos inseparables y aún lo somos, a pesar de los años. Ella fue y es mi mejor amiga, casi una hermana, esa que nunca tuve. En más de una ocasión me sorprendió demostrándome que me conoce tanto o más que yo misma. Siempre juntas, en las buenas y en las malas, solemos decirnos.

Salgo corriendo, le regalo un seductor beso a mi novio para que no se olvide de mí y mis ganas de hacer el amor al volver, y parto con mi amiga y su corto vestido celeste. Podría ser modelo si quisiera con ese cuerpo y esas piernas.

—¿Qué pasó con Carlos? ¿Por qué no vino? –le pregunto, cuando no veo a su morochaso y *sexy* prometido, dentro del coche.

—Porque no conoce a nadie y como no va Sebastian, prefirió dejarnos solas.

—Tampoco es que con Sebas la pase tan bien.

Me rio al decir eso, pero es verdad, ninguno de los dos se lleva de maravillas con mi tímido y callado novio. Ellos son un torbellino de diversión y mi novio, bueno, él es un torbellino de aburrimiento. Pobrecito, no se le da bien divertirse, al menos a nuestro modo. En "nuestro modo" incluyo a la rubia, a su pareja y a mí.

Hacemos unos pocos segundos de silencio mientras pongo algo de música y la escucho suspirar.

—Estoy muy ansiosa por verlos. Hoy me arrepiento tanto de no haber seguido en contacto.

Pilar se había puesto bastante sensible al recordar a nuestros amigos cuando recibimos la invitación a la fiesta. Las dos guardamos ese enorme cariño por ellos, pero, simplemente nos alejamos. Cosas de la vida, de esas que no tienen explicación. Nunca más supimos de ellos, tal vez algún que otro comentario, pero nada relevante.

—Cierto, yo también. Fuimos unas tontas.

Mis pensamientos me llevan al pasado y me pierdo por un momento ahí, entre mis recuerdos. Pilar me mira y me permite la ausencia momentánea. Me entiende, ella fue testigo y parte de todo.

— Fue un caos, Vani. Creo que no nos dimos cuenta de cómo se sucedieron las cosas después de que cortaste con Julián. Fue tan rápido todo. Terminamos las clases y él desapareció de un día para otro, ¿qué podíamos hacer? Poco a poco los dejamos solos; ellos siguieron con lo suyo y nosotros…

—Lo sé –dije pensativa. Julián había sido mi primer amor y mi primer desengaño–. Lo sé. ¿Vendrá?

—Obvio. Creo que él estuvo en la organización con Rodrigo, siguen siendo buenos amigos. Como era de esperar.

La expectativa era enorme en las dos.

Estaciona, sin hacer ni una maniobra de más, raro en ella y más raro es que fuera a pocos pasos de nuestro destino. Siempre lo hace a dos cuadras como mínimo.

Entramos al lugar y nos asombramos. El salón está decorado con globos y luces de colores, la música suena alta y nos lleva a recordar nuestra juventud. Se escuchan las mismas canciones que cuando salíamos a bailar y, ¡por Dios!, yo bailaba a rabiar cada sábado hasta que los pies me dolían. Un gran cartel con el año de nuestra promoción se ve al entrar. Hacia uno de los costados, frente a la pista de baile, han ubicado una barra donde un barman sirve diferentes tragos haciendo sus malabares con los vasos y botellas. Y ubicadas estratégicamente hay diferentes escenografías que simulan ser livings con sillones cómodos para poder conversar y almohadones enormes para ubicarse en el piso.

Está todo hermoso y decorado con buen gusto. Nuestra noche del reencuentro promete mucho. Y nosotras estamos más que dispuestas a divertirnos.

Desde la entrada nos dirigimos directamente a la barra a pedir algún trago y mirar de cerca al barman que está como quiere.

Felices de estar ahí y entusiasmadas por ver a nuestros compañeros, nos prendemos a nuestro primer *daiquiri*. Reconocemos y saludamos a un par de compañeras, de esas que no recordábamos de la mejor manera. Y a otras que sí daba gusto volver a ver. Si había algo en lo que podía perder horas con mi amiga, era criticando y estamos de lo más entretenidas en ese menester.

—¿Rico? ¡Dios mío!

Bien, había llegado el momento inevitable. Rico, le decía Pilar a Julián, mi ex, porque era eso, rico. Su padre tenía mucho dinero y, como broma, en una noche de borrachera le había puesto ese apodo. Mi cuerpo se tensa a tal punto que creo que necesitaré unos masajes después. Aunque no sé si fue por el susto del grito de mi amiga, por saber quién era la persona a mi espalda o por lo que vi cuando me giré.

—¿Todo esto es tuyo? –pregunta la muy caradura mientras lo toquetea apreciando los increíbles músculos que osaba tener.

Está enorme. Sus brazos, sus hombros, su pecho, la espalda ancha, hasta sus manos son gigantes. Yo también pienso, ¡Dios mío! Y todavía no le miré la cara, que quede claro. Pero si veo, que cuando los dedos de mi amiga intentan levantarle la camiseta para ver la tableta de chocolate que seguramente tiene oculta, él le toma las manos y se lo impide. Desgraciado. La hace girar mientras se deleita mirándola de arriba abajo. Y sí, no es para menos, mi amiga es una bomba de mujer.

—¿Y todo esto es tuyo? –dice pícaramente, para después abrazarla y girar con ella mientras los dos se ríen a carcajadas. Y yo, quedo pintada al óleo, mirando la escena. —¡Qué lindo verte! –agrega y le regala una dulce caricia y un beso en la mejilla que me dan ganas de recibir también.

Después se gira hacia mí. Casi me desmayo, pero no puedo dejar de mirarlo por eso no lo hago. Está enorme, ¿lo dije? Bien. Enorme también es su sonrisa y el resto de su cara…hermosa, o no, no es hermoso. Es masculino, *sexy*, provocador, tentador… su mirada es cautivadora y endemoniadamente sensual con esos ojos verdes que todavía recordaba tan bien. Me tiende las manos como para recibirme en un abrazo y yo no me muevo. Levanta una ceja y oigo su voz gruesa otra vez, pero esta vez dirigida a mí.

—Vanina, ¿no vas a saludarme?

—Claro, pero estoy esperando mi piropo.

Es justo que yo reciba uno también, ¿o no? Además, necesito unos segundos más para mirarlo detenidamente. Otra vez mis hormonas están jugando conmigo, este hombre solo me hace pensar en sexo ardiente y descontrolado. Perdón, Sebas.

—Eres una perra envidiosa —me grita Pilar al escucharme, lo que hace que Julián vuelva a sonreír. ¡Caray, es perfecto!

—Perdón es que no tengo un piropo que te haga justicia. Ni la palabra "hermosa" alcanza para describirte.

Me guiña un ojo al terminar sus palabras. No caigo de espaldas porque existen los milagros.

Sin darme tiempo a responder nada, me abraza por la cintura con fuerza. Me aprovecho de la situación y apoyo mis manos en sus hombros amplios y los recorro hasta llegar al cuello y entonces cruzo mis brazos, lo que puedo porque es muy ancho. Su perfume es demasiado rico para dejar de olerlo. Mis dedos están en una lucha sanguinaria con mi cerebro, porque quieren enredarse en su pelo largo y rebelde que, cae casi hasta el borde de su camiseta, para saber si es tan suave como se ve y mi cerebro grita un enorme *no lo hagas*. Gracias a Dios, mi cerebro gana, porque otra sería la historia.

—Fue un muy buen no-piropo —digo sonriendo. ¿Estaré babeando?

—Y sincero, morocha —murmura. Después siento sus labios en mi mejilla y su mano tomando la mía para llevarla a su cara, la deja sobre la mía que lo acariciaba sin saber que lo estaba haciendo. —Bienvenida. Me alegra verte.

Mueve lentamente su mano con la mía hasta que sus labios rozan mi palma en un suave beso. Una vez más los milagros me mantienen de pie, pero no puedo dejar de pensar en las ganas que tengo de una buena sesión de sexo arrebatado. A esa idea, ni un milagro puede sacarla de mi cabeza. Digo la verdad, para qué mentir.

Él es muy seductor y yo estoy seducida. Solo espero que no se note. Y, si se nota, solo necesito que la tierra me trague. Sencillo.

Una vez que recupero el control de mi mano, pierdo el de mis pies y vuelo en brazos de alguien que me gira mientras ríe.

—Morocha hermosa, cómo te extrañaba.

—¿Rodri?

Claro quién más podría ser, mi amado amigo, hasta hoy dejado de lado. Con él pude mantener a raya mis emociones de adolescencia, siempre escuchándome, aconsejándome, secando mis lágrimas y yo lo mismo con él, incondicionalmente. Hasta que todo se desvaneció en el tiempo y es imperdonable, porque teníamos una amistad muy linda.

—¿Quién si no? —pregunta, mientras me deja apoyar mis pies en el suelo y me abraza con fuerza. Lo mismo hago, sin poder mirarlo bien porque nunca se despega de mí, pero con mis manos puedo notar que está también musculoso y grande. Alto ya era de antes. —Déjame ver esos labios tan sensuales, los más lindos de la escuela. Morocha debo reconocer que, en aquel tiempo, le dediqué algunas fantasías a esa boca.

Me sonríe al mirarme y yo le devuelvo la sonrisa con ternura.

—¿Perdón?

La voz de Julián se escucha desde atrás.

—Amigo, ya prescribió. No podía mirarte a los ojos y decirte: viejo, sueño con que beso la boca de tu novia… y otras cosas —dice, y recibe un golpe en las costillas.

Bueno, es justo, el gesto de mi ex es caballeroso y está defendiéndome, años después, pero más vale tarde que nunca.

—No te preocupes por él, yo te perdono —le digo guiñándole el ojo.

—Por favor. ¿Tú también? ¡Chicos están como quieren y esos cuerpazos…! —dice mi amiga.

Claro, Pilar está también. Pero no espera su turno de estar pintada al óleo como estuve yo y llama la atención con esas palabras.

—Si hubiese sabido que a los veintiocho estarías así, te hubiese aceptado a los diecisiete cuando te me declaraste —agrega.

—Rubia, eso aún se puede solucionar

Rodrigo la abraza y le da un sonoro beso en la mejilla.

—Claro, podríamos probar —susurra ella, lo mira seductoramente, en broma, y él sonríe—. ¿Están todos ya?

—Obvio, las fiestas, son lo nuestro —dice Julián—. Vamos.

Los cuatro nos dirigimos a uno de los livings en los que están nuestros chicos. Nuestros amigos abandonados.

—Esto es de no creer. ¿Van todos al mismo gimnasio quiero suponer? —Pilar estalla en un grito al verlos a todos tan musculosos.

Lautaro sonríe mostrando sus blancos dientes y levanta las

manos con impaciencia para abrazarnos; Cristian solo ríe y nos mira como no creyendo tenernos frente a él; Rafael se acerca para abrazarme a mitad de camino y Fernando... ¿está abrazando a Ana y está embarazada?

—Así es, todos al mismo —contesta Rafa, respondiendo a la pregunta sobre el gimnasio, sin dejar de abrazarme y extendiendo el otro brazo para llevar a Pilar hacia su cuerpo—. ¡Qué bueno que vinieron!

Lo que sucede después de eso son enormes abrazos de oso de hombres musculosos, apretándonos y levándonos por el aire. Cualquier mujer que viese la escena podría envidiarnos. Por un momento recuerdo a mi novio y me parece genial que no haya venido, dadas las exuberantes demostraciones de cariño. Y escuchar las exclamaciones casi orgásmicas, y los comentarios casi todos fuera de lugar de Pilar, hace que agradezca que Carlos tampoco esté.

—Fernando, Ana, necesitamos una explicación –digo, mirándolos con una sonrisa.

Ana era la mejor alumna de la clase y nunca, pero nunca, se acercaba a nuestro grupo y menos a Fer, que era tan mal alumno que creo que la vez que tuvo una nota superior a la necesaria para aprobar una materia, la madre hizo una fiesta.

—Te cuento la historia corta: Nos reencontramos en la universidad, nos complementamos muy bien estudiando juntos, y una cosa trajo la otra... –dice Fernando, mientras abraza más fuerte a Ana y le da un beso en la frente–. Después de recibirnos de abogados, nos casamos y aquí estamos, esperando a nuestro primer hijo.

Bien esta es la contada de historia más corta de mi vida y lo más extraño de todo lo que podría enterarme. Me gusta verlos juntos, tan opuestos y tan enamorados. Hacen una hermosa pareja, pero debo decir que nunca me lo hubiera podido imaginar. Pilar y yo los felicitamos y enseguida notamos como todos cuidaban a Ana, como si fuese la niña mimada del grupo y acarician la panza con dulzura como si de un tesoro se tratase. Es muy lindo verlos, tan grandes y torpes que parecen y con el cuidado que lo hacen.

—Todos están muy lindos –insiste Pilar. La pobre está en *shock* y es comprensible. Carlos es un hombre que llama la atención, yo me daría vuelta para mirarlo por la calle si no fuese el novio de mi amiga, pero vamos, lo que tenemos adelante es digno de plasmar en foto. —Creo que otra palabra los describiría mejor, lindos no es la que les hace justicia —continúa, buscando algo que decir y, aunque me sonrío, le doy un codazo para que no siga porque estoy segura que ella no parará hasta no meter la pata. Sin mirarme, e ignorando mi aviso, se cuelga de los hombros no tan anchos de Cristian. —Aunque a mí me gustan más así.

Para que se comprenda, está por demás de entrenado y musculoso, pero no es tan ancho ni tan impresionante como los demás. Igual doy cualquier cosa para verlo sin camisa, que conste, porque por lo que puedo apreciar parece estar tallado a mano por el más eximio escultor.

—¿Y en qué quedó lo de probar conmigo lo que dejamos inconcluso, rubia? —dice Rodrigo, mientras una hermosa pelirroja (bajita comparada con la altura de él) lo abraza desde atrás por la cintura y él le responde el abrazo acercándola más a su cuerpo y rodeándola por completo.

—¿Probar qué? —pregunta la chica, con una sonrisa enorme y sincera.

—Pilar me prometió probar suerte conmigo ahora, ya que me rechazó hace años en el colegio y mira, coquetea con él —señala a Pilar, haciendo un gesto de llanto con su boca, derritiendo por completo a la pelirroja.

No puedo dejar de mirar a mi amiga. No está sonrojada, está algo así como morada y puedo distinguir alguna gota de sudor en su frente, es más, creo que hasta dejó de respirar porque algún tono violáceo asoma en sus mejillas. Le doy un codazo para que reaccione, eso sí, sin dejar de sonreír.

—No creas que es cierto, digo… estaba jugando. Rodrigo, por favor, dile.

Mi amiga está nerviosa, no arma la frase coherentemente, está incómoda con las risas de todos y la no-colaboración de Rodrigo que, ante su novia, igual le coquetea. No queríamos dar una mala impresión de entrada.

—No te preocupes, rubia, ellos no pelean por nada ni por nadie —le dice Julián mientras la abraza por los hombros.

—Tú crees que todos tienen que pelear porque eres como perro y gato con tu esposa.

¿Esposa? ¿Rodrigo dijo esposa? Sí, eso escuché. Esposa. Y lo confirmo al ver a Pili mirarme de reojo. Julián está casado.

No es que me importe demasiado, pero es Julián, mi ex y no me lo imaginaba casado. Aunque no puede ser de otra manera, siendo tan bueno, lindo, sensual, musculoso, simpático, ¿quién no querría tenerlo en su cama cada noche y en sus días el resto de la vida? Creo que esta no soy yo escribiendo, son mis hormonas. Mi verdadero yo, sólo quiere saber cómo es su esposa y criticarla, como es justo y necesario, con mi mejor amiga.

—¿Casado, Rico?

Pilar sabe que necesito información y ella la está buscando para mí.

—Desde hace dos años. En un rato llega y la vas a conocer. ¿Tú?

—Comprometida. Estamos analizando la fecha para casarnos.

Mira a Rodrigo que sigue abrazado a su hermosa y simpática novia, ella me cae muy bien con solo verla. Pilar levanta el mentón a modo de pregunta.

—Con la petiza decidimos ser novios con cama afuera, por ahora. ¿Morocha?

Parece un juego de pasar la pelota y las cabezas giran hacia quien toma la palabra, todas al mismo tiempo, como un partido de tenis.

—Concubina —digo sonriéndome, y dándole pie a mi amiga para su broma eterna. No llego a contar mentalmente hasta tres cuando habla.

—¿Ves? Eres la única que vive en pecado.

—No, morocha, nosotros también vivimos en pecado —dice Cristian a modo de defensa, señalándome a su linda novia, Mariana se llama y ahora está pegada a él. No me di cuenta en qué momento llegó.

Nos presentamos con las mujeres. Mariel, la novia de Rodrigo, es con seguridad con quien mejor me voy a llevar. Qué decir de Ana, es la misma Ana de antes, dulce, sonriente y todo corazón. Mariana parece un torbellino de energía y le regala una sonrisa a mi amiga para que se quede tranquila por el cumplido hacia su novio.

Después está Noelia, una morena exuberante que sabe cómo llamar la atención, pero tiene solo ojos para Lautaro, se nota que está muy enamorada de su novio.

—Yo sigo esperando a la adecuada, aunque mientras espero, me divierto buscándola —dice Rafael, sonriendo con sensualidad.

El dulce Rafa siempre había creído en el amor verdadero. Fue el más afectado por mi ruptura con Julián, porque él creía en nuestro amor de adolescentes. Siempre había dicho que ese amor crecería mucho más y que hasta nos casaríamos.

La música no había dejado de sonar nunca, sin embargo, la canción que está sonando, es la canción ideal para bailar y como siempre el alma de la fiesta, Pilar, es quien pone a todos en marcha.

—A bailar, mujeres. No podemos dejar pasar más el tiempo.

Y, literalmente, somos empujadas a la pista por ella. Salimos todas, hasta Ana, y nos ponemos a recordar la coreografía que teníamos entonces mientras nuestras, recién conocidas, intentan seguirnos el ritmo.

Julián

Diez años de haber terminado el colegio secundario es una cantidad de años importante para festejar. Y es la excusa perfecta, para los chicos y para mí, que utilizamos para poder cumplir nuestro objetivo, recuperar a nuestras amigas.

Vanina y Pilar habían sido parte de nuestro grupo de, hoy hombres, pero en ese momento adolescentes. Ellas nos habían ayudado en todo, desde deberes escolares, primeras citas, novias, compra de ropa, consejos, en fin, todas las cosas importantes de la edad. Incluso la vez que me fui de casa por haber peleado con mi padre, ellas me habían dado un lugar donde dormir, turnándose para recibirme, por supuesto que con el permiso de sus padres. Recuerdo que ese berrinche me duró como una semana.

Con Vanina, después de un tiempo de ser amigos, no pusimos de novios y nos enamoramos. Yo nunca me volví a enamorar así. Por supuesto que eso lo sé hoy, después de tantos años. Ella fue mi única relación importante hasta hoy y yo la dejé ir, pero no me arrepiento de nada, fue justo que así sea. No quería ni podía, arrastrarla a lo que, ahora sé que fue mi nefasta juventud. Eso sí hubiese sido imperdonable.

Vani me hacía poner siempre los pies en la tierra. La única, además de mis amigos, a la que no le importaba cuánto dinero tuviese mi padre o cuánto me había costado su regalo de cumpleaños. Pero, por la misma razón, el día que necesité sacar los pies de la tierra, me separé de ella. A pesar de sufrir mucho, me mantuve firme y lejos. No frecuenté más ninguno de los lugares a los que íbamos juntos e intenté no encontrarme nunca más con ella y lo logré. Claro que sí, porque justo terminamos las clases y la verdad era que no vivíamos cerca.

Mi intención había sido volver a buscarla después de volar en libertad y romper algunas reglas, pero no tuve valor. Cuando lo intenté, ella había hecho su vida. Estaba estudiando para ser traductora de inglés y había comenzado una relación con alguien, al menos eso me había enterado por ahí mientras buscaba información. Yo no era quien para hacerla sufrir otra vez. Y, una vez más, me aparté. Así me mantuve hasta hoy.

Ahora mi vida, aunque es una mierda, está armada. Y quiero verla, recuperar su amistad y la de Pilar. Realmente me hicieron falta sus consejos y palabras de ánimo más de una vez. Rodrigo siempre decía que mujeres como ellas no había, que su molde se había roto el día que habían nacido y nunca ninguna mujer podía parecérseles. Y no lo decía en sentido amoroso, no.

Ellas habían sido buenas amigas. Eran buena gente, tal vez hubiesen sido buenas compañeras de vida y las habíamos descartado con el tiempo, a pesar de necesitarlas. No sé por qué, o sí lo sé: lo hicimos por idiotas.

—Ya me voy, Angie —le digo a mi esposa al salir hacia la fiesta del reencuentro tan esperada.

—Bien, yo termino de ver estos papeles y voy. Dame un par de horas, no creo que más.

Ella es contadora en una empresa y necesita terminar un balance para entregar antes de medianoche. Por mí está bien y, si no llega a ir, está mejor.

Quiero a mi esposa… en realidad, no lo sé, a veces no estoy seguro de mis sentimientos. Suele ser demasiado irritante y presumida. No nos amamos, de eso estoy seguro, yo para ella soy más una presa de quien exprimir esperma para embarazarse y dinero para gastar, que un marido a quien amar. Pero para embarazarla tengo que estar de acuerdo yo también, y no lo estoy. No quiero un hijo en esta situación de desamor, además, deberíamos hacer el amor más seguido y eso no pasa, nunca está de humor o con ganas. Los días que eso no me importa demasiado, yo busco lo que necesito en otro lado y ella lo sabe, estoy seguro, y no creo que le importe mucho. Aunque reconozco, que hay veces en las que quisiera un poco de aceptación de su parte. ¡Es mi esposa, carajo!

Si fuésemos una pareja normal, yo de verdad sería fiel.

Una de las veces que necesité los consejos de mis amigas fue cuando conocí a Angie. Ellas tenían un radar para descubrir a las chicas que se acercaban a mí por mi dinero, claro que siendo jóvenes no tenía mucho por perder. Tal vez un par de lágrimas y algún desengaño, además del dinero de mi mensualidad. Pero eso era todo lo que tenía a esa edad y perder algo de eso se convertía en un drama. Puedo agregar que perdía un poco de seguridad en mí también, no voy a negarlo.

Volviendo a Angie... cuando la conocí yo no me di cuenta qué clase de mujer era, cuando lo hice, cuando la descubrí, ya era tarde. Estaba casado y con un bebé en camino, el cual perdimos antes de los tres meses de embarazo. Yo estoy seguro que la rubia, al menos, la habría descubierto desde el principio y yo, no solo no me habría casado, sino que no habría sufrido el terrible dolor de la pérdida de un hijo

Angie era una sensual rubia provocadora, pero dulce a la vez, y divertida, que me había conquistado con sus mentiras, claro que eso lo puedo decir después de dos años de casados. Largos y desgastadores años.

Hasta Rodrigo, tan desconfiado como es, creyó en ella, porque me volvía a ver contento y con ilusiones después de haber pasado por tanto. Sin embargo, hoy no se soportan. A decir verdad, nadie la soporta, porque saben que no soy feliz.

Salgo de mi casa idealizando la posibilidad de que se retrase y no llegue a la fiesta en la que pienso pasarla muy bien con mis amigos de toda la vida, algunos compañeros que quiero volver a ver y con las chicas, si es que van. Angie las conoce, como todas las mujeres de mis amigos, por nombre o anécdotas. Ellas son como fantasmas, siempre presentes entre nosotros y ninguna puede hacer ninguna referencia negativa o hablar mal, está implícito, eso origina problemas y discusiones. Nosotros somos defensores acérrimos de nuestras chicas. La única que no mantiene esa regla de aceptarlas, sí o sí, es Angie. Sin motivo alguno, simplemente, no las quiere. Sin conocerlas incluso, ya las prejuzga. Solo por llevarme la contra.

Estaba todo organizado por Rodrigo, Mariel, Ana, Rafael y por mí mismo que aporté alguna idea y dinero, porque lo doy todo por mis amigos, y más si es algo tan simple y tan poco relevante en algunos casos, como el dinero.

Todo está más que perfecto, la comida, el lugar, la música, las luces, incluso el trasero de esa morena que me da la espalda y no puede ser otra que... ¿Vanina?, seguro es ella porque la hermosa rubia que está a su lado es Pilar.

Me acabo de recibir de estúpido digo en voz alta al verla con ese cuerpo que parece esculpido para mi regocijo. Todo es justo como me gusta.

—¡Rico, Dios mío!

Sí, es la misma Pilar de siempre, divertida, desinhibida, única, parece conservar toda esa frescura tan suya. La abrazo y la acaricio porque la extrañé, quiero que lo sepa. Está hermosa, siempre ha sido una rubia preciosa y los años han acentuado esa belleza.

Cuando quiero saludar a Vanina, me asusto, por un momento creo que está dolida o enojada conmigo. Después de todo rompí con ella para hacer mi vida y se lo dejé claro cuando me despedí. La amaba, pero necesitaba divertirme sin ser responsable. Estupidez de adolescente revelándose con un padre demasiado exigente. Hoy lo entiendo, antes solo quería huir de eso a toda costa, para mí era como estar en una cárcel.

—¿Vanina no vas a saludarme?

Suelto mi pregunta en tono distendido, pero, hasta que no me dice que espera antes un piropo, no me relajé. Nunca le mentí a ella y tampoco lo haré, por lo que digo lo que pienso. La palabra hermosa le queda chica. Perfecta, tal vez es la más acertada. Puede tener defectos y no ser lo que se dice, perfecta, perfecta... pero, todo en ella es de mi gusto.

Siento como sus manos me rodean deliberadamente y pienso en no soltarla nunca. Su diminuta cintura entre mis brazos me dispara un par de fantasías. Necesito una caricia suya y no puedo esperar. Tomo su mano y la paso por mi cara. Piel suave como lo imaginaba. Le beso la palma para saciar mis ganas de besarla en todos lados, no es mucho, pero algo ayuda. Por supuesto hubiese preferido su tentadora boca, pero no es posible. Puedo recordar, teniéndola tan cerca, lo dulces que habían sido sus besos.

Su cara es preciosa. Cada uno de sus rasgos me invita a mirarla, sus ojos cristalinos, tan lindos, y esa mirada de la que podía acordarme a la perfección, porque si algo hacíamos cuando estábamos de novios era mirarnos, en silencio, a los ojos, y todo se volvía paz. Ella me daba paz en ese entonces, calmaba todos mis demonios de adolescente.

Pero teniéndola cerca, con esa ropa, ese cuerpo, ese pelo... toda ella, lo que menos me da, en este momento, es paz. Quiero comenzar una guerra con ella, entre las sábanas o sin ellas...con una alfombra alcanza o el mismísimo suelo, da lo mismo.

Rodrigo aparece para distender el momento, gracias amigo, hasta que suelta el comentario sobre su gloriosa boca y me obliga a pensar en las cosas que podría hacer con su boca y me distraigo otra vez. Santo Dios, bendice mi imaginación.

Caminamos hacia los chicos y me dedico a observarla mientras la saludan y la abrazan. Está preciosa, tal vez sí, comienzo a arrepentirme un poco de haberla dejado escapar. Y me encuentro rogando para que Angie no llegue nunca.

El momento de la verdad llega cuando todos decimos nuestros estados, casado yo, concubina ella. Raro, ella es una mujer para casarse, estúpido el hombre que no tiene miedo de perderla. Si fuese mi mujer yo la amarraría con contratos y porque no, con sogas. No puedo negar que algo de mi felicidad de volver a verlas se opaca un poco. No tengo derecho, lo sé, pero estoy ¿celoso? *Ok*, lo admito. Alguien toca ese cuerpo y no soy yo. Y lo peor de todo, besa sus labios, esos que una vez besé yo y que no pueden ser más encantadores.

—A bailar, mujeres. No podemos dejar pasar más el tiempo —dice la rubia y se las lleva a todas.

Los cinco pares de ojos de mis amigos y los míos, no voy a negarlo, se posicionaron en las terribles piernas de la rubia, primero, y en el fabuloso, perfecto y admirable culo de la morocha, después. No es para menos, en ambos casos la vista es espectacular. Pero esos mismos ojos, todos ellos, terminan en mi cara después, mientras sus dueños me gritan a coro «¡Estúpido!». *Ok*, merecidísimo apodo. Esa mujer hubiese podido ser mía y es de otro, genial.

No hay posibilidad alguna de que mi mirada se aleje de Vanina, es bella por donde se la mire. Mientras la observo, recuerdo muchos de los momentos que habíamos vivido, y más me arrepiento de haber perdido tantos años, y más contento estoy con la idea de haber armado esta fiesta y así poder recuperar su amistad y la de la Pilar. Aunque de verdad, necesito descubrir que se ha trasformado en una mala mujer o encontrar algo muy desagradable en ella, porque de lo contrario mi vida pasará a ser un calvario.

Me convenzo de que, viéndola seguido, me voy a olvidar de la parte física, como lo hago con Noelia, y ya no me va a parecer tan irresistible.

—Rico, ¿no bailas?

—No, rubia, prefiero mirarlas.

No soy mentiroso.

—Me hubieses dicho y te dedicaba algún contoneo de cadera.

Se me cuelga del cuello y me abraza. Mi querida rubia sigue igual, simpática, extrovertida y cariñosa. Le devuelvo el abrazo, le acaricio el pelo con dulzura y ella me devuelve la caricia.

—Qué lindo es verte, Rico. Tenemos mucho de qué hablar y ponernos al día es prioridad, ¿no te parece?

—Estoy totalmente de acuerdo.

Vanina se acerca y dibuja una sonrisa en los labios al escucharnos. Quiero decirle algunas palabras del estilo de las que le dije a Pilar, pero una voz chillona e insoportable me interrumpe en pleno abrazo.

—Julián, me esperabas, ¿no? —pregunta mi mujer.

No, en realidad no. Lo que menos esperaba era su presencia, pero aquí está, parada frente a nosotros haciendo su mejor acto de esposa celosa, posesiva y enamorada.

—Soy Angie, la esposa de Julián —aclara y recalca "esposa" como si fuese la gran verdad rebelada e intimidara a alguien.

—Yo soy Vanina, encantada de conocerte.

Se acerca a darle un beso y Pili me suelta al instante. La pobre otra vez es encontrada con las manos en un hombre comprometido, pero qué más da, ella es así y sale bien parada de cualquier problema.

—Soy Pilar, inofensiva y comprometida. Solo abracé a tu esposo porque es un querido amigo de toda la vida.

Me guiña un ojo y saluda a Angie con una sonrisa.

—Claro, las conozco de nombre y por comentarios de los chicos —dice mi mujer, mientras se cuelga de mi hombro y me besa. Hipócrita, de verdad, ya ni me acordaba cómo besaba.

—Espero que no te quedes solo con eso. Somos mejor de lo que ellos pueden contarte —dice Pilar y se ríe de su propio chiste, mientras los demás vuelven de bailar y saludan a la recién llegada.

La fiesta continúa en paz. Para todos menos para mí. Tomamos, bailamos, reímos, contamos anécdotas y recordamos el pasado. Se nos suman algunos compañeros y la pasamos genial.

De a poco todo termina. Ana, la dulce futura mamá, necesita descansar por lo que, junto con su esposo, son los primeros en retirarse y les siguen algunos de los chicos. Más tarde, Angie se despide con la excusa de tener que ir a trabajar temprano, cosa que es cierta, por suerte.

La acompaño a su coche y me da un beso en la boca. La verdad es que me sorprendo, pero me gusta.

Me pregunto si tal vez, la presencia de un par de mujeres lindas a mi alrededor, puede hacer que ella tome conciencia de que tengo cuerpo y deje de ser invisible por un momento. Le devuelvo el beso como me gusta, utilizando la lengua y lo hago largo y profundo. Apasionado, porque no me gustan las medias tintas, todo o nada y ella me lo recibe de la misma forma. Caray, ¿¡qué es esto!? Sigue actuando raro, yo me doy cuenta, pero no me voy a negar a besar a mi mujer y menos de la forma que me gusta hacerlo.

Después de unos minutos de besarnos y tocarnos estoy con una terrible erección, un poco molesta, pero quiero quedarme un rato más en compañía de mis amigos. Ella no se va a ir a ninguna parte que no sea mi casa, puedo seguir con esto en un par de horas.

—Te veo en casa, en un rato –le digo cerrando la puerta del automóvil, aunque todavía siento la necesidad de seguir besándola.

Aquella Angie, de hace años, está de vuelta. No quiero engañarme, es una mentirosa, pero cuando se lo propone, muy pocas veces, es ardiente y sabe cómo engatusarme.

En el salón queda poca gente conversando, sentada en los sillones y almohadones, ya con la música baja. Me hago un lugarcito al lado de Mariel y la abrazo por los hombros.

—¿Estás bien? –pregunta.

Ella es otra mujer de fierro, puede llegar a compararse con la rubia y la morocha, formando el trio perfecto. Rubia, morocha y pelirroja. Mi amigo es un tipo con suerte y sabe elegir.

—No sé —levanta una ceja esperando más detalles a mi comentario—. Angie...me desconcertó. Me besó de una manera que ya ni recordaba.

—¿Por qué no te vas con ella?, tal vez recuperas algo de tu matrimonio de una vez por todas.

—Es que quiero estar con las chicas y...

—Yo armo algo para algún fin de semana, tranquilo. Esta vez no las dejamos escapar, te lo prometo.

Ella conoce nuestra historia y sabe lo importante que son Pilar y Vanina para nosotros y todo lo que nos proponíamos con esta reunión.

—No creo que Rodri quiera que desaparezcan otra vez —dice.

Miro a mi amigo que tiene una sonrisa dibujada en la cara. Está feliz conversando con ellas y rememorando historias pasadas. Estoy seguro que lo que dice la petiza va a ser así, esta vez no se alejarán, porque lo vamos a impedir.

Saludo sin ganas, no me quiero ir, pero Mariel tiene razón. Un intento más, por el futuro, por mi felicidad, esa que siempre se me escapa de las manos, una y otra vez.

Llego a casa y las luces están apagadas. Sin encenderlas entro, intentando no hacer ruido. La veo dormida, reconozco que mi esposa es muy linda. Delgada y alta, piernas eternas, sus rasgos son muy femeninos y, aunque su mirada es muy fría, tiene lindos ojos. Me saco la ropa y me meto en la cama. Tengo algunas copas de más, no puedo negarlo. Me acerco a su cuello para besarlo, acaricio su brazo y lentamente bajo por él hasta encontrar sus caderas. Tiene puesto un camisón corto que me da libertad de poder llegar adonde quiero y meto mi mano debajo de la tela, la acaricio con suavidad de camino a sus pechos. Siento como se tensa con mi contacto y suspira.

—Hola –le susurro en su oído y le muerdo el lóbulo de la oreja, provocándola. Se gira para quedar debajo de mí, de frente y le quito la prenda que llevaba puesta, ya estorbaba.

—¿Qué haces aquí? Estabas en la f… —no me importa lo que tenga que decirme.

La beso. No, no es cierto, le como la boca. Con mis labios la aprisiono desesperadamente, mis dientes se apoderan de su labio inferior y tiro de él mientras mis manos la recorren. No puedo pensar siquiera en una previa diferente, no busco nada lento o amoroso. Estoy muy excitado, pero no solo por ese beso anterior o las caricias que nos estábamos dando, en mi cabeza tengo muchas imágenes que me engañan y hacen que mis deseos vuelen libres y mi cuerpo necesite estallar más pronto de lo pensado.

Cierro los ojos, estoy desconcertado, mi rubia esposa y la morocha de otro, se debaten en mi mente alternando protagonismo.

Le quito la ropa interior mientras le beso su piel, imaginando tantas cosas. Debo ser sincero, la mitad del tiempo mi cama está ocupada por una morocha despampanante y no por Angie, por lo que solo cierro mis ojos otra vez y sigo saciando mi pasión. Mis manos están llenas con sus pechos, mientras los aprieto, bajo a saborearlos con mi lengua. Cuando siento sus caricias en mi espalda y sus piernas en mi cintura, me descontrolo. Estoy tan desesperado, no puedo entender el motivo, no me reconozco.

Tomo un preservativo del cajón de la mesa de luz, no puedo cometer el error de caer en sus juegos, yo no quiero un hijo ahora.

Entro en ella ahogando un gruñido de satisfacción y la escucho gemir. Me vuelve loco el gemido de una mujer mientras goza con mis caricias. Comienzo a moverme dentro de ella tan profundo como puedo y tan rápido como necesito. Estoy siendo egoísta lo reconozco, pero por Dios, necesito terminar de una vez. Mi cuerpo está caliente, sudado, mi respiración agitada y ella gime en mis brazos y muerde mi hombro mientras yo me muevo sobre su delgado cuerpo.

Apoyo mis manos en el colchón para tomar impulso y tener más libertad para moverme. Este va a ser el desenlace, el inevitable final que mi deseo pide a gritos. La miro a los ojos, me devuelve la mirada con una sonrisa. Esta es mi esposa, la que necesito más seguido. Sus gemidos inundan la habitación, hermosos sonidos que hacen que estalle y llegue rápidamente a mi orgasmo vaciándome y dejando mi cuerpo inerte, por unos segundos, sobre el suyo.

Levanto mi cara y la beso, ahora sí, con dulzura. Como a ella le gusta y me abraza por los hombros.

—Extrañaba tenerte en mis brazos —le digo la verdad, yo realmente quiero que mi matrimonio funcione.

Si una vez la amé, o eso creo, puedo volver a hacerlo. Odio fracasar en algo, mi estúpido orgullo de hombre no me lo permite, y mucho menos en mi matrimonio.

No me responde, me besa y me abraza fuerte y yo tomo eso como una respuesta.

Ya no esperaba nada de ella, todo lo hacía yo. Yo luchaba, yo intentaba, yo daba, yo quería quererla y no preguntaba nada. No quería saber nada de lo que esos silencios callaban.

Después de un rato de mutismo me voy a dar una ducha, ella también, y nos acostamos a dormir.

Estoy contento con la noche completa, ha sido un día productivo para mi corazón. Mis sentimientos están en movimiento otra vez.

Vanina

Termino la noche en mal estado, estoy un poco alegre, tomé de más, puedo reconocerlo. Cuando vi a Julián saludar para irse no me gustó, no voy a mentir. Necesitaba conversar con él de lo que fuera, recuperar el tiempo perdido, saber cómo estábamos en este nuevo presente y cómo había quedado nuestra relación, no amorosa sino de amistad, pero no había podido hacerlo. Se fue tras su esposa, por supuesto, como debía ser.

Los chicos son fabulosos, nos divertimos mucho con sus anécdotas de juventud. Realmente han vivido con tanta intensidad como para tener infinidad de ellas. Pilar estaba un poco chispada, incluso más que yo. Mariel se ofreció a manejar su coche y nos llevó. Una vergüenza. Pero así somos las dos cuando salimos solas, aclaro que eran muy pocas las veces, porque siempre salíamos con nuestros novios.

Llego a casa y mi amorcito está dormido. Recuerdo, con solo mirarlo desde el living, que tenía permiso de despertarlo y eso me hace pensar en que mis hormonas estaban, y siguen, alteradísimas. Ellas son las que también me traen a la mente a ese enorme rubio de cabello rebelde, ojos pícaros y sonrisa matadora y ahí es cuando mi cerebro entra en corto circuito.

Me desnudo en el living y entro a mi cuarto dispuesta a todo. Lentamente gateo por el colchón hasta Sebastian que está dormido, boca arriba, con la sábana hasta la cintura y, cual provocación, sin ropa interior. Mira tú, de esa forma mi novio se aseguraba que yo me acordara de su permiso.

Sonrío sobre su boca y me acuesto sobre su cuerpo.

—Hola, guapo —susurro en sus labios y siento su sonrisa en los míos.

—¿Borrachita?

Sin perder tiempo sus manos viajan a mi trasero, doy fe que se vuelve loco con él. Pero como hablamos de Sebas, su locura no es tampoco una exageración, convengamos.

—Un poquito —le respondo y lo beso lento provocándolo. Lo hago con éxito, puedo notarlo entre mis piernas—. Mmm, me parece que logré despertarte.

—Siempre, hermosa, Eres la única que logra despertarme así. Me dormí pensándote.

Es un maestro de la dulzura, sabe cómo utilizar las palabras para derretirme. No necesito que me adulen ni fortalecer mi autoestima, pero si algún día eso pasara, sé que él podría hacerme creer la mejor mujer del mundo. Se apodera de mis pechos con besos tiernos y me vuelvo lujuriosa. Necesito que me apriete, me muerda... y él está siendo demasiado lento. ¡Por favor!, lo necesito, yo ardo por dentro. Me muevo sobre él exigiéndole más y gruñe después de mi gemido

—Me estás matando, Vani.

Sus caricias y besos son una tortura lenta y deliciosa y me dan ganas de gritar de impotencia. Me siento sobre él y dejo que entre en mí con lentitud. Sus ojos se clavan en los míos, vidriosos y llenos de deseo. Comienzo a moverme y me toma de la cadera para meneármela a su antojo. ¡Es tan placentero! Por fin yo desahogo mi necesidad de gemir y sentir.

Su cuerpo con el mío se mueve despacio, en un vaivén de esos que amenazan con romper la tensión que se acumula en cada músculo del cuerpo previo a un orgasmo. Su mirada está fija en mis pechos y su boca reclamándolos. Los acerco a sus labios y, cuando me los roza con ellos, me alejo. Una sonrisa se dibuja en mi boca y en la de él.

—No juegues conmigo.

—¿O qué?

Sí, me encanta provocarlo, un día voy a lograr que me haga estallar contra la pared, lo sé. Y ese día voy a gritar tanto que me van a echar del edificio.

Giramos sobre la cama y queda sobre mí, mis dedos se mezclan con su pelo y tiro de él. Por un momento Julián cruza por mi mente, lo imagino con su cabello largo y revuelto entre mis dedos y sus labios sobre los míos. Cierro los ojos para echarlo de mi cama.

Sebastian se mueve dentro de mí a un ritmo controlado, guiándome lentamente al límite. Tiro más de su pelo y con mi lengua recorro sus labios. Mis piernas lo aprisionan por la cintura y subo mi cadera para unirme más a él. Sé que le gusta porque siento su gruñido, ese que me avisa que está perdiendo un poco de cordura, un poco.

—Sí... más... más.

Intensifica sus movimientos, después de mis palabras de ruego.

Mis manos aprietan su trasero para ayudar a hacerlo más intenso y profundo. Estoy entrando en la recta final, mis manos recorren su espalda, mientras mis gemidos les piden permiso a sus besos para salir de mi boca.

—Te quiero.

Mis suspiros aumentan, sus jadeos también. Es el momento de detonar y lo hago. Mi cuerpo se tensa por un instante, mágico instante, para aflojarse después y quedo sin energía.

—Te quiero —repite cuando su clímax lo alcanza sobre mí y lo aprieto en mis brazos.

Es una rutina nuestra, el "te quiero" después del final de todo, en medio del remolino de emociones que implica el orgasmo.

—Yo también te quiero.

Sin ganas de ducharme me quedo entre sus brazos, placenteramente acunada. Él es el rey de las caricias, sus palabras dulces y sus mimos pueden hacerme derretir en un instante y eso que yo no soy muy romántica. Pero Sebas sí, es muy romántico sin ser cursi. Lo uso como almohada, me duermo con mi cabeza sobre su pecho, desnuda mientras me acaricia la espalda. Va y viene con sus manos, con una paciencia infinita. Y mi cerebro se desconecta de la realidad.

Vuelve la imagen de Julián a mi mente, sosteniéndome la mano sobre sus labios y con una sonrisa en los míos, recordándolo, me duermo.

Ya por la mañana, la claridad del día no me permite abrir los ojos, mi cuerpo pesa y mi cabeza gira un poco, demasiado. O gira la cama, tal vez el dormitorio, no estoy segura. Yo solo quiero dormir, siento como que no lo hubiese hecho, pero la luz que se filtra por mis párpados me dice que sí, que el tiempo pasó mientras yo dormía.

—Vani, buen día. Hora de despertarse.

Sí, que placer, esas caricias en mi espalda son lo más lindo al despertar. Una mano cargada de ternura recorre mi mejilla y luego un beso húmedo y caliente la aplasta. El olor a café me llega enseguida.

—Más mimos, necesito muchos mimos.

La carcajada de Sebastian hace que abra los ojos y, con una mirada recriminatoria, me siento en la cama.

—Estás obligado a hacerme mimos cuando te lo pido, no olvides que estás de prestado en mi casa.

Siempre lo molesto con el mismo chiste porque sé que no le molesta y yo, recibo lo que pido. Su sonrisa enorme me confirma la victoria.

—Si usted lo dice, así será, necesito un techo donde vivir.

Se sienta en la cama sonriendo todavía y se apoya sobre el respaldo, me abraza, me entrega mi taza de café y me da una agradable sesión de caricias mientras me lo tomo.

—¿Me cuentas cómo te fue?

Conversamos largo rato y le cuento algunos detalles, por supuesto obviando la lujuria que sentí por ese hombre que se coló en mis pensamientos mientras gozaba debajo suyo. ¡Qué horror!

Ya más repuesta, con ganas de estirar mis piernas y de ponerme en posición vertical, me separo de sus brazos.

—Necesito un baño. Y después voy a salir a correr un rato —digo mientras me levanto, todavía desnuda, con el maquillaje corrido y el pelo, ni hablar, no hay ninguna palabra para describir mi pelo—. ¿Por qué no me has dicho que estaba tan hermosa al despertar después de mi borrachera?

—Porque estaba seguro que te verías en el espejo comprobando tu belleza matutina por tus propios medios.

Me guiña un ojo y me regala una sonrisa enorme, de esas que se reflejan en los ojos. Mi novio es muy dulce, tímido y algo arisco, pero dulce.

—¡Dios mío! Dormiste con la bruja de la cuadra.

Me río cuando escucho su afirmación desde la cocina. Me meto en el baño y me ducho, para salir después ya vestida con *shorts,* camiseta de deporte y zapatillas. Me recojo el pelo en una cola de caballo y me pongo una gorra con visera. Lista para una mañana sudorosa.

—No me mires el trasero —le grito desde la puerta al ver la repasada que me da.

—No te pongas esa ropa entonces.

Vuelve a reír. No es celoso, ni un poco. Tal vez una demostración de celos no estaría mal de vez en cuando, pero eso en él, es imposible. Mantiene el aplomo hasta sobre este tipo de cosas.

Me pongo los auriculares y la música a todo volumen. Correr despeja mi mente y me hace sentir con energías. Además, mis ideas se acomodan y retomo temas olvidados y problemas no resueltos, mientras lo hago. Es una buena terapia para mí.

Varias cuadras más adelante, tengo que dejar mis pensamientos de lado porque noto que una moto me sigue de cerca y ante la inseguridad que me hace sentir, mi cuerpo se tensa alertado. Intento no mirar y continuar a mi ritmo, concentrada en la letra de una canción. Por fortuna el vehículo acelera y suspiro. Odio a los pesados que te siguen mientras te dicen cosas subidas de tono. Sin embargo, para mi mala suerte, unos metros más adelante, esa misma moto frena.

Necesito ser específica en la descripción de este momento. Momento fuerte.

Parece no ser real y todo ocurre como en cámara lenta. El conductor de esa moto, terrible moto, por cierto, pone un pie sobre el asfalto y con ambas manos se saca el casco dejando su pelo al viento y entonces veo su cara. La hermosa cara de Julián, toda ella, completita frente a mí, con sonrisa y todo. El casco entre sus piernas y las manos sobre él. Su ingrata camiseta blanca se ajusta a su cuerpo y me permite adivinar e imaginar sus músculos. Tiene las mangas por demás de cortas y me regalan una imagen bastante explícita de sus brazos. Demasiada exhibición, tanta, que mi fantasía ya es triple x cuando noto sus bien formadas piernas dentro del jean gastado y algo roto que le da aspecto de chico rudo.

Mis piernas no pueden responder a mi orden de seguir corriendo, en realidad, mi cuerpo no responde ninguna orden. Me freno en seco. Si fuese un coche, las cubiertas hubiesen chillado marcando el asfalto y largando olor a caucho. Mi duda es si yo estoy largando algún tipo de olor, como a hormonas alteradas o chillando con algún gemido. Vuelvo a necesitar de los milagros para que no se noten mis pensamientos libidinosos al ver la sensualidad única de ese hombre.

Soy consciente de lo pecaminosas que en ese momento son mis ideas y paso a enumerar: desear al hombre de mi prójimo, ¿cómo evitarlo?; ser infiel, definitivamente no me importaría ser infiel ante esa vista y; sentir lujuria, por Dios que siento la necesidad de mucho, muchísimo sexo, con ese cuerpo y esas enormes manos recorriendo el mío. Tal vez hay algunos pecados más, pero acabo de perder la posibilidad de pensar. Con un poco de imaginación y la descripción sobre lo que están viendo mis ojos, nadie me culpará sobre esas ideas, es más, hasta podrán compadecerse de mí y perdonar mis pecados.

Julián permanece sentado sobre su moto. Aunque creo que ya lo dije, lo repito, con sonrisa incluida, y vale la pena recalcarlo porque es perfecta y provocadora.

—¿Vani, que haces por aquí? Dudé que fueras, pero...sí...eres tú.

—Vivo cerca ¿y tú? —respondo.

Me doy palmaditas en la espalda felicitándome por no tartamudear al hablar. Cosa que requiere mucha concentración de mi parte.

—Voy para uno de mis trabajos.

No es justo lo que estoy pensando, necesito escapar de esa visión, porque me absorbe por completo todo pensamiento y me tensa el cuerpo. No me importa lo que dice, solo veo su boca gesticular, y la tentación de besarlo es alarmante.

—¿Te acerco a algún lado? –pregunta.

Lo pienso por varios segundos. Imagino su espalda contra mi pecho, mis manos sobre sus abdominales, su perfume y la piel de su cuello cerca de mis labios... ¡Socorro, abducción de extraterrestre ya, por favor!

—No, gracias.

Estoy pensando como una zorra, deseando a un hombre casado. Sin dejar de mencionar que es mi "ex" de la adolescencia, y que yo estoy comprometida. *Ok,* no comprometida, pero como si lo estuviese porque vivo con él.

—Necesito seguir corriendo para no enfriarme –digo, porque sí, necesito enfriarme, pero a él no le importa ese detalle ¿cierto? Sigo hormonal estos días, inusualmente hormonal.

—Bien, nos vemos pronto, para charlar y ponernos al corriente.

—Me encantaría —agrego y es cierto, pero voy dejar pasar unos cuantos días, en lo que mis hormonas se van a descansar.

Le paso mi número de teléfono y sigo corriendo.

La música invade mi cerebro, necesito aturdir mis pensamientos. No me siento bien conmigo misma. Nunca un hombre ha logrado que lo deseara de tal manera sin siquiera haberme tocado.

Mi enojo comienza a importunarme y también la frustración de no poder dominarme. Además de la culpa por haberme imaginado en sus brazos mientras estaba con Sebastian en la cama y por la fuerte necesidad de besarlo que había experimentado. Todo se agolpa en mi memoria en este instante en que siento el rugir de la moto y lo veo alejarse y, como frutilla del postre, quiero correr para alcanzarlo.

Julián

Me despierto desnudo y solo, en la cama. Recuerdo la noche anterior y una sonrisa se dibuja en mis labios. Me levanto sin ponerme ropa, no me molesta la desnudez y menos en mi casa, con mi mujer.

—¿¡Puedes ponerte algo, Julián!? —dice Angie.

Vuelve la voz irritante que deseo hacer desaparecer. Me acerco a ella por detrás y la abrazo apoyando todo mi cuerpo, que despierta de a poco ante su contacto.

—Me tengo que ir a trabajar —murmura.

Ignoro lo que dice, llevo mi mano hacia su pierna y comienzo a subirla por debajo de la falda hasta llegar a su ropa interior.

—Suéltame, ¿no fue suficiente anoche? —me pregunta, casi asqueada.

—Nunca es suficiente —le susurro al oído, con mucha paciencia, intentando no escuchar sus rechazos.

Mi mano ya toca lo que estaba buscando. Pero se me escapa en un segundo y me deja rogando por su cuerpo.

—¿Qué pasa, Angie? Anoche estuvimos tan bien.

La sigo hasta la habitación, pero me la choco antes en la puerta, porque vuelve sobre sus talones y me tira un pantalón por la cabeza.

—Ponte esto, no me gusta que andes desnudo por la casa.

Mi paciencia desaparece y mi buen humor se va al demonio. Mi "amigo" que apenas había despertado se esconde asustado. Ya no habría sexo mañanero. Mi ilusión de recuperarla queda hecha pedazos, una vez más, y mis nervios están amenazando con organizar un huracán en mi interior al juntarse con mi furia. Por supuesto, me pongo los pantalones.

—Angie, me vuelves loco. No sé qué quieres...una noche me seduces y volvemos a sentirnos como antes y por la mañana, esto. Tendríamos que empezar a ser más tolerantes el uno con el otro. Intentar recomponer nuestra relación, dejar de maltratarnos todo el tiempo.

—No tengo ganas de sermones ni reproches. Tuviste tu gran noche de sexo, ¿no es eso lo que necesitabas? Listo, no me molestes por un tiempo.

—¿Te estás escuchando? ¿De verdad quisiste decirme eso?

Quiero creer que no..., que se ha equivocado de palabras.

—Mira Julián, estoy cansada de discutir —dice y me deja un café en la mesa y camina hacia la puerta—. Necesito que pienses bien la posibilidad de ser padres, es lo único que puede salvarnos.

—En estas condiciones, no. Si no sabemos dialogar, solo gritarnos y discutir. Ya dudo que algo pueda salvarnos. Estoy al límite de mis fuerzas, ya no sé cómo llegar a ti. Y lo peor es que ya ni sé si tengo ganas de seguir intentándolo. Anoche creí que podíamos, de verdad pensé que había algo para salvar.

Me alejo de ella hacia la habitación y golpeo el marco de la puerta con el puño. Estoy cargado de impotencia.

—Dejé la fiesta por ti... para venir a tu lado y demostrarte que tengo ganas de recuperar algo de lo nuestro. Pero todo fue una mentira más. Un divorcio vas a tener si sigues pidiéndome un hijo, tal vez eso es lo que nos salve.

Cierro la puerta con un golpe y me dejo caer en la cama. Henchido de bronca, odio e impotencia. Escucho la puerta de calle cerrarse y suspiro.

—¡Quiero de una puta vez ser feliz! —grito reteniendo las lágrimas, que mi propio orgullo no deja salir.

Todos los recuerdos, uno por uno, hacen cola en mi memoria para apuñalarme el corazón otra vez. Las borracheras y las "otras cosas" que utilicé en mi juventud ya no son una opción para olvidar. Las había utilizado para mantenerme cuerdo ante un padre obsesivo con que su hijo fuese perfecto; una madre tan dominada que no podía darse el lujo de darle ni un permiso tonto a su hijo sin la autorización de su esposo; amigos interesados; mujeres dispuestas a todo por un regalo costoso; la ausencia del amor; el accidente que me dejó sin nada, y con todo en el mismo instante. Sin amor familiar, sin padres y sin hermana, pero con una incalculable fortuna y muchos más interesados por un pedazo de mi joven pellejo. ¡Fabulosa juventud la mía! Sin haberme repuesto todavía, vendría el peor golpe, la pérdida de la única personita que hubiese sido capaz de darme amor incondicional, ese hijo en quien había basado mi futuro, mis esperanzas de cambiar el destino. Con él quería aprender a ser mejor persona, a ser mejor padre que el que tuve y no pudo ser. Por último, la mujer que creí la ideal, se había convertido en todo lo que siempre había querido alejar de mi vida. Ambición e interés eran sus prioridades.

Yo sí que soy genial, tuve y tengo una maravillosa vida, nótese mi sarcasmo.

Ya no tengo esos mentirosos recursos para evadirme y aunque duele, prefiero enfrentarme lúcido con mi espantosa realidad. Saqué toda esa mierda de mi vida hace años y no pienso volver a tocarla. Sin embargo, me siento igual de miserable que entonces, no es nuevo en mí, tengo tantas falencias y necesidades…, muchas necesidades… ¿¡Qué mierda hago con ellas!? Quisiera preguntarle a alguien y que tuviera la respuesta.

Ya no tengo memoria de haber sido feliz o simplemente de haberme sentido así por más de unas horas. Me estoy acostumbrando a confundir la alegría con la felicidad. Los momentos divertidos y placenteros que puedo tener, son transformados por mi cerebro, engañándome y haciéndome creer que lo soy, de a ratos. Pero estos momentos en los que me enfrento con la cruel verdad me doy cuenta de la mentira que yo mismo me creo.

Soy un esclavo de mi dinero. Mi padre me dijo siempre. Disfruto vivir con comodidad, no puedo negarlo. Sin embargo, duele saber que la gente no es sincera con alguien como yo, al menos no todos. Me alcanzan los dedos de las manos para contar la gente que me quiere bien. Y alguna vez creí que Angie lo hacía. Todavía no puedo recuperarme de la bronca de haberlo descubierto tarde. Y soy demasiado orgulloso, o muy cobarde, como para dejar de intentar recuperar mi matrimonio y aceptar que fracasé en mi intento de buscar la felicidad. No tengo fuerzas para volver a buscarla, incluso, ya creo que no tengo posibilidad alguna de encontrarla.

Con estos pensamientos se me vienen Rodrigo y Mariel a la cabeza. Ellos estarían enojándose al descubrir que pienso cómo lo hago, incluso mi amigo podría estar dándome algún golpe para hacerme reaccionar.

Me pongo un jean viejo y una camiseta blanca cualquiera y me voy al gimnasio para verlos, seguro estaban allá. Yo necesito una charla de amigos, aunque sé lo que me dirán.

Unas cuadras antes de llegar, una terrible morocha me llama la atención y me obliga a desistir de seguir pensando en mis problemas. Puedo seguir con mi mirada el movimiento de su cuerpo mientras corre. Ese trasero había sido ya recorrido por mis ojos alguna otra vez. Una inusual alegría me hizo sonreír pensando que no me engañaba con lo que veía.

Paso cerca y lento para cerciorarme si es ella. Al confirmarlo, paro la moto y me saco el casco para que me reconozca.

Mientras la miro acercarse puedo notar que todos mis pensamientos malos me abandonan. La sonrisa se instala en mi cara y es imposible sacarla.

Vanina se detiene cuándo me ve y la recorro otra vez con la mirada, ¡Dios mío, es hermosa! Casi le digo que la reconocí por su culo, pero logro frenar mis palabras a tiempo, por suerte.

No la noto cómoda mientras hablábamos y eso me duele un poco, pero supongo que necesitamos tiempo, y una charla. Aunque tampoco me da pie para eso y tenemos que despedirnos. Al menos hago un avance importante, ya tengo su número de teléfono.

Llego al gimnasio y la música alta, con energía, me saca el poco mal humor que aún tengo. Me encuentro con mi amigo en una de las máquinas de ejercicios, ni bien me ve, nota que algo me traigo entre manos. Se acerca a mí y me da una palmada en el hombro.

—¿Por qué no te cambias y sacas la bronca con ejercicio?

—Porque ya no sé si es eso lo que necesito. Estoy al borde de estallar. Ya no puedo más.

Entramos en mi oficina porque el tema viene para largo.

Soy dueño del gimnasio, un gusto que me di con mi dinero. Siempre quise uno y me arriesgué. Hoy tengo dos sucursales además de éste y son mi orgullo. Rodrigo me ayuda a dirigirlos ya que yo no tengo mucho tiempo, somos socios en esto y él además es instructor.

Mi padre me dejó como herencia tres restaurantes y una cadena de hoteles que yo manejo desde una oficina en el centro de la ciudad. Sin embargo, no hay nada que me dé tanta satisfacción como dirigir los gimnasios y verlos progresar. Todos los días vengo un rato, entreno mientras me pongo al corriente de las cosas importantes y hago de soporte a mi amigo con el tema números ya que no es su fuerte. Odia dedicarle más de cinco minutos, por eso yo me hago cargo de la parte administrativa en general.

Esta es mi válvula de escape. El ejercicio, los amigos y mi único sueño cumplido.

Me desplomo en el sofá-cama que más de una vez utilicé escapando de las discusiones con Angie. Rodrigo se apoya en el escritorio y le cuento todo.

—Nada nuevo entonces.

—Puede ser, pero creí que estábamos a un paso de mejorar algo. Empiezo a entender que todo es en vano.

Vanina

Corro sin darme cuenta que ya estoy llegado al gimnasio. Le aviso, por medio de un mensaje telefónico, a Pilar que estoy en la puerta.

Ella en quince minutos está conmigo. Son las ventajas de vivir cerca. No solemos venir a hacer ejercicio los fines de semana, esta es una rara excepción, siempre venimos por la mañana temprano porque casi no hay nadie a esa hora (ni los entrenadores). Pero yo necesito mi charla de amiga, ahora.

—Hola, morocha, ¿qué te trajo hasta aquí un sábado por la mañana?

Nos sentamos un rato en el cómodo bar que tiene el gimnasio y le cuento sobre mis pensamientos desubicados al ver a Julián, no solo en la fiesta sino al verlo sobre la moto hace tan solo unos minutos. Escucharme a mí misma mientras lo digo en voz alta es algo así como un exorcismo para mí. Obviamente ella se ríe a carcajadas, cosa que llama la atención de todos los presentes.

—¿Tú viste lo que es ese hombre y, por qué no decirlo, todos los demás? No, mi reina, no hay culpa en sentirse así frente a esos monumentos. Es cuestión de esperar a acostumbrarse.

—Nunca me pasó esto. Le tengo ganas, reales ganas. ¿Me

explico? —digo exagerando mis gestos.

—Ajá —afirma todavía riéndose—. ¿Descargamos energía?

—Por favor.

Y, con esas pocas palabras, nos encaminamos a la primera clase que encontramos. Bien, *Zumba*, nos gusta.

Una hora más tarde y con unas cuantas gotas de sudor encima, decidimos irnos. Por suerte ella había llegado con el coche. Yo estaba exhausta como para volver a pie.

—¿Pilar? —dice alguien. La voz se nos hace conocida y al darnos vuelta nos damos cuenta que se trata de Mariel, la novia de Rodrigo. —Chicas, ¿qué hacen aquí?

Nos saludamos como si de una amiga de toda la vida se tratase.

—Venimos siempre, aunque nunca los sábados —decimos con Pili (casi a dúo), y tan sorprendidas como ella.

—No lo puedo creer, todos venimos a este gimnasio siempre. Qué raro que no nos encontráramos antes.

—Casualidades de la vida, ¿no? —dice Pilar, siempre tiene un comentario que agregar o la última palabra.

—Rubia, te dije que tengo novia, no me busques más, por favor.

No necesito decir de quien eran esas palabras que me sacan una sonrisa. Rodrigo es genial, divertido y su novia le sigue la broma.

—Rodrigo déjala en paz, no ves que se pone incómoda. Tranquila, Pilar, no me molesta, él es así. Además, todas sabemos quiénes son ustedes para estos tarados.

—¿Sí? ¿Y quiénes somos, para ellos? –pregunto.

De verdad me intriga lo que piensan de nosotras, después de tanto tiempo. Lo justo sería que tengan un poco de bronca por haberlos olvidado.

—Las únicas mujeres perfectas del planeta. ¿Te alcanza eso? —me pregunta sonriente. Y yo me siento feliz de escucharla.

—Vaya. ¿¡No será mucho!? —exclamo en un suspiro—. Me parece que tenemos que conversar al respecto.

—Sí, somos perfectas, por fin alguien que se da cuenta —grita Pilar.

Mis ojos se distraen con la imagen de un perfecto y enorme cuerpo sudado corriendo sobre una de las cintas, solo con un *short* deportivo y su cabello atado en un rodete alto. No tenía dudas de que sus abdominales serían fabulosos, pero mi imaginación no les había hecho justicia. Julián es sencillamente, perfecto.

—Chicos me tengo que ir —digo de repente.

Otra vez necesito huir. Y más que rápido, porque lo veo acercarse. Me doy media vuelta y me voy sin saludar.

—Vani ¿ya te vas? —pregunta Julián acercándose e ignorando mi necesidad de practicar escapismo.

—Sí, nos vemos.

Los dejo con la boca abierta y no les doy tiempo a reaccionar cuando me escapo de su vista.

Me confundo de dirección, estoy nerviosa, y en vez de en la calle ahora me encuentro en el vestuario. Peor es nada, pienso y sin dudarlo entro, al menos para hacer tiempo refrescándome. Al salir, ya más calmada y cuando creo que el tiempo fue el suficiente para que ya no estén esperándome, una mano me toma del brazo y me lleva por la fuerza.

Todo pasa muy rápido. Cuando puedo reaccionar me encuentro frente a Julián, sin camiseta, muy cerca de mi cara y encerrados los dos solos en una oficina.

—¿Qué es este lugar? —pregunto en un suspiro.

—Mi oficina. Es mi gimnasio, pero lo maneja Rodrigo —responde rápido y luego hace silencio dándome el tiempo suficiente para que lo asimile.

—Nunca los vimos por aquí a ninguno o, tal vez, no prestamos atención —digo observando todo.

Es una oficina muy masculina y prolija. De pronto reacciono y recuerdo que me había llevado hasta ahí por la fuerza, o casi. También recuerdo que yo necesitaba irme y alejarme de él.

—¿Qué hago aquí?

—Necesitamos hablar. Vani, quiero recuperar tu amistad, no quiero que estés incómoda cada vez que nos veamos.

—Yo no estoy incómoda cuando te veo.

Mierda que mal disimulo si él lo había notado. Espero que al menos no se dé cuenta del motivo real.

—¿Entonces por qué no dejas de huir cada vez que me ves?

Anoche no tuvimos oportunidad de hablar a solas y estuvo todo bien, pero hoy cuando nos encontramos allá afuera o recién en el salón.

—No es cierto, son ideas tuyas —digo

¿Qué otra cosa puedo decir? No tengo excusas. Es así, huyo de él o, mejor dicho, de mí misma y mis pensamientos cuando estoy con él. Hace una pausa, se acomoda apoyando su perfecto cuerpo en el escritorio y se cruza de brazos. ¿De verdad tiene que ostentar sus bíceps frente a mi libidinosa mirada?

—Me gustaría contarte que fue de mi vida, por qué desaparecí y nunca volví como te prometí.

—No hace falta. De verdad, no es necesario.

—Para mí, sí lo es.

Me lleva de la mano y nos sentamos en un sillón ubicado en uno de los costados de la oficina, se parece más a un sofá-cama, pero no digo nada. No es de mi incumbencia después de todo.

—Tuve unos años bastantes terribles desde que te dejé. Todo giraba en torno a la noche y a emborracharme y… no importa. Amigos nuevos que me usaron todo lo que quisieron y los dejé. Mujeres dispuestas a seducirme por un vestido o zapatos de marca o simple status social y yo se los permití. Por suerte, después de un poco más de un año, mis padres me obligaron a estudiar y me recibí de contable y administrador de empresas. ¿¡Qué otra cosa podía ser para mi padre!?, mis opciones eran, eso o abogacía. Supongo que recordarás mis peleas con ellos y mientras más crecía peores eran, especialmente con mi padre.

—¿Cómo están ellos?, digo tu familia.

—Muertos, todos, hasta mi hermana.

Mi sangre se congela al instante, no lo puedo creer.

—¡Dios mío! Perdón, no lo sabía.

Lo miro a los ojos y puedo notar su angustia, aunque intente disimularla. Le acaricio la mejilla, él cierra los ojos y yo le sonrío con ternura.

—No importa, no tenías por qué saberlo. Tuvieron un accidente automovilístico. Desde ese mismo día retomé mi vida y dejé la noche, el alcohol y todo lo demás. Recuperé a mis amigos con el tiempo y me dediqué a trabajar en la empresa de mi padre. Mi vida se volvió pura responsabilidad. Después de unos años me compré este gimnasio, me fue bien y armé dos más. Rodrigo dejó su trabajo para ayudarme y nos hicimos socios —suspira en una pausa, está resumiendo muchos años en tan pocas palabras y hasta para mí es abrumador—. Te busqué hace unos años, cuando ya estaba recuperado y mi futuro, según los demás, era más que prometedor. Pero descubrí que estabas con alguien y no creí tener derecho alguno para invadir tu vida. Estabas estudiando y parecías feliz.

Calculo los tiempos y me doy cuenta de que habla de Pablo, un compañero de cursada con quien estuve pocos meses, con el que no pasó nada, ni en mi cuerpo ni en mi corazón.

—No fue importante esa persona en mi vida, no me hubiese importado que aparecieras. Te esperé hasta el cansancio ¿sabes? Pero dejé de hacerlo cuando conocí a Sebastian.

—Y yo dejé de buscarte cuando conocí a Angie, creí que era una mujer especial. Nos casamos porque quedó embarazada —dice y no sé qué cara pongo, si de sorpresa o resentimiento egoísta, solo sé que sigue hablando para aclararse—. No tengo un hijo, lo perdimos.

Otra vez le digo que lo siento y esta vez sus ojos se llenan de lágrimas.

—Desgraciadamente. Desde ese momento mi matrimonio es una mentira —dice y me sonríe sin ganas y veo su dolor—. Dime que al menos que eres feliz con tu novio.

—Sí, lo soy. Él fue el único que hizo que desistiera de esperar el milagro de volver a verte, aunque sea, sólo para saber que me pasaba si lo hacía.

De pronto siento la necesidad de tener un control remoto de mi vida y rebobinar la conversación para no pronunciar esas palabras. Su mirada muta a una que incomoda e intimida.

—¿Y qué te pasa al verme?

Su pregunta me descoloca. La conversación no estaba yendo para ese lado antes y no quiero que vaya por allí. No contesto y me levanto del sofá.

—Tengo que irme Julián. Sebastian debe estar esperándome.

Decir eso es innecesario, lo sé, pero quiero que desista de mirarme como lo hace. Sigue solo con ese bendito *short* de deporte que más que tapar insinúa todo y lo demás está a la vista. A mi vista. Y su maldita mirada da demasiados datos de lo que por su mente pasa.

Me encamino hacia la puerta, sin dudarlo. Me gira del brazo y me deja frente a él. Pierdo el equilibrio y mis manos se apoyan en su pecho, sin camiseta, cabe recordar. Cierra los ojos, como si sintiese placer en mi roce, e intento alejarme, pero no puedo. Me acerca hacia él y me abraza contra su cuerpo, por mi cintura.

—No puedo, perdón, no puedo dejar de hacerlo —susurra.

Y con esas palabras apoya sus labios en los míos, lo que me obliga a cerrar los ojos. Es delicioso sentirlo en mi boca. Su lengua recorre mis labios despacio y poco a poco los abre como pidiendo permiso para entrar. Sé que no está bien dejarme besar, puedo razonarlo, sin embargo, no puedo moverme de ese lugar. Tengo que resistirme a él. O*k* lo sé, pero para mí es imposible. Simplemente imposible. Y entonces mi boca se abre sedienta de la suya y encajamos perfecto, su cabeza hacia un lado y la mía hacia el otro y nuestras lenguas en guerra por rozarse y enredarse. Luego sus dientes en mi labio inferior que tiran de él, mientras su lengua lo saborea. Tanto placer con un solo beso, no puede ser real.

Nos saca de ese sensual momento, un golpe en la puerta.

Mis neuronas conectan en mi cerebro otra vez. Me aparta de su contacto de forma brusca, como si fuese una brasa ardiente, tal vez eso es este beso. Por eso cuando él abre para ver quién es la persona que golpeaba, me voy corriendo.

Sé que es una actitud infantil y sí, estoy huyendo como una cobarde, habiendo disfrutado del beso más intenso de toda mi vida, pero con la misma intensidad, la culpa me carcome.

Julián

Encontrarlas en el gimnasio con los chicos no es algo esperable. Tantos años sin vernos y ahora la casualidad nos junta seguido. No es precisamente una queja, solo un comentario de lo afortunado que estaba siendo.

Me acerco para saludarlas y otra vez Vanina me esquiva. No puedo dejar todo así, la estupidez de la adolescencia ya había pasado, soy un hombre y, como tal, tengo que averiguar qué le pasa conmigo. Yo sé que me pasa a mí, la deseo de una manera inhumana, pero no es algo que no pueda dominar con tal de tenerla cerca y recuperar, en lo posible, el tipo de amistad que teníamos. Con las dos, Pilar está incluida en ese deseo, en el de recuperar la amistad, no en el otro.

Sin embargo, la rubia no tiene rencor, ella está feliz de reencontrarnos y nos lo demuestra. Vanina, todo lo contrario, bueno, en realidad con los demás está bien, pero conmigo no, ese es el tema. Entiendo la diferencia, pero no la voy a dejar pasar, no señor. Eso pienso cuando la veo huir otra vez, en que esta vez no la voy a dejar.

Camino hasta el vestuario y la espero en la puerta. Al verla salir no lo dudo, la tomo de la muñeca y la meto en mi oficina (un poco desconcertada) cerrando la puerta. Ahora sí, morocha, vamos a hablar, pienso. Es lo que quiero, hablar. Pero, una cosa trae la otra y no lo resisto. Sé que dije que podría resistir el deseo por ella, *ok*, me disculpo, no es cierto. Acaso nadie habla hipotéticamente o "en teoría", bueno, pues, yo lo hice. "En la práctica" no resisto a la tentación de tener su boca cerca.

—¿Y qué te pasa al verme? –le pregunto. ¿Por qué?, quién sabe.

Yo necesitaba una respuesta y sabía que no me la iba a dar. Sabía también que la estaba empujando a irse, lo sabía y así y todo lo pregunté. Tal vez me ganó mi ego, puede ser, me arrepentí de pronunciar la pregunta, pero tuve que hacerlo.

De lo que no puedo arrepentirme, aún hoy después de varios días, es de haber saboreado sus labios. Fue un simple beso, pero demasiado profundo y caliente, como para olvidarlo y mucho menos lamentarlo.

Pensé mucho estos días. Y digo mucho, sin dejar de recapacitar que fue demasiado. Vanina estaba llenando mis horas muertas y las ocupadas también, y no me lo podía permitir, porque mis pensamientos rondaban lo obsceno y no quería hacerle eso a ella. Es mi morocha, a quién extrañé tener cerca en mi vida, pero como amiga y no debería importarme que tan buena esté como mujer.

Incluso debería dejar pasar la idea de que es perfecta, que se adapta a todos mis gustos y digo "todos" porque no veo nada que no me guste de ella. Puedo obviar la belleza de Pilar, y me considero fuerte por eso, pues es muy atractiva. ¿Por qué no puedo entonces con Vanina? Tal vez porque con ella tengo algo pendiente, un pasado inconcluso, ¿será eso? No lo sé y no lo voy a analizar más. Inconcluso o no, el pasado se va a quedar donde siempre estuvo.

Dije que pensé mucho, ¿cierto? Bien, pensé que le voy a dar una nueva oportunidad a mi matrimonio. Intentaré ser el esposo que Angie quiere. No voy a dejar convencerme con un hijo, eso seguro que no. Pero lo pensaría si pasáramos a tener un simple momento de alegría al vernos y un poco de entendimiento entre nosotros, tal vez, si aprendiéramos a hacernos compañía mutuamente y dejáramos de pelear para tener una buena convivencia.

Comencé la mañana de mi martes, con disculpas. Le envié un texto a Vanina excusándome, no sabía si tenía ganas de atenderme si la llamaba, por eso no lo hice.

Hola Vani, necesito pedir perdón por mi arrebato. No estaba en un buen día, sé que no es excusa. Espero estés bien y olvidemos lo que pasó. Te quiero mucho, Rico.

Me sentí extraño volviendo a firmar con un apodo sin uso durante tanto tiempo, pero sentía que, de esa forma era más cercano con ella sin llegar a la incomodidad, o al menos así lo pensé yo.

Mi segundo paso fue desayunar con mi esposa. Disculparme por gritarle e intentar convencerla de que hablemos de nuestras cosas, sin pelear. No sé cómo funcionó, hoy es miércoles y todo está normal. Incluso Vani me contestó que estaba todo olvidado.

Entonces mi vida continúa, igual de miserable e igual de entretenida. Se entiende que esto último lo digo en tono sarcástico, ¿no?

Me encuentro con mis amigos en el gimnasio. No se sabe nada de las chicas, tal vez sus horarios no son los mismos que los nuestros. Lo sé, a veces me paso con mis razonamientos, es una obviedad que los horarios de ellas no son los mismos que los nuestros. Juro que soy inteligente, aunque, a veces mis neuronas se distraen.

—Mariel un día te voy a acosar en los vestuarios como sigas poniéndote esos *shorts* —le digo en tono de broma y la abrazo por detrás.

Conste que no me propaso con ella y nunca lo haré, mi cuerpo no la roza y tampoco responde ante ella. Es la mujer de mi amigo y me encanta hacerlo enojar. Pero el muy turro no se enoja, al menos no de verdad. Tiene a su mujer segura a su lado y los envidio sanamente. Ellos tienen esa clase de amor y atracción que solo tiene la gente que me rodea, nunca yo.

La petiza es una colorada hermosa que una noche conocimos en un bar. Recuerdo que yo me fui con su amiga (a la que nunca más volvimos a ver), y Rodrigo se obsesionó esa misma noche con Mariel. Se hizo rogar unas cuantas semanas y lo tuvo deseándola, otras tantas. Tuvieron una peleíta al principio, pero desde que se arreglaron, se transformaron en la pareja ideal y me encanta que así sea. Es gracioso ver al gigante de mi amigo abrazando el pequeño cuerpo de Mariel. No es tan pequeña, es que, a nuestro lado, todo empequeñece. Sí, es menuda y delgada y, por cierto, muy bonita. Sus rasgos son superfemeninos y atractivos, tiene la naricita más hermosa que jamás vi en una mujer. Lo que me recuerda que Vanina tiene la boca más hermosa que en mi vida vi. *Ok*, nada tiene que ver con Mariel, pero esa imagen pasó como flash por mi cabeza.

—Como sigas diciéndole eso a mi mujer, te voy a romper la cara —dice Rodrigo y aparece desde la nada, jugando al novio posesivo.

—Tú y cuántos más.

Para ese momento todos nos están mirando porque la voz de mi amigo no es precisamente un susurro. Supongo que daríamos un lamentable espectáculo si no agarrásemos a trompadas de verdad porque ninguno de los dos sabría muy bien cómo hacerlo y, con nuestros cuerpos, imagino que esperarían demasiando *show*.

Solo recibo un apretón en los hombros, un golpe en las costillas y la hermosa risa de Mariel, a quién veo acompañada de Ana que también sonríe. Con ella no juego, a ella la abrazo como un oso querendón porque es una dulzura. Rodrigo sí la molesta, aunque, él las molesta a todas para hacer rabiar a sus novios.

—Juli estamos organizando el cumpleaños de este tonto —dice Ana. Se desquita señalándolo con esa palabra y "el tonto" hace puchero con su boca como si fuera a llorar.

Entre risas, sigue dándome datos de lo que están organizando

—Es en casa, el sábado de la semana entrante. Pensamos en decirles a Pilar y Vanina para que vengan con sus parejas.

En ese instante Rodrigo me fija la vista y deja las tonterías. Él sabe todo lo que me pasa, incluso sabe que la besé. Él fue quien golpeó la puerta de mi oficina, haciendo que se me escape de entre los dedos unos de los momentos más desubicados que tuve con la morocha, y el más intenso. También sabe que me disculpé con ella. Y también que aborrezco, egoístamente, que Vanina esté en pareja.

—Me parece una buena idea. Pero quiero avisarle yo a Vanina, tengo que hablar con ella sobre otro tema y aprovecho la oportunidad.

Quiero excusarme en persona, es más, creo que es necesario que lo haga antes de volver a vernos en grupo. Ya está demasiado tensa la relación como para no hacerme cargo de mi torpeza.

No hay objeciones al respecto y me dan su dirección, la que Mariel había conseguido la noche de la fiesta. No puedo entender cómo, viviendo a menos de diez cuadras del gimnasio, nunca las hubiésemos visto. Tal vez más de una vez nos cruzamos, pero envueltos en la rutina y los problemas cotidianos, nunca reparamos uno en el otro. Cosas de la vida.

Hago mi rutina de pesas, me pongo al día con los números en la oficina, tomo una buena y renovadora ducha en mi baño privado, y me voy a casa de Vanina. Todavía no es hora de la cena, por lo que no creo importante avisarle que estoy en camino.

El edificio en el que vive cuenta con seguridad. Pero yo soy un encanto, por lo que consigo que la señora del quinto B, que veo cargada de bolsas del supermercado, me deje pasar para que la ayude a llegar a su piso. Después de recibir las gracias de esa simpática abuela, voy ansioso al décimo para ver a Vanina.

Al tocar el timbre escucho un insulto y sonrío. Es obvio que no me espera a mí.

Todavía estoy en *shock*, pero intentaré detallarlo.

Nada de lo que pasó después fue imaginado ni soñado jamás. Nunca. Suelo tener fantasías y sueños subidos de tono, puedo decir que más seguido desde que apareció la morocha de nuevo en mi vida, pero nunca podría tener tanta imaginación para soñar o imaginar una situación tan...tan...tan...pongamos, erótica.

—Si tienes la llave abre, perra insulsa —grita desde adentro.

¿Qué podía hacer?, yo no era la perra insulsa y no tenía la llave. Imaginaba a quien se refería. Abrí la boca para contestarle que era yo y no Pilar, pero no me dio tiempo. La puerta se abrió y lo que vi fue un terrible monumento de mujer con el cuerpo húmedo, el cabello mojado y despeinado, envuelta en una toalla que, si tuviese talles, sería unos tres menos de lo necesario para cubrirla. *Ok*, ¿pueden imaginar lo que estaba viendo? Agreguemos el detalle que deseaba a esa mujer desde el minuto uno que la tuve en frente mío. Y no pasemos por alto el beso de alto voltaje en mi oficina. Para ese entonces mi pantalón se sentía un poco justo en la entrepierna. Recordé que tenía una buena y sujetadora ropa interior y me relajé un poco, no demasiado, porque si ella miraba hacia ese destino, lo vería a "mi amigo" queriendo saludarla.

—¡Por Dios, qué vergüenza! Pensé que eras Pilar. Pasa por favor y dame dos minutos.

No tuve tiempo de decir ni, hola, no te preocupes son cosas que pasan, gracias, te espero... nada. Solo vi su espalda, su pelo volar y sus largas y hermosas piernas que la alejaban de mí. Está bien, también vi la forma maravillosa que tomaban sus caderas envueltas en esa escasa toalla. La seguí con la mirada hasta que la puerta, que cerró, me lo impidió.

Aunque... esa misma puerta, de a poco se abrió y me regaló la imagen más perfecta de ella que yo podía imaginar. No, ni eso, ya dije que ni mi imaginación podría hacerlo. Se secó el cabello hacia adelante con otra toalla, con movimientos lentos y practicados, cuando terminó se incorporó de golpe y su pelo pasó por arriba de su cabeza. Parecía una de esas imágenes de película que se pasan en cámara lenta. Al quedar otra vez en posición vertical comenzó a quitarse la toalla que cubría su cuerpo y yo ya no pude soportarlo.

¿Qué pasó con todo lo que pensé y eso de sacar todas las perversas ideas de mi mente con respecto a Vanina? Las archivé por un rato en la papelera de reciclaje. Al demonio con todo. Entré a su cuarto, rápidamente, sin pensarlo demasiado y asustándola tanto que tuvo que apoyarse en la pared más cercana a la mesa de luz, para no caerse. Volvió a tomar la toalla que ya estaba casi siendo arrojada al aire e intentó cubrirse con ella, pero no lo logró, con su puño solo la mantuvo arrugada, frente a su cuerpo, cubriendo nada más que su parte media, ¿sí me explico?? Dándome así una preciosa vista de sus pechos desnudos y sus piernas bronceadas, sus caderas y su pequeña cintura. Todo su contorno estaba ante mí y era perfecto. Apoyé mis manos en la pared a cada lado de sus hombros y mi boca a pocos centímetros de la suya.

No era consciente de nada de lo que estaba pasando, apenas podía coordinar mis movimientos con mi mente. Mi corazón me aturdía. Me sentía un animal acorralando a su presa, y no me importaba.

—Eres demasiado perfecta —susurré sobre sus labios y su respiración me llegó a la cara excitándome más, si acaso se podía, y comprendí que una noche más se la dedicaría a ella, tocándome como un adolescente en la ducha.

—Por favor, Julián.

¡Dios míos!, ese balbuceo llegó a lo más profundo de mi ser.

Era un "por favor, déjame tranquila, sal de mi cuarto, estoy desnuda e incómoda", sin embargo, egoísta como soy ante su presencia, no me importó. Vi su piel erizarse, sus labios entreabrirse delante de mí y sentí su respiración agitarse.

—Solo vengo a avisarte que el sábado es el cumpleaños de Rodrigo, lo festejamos en casa de Ana y los esperamos.

¿De verdad? ¿Y las disculpas por el beso en mi oficina? Bien gracias, las reservaba para después y así disculparme de una sola vez y sumaba esto también, claro está. Me acerqué más a sus labios y cerré los ojos una milésima de segundo para empaparme con su aliento.

—Quiero besarte, nena. Ahora. ¿Quieres que lo haga?

—¡Por favor! —murmuró.

Apenas la oí. Estaba claro que no podía salir corriendo esta vez y yo tampoco lo haría. Me acerqué lento a su boca y con mis dientes atrapé su labio inferior, ese que temblaba ante la anticipación de sentirme, y luego mi lengua lo recorrió. Cerró sus ojos y suspiré antes de besarla de lleno, irrumpiendo con todo lo que tenía. Pero fue un beso corto, porque sin aviso alguno, mi cordura me golpeó la cara, tan fuerte como una trompada bien dada. No era justo para ella y tampoco para mí. Me alejé y saqué las tarjetas de membrecía del gimnasio que tenía para ella y Pilar y las dejé en la mesa de luz junto con la dirección de Ana escrita en un papel.

—Esto no está bien —cerré los ojos inspirando con fuerza—. Te dejo la dirección de Ana y esto es un regalo para ti y Pilar —le dije mostrándole todo.

Bajé mis manos hacia los costados de la toalla y la tapé; lentamente ella se cubrió y pestañeó varias veces, negándome sus maravillosos ojos, de ese color precioso y tan transparente como el agua que lograban hipnotizarme sin proponérselo.

Tal vez todo sucedió en pocos segundos o varios minutos o unas horas, no puedo definirlo, pero fue… demasiado excitante. Mi cabeza me pasaba las imágenes como diapositivas, contándome la historia una y otra vez, y yo trabajaba con ello grabándolas y seleccionándolas para repetirlas a mi antojo.

¿Cómo me fui de ahí? Buena pregunta. No lo sé. Sólo sé que me encuentro afuera, sentado en mi moto encendida y escucho la voz de la rubia pronunciando mi nombre. Le sonrío al verla.

—Hola, rubia. Les traje una membresía para el gimnasio, no tienen que pagar nunca más una cuota.

Le guiño un ojo y sé que dice gracias entre mis frases, pero yo sigo hablando como idiota sin hacer pausa alguna.

—Además de la dirección de Ana para que vayan al cumpleaños de Rodri, las esperamos con sus novios. Necesitamos conocerlos para saber si las merecen. Todo lo tiene Vanina.

De a poco recupero mi concentración, conversamos unos minutos de cosas sin importancia y me voy.

Qué noche me espera esta noche. Necesito un buen baño, frío de preferencia, o una terrible sesión de sexo que, por supuesto, no conseguiré de mi esposa ni del objeto de mi deseo, o mejor dicho sujeto de mi deseo. Estoy asumiendo que debo conformarme con una ducha y autosatisfacción.

Vanina

No me está siendo fácil recuperarme y entender lo que pasó. Sigo inmóvil, con la toalla tapándome un poco, pegada contra la pared y los ojos cerrados.

A duras penas puedo digerir la idea de que nos habíamos besado en su oficina, esto ya es demasiado. ¿Qué había pasado? ¿Por qué se atrevió a entrar en mi cuarto de esa manera y porque no lo eché a patadas? Otra buena pregunta sería, ¿por qué no me tapé con la toalla? Y tengo más buenas preguntas, ¿por qué le pedí que me bese?

El timbre me sobresalta.

Pilar, claro, si yo estoy esperando a Pilar. Hoy tenemos cena de amigas en pareja, genial. ¿De dónde saco las ganas?

Me pongo un vestido en dos segundos, me ato el pelo formando una cola de caballo y le abro la puerta.

—Me encontré con Juli abajo —dice Pili mientras me da un beso y se dispone a guardar en la heladera el postre que trajo–. Dame mi credencial, perra, no la vas a vender sin mi consentimiento.

—¿Y Carlos?

Mi voz suena un poco… ¿cómo decirlo?, forzada, quebrada, casi irreconocible.

—Viene más tarde –dice y se acerca a mí; ya estoy sentada

en el sillón con la cabeza entre mis manos y mis codos en las rodillas y su semblante cambia—. ¿Qué te pasa? Vani. ¿Qué te pasa? —insiste ante mi silencio.

Solo puedo llorar, presa de la angustia que me había generado ese encuentro con Julián. Agradezco que Carlos venga retrasado y que Sebas haya tenido que trabajar hasta tarde por estar de guardia. Es anestesista, dicho sea de paso.

—Me estás asustando, Vani. ¿Es Sebastian?

Niego con un movimiento de cabeza y me seco las lágrimas.

Le cuento lo que pasó. Cómo puedo, cómo me sale y casi a media voz.

Después de excitarse, al menos, eso me dice: «¡Por Dios, que excitante!», cosa que no puedo negar. Se ríe por un tiempo aproximado de... ¿diez minutos?, *ok*, tal vez más y me contagia la risa de a poco. Como dos tontas terminamos llorando, literalmente, pero de risa.

—No es broma, Pili.

Intento ponerme seria sin lograrlo, tal vez los nervios no me lo permiten.

—No, si yo lo sé, pero, nena... te envidio tanto. Ese bombón arrinconándote contra la pared y robándote un beso.

—El segundo beso.

—Bien, el segundo beso, si quieres empezar a contar –dice sin dejar de reír—. ¿Irá por más? —me pregunta, tan suelta de cuerpo como si me estuviese preguntando la hora.

—Espero, por mi bien y el suyo, que no.

Podemos recomponernos y ponernos serias para abordar el tema como debemos.

—¿Qué te hace llorar? ¿Qué te angustia?

—Me angustia que me pueda, me guste, me deje y que no me arrepienta tanto como debería hacerlo. Disfrutarlo y... ¡me estalla la cabeza, rubia! —grito como poseída.

—No te martirices. Julián es alguien muy especial para ti. Tienen una historia, una trunca historia, que necesita un final.

—A veces siento que se fue muy rápido de mi vida, que fue un amor muy corto y un olvido demasiado largo.

—¿Que te pasó cuando lo viste? A mí dime la verdad.

¡Qué lástima que no puedo sacarle una foto a su cara de bruja inquisidora cuando me levanta el dedo índice y la ceja de su ojo derecho en el mismo instante!

—En lo único que pienso cuando lo veo es en tenerlo en mi cama. Bien, lo dije y me da vergüenza, pero es así. Deseo a Julián como nunca desee a un hombre en mi vida. Y me produce taquicardia.

—Entonces tranquila. Revuélcate una vez con él como perra en celo y se te pasa. Tal vez es solo cosa de un momento. Es que está muy bien ese hombre y el volver a verlo, te mueve cosas pasadas. Lo que vivieron juntos fue intenso y fue amor de verdad Vani. Necesitas sacarte las ganas.

—¡Estás loca! Yo no puedo hacer eso. No puedo hacérselo a Sebastian, ni a mí. No señor. No es una buena broma.

Gracias al cielo llega Carlos para salvarme de la situación y evitar dejarme pensar. Gracias buen mozo. ¿Ya conté que Carlos es un morocho muy *sexy*? Él y mi amiga conjugan tan bien, son perfectos juntos.

La cena pasa y la noche también.

Duermo culposa entre los brazos de mi dulce novio, sin sexo y sin demasiados mimos. La mañana también pasa y el trabajo está estropeando mis pensamientos, perdón, es a la inversa, mis pensamientos están estropeando mi trabajo.

Esta traducción va a tener que ser revisada o, tal vez, hacerla de nuevo sería mejor. Gracias Julián por esto.

Trabajar en casa tiene sus beneficios. Dejo todo a la espera de que mi concentración vuelva de su viaje al mundo de la fantasía y me voy a disfrutar de un baño de espuma, largo y tibio. Sí, eso es lo que necesito.

«¿Quieres que te bese? ¡Por favor!», recuerdo las palabras una y otra vez.

¡¿Cómo negarse a esa boca?! En ese momento… y en esa situación.

Cierro los ojos, recordando su mirada, sus labios cerca de los míos, su aliento en mi cara, su voz susurrante y ¿me estoy masturbando? Sí, por Dios, lo estoy haciendo mientras lo recuerdo. Mis manos me acarician y me recorren de una manera desenfrenada y gimo sin poder evitarlo. Claro, si yo sé muy bien lo que me gusta y cómo me gusta. Un pellizco aquí, un dedo allá, un circulo por este sector... Estoy por experimentar un hermoso y fuerte orgasmo, y se lo dedico, con un grito final, mezcla de placer y furia.

Esto está llegando lejos, demasiado lejos para mí gusto.

Después de ese episodio, los días se fueron lentos.

Sebastian salió de viaje, acompañando a un cirujano que una vez pidió por él en el hospital dónde trabaja para que lo ayude a hacer intervenciones a niños sin recursos, en el norte del país, como cada dos o tres meses hacían. Esa soledad me llenó de energía. Extrañarlo en mi cama, en mi mesa, en mis días, me demostró que todo seguía ahí, intacto.

Nuestra pareja no peligraba.

Julián es solo atracción física, nada más y nada menos. No es un reconocimiento agradable, pero me da esperanzas de que acabe de un momento a otro, porque es algo vacío que puedo dominar, sí, es eso.

¿Gimnasio?

Dice el texto de mi amiga en la pantalla de mi celular.

En diez minutos estoy ahí.

Mi respuesta es inmediata, necesito ejercicio. Mi cuerpo reclama movimiento y sin Sebastian, mis necesidades están algo así como no saciadas.

Pasamos la tarde sudadas, respirando agitadamente, entre clase de *zumba* y ejercicios con pesas y aparatos. Antes de pasar por el vestuario nos regalamos un rato de descanso en el bar del gimnasio con una botella de agua refrescante y, por no omitir la verdad, un sándwich que compartimos, solo para aliviar la ansiedad posterior de asumir haberlo comido solo por gula.

—Lo que te pasa con Julián a mí me podría pasar con ese bombón. No le negaría un buen beso y algo más —dice.

Miro buscando al susodicho y al verlo puedo decir que hermoso es poca palabra para él. Podría ser modelo con ese cabello castaño revuelto, esos ojos negros, el cuerpo perfecto y una sonrisa de esas que se ensayan todos los días un rato frente al espejo.

—Pero él es bonito —aseguro mientras señalo al supuesto modelo con un movimiento de cabeza, sin que me importe si se da cuenta. Eso quiere él, que lo miremos. Si pasa de una pose a la otra para llamar la atención de cualquiera, bueno la ha recibido. Nuestra mirada es su premio. Volviendo a la comparación agrego—. Julián es masculino, no es bonito. Es un hombre que desprende testosterona en cada paso. Tiene mirada y sonrisa que incomodan por su sensualidad y provocación. Es de esos tipos que alimentan los ratones.

Veo los ojos entretenidos de mi amiga y una sonrisa como pidiendo que siga hablando y claro que lo hago, solo para su diversión. Además, necesito gritarlo a los cuatro vientos para que salga de mí y exorcizar este deseo prohibido.

—Es de esos especímenes que con solo verlo lo deseas y necesitas que te meta una mano debajo de la falda y te haga gritar como loca, como nunca antes en tu vida, mientras llegas al orgasmo atrapada contra una pared y solo te quedan fuerzas para decir su nombre y darle las gracias. ¿Qué? —pregunto, su mirada de pronto es diferente y su sonrisa también, ¿en qué momento cambiaron y por qué?

—¡Rico! Hola —dice.

Sus ojos se clavan en los míos y creo que mi cara se torna muy divertida para ella, porque larga una carcajada que no puede contener ni mordiéndose los labios.

—¿Qué escuchaste?

Ni hola, cómo estás, qué haces aquí… nada, solo necesito saber que ha escuchado.

—Muy poco como para saber si es una fantasía o una experiencia, pero suficiente para alimentar mis propios ratones —responde y me saluda con un beso en la mejilla, que por cierto sentía un poco encendida y seguramente algo colorada. Besa después a Pilar y se sienta. ¿Se sienta?

—Sigamos con el tema, me interesa. En principio, puedo hacer eso y más, solo por las dudas.

Nos mira a ambas y nos guiña el ojo. Sinvergüenza, engreído, claro que puede.

—Bueno, bueno… ¿qué tenemos por aquí? Una *sexy* rubia y una infernal morocha.

Este es Rodrigo, nadie más puede gritar así y en un lugar cerrado sin importarle nada de nada.

—Y nada menos que hablando de sexo —agrega Julián, como si de verdad quisiésemos compartir nuestro tema.

Recibimos el saludo de Rodrigo, mientras yo busco escapatoria, algo que decir y huir después. Ya se me está haciendo costumbre, lo sé, aunque esta vez va a ser lejos, muy lejos y rápido. Mi cara debe estar acorde a mis pensamientos, porque mi amiga me rescata.

—Rico, sabrás disculpar, pero no ventilamos nuestras intimidades con hombres en edad de masturbarse.

Gracias, Pilar.

—¡Qué aburridas! —exclama Rodrigo y se sienta también mientras vemos a Mariel llegar y sentarse sobre sus piernas—. El sábado las esperamos con sus parejas.

Por suerte Rodri cambia de tema, eso me da tiempo a recuperar mis colores.

—No se aceptan negativas —agrega Mariel y ¿quién puede decirle que no a su sincera sonrisa? Esta mujer nos aprecia mucho y todavía no descubrimos el porqué.

El rato incómodo pasa y surge una linda conversación después, que me deja más tranquila. Y hasta me he olvidado del episodio de mi habitación, un ratito al menos. Reímos y recordamos como siempre, en un ambiente distendido. Llega Lautaro acompañado de Cristian y se suman a la charla.

—¿Vani qué es de la vida de tus padres?

Rodrigo adoraba a papá y era recíproco. Rodrigo no tenía uno y utilizaba, con mi permiso, el mío. Mi padre no tiene hijos varones por lo que Rodrigo, y Julián también, cubrieron ese vacío a la perfección.

—Están viviendo en las sierras por prescripción médica. Mi mamá necesita ese tipo de aire por un problema en los pulmones, nada grave si lo controla.

—Debes extrañarlos —agrega Julián, también quería a mis padres. Siempre pensó que mi familia era mejor que la suya en lo que a demostración de cariño se refiere.

—Mucho. Viajo siempre que puedo. A ellos se les complica más.

De pronto me pongo seria y me siento vulnerable, casi todos

se dan cuenta y cambian de tema. Sí, claro que extraño mucho. Pero la verdad es que no viajo a visitarlos tanto como quisiera.

—¿Qué tal si nos juntamos a comer más tarde? —pregunta Cristian.

—No puedo, mi novio llega de viaje en un rato.

No hay más explicación. Se hace un silencio abrupto de tres a cinco segundos y lo rompo impaciente.

—Perdón, pero hace varios días que se fue y no puedo no estar en casa esperándolo —agrego sintiéndome un poco tonta por haber reaccionado así.

Unos minutos más de charla y nos vamos cada cual para su lado.

—Me gustaría cambiar de gimnasio, Pili —le digo.

Si bien me gusta estar con ellos, es incómoda la situación con Julián, al menos por mi parte. Yo no sé cómo mirarlo a la cara, y él, como si nada.

—No lo dices en serio.

—Solo dije que me gustaría, pero no podemos. Ya entendí. Deja de mirarme así.

Las miradas de mi amiga suelen ser intimidantes cuando algo no le gusta. Además, ¿cómo podríamos despreciar el regalo de los chicos?, seguramente Julián podría entenderlo, pero los demás no. Justo ahora que los tenemos a todos cerca, sería una locura volver a alejarnos. Y está descontado que Pilar no me dejaría. Bien. Tema cerrado. Al menos lo intenté.

Para ser sincera, a pesar de todo, me gusta encontrármelos, verlos y charlar como si nunca nos hubiésemos dejado de ver y poco a poco ponernos al día. Incluyendo a Julián, pero no los atípicos episodios que tuvimos.

Llego a casa y mi novio está esperándome. Me siento mal al no haber estado para verlo llegar, pero él no está enojado. Él nunca se enoja por nada, conste que eso también me frustra un poco. Sí, son muchas las cosas que me frustran de mi novio, me gustaría, tal vez, más de pasión en sus acciones y no hablo de la pasión sexual, sino de la que nace de adentro para demostrar los sentimientos. Pero lo acepto así.

—Hola, guapo. Perdón, me entretuve con los chicos en el gimnasio.

—Los aborrezco sin conocerlos, lo sabes, ¿no?

Demás está aclarar que es un chiste, él no aborrece a nadie, solo quiere ganarse uno de mis abrazos. Aunque, la verdad es que tal vez no le gusta tener a la gente demasiado cerca. Es bueno y noble. Algo retraído y solitario, aun así, de buen corazón.

—Lo sé, lindo, lo sé.

Y mi mente grita en silencio, "comenzarías a hacerlo de verdad si supieses que Julián me besó y no una, sino dos veces y cómo. ¡Madre mía! Ah, y no quisiera olvidarme del detalle de que me vio desnuda..."

Para acallar mi conciencia lo beso, no cómo quiero o necesito, porque él es suave ¿recuerdan? Lentamente él toma el control y sus besos empiezan a darme ganas... unas ganas locas de hacer el amor y dejarme llevar, olvidándome de todo y de todos, por un instante.

Sus manos me recorren la espalda y se aprietan a mi trasero, obvio, no esperaba otra cosa. Las mías se deshacen de su camisa, y ya están ocupadas en su pantalón, cuando me muerde el lóbulo de la oreja, haciendo que me recorra una sensación similar a una descarga eléctrica, por toda la columna vertebral.

—¿Me extrañaste? —me susurra y yo solo ronroneo como un gatito cuando su aliento roza mi piel.

Estoy ardiendo, aunque, no por él. Es por Julián, por el recuerdo de sus palabras susurrando sobre mis labios. Y me odio. Odio los demonios que ha soltado en mi cuerpo y abandonando la cordura, por un instante, solo pienso en él. En este preciso momento yo deseo sus besos y no reparo en mi hombre que me acaricia y me toca para intentar encenderme. Y me enciendo, sí, pero por el recuerdo de un hombre ajeno.

Como la gran actriz que alguna vez soñé ser, miento y gimo. Me entrego concentrada en la necesidad de mi cuerpo. Intento relajarme en sus manos, en sus caricias lentas que de a poco me llegan a las entrañas.

Me lleva a la cama, y sin saber cómo, ya me encuentro desnuda debajo de él, siendo acariciada entre mis piernas, y gimiendo.

Sus labios en mi pecho humedecen mi piel. Sus dientes me la erizan con su roce. Poco a poco desciende por mi cuerpo y me obliga a cerrar los ojos ante la sensación placentera de la suavidad de sus besos. Llega a destino para reemplazar su mano por su boca y estallo en un grito. Sí, se siente realmente bien. Necesito mi descarga y él sabe cómo conseguirla.

Mi cuerpo ruega moviéndose al ritmo; mi voz suplica por más y mis manos piden que siga, tirando de su pelo. Me dedico a gozar, a sentir esa energía que fluye con fuerza por mi sangre, haciendo que todo funcione y mi cuerpo logre elevarme hacia lo más alto haciendo que me olvide de quien es la boca, la lengua y los dedos que me dan placer y solo grito ante el éxtasis.

Solo eso quería en mí, placer y nada de pensamientos.

Respiro, agitada hasta que me recompongo y vuelven mis fuerzas. Veo la sonrisa de mi novio, llena de orgullo y arrogancia por lo que me había hecho sentir.

—Tranquilo semental, el tiempo de sequía ayudó —le digo en broma, evitando pensar en lo que había pasado.

—Eso es maldad —susurra subiendo a mi cuerpo y entrando en él sin permiso y sin aviso.

Y ahí vamos otra vez… claro que necesito más, pero ruego en silencio que él esté más necesitado que yo y me penetre con fuerza y desesperación, aunque… me volvería vieja esperando. Entre besos y caricias giramos y yo quedo al mando, logro mi objetivo, necesito acción de la buena, desde esta posición sé que se la doy y a mí me gusta más. Muevo mis caderas a velocidad, con profundidad, haciendo círculos y pausas en los momentos necesarios, llevándonos al clímax entre jadeos y gemidos.

—Te quiero. Esto sí que es una buena bienvenida.

Esas palabras llenan mis ojos de lágrimas, no sé por qué, pero es así, justo en el preciso instante que mi segundo orgasmo me abandona, seguido del de él aflojando después todo mi cuerpo sobre el suyo.

—Te quiero, guapo. Te quiero tanto —le digo mientras lo abrazo.

Esta es mi culpa hablando, no porque no lo quisiera o nunca se lo dijera, sino que nunca soy tan enfática haciéndolo. Qué horrible me siento y lo peor de todo es que no estoy segura de por qué es así.

Julián

Todavía podía sentir el sabor de su boca en la mía.

Cada noche es una lucha dormirme con el recuerdo de ese beso dando vueltas en mi cabeza.

¿Angie? Bien, de salud perfecta y de humor como siempre. No intenté nada con ella en esta semana y media. Me lo dejó claro: «no me molestes por un tiempo» y a eso se refería.

Yo no soy de su interés como hombre y eso repercutía en mi ego. Durante mucho tiempo, cuando comenzaron sus rechazos, me inquietaba la idea de no gustarle a mi mujer. No quiero mentir, me afecta aún, pero cada vez menos. Es que soy hombre y a los hombres no nos gusta que nos digan no, por eso no pasan desapercibidas sus negativas a estar conmigo.

Como decía, al comienzo fue duro su rechazo o indiferencia. Recuerdo claramente una noche, la primera noche que descubrí como alivianar esa angustia. Rodrigo me invitó a ahogar las penas en cerveza, tequila o lo que venga, pero ya para entonces controlábamos la cantidad de lo que tomábamos. Sus penas eran la soledad y las ganas de enamorarse por primera vez, ya Fer y Ana nos humillaban entre arrumacos y a él eso le había ablandado el corazón, y mis penas eran Angie y todo lo que ella traía como equipaje. No es grato el desamor en un matrimonio.

La verdad es que no recuerdo si la amé, sé que si lo hice no fue tanto como para decir que fue el amor de mi vida, pero la quise mucho. Creí que sería mi tabla de salvación. Yo estaba solo, angustiado, sin amor, más que el de mis amigos y, a decir verdad, me agrada la vida en pareja. Me gustaron los primeros meses, hasta que todo se fue al demonio.

Recuerdo mi emoción cuando compramos, en realidad compré, el departamento con un cuarto de más para nuestro bebé. Yo tenía ganas de tener ese niño o niña, a pesar de no haberlo buscado. Me había ilusionado con la idea de ser padre. Ese dolor no cesa. Nunca lo hará para mí. Pero para ella solo pasó como si de una frustración se tratase y me duele que sea así. Desde entonces comenzó a sacar su disfraz prenda por prenda. Yo ya estaba atrapado, qué más daba ocultar sus intenciones. Comenzó a mostrar su verdadero interés en mí y "mis cosas", primero fue un automóvil mejor y vacaciones por Europa, playas exóticas y de a poco mi cuenta bancaria bajaba, ropa, zapatos, joyas... lo que se podía comprar, ella lo compraba. No es que me importe gastar más o menos, para eso está el dinero, pero descubrir que tu esposa se siente más atraída por el vil metal del que eres dueño que por ti mismo, es fuerte.

Ahora estamos en la etapa de que quiere volver a quedar embarazada y sacarme una casa. Se aburrió de vivir en departamento. Ella solo se conforma con algo parecido a un palacio, en las afueras de la ciudad preferentemente y con un gran parque con piscina para que nuestro hijo juegue con el perro. Me estoy riendo a carcajadas en este instante. No tenemos hijo, tampoco tenemos sexo como para tenerlo en breve, y mucho menos tenemos perro, ella odia los perros. Pero en la postal de la familia perfecta, queda bien. Disfruta del estatus que le da mi apellido y mi dinero. Le encanta disfrutar de la vida que se vive como partícipe de la alta sociedad y pasearse por esos caros lugares que solo puede visitar la gente con efectivo o tarjetas de crédito con gastos ilimitados.

Vuelvo a esa noche de borrachera, estábamos animados se podría decir, cuando Rodrigo chocó con una pelirroja bonita y le tiró la bebida en su vestido. Vale aclarar que era blanco y no llevaba sostén, detalle que dejó a mi amigo trastornado. Yo trato de no pensar en eso porque es la mujer de un amigo. Rodrigo quedó loco, de verdad loco. La siguió toda la noche y la petiza no le daba la atención que él buscaba. Ya sobre el final de la noche, le sacó el número de teléfono.

Solo para hacerle el aguante a él, darle espacio y tiempo de seducir a la petiza que estaba un poco reticente, yo me dediqué a entretener a la amiga de ella. Esa mujer no era tan difícil como Mariel y nos fuimos a un apartado del lugar. La verdad es que la noté dispuesta desde el mismo momento que la vi y le robé unos besos que se fueron desvirtuando demasiado. Terminamos en mi coche teniendo sexo desenfrenado. No sentí culpa ni angustia, tampoco me arrepentí de nada. Nunca.

Esa fue la primera de muchas escapadas. Estoy seguro que Angie lo sabe y no se queja, es más, no le importa. No sé si ella tiene alguna aventura por ahí o la haya tenido. Me molestaría sí, porque yo sigo luchando por la pareja a pesar de todo. Mis escapadas son por necesidad absoluta, tal vez suene a excusa fácil, pero no puedo vivir masturbándome a mi edad. Me niego a eso.

No soy mal tipo, solo quiero que me quieran, sentirme querido sinceramente, ¿es eso mucho pedir? Sueno como que soy un terrible perdedor y patético ser, pero es la realidad. Solo mis amigos son sinceros conmigo, un grupo pequeño y selecto de gente. El resto, es conveniencia de alguna parte, suya o mía y es una mierda.

Alguna vez soñé con el amor verdadero, ese que cala fuerte en el cuerpo y en el alma. Ya no lo añoro, no lo busco. Por eso deseo que seguir casado con mi esposa deje de ser un problema, quiero de verdad, que nos adaptemos y conseguir una buena vida juntos. Creo que estoy con ella por la estúpida necesidad de sentirme acompañado y tener con quien compartir mi rutina, mis días, mi cama y mi mesa. Y no me quejo, es lo que busco. De lo que me lamento es de no poder conseguirlo.

Volviendo al punto. Vanina sigue en mis pensamientos y fantasías desde ese beso que le robé en su habitación. Verla desnuda fue… no tengo palabras. Y debo reconocer que la conversación que escuché en el gimnasio no colaboró demasiado en mis intenciones de dejar de pensar en ella. Nada me impediría hacerla gritar mi nombre contra una pared, si me diera la oportunidad.

Sigo sentado esperando a Angie. ¿Tanto tiene que arreglarse? Ya dije que no es fea, por el contrario, es muy bonita y no necesita tanta producción para ir al cumpleaños de mi amigo, al que ella no soporta. En realidad, no le gusta nadie de mi grupo, pero a veces, solo a veces, se digna a hacerme compañía. Hoy que no me interesaría si no va, ella quiere ir. ¡Madre de Dios, nunca la entenderé!

—Ya estoy lista, podemos irnos —dice acercándose y mostrándome lo que se puso.

No está nada mal. Es un vestido negro y blanco, hasta las rodillas, que ajusta su cintura y luego cae suelto. Debo decir que es elegante, no sé si *sexy*, ella no es de las que enseña su mercadería, no obstante, si la dejan, saca las uñas y es una gata. Lástima que, de eso, poco me muestra.

—Estás muy linda.

Le doy un beso en los labios y me sonríe. La abrazo por cintura y la guio hacia la puerta de entrada.

La casa de Ana y Fernando no está lejos de mi departamento. Ya están todos o casi todos los invitados cuando llegamos nosotros. Saludamos y Angie se encuentra con una conocida con la que sí tiene afinidad. Es una chica más amiga de Ana que de los chicos de mi grupo. Se queda con ella y yo me pongo feliz de que así sea. Me divierto más estando solo que con ella a mi lado. Sí, sé que no está bien lo que digo, pero no soy mentiroso, ya lo saben.

Rafa me saca de la conversación, en la que estaba concentrado, con un grito cerca de mi oído.

—Si sabía que venías en pareja traía a alguien para darte celos.

Me giro con una sonrisa en los labios. Ninguno de nosotros escatima en piropos, nos gusta adular a las mujeres y quise ver quien era la beneficiada en esa oportunidad. La rubia se abraza a él sin dejar la mano de su novio, y un poco más allá veo Vanina con su chico. Mala suerte la mía.

—Si hubiese sabido que me esperabas sola, ponía una excusa.

Le sonríe a su novio que nunca había dejado de hacerlo tampoco y éste le guiña el ojo, ya es de mi agrado. Ser novio de la rubia no debe ser fácil. Nadie deja de girar para verla pasar, lo noté en el gimnasio. Sigo mirando hasta que Rafa se abraza con Vanina, que sonreía con esa boca perfecta que tiene y sus ojos acompañaban la mueca a la perfección, regalándome una mirada rápida... Creo.

—Les presento a Rafa, él es Carlos, mi novio y él Sebastian, concubino de Vani —dice entre carcajadas, Pilar. Mi amigo les estrecha la mano a los hombres. En el instante que estoy a punto de acercarme veo a Rodrigo, con Mariel de la mano, sumarse a la ronda.

—Ahora sí que empieza la fiesta, llegó mi rubia *sexy* preferida. No es justo que no me des ni la más mínima oportunidad de demostrarte que soy mucho mejor que cualquiera.

Rodrigo es muy caradura, lo puedo confirmar. La levanta a la rubia de la cintura y le da un beso en la mejilla, creo que está por recibirse una buena trompada de un moreno alto que lo mira fijo.

—Feliz cumpleaños... —dice Pilar y mira a su novio, todavía entre los brazos de mi amigo —. Amor, este es Rodrigo, ya sabes que si te dejo será por él.

¡Ah, bueno! Tal para cual, para qué preocuparme entonces. Se estrechan la mano y se dan unas palmadas en la espalda. Este tipo me cae bien. Pilar se le acerca para darle un beso en la mejilla

—Son provocadores de profesión y saben muy bien cómo hacerlo, si te enganchas pierdes —le dice a su novio y él vuelve a sonreír dándole un beso en los labios y la lleva más cerca de su cuerpo con una mano posesiva en la cintura.

Este es el estilo de hombre que me agrada, el que marca su territorio con sutileza.

—¿Y quién es el beneficiario de tus ardientes besos, morocha? —sigue Rodrigo.

Yo, yo lo fui y fueron maravillosos. Espero haberlo pensado solamente, mientras camino para unirme a ellos, aunque me hubiese encantado gritarlo.

—Sebastian, él es Rodrigo, el cumpleañero.

Habla justo a mi llegada me mira y le estiro la mano.

—Y él es Julián.

Saludo a Carlos también y veo como la mano de Sebastian se posiciona sobre la cintura de Vanina y más abajo también. Dejo de analizar ese movimiento y me prendo al cuerpo de Mariel. Me sonríe y le guiño un ojo. Tenemos un juego que molesta a Rodrigo, es que tiene que aprender lo que se siente. La levanto para ponerla a mi altura.

—No, petiza. Suéltala, mal amigo.

La voz de Rodrigo se escucha en todo el salón y me sonrío en los labios de Mariel que me besa abrazada a mi cuello. Todos se ríen ante su actitud desesperada cuando siento que mis brazos quedan vacíos y es porque me la arranca literalmente de ellos y está besándola para borrar mi sabor de su boca. Eso dice él.

—Julián un día de estos me voy a vengar y no te va a gustar.

Eso nunca pasará, Angie podría clavarle una tijera en el ojo. ¿Es exagerado? Ustedes porque no saben lo mal que se caen.

—Y tú, petiza, no lo dejes besarte —le pide a la novia.

Entre risas se acercan Cristian y Mariana para presentarse y nos invitan a sentarnos a uno de los sillones. Sebastian quiso ir primero por algo de tomar junto con Carlos.

—¿Vani me das una mano en la cocina? –pregunto.

Necesito ver cómo están las cosas entre nosotros. La miro rogando que acepte. Esta vez el perdón es obligatorio, me había pasado con lo que había hecho.

—No me dijo a mí. Yo para la cocina soy un desastre –dice Pilar y se aleja riendo, de nuestra vista, y yo le tomo la mano a la morocha, para que no dude más y venga conmigo.

—Gracias por la ayuda, es que no quiero que todo le quede en manos a Ana por ser la dueña de casa.

Ya estamos en la cocina desenvolviendo paquetes con comida y poniéndola en un plato. No recibo más que una sonrisa de ella, nunca una mirada directa a mis ojos para que yo pueda darme una idea de lo que está pasando por su cabeza. El silencio es un poco incómodo en realidad.

—Vani, quiero pedirte perdón. No me porté bien contigo. A veces no pienso lo que hago y esa fue una de las veces, bueno...dos veces –digo sonriendo porque, de verdad, suena divertido, incluso ella está sonriendo cuando levanto la vista.

Es una excusa estúpida, pero es la que se me ocurre y ya está dicha.

—¿No estás un poco grandecito para hacer cosas sin pensar?

Y sí, me lo merezco, claro que estoy grande.

—Seguro que sí. Aunque créeme si te digo que cualquier hombre mayor de quince años en mi situación hubiera dejado de pensar.

Le guiño un ojo y pongo cara de seductor. ¡Qué tarado! ¿Y yo era el que se estaba disculpando? De verdad esta mujer saca algo de mí que yo no puedo dominar.

—Sabes que te estas desubicando, ¿no? —asiento con mi sonrisa de *sex simbol*. Ahora si estoy jugando, al ver que ella se distiende—. Está bien, te perdono. Pero dejemos todo en el olvido. No quiero hablar de eso.

—Trato hecho. Todo olvidado.

Claro que sí. Como si fuese fácil. Mi cuerpo no olvida y me martiriza con eso todas las noches y todas las duchas.

—O al menos eso intentaré —agrego. *Ok*, eso también sale sin pensar, como todo lo que sigue a esas palabras.

Está parada delante de mí. Su pantalón ajustado no colabora para que yo mire hacia otro lado, su camiseta que deja un hombro descubierto, tampoco, y su pelo negro, precioso y brillante que adorna su espalda, mucho menos ¿Qué podría haber hecho? Sí, ya sé, resistirme a la tentación. Fácil decirlo ¿no?, pero hacerlo... difícil... Imposible.

Apoyo mis manos sobre la mesa a ambos lados de su cuerpo, siento su espalda erguirse sobre mi pecho y le susurro al oído.

—Nena eres un placer para mis ojos y una tortura para mi cuerpo. No voy a poder olvidarme de lo que vi, jamás.

Acerco mi boca más a su cuello al ver que, con un mínimo movimiento, lo inclina hacia un costado.

—No dejo de recordarte y de imaginarte. Envidio las manos de tu novio que pueden tocarte.

Rozo mis labios en su piel por unos pocos segundos y desaparezco, porque está poniéndose un poco incómoda la situación en mis pantalones. Y en ese momento supe que la palabra que más utilizaría con ella sería perdón, o ya dejaría de usarla para ahorrar tiempo.

—Rico, tu esposa te reclama —dice, Pilar, entrando a la cocina.

¡Cómo no! Seguro está desesperada por darme un abrazo. Salgo de mi escondite de la despensa y voy con un par de bandejas hacia el living.

—¿Adónde te habías metido? —pregunta Angie.

¿Ya conté que la voz de mi mujer a veces es irritante? Mira hacia la cocina y las ve salir a las chicas. Ups, problemas, lo puedo notar en su cara.

—Entiendo, ahora que las encontraste no puedes alejarte de ellas. No quiero quedar como la estúpida de la fiesta.

¿¡Qué, a que viene esto!?

—Sedúcelas en otro lugar si tantas ganas les tienes, ¿por quién vas primero? —agrega enojada.

—¡Ah, estás loquísima! Son mis amigas, desubicada. No me inventes una escena de celos que ni tú te crees.

Miento bien, sí, pero mi enojo es sincero porque ellas no son cualquier mujer como para que hable así. Jamás le di indicios de estar interesado en ellas como para que me diga lo que me dijo, pero no las quiere. Nunca lo hizo en su ausencia, menos en su presencia.

—No se te ocurra tratarlas con desprecio porque sabes que vas a salir mal parada. ¿Acaso no viste que están con sus novios?

—No, no los vi. Ni se te ocurrió presentármelos tampoco

—Claro que sí, pero como siempre, estabas en tus cosas y como siempre, tus cosas son lejos de mí —le digo.

Me alejo de ella, enojado. No me importa dejarla sola. Estoy cansándome de sus discusiones en cualquier lugar y a cualquier hora. Veo que se acerca a las chicas y me sonrío. Las conozco demasiado bien como para saber que no dejarán que ella domine la situación.

Me siento con el grupo que todavía está en el sector de los sillones. Carlos y Sebastian están cómodos con Rodrigo, Mariel, Fernando, Ana y Lautaro que está esperando a Noelia, que viene retrasada de otro cumpleaños. Charlan sobre el gimnasio y las rutinas de ejercicios. Carlos parece más enganchado con el tema.

—Viejo, estás más que invitado al gimnasio, te voy a hacer llegar la credencial.

—Rico, la idea de los negocios es ganar dinero. Pagaremos como cualquiera la mensualidad —dice la rubia y tiene razón, aun así, mis amigos no pagan cuotas.

Me lo digo en mi mente al escuchar su comentario, cuando volvía de conversar con mi esposa. Si se puede decir que lo que tuvieron fue una conversación.

—De ninguna manera, ninguno de estos aprovechados paga la cuota, por supuesto que ustedes tampoco. Sebastian para ti también va lo dicho.

Me agradece solo con un movimiento de cabeza, parece serio o tímido, pero poco me importa analizar su personalidad.

La pesada de Angie, de pronto interesada en mimarme, se acerca, se sienta a mi lado y pasa su mano por mi hombro. A buena hora que se acuerda de cuidarme. Cruzo una mirada con Rodrigo y nos entendemos al instante, pero no me rio. Miro a Mariel que me entiende perfecto y le guiño un ojo, ella me devuelve una sonrisa tierna, sufre por no verme bien, lo sé.

Pilar se sienta sobre las piernas de su novio que la abraza con dulzura. Me gusta mucho esa pareja. Vanina se acerca a Sebastian buscando lugar para sentarse a su lado y recibe el abrazo de él y un beso en la sien. ¿Acaso él también está marcando territorio? *Ok*, lo bien que hace.

La petiza es una mujer de armas tomar. Defiende a muerte a sus seres queridos y nosotros somos sus seres queridos. Por lo que no me llama la atención su pregunta salida de la nada.

—Y bien chicas —se dirige a Vanina y Pilar—, ¿piensan mantenerse cerca de nuestros muchachos o los van a abandonar otra vez? No los quiero llorando por los rincones. Sus cuerpos son un cascarón, porque por dentro son pollitos mojados.

—Bueno, colorada, eso no ayuda a nuestra imagen —dice Rodrigo mientras le sonríe con amor.

—No es así, somos bien hombres y fuertes —se defiende Fernando.

—Mariel, cambiemos de tema —le digo con una sonrisa.

—No, ellas tienen que saber que son unos llorones. En especial tú, muñeco —le hace una caricia a Rodri que pone trompa de bebé a punto de llorar, es un bobo—. Estos chicos, las quieren mucho. Tanto Noelia, Mariana como quien les habla, perdón, y Angie —la incluye solo porque me quiere y porque está ahí—, necesitamos conocerlas un poco más. No sé qué hicieron para merecer tanto, lo que sí sé es que queremos descubrirles algún defecto, como ellos dicen que ustedes no tienen ninguno y nosotros todos.

—Yo no soy quien para contradecirlos –dice Pilar en broma–. No tengo defectos, ¿verdad, mi rey?

Se gira para mirar a su novio sonriente.

—Verdad, mi reina —dice él con un beso sobre sus labios. Y nos sonríe a todos levantando los hombros—. ¿Qué otra cosa puedo responderle?

—Que empalagosos son —bufa Vanina riéndose—. Claro que tienes defectos y muchos, especialmente cuando sacas la bruja de tu interior.

—Mira quien habla. ¿Sabes cuál es tu peor defecto? Tu sinceridad bruta. ¿Miento?

Busca apoyo en Sebastian.

—A veces es un poco molesta su sinceridad —responde el nombrado con una sonrisa.

Siguen la conversación y me alejo un poco en busca de algo para tomar. Veo y escucho las risas y la alegría de todos desde mi lugar y me siento feliz.

—Me voy a casa —dice Angie y me interrumpe los lindos pensamientos que estaba teniendo—. Estoy aburrida y se ve que, en vez de ser el cumpleaños de Rodrigo, es una fiesta de bienvenida para esas chicas.

—Yo me quedo.

No cometería dos veces el mismo error. Y no tengo ganas de aclarar ninguna de sus estupideces.

Y se va. Sin saludar a nadie, cosa que, por supuesto, no me extraña de ella.

Me marea su actitud, ya no la entiendo.

Primero me cela, me provoca con un beso, hacemos el amor, después me pelea como siempre, me ignora durante varios días, ahora me hace escenas de celos y se muestra enojada por la presencia de las chicas. Y todo en tres semanas, no puedo con esto.

Vanina

Mientras escucho divertida la conversación con los chicos, por mi cabeza deambulan las palabras de Julián.

Quiero olvidar sus besos, pero es una tarea imposible, aunque parece que para él tampoco es fácil. Me lo dejó claro cuando se lo pedí, él no lo va a hacer. Yo tampoco puedo, cómo hacerlo si ha sido la experiencia más erótica que he vivido desde que soy sexualmente activa. Esa promesa yo tampoco la cumplo, de ninguna manera.

Lo que en realidad no esperaba fue lo que me dijo después, no quiero ni pensar por qué torturo su cuerpo. No. No. Fuera de mí, pensamientos morbosos.

Tengo que disimular mi movimiento de negación con la cabeza, con una sonrisa, a Sebas que me tiene agarrada de la cintura como si temiese perderme. Esta actitud no es propia de él. Pero no me quejo porque si de demostraciones de cariño se trata, yo me apunto. Sin embargo, no quiero las demostraciones de cariño de Julián… No, me corrijo, eso no es cariño. Y ¿de verdad no las quiero?

Juro que, en esa cocina, estaba a punto de apartarme cuando sentí sus labios en mi cuello. Ya me había armado de valor y justo cuando iba a reaccionar, se disolvió su presencia en el aire y me obvió el momento, pero no sin antes dejarme temblando como una hoja con ese simple roce.

Ojalá no se haya dado cuenta lo que provoca en mí porque moriría de vergüenza. Mi respiración se vuelve rápida, como los latidos de mi corazón que se aceleran de una manera que no conocía que podían hacerlo sin provocarme un ataque, no sé de qué, de algo. Mi cuerpo se rebela y desobedece a mi mente cuando le pide: "muévete, huye, déjalo hablando solo, que no te toque. Nada, ni un mínimo movimiento, rebelde al máximo, se queda quieto suplicando por más de lo que sea que él me esté haciendo. Y, por último, esa parte de mí anatomía, sí, esa, se pone alerta, prende motores y espera ansiosa. Felicitaciones para mí por poder esconder ese gemido que casi sale de mi boca cuando susurró en mi oído su primera palabra. Ahí estuve perfecta, después, qué puedo agregar, fui un desastre.

La llegada de Pilar a la cocina fue necesaria, se agradece. Pero la salida de la cocina con ella no era necesaria y no se agradece. Angie se nos acercó y nos saludó.

Me cae terrible y no porque sea la esposa de Julián. Es antipática, engreída, falsa y hasta tiene cara de frígida. ¿Será? En algún momento Pili se lo preguntará, solo tengo que esperar porque ella no tiene pelos en la lengua, si quiere saber, pregunta.

La conversación que tuvimos, que duró una nada misma, fue irrelevante y poco importante. Con sus aires de reina nos hizo algunas preguntas tontas y nos contó un par de pavadas de "su amor", el mismo amor que me besa en cada rincón que me encuentra a solas. Eso no se lo dije obviamente, pero me hubiese gustado, por soberbia.

Pilar y yo intuimos que no nos quiere, podemos notarlo. A diferencia de las otras mujeres del grupo, que nos aceptan y nos demuestras cariño, ella nos mira mal y nos habla con malos modos. Parece ser como la oveja negra del rebaño, es más, creo que ni es parte del grupo.

No me doy cuenta de lo rápido que pasan las horas entre tragos y risas. Creo que estoy un poco alegre, pero me gusta sentirme así de desinhiba. Me hace olvidar las incomodidades.

Bailamos en parejas y también entre todos, vuelo por el aire más de una vez en brazos de Rodrigo que sigue siendo tan inquieto como siempre. Sebastián no está tan incómodo como imaginé que estaría y ni hablar de Carlos. No esperaba menos de él, porque es muy sociable, tal y como su novia, mi amiga, que parece bastante animada esta noche.

Sebas se me acerca y me abraza con cara de querer disculparse por algo. Creo intuir de qué se trata.

—Me voy a casa, mañana tengo una operación. Acaban de llamarme —dice mi bonito novio y ya está con sus responsabilidades en la cabeza, mi intuición no falla—. Quédate con tus amigos, me llevo el coche. ¿Te podrán llevar?

Con la mirada le pregunto si está seguro y él asiente con un beso en mi cuello.

—Sí, seguro alguien me lleva. Gracias por acompañarme.

—De nada, linda —susurra y me da otro beso, pero en la boca.

Yo sé el esfuerzo que tuvo que hacer para venir. El motivo, lo dejo para pensarlo cuando esté lúcida y tal vez tampoco lo haga. Quiero pensar que es para empezar a compartir conmigo las cosas que me importan de verdad, para variar.

Me quedo bailando con los chicos, hace mucho que no me divierto tanto. No había pasado mucho tiempo desde la despedida de mi novio, cuando siento que unas manos fuertes toman mi cintura, de una manera bastante íntima. Giro, curiosa, para encontrarme con la sonrisa de Julián. Siento que primero giro yo y después la habitación. Fue un movimiento que no debí hacer tan rápido y en mi condición.

—Perdón otra vez —me pide, Julián.

Sé a qué se refiere. No habíamos estado solos después de sus palabras en la cocina y ahora quiere disculparse por… tercera vez. Que conste que tengo que sumar con los dedos, por mi estado, obvio. Yo estoy pasándola muy bien y él, con sus manos en mi cintura, su mirada clavada en mis ojos y esa maldita sonrisa compradora, viene a complicarlo todo otra vez.

—Ay, Julián… ¿Sabes lo incómodo que es para mí? Te disculpas primero y vuelves a hacerlo después.

Caminamos lentamente alejándonos de todos y no porque yo quiera, él me guía. Yo no soy demasiado consciente de lo que está diciendo, las burbujas hablan un poco por mí y lo bien que lo hacen. Necesito animarme a gritarle como quiero, porque su accionar me hace sentir demasiada frustración.

—No entiendo tu punto, Rico, somos amigos, tengo novio, tienes esposa. Tócala y bésala a ella, déjame en paz a mí. Y suéltame —digo enojada al ver que me lleva, de las manos, más lejos aún para estar solos.

—No te enojes así, nena. Déjame explicarme.

—No me digas nena.

Se lo pido solo porque es demasiado excitante escucharlo de sus labios y con esa voz que retumba en mis entrañas. En otra situación, me encantaría.

—Perdón, no sé por qué actúo así contigo. No lo sé.

Me mira a los ojos y veo sinceridad. Levanto una ceja para darle oportunidad de hablar y mantenerme callada o al menos intentarlo. Y de esa forma baja mi enojo, un poco.

—Desde que reapareciste en mi vida estoy confundido. Me gustas mucho y te respeto, o quiero hacerlo, de verdad. Pero… Son los recuerdos, mi mal matrimonio, los celos de verte con otro, no lo sé con certeza. Siempre fuiste importante en mi vida, como dijo Mariel… en nuestras vidas en realidad. Aun sin estar presente, lo estabas. Las dos lo estaban —se silencia con un suspiro y negando con un movimiento de cabeza.

No sé qué cara pongo como para que deje de hablar y me mire con tanta seriedad. Tal vez mis ojos demuestran mi inquietud, mi desconcierto, mi enojo, mi preocupación o mi deseo. Sí, todo eso tengo en mi cabeza y algo se debe reflejar en ellos.

Disimulo como puedo y le sonrío. Es lo único que puedo hacer ante su presencia. Todo él, toda su enormidad, me confunde de una manera incontrolable y me siento mareada, no sé si por estar con él a solas, por su perfume o por el alcohol en mi sangre haciendo su efecto. Es cierto que habíamos tenido un pasado importante juntos, momentos inolvidables que volvían a hacerse presentes en esta realidad diferente y todo tenía que volver a acomodarse. Lo que es raro para mí, son las sensaciones que mi cuerpo experimenta al tenerlo cerca. Su mirada clavada en la mía, su boca tentándome y sus manos cerca de volver a moverse hacia mi cintura me alertan. Otra vez no. Peligro. Retirada.

—Todo perdonado, volvamos con los chicos. Intentemos no

pasar por esto nunca más.

Volvemos a bailar e intentamos olvidar todo. Decidimos jugar a hacer fondo blanco con el vaso lleno de cerveza, me obligan en realidad, porque era un juego en el que yo siempre ganaba. Antes, ahora con mi falta de cultura alcohólica lo que gano es una terrible borrachera, que me hace decir pavadas, moverme sin parar y reírme a carcajadas cada dos segundos. Que se sepa que no soy la única. Lo bueno es que es cerveza y no otra bebida más fuerte.

Las varias tazas de café negro colaboraron a la hora de la retirada, al menos ya puedo caminar derecho y pensar, con esfuerzo, pero lo hago.

—Vamos, nena, te llevo a tu casa.

Las palabras de Julián retumban en mi cabeza, dejo de hacer todo lo que estoy haciendo en este momento, o sea levantar un poco los vasos y demás cosas sucias para ayudar a los dueños de casa. Quiero negarme, pero no son muchas las opciones que tengo. Pilar ya no está, Rodrigo anda en moto y los demás en un solo automóvil. La borrachera de a poco va mermando, para ser suplantada por el temor de volver a estar sola con este ejemplar de sensualidad masculina que me había dicho que yo torturaba su cuerpo.

—Por favor dime que te vas a comportar. Si tienes una mínima duda, prefiero caminar y exponerme a que un pervertido se aproveche de mí en un terreno descampado.

Creo que no suena demasiado seria mi frase porque se ríe fuerte y decide ignorarme. Me ayuda a caminar hacia su coche, sin dejar de reír por mis tontos comentarios.

No sé cómo llegamos a su coche, si caminamos mucho o no, pero creo que hice un par de bromas que le parecieron muy divertidas.

Al arrancar el motor abrimos las ventanillas y el viento me refresca un poco. La bebida no es lo mío, definitivamente. Estoy muy avergonzada en este momento de poca coherencia y no quiero dejarlo pasar por alto.

—Esto es patético. Tomo poco alcohol, aunque más cuando salgo con la rubia, sin embargo, no es demasiado tampoco, porque estos son los resultados –digo señalándome de arriba a abajo—. Ya no sé hacerlo y termino así.

—Eres muy divertida borrachita.

¡Qué linda sonrisa me regala! Lo miro durante varios segundos mientras maneja. Maniobra con tanta sensualidad el volante y la palanca de cambios... Estaciona mirando por todos los espejitos del coche, concentrado en lo que hace y yo concentrada en él y en cada movimiento de los músculos de sus brazos y sus piernas. Tanto me concentro, que no me doy cuenta que ya había dejado de moverse y estaba mirándome con esa fabulosa sonrisa.

—Llegamos.

Baja conmigo y me acompaña hasta la puerta del edificio. Me saluda con un beso dulce en la mejilla y yo me sonrío cerrando los ojos al sentirlo cerca de mí. Mi cuerpo se estremece y mi estómago se retuerce. Creo que es el momento de abrir la puerta e irme, ya. Un segundo más y lo echo todo a perder. Pero, lamentablemente o no, tengo poca reacción en este momento.

—Es lindo volver a verte seguido —dice interrumpiendo mi huida, mental al menos, y nos abandonamos al silencio mirándonos muy fijo a los ojos.

Silencio, mirada, silencio, mirada, los segundos pasan y más silencio, ya bastante incómodo. Alguien tiene que decir algo. Sus ojos bajan a mi boca, ¡oh, oh!, eso solo significa una cosa. Todo pasa rápido, no olvidemos que yo estoy borracha y mi capacidad de reacción es casi nula.

—Nena, perdón, pero esto tampoco puedo dejar de hacerlo.

Me aprieta contra una columna de cemento, para sacarnos de la vista de la gente, y me muerde el labio inferior. Al segundo su boca encaja en la mía a la perfección y gimo sin querer hacerlo.

—No es de caballero aprovecharme de tu estado, pero... espero que no te acuerdes mañana de esto.

Solo escucho sus susurros contra mis labios que arden ante su contacto.

Sus manos me presionan contra su cuerpo y siento cada músculo de su pecho, duro como una roca, contra el mío. Me siento demasiado bien en sus manos. Sus labios tan tentadores y sensuales que tanto deseaba están sobre los míos, tibios y húmedos. Su lengua con sabor a cerveza se reúne con la mía de una manera tan sensual que solo me hace pedir más y libran juntas mil batallas.

No sé qué me excita más, si sus manos en mi cara, sus dientes pellizcando mi labio inferior, su lengua recorriéndolo sensualmente o la forma que me devora sin dejarme el control de nada. Mi cuerpo es fuego entre sus brazos y solo se escuchan mis gemidos y sus jadeos, a veces un «nena» y ninguna palabra más, no son necesarias. Sus labios blandos y decididos no me dan tregua y yo necesito un poco de control de la situación. No puedo con su fuerza y necesito dominar este beso, profundizarlo a mi manera, recorrer su boca con mi lengua y entrar en ella para reconocer su sabor. Quiero mi turno de morderlo. «¡Necesito morderte!». Todo se detiene y sus ojos se abren enormes ante mí, dejándome ver lo verdes y preciosos que son.

—¿Lo dije en voz alta no es cierto? —pregunto ante su no-movimiento.

Asiente con la cabeza y una sonrisa de satisfacción en su cara. Lujuriosa sonrisa que estimula *esa* parte de mí que se pone alerta ante su presencia.

—Adelante —me dice apretando mis labios otra vez y dejándose hacer.

Sí, mi turno de besarlo había llegado. Lo lamo, lo muerdo, lo succiono, exprimo sus gemidos y después de interminables minutos, jadeando, se aleja de mí. Ahora no por favor, quiero más.

—Necesitaba estos besos de tu hermosa boca. Insisto… ojalá mañana no te acuerdes de nada —dice y se aleja de mi cuerpo con lentitud, dejándome como parte de la decoración de la fachada del edificio.

¿¡Osaría dejarme así, de verdad!?

—Si no voy a acordarme de eso, tampoco de esto —digo sin permitirle alejarse.

Odio que me juzguen sin saber los acontecimientos, pero como los saben, no se van a atrever.

Estoy en llamas con esto que mis ojos ven, que puedo definir como un Adonis perfecto, ante mí. Besa como todo un experto y me aprieta contra su cuerpo de una manera tan caliente y necesitada… No puedo dejarlo ir.

Tomo su cara entre mis manos de la misma forma que él lo había hecho hacía unos minutos y acerco mi boca a la suya otra vez sin mediar más palabras.

Lo que no esperaba era que él no se quedara con los brazos quietos como lo había hecho yo y entonces siento sus poderosas manos apretando mi culo para llevarlo contra su cuerpo y otra batalla de lenguas, de labios, de jadeos, se libra entre nosotros. Pero hay más artillería, ahora nuestras manos se suman, insaciables.

Yo recorro su espalda tratando de abarcarla toda y me frustro ante la imposibilidad de hacerlo. No recuerdo en qué momento mis manos se colaron debajo de su camisa, pero no me quiero detener a pensarlo ahora. Él con una mano en mi nuca se asegura que no aleje mi boca de la suya y con la otra se encarga de tocar mi trasero centímetro a centímetro y pegarme sobre su erección, que ya es más que notoria y con seguridad, molesta para él, aun así, placentera para mí. Me roza deliciosamente, provocándome una electricidad que me obliga a levantar una pierna y acrecentar ese contacto entre nuestros necesitados sexos. Pero a él no le alcanza, parece, y me ayuda con sus manos para enredarme en su cintura con ambas piernas y ese roce ahora es sensacional. La tela de mi pantalón no me impide sentir el placer de sus movimientos contra mí. Mi cadera tiene vida propia y busca lo que necesita. Mi sexo está más que sediento del suyo y sin saber leer la mente, puedo asegurar que Julián está a muy poco de querer romperme la ropa y desnudarme en plena calle.

No puedo creer lo que estoy experimentando y me da vergüenza, pero me es imposible disimularlo, estoy a punto de tener un orgasmo y lo quiero... lo necesito. ¡Dios mío, es maravilloso!

Una fantástica cadena de sucesos está llevándome directo y sin escalas a que mi cuerpo se pierda extasiado en sus brazos. Mientras más me besa, más me aprieta contra sí y más gimo yo. Eso hace que sus movimientos se aceleren y aumente mi excitación... más me excito yo, más se altera él y más rápido es su meneo contra el mío. ¡Uf, qué calor!

—Nena, espero que realmente no te acuerdes de esto mañana –vuelve a rogar.

Su voz es un gruñido delicioso y sensual que me da la certeza de estar como yo, perdido en el placer.

—Estoy por hacer un desastre en mis pantalones —dice sin

dejar de moverse y se deleita con mi cuello mientras mis manos tiran de su sedoso cabello.

—Y yo en los míos —digo.

Mi voz apenas se escucha, entre mis gemidos y mi respiración agitada. Es tanta la necesidad que tengo de terminar con esta tortura que me cuelgo de su cuello y me muevo deliberadamente rápido llevándonos a los dos a explotar en un gemido que ahogamos con un beso.

Nuestros cuerpos están en pleno recupero de sus espasmos, mientras nos extasiamos mirando como nuestras lenguas juegan fuera de nuestras bocas, rozándose y lamiéndose con pura seducción.

La repentina tranquilidad posterior nos lleva a rozar nuestros labios con suavidad y cerrar los ojos, inspirándonos. Una mano, con movimientos lentos, baja mi pierna derecha y yo bajo la otra a conciencia. Nuestras bocas nunca se despegaron, hasta este momento en que siento caricias en mi rostro, y de pronto un vacío en mi cuerpo. Y frío. Levanto mis párpados y me encuentro con su mirada. Sus labios están hinchados y más rojos de lo normal, seguro que los míos deben ser un desastre.

—Nena, esto es más de lo que puedo controlar. De verdad deseo que no recuerdes nada, pero si la haces, te pido perdón de ante mano.

Apoya su frente en la mía mientras recibe mis caricias en sus mejillas y yo las de él en las mías.

—No sé qué me pasa contigo. No me dejas pensar ni razonar. No sé qué está bien o que está mal, solo pienso en cuánto te deseo y me arde el cuerpo. Necesito tenerte. Quiero tenerte desnuda en mis brazos y hacerte el amor mil veces hasta saciarme de ti, Vanina.

Mi nombre suena endemoniadamente seductor en sus labios. Sus palabras suaves, lentas y sentidas son las mismas que yo diría si tuviese el valor. No quiero escucharlo, porque sé que esto no traerá nada bueno. Lo callo con un beso que fue correspondido por uno suyo.

—Julián, ninguno pudo frenarse y está bien… los dos somos responsables esta vez. No necesito tus disculpas —le sonrío.

—Nena, eres tan hermosa.

—Nene, eres tan hermoso

¿Qué? ¿Solo él puede decirlo? Me deleito con su guiño de ojo y su sonrisa perfecta. Nos alejamos sin dejar de mirarnos ni sonreírnos.

—No estropeemos nuestro reencuentro.

—Lo prometo —dice con un beso en la mejilla y se va. ¡Se va! ¿Se va?

¿Y me dejaba sola? Sí, a solas conmigo para enfrentarnos con la realidad de sentirme sucia, traicionera, mentirosa y egoísta.

Nunca había hecho una exhibición de tal magnitud en plena calle, ni de adolescente cuando las que mandaban eran las hormonas revoltosas. Julián había provocado tanta lujuria en mí que había sido impensado resistirse. Nadie en su sano juicio podría hacerlo.

Insisto que deberían ver el hombre que tenía frente a mí, besándome y refregando su erección en mi sexo ardiente y húmedo (además de la forma en la que lo hacía), ponerse en mi lugar y después, solo después, juzgarme.

Julián

Llego a mi casa con ese tipo de sonrisas que son dominadas por los nervios de la cara, inconsciente, imborrable y forzosa. Si quisiera resumirlo, podría decir que tenía cara de idiota. Y no me enojaría si alguien me lo dijese, porque es definitivamente cierto. Miro mis pantalones y no puedo creerlo, ni de adolescente había hecho una cosa así.

Me acuesto e intento dormir. Imposible. Doy mil vueltas en la cama, incluso me doy una ducha y nada. Cansado y aburrido, le dedico un par de horas a los jueguitos de la consola. Mi vista se cansa y entonces sí me duermo un rato en el sillón. No sé si fue mucho, solo sé que soy despertado por Angie y los típicos sonidos de utensilios de la cocina, mientras prepara su desayuno y el mío. La saludo con un simple "buen día".

—Buen día, ¿por qué dormiste en el sofá? ¿Seguimos enojados?

Qué pregunta tonta, yo si sigo enojado, ella qué sé yo.

—Angie, no comencemos.

Ya no tengo ganas de hablar porque sé que no soluciono nada haciéndolo. Tengo claro que entre nosotros es mejor dejar pasar unos días, hablando poco y tapando los problemas. Y así seguimos, entre mentiras. Mierda de vida la que tengo. Me levanto para cambiarme e ir al gimnasio, ya no tengo ganas de quedarme en casa y es en ese momento cuando ella se acerca mirándome con cierto arrepentimiento en su mirada.

—Perdón, no sé qué me pasó. Estos días estoy muy sensible. Tengo muchos problemas en el trabajo, estoy muy cansada y creo que estás pagando por ello.

No doy crédito a sus palabras, pero acepto sus disculpas. Me quedo inmóvil ante su abrazo, cuando llega desde atrás y me toma por la cintura. Sus manos se pegan a mi pecho y me besa la espalda. Después se para delante de mí y me mira a los ojos.

—Puedo llegar un poco más tarde al desayuno con mi madre –dice, y a mí qué me importa, es lo primero que pienso.

Claro, por falta de costumbre, no me doy cuenta lo que insinúa. Pero yo no tengo ganas, no con ella, no esta mañana, no después de los besos con Vanina. Es muy pronto para sacar ese recuerdo de mi cuerpo.

—Yo no puedo retrasarme. Tengo mucho trabajo atrasado en el gimnasio.

Su cara es un poema. ¿Yo rechazándola? Para ella es impensado, puedo imaginarlo. Pero, si quiere algo de mí, desde ahora tendrá que saber pedirlo. Basta de estar para ella sin condiciones.

Me cambio rápido y sin desayunar me voy en la moto.

No esperaba encontrarme a Pilar con Rodrigo y Mariel en el bar, pero me alegra.

—Rico, parece que no pegaste un ojo.

—Y así fue, rubia.

Le doy un beso sonoro en la mejilla, otro a la petiza y un golpe en el hombro a mi amigo. Me siento con ellos que no parece que estuviesen con ganas de entrenar. Mariel me sonríe y con un gesto de manos me pide que cuente. Qué más daba, estábamos entre amigos.

—Angie… ella, siempre ella.

Y Vanina, pienso, pero eso no puedo decirlo con Pilar en la mesa. Les relato la discusión en casa de Ana y la de esta mañana. Pilar queda muda cuando escucha todo lo que había dicho Angie. No me avergüenza nada contar que la había rechazado y menos si Mariel pone cara de satisfacción, ella me entiende como nadie. Para mí es un pequeño triunfo.

—¿Por qué sigues con ella, Rico? Digo, sepárense y ya. —Sabias palabras las de Pilar y linda pregunta. ¿Y la respuesta?

—Esa, mi querida amiga es la pregunta del millón.

Rodrigo suelta las suyas con algo de bronca en la voz. Él ya no me lo pregunta más porque no piensa igual que yo al respecto. Lo teníamos demasiado hablado.

—Perdimos un bebé hace un tiempo y no sé… tal vez culpa, remordimiento… –digo casi en un susurro cansado.

Solo pienso en voz alta y ni yo me creo ya los motivos. Es solo que no quiero pensar en eso.

Yo seguía intentando revivir un matrimonio que ya ni siquiera agonizaba, estaba muerto, de eso estaba empezando a tener más conciencia, de a ratos.

—Excusas, palabras ensayadas –dice Rodrigo, ya con su cara de enojo que pocas veces se le veo.

—¡Al fin mi rey!, estábamos esperando —dice la rubia se pone de pie para besar a Carlos que, parece, ha cumplido su promesa y comienza a entrenar. Él saluda, se disculpa por el retraso y la conversación cambia.

Le doy la bienvenida, charlamos unos minutos y me voy a la oficina.

Estoy cansado de hablar y explicar lo inexplicable. No puedo y no quiero divorciarme de Angie. No es el momento y no estoy seguro de si llegará a serlo algún día. Ella y yo tenemos una historia que no podemos olvidar o, mejor dicho, que yo no puedo olvidar, y me niego a creer que ella sí puede.

Vanina viene otra vez a mi cabeza y dibujo una sonrisa en mis labios sin darme cuenta. ¿Se acordará de algo? Dios, ojalá que no y que una vez las cosas me salgan bien. Quiero estar seguro de que todo está en orden entre ella y yo y pienso en enviarle un mensaje de texto.

Julián:
¿Cómo amaneciste? ¿Con resaca?

Vanina:
Con un terrible dolor de cabeza, buen día.

Julián:
Buen día. Estamos en el gimnasio. Vente.

Tal vez tengo suerte y dice que sí.

Vanina:
¿Sueles volverte ciego muy seguido o solo los domingos por la mañana? Escribí que amanecí con un terrible dolor de cabeza.

Sonrío ante lo que leo.

Está de buen humor parece, sin embargo, nada me indica si recuerda algo o no. Marco el número y le hablo, quiero asegurarme.

—No insistas, no pienso moverme de mi mullido sillón hasta que todo deje de girar.

Ese es su saludo. Sí, está de muy buen humor y nada me demuestra que podría estar molesta conmigo. Bien, voy por buen camino.

—¿Tienes claro que tuve que llevarte en brazos como un bebé porque no podías ni caminar?

Se hace un silencio un poco largo, tanto que, me deja pensando. ¡Que hable por favor! Y ante la espera de una palabra suya, me paro y me alejo del sillón para caminar como un tarado ansioso, por la oficina. Al menos así me creo capaz de atajar lo que se venga. Cierro los ojos y suspiro.

—¿Me estás mintiendo? Juli, me da vergüenza... pero no recuerdo mucho. Dime que no dije nada de lo que tenga que arrepentirme.

Me río con carcajadas y todo, un poco por los nervios y otro poco por el tono de voz avergonzado que utiliza.

—Tranquila, nena, nada de lo que hayas dicho o hecho merece arrepentimiento —digo y doy gracias Dios por la ayudita, te debo una. Sea o no verdad me lo está poniendo más fácil de lo esperado y eso ya es suficiente—. Entonces, ¿no tengo el gusto de verte hoy por aquí?

—Lo siento, no puedo moverme.

Tengo muchísimas ganas de verla, no voy a mentir, sin embargo, no le insisto. Tal vez es mejor así. Cortamos la comunicación después de un par de frases más y me dispongo a trabajar.

Termino los papeleos y me dedico a entrenar con mucha energía.

No estoy orgulloso de lo que le hice a Vanina, de ninguna manera. Aunque en mi defensa debo decir que yo también había tomado algo y…no, no, no tengo pretextos. No estuvo bien y punto. Yo estaba seguro que iba en busca de un solo beso. Ella cambió todo, su reacción fue la que me descontroló. No la culpo ni la responsabilizo, porque yo también fui débil. Pero ante esa mujer, "esa" mujer, pidiendo permiso para morderme… fue imposible. ¿Permiso dije? Debería decir exigencia o reclamo.

Con una sonrisa involuntaria, recuerdo su cara y esa mirada cargada de frustración mientras lo decía. Ya estaba excitado para ese momento, podía recordarlo con claridad y esas palabras fueron como el *clic* de un resorte en mis calzoncillos. Fue inmediato como pidió pista mi "amigo" ante su reacción y sus ojitos… Intenté irme, aún en contra de mis deseos, pero sus palabras posteriores… ni hablar… cuando no me dejó ir, no me fui. ¡Qué más podía hacer!

Es una mujer increíble que necesito tener en mi cama, la deseo con locura. Ya no me alcanza la imaginación, no después de lo que pasó. Pero también necesito que ella así lo quiera. Ahora soy consciente de que Vanina estaba tan deseosa como yo. Le gusto, ella misma lo me dejó en claro porque me dijo "hermoso", acariciando mi ego magullado además de mis mejillas. Me miró con ganas de seguir con la tarea de comernos la boca a besos como estábamos haciendo. Y yo la hubiese devorado.

No voy a olvidarme con tanta facilidad de esa mirada cristalina como el agua desprendiendo deseo, poniéndome a mil, como ahora, solo por recordarlo. Su boca carnosa y tentadora como ninguna, rogando por la mía, sigue instalada en mi retina. Mis manos habían acariciado ese perfecto culo y…

Mierda, este *short* no disimula lo suficiente. Bajo de la cinta de correr colgándome la toalla en la cintura para disimular que "mi amigo", ya erecto, tiene ganas de ver a Vanina. Me molesta, casi me duele y no puedo caminar sin que se me note. Me encierro en mi oficina, en mi baño y, más precisamente, bajo la ducha fría.

Una vez más le dedico mi goce sin que ella lo sepa. No recuerdo cuánto tiempo hace que no me masturbaba tan seguido.

Vanina

Me viene perfecta la excusa de la resaca para quedarme en casa encerrada y sentirme horrible con mis ojeras y mi pelo de loca, no pienso desenredarlo. Tengo puesto un pantalón de esos feos de deporte, me queda enorme porque es de Sebastian y lo acompaño con una camiseta cualquiera. Quiero sentirme mal solo con verme al espejo y pagar mi culpa de alguna manera.

No puedo dejar de pasar las imágenes, una a una, por mi cabeza. Me da escalofríos recordar sus caricias. Me había sentido tan bien entre sus manos y besada por sus labios, que era inevitable no archivar ese recuerdo como uno del *top ten* de mi vida, pero, peleando cabeza a cabeza con "la pared y la toalla". Sí les he puesto título ¿y qué?, el de anoche es: "exhibición en la vía pública". Tampoco está lejos de la disputa del primer puesto: "Julián y su moto".

Así y todo, siendo de lo mejor vivido hasta este día, me obligo a no pensar. Porque olvidar no puedo.

También puedo rememorar la patética visión de mi yo, borracha, intentando poner la llave en la cerradura y, por culpa del alcohol y las lágrimas que no me dejaban ver con claridad, no poder embocarla. No podría repetir en voz alta las palabrotas que dije cuándo por segunda vez se me cayó el llavero sin haber podido abrir la maldita puerta, no ayudaban mis manos que temblaban tampoco. Entonces me senté en el pasillo vacío y oscuro, apoyé mi espalda en la puerta y mi cabeza en mis manos a la altura de las rodillas que estaban flexionadas.

No quise llorar, pero fue absurdo no hacerlo. Las lágrimas salieron sin permiso, las guiaban la culpa y la angustia de sentirme débil y a la vez atraída sin freno hacia ese hombre. Me repetí que era desubicado pensar en que me encantaría volver a repetirlo e intensificar ese encuentro, buscar más, saber cuánto placer podía obtener de Julián y qué haría mi cuerpo enredado con el suyo. No podía evitar desearlo con una terrible insensatez. Pero tampoco podía dejar sentirme dolida por hacerlo.

Sebastian no se lo merecía.

Quiero imaginar las palabras de Pilar cuando se lo cuente, pero me es imposible. Eso es grave y me da miedo. Yo me jacto de conocerla como nadie y pocas veces me equivoco adelantándome a sus reacciones ante las cosas, pero esta vez, no sé...simplemente eso. No sé lo que me puede decir o gritar.

Agradezco a todos los dioses que Sebas esté trabajando porque no puedo mirarlo a la cara. Solo puedo observar mi horroroso reflejo en la negrura de la pantalla del televisor apagado. Es patética, por cierto, solo me falta un pote gigante de helado para que sea de película. Y no cualquier película, no, uno de esos dramas con los que lloras hasta tener la nariz tapada de mocos.

Los mensajes de Julián me sacan una sonrisa al principio. Me doy cuenta que me está probando y que quiere saber si recuerdo algo o si tiene que volver a pedirme perdón, estoy segura. Esta vez no, mi hermoso Julián no tiene que hacerlo. Esta vez, quien había metido la pata en el fango, había sido yo.

Juego un poco con sus nervios, lo reconozco. ¿Qué, acaso no puedo? Yo estoy sufriendo como una condenada, no le viene mal a él un poco de mi sufrimiento.

No quiero verlo, no puedo, por eso me niego a ir al gimnasio, aunque nada me gustaría más que estar ahí con él. Ya sé, mi mente es un desastre, no quiero, pero quiero. No me entiendo ni yo misma, menos puedo pedirle a alguien que lo haga por mí.

Dejé pasar los días de la semana agobiándome con mis traducciones y obligándome a no ser consumida por los recuerdos.

Intenté tomar el consejo de Pilar. Sí, hablé con ella, le conté, me insultó y me gritó, después me envidió y más tarde, me aconsejó.

—Modernízate, no te sientas culposa. Te sacaste las ganas y ya.

Lo que ella no sabe, es que las ganas no están saciadas. No he ni comenzado a hacerlo, es más, recién estoy comenzado a desearlo y lo hago con cada poro de mi piel.

—Si Cristian me diese la más mínima oportunidad, con lo bueno que está, ya estaría contándole los lunares.

Eso me dijo para hacerme sentir mejor. Mi amiga es de terror.

Bien, me siento moderna, como quiere Pilar y sigo con mi vida. Aunque no le creí ni media palabra. Ella no le contaría los lunares a Cristian bajo ningún punto de vista, solo se los cuenta a su novio. Está muerta de amor por él.

Como todo miércoles vamos al gimnasio, ya no podemos esquivar a los chicos y mucho menos ahora que hemos organizado los horarios para poder encontrarnos.

Al ver a Cristian, no puedo dejar de tentarme de risa, recordando la conversación que había tenido con mi amiga. En *short* y camiseta sin mangas, ajustada como si fuese una segunda piel, está... Puedo comprenderla.

—Cierra la boca, rubia. Respira y después, sécate la baba —le digo sin dejar de reírme.

Me mira diciéndome unos cientos de improperios en voz baja. Pero su sonrisa se vuelve malvada al mirar hacia una de las máquinas y descubrir la espalda de Julián, vestido con *shorts* deportivos, solo eso, *shorts* y músculos. Ah, me olvidaba el detalle importante... y sudor. De ese que una querría secar con ¿la lengua? Sí, sería asquerosamente sensual.

Ya me estoy sintiendo demasiado moderna creo, porque quiero repetir mi refregada con ese pedazo de hombre que tiene la testosterona a flor de piel. Giro sobre mis talones, evitando seguir con la mirada lujuriosa que le estoy dedicando y doy de lleno contra una pared, o eso creo.

—Morocha, mira por dónde caminas.

¿No es una pared? *Ok*, no, las paredes no hablan. Es el pecho de Fernando. Bien por Ana, el caramelito que se está comiendo. Caminaba con Lautaro hacia nosotros y como yo giré sin poner el guiño, no pudo frenar. Eso pasa con los camiones como él.

Tan fuerte es el golpe que trastabillo, y a punto de caer de culo al suelo, siento que alguien frena mi caída libre agarrándome desde atrás y rodeando mi cintura.

—Que placer, morocha.

Mis ojos solo pueden abarcar un enorme pecho desnudo y una cara que agrupa esa boca con media sonrisa que me pone los pelos de punta y esos verdes ojos brillantes que se pierden en los míos con promesas de deseo desenfrenado, o es lo que quiero ver yo, engañada por mi propia necesidad. Sus manos recorren mi abdomen, quiere ayudarme a ponerme de pie, pero no puedo hacerlo, porque mi tobillo se resiente y se me nota en la cara el gesto de dolor.

—Déjame mirarte –dice Julián contra mi oído, girando a mi alrededor y agachándose frente a mí. Me aprieta justo donde la inflamación está naciendo y suelto un gritito.

A los cinco minutos estoy sentada y con una bolsa de hielo, mientras Fernando se disculpa sin dejar de mirarme el tobillo, con una terrible cara de culpa.

Media hora más tarde dejo de ser el centro de atención de todos, menos de Rico que, sigue a mi lado, con una botella de agua en sus labios. ¡Quién pudiera ser botella!

—¿Puedes caminar? —me pregunta ayudándome a levantar, apretando mi cintura y acercándome más a él. Paso mi brazo por su hombro y caminamos hacia su oficina–. Te lo voy a vendar para evitar que lo muevas.

Una vez adentro me sienta en lo que, para mí, es un sofá-cama y me venda el tobillo como me prometió. Por supuesto aprovecha sus manos, hábiles, por cierto, para poder acariciar con disimulo mis piernas.

Me levanto como puedo y camino hacia la puerta, un poco incómoda y con temor de lo que puede pasar, como siempre que Julián propone un acercamiento.

Pero no llego. Como si se tratase de otra escena de película, esta vez de amor, con una mano me gira y me apoya sobre el escritorio en un solo movimiento.

—No te vayas. –Su voz es sensual y suplicante—. Por favor.

—Mi novio me espera.

¡Ja! ¡Qué adulta! Su respuesta es una sonrisa con la que ignora mis palabras.

—Ah, ¿sí?

Levanta una ceja y se acerca lentamente, sus manos a ambos lados de mi cadera y su mirada clavada en mis labios ¿Qué sigue a esto? El beso ¿Y quién lo impedirá? Nadie, al menos yo no.

¿Qué te asusta, Vani?

—Esto. Tú y tu cercanía.

Me sincero y se sonríe, sin dejar de acercarse.

—Pídeme que me aleje. Empújame. Es simple.

—No puedo —digo en un susurro, a escasos milímetros de sus labios. Y une nuestros cuerpos, eliminando todo espacio entre ellos.

Cierro mis ojos con fuerza, esperando lo inevitable y nunca llega. No me besa en la boca, sino que baja, por mi mandíbula y mi cuello hasta mi hombro, con dulces besos, y vuelve haciendo el mismo recorrido, rozándome con sus labios hasta volver a enfrentarme con la mirada. Lo maldigo en silencio por la expectativa que crea en mí y la forma en que logra excitarme. Reprimo los gemidos que quieren salir de mi boca.

—En este momento, te estoy odiando con todas las fuerzas de mi cuerpo —digo con los ojos cerrados.

—Y yo te estoy deseando de la misma manera.

Su respiración se nota agitada y siento su corazón palpitar más rápido en contacto con mi pecho.

—Necesito besarte —susurra.

—No lo hagas. Terminemos con este juego.

Mantengo mis ojos cerrados y de pronto la modernidad que quería sentir, esa que Pilar me aconsejó, no está presente. El miedo de arrepentirme más tarde hace ruido en mi cabeza, sin embargo, más bullicio hace el deseo que siento y la urgencia de disfrutar sus caricias. Y es un sonido que me está aturdiendo, sin darme la posibilidad de pensar y discernir entre qué está bien y qué está mal, dejando la decisión cobardemente, en manos de él.

—El juego todavía no empezó, nena.

Su aliento caliente sobre mi cara me hace desear más todavía ese beso que me está negando y yo no voy a pedir. Mi piel se eriza cuando sus labios, en un casi imperceptible contacto, rozan los míos.

—Te deseo de una manera irracional. Tu perfecta boca es una tentación... mirarla sin poder besarla, es imposible. Tu cuerpo me atrae como un imán y no puedo resistirme.

Se pega más a mí y mis manos viajan a sus hombros como por instinto.

—Voy a besarte ahora, y no voy a parar, aunque me lo pidas. Voy a besarte sin intención alguna de detenerme, Vanina.

Y cumple. Apoya su boca con fuerza sobre la mía, dejándome sin aliento, gira su cara como para ubicarse adecuadamente y su lengua recorre mis labios, que se entreabren con ansias de dejarla entrar para que se encuentre con la mía y libre tantas o más batallas que las que habían librado la noche del sábado. Mis dedos se enredan en su pelo que está atado con una bandita elástica y se la quito de un tirón, porque me seduce la rebeldía de sus mechones. Jadea en mi boca cuando siente ese movimiento y yo sonrío en la suya.

Estoy siendo poseída por el deseo y no sé con certeza de lo que puedo ser capaz.

Ahora él me devuelve el favor y suelta mi pelo de su agarre, tira más fuerte que yo regalándose una vista completa de mi cuello y con la punta de su caliente, húmeda y áspera lengua lo recorre de punta a punta. Gimo y siento sus dientes apretar. Abro mis piernas para permitirle espacio entre ellas y sabe cómo acomodarse haciéndose sentir. Le escucho otro jadeo y suspiro.

Todos mis sentidos están en alerta. Mi piel demasiado sensible y necesitada de su contacto, espera ansiosa por sus manos.

Se aleja unos centímetros y me mira fijo. Agarra el borde de mi top deportivo y lo levanta con lentitud, dejando mis pechos expuestos a su penetrante mirada. Mis manos se cuelan debajo de la camiseta que se había puesto después de rescatarme del golpe. Acaricio su espalda y su abdomen para terminar sacándole esa molesta e intrusa tela, tan lentamente como él lo había hecho con la mía.

Su boca vuelve a recorrer mi cuello hasta mi hombro y tiene un destino ansioso por su llegada. Se apodera de uno de mis pechos como si no hubiese otra oportunidad. Me excito mirando como sus labios lo rodean, su lengua con gusto lo dibuja y sus dientes tiran de él, endureciéndolo y sensibilizándolo de una manera exquisita. Mis manos entre su cabello guían sus movimientos y es tan erótico perderme en esa visión. Llama su atención mi otro pecho desnudo y le dedica el mismo tiempo y esmero. Su mirada cada tanto se clava en la mía y me sonríe con picardía. Nota cuánto me gusta ver su lengua recorriendo y humedeciendo mi piel mientras sus ojos no se alejan de los míos, provocándome, y no se detiene. Es increíblemente sensual el momento.

Me armo de coraje, tomo su pantalón y comienzo a bajarlo junto con su ropa interior; quiero hacerlo en un solo movimiento. Siento la resistencia de su erección en la tela y una palabrota sale de su boca junto con un jadeo, poniéndome demasiado ardiente. Copia mi acción y sus dedos se enganchan en mi mínimo *short* y mi mínima tanga para bajarlas. Su cuerpo acompaña en el movimiento regalándome besos y lamidas tibias por mi vientre, y al encontrarse con mi sexo desnudo ante su mirada, dice otra palabrota más grosera.

Su aliento me roza, estremeciéndome y obligándome a inspirar con fuerza. Me besa los muslos y la unión de ellos, luego el ombligo y sigue besando toda la piel que se cruzaba en su camino. Mis gemidos inundan la oficina. Mis manos tiran de su cabello produciéndole dolor, no lo dudo, aun así, no puedo controlar mi fuerza. No soporto la espera de sus labios, jalo hacia arriba para ponerlo frente a mí y me regala esa sonrisa maquiavélica de satisfacción cuando lo tengo como quiero. Me prendo a su boca con mis dientes y escucho su gruñido. Es mi turno de sonreír por haberlo logrado.

Sus manos abren mis piernas y las aseguran en su cintura. Su sexo y el mío son brasas calientes, rozándose ansiosas. Me penetra con pereza, arqueo mi espalda recibiéndolo y su boca devora uno de mis pechos. Es demasiado estímulo para mantenerme en silencio, sin gemir. Una de sus manos rodea mi cintura pegándome más a su cuerpo; lo siento tan profundo que pierdo el control y lo succiono en mi interior. Sus ojos se abren para meterse de lleno en mi mirada, suplicando más de eso que lo había desconcertado, pero se nota que lo había vuelto loco. Otra vez mis músculos internos lo aprietan, una vez más y otra vez, hasta que él es quien pierde el control y comienza ese vaivén de caderas que mi cuerpo suplicaba enardecido.

—Nena... –Solo esa palabra cargada de tanto deseo.

Su cadera contra la mía golpeando sin descanso, cada vez más profundo. Mi cuerpo cede al suyo, es inevitable que tome todo de mí. Mi respiración agitada, mi corazón galopando, mi piel erizada, mi voz hecha un suspiro. Todo es suyo. Su boca absorbe una incontable cantidad de gemidos de la mía y yo absorbo cada uno de los jadeos de la suya. Estoy enloqueciendo, sus sonidos me tienen delirando de placer.

Mis uñas se clavan en sus enormes brazos cuando sus movimientos toman un ritmo tan acelerado que me es imposible respirar. Nadie, nunca, debería moverse a esa velocidad sin una licencia que se lo permita.

—Dios mío –grito y un orgasmo arrasador se apodera de mi ser por completo, haciendo añicos mi consciencia.

Mi cuerpo debería darse por atendido; debería ser suficiente con esto, pero insaciable, reclama más. Nunca tuve la necesidad inmediata de seguir después de estallar de la manera que lo había hecho, pero estoy rogando por más clavando mis piernas en su perfecto culo, para que siga con ese movimiento increíble, casi irreal, y no me defrauda.

Mi interior está en llamas. Su voz suena fuerte y ronca en mi oído, pidiéndome que grite de placer y lo hago cuando me regala un nuevo final al que me entrego tensando mi cuerpo en incontables espasmos, llevándolo conmigo al abismo del placer. Entonces tengo la hermosa visión de su éxtasis mientras se vacía en mí y nos miramos compenetrados. Es perfecto.

Ya en control, me abraza con fuerza cubriendo con brazos y manos todo lo que puede de mi cuerpo y yo hago lo mismo, pero abarcando mucho menos del suyo, dado su tamaño. Apoyo mi mejilla en su pecho y escucho el latir de su corazón recuperándose de a poco, mientras me besa la frente con dulzura.

Es tan salvaje y tan dulce a la vez que no puedo creerlo. Toda la intensidad que reflejaba su mirada al comienzo, me la entregó con su cuerpo y sus besos, sin embargo, me siento insatisfecha. Desconozco mi cuerpo en ese instante que está encendiéndose otra vez atrapado en sus lentas caricias. Aún lo siento en mi interior y me estoy debatiendo entre alejarme, agradeciendo el inmenso placer sentido, o provocarlo para seguir un *round* más.

No sé qué alimenta este hombre en mí, solo sé que necesito de él hasta colmarme de goce, intentando menguar el fuego de mi necesidad. Entre sus brazos, desnuda y después de haber sudado tan pecaminosamente con su provocación, solo pienso en seguir haciéndolo.

Quiero olvidarme del mundo, de mi realidad y la suya, incluso del lugar en el que estamos.

Más allá de todos, de mí y de él, más allá de las culpas y las voluntades, nuestros cuerpos se eligen. Y eso es todo un problema que, acariciando su espalda y dibujando sus perfectos músculos con mis atrevidos dedos, en este momento, no quiero solucionar.

Julián

Puedo oler su piel excitada. Me lo está pidiendo en silencio. Quiere que sea yo el culpable de su consentimiento y con mucho gusto accederé a su silencioso reclamo. Ya es más parecido a un ruego, en realidad. Sus ojos penetran los míos con tanto deseo en su interior que mi sangre se calienta y fluye como lava por mis venas al saberla tan dispuesta. Sus labios temblorosos esperan por los míos, es delicioso hacerla anhelar mis besos.

Toda ella irradia calor a mi cuerpo, que la roza, ansioso por romper las cadenas que limitan mi razón. Quiero liberar por fin mi locura, nada más, perderme en ella como lo deseo desde hace unas semanas. Desde la primera mirada que puse en su cuerpo. Este cuerpo que parece un camino peligroso, sinuoso, lleno de curvas y contra curvas y que me invita a recorrerlo disfrutando la vista.

Yo sé que si empiezo a besarla no hay vuelta atrás. La deseo solo pensándola y así, con sus pechos erguidos para mí y en mi campo de visión, con sus piernas permitiéndome entrar a ese lugar sagrado para profanarlo de mil maneras, es impensado resistirme a poseerla. Quiero hacerla mía, grabarme en su piel para que me necesite solo para ella y siempre a mí.

Si una sola y nefasta palabra como un "no", sale de esa preciosa boca, todo se volverá tan negro y sin sentido que no querría seguir respirando. Al menos así pienso en ese interminable momento de exploración de su mente y sus deseos.

Como el que avisa no traiciona, le digo que la voy a besar y lo hago. Su respuesta, excitante, por cierto, no se hace esperar tanto como creía. Sus manos toman mi pelo con fuerza y decisión. Sí. Es mía, en este momento y en este lugar. Me produce una terrible sensación de placer sentir sus dedos tirando de mi cabello con urgencia, me eleva los sentidos saberla tan deseosa como yo.

Mirarla mientras la desnudo, besarla, saborearla, olerla… es tan perfecto que no puedo respirar con normalidad. Me pierdo en sus pechos, lamiendo y mordiendo. Su corazón palpita sin control y lo siento en mis manos. Su mirada, ¡por Dios!, su excitante y lujuriosa mirada, anclada sobre mis labios, mientras disfruto de su piel hace latir mi sexo ya demasiado excitado. Intento concentrarme en su sabor, en regalarle cada uno de mis besos a conciencia y recorrerla sin dejar espacios. Deseo firmar su cuerpo con mi humedad, para que no pueda olvidarme.

Hay tantas cosas que quiero hacerle y en tan poco tiempo.

Está demasiado expuesto mi deseo cuando ella, inconsciente de lo que provoca, roza mi piel con sus dedos y sus caricias. Estoy tan sensible que las siento como cuchillos que se clavan en mí. Es insoportable. Necesito solo una cosa y no lo dudo, hundirme en su interior es mi meta. Pero me gana de mano, porque sus piernas me aprietan, invitándome y no soy de resistirme a ese tipo de invitaciones. Entrar en ella es como hacerlo en el mismo infierno: provocador y caliente. Me pierdo, vuelo, gozo y disfruto como poseso. Sus gemidos, deliciosos e intensos me golpean las entrañas y solo pienso en darle placer, para que ella me dé más de sus sonidos. Es perfecto, su cuerpo golpeando contra el mío, es simplemente perfecto.

Cada sensación fue archivada en mi cerebro. Y fueron tantas…

Después de semejante entrega, yo no quiero romper este abrazo tan sentido que estamos concediéndonos. Su respiración tibia pegada contra mi cuello impide que mi excitación me abandone. La levanto entre mis brazos y me siento con ella en el sofá. Su interior es el único lugar en el que quiero estar. Esos malditos pasos provocaron el roce justo para despertar a "mi amigo" apenas somnoliento, y ella lo siente; su mirada así me lo dice, y yo sonrío levantando los hombros como sacándome de encima la responsabilidad.

—No soy yo, es él. —Señalo nuestra unión con mi barbilla.

Sus manos se apoyan en mis hombros separándonos unos centímetros y dándome la oportunidad de poder apreciar otra vez su desnudez. Me da una sonrisa divertida por respuesta.

—¿Qué hacemos al respecto?

Esto es irreal. Me provoca con esas palabras que salen de su boca, su exquisita boca. Justo ahí, en mi sexo, quiero tenerla en algún momento. Mi imaginación lo ayuda a elevarse un poco más, y ella lo confirma alzando una ceja. Es endemoniadamente caliente. Me aprisiona en su interior sin previo aviso y suspiro. ¡Bendito movimiento que desconocía! Y que, ante la evidencia, me inclino a pensar que lo tiene bien ensayado, porque es perfecto para volver loco a un hombre. Al menos a este hombre.

Sus caderas hacen un solo meneo, uno solo, y mi cuerpo entero se tensa pidiendo más. Con mis manos llevo su sedoso pelo hacia atrás para poder tener la visión completa de su cuerpo cabalgando el mío y las dejo descansando, mentira, no descansando, sino apretando su excitante culo que comienza a moverse sobre mí.

Un suave gemido suena en el ambiente, despierta todos mis sentidos y me entrego al disfrute prometido por esta mujer que se mueve con tanta certeza.

Inclino mi cabeza hacia atrás y cierro los ojos, en contra de mi voluntad, porque la vista es impresionante, pero no puedo no hacerlo. Me dejo llevar por la necesidad y acompaño su vaivén acoplándome a su ritmo. Me enloquece la manera en la que su cuerpo me recibe y me tiene delirando de placer. Sus gemidos y mis jadeos, sus miradas y mis caricias; todo es un conjuro necesario para este final esperado y provocado deliberadamente por nosotros dos, en este lugar y en este momento.

Todo se desencadena de una forma que no puedo definir; ella casi grita con sus labios entreabiertos y su mirada clavada en la mía. Lleva mis manos a sus pechos y las cierra contra ellos haciendo que me vuelva loco, más de lo que ya estaba. Me deja casi inmóvil debajo de ella, de todas maneras, intento acomodarme para darle algo más de mí y ofrecerle una profundidad mayor que, creo que lo logro, porque vuelve a brindarme ese elixir delicioso que son sus gemidos. Ahora mis gruñidos suenan incontrolables entre sus pechos, los cuales saboreo mientras los pellizco y recorro con mis dedos.

Su primer orgasmo es la gloria. Mi gloria, porque acelera el mío que amenazaba con romperme en pedazos y así es, justo en el instante en el que un nuevo grito sale de sus carnosos labios, tensando su cuerpo y volviéndolo una tempestad de espasmos, que me exprimen de una manera inexplicable.

—Por Dios, nena, esto es demasiado intenso.

Quedo rendido a sus pies para toda mi vida. Ella ha sido creada para mi satisfacción, no tengo dudas de eso. Osa sonreírme, ¿de verdad puede, después de semejante demostración de poder sobre mí, aniquilarme con esa sonrisa? No es justo, no para mi corazón que no puede recuperarse y amenaza con dejar de latir debido al esfuerzo inhumano al que lo estoy exponiendo.

¿Y ahora? Todo el caos de emociones llega a su fin, con el placer aun recorriendo cada nervio de mi cuerpo, cada poro de mi piel y después de haberla tenido temblando de pasión entre mis brazos. ¿Qué hacer? ¿Qué decir? ¿Cómo alejarla de mi cuerpo? ¿Cómo dejarla ir?

—Creo que tengo que irme. —Son sus palabras, no las mías.

Vuelve a sonreír con ternura, mientras se incorpora, abandonándome a mi suerte y dándome la última estocada al caminar hacia su ropa y dejar a merced de mis libidinosos ojos su perfecto trasero desnudo. Ella está moviéndose sensualmente de un lado a otro y mis ojos quedan atrapados en su fantástico cuerpo.

—Mierda.

Soy demasiado mal hablado cuando estoy excitado. No sé cuántas palabrotas le habré dicho, pero no se quejó en ningún momento.

—Tienes un "ir" muy bonito —le digo sin quitar mi vista de esa perfección.

—Gracias —dice la desvergonzada sin darse vuelta y muy orgullosa de sí misma.

Yo también lo estaría en su lugar. Se agacha, ¿se agacha? Sí, lo hace sin doblar las rodillas, para tomar su ropa del suelo y se expone para mi disfrute.

Se gana mi sonrisa, seguida de una carcajada. Tiro mi cabeza para atrás y cierro los ojos. Quiero retener esta última visión antes de volver a ver nada más, deseo recordar este instante, para siempre.

—Eres muy provocadora –susurro en esa posición y me gano un beso rápido en los labios, que me sabe de maravillas.

—Mira quién lo dice.

Entra al baño y cierra la puerta.

Al fin solo, suspiro y me regocijo por ser yo, por haber podido vivir lo que había vivido y sentir lo que había sentido. Con toda la parsimonia del mundo me pongo la ropa y espero a que salga por la misma puerta que había entrado.

—¿Lista? —pregunta tonta, solo para romper el hielo—. ¿Cómo sientes el tobillo?

—Bien, gracias. Casi no me duele.

Me mira con ternura y noto que está perdiendo esa chispa que tuvo en sus ojos hasta que hubo traspasado aquella puerta. La realidad me la está robando, se está alejando de mí otra vez.

—Ven aquí, acércate.

Estiro mis manos y tomo las de ella. Yo estoy apoyado sobre el borde de mi escritorio y la pongo en el hueco entre mis piernas, sin pegarla demasiado a mí.

Le acaricio el rostro con ambas manos y ella apoya las suyas sobre las mías. Clava sus cristalinos ojos en los míos, ¡con cuánta ternura me mira! La mujer fatal que, me estropeó para cualquier otra hace pocos minutos, está mutando hacia la más dulce que hubiese podido conocer. Está derritiendo todo mi ser.

—Vani, esto era una deuda pendiente entre nosotros. Sucedería tarde o temprano. Lo sabes, ¿no? Lo necesitábamos. Encontrarnos ya era una situación tensa e insoportable, tal vez con esto ya no nos sentimos tan incómodos. Pero no quiero que lo padezcas y mucho menos que te aleje de mí.

Su mirada me hipnotiza, sus ojos son tan bonitos y dicen tanto por sí solos que, no necesito escuchar sus palabras, para saber lo que me va a decir.

—Te extrañé tanto, Julián.

Sus manos recorren mis hombros y se unen detrás de mi cuello. Me abraza pegándose a mí y me aprieta fuerte. Hago lo mismo rodeando su cintura. No quiero soltarla, y siento que ella no quiere soltarme tampoco.

—Y yo, Vani. Me hiciste mucha falta.

—Demasiado tiempo sin ti. —Su voz suena quebrada por el llanto y me odio por ser yo el responsable.

La dejo alejarse para mirarnos. Es su momento, ella domina la situación y yo solo la acompaño. Sin embargo, necesito repetírselo para hacerle saber cuán importante había sido, y es, ella para mí.

—Te necesité muchas veces en mi vida. Quería tenerte cerca, pero fui un cobarde.

Me acomoda un mechón rebelde y me sonríe con tristeza al escuchar mis palabras.

—Hoy ya es tarde. Lo sabes, ¿no? ¿Eres consciente, Julián, de qué es tarde para nosotros?

—Claro que sí.

O no. ¿Soy consciente de eso? Tal vez puedo serlo, pero después de sentirla tan mía, ya no estoy seguro de querer serlo.

Me da un beso, demasiado dulce y sentido en la mejilla, que me obliga a cerrar los ojos, y se va.

Vanina

Pasaron dos días y algunas pocas horas (no quiero parecer obsesiva, pero sé con exactitud cuántas horas, y si pienso un poquito puedo calcular cuántos minutos también) en los que me obligué a no recapacitar.

Todo lo que pasó, lo que hicimos y lo que hice, estaba esperando el momento de ser analizado en mi cerebro de forma racional. No había encontrado el momento aún, entre mi trabajo, mi tiempo con Sebas, mi vergüenza y mi culpa, no tuve tiempo o no quise tenerlo. Evité el gimnasio haciendo ejercicio en el parque del barrio después de correr con Sebas, a pesar de que él no quería hacerlo conmigo, por lo general, ya les conté. Vale aclarar que el motivo es que no puedo seguirle el ritmo y siempre me deja atrás, eso también lo conté, pero yo necesitaba estar con él.

Creo que lo tengo un poco mareado. Hacemos el amor seguido y siempre nos resulta satisfactorio, pero estos días no lo dejé en paz. Busco su contacto a cada momento y lo provoco hasta por teléfono. Necesito evitar tentaciones, demostrarme que él es todo para mí y que no necesito nada más.

Trato de convencerme, como Pilar me pidió, de ser moderna. Claro que no sabe nada todavía de lo que hicimos en la oficina y la verdad es que no puedo mirarla a la cara y contárselo, porque tendría que enfrentarme a la realidad. Contarle que nunca mi cuerpo sintió tanta entrega, tanto placer y que nunca me sentí tan deseada por nadie, no sería fácil. Y lo peor de todo es que, tengo ganas de volver a sentirme así, otra vez, muchas veces... por siempre.

Por eso no se lo cuento, ni pienso y por eso, también, hago el amor con mi novio intentando olvidar cada caricia y cada beso. Quiero sacarlo de mi interior, de mis recuerdos y de mi piel. ¿Cómo se hace eso?

En este momento estoy esperando a Sebas que salga de la ducha, mientras yo preparo un café. Tengo poca ropa, solo una camiseta vieja que uso para dormir y sé que le mueve los ratones ver cómo se traslucen mis pechos y mi ropa interior a través de la tela blanca y gastada.

—¿Quieres que veamos una película?

La pregunta de él atraviesa la habitación y el living desde la puerta del baño.

—Claro, pero en el cine. Yo ya estoy lista —digo en tono seductor, con idea de jugar un rato.

—Yo decía aquí. —Aparece por la puerta de la habitación y se ríe al darse cuenta de mi ropa—. ¿Así piensas ir al cine?

—¿Por qué no?

—Porque no —dice serio, abrazándome por la cintura.

—Estás celoso. Sí, sí, sí. Mi novio está celoso. Vecinos... ¡está celoso!

Me zafo de su agarre y comienzo a correr y a gritar como loca por el departamento, ante su gesto. Es mínimo lo sé, pero son celos, o algo así. Estoy exagerando, pero nunca me demostró nada parecido, por lo que para mí es una terrible escena de celos. No deja de reírse a carcajadas. Trata de agarrarme y taparme la boca para que deje de gritar porque de verdad lo estoy haciendo fuerte. Invento un ritmo y canto: «Celoso, Sebas está celoso», mientras bailo a su alrededor.

Me sorprende cuando me atrapa y, empujándome contra la pared, me hace cosquillas. Mientras más cosquillas me hace, yo más grito. Entonces me tapa la boca con la mano y su cuerpo se aprieta al mío. Es cuando nos ponemos serios de golpe.

114

Lo tengo justo donde siempre había querido, arrinconándome contra una pared y excitado, puedo notarlo. Mi reacción es entreabrir mi boca, meter uno de sus dedos en ella y, deliberadamente lento y suave, recorrerlo con mis labios. Luego otro dedo y un tercero.

Le gusta lento y suave, tiene lento y suave, pienso. Hasta que yo quiera, porque después será violento y rápido, como me gusta a mí.

Lo noto agitado, mira mi boca con ganas y necesidad, pero se deja hacer.

—¿Qué estás haciendo?

Me excita sobremanera su voz ronca y quebrada.

—Provocándote —le respondo, rozando mi vientre sobre su erección y le sonrío intentando ser seductora. Creo, eso intento. Escucho un jadeo salir de su boca.

—Vamos a la cama.

¡Cómo no!, ya sabía yo que no se quedaría aquí.

—No.

Soy tajante y me dispongo a sacarme la camiseta. Lo hago lento, para que me vea bien.

—Por favor. —Su voz es un susurro.

Sus manos empiezan a recorrer mi cuerpo, me aprieta los pechos sin dejar de mimarlos y yo se los ofrezco arqueando mi espalda. Meto mis dedos entre sus cabellos y guio su cabeza hacia mí, para que me roce con sus labios el cuello.

—Ni a la cama ni al sofá.

Su boca ya está bajando hasta uno de mis senos, está erguido y deseoso de sus besos. Gruñe mostrándose algo frustrado, pero nada como para distraerlo de su tarea. Siento sus manos agarrándome el trasero con una fuerza diferente, gimo cuando me apoya fuerte sobre su sexo y muerde mi pecho. Le tiro el pelo y le levanto la cara para mirarlo a los ojos, vidriosos y oscuros de deseo. Lo beso. Comienzo a bajarle el pantalón y el bóxer juntos y lo acaricio sin dejar de mirarlo.

Jadea sobre mi boca cuando mete una mano entre mis piernas por debajo de mi única prenda y cierro los ojos apoyando mi cabeza contra la pared. Nos tocamos en silencio durante unos segundos y nuestras respiraciones están por demás de agitadas. Bajo con mis labios por su pecho y su vientre, mientras con las manos termino de bajar su ropa, acariciando sus piernas. Agachada frente a él y ante su atenta mirada introduzco su sexo en mi boca y juego con él, torturándolo, durante lentos minutos. Cuando lo siento temblar entre mis labios me alejo y camino hacia la mesa. Sin dejar de mirarlo me saco mi ropa interior, me siento y lo espero.

Lo noto indeciso. Por un momento pienso que me va a alzar y me va a llevar a la cama a la fuerza, pero cuando se acerca, terriblemente excitado, hasta pararse entre mis piernas, sé que mi fantasía titulada "El día que Sebas perdió el control", está empezando a cumplirse, porque me abre las rodillas con las manos, deleitándose con la vista y se relame los labios dispuesto a devorarme.

¡Oh, oh! La anticipación de este momento que estoy por vivir hace de mi sexo un leño ardiente. Apoyo las manos a cada lado de mi cadera y me incorporo con los codos, llevando mi cabeza para atrás, expectante. Siento sus dedos dibujando entre mis piernas algunos garabatos sin sentido, luego su respiración estremeciéndome, y por fin su lengua. No gimo, grito, y dejo caer mi espalda sobre la mesa.

Por unos minutos tengo el cielorraso más bello del mundo, lleno de estrellas. Gozo cada movimiento de su lengua y sus labios sobre mí, incluso sus dientes hacen estragos con su toque. No le alcanza con derretirme con eso, entonces incluye sus dedos y estallo, sin soportar un segundo más sollozo como demente, regalándole a mi vecina un espectáculo auditivo estilo porno.

La pobre es mayor, mañana tendré que ver si está bien.

Después de sentir como mis músculos se relajan con las caricias de mi "descontrolado" novio sobre mi vientre y mis pechos. Lo noto sobre mí, rozándose y jadeando. Su mirada sigue oscura, lasciva por momentos y me gusta lo que veo. Me pone a mil esta actitud dominante, que no le conocía. Me toma las rodillas y me arrastra por la mesa hasta tenerme pegada a él; me ayuda a ponerlas sobre las sillas exponiéndome de una forma demasiado erótica. Sus movimientos son lentos y pensados. Yo estoy como el demonio ardiendo en su propio fuego.

—Por favor, Sebas.

Me mira levantando una ceja. ¿Desde cuándo tengo un novio tan sensual y provocador?

Siento como entra en mí, con demasiada tardanza, y cierro los ojos. Está inusualmente profundo. Demasiado caliente. De pronto todo cobra vida. Sus manos en mi cadera ayudándolo a hundirse más en mí y sus movimientos rápidos y posesivos dejan en claro su urgencia, su necesidad. Sí, me gusta este encuentro arrebatado y primitivo.

Así disfruto yo del sexo, rudo, entregado, como el que Julián me había dado. Me siento arder con su recuerdo. Su mirada y su sonrisa aparecen ante mis ojos que siguen cerrados, y gimo desesperada por el placer que había sentido en esa oficina y por el que estoy sintiendo. La desesperación de Sebas, por su propia excitación, me está llevando al límite y me arranca más gemidos intensos. Ya estoy frente a un orgasmo que viene tan rápido que me llama la atención y, sin fuerzas, me entrego perdida en el éxtasis.

Fluyo en el goce del final, avergonzada y contrariada. Había gozado con los dos, uno entre mis piernas y el otro entre mis pensamientos.

Con mi cuerpo aún en tensión siento como el final urgente de Sebas se hace presente, y lo veo tensando sus músculos, provocando un sonido que no recordaba en él. Se deja caer sobre mi pecho y con sus manos acaricia mi frente.

Me mira fijo, llenándome de emociones encontradas. Disfrutó tanto como yo, pero algo no está bien. No sé qué, no puedo definirlo, pero lo conozco. Esta mirada me hace mil preguntas y me habla de su incomodidad en este instante. No me gusta lo que veo, sus ojos me dicen mucho más de lo que creo, y ¡por Dios que no note lo mismo en los míos!

Yo misma estoy confundida con mis sensaciones y si eso reflejaba mi mirada... no, no, no, no está bien.

Necesito romper esta íntima conexión. No soy vidente, pero lo conozco demasiado como para saber que presiente que algo en mí no anda bien. Y tiene toda la razón del mundo.

En este instante siento una lágrima nublando mi vista, pero me obligo a hacerla desaparecer.

Y sí, inoportunamente el momento de pensar en todo lo que está pasando con Julián ha llegado y me ha tomado por sorpresa debajo de mi novio desnudo, después de unos de los momentos más excitantes que habíamos vivido juntos. ¡Perfecto! Julián está irrumpiendo en mis recuerdos y fulminándome en ellos con placer y deseo. Ese deseo desenfrenado que yo había sentido por él estando en sus brazos era algo que no podía sacar de mi pensamiento.

Sacudo mis pensamientos, miento una sonrisa y él me deja engañarlo. Porque sí, porque él es todo un caballero, mi dulce caramelo. Sabe cómo hacerme sentir bien siempre y a pesar de sus propias dudas.

—No me digas que esta dura mesa es más cómoda que la cama.

Y ahí está como un bombero rescatando a la dama en un incendio.

¿Qué pasará por su cabeza en este momento y qué pensará que pasa por la mía? No sé si le importa o si le angustia, solo sé que notó que algo pasó por mi mente en el mismo momento que me miró y me vio. Entró en mí y se encontró con todas mis dudas y mis miedos. Él me vio y me lo dejó claro.

Y es este el momento ideal para gritar un gran ¡mierda! y arrastrar la última letra hasta quedarme sin aliento y entonces, solo entonces, llorar todas las lágrimas que mi cuerpo pueda fabricar.

¡Qué puto momento vengo a elegir para tomar conciencia de todo!

—¿Quién dijo que yo quería estar cómoda? —Le sonrío sin ganas, disimulando mi voz quebrada y le guiño un ojo—. Solo quería pervertirte un poco y hacerte perder tu condenado control.

Se levanta sonriéndome y me ayuda a incorporarme. Me pone la camiseta entre mimos y luego se viste él. ¿¡Acaso puede ser más tierno y hacerme sentir más culpable!? Me abrazo a su cuerpo y paso mis piernas por su cintura. Me lleva agarrada a él como un monito hasta el sillón y pone la película prometida.

Su silencio me grita y me aturde, es ensordecedor.

Tenerlo así, ahora acostado a lo largo del sofá, dormido, con su cabeza sobre mis piernas, su cabello entre mis dedos, sus ojos cerrados y sus labios entreabiertos; me da ternura. Me duele el corazón. Me destruyó con sus caricias y sus besos, me mató en ese instante en que apoyó sus celestes y dulces ojos en mí, haciéndome notar que sabía que yo no estaba ahí con él, que solo mi cuerpo lo acompañaba, pero no mi mente.

Mientras lo observo, rememoro en silencio y no puedo arrepentirme de quererlo. Desde ese primer día él se mostró como es, sincero, solitario, cariñoso, bueno y serio. Nunca inventó otra cosa, siempre fue real.

Hasta el momento de conocerlo, yo había fracasado demasiado con los hombres. No porque había tenido muchos y habían sido malas relaciones, sino porque habían sido pocos y buenos, pero ninguno había logrado sacarme de la cabeza a Julián, al que, como una idiota había seguido esperando en vano. Quería creer que cumpliría su promesa de volver a buscarme cuando su travesía por la vida hubiera terminado.

Casi cinco años, malditos e infelices años, había pasado esperándolo. No sé cómo ni cuándo y, mucho menos por qué, un día había desaparecido de mis pensamientos. Ese día en que me di cuenta, yo reviví.

Pero no es ese el día al que quiero referirme, este es otro día. Yo estaba conversando con Pilar, sobre estupideces nada importantes. Estábamos tiradas en mi cama, cuando mi mamá gritó desde la cocina y corrimos asustadas para encontrarla con la mano ensangrentada. Demasiada sangre. Se había cortado un dedo con una cuchilla. Pobre, el susto que nos dimos. Salimos las tres hacia la clínica para que la atendieran porque el corte era profundo.

Entonces era época de finales y yo estaba estudiando las últimas materias. Me recibía si las daba bien, por ese motivo comía poco, dormía menos y el susto que me había dado mamá, había terminado conmigo. Me desmayé estando sola en la sala de espera mientras atendían a mamá. Recuerdo que me desperté en una cama, con suero en el brazo y un buen mozo, de cabello rubio oscuro y ojos celestes, acariciando mi mano, la que solté de un tirón al despertar del todo. Yo no lo conocía y me estaba tocando.

—¡Enfermera! –grité.

Me di cuenta al instante dónde estaba, no el porqué estaba ahí, pero sí dónde, por eso fue que grité enfermera y no socorro, o mamá, o policía.

—Tranquila —me dijo en su tono pausado y su voz dulce.

Se presentó en el mismo tono y saludó a la enfermera que entró, supuestamente a rescatarme de él, de la misma forma.

—María avísale al doctor que ya se despertó —dijo.

María se fue. Vuelve, María, pensaba yo porque no quería quedarme sola con ese tipo que me trataba como si me conociera.

Entonces me miró fijo a los ojos y me contó que me había salvado de un terrible golpe cuando me vio desmayándome. Me dijo que era anestesista, que trabajaba en esa clínica y que justo estaba saliendo de una operación, yéndose para su casa a descansar, cuando vio que me desvanecía. Al notar que estaba sola y no reaccionaba había decidido quedarse conmigo.

¿No es un divino?

Después me confesó, que le había gustado tanto que me quería invitar a salir y como no tenía ni mi nombre ni mi número de teléfono, tenía que esperar a que despertara para que se lo diera. Todo sin que yo dijera ni una mísera palabra, el pobre debió pensar que yo no estaba bien de la cabeza.

Los detalles que le siguieron no hacen demasiado a la historia, pero en pocas palabras: Mi mamá apareció en la habitación y se asustó por mi desmayo; mi papá entró a los gritos porque nadie lo había llamado antes y para colmo yo no dejaba de mirar la venda de mi madre (que era enorme, ridícula y causaba risa), porque la herida había sido en el dedo del medio y debía mantenerlo hacia arriba, ¿si me explico? Era gracioso. Sumemos a Pilar, que me preguntaba al oído quién era el bombón que estaba sentado al lado de mi cama. Todo, bastante bizarro y ruidoso.

Recuerdo que Sebastian miraba la escena divertido, pero nunca se fue. Se presentó al rato, cuando el silencio reinó en la habitación. Yo no lo hice, porque no lo conocía.

Y a partir de ese día estamos juntos. El remó en mi río de recuerdos y espera inútil de un amor que ya no volvería, aún contracorriente. Nunca le dije nada sobre Julián, solo sabe que tuve un novio en el colegio y que fue mi primer hombre, con quien compartí una cama por primera vez. Nunca le conté de mis sentimientos hacia él, ni siquiera sabe de mi espera frustrada.

Me ganó el corazón con sus detalles, sus palabras y su since-ridad. Por Sebas logré, definitivamente, dejar de pensar en Julián y lo convertí en un hermoso pasado. Hasta mis padres se encariñaron con él, fue rápido y raro; de verdad, no les caían bien ninguno de mis candidatos anteriores.

Sé que se preguntan si Julián les gustaba y sí, mucho, porque conocieron los problemas con su familia y básicamente, lo vieron crecer. Primero lo aceptaron como mi amigo y simpatizaron dema-siado, luego, no hubo más remedio que dar el paso de aceptarlo co-mo el novio de la nena. No dejaron de apreciarlo ni al verme llorar por su despedida. Todo padre imagina que sus hijos alguna vez van a llorar por amor y ellos asumieron ese llanto como mi primera desilu-sión. Pero nunca dudaron de las buenas intenciones de Julián.

Con Sebastian, se dieron las cosas demasiado rápido a partir del día que lo conocí. Al tiempito me recibí, con excelentes notas, por lo que comencé a trabajar enseguida. Ahorré, ya que vivía con mis padres, y ellos me lo dejaban fácil, si hasta me daban dinero por mes para mis gastos. Esos fueron los privilegios de ser única hija supongo. Me compré el departamento dónde vivo, con ayuda de ellos y un crédito bancario.

Viviendo sola me sentía libre. De a poco, Sebastian comenzó a estar presente en todas mis cosas, haciéndose amigo de mis amigos y yo de los suyos, haciéndome compañía los fines de semana, compar-tiendo mi cama algunos días...y de pronto, ya no imaginaba mi vida sin él.

Me acostumbré a su presencia. No dudé en ofrecerle vivir jun-tos cuando su contrato de alquiler venció, aunque, a decir verdad, nun-ca lo tomé como un compromiso real. Solo se dio, como todo con él, con naturalidad.

Su compañía me ayudó a superar la mudanza de mis padres. Y un poco, tal vez, esa distancia fue lo que hizo que le pidiese a mi novio que se mudase conmigo. Así no me sentía tan sola. Ahora veo que fue una posición algo egoísta, pero en ese momento no lo sentí así, sino que creí que lo estaba ayudando a él.

Y llegamos a hoy, juntos, queriéndonos mucho. Y yo habiéndolo engañado con quien, supuestamente, él había logrado sacar de mi cora-zón sin saberlo.

Una cachetada de realidad llena mis ojos de lágrimas otra vez. Necesito urgente una charla con Pilar, decir en voz alta las palabras que están guardadas en mí, atascadas en mi garganta. Necesito con desesperación desahogar mis pensamientos y liberar mi culpa.

Julián

Angie está dispuesta a recomponer nuestra relación a como dé lugar. Parece un chiste, ahora que yo casi he tirado la toalla, ella quiere un *round* más.

Pasaron varios días desde que Vanina y yo tuvimos ese arrebato de pasión. Mis recuerdos de esa tarde son, perfectos. No la volví a ver, la verdad es que, la esquivé deliberadamente.

No fui al gimnasio en horarios en los que es habitual que los chicos compartan momentos con ella y Pilar. Eso ya se había vuelto una linda costumbre de la que yo no quise participar por unos días. Incluso Carlos estaba yendo seguido, cosa que me daba gusto. Hasta siento un poco de envidia pensando en todos reunidos, pasándola bien, menos yo, pero soy consciente de que los dos necesitamos algo de distancia para evaluar daños.

Sé, por Rodrigo, que hoy las mujeres del grupo salieron de paseo con nuestras, ya recuperadas, amigas. Están entusiasmadas con la idea de comprar cosas para la beba de Ana, Martina.

Si lo analizo bien, todo está como habíamos querido que esté desde hacía mucho tiempo, desde que con el grupo ideamos esa bendita, o maldita, fiesta del reencuentro como excusa para volver a ver a la rubia y la morocha.

Sí, todo está como debe estar, con una única salvedad, que yo estoy inesperadamente fascinado por Vanina. Con una atracción por demás de incómoda y que solo puedo dominar si no la veo. Y más o menos, porque la extraño y mi mente me trae recuerdos para verla, y por todo lo que quieran les juro que, estos recuerdos, no ayudan. Son uno más movilizante que el otro.

De todas formas, yo no desaparecí del todo, para que ella no se sintiese mal.

Uno de esos días, en los que estuve ausente, le envié un par de mensajes de textos, solo saludándola y preguntándole, sin demasiada intimidad, cómo estaba, prometiéndole organizar un almuerzo del grupo en una casa que tengo en las afueras de la ciudad que había sido de mis padres. Recordamos juntos alguna anécdota de cosas que habían pasado en aquella casa que ella conocía y a la que yo nunca más había vuelto, porque los recuerdos de mi familia no me lo permitían. Pudimos distraernos con otros temas también y eso es muy bueno. Yo lo había organizado así.

En mi mente preocupada, esas eran conversaciones necesarias, eran sobre tonteras y no importaba demasiado, solo servían para que vaya soltando la presión y la próxima vez que nos viésemos fuese más natural.

También lo hice con Pilar para que no sospechara nada, aunque sé que, por la amistad que ellas tienen, es probable que la rubia sepa cada detalle de lo que había pasado. Para eso son las amigas ¿no? Un poco me asusta la idea, pero intento no pensar demasiado. No me gustaría tener a Pilar de enemiga por un error que no pudimos evitar.

Rodrigo también está al tanto, la verdad es que yo necesité hablarlo con él. Sin detalles, claro está, le había hecho saber que me había vuelto loco en sus brazos y que ninguna mujer me había dejado tan estúpido por tantos días, ni ella misma en la adolescencia, y que estaba dejando enfriar las cosas para no volver a cometer la locura de seducirla. Le rogué que me ayudase a evitar volver a verla a solas, por un tiempo al menos.

Lo mío es exagerado, dramático y un poco infantil, lo sé, no obstante, es verdad que me siento un poco dominado por mis hormonas cuando se trata de Vanina.

Dije que le estaba dando espacio para que evaluemos los daños de nuestro accionar, bien, yo a los míos ya los evalué. Son pocos, pero irreparables, me gustó demasiado hacer lo que hicimos, todavía siento sus manos en mi piel y sus besos en mis labios; nada más que eso. Bueno, nada más no, puedo agregar también que siento que ella sabe anticiparse a mis deseos y que cada caricia que me dio fue precisa, exacta. Debo agregar, tal vez, que ella resume todas mis fantasías, que es una debilidad para mi cuerpo y no puedo dejar de desear una segunda vuelta cada vez que imagino su boca y todo lo que con ella promete hacerme sentir.

Ha sido una peligrosa evaluación sin duda alguna. ¡Menudo daño he sufrido!

No tuve el valor de hacer el amor con mi esposa, por miedo a decir su nombre en pleno momento de pasión. Soy demasiado pasional y me pierdo mientras disfruto, mi imaginación vuela, mi cuerpo se entrega y solo gozo y, en ese sentir, bien podría sin dudas recordar a Vanina.

Es viernes por la tarde y estoy en una reunión importante en uno de los hoteles, con Rafa, que es quien lo administra a la perfección. Agradezco haber tomado la iniciativa (y haber insistido a pesar de su negativa) para que Rafael acepte el puesto de gerente en el hotel. Tiene un título que lo hace idóneo para el puesto, y su relación conmigo me da la confianza suficiente para que esté en ese lugar. Con lo impredecible que es en su vida privada..., sin embargo, nadie puede decir que no es uno de los empleados más serios y dedicados que tengo.

Como decía, estoy en una reunión y ya quiero que termine. Estoy rogando que llegue el fin de semana para descansar, estoy agotado física y mentalmente. La reunión por fin termina, saludo a todos quedando conforme con lo que se dijo y, con mi amigo, nos organizamos para ir al gimnasio.

Basta de trabajo.

Cuando llegamos, vemos que están todos rodeando una mesa en el bar. Cuando digo todos me refiero a mis amigos con sus mujeres, la rubia con Carlos y la morocha, por suerte, sola.

Sigo alegrándome mucho con esta imagen, todos unidos a

pesar del tiempo. Es maravilloso. Lo buscamos y lo conseguimos. Tenemos el grupo completo otra vez. Lo bueno es que seguimos igual, como si los años no hubiesen pasado y eso me encanta. Puedo notar que no soy el único, todos están contentos al respecto y lo disfrutan, incluyendo a las mujeres de los chicos que, integraron a Pilar y Vanina sin ningún problema, y Ana hasta se había olvidado que nunca había sido amiga de ellas.

Dejar pasar los días para volver a ver a Vanina fue bueno, porque pude tranquilizarme y mi cuerpo está un poco más domado por mi cerebro, al menos, hasta este instante. Por suerte sigo manteniendo la fuerza y el mandato (razonado y estampado en mi instinto) de no sentirme atraído por ella ni pensar en todo lo que implica su recuerdo, por ejemplo: sus besos, manos, boca, curvas y hermosos gemidos dignos de ser grabados para reproducir como música ambiental. Puedo agregar otras cosas que no quiero recordar, pero no lo voy a hacer, para no despertar a "mi amigo", dormido y anestesiado por el momento.

Despejando mi cabeza me dedico a besar y acariciar la panza de Ana, estamos por demás de ansiosos esperando a Martina. Ella nos deja tocar su panza como si fuésemos el propio Fernando, otro santo que no nos dice nada al respecto, mientras ella nos revuelve el pelo y le decimos estupideces a su ombligo. Paso cerca de Noelia y es imposible dejar de mirar de reojo sus prominentes y bien formados pechos, en especial hoy, con esa camiseta sin mangas que lleva puesta, le beso la frente y ella me sonríe. Le doy un apretón de manos a Lautaro. Con Mariel es otro tema, le doy un sonoro pico y hago saltar a Rodrigo de la silla. Largo una carcajada cuando siento que me la aleja y la besa él, y otra vez la regaña por dejarme hacerlo. Adoro ver la forma en que ella lo abraza y lo besa, porque mi amigo es demasiado buena gente y se merece una mujer que lo ame con la misma locura que ella lo ama, no menos. A los demás hombres les doy una palmada en los hombros, a Mariana un beso en la mejilla y a Pilar un beso y una caricia en el pelo. Me gusta demostrar afecto y que me lo demuestren, no es nuevo para ellos. Entonces... llego a Vanina, que por casualidad quedó última, mis latidos se aceleran un poco no lo voy a negar. Le doy un beso en la cabeza y apoyo mis manos en sus hombros haciéndole masajes, dicen que soy muy bueno haciéndolos y a mí me salen con naturalidad.

—Juli, por favor hazme a mí, que tengo la espalda terriblemente adolorida —me pide Mariana.

Al momento veo como Vanina extiende el brazo y levanta el dedo índice de modo retador.

—Ni se te ocurra, si no quieres tener tu primer problema conmigo —le dice en broma a la novia de Cristian y me mira levantando su cara hacia mí—. Julián, sigue con lo que estás haciendo sin moverte de ahí.

Como no hacerlo si lo único que quiero es tocarla todo el tiempo. Se ríen, ante mi cara de supuesta sumisión y me quedo con las manos sobre sus hombros.

Cuando lo considero suficiente, abandono esa hermosa y suave espalda y me acerco a Mariana que me guiña el ojo con una sonrisa de aprobación. Tampoco es cuestión de que se me note la necesidad de mantener el contacto. La conversación gira en torno a las rutinas de ejercicios. Todo es distendido y cómodo. Yo puedo acostumbrarme a esto y Vanina se muestra igual de cómoda.

Después de un rato, aparece la pregunta que arruina todo.

—¿Cuándo empezará a venir Sebastian? —dice Lautaro y está interesado de verdad, por supuesto que está desconociendo todo lo demás.

Pilar se sonríe y Carlos la frena cuando abre la boca para decir algo. Me llama la atención, pero no digo nada, no quiero incomodar a nadie.

—No creo que lo haga —responde Vanina y la mirada que le da a su amiga, no la quiero recibir nunca yo.

—¿Qué? Estamos entre amigos, morocha, tienen que dejar de esperar que Sebas aparezca en estas reuniones. Él es un poco…

—Pilar —advierte serio y cortante, Carlos.

Ella hace silencio al instante y recibe una caricia de su novio. Se nota que es un buen domador de fieras. Puede con Pilar, que es mucho decir.

—Bueno a él no le gustan mucho los gimnasios. Solo le gusta correr varios kilómetros al aire libre y tampoco es amigo de las reuniones sociales. Solo lo verán en algunas ocasiones. Pero gracias por preguntar —responde Vanina con una sonrisa y ahora sí se la nota incómoda.

Por supuesto Rodrigo corta la mala onda con una bobería que a todos nos hace gracia y salimos airosos del tema.

—Organicemos algo para mañana. Hace mil años que no salimos a bailar. Tenemos que ir antes que Martina nos lo impida —dice Rafael acariciando la panza contenedora de Martina con enorme dulzura.

—Rafa tiene razón, todavía puedo moverme, más adelante no creo.

Pilar aporta el nombre de un lugar que conoce, adonde se puede comer también y organizamos la salida. Más tarde todos comienzan a dispersarse, incluida Vanina que tiene que encontrarse con su novio.

Quedamos Pilar, Carlos y yo. Él no tarda en recriminarle el comentario sobre Sebastian y ella no se queda callada.

—Lo sé, estuvo de más. Pero es de la única manera que ella vea lo ermitaño que es y que si ella lo sigue se convertirá en eso.

—Pero no puedes decirlo delante de todos. Es su problema, no el tuyo. Además, Vani está saliendo bastante, ya no se queda encerrada. Déjala en paz.

—Sí, lo sé. Me desubiqué.

Dejo que terminen de ponerse de acuerdo, se nota arrepentida. Me uno a la conversación, cuando ella me mira y comienza a contarme.

—Sebas es muy buena gente, pero un poco solitario. Ella se acopló a su vida sin dudarlo y está cambiando cada día más. Ya no salimos tanto, su espontaneidad se está perdiendo y solo se divierte de verdad cuando no está con él, porque, si bien él no le dice nada ni le prohíbe nada, no la cela siquiera, ella se limita para acompañarlo y no dejarlo solo. Se lo decimos, pero no lo ve, o no lo quiere ver.

—Pero Vani lo quiere, se ven bien —aseguro yo, rogando que me diga que no y de paso, contarme que están a punto de romper con esa relación.

Sin ningún derecho, me reconozco celoso. ¡Por Dios estoy casado y pienso en que me haría feliz que ella estuviese sola! ¿En qué clase de patético egoísta me estoy convirtiendo?

—Sí, eso creemos. Es de la única manera en que explicamos su actitud. Que ella lo quiere más de lo que me dice.

Puedo decir que eso fue un golpe en el estómago, de esos que dejan sin aire. Una vez más me reprocho pensar como lo estoy haciendo, pero a mi cerebro le importa una mierda, y sigue sintiendo celos estúpidos por el novio de una mujer que no me pertenece.

—¿Tus cosas, Rico? —me pregunta.

Por suerte, Pilar me saca de mis pensamientos con esa pregunta. Lamentablemente me guía a otros pensamientos más feos todavía. Su mirada es de esas que preguntan más que las palabras y apoyan en lo que sientes. Esas miradas que regalan los amigos de verdad, hables o calles tus problemas.

—Bueno, los negocios bien, de salud ¿qué puedo decir?, impecable —respondo y me mira con burla ante mi sarcasmo—. No cambió mucho, rubia. Angie es un poco temperamental y yo se lo acepto por… —y me quedo sin palabras.

—¿Estúpido? —pregunta ella como si supiese lo que estoy pensando.

La pobre otra vez recibe otra recriminación de Carlos. Se nota cuánto la quiere y la cuida. Pero ella es así de auténtica.

—Prefiero decir, por bueno.

Le guiño un ojo y sonrío. No tengo ganas de escucharme aceptando que soy un estúpido.

—Algún día terminaré de decidir qué quiero hacer de mi vida —digo y hago una pausa para ampliar lo que quiero explicar—. Haber perdido un hijo nos hace mantenernos unidos en cierto aspecto y… No sé, es difícil de explicar. La culpa de dejar al otro solo, con ese sentimiento que sabes que es tan duro de sobrellevar, es tan arduo manejar.

No espero mucho, y recibo tantos o más sermones del estilo de los que Rodrigo y Mariel me dan. Todos tienen razón y yo lo sé. Incluso soy consciente de que lo que digo es mi mentiroso argumento para no explicar el terror que me da la soledad, o el miedo de enfrentarme al fracaso de mi matrimonio, cara a cara, o la angustia de no saber cómo tomará Angie una separación.

Sí, tengo esa angustia, y es porque estoy seguro que ella necesita tanto mi nefasta compañía como yo la de ella, o eso quiero creer… no lo sé. Siento como que nuestras vidas estarían vacías sin nuestras peleas, como si necesitásemos eso como el motor para sentir algo, al menos dolor, impotencia y bronca. En mi caso es como un ejercicio para mi corazón, que no quiere perder la costumbre de sentir, lo que sea, pero sentir. Aunque ansía con mucha fuerza sentir amor y el pobre infeliz no logra conseguirlo.

Ellos se van después de un rato más de charla y yo me cambio para entrenar las casi dos horas diarias que lleva mi rutina. Paso después por la oficina para ver si hay novedades y como nada me entretuvo, me voy a casa, dónde nada nuevo me espera, por cierto, pero es donde vivo.

Una noche más que, adrede, esquivo el contacto con Angie. Tal vez, y por primera vez, siento culpa de haberme dejado llevar con una mujer. Haberlo hecho con Vanina sí, me hace sentir mal, engañé a mi esposa. Por primera vez me siento infiel y me pesa en la conciencia. No sé por qué. Tal vez es el hecho de que ellas se conocen o que yo no puedo dejar de pensar en la mujer con la que tuve relaciones. Me inclino más por la segunda opción.

Cuando buscaba una mujer para saciar mi necesidad sexual o mi frustración, si así quieren llamarle, tenía mis reglas, no preguntaba su nombre, porque no pretendía involucrarme emocionalmente y buscaba alguna chica que estuviese de acuerdo conmigo en la idea de olvidar que nos conocimos, por el mismo motivo. Jamás recordé una mujer con la estuve por más buena que haya sido la experiencia. Yo dejaba fluir el recuerdo, porque no lo necesitaba quizá, y solo desaparecía.

Fue por mera cuestión de satisfacción física y un poco de orgullo propio dañado por lo que yo llegué a tener esa costumbre vergonzosa y desconsiderada. Tal vez no era una costumbre, a decir verdad, pero en los años que llevaba casado había estado con varias mujeres. Creo que ya había superado la cantidad de dedos de una mano y esto no es un motivo de jactancia.

Con Vanina el recuerdo me da duro, no lo puedo evitar. Ella gimiendo, mientras yo disfrutaba como un condenado de ese manjar que es su cuerpo, es una imagen permanente en mi retina, y sus sonidos… por favor, esos gemidos son inolvidables.

Ya es sábado. El gran día. Hoy es la salida grupal que incluye a Angie y a Sebastian. Personas que, de verdad, creo innecesarias para la diversión. Bueno, reconozco que no está bien pensarlo, pero no voy a mentir.

El lugar es agradable y está bastante lleno, por suerte tuve la buena idea de hacer reserva, porque somos muchos. Vinimos, todos, bastante puntuales. Yo dejo de contar quien falta cuando la veo llegar a ella, con ese vestido corto que se ajusta de tal manera a su cuerpo que solo me hace recordar lo que hay debajo.

Odio no poder alejar mis ojos de esa belleza, porque cuando la miro descubro la mano de su novio acariciándola o sus labios besándola, y mis celos aumentan mi bronca hacia ese tipo que, no me hizo nada, pero no es de mi agrado y supongo que el único motivo es que es el novio de Vanina.

Angie se muestra por demás de cariñosa y yo sé que está buscando que deje de alejarme porque me tiene fuera de control, pero ya no soporto que me atosigue.

La gran sorpresa de la noche es Rodrigo, acercándose e interponiéndose entre las piernas de Vanina y mi mirada antes de decir lo que nunca creí que diría.

—Solo por esta noche y para que no se te note la baba, puedes hacer lo que quieras con mi mujer —dice mientras Mariel me abraza por la cintura y apoya su cara en mi pecho.

Por supuesto que Angie no está cerca, está tratando de conversar con alguien, y poco me importa con quién.

—Petiza, no dejes que se pase, cualquier cosa me avisas y le doy unos golpes —le dice y le da un beso en la boca que casi la deja sin aire, lo supongo porque la noto un poco azul a la pobre.

Me río ante el gesto y nos vamos a bailar mientras él mira sonriendo por mis provocaciones.

—Deja de mirarla de esa manera, Juli, no queremos tener que separarte de una pelea con Sebastian.

Mariel me gira la cara para que la mire a ella y yo me sonrío como un idiota.

—No sé qué me pasa. Esto se me está escapando de las manos.

—De verdad que lo siento mucho, Juli. Es una mujer comprometida y tú un hombre casado. No quiero verte sufrir. —Le sonrío y le doy un beso en la mejilla.

Tiene tanta razón... son pocas palabras, pero certeras y crueles. Quién pudiera volver todo atrás... imposible, lo sé. Ese cuerpo puede con mi imaginación, mis ganas, mis pensamientos y hasta con mis sueños, invadiéndolos constantemente. No puedo dominarlo.

Me siento indefenso ante ella. Me reprocho hasta el cansancio haber caído en la tentación de acostarme con ella, porque ese había sido un gran error, sin duda alguna, no obstante, ya está hecho. Tengo que lidiar con eso.

Vanina

Trataba de ocupar mis días en las traducciones más complicadas y largas para lograr tener poco tiempo libre. Agradezco tener mucho trabajo como para poder elegir. Inclusive limpiaba la casa más que de costumbre con la idea de mantenerme activa y atareada.

Sebas no había vuelto a mirarme de esa incómoda manera y yo intentaba estar cerca y cariñosa, mucho más conectada a él y a su presencia. La culpa, por momentos me abandonaba, al menos cuando me obligaba a sentirme moderna, como Pili me había dicho y lo estaba logrando. Me aferraba a esa estúpida palabra como si de eso dependiese mi vida.

Otra cosa que me ayudaba era intentar convencerme de los propios dichos de Julián: «Esto era necesario para romper con la tensión que teníamos al vernos», había dicho. Sí, era eso, estaba claro. Ya no había tensión al vernos.

Bueno, no puedo asegurarlo porque, como la cobarde que soy, no volví a verlo. No fui al gimnasio, creo que no me acerqué ni a diez cuadras a la redonda, por si acaso. Además, desde que me despertaba, me obligaba a mí misma a olvidarme todo. Como si mi mente tuviese un botoncito de reseteo, me repetía varias veces en voz baja:

"A partir de este momento olvidar: su nombre, su voz, sus

manos, sus besos, sus músculos, sus ojos, su sonrisa y... bueno, todo lo referente a él."

Y, ¿a qué no saben? Jamás resultó.

Ya pasaron varios días y en lo único que puedo pensar es en sus manos sobre mi cuerpo, y para qué mentir... en todo eso que me repetía que tenía que olvidar como si fuese un mantra.

Absorbida por la cobardía y la miseria, le escribo un mensaje a Pilar. Al menos, de esta forma puedo evitar que me clave esos dardos envenenados que lanza con su mirada cuando me mando una torpeza, permítanme minimizar el tema llamándolo así, simplemente torpeza.

> Vanina:
> *Tuve sexo con Rico. Del bueno. Tal vez... del mejor que bueno.*

La respuesta creo que llega en unos escasos dos segundos y es solo un signo de pregunta. Nada más y nada menos.

Espero sentada, esa no es su verdadera respuesta lo sé. Estoy muda y con la vista clavada en el teléfono. Aguanto unos minutos, interminables minutos. Concentrada en nada más que la espera y el silencio, noto que no estoy respirando bien, porque siento que me falta el aire y la vista ya se me nubla de lo fijo que miro el aparato. Cuando suena el primer tono creo que muero del susto. Salto del sillón y el teléfono vuela por el aire, intento agarrarlo antes de que caiga y rebota en la punta de mis dedos, otra vez vuela, pero puedo rescatarlo de forma tosca con la mano izquierda y, asombrada por mi propia habilidad, atiendo aguardando el gritito histérico de mi amiga.

—¿Cómo?, ¿cuándo?, ¿por qué y dónde?

Por fin después de varios días me río con ganas.

—No sé si quiero darte tantos detalles ahora. Primero quiero saber qué piensas.

—Bueno, eso es fácil de decir. Qué sé yo qué pensar —hace una pausa, para mí, eterna—. Pero podemos analizarlo juntas. Por ejemplo, podría pensar, ¡Dios mío la turra de mi amiga pudo mirar y tocar todo ese cuerpazo desnudo!, o ¡en realidad envidio a mi amiga por haber tenido sexo del bueno con semejante hombre! También puedo pensar, tengo una amiga que es una… bueno, eso… no lo pienso, despreocúpate.

—Pilar, házmelo fácil.

—Vani, qué importa lo que yo piense. Lo importante es lo que tú pienses, lo que tú sientes.

—Amiga, eso sí es un problema. Culpa, remordimiento y también ganas de repetir. ¿Qué hacemos con eso ahora?

No le cuento lo que sentí cuando hice el amor con Sebas, porque son impresiones mías y no me animo todavía a ponerlo en palabras.

Entre las dos sacamos la misma conclusión que Julián, «ganas acumuladas a través de los años», dijo Pilar, y yo lo archivé con ese nombre entre mis recuerdos. También dentro del *top ten*, vale aclarar. Esto es una desgracia, Julián ocupa los primeros tres, aunque creo que el encuentro en la moto y toda esa imagen sensual, bien valen la pena un cuarto lugar.

Tengo que avanzar. No puedo seguir así.

Salgo de casa siendo consciente de que lo voy a ver otra vez y de que voy a actuar como si nada, nunca, hubiese pasado.

Jamás había hecho algo parecido, pero, aunque fuese mi primera vez, tenía que dejarlo atrás y evitar que me lastimara. Siempre me hice cargo de las consecuencias de mis actos y esta vez no será distinto. Aunque, lo haré en silencio. No creo poder soportar la mirada de Sebastian si se entera de semejante hecho.

Ya en el gimnasio, respiro tranquila cuando veo a los chicos y no a Julián. Puedo hacer mis ejercicios tranquila, aunque pendiente de la maldita puerta de entrada, mirando cada vez que se abre. Nunca llega y entonces me relajo.

Nos sentamos con la rubia y nuestras botellas de agua, no podemos hablar del tema porque Carlos está con nosotras. Poco a poco van llegando los chicos y sus novias y Ana, que había ido a buscar a Fernando. Solo faltan los dos que en este momento están haciendo su gloriosa entrada.

Mi corazón se acelera, pasa de cero a cincuenta mil pulsaciones en dos segundos (*ok* exagero un poco), al ver a esos dos dioses en traje, con la corbata algo floja y la camisa con un botón desprendido. Caminan como si el mundo les perteneciese, sonriendo despreocupados, como si no fuese ilegal hacerlo estando así de buenos. Cruzo la mirada con Pilar y nos entendemos sin pronunciar palabra. Son perfectos modelos para una publicidad de esas que pasan en cámara lenta.

Julián me mira y yo intento bajar mi temperatura con las pocas gotas de agua que me quedan. La verdad no lo logro, ah, pero lo disimulo perfecto. Verlo con la dulzura que besa la panza de Ana, me baja la locura, un poco. Saluda con dedicación a todos y cada uno, hasta que noto sus manos en mis hombros. Creo que tiemblo un poco, no puedo confirmarlo.

Puedo distenderme, por suerte, y dejar de pensar y analizar cómo actuar. Todo se vuelve fácil por un rato. De a poco el momento se va naturalizando, y listo, primer paso dado. Aunque la salida propuesta por Fernando, para ir a bailar todos juntos, no ha sido una buena idea. Al menos no para mí y en este instante, pero la organización ya está en marcha.

Dejo el gimnasio bastante enojada con Pilar porque no me gustó lo que dijo o quiso decir de Sebastian. Sé lo que piensa de él, pero no me gusta que lo diga delante de todos y menos si él no está para defenderse. Sé que lo arreglaremos más tarde con una llamada, por ahora dejo que se me pase el enojo.

Yo tengo muy claro lo que ella piensa, pero Sebas es mi pareja, me quiere y me respeta, y lo mínimo que puedo hacer yo, es aceptar que es como es. Su personalidad no me está cambiando, sino que me adapto a mi realidad. No puedo negar que me gustaría que rompiera las reglas una vez y se adapte él a mí.

Tal vez sea el día para lograrlo y convencerlo de ir a bailar, para variar, con un grupo de amigos, porque de ninguna manera voy a ir sola a mirar como Angie manosea a su esposo en mis narices.

Por suerte no me cuesta mucho y Sebas acepta sin necesidad de insistir.

Llega el día. Sábado de salida grupal, vamos a ver qué pasa.

Al llegar al lugar, lo primero que veo es a Angie abrazando a Julián. Es como un cachetazo de realidad, algo así como un recordatorio. Puedo sentir la mirada de él recorriéndome de un modo embarazoso.

No podría soportar que Sebas sospeche o vea algo que no le guste, porque no es celoso y tampoco tonto, pero no me animo a decir nada, solo soporto su mirada y disimulo.

Pilar me da un abrazo, un poco más efusivo de lo normal, ya que después de la disculpa telefónica no nos habíamos visto. Y en el abrazo, hace hincapié en lo especialmente guapo que está Cristian y yo en lo especialmente apuesto que está Carlos. Por lo que me gano un pellizco en el culo y todo vuelve a la calma entre nosotras.

Paso la noche bastante distendida, aunque veo a Julián hablar con Mariel y no lo noto de buen ánimo. No sé si es la responsabilidad que siento, pero tengo la impresión de que hablan de mí y, nada bueno sería, a juzgar por la mirada de él. Imagino que debe estar tan arrepentido e incómodo como yo, estando todos juntos bajo un mismo techo.

Asumo que complicamos todo comportándonos como adolescentes hormonales. No me siento nada bien con la situación después de notar como me mira. No puedo asegurar lo que piensa él, pero yo solo me dedico insultos. Angie parece estar mejor con él y aunque no es lo que más me agrada ver, es lo que es y a eso tengo que acostumbrarme.

Mirar la pareja imperfecta formada por el hombre perfecto y la frígida (sigo pensando que lo es) no es mi ideal de salida, por lo que nos vamos temprano. Está de más aclarar que Sebas no se opone. Otra vez siento la mirada de Rico sobre mí, de lejos, por supuesto, porque al igual que yo, necesita distancia. No lo culpo, lo entiendo. Aunque al acercarme a saludarlo, porque debía hacerlo como con todos, no se comporta con la suficiente inteligencia.

—¿Por qué tan temprano?

¿De verdad me pregunta eso, justo él? Lo miro incrédula. No sé qué ve en mi mirada, nada me gustaría más que ser vidente en momentos como este.

Pongo la excusa del cansancio, ¿qué más puedo hacer? Ana y Fernando se suman a la huida, la pobre no da más con esa panza preciosa, pero pesada. Al que no puedo saludar es a Rafael, porque está tratando de seducir a un grupo de chicas, y lo está consiguiendo a juzgar por las caras de todas ellas.

Llegamos a casa y nos acostamos enseguida, estamos agotados.

Me despierto sudada y excitada. Es una maldita noche más que sueño con él, con cada caricia, con cada beso, con la fuerza y crudeza con la me había dado uno de los mejores orgasmos de mi vida y no puedo dejar de querer otro y varios más.

Sebas duerme plácidamente abrazado a mi cintura cuando me levanto para refrescarme en el baño, intentando no despertarlo. La sonrisa se me dibuja al recordar el sueño, había sido tan real que si seguía unos minutos más creo que todavía estaría gimiendo como loca.

—¿Estás bien, amor?

—Sí, guapo. Ya voy a la cama.

Me da pena haberlo despertado. Apenas dormimos un par de horas y es muy temprano para levantarse un domingo. Me acuesto a su lado otra vez y me abraza al instante. ¡Vaya, está excitadísimo! Tal vez él también ha tenido sueños calientes pensando en las gloriosas tetas de Noelia, imagino.

—¿Sueños?

Se ríe en mi oído y me estremezco. Sus manos, en cinco segundos encuentran adonde ubicarse, una en mi trasero y la otra en mis pechos.

—Puede ser, tu vestido era un poco provocador.

—¿Y el escote de Noelia no?

—También. Pero es tu trasero el que alimenta más mis fantasías nocturnas y si lo tengo pegado a mi cuerpo ni te digo.

No puedo estimar si fueron cinco o diez minutos los que pasaron, pero lo tengo ya dentro de mí. Estoy demasiado necesitada yo también, por lo que lo dejo que se mueva tan rápido como quiere y yo acompaño ese movimiento con mis caderas. Mis gemidos se hacen escuchar altos y claros en la habitación.

Todo está pasando demasiado rápido para ser nosotros, pero es evidente que tenemos urgencia. Tanta como para saltearnos la previa de la que tanto disfrutamos. Casi no hay besos, solo pasión desenfrenada, tan desenfrenada como Sebas puede soportar.

Enredo mis dedos en el cabello de mi novio para que haga algo con mis pechos que están desesperados por atención. Sus labios los rozan y un sonoro jadeo sale de mí. Cierro mis ojos y puedo recordar la deliciosa manera en la que la boca de Julián se apoderaba de ellos y la cantidad de sensaciones que tuve mientras observaba cómo les dedicaba besos y mordiscos. Y cómo no recordar también las ansias que tenía en mi interior porque esa boca se quedase eternamente sobre mi piel obrando todas esas maravillas.

Yo ahora necesito esa nueva forma de vibrar, quiero esas fuertes emociones y no las tengo en este momento. El dolor y la frustración están apoderándose de mí.

Miro al hombre que intenta darme placer, el placer que sentí siempre y del que no tenía quejas, pero no llega. No estoy sintiendo nada y por más esfuerzo que le ponga, sus manos no queman mi piel, sus labios no producen escalofríos en mi cuerpo y sus embestidas no están llegando con la profundidad que en este instante anhelo.

Sus ojos desprenden pasión y sus jadeos me anuncian que está por llegar a su orgasmo, y del mío ni noticias. Suspiro, lucho por conseguirlo, intento concentrarme… Nunca lo hice, pero tengo que hacerlo. Finjo.

Si la culpa de los días anteriores no me ha vuelto loca, esta sí lo hará. Mentir un orgasmo a mi novio, el mismo novio que siempre me ha hecho llegar a uno o más haciendo el amor desde hace varios años. Es demasiado para soportar.

Sollozo y tenso mi cuerpo, recordando cómo responde siempre ante un estímulo sexual que me guste. Una vez, más Julián llega a mi memoria con sus ojos verdes brillantes y sus labios sobre los míos. Cierro los ojos, entreabro mi boca encorvando mi espalda y el gemido de satisfacción que siempre sale a través de mi garganta esta vez es apenas audible.

Me siento una mala persona. Injusta y embustera, pero es lo único que puedo hacer.

Siento su final, como siempre acompañado de un te quiero y luego el abrazo. Por suerte, como todo lo que ha pasado en los últimos minutos, es inesperadamente rápido y se va a dar un baño, para después salir a correr.

Alivio. Eso siento en lo más profundo de mi ser. Necesito este momento a solas, pensar, tratar de mandar a pasear la nueva culpa, sumarla a las anteriores, disfrazarlas de invisibilidad y seguir con mi día, ignorándolas, o al menos intentarlo.

El domingo pasa con una inusitada tranquilidad y mucho silencio. Adelanto trabajo, él juega con su consola y se engancha después con una película. Todo está siendo raro, o al menos, eso me parece. Yo, mientras tanto, me concentro en ser moderna y olvidar.

Llega el lunes y pasa sin novedades, y para el martes, yo ya estoy convencida de que todo el mundo alguna vez finge un orgasmo, de que lo de la oficina con Julián había sido una aventura sexual que era de esperar ya que era "oportunamente" normal en aquellas mujeres "modernas", y que pensar en Julián como el hombre más atractivo del planeta, no es para tanto. No puedo negar que estoy teniendo un poder de autoconvencimiento terrible, no muy propio de mí en realidad. Pero, ¿qué he hecho propio de mi desde unas semanas a esta parte?

Es miércoles y estoy concentrada en una traducción que me tiene absorta desde hace varias horas. Necesito una distracción y Pilar es la adecuada. Le envío un mensaje de texto con la sola pregunta:

Vanina:
¿Qué haces?

Ya depende de su contestación el tipo de distracción que me va a dar.

A su respuesta: *Esto,* le sigue una foto en la que salen ella, Lautaro, Julián y Rafael almorzando.

Intento imaginar los motivos del almuerzo y nada coherente llega a mi cerebro. Lo que, si llega, es otro mensaje.

Pilar:
Los chicos te mandan besos. Estamos poniendo a prueba a la nueva chef del restaurante de Rico.

Armo un grupo para enviarles mensajes a los cuatro de la mesa y envío:
¿Comieron rico? Yo también quería ir.

Respuestas varias: *Sí, riquísimo... Muy rico y, además, buena presentación... Si lo hubiese sabido te invitaba...*

Esta última respuesta es de Julián y vale aclarar que lo hace por mensaje privado, evitando el grupo.

No te preocupes, la próxima será, escribo, y creo que es una frase bastante correcta. Es un mensaje tranquilo, sin pie a ninguna desubicación de esas que suele tener él, ¿verdad? Lo releo y pensando que es inofensivo, lo envío.

Julián:
¿Los dos solos?

Parece que él sí ha encontrado la forma de desvirtuar mi inofensiva respuesta. Tengo algunos segundos en los que nada se me ocurre y necesito una réplica, al menos inteligente esta vez, ¿cuál? No sé, nada, ninguna, ni una sola palabra.

Vanina:
¡Julián!

Solo eso escribo. ¡¿Qué?! Peor es nada, al menos gano tiempo y contesto algo, aunque es lo mismo que nada, lo sé.

Julián

Puedo recordar centímetro a centímetro su cuerpo enfundado en ese vestido ajustado a sus curvas, o sus movimientos al bailar, sensuales, sin ser alevosos o provocativos. Para mi desgracia, también puedo recordar las manos de su novio en su cadera y su sonrisa cómplice mientras se movían al ritmo de la música. Bueno, en realidad Vanina, porque él solo la tocaba y admiraba su belleza como lo hacía yo. La diferencia es que yo lo hacía a la distancia, deseando tocarla y él lo hacía pegado a ella.

La verdad es que cuando se fueron, fue un descanso para mi cuerpo y mi cerebro. Hubiese dado toda mi fortuna para que la noche hubiese sido diferente, sin nuestras parejas, y animándonos a seducirnos una vez más, por ejemplo.

Creí que había sido suficiente esa maravillosa vez y no, no lo fue. La necesito, la deseo con todo mí ser. Al punto de ponerme duro solo por verla, imaginarla o recordarla.

Angie estuvo por demás de cariñosa. Inusual e insoportablemente cariñosa y mi cuerpo, desesperado por contacto. Fue injusto, detestable e involuntario, pero esa noche hice el amor con ella.

Fue pasional por mi parte, con mi cabeza más allá de esa cama y ese cuerpo. Sentí sus gemidos, sus caricias y sus besos como ajenos, como si fuesen no merecidos, aun así, los necesitaba como estímulo físico para acompañar esa fantasía de volver a matar mi placer en el cuerpo de esa morocha que me quita el sueño.

Cerré los ojos, visualicé aquellos labios entreabiertos y memoricé los sonidos de Vanina. Esos sonidos eran una bella melodía que elevaba mis sentidos de una manera increíble. Me perdí en esa imagen y mi cadera se movió desesperada, urgente y necesitada. Tantos días deseando... queriendo hundirme en ese paraíso y aunque no era lo mismo, mi propio engaño funcionó, el orgasmo me invadió. Estallé al escuchar los dulces y casi silenciosos gemidos de Angie, mezclados con los de Vanina, enérgicos, estimulantes y perfectos, que el recuerdo me trajo a ese instante.

Después, la culpa pudo conmigo y arrinconé a Angie contra mi cuerpo para hacerle sentir que seguía con ella, que estaba ahí.

Mentí, una mentira más...mentalmente estaba con Vanina, acariciando su piel suave, sus increíbles curvas y besando esos labios que estaban clavados en mi inconsciente.

Con ese recuerdo me dormí.

El domingo amanecí con dolor de cabeza, necesitaba vaciar mis pensamientos de preocupaciones e imágenes. Sin levantarme de la cama y aún desnudo, prendí el televisor y me entretuve con una película estúpida. Al menos me distraje, era lo que necesitaba.

Escuché a Angie deambular por la casa hablando con su madre por teléfono y rogué porque se fuese pronto. No quería verla.

—Sí, mamá. Lo sé. Me va ser difícil porque no se disimular... Solo fue una vez... No creo que pase, pero de todas maneras lo voy a hacer. Es esto o todo termina, lo presiento.

Por lo general no presto demasiada atención a nada de lo que dice ese par, pero esa conversación me inquietó. La voz de mi mujer sonó preocupada y entonces recordé que me había dicho algo sobre problemas en el trabajo. Me distraje otra vez con la película, sin embargo, tomé nota mental de preguntarle por sus cosas.

Lunes, tuve un día agitado de trabajo. Amanecí pensando en la conversación de Angie y mi suegra y le pregunté si todo estaba bien, por no ser desconsiderado, pero ella me dijo que era un asunto de su amiga Florencia, a la que yo no soporto de ninguna manera ni tenemos el más mínimo contacto. Pasé la información a mi papelera de reciclaje y seguí enfrascado en mis asuntos laborales.

La semana pasaba rapidísimo. Intentaba mantenerme ocupado, no quería pensar ni darle vueltas al tema de Vanina. Cada día que pasaba, necesitaba más ver a mi morocha, por lo que lo evitaba adrede. Tal vez así se me iban las ganas.

Miércoles... Mi cabeza está echa un lío. No solo me gusta su físico y la deseo... ya sé, es aburrido que lo diga tantas veces, pero es que no puedo creer estar tan atrapado con una mujer con la que solo estuve una vez. La adolescencia no cuenta, de esa época solo me quedé con el profundo y sincero amor juvenil que sentimos. Hoy sumo en ella todas mis necesidades, me divierte, me entretienen sus charlas, me parece tan inteligente como atractiva... todo de ella me gusta y me marea. No sé si es el haberla extrañado en mi vida, haberla idolatrado con mis amigos agigantándola en mi mente o es real lo que veo en ella y es lo que me gusta, lo que necesito.

Los días pasan y yo sigo demasiado confundido. Me invento una distracción haciéndome cargo de algo que no es necesario. Tengo que definir si Melanie, la nueva chef de uno de los restaurantes que está plena renovación del menú, es tan buena como el gerente opina.

Decido ir a degustar algunos de sus platos y darle mi veredicto a Ricardo. Él, como gerente del restaurante desde que inauguró, tiene la experiencia necesaria para decidir sin mi consentimiento. Confío en este hombre que estuvo al lado de mi padre toda la vida manejando el restaurante y convirtiéndolo en uno de los mejores de la ciudad. Es más suyo que mío, en la práctica conoce su funcionamiento mejor que yo. Aun así, tengo que hacer de cuenta que sé lo que hago y aceptar, o no, a esa chef.

Invito a Lautaro, porque es una de las personas más exigentes que conozco con la comida y el servicio en los restaurantes a los que va, por eso confío en que me dará una objetiva opinión. Le digo a Rafa, porque me interesa su juicio, pensamos parecido en algunas cosas laborales y me parecen bien sus puntos de vista. Por último, aviso a Pili. La agrego porque es mujer y sincera a más no poder.

Después de las presentaciones de cortesía entre Melanie y yo, Ricardo nos deja solos, sentados en una mesa. Me agrada lo que veo en esta mujer. Tendrá poco más de veinticinco años, es menuda, rubia, al menos eso adivino con los pocos mechones que puedo ver debajo de su gorro de chef. Tiene lindas facciones y es muy agradable al trato. Nada condescendiente conmigo y eso me gusta. No quiero que la gente me adule por ser el dueño, prefiero ganarme el respeto. Después de la charla, le pido que me prepare cuatro platos de la carta que ella elija, pero que sean variados, y los lleve a la mesa dónde me esperan los chicos.

Saludo a todos y me sorprendo con la pregunta de la rubia ni bien me ve.

—Rico, ¿estás bien? Pareces cansado y preocupado.

¿Será que ella puede ver en mí, como lo hacía antes, si estoy bien o mal? Siempre había sido una buena amiga, de esas que te dan el abrazo que necesitas cuando no estás bien, buenos consejos y las palabras justas y sinceras. Todo lo que había necesitado durante tanto tiempo. Tengo mi gente incondicional, Rodrigo y Mariel son insuperables como amigos y les agradezco mucho su amistad, no obstante, Pilar había sido muy importante para mí. Ella está de vuelta a mi lado ahora y aprovecharé al máximo haberla recuperado. Aunque no es el momento ni el lugar, y tal vez tampoco el problema con el que puede ayudarme.

—Es un poco de todo, ya te contaré. Pero ahora, vinimos a comer rico. Necesito críticas constructivas –digo mirando con seriedad a mis tres acompañantes y poniéndolos en tema sobre lo que necesito de ellos.

Melanie se acerca con el camarero y nos pone la comida en la mesa desde el lado que corresponde y primero a Pilar. Me gusta. No solo por saberlo, sin necesidad, ya que es chef y no camarera, sino porque no puso primero mi plato y una vez más no me trata como el dueño, soy un comensal más para ella. Me da la impresión de que es una mujer segura, que sabe lo que hace y lo que quiere. Nos cuenta lo que nos preparó utilizando las palabras técnicas necesarias, pero claras para que entendamos lo que comeremos, y se aleja deseándonos que disfrutemos de la comida.

—Me gusta esta chica –dice Pilar y se lleva algo de pasta a la boca.

Después de probarla hace un ruido similar a un gemido que llama la atención de los tres, la miramos con las cejas levantadas y una sonrisa.

—¿Qué? Es espectacular.

—¿En la cama también eres así de ruidosa? —le pregunta Lautaro en broma.

—No te das una idea, lindo.

¿Quién puede amedrentar a la rubia? La respuesta es acompañada de un guiño de ojo y una caricia en la pierna. Nos reímos todos por su comentario y al instante nos saca una foto en la que sale ella también y sin mirarla siquiera, teclea algo en su celular.

—Acabo de enviarle la foto a la morocha que está aburrida de trabajar —dice mientras mira su mensaje.

Mi corazón da un salto de solo imaginarla mirando la foto y saberla conectada con nosotros. Le envía un saludo de todos y seguimos comentando lo bueno de los platos y la presentación. Mi decisión está tomada. Está más que aprobada la incorporación de Melanie a la cocina de este restaurante.

Mi teléfono suena y abro el mensaje de texto, noto que todos hacemos el mismo gesto de mirar nuestros aparatos.

Vanina
¿Comieron rico? Yo también quería ir. "

Vani nos escribe a todos, en un grupo que ella armó. Me sonrío y con ganas de verla o, al menos estar en contacto unos minutos, le respondo, pero en privado.

Julián:
Si hubiese sabido te invitaba.

Vanina:
No te preocupes, la próxima será.

No sé si tiene intención alguna este mensaje y no me importa tampoco. A mí me da pie para seguir la conversación y lo haré.

Julián:
¿Los dos solos?

Minutos eternos pasan mientras escucho como Rafa me dice que la chef le parece una hermosa mujer.

—Rafa ni se te ocurra. Déjala que se concentre en su nuevo trabajo.

Mientras hablo miro de reojo mi móvil a la espera de la respuesta de Vanina. Y veo como Rafa, con una sonrisa de esas dedicadas exclusivamente a las damas, mira absorto a Melanie, mi nueva empleada.

Vanina:
¡Julián!

Es evidente, Vanina no sabe que responder.

Quiero llamarla y ponerla nerviosa, molestarla un poco. Escuchar su voz y su risa, pero lo único que puedo hacer es enviarle otro mensaje y no sonrío con cara de bobo, para evitar que nadie se dé cuenta.

Julián:
Eso no es un no.

Estoy ansioso, no puedo creer lo que esta mujer origina en mí. Nervios, eso origina. ¡Hace tantos años que una mujer no me pone nervioso!

Vanina:
Tampoco es un sí.

Ya estoy subiendo a mi coche para volver a la oficina. Me sonrío con su respuesta. Ahora me quedo yo sin palabras.

Julián:
¿Nos vemos hoy en el gimnasio?

Vanina:

Sí, seguro, pero depende de la hora que llegue Sebastian.

Julián:

Auch, eso dolió, me estás recordando que tienes novio.

Vanina:

No es la intención, fue una simple respuesta. ¿Tú no cenas con tu esposa?

Claro que me está recordando que estamos comprometidos y que es imposible un coqueteo entre nosotros, pero poco me importa.

Julián:

Te veo hoy en mi oficina.

Vanina:

No voy a ir.

Julián:

Te espero igual.

Ya no obtuve respuesta.

Tiene que ir, va a ir. Y si no, la volveré a llamar.

Necesito tiempo con ella. Verla a solas y comprender que me pasa. Enfrentarme conmigo mismo y dejar de evitarla y, ¿por qué no?, también enfrentarme a un rechazo. Sí, eso necesito. No lo quiero, está claro, aun así, es lo que necesito. Que me insulte o me grite, que me niegue su mirada, que me ubique en mi lugar o cualquier cosa similar.

Han pasado varias horas desde ese mensaje y yo no pude dejar de pensarla.

Estoy ansioso por verla entrar por la puerta. Ya termino con mi rutina y ni noticias de ella. Voy a mi oficina y me ducho rápido para quedarme en el bar y esperarla. Salgo, también rápido, sin mirar por donde camino y me choco con ¿Vanina? Lleva el cabello húmedo y tiene ropa de calle, una falda corta de jean y una camiseta rosa. Está sencilla, pero hermosa.

—Vanina, no sabía que estabas.

—Sí, llegué hace como dos horas. Estaba en clases y después me duché. Ya me voy.

Habla rápido, casi sin respirar y un poco incómoda con nuestro abrupto encuentro, eso supongo.

—Te esperé.

—Te dije que no vendría.

La tomo de la muñeca y entramos en mi oficina. Cierro con llave y me giro para mirarla, pero con enojo.

—No me mires así. Julián, fui sincera.

—¿Por qué? ¿A que le tienes miedo? Algún día tenemos que hablar.

No sé por qué la presiono como lo estoy haciendo. Me siento un cobarde exponiéndola a esta conversación, pero estoy furioso con ella por esconderse de mí, además de ansioso por haberla esperado y ahora saber que todo el tiempo había estado cerca. Toda la situación me está volviendo loco, se me escapa de las manos. Parezco un noviecito celoso pidiendo explicaciones.

—No tenemos nada más qué hablar. Lo que pasó, ya lo hablamos. Estuvimos de acuerdo que había sido eso y nada más.

—Para mí no fue solo eso. Vani no dejo de pensarte, de imaginarte, de recordarte —digo y cada palabra me acerco un paso más a ella que está inmóvil. Solo me mira y yo temo por mi control—. Por favor, dime que no te pasa lo mismo.

Baja su vista al suelo. Apoyo mis manos en sus mejillas y levanto su cabeza para volver a recuperar su mirada.

—Vani, dímelo.

—Esto no está bien, Julián, ni por ti ni por mí, tampoco por nuestras parejas —hace una pausa mientras nos miramos fijo, sin tocarnos. Nos deseamos con desesperación, lo siento en nuestras respiraciones agitadas —. Sí. Te pienso, te recuerdo y te imagino todo el tiempo. Pero por lo mismo necesito tenerte lejos.

—Es imposible eso –digo obligándome a alejarme un poco,

mientras tomo agua de una botella que tenía en mi escritorio, solo para ocuparme en algo que no sea tocarla—. Al menos para mí.

Dejo la botella y doy varios pasos hacia ella, arrepentido de haberme alejado, tomo otra vez su cara con mis manos y le doy un beso suave, apenas rozando sus labios. Ella cierra los ojos y suspira ante mi contacto. Mi corazón está queriendo salir de mi cuerpo. La deseo terriblemente, necesito su cuerpo contra el mío, pero no me da señales de querer lo mismo y me estoy desesperando.

Me llevo las manos a la cabeza y me giro, dándole la espalda, frustrado, indeciso y ansioso. Quiero respetarla, pero sé que me desea tanto como yo a ella y noto que está teniendo una batalla en su interior. Ella sí está frenando sus deseos, cosa que tendría que practicar yo mismo, pero no puedo.

—Ya no sé qué hacer con todo esto, Vani —le digo de espaldas.

No quiero verla, para no caer en la tentación de tocarla, porque una sola caricia, un solo contacto, me haría perder el poco control que estoy consiguiendo. Hasta prefiero que abra la puerta y se vaya.

—Yo tampoco sé qué hacer con todo esto —murmura tan cerca de mí que me estremezco, o tal vez fueron sus manos abrazándome desde atrás por la cintura, recorriendo mi abdomen centímetro a centímetro, tomándose su tiempo.

No me había percatado que sus manos estaban debajo de mi camiseta. Levanto mi cabeza y cierro los ojos, disfrutando de ese delicioso roce. No espero nada, aunque lo quiero todo. Me alcanza con una caricia sincera de ella. Mentira, no me alcanza, pero dejaré que crea que tiene el control hasta que yo pueda tomarlo y hacerla mía otra vez.

Intento girar para devolverle el abrazo, pero me lo impide. Me acaricia el abdomen, el pecho y luego me saca la camiseta. Es increíble. Sus manos suaves ahora acarician mi espalda. Mantengo mis ojos cerrados, apreciando cada mimo, hasta que se aleja y solo escucho sus palabras susurrando en mi oído.

—No gires.

Siento como si mi cuerpo estuviese expuesto a una corriente de alto voltaje y la electricidad recorre el centro de mi espalda hasta la nuca y vuelve a bajar. No puedo recuperarme de esa sensación y vuelve a abrazarme, pero esta vez apoyando su pecho contra el mío. ¡Dios santo!

Está desnuda, su piel contra la mía me regala una sensación, maravillosa. Cierro los ojos y "mi amigo" atrapado en la ropa interior se despierta alucinado. Si tuviese voz estaría gritando un ¡Aleluya!

—Mierda, nena, es hermoso.

Apoyo mis manos sobre las de ella y las guio por mi cuerpo, para que me acaricie otra vez.

Mi corazón está a punto del colapso, su respiración en mi espalda me quema, mi agitación es evidente y mi sangre es como aceite hirviendo recorriendo mis venas. Estoy disfrutando como loco de esta provocación, de estas simples caricias que recibo a ciegas y expectante por lo que pasará después.

Aparto sus manos de mi cuerpo y me giro. La recorro con la mirada y me encuentro con su falda interrumpiendo mi camino.

—Quiero verte desnuda —pido en un suspiro y ella comienza a sacarse la ropa.

Queda con una mínima prenda que no tapa demasiado, pero molesta. Levanto una ceja y ella entiende mi petición. Toma el elástico de su ropa interior con los dedos y antes de bajarla me pide que me desnude también, a lo que accedo de inmediato. Mientras lo hago me mira mordiéndose el labio inferior, la muy descarada.

Estoy fascinado con su desafío y con su seducción. Cuando me tiene como Dios me trajo al mundo, se quita ese mínimo trozo de tela, que le queda espectacular, pero más espectacular es su cuerpo desnudo para mí. La recorro con la mirada, imagino que demasiado libidinosa y lujuriosa, porque estoy estallando de deseo por esta mujer. Me sonrío de lado, esperando un mínimo movimiento de ella, es su juego, en el que me tiene atrapado sin condiciones.

—Por favor, deja de mirarme y tócame —me pide casi en un jadeo y se tira a mis brazos.

—Creí que nunca lo pedirías.

Y todo mi control se va al demonio.

La acorralo contra la pared y le devoro su boca, no puedo dejar de besarla y mis manos de tocarla, sus pechos, su cintura, sus hombros, su espalda... Quiero ser un pulpo en este instante y tener

tantas manos como centímetros tiene su cuerpo para acariciarla toda, entera. Mis jadeos y suspiros casi opacan sus gemidos. Sus manos están tan ansiosas como las mías y las siento por toda mi piel.
Me alejo bruscamente y ella me mira sin comprender. Necesito re-
componerme. Estoy demasiado ansioso. Quiero disfrutar y hacerla
disfrutar y, si seguimos así, todo pasará demasiado rápido.

La miro y le sonrío para dejarla tranquila de que todo está
bien. Apoyo mis manos en la pared, a ambos lados de su cabeza y
respiro profundo.

Vanina

Sus mensajes de texto son borrados con inmediatez de mi teléfono, para evitar que Sebas los vea...y yo misma evitar leerlos una vez más, para qué mentir. Estoy demasiado emocionada con la idea de que alguien coqueteara conmigo de esta manera, me gusta.

¿A quién quiero engañar? El que me gusta es él. Julián, me tiene loca y su coqueteo me incinera, ¿si me explico?

Así y todo, evito encontrarlo en el gimnasio, a pesar de saber que me espera, y me doy palmaditas en la espalda felicitándome por haberlo conseguido. No soy tan inconsciente, sé que esto no puede suceder y que está muy mal.

Tengo solo unos metros hasta la puerta y listo, misión cumplida, un día más que logro resistirme a sus encantos. Pero, como por general nada pasa como quiero que pase (o sí) me choco con él de frente. Un grito quiso tomar control de mi garganta ¡Dios mío!, perfecto es poco, no tengo palabras que lo describan, jeans gastados, camiseta negra ajustada, zapatillas, cabello húmedo, perfume embriagador, mirada verde, preciosa, prometedora y cautivante, al igual que su sonrisa.

Extraterrestres, necesito abducción inmediata, no como la última vez que lo pedí. ¿Cómo resistirme a este ejemplar de perfección? Mientras yo pienso como huir, él es más práctico y me encierra en la oficina.

Palabras más, palabras menos… me dice que me desea, tanto como yo a él. No rompe ninguna regla, se aleja y me deja esperando un beso, una caricia, una pregunta.

Nada pasa.

Tiene la osadía de darme la espalda y ofrecerme la imagen gloriosa de su cuerpo completo, su trasero maravilloso, su cintura mínima con respecto al ancho de sus hombros que me gritan que los abrace ya. Todo me da vueltas en la cabeza sin saber qué hacer con toda esa perfección que tengo enfrente… y, como si me estuviese leyendo el pensamiento, dice las palabras que pienso.

—Ya no sé qué hacer con todo esto.

Y a mí me lo dice. Mientras los intento frenar, sin lograrlo, mis pies se acercan sigilosos a él.

—Yo tampoco sé qué hacer con todo esto.

Mis manos desobedecen mi ruego y se meten debajo de su camiseta para sentir su piel.

Qué más puedo decir. No supe qué hacer, hasta que la idea de disfrutar del momento que me proponía, tomó realismo, y aquí estoy acariciando esta mole de piel y huesos; suspirando por la suavidad de su piel y deseosa de más, mucho más. Le quito la camiseta y sigo con la mía, con urgencia de sentirlo. Sé que le gusta, puedo notarlo porque se estremece en mis manos.

Al verlo girar hacia mí y notar su mirada sobre mis pechos, solo deseo que rompa con los pocos centímetros que nos separan, pero no solo no lo hace, sino que los agranda. ¡Cómo lo odio!

—Quiero verte desnuda –dice.

Y desnuda me va a ver. No lo dudo y dejo caer lo poco que me tapa. Le pido que él también lo haga, ¿acaso soy tonta?

Su mirada en mí, es intimidante y demasiado excitante. Siento mi estómago retorcerse ante todo lo que me provoca verlo. Necesito rogarle que me toque, porque estoy ardiendo de deseo por sentirlo. Y es perfecto, desesperado como yo, necesitado como yo. Lo deseo tanto que me duele el cuerpo.

Ahora está con sus manos a ambos lados de mi cabeza, jadeando, invadiendo mis sentidos con su aliento sobre mí y estremeciendo mi piel con el anhelo de su contacto. Veo su pecho subir y bajar, sus ojos verdes iluminando mi deseo y sus labios rogando por mis besos.

Me acerco a su boca y le muerdo el labio inferior, tiro de él, escucho su gruñido y me sonrío triunfante. Me toma la nuca con una mano y me acerca más a su cuerpo. Su perfume me invade y me dejo llevar. Lo beso como si no hubiese mañana, mi lengua entra en su boca y se funde con la suya. Siento la otra mano apretando mi pecho.

Esto es un camino de ida a la locura, y el único que me la puede curar es él, con su gloriosa forma de poseerme.

Con mis manos lo aprieto contra mí, rozo su erección con mi vientre y comienza a moverse necesitado, como yo. Toma fuertemente mi cabello y deja mi cuello a merced de su boca. Lo recorre humedeciéndolo con su lengua tibia y baja hasta apoderarse de mis pechos. De a uno les da placer, mimos, atención y me deleito observándolo, otra vez, porque es maravilloso lo que siento al hacerlo.

Tiro de su pelo, cuando siento como sus dientes me regalan esa mezcla de goce y dolor en contacto con mis puntos sensibles y no puedo soportarlo más. Su lengua dibuja un perfecto camino hacia mi ombligo. Mis manos quedan inertes contra la pared ante ese movimiento, mi cuerpo expectante, mi piel erizada y mis ojos cerrados. Sus labios llegan a mi entrepierna y sus manos a mis caderas. Creo que esto es más de lo que puedo resistir.

Siento sus dientes en la parte interna de mi muslo, y me tenso por completo. Su boca llega a mi sexo sediento y un gemido me libera de la necesidad de gritar, por ahora. Comienza un juego deliberado y lento con sus labios y su lengua entre mis piernas. Creo que voy a levitar de placer, cuando con una mano sube una de mis rodillas a su hombro para darse más lugar.

—¡Por favor! —No quiero decir eso. No quiero decir nada, solo sale de mí esa estúpida súplica.

Con sus manos toma mi trasero y me acerca más a su boca y sus dedos entran en mí. Grito, poseída por la sensación de quemarme por dentro. Sé que dice algo, pero no tengo muy claro qué es, mis gemidos silencian todo lo que me rodea.

Cuando abro los ojos, después de recuperar el dominio de mi cuerpo y mi respiración, puedo ver esos faroles verdes, clavados en mí y acompañados por esa sonrisa que me seduce hasta en sueños. Me tiene abrazada por la cintura y una de sus manos recorre mi espalda, que ya no está apoyada en la pared.

Estamos moviéndonos lentamente. Me suelta por unos pocos segundos para hacer un movimiento en el respaldo del sillón, que ahora se encuentra frente a nosotros y convertirlo en una cama. ¡Lo sabía, es un sofá-cama!

No me da tiempo a preguntar o decir nada. Ya estoy recostada con su cuerpo sobre el mío, sus labios recorriendo mi cuello y yo disfrutando ese contacto con ganas de que no pare. Sus besos son suaves, calientes, húmedos e inquietos, como sus manos que me recorren dejando fuego allá por donde pasan. Puedo sentir su piel sudada en mis manos. Su respiración hace que su pecho suba y baje de un modo excitante.

Soy feliz en ese instante sintiéndome deseada y necesitada por ese Dios que tengo sobre mí, besándome y tocándome de una manera desenfrenada. Enredo mis dedos en su pelo suave y levanto su rostro para verlo y admirarlo en toda su plenitud. Excitado como está, es aún más perfecto. Sus ojos brillan y se oscurecen por el deseo; sus labios lucen más gruesos que de costumbre y se mantienen entreabiertos, dejando escapar su tibio aliento sobre los míos.

Levanto mis piernas sobre su cadera y dejo que entre en mí, mirándolo a los ojos. Lo hace lento, como si fuera parte de una tortura, y cada centímetro hace que me estremezca más y más. No lo soporto y tiro mi cabeza hacia atrás, cerrando los ojos. Un suspiro me abandona y al instante lo siento moverse, con la misma lentitud, una y otra vez. Me vuelve loca. Quiero disimular un poco la desesperación que me provoca su balanceo entrando y saliendo de mí, como si de una ensayada coreografía se tratase, pero es imposible. Aprieto sus hombros con mis dedos y muerdo su labio inferior tirando de él hasta liberarlo. ¡Madre mía, es tan sensual!

—¿Por qué tienes que ser tan hermosa? —susurra sobre mi boca y luego me besa sin reparos, entrando con su lengua y arrasando con todo lo que puede.

Sus caderas toman control de mi ser con ese perfecto movimiento que, sabía que podía ser rápido, porque así lo recordaba, pero, ¡por todos los santos!, no le había hecho justicia mi recuerdo. Increíblemente es más rápido aún. Ya no puedo respirar ni hablar ni pensar, solo sentirlo dentro de mí y sobre mí.

Mis gemidos, que ya no son tales, porque apenas puedo emitir sonido alguno, son acompañados por sus gruñidos, tan sensuales, como las gotas de sudor que caen por su rostro y cuello perlando su piel. Su mirada se topa con la mía. Sus palabras subidas de tono me excitan más. Su pasión me apasiona. Su goce me deleita.

Apoya sus manos a ambos costados de mi cabeza después de un beso sobre mis labios y levanta su pecho, regalándome la visión más perfecta de él y en un solo movimiento me llena por completo haciéndome perder la razón. Siento que está lo más profundo que puede estar en mí. Apenas puedo coordinar mis movimientos, pero lo logro, aprieto mis manos en su duro trasero y levanto mis caderas. Me entrego, lo dejo hacer su maravilla.

Segundos más tarde estoy jadeando como un perro acalorado rogando por unas gotas de agua. Siento el cuerpo tenso, dominado aún por los espasmos que le siguen a un fulminante orgasmo, de un perfecto y enorme hombre vaciándose en mí, mientras gruñe con sensualidad en mis oídos. Nada puede ser más erótico que este hombre en este estado: Sudado, despeinado, gimiendo y jadeando, con sus ojos irradiando deseo, sus labios maldiciendo y su cuello y brazos, tensos por el esfuerzo. Esto me lleva a comprender que esta imagen debe archivarse también entre mi *top ten*.

Estoy desnuda y relajada, sobre un sillón que, es un sofá-cama, y un cuerpo musculoso y transpirado sobre mí... corrección, un perfecto cuerpo musculoso y transpirado sobre mí. Debo añadir, porque no puedo dejarlo pasar, que estoy recibiendo los besos más dulces y las caricias más suaves que un gigante como este puede dar. No puedo dejar de pensar que quiero quedarme en esta posición todo el día, o tal vez para siempre, aunque su peso esté colapsando mis pulmones.

Nadie, nunca, en toda mi vida sexual, hizo que un orgasmo se sienta tan fuerte y me recorra el cuerpo íntegramente de la manera que lo hizo. Cada poro de mi piel y cada terminación nerviosa lo sintió. Estoy anonadada.

—No puedo explicar con palabras lo preciosa que te pones cuando gozas.

Ardientes palabras de un ardiente hombre que me tiene loca en este segundo en que me susurra sobre los labios.

—No puedo explicar con palabras lo precioso que te pones cuando gozas.

Puedo decirlo de otra manera, pero prefiero no pensar demasiado y repetir sus propias palabras. Me gano un beso, de esos que valen la pena. Quedo aturdida y mirándolo fijo, cada rasgo de su rostro es de mi agrado. No es perfecto, si nos basamos en lo que el común de la gente dice sobre lo perfecto, pero lo es para mí y mis gustos. Y no puedo dejar de admirar su boca que, me tienta a perderme en ella, aunque me deje sin respiración, o sus ojos, verdes, brillantes, pícaros y sinceros que, me llevan a donde quieren, sin pedírmelo con palabras. Apenas puedo pestañear, no quiero perderme movimiento alguno de este sensual rostro tan cerca del mío.

—¿Te gusta lo que ves?

Maldito ¿Por qué es tan *sexy*? Sí, sí, sí me encanta lo que veo.

—Mucho.

—Me gusta que te guste.

No noto que aún está dentro de mí hasta que lo siento crecer poco a poco, mientras mueve su cadera, lento y en círculos. Me sonríe provocando que todas las estrellas del cielo bajen a esa habitación, destellando frente a mí.

—No quiero ni puedo separarme de tu cuerpo —agrega.

No se despega de mí, pero cada vez llegaba más y más profundo, no sé cómo lo logra. Solo entra en mí y nunca sale. Inhala fuerte y exhala de la misma lenta manera, conteniendo su necesidad. Le tomo la cara con las manos para besarlo y gimo al hacerlo.

—No lo hagas entonces —le ruego sin dejar de besarlo.

Casi lloro cuando lo siento alejarse, pero al volver con todo el ímpetu que lo hace, agradezco su abandono. Mi jadeo se ahoga en su boca y sus gruñidos en la mía. Es maravilloso como nuestros cuerpos arman el rompecabezas. Su encastre conmigo no tiene fisuras.

—Nena.

Me gusta tanto esa palabra de su boca, con su voz ronca, distorsionada por el deseo, que hace que mi sexo palpite y me encantaría pedirle que me la repita millones de veces en mi oído.

Sus caderas indomables provocan otro huracán en mi cuerpo, arrancando de mí toda la lujuria e inundándome de placer y goce. Sólo él sabe cómo hacerlo de esa forma tan carnal, tan nueva para mí. Lo veo entregarse a mí, casi dolorosamente y sonrío.

¿¡Quien querría estar en el paraíso si esto se vive en el infierno!?

Claro que es el infierno, porque de ninguna manera puedo imaginar el cielo tan caliente, tan lleno de placer y deseo descontrolado.

Todo el fuego que nuestros cuerpos juntos habían soportado, está apagándose con calma, mientras nuestras palpitaciones cesan y nuestras pieles se separan. Hay que hacerlo, muy a mi pesar.

Me recuesto de lado para verlo a él sobre su espalda con un brazo sobre sus ojos, su pecho subiendo y bajando, intentando controlar la respiración. En sus preciosos labios una sonrisa de satisfacción, y en su cuello, esa protuberancia tan masculina como es la nuez de Adán, sube y baja al tragar. Definitivamente estoy en el infierno, y él es el mismísimo diablo, que me invade tentándome segundo a segundo, haciendo que imagine cosas pecaminosas.

Me siento algo nerviosa e incómoda, ya mi razón se está refrescando y volviendo a la realidad, a mi realidad. Tengo que dejar de pensar en cada segundo vivido, en cada sensación y en cada beso. Todo debe ser archivado, por el momento evitando mi lista, porque estoy segura que no podré rememorarlo sin querer repetirlo.

Pienso, pienso, pienso…necesito romper el hielo. Tema frívolo, cualquier cosa. ¡Lo tengo!, y sin querer se me escapa una risa que lo despierta y lo trae de vuelta, de vaya a saber que idílico lugar.

—¿De qué te ríes? —pregunta acercándome a él y su piel se pega a la mía otra vez.

La sonrisa de pronto se borra de mi cara. Una vez más tengo que maldecir su sensualidad.

—Desde la primera vez que vine supuse que esto era una cama –le respondo señalando el lugar en el que estamos acostados, desnudos, sudados y abrazados.

¡Carajo, que bien me siento así!

—Muchas noches dormí aquí por discusiones mal terminadas con Angie. Pero no creo que quieras que hablemos de esto ahora ¿o sí?

No. Sí, es una buena idea, hablemos de ella y de Sebas. ¿Qué tal? Ahora si la realidad me da una buena cachetada. Existen ¿te acordás, Vani? Los dos estamos comprometidos.

Me levanto buscando mi ropa sin decir ninguna palabra, solo una sonrisa salió de mis labios y un beso rebelde me acercó a los suyos. Camino unos pocos pasos antes de entrar al baño y cerrar la puerta.

En la soledad de ese pequeño cuarto me convenzo de que, una vez más, debo enfrentarme a las consecuencias de mis propios actos. Fueron míos, porque yo lo provoqué esta vez. Quise sentir a ese hombre sobre, dentro y bajo mi cuerpo, sin ropa, tocándome y besándome. No puedo arrepentirme porque lo hecho, hecho está y bien disfrutado, por cierto.

Con la frente en alto, la mente acallada por mi inconciencia y el cuerpo adormilado por el recuerdo de su contacto, salgo del baño con mi ropa arrugada y, para qué engañarme, las pulsaciones un tanto aceleradas. Al salir, la vista es de lo más espectacular: Julián ya está vestido con esa ropa tan común, pero que tan bien le queda; la camiseta me da una clara imagen de todo lo que cubre. Me espera sentado en el, ahora otra vez sofá y con una botella de agua en su tentadora boca.

—¿Todo bien? —me pregunta y alarga la mano para entregarme un vaso con agua.

Me lo llevo a los labios y al entrar en contacto con el líquido noto lo sedienta que estaba. Le pido más, sentándome a su lado. Necesito dejar atrás lo que hicimos y tal vez lo logre con cualquier tonta conversación.

Debo decir que no estoy nerviosa, solo confundida por la naturalidad que siento frente a él. No quiero huir como la última vez. Ya no veo esa tensión entre nosotros, esa que solo me deja pensar en su cuerpo desnudo contra el mío. No pretendo mentirme a mí misma, me atrae demasiado este hombre, sin embargo, en este momento quiero quedarme a su lado conversando, riendo, recuperando el tiempo perdido y, tal vez cada tanto, disfrutar un beso.

No, eso no, lo sacamos de la lista. Besos no, porque me pierdo… otra vez.

—¿Cómo es eso que duermes aquí escapando de tus peleas maritales? –Sí, quiero hablar de eso, saber, conocer su vida, sus sentimientos. Me mira sin entender mi pregunta–. Solo quiero saber, Julián, puedo contestar tus preguntas también. Si tienes alguna, por supuesto.

—Te voy a contestar, pero antes quiero decirte que no se puede tapar el sol con un dedo. Lo que pasó entre nosotros pasó. No podemos hacerlo desaparecer. Me gustas mucho. Te deseo como a ninguna mujer que haya conocido jamás. Disfruté cada instante de tu cuerpo y tus besos…Vani, porque no lo hablemos no desaparecerá nada de lo que hicimos. No me arrepiento y lo volvería a hacer mil veces porque no me canso de tu cuerpo. No me canso de ti.

Se me acerca y me besa. Me da uno de esos besos que detienen el tiempo y ese glorioso beso me detuvo a mí en el tiempo.

No quiero sentirme tan bien con sus labios sobre los míos, ni entre sus brazos. Tampoco quiero reconocer que los orgasmos que alcanzo con él son increíbles y desconocidos para mi cuerpo. No creo que sus besos o caricias sean perfectos, no, solo pienso que han sido creados para satisfacerme a mí.

Julián es todo lo que me gusta, lo que disfruto y necesito y eso, me aterra. Hasta sus palabrotas mientras goza me encantan, sus palabras cariñosas, sus miradas, todo está bien para mí. No quiero poner en palabras nada de esto. No podría decirlo en voz alta porque, si me escucho diciéndolo, debería reconocerlo y por supuesto que no quiero.

No debo hacerlo. Mi realidad me lo impide.

—No quiero que hablemos de esto porque ya pasó. Me gustó y lo disfruté también, tal vez demasiado. Me gustas muchísimo… pero ya está. Nada más podemos hacer y nunca más debemos hacerlo. Por respeto a nosotros, a Angie y a Sebastian. Por lo mismo deberíamos evitar vernos a solas, ya sabemos de lo que somos capaces —le pido y le guiño un ojo para sacar la rigidez de la conversación y reímos juntos—. Por favor, evitemos vernos a solas, al menos por un tiempo.

Esta vez sí lo digo muy seria.

Me sonríe con dulzura, comprendiendo lo que quiero decir. Nos miramos y queremos besarnos como si fuese el final de nuestros días. Como si de este beso dependiese nuestro aire para respirar.

Es, o mejor dicho quiero que sea, un hombre imposible, prohibido. Ya no puedo acercarme a él porque es mi perdición. Cada músculo, cada rasgo de su cara, cada caricia, cada beso, puede convertirse en una dulce droga rápidamente adictiva, y no puedo permitirlo.

Necesito gritar, maldecir, soltar todos y cada uno de los insultos más groseros que tengo en mi vocabulario, para sacar la bronca por no poder volver el tiempo atrás, por no haber impedido que se fuera de mi vida y me dejara llorando por los rincones, durante tantos meses, tal vez, incluso años. Quiero odiarlo con todas mis fuerzas por haberme abandonado, pero no puedo hacerlo. Su recuerdo estaba en mí, grabado a fuego, ni los años lo habían borrado y ahora esto... Sus manos y sus labios han tatuado de manera permanente mi piel, odio sentirme impotente. Sé que cada beso y caricia estará escondido bajo mi ropa, recordándome lo hermoso que fue, haciéndome suspirar por mucho, mucho tiempo.

De pronto, así sin más preámbulo, una voz en mi interior grita con fuerza y al borde del llanto. ¡No, esto no puede pasar! ¡No puede ser!

Mi vida va para otro rumbo, tengo un camino y voy acompañada. Por mucho que lo quisiera cambiar eso es imposible. Quiero a mi novio y hasta hace pocas semanas él me hacía más que feliz.

¿¡Pero que estoy diciendo!? Él todavía me hace feliz, ¡soy yo la que está errando! Pero todo volverá a ser lo que era. Lo que debe ser.

Sebastian y yo. Angie y él.

Julián

Mi cuerpo aun tiembla pensando en el suyo. Tenerla tan cerca, sabiendo todo lo que disfruto con ella, todo lo que me hace sentir, me tiene al borde del precipicio. Ya estoy a punto de perder el control, sí, otra vez.

Tengo que obligarme a salir de su cuerpo y a alejarme de su piel.

Necesitando recuperar la respiración y dejar la excitación de lado, me tapo los ojos con el brazo. Siento su perfume cerca y sus movimientos en la misma cama. Es más, de lo que puedo resistir. Necesito ausentarme por unos minutos. Evadirme. Ruego que mi autocontrol siga haciendo efecto porque no quiero, me corrijo, sí quiero, pero sé que no debo abrazarla otra vez.

Me asusta pensar que nada me importa más que volver a tenerla entre mis brazos, a pesar de que mi cuerpo está exhausto y no sé si pueda responder como quiero.

Odio nuestras vidas actuales. Odio el tiempo que ha pasado. Odio haber sido cobarde y no haber vuelto a buscarla. Y, sobre todo, odio no tener ninguna oportunidad de averiguar que me está pasando con ella.

Su voz y su risa me sacan del trance, incluso creo que yo sonreía pensando en lo que había vivido los últimos instantes y recordando su cara, cerca de la mía, diciendo cuanto le gustaba mirarme. Mis brazos la envuelven, saltan como resortes a su alrededor. No pienso, solo hago lo que necesito y lo que necesito es abrazarla a mi cuerpo y sentir su desnudez con la mía, que tan bien armonizan. Su piel contra la mía, es la perfección.

—Desde la primera vez que vine supuse que esto era una cama —dice riéndose con esa boca que me incita en cada movimiento.

Qué hermosa sensación me invade cuando mis manos acarician su espalda suave, tibia y aún húmeda por el sudor de la pasión vivida.

—Muchas noches dormí aquí por discusiones mal terminadas con Angie. Pero no creo que quieras que hablemos de esto ahora ¿o sí?

Dios mío que estúpido soy. De verdad que, estar con Vanina desnuda a mi lado, me desconecta las neuronas y no me permite hablar con coherencia o al menos pensar lo que voy a decir.

Vale aclarar que se levanta y se va lejos de mí. Del hombre casado, que no es su novio y con quien acaba de tener sexo.

Me pongo la ropa y me quedo sentado, esperándola. No sé cómo va a reaccionar. A juzgar por el beso corto y dulce que me dio antes de cerrar la puerta del baño, puedo pensar que va a estar todo bien, que vamos a dialogar como adultos y con suerte, sin arrepentimientos.

No puedo dejar de pensar en que nada de esto debía pasar, pero ¿cómo evitarlo?

Siento una atracción desesperante e irracional por esta mujer. Su cuerpo es soñado, perfecto, al menos para mí, su cara, su boca... su boca, Dios mío, su boca es una tentación y su mirada, definitivamente, es mi perdición. Sus ojos clavados en los míos son irresistibles y luego bajan para posicionarse sobre mis labios, rogándome que la bese. Es perfecto.

¿Dije que me gustaba su boca? Me encanta su boca, la que ahora está apoyada en el cristal de un vaso y me lleva a fantasear que quiero ser ese vaso.

Si tan solo pudiera dejar fluir mis deseos, ser yo mismo frente a ella, no dejaría pasar ninguna oportunidad de rozar sus labios, su mejilla y su piel. Si pudiera ella ser mía, le demostraría a cada instante lo que me hace sentir.

La pregunta sobre mi relación con Angie me descoloca un poco, pero no puedo permitir que huya de lo que quiero decirle. No me gustaría que lo que hicimos le duela de alguna manera. No sé si mis palabras la harán desistir de sentirse culpable, de todas maneras, lo voy a intentar.

Me escucha. Sé que no quiere oír cuánto me gusta y cuánto la deseo. Mucho menos debe querer pronunciar las palabras que la desnudan por completo, cuando me dice que le gusto y me hace saber cuánto disfrutó entre mis brazos. Sus ojos me mostraron lo difícil que fue para ella reconocerlo. Me enloquece saberlo, porque quiero volver a provocarla con besos y caricias.

Entonces su actitud cambia y me tira la bomba.

—Por favor, evitemos vernos a solas, al menos por un tiempo.

La miro en silencio. Noto como la tiento, la seduzco y la provoco. Yo no estoy haciéndolo a conciencia, no me muevo, no hablo, solo sonrío. La tensión sexual está en el aire. Me desea tanto como yo a ella, lo siento, lo sé y me perturba saberlo porque a partir de este instante debo cumplir su reclamo. Creo que puedo hacer con ella lo que quiero y lo que quiero es mucho. Es demasiado. Es todo. Por respeto a ella, sin embargo, voy a hacer lo que pide.

—Me parece perfecto, si crees que es lo que necesitamos. Estoy de acuerdo.

Cambio de tema porque quiero que se quede un rato más. No quiero perderla de vista todavía

—¿Cómo te sientes con los chicos después de tanto tiempo sin verlos?

No llego a escuchar su respuesta porque golpean la puerta. Como si lo hubiese calculado para dejarnos terminar con nuestra locura, Rodrigo del otro lado grita como loco que abra y amenaza con tirar la puerta abajo.

Nunca para de bromear y le agradezco que viva de buen humor, porque me saca mi propio mal humor más de una vez. Lo envidio, ¿es que este tipo no tiene problemas en la vida? Es tan admirable su buen carácter.

—Morocha preciosa, te habías perdido. ¿Acaso no me extrañabas?

Se prende a los brazos de Vanina y otra vez lo envidio. Ya quisiera yo recibir ese abrazo ahora mismo y sentir que todo lo que pasó no la alejó de mí, porque no podría soportarlo.

Sé que las palabras no dijeron todo lo que queríamos decir, no soy iluso.

Antes de cerrar la puerta entra Mariel, es lo esperado, nunca están separados estos dos. Nacieron uno para el otro y en buena hora el destino los juntó. En realidad, utilizo una frase hecha porque no creo en el destino, yo creo en las consecuencias, en lo que uno hace para que las cosas sucedan. El día que Rodri conoció a Mariel, estaba decidido a enamorarse, y eso hizo que la viera de verdad, no solo que la mirara. De otra forma hoy estaría cada cual por su lado, como Vanina y yo.

—Estábamos hablando de ustedes y los demás —dice ella sin inmutarse ni incomodarse por nada. Me gusta que así sea, mientras no esté simulando—. Justo estaba por contarle lo feliz que estoy de volver a tenerlos cerca. Creo que me había olvidado de lo bien que lo pasaba y lo divertidos que eran.

—Lo mejor de todo es que, estas brujas —Rodri señala a Mariel y con un gesto de la mano incluye a Noelia, Ana y Mariana, supongo que deja afuera a Angie—, las aceptaron a las dos.

—No nos quedaba otra —dice su novia, en broma y acercándose a Vanina—. Todas coincidimos en que nada de lo que estos mastodontes dijeron es mentira. Son buenas mujeres, lindas para nuestra desgracia, pero nada que no se pueda soportar.

Fácil para ella decirlo, claro, para mí es insoportable verla tan linda y tan lejos de mis posibilidades. *Ok*, sé que, hace unos minutos nada más, estaba desnuda entre mis piernas, pero no me alcanza. Solo verla moverse o hablar es un problema para el amigo que intenta dormir en mi ropa interior.

Conversamos unos pocos minutos más y Vanina se levanta para irse. Cruza unas palabras de conversación femenina con Mariel y saluda con un abrazo y un beso a Rodrigo. Se acerca a mí y hace lo mismo. Disfruto de su abrazo y mi beso en su mejilla fue provocador, húmedo y lento. En mi defensa debo decir que es un movimiento un poco inconsciente, un poco, porque parte de mí es lo que quería hacer. ¡Por favor!, nadie dejaría de hacerlo si estuviese en mi lugar.

No puedo calcular si fue unos segundos después o incluso antes de que la puerta se cierre tras Vanina, que Mariel me grita enojada, furiosa y creo que con intención de darme una buena cachetada para hacerme reaccionar.

—¿¡Que piensas que estás haciendo, Juli!? ¿Qué pasó aquí adentro entre ustedes?

—¿Prefieres una mentira o la verdad?

Bueno, creo que la broma no le gusta mucho, porque con su mirada me clava un par de dardos en los ojos, al menos así lo sentí.

—Todo pasó. ¿Está bien? Todo lo que tenía que pasar y lo que queríamos ambos que pasara.

—Viejo, estás jugando con fuego. No están solos. El novio... lo conocemos. No puedes hacer esto. Si Angie se entera...

—No me corras con eso. Para Angie soy un mueble más de mi casa. Solo me usa. Tú, justamente, Rodrigo, lo sabes mejor que nadie. Y en cuanto a Sebastian, no es mi problema.

Sé que no suena bien el comentario. No lo pienso incluso, tampoco sé lo que pienso al respecto porque no me detuve a hacerlo, pero es mi única herramienta de defensa en esta conversación en la que me siento atacado.

—Cada vez que la veo me pone así —digo sin vergüenza señalando mis partes íntimas que, están tranquilas, gracias a su ausencia. El tarado le tapa los ojos a Mariel que, por instinto, mira adonde yo señalo. Me sonrío junto con ella.

—¿Tienes claro que es injusto para ella y para todos? Esto no va a terminar bien y me temo que ni siquiera lo analizaste. ¿Qué piensas hacer?

Mi amigo tiene una cara de preocupado que es digna de ser retratada.

—Nada. Esto fue todo. No hay más.

Miro a Mariel que, con una dulce sonrisa en los labios, habla y es como si me clavara un puñal.

—Eso piensas, tal vez. ¿Qué sientes?

Auch, eso es duro. Apenas puedo pensar, sentir es otra cosa.

—No voy a analizar sentimientos, Mariel. Aquí no hay sentimientos en juego, más que los de la amistad que tenemos y que no vamos a perder.

No entiendo, o pretendo no entender, la mirada cómplice que se dan estos dos delante mío.

Como si no estuviesen ahí, preparo unas carpetas que quiero llevarme a casa y me voy saludando solo por educación.

Para mí es el fin de la conversación.

Vanina

—Esto ya va más allá de ser moderna, ¿lo entiendes no?

Pilar se está enterando de todo lo que había pasado con Julián hacía unos días. Ya no aguantaba más.

Tardé en decidirme a contarle, incluso pensé en no hacerlo, pero no pude con mi genio.

Necesito expresarme en voz alta, que alguien me escuche y pueda entenderme, o me haga entender el error que cometí. Aunque soy consciente de ello, para que negarlo.

Nada puede hacerme olvidar los momentos que viví con Julián.

Hoy, a casi diez días, todavía me pregunto si volvería a repetir lo vivido. No quiero ni pensarlo ni imaginarlo. No me animo a investigar en mi interior y encontrarme con una respuesta positiva. Fue mágico, único y nunca me sentí tan deseada... y excitada. Esto tampoco debería pensarlo siquiera.

Cuando la razón toma posesión de mis pensamientos me digo que, lo que pasó, no puede volver a pasar. No "debe" volver a pasar. Y tengo que olvidarlo todo.

Nos volvimos a ver en el gimnasio y siempre con los chicos rondando a nuestro alrededor. Cumplimos con lo pactado. Al menos en eso nos mantuvimos firmes.

Lo importante es mantenerse lejos, me repito una y otra vez.

No puedo negar que lo buscaba con la mirada y que, más de una vez, me encontraba con sus verdes ojos apuntándome. No digo tampoco que verlo sudado en las máquinas de correr no me provocaba lanzarme como una demente sobre él. Tampoco puedo mentir, rogaba porque se acercara a la mesa cuando, después de ejercitarnos, nos reuníamos a tomar algo fresco y conversábamos de todo un poco. Ni voy a negar que me encantaba que me regalara unos de sus masajes que, parecían más unas sensuales caricias, que masajes propiamente dichos, o que no disfrutaba de admirar su sonrisa, porque era lo mejor que podía ver durante el día.

Pero lo que sí puedo hacer es felicitarme, porque tuve la fortaleza de no dejarme provocar por mis ganas y porque ni siquiera busqué la posibilidad de encontrarme de casualidad en algún rincón. Todos sabemos que a veces los encuentros casuales son provocados, pero no lo hice y no porque no soñara con eso cada noche... Me obligaba a resistir.

Lo estoy logrando, y creo que estamos saliendo ilesos de ese apasionado y devastador encuentro sexual. Al menos en apariencia.

Desde ese día, ¿cómo describirlo...? caliente, excitante... hasta este momento, solo una vez tuve intimidad con mi novio. Sí, es así.

Sebas está algo alejado de mí, o yo de él. Tal vez es solo la sensación de culpa que tengo yo por haber estado con otro hombre y haber disfrutado incluso más que con él. Obviando claro, la situación de que es mi ex novio, casado y que yo estoy conviviendo con alguien; pero como todo eso ya lo sabemos, no pretendo estar recordándolo a cada instante. Aunque debería ¿no? Muy dentro de mí, sé que la culpa que me carcome tiene una gran porción de esto también.

—Lo sé, Rubia. No medimos las consecuencias. Fue algo impensado. Más fuerte que nosotros.

—¿Y...?

Su mirada pregunta muchas cosas. Conociéndola como la conozco, sé que solo escuchará lo que yo quiero decir, sin presionarme. Pero conociéndome como lo hace, ella sabe más de lo que me pasa que yo misma.

—Y... no quiero pensar ni sentir nada. Estoy de forma incondicional con Sebastian. Es lo que decidí hace un tiempo y sigo apostando a él. Juli es, perdón, fue, solo sexo. Increíble y delicioso, pero nada más.

—*Ok*, si eso es lo que piensas... —murmura y su silencio posterior otra vez habla por ella.

Mi amiga no cree ni media palabra de las que yo digo. ¿Acaso yo sí? No lo sé. Pero quiero hacerlo, quiero creer cada una de las frases que salen de mi boca y lo voy a hacer.

—¿Quieres decirme algo más o se puede cambiar de tema? —pregunta.

Gracias Pilar, quiero cambiar de tema. Sabe que no sacará más de mí ni aunque me exprima.

—Por favor —ruego, enredando mis piernas entre sí en el sofá en el que estamos, descalzas y cómodas.

—Pusimos fecha. Carlos quiere que nos casemos en seis meses. Dice que quiere vivir conmigo, comer conmigo, dormir conmigo, amanecer conmigo, desayunar conmigo y hacerme el amor cada noche y alguna que otra mañana.

Sus ojos hablan de amor, de alegría y un poquito de lujuria con la sola idea de su moreno y el mañanero diario.

—¡Pili, me encanta! Te veo tan contenta. Estoy feliz por ti.

Me tiro, encima de ella y la abrazo. Me grita por ser tan bruta, pero me devuelve el abrazo y llora de emoción. Demás está decir que me contagia el llanto y como dos lloronas terminamos recordando tantas cosas que habíamos vivido juntas que parecía más una despedida que una felicitación.

Llorar como lo estoy haciendo me hace dar cuenta que tenía lágrimas acumuladas y retenidas dispuestas a salir por cualquier excusa. Ese pensamiento pasa de largo y lo sacudo de mi cabeza. Quiero ser feliz, al menos por mi amiga, y olvidar mis problemas por un rato.

—Esta noche festejamos. Vengan a comer y después salimos a tomar algo por ahí, así brindamos.

—Perdón, pero tenemos una cena romántica planeada.

Me pone carita de emoción y cómo no, si está feliz. Solo por eso la perdono, no faltará oportunidad de hacer nuestro festejo.

Más días pasan bloqueando recuerdos entre el trabajo, el

gimnasio y mis actividades de ama de casa, incluso hasta puse en orden los placares de casa. Cualquier excusa es ideal para evitar tener el tiempo de pensar, cosa que vengo practicando desde hace un par de meses, si mal no recuerdo. Desde aquel día que Julián reapareció en mi vida.

Se me está dando de maravillas no pensar demasiado. Por eso erro en mis decisiones.

Sebas volvió a organizar un viaje. Vuelven esos momentos que son los que quiero evitar. La soledad, ahora, me marea, me asusta, me corrompe y me puede.

Dos horas antes de que mi novio se vaya, recibo un mensaje de Julián que me deja fuera de juego. De este juego tonto que me estoy inventando y creyendo ingenuamente. Las reglas son simples, algo así como que, si no pienso, nada pasa.

Julián:
Hola, morocha. Necesitamos hablar.

No tengo que aclarar que me temblaron las piernas y el corazón comenzó a bombear como si fuesen sus últimos latidos, ¿no? No quiero ni analizar de qué quiere hablar, no quiero que me importe.

Vanina:
No tenemos nada que hablar, Juli.

Escribo. Lo envío y me dedico a despedir a mi novio. Abrazos, besos, mimos. Palabras lindas. Me va a extrañar y lo voy a extrañar.

El subconsciente me avisa que mi maldito móvil me había sonado con la posible respuesta de Julián, pero mi consciente lo ignora y me obliga a desistir de leerla.

No me importa, no me importa, no me importa...

¡No puedo, no puedo!

Cierro la puerta y con los labios húmedos aún por el beso de Sebas, me lanzo al teléfono. Por la torpeza de mi ansiedad se me cae al suelo y por intentar agarrarlo en el aire casi me caigo yo. Imposible describir lo estúpida que me siento... e infantil. Ya con el teléfono en una mano y el dedito de mi pie en la otra, masajeándolo para que se recupere del golpe que le di contra la pata del sofá, leo el mensaje.

Julián:
Es importante. Te espero en la oficina mañana. Por favor, Vani, no faltes.

No puedo concentrarme en otra cosa que no sea el motivo de su urgencia en verme. ¿Qué es tan importante? ¿Acaso Angie se enteró? ¡Dios mío no puede ser! Quiero morirme… desaparecer del planeta. Intento una vez más con los extraterrestres, rogando en silencio que me abduzcan, pero no obtengo respuesta. La tercera es la vencida, con ellos no lo intento más.

Busco excusas para no tener que enfrentarme con esa mujer, tal vez un viaje largo o un año sabático en el Congo podría funcionar. Sí, eso. No, obvio que no. Nada resulta, solo evaporarme. Imposible, ¿verdad?

Por más que busque un motivo diferente a su necesidad de verme, yo ya estoy convencida de qué es lo que pasó, Angie está al tanto de todo ¿Qué otra cosa puede ser? Entonces, no queda otra opción que ir, averiguar cómo se enteró y pensar juntos como enfrentarla. Eso significa que hay un solo paso para que Sebas se entere de todo también y la hecatombe golpee de lleno en mi vida. Sin embargo…no me queda otra opción más que hacer lo correcto.

Eso hacen los adultos, asumir las consecuencias. Y yo soy adulta, ergo, debo asumir las consecuencias.

Julián

Llego a casa de muy mal humor, como hace varios días. No es nada que desconozca. El hecho de no ver tanto como quiero a Vanina me está matando. Ya nada me distrae, el trabajo me cansa y no puedo concentrarme lo suficiente.

Intento abstraerme de su recuerdo, pero siempre vuelve a mí. Una y otra vez mi memoria se burla de mí. A decir verdad, yo mismo me boicoteo un poco, porque no tengo mejor idea que repasar algunas de las fotos que saqué con mi celular en las que ella está, y está preciosa. En todas me gusta, sonriente, seria, peleando con Pilar e incluso abrazada a Sebastian o besando a Rodrigo. Solo en una estamos juntos porque había extendido mi brazo para poder salir con ella. Estuve a punto de borrarlas unas mil veces, pero nunca conseguí el valor. Ella es la única cosa buena que adorna mis días, aunque sea en una foto. Sin embargo, necesito sacarla de mi cabeza o me voy a volver loco

Es temprano para acostarme, pero no me importa. Yo sólo quiero darme un buen baño, mirar una película, en lo posible de acción y dormirme profundamente para no soñar siquiera. Obtengo la primera parte, lo del baño, lo de acostarme y encontrar una película y… ¡aleluya!, es de acción.

Pero claro que con la voz insoportable de mi esposa que entra a casa hablando por teléfono con mi querida suegra, lo último de mi plan no va a pasar.

Sí, mamá, voy a hacerlo, sí o sí...

Después veremos que le digo...

Ya te dije que no y no hay error en eso...

Por favor, mamá, se lo que hago...

¡Por Dios no termina nunca de conversar! y lo hace cada vez con más entusiasmo. Me levanto para hacerle saber que estoy en casa y al verme se asombra, como si no me esperara. *Ok,* es temprano para que yo ya esté de vuelta, pero vamos... esta es mi casa también. Me saluda titubeando y le avisa a su madre que va a cortar la comunicación, porque necesita hablar conmigo.

El proyecto de dormir temprano está cancelado hasta nuevo aviso. Me siento cómodo en mi sillón, no me preocupo por ponerme nada. Estoy descalzo y en ropa interior y ella, como siempre, me mira con desagrado. Por supuesto que, a esta altura de los acontecimientos, poco me importa.

Pienso en que Vanina no me habría mirado de la misma manera. Es una idea que me atraviesa como una flecha. Qué injusta es la vida a veces, ella me había mirado con deseo y me había dicho que le gustaba lo que veía. Y muero de ganas de volver a escucharla diciéndomelo, en lo posible, en circunstancia similares, desnudos, abrazados y después o antes de una buena dosis del mejor sexo de mi vida.

—Julián, creo que no va a gustarte lo que tengo que decirte.

Me saca de mis lujuriosos pensamientos utilizando la técnica del suspenso para llamar mi atención. Lo consigue. Aunque debo reconocer que me ilusiono un poco, porque llego a imaginar que quiere irse de casa, al menos por un tiempo, quizá a casa de su madre. La esperanza es lo último que se pierde dicen, ¿verdad? Interrumpe mis pensamientos con su ensordecedora voz.

—Estoy embarazada.

El silencio invade mi casa, mi corazón creo que se detiene y por unos segundos dejo de respirar. No sé qué ve ella en mí o cuál es mi reacción exactamente, pero a juzgar por su cara de pocos amigos, no muy buena. Igual tiene la decencia de mantenerse en silencio. Mi cerebro trabaja sin descanso calculando cuándo… ¿qué día podría haber cometido el error de no ponerme un condón? No es propio de mí olvidarlo y mucho menos con ella. Sé que debería ser todo lo contrario, pero mi esposa es hábil y mentirosa como ninguna.

No confío en ella, es triste, pero real. Insulto por lo bajo porque me doy cuenta de lo que siempre sospeché, sabía que ella jugaría con trampa al no usar ningún método anticonceptivo extra, como le rogué, supliqué e incluso obligué en más de una ocasión. No puedo decir que no lo esperaba, lo de su trampa, digo. Lo de mi imperdonable olvido todavía es una incógnita.

Con la imposibilidad de llegar a alguna conclusión solo pregunto, intentando no sonar cruel, y calculando el tono de mi voz para no ser hiriente tampoco.

—¿Cuándo?

—El día que volvimos de esa salida con los chicos, cuando fuimos a bailar. ¿Lo recuerdas? Estabas un poco… ¿cómo decirlo? Ardiente y apurado, así podría definirte, sí. Supongo que olvidaste cuidarte.

Como le gusta jugar conmigo y yo caigo como un sin-cerebro. Su vocecita suena como si estuviese pidiendo perdón o compadeciéndose de mí. ¡Por favor, si es lo que quería! Me molesta que lo haya hecho sin mi consentimiento. Esto de quedar embarazada es algo de a dos, no es una decisión unilateral. Es un hijo, de ambos, tenemos que estar de acuerdo en tenerlo y yo no lo estoy. No al menos, en estas circunstancias. No con ella. Y lo peor de todo es que lo hablamos miles de veces.

Estoy muy enojado, sin embargo, sé que no debo mezclar las cosas y entiendo que no es el momento de hacérselo saber. Intento ser razonable, pues me cuesta horrores, pero lo intento.

Pienso en silencio, unos cuantos minutos en los que ella solo me observa. Y yo ni siquiera la veo. Solo miro la nada, un punto inexistente en la pared.

No puedo creer que lo haya calculado todo. No, definitivamente no puedo creerla capaz de ser tan mala. No quiero creer que estuve durmiendo con mi enemigo acechándome todo este tiempo. Sin embargo…

Ese día, lo recuerdo a la perfección, yo estaba resentido, frustrado y furioso por ver a Vanina con su pareja y descubrir las manos de Sebastian acariciándola, reclamando lo que por derecho le correspondía. Y yo como un tarado, envidioso y lujurioso, la deseaba mientras la miraba. También recuerdo haber tomado un poco de más para evitar tales sensaciones. Y entonces caigo en la cuenta del motivo de mi olvido.

¿De verdad no le importa salirse con la suya a costa de cualquier truco? No, no le importa.

No, no puede ser. Libero mi mente de esos sucios pensamientos y me obligo a pensar que fue un olvido mío, que ella ni siquiera calculó las fechas y que, gracias a eso, acabo de enterarme que voy a ser padre y mi sueño puede convertirse en realidad. Despejo mis pensamientos negativos y me concentro con exclusividad en lo positivo. Imagino un bebé en mi casa y me sonrío invadido por la ternura de la imagen de un bebé gateando por este piso, y entonces el amor llena mi corazón de una forma inexplicable.

No estoy conforme con la manera, pero el resultado es maravilloso. Un hijo. La sonrisa se dibuja más grande en mi cara y llega hasta mis ojos, puedo sentir como se achican y la visión de una Angie desconcertada, ahora ocupa mi campo visual.

—Entonces, felicitaciones, mamá.

Yo estoy inexplicablemente feliz. Y ella ajena a todos los pensamientos feos y el huracán de sensaciones que dejaron en mi interior. La abrazo levantándola por el aire y la beso en los labios. Todo mi rencor hacia ella ha desaparecido. De momento. Incluso si mi suegra estuviese aquí la abrazaría, porque seguro va a ser una buena abuela, la única de mi hijo o hija. En este momento se cruza la imagen de mi madre y un suspiro de melancolía me abandona, también hubiese sido una buena abuela, cariñosa, sobre todo.

—Lo mismo digo, papá.

Me saca de mis pensamientos una vez más con su sonrisa y esa palabra que debo aprender a escuchar a partir de ahora.

¡Papá, voy a ser papá!

Sé que la vida podría ser mejor para mí, pero acostumbrado a lo que tengo, es el mejor momento que me toca vivir. Siento amor pleno, profundo, sano, que invade mi ser y no puedo parar de sonreír.

Ella me devuelve el beso y con una mirada que mucho no comprendo, se va al dormitorio. Pensando en su mirada puedo adivinar un poco lo que pasa por su cerebro calculador. Creo que ví algo de duda, miedo, culpa y hasta un deje de satisfacción, incluso un suspiro de alivio salió de su boca en una oportunidad al verme sonreír. Imagino que todo como resultado de su engaño, de su burla, de haberse aprovechado de mi debilidad. Así me siento, engañado y burlado. Aunque la maravillosa consecuencia de esta maldad es un hijo, mi hijo. Y en este momento, todo lo demás, me importa un carajo.

Tomo mi teléfono y llamo a Rodrigo. No puedo decir que su primera impresión es buena, pero no lo culpo, tampoco fue la mía y soy el padre.

—Es una arpía, Julián. Esa mujer es espantosa.

—Lo sé. Pero dejemos de lado eso, ya lo solucionaré. Voy a hablarlo con ella a su debido tiempo. Hoy quiero disfrutar de la noticia. Amigo, voy a tener un hijo.

—Si te hace feliz a ti, a nosotros también. Mariel te manda un beso y felicitaciones también.

—¿Cómo es que ella está en tu casa si no vive ahí? Digo, como ya es tan tarde.

Me gusta burlarme de él porque dicen que no conviven, sin embargo, la mitad de las noches ella duerme en casa de mi amigo.

—Hoy está de visita —digo y se ríe aceptando la broma—. Juli, ¿pensaste en Vanina?

—No hago otra cosa que pensar en Vanina. Por desgracia, es así. Quiero que se entere por mí. No es que sienta que le deba explicaciones ni que me las vaya a pedir, pero creo que es justo, ¿no?

—Creo que sí. No quiero estar en tus zapatos. Me gusta la idea de que seas padre, pero no que sea con esa bruja y menos en las condiciones que se dio. Juli, no cumplas todas sus peticiones —comienza con el sermón. Yo giro los ojos y suspiro—. No caigas en su trampa, prométemelo. No le compres un perro y mucho menos, una casa. Por favor, prométemelo.

Este hombre es un buen amigo. De esos que no se encuentran con facilidad. Odio cuando me dice las cosas de frente y no me da lugar a escapar, pero sé que lo hace porque me conoce y la verdad, lo necesito. Necesito que me muestre la realidad que a veces se esconde entre mis sentimientos o pensamientos. Me sonrío cuando menciona lo del perro, pero tiene razón, si cedo en esa nimiedad me pedirá más y más, porque mi mujer es así. Nunca se cansa de pedir.

—Lo prometo.

Conversamos unos minutos más. Hago un par de chistes sobre Mariel y corta haciéndose el enojado, como siempre.

Después de reírme un par de segundos pienso en hablar con Vanina. La verdad es que dudo si hablar o escribirle. Tal vez está con Sebastian... Imaginarla en la cama, tan solo abrazada a él, es una tortura. Ni pensar en imaginarla haciendo el amor con... su novio, vale la aclaración. Y lo pienso yo, el mismo que embarazó a su esposa la noche que la había seducido y amado pensando en ella. Qué patético soy. Sacudo mi cabeza y me enfoco otra vez.

La idea de enviarle un texto es la que triunfa en mi cabeza. Es la menos complicada o eso quiero pensar.

Escribo unos veinte mensajes y los borro todos. No sé qué poner exactamente, ni siquiera cómo llamarla. Un simple Vanina, no quiero, me parece poco íntimo. Tal vez un morocha, podría ser, sí. Sin embargo, yo solo pienso en lo mucho que me gustaría escribir "nena". Eso sí sería íntimo, bien nuestro. Me encanta decirle nena. Tampoco sé si contarle algo por este medio o solo pedirle que me llame, avisarle que la llamaría yo o que la quería ver... Es todo tan confuso.

Sé que no le debo explicaciones ni ella me las pedirá, como le dije a Rodrigo. Pero, maldición, necesito ver su carita al escucharme decirle la noticia. Siento un enorme dolor en el pecho y una culpa que me destroza, pero combinada con una de las emociones más fuertes que puedo sentir. Es demasiado ambiguo para poder explicarlo con palabras.

Los dedos me tiemblan en el teclado telefónico, apenas si puedo escribir. Opto por algo simple. Bueno, hago lo que puedo y no es mucho, a decir verdad.

Julián:
Hola, morocha. Necesitamos hablar.

Vanina:
No tenemos nada que hablar, Juli.

Un baldazo de agua fría no puede dejarme más helado. Su respuesta simple y concreta es… es… ¡No se había tomado ni tres segundos en pensarlo! No quiero darle ningún indicio por texto. Tengo que mirarla a los ojos al decírselo. Ver su expresión. No quiero desistir y voy por otro intento.

Julián*:*
Es importante. Te espero en la oficina mañana. Por favor,
Vani, no faltes.

No obtengo respuesta alguna. Suspiro después de haber retenido el aire por no sé cuantos segundos. Tengo ganas de volver a escribir y preguntarle si irá. Pero dejo que la noche pase, enfrascado en mis pensamientos y preocupaciones intento olvidarme de ella.

Ansioso como estaba, fue imposible dormir bien.

Vanina ronda mi cabeza de todas formas, es imposible luchar contra ella. Las palabras que utilizaría para contarle como empezaba una nueva vida para mí son ensayadas en silencio una y otra vez.

La idea de transformarme en padre, es increíble. No puedo visualizarme, no me veo nítidamente con mi bebé en brazos, solo imagino de idea de un bebé en casa. Recuerdo la enorme panza de Ana y su imagen tierna, pero no tiene el mismo efecto imaginarme a Angie en ese estado. Ella no me inspira ternura, me duele reconocerlo, pero es la verdad.

Las horas pasan tan lentas y la noche parece tan larga, que hasta imagino a Vanina embarazada. Con esa imagen experimento varias emociones, me da ternura también, pero pensar en ella con panza y desnuda o con poca ropa, me excita tanto como ahora con ese cuerpo de infierno.

¿Será que ahora ella es la dueña de mi sexualidad? No lo dudaría si alguien me dijera que así es. No puedo creer que me provoque hasta en su ausencia. Tengo que acomodarme al "amigo" dentro de mi ropa interior, porque ruega acción. Ella es todo estímulos para mí, todo tipo de estímulos, no solo físicos.

Cambio de tema en mi mente y vuelo al pasado, pienso en lo diferente que sería mi vida si hubiese seguido con ella o si la hubiese enfrentado cuando volví después de unos años, ahora sabiendo que, ese hombre con el que la vi hoy es nadie en su vida. Tal vez hubiese tenido una vida extraordinaria a su lado.

Mi padre y mi madre también me acompañan en el insomnio, ya casi cuando llega la mañana. Estoy seguro que, si bien estarían felices por mi paternidad, lo estarían más si Vanina hubiese sido mi compañera de vida, porque la querían tanto como yo en ese entonces. Reconocían lo bien que me hacía sentir y como me mantenía lejos de las malas relaciones, esas que se acercaban por conveniencia, y eso les gustaba. Pienso en mi hermana, sería la única tía de mi bebé. En un instante la bloqueo de mis recuerdos. Duele, duele demasiado todavía... tan pequeña y con tanta vida no vivida. En ella no suelo pensar porque me desgarra el alma.

Todavía me queda el día de trabajo y no tengo ganas de dejar la cama, tampoco de cambiarme o de salir hacia la empresa. Solo deseo ver pasar el día y que por fin llegue la hora de verme con la morocha en el gimnasio.

Creo que miré el teléfono un millón de veces buscando una respuesta de ella a mi mensaje, que nunca llegó. Y la odio por eso, no tiene derecho a fomentar tanta angustia en mí, bueno... puedo disculparla porque ella ni siquiera sabe cuánto me gusta, mucho menos puede imaginar que estoy imposibilitado de hacer cualquier otra cosa mientras espero una respuesta, a ninguna pregunta, por cierto, porque en mi mensaje solo le decía que la esperaba, no se lo preguntaba.

Odio sentirme tan impotente por culpa de algo que no puedo manejar.

Llego al gimnasio a la hora de siempre, no puedo decir que más tranquilo. Rodrigo me ve y, sin decirme nada, me da un abrazo fuerte, contenedor y lo termina con unas palmadas en la espalda. Mariel hace lo mismo, pero lo terminamos con un beso. Me encuentro con todos en la mesa, de la que creo que ya se han adueñado. Estoy pensando en agrandar el bar del gimnasio porque casi lo llenábamos entre todos sin dejar espacio para los clientes. Saludo a uno por uno, incluyendo a la morocha que está hermosa con su pelo recogido. Sus ojos están más brillantes que nunca o eso me parece.

—Ahora que estamos todos —dice Vanina, levantando un poco la voz para que la escuchemos—. Es momento de hacer un brindis y dar las felicitaciones pertinentes a…

—Llego justo a tiempo entonces para que me feliciten a mí también.

La voz de mi esposa retumba en mi cerebro, choca en mi pecho el primer latido de mi corazón ese que da comienzo a mi taquicardia y una punzada en el estómago me dobla de dolor. No quiero que Vanina se entere así, no es justo. Todos tienen que enterarse por mí, es "mi" grupo de amigos. Estoy consumido por la rabia y la impotencia. De pronto, toda la bronca que tengo guardada y anestesiada por su engaño, por sus mentiras, y ahora por invadir mi lugar, toma fuerza y me obliga a querer que esta mujer desaparezca de mi vida en este instante. Miro a Rodrigo y niego con la cabeza como entregándome a lo que sea que vaya a suceder. ¿Qué más puedo hacer?

—En realidad no sabemos por qué deberíamos felicitarte, Angie —asegura Lautaro sin comprender la interrupción, ajeno a todo.

Miro a Vanina, que está desorientada. Nadie sabe todavía el motivo de sus palabras, igualmente ella está muda y sin posibilidad de seguir, porque Angie no le da el tiempo. Me mira a los ojos y me disculpo en silencio. Ella se da cuenta de que algo quiero decirle con la mirada y levanta sus cejas como interrogándome, en el mismo instante que mi esposa me abraza por los hombros y dice a viva voz que está embarazada.

No puedo definir su expresión, no hay demasiados movimientos en sus rasgos, pero mantiene sus ojos en los míos. Siento la mirada de Mariel en mí y la de Rodrigo en ella. Con seguridad están compadeciéndose de los dos. Como no quiero llamar la atención de nadie ni comprometer a Vanina, no hago ni digo nada. Abandono el mar de sus ojos, ahora un poco más brillantes, no quiero imaginar el porqué y me sonrío al sentir, con el abrazo de Ana, como choca con su panza enorme contra mí.

Todos y cada uno me saludan efusivamente, incluso Pilar,

que no sale de su asombro y de reojo espía a su amiga. Imaginaba que estaría al tanto de todo. Antes lo intuía, ahora lo confirmo. Vanina me abraza como todos y me felicita en voz baja.

Dios mío, que incómodo es el momento.

Rodrigo nota mi mal humor, pero también lo hace Rafael, quien creo que, de todos, es el que más bronca tiene por Angie y disfruta sacándole protagonismo cada vez que ella lo gana.

—Podemos retomar el tema, morocha. ¿Por qué deberíamos brindar ahora y a quién felicitar?

Vanina está un poco perdida todavía y Pilar sale a su rescate.

—Lo digo yo. En realidad, ella se estaba metiendo en lo que no le corresponde —dice en broma y le da un empujoncito en el hombro para hacerla reaccionar—. Mi precioso hombre, aquí presente, me necesita tanto que me obliga a casarme con él... en seis meses.

Carlos le da una palmada en el trasero mientras se ríe de su broma y todos comienzan a felicitarlos y besarlos.

La distracción me viene como anillo al dedo, me parece oportuno el momento y tomo mi teléfono. Tecleo con rapidez.

Julián:
Perdón. Quería decírtelo yo. De esto era que quería hablar.

Quedo a la espera del sonido de alerta de su móvil y la miro cuando lee. Una leve sonrisa se dibuja en sus labios. Mentirosa sonrisa.

Vanina:
No te disculpes. Es maravilloso. Felicitaciones.

La miro enojado. ¿Por qué siento enojo? ¿Por qué ella no se molesta? ¿Por qué no le cae mal? ¿Por qué se muestra indiferente? ¿Acaso yo esperaba una escena de celos?

Levanta su mirada y se sonríe falsamente, otra vez. Esta no es su sonrisa.

No la comprendo y me enoja, tampoco entiendo el motivo, pero la rabia que siento por su actuación es más fuerte incluso que la que siento por Angie.

Todo se complica más de la cuenta. Nadie se va de la mesa y conversamos de todo. Pilar no para de imaginar su boda y Angie pone en palabras las ganas que tenía de ser madre desde hacía tanto tiempo. Por fin todos tienen su punto de vista del tema sobre lo que yo les había contado sobre ella y su manejo frívolo de la situación, su presión constante sobre mí y sus exigencias. A nadie puede engañar, todos saben quién es y lo que se propone conmigo, o mejor dicho con mi dinero. Creo que hasta Carlos es consciente de las mentiras de mi esposa y su falsedad. No es muy buena actriz la pobre.

Por momentos me aburro de escucharla y deliro con mis pensamientos, pero creo haber escuchado que quiere comprar un perro para su hijo, no puedo más que sonreír y mirar a Rodrigo que larga una carcajada.

Casi dos horas después todos vuelven, por fin, a sus quehaceres.

Miro a Vanina y sin voz, solo con el movimiento de mis labios, le pido vernos en la oficina. Se niega y suplico.

Logro convencerla, por suerte.

En este instante estoy viéndola entrar. Se sienta frente a mí, en otro sillón. Intenta parecer relajada, pero noto su incomodidad. No puedo descifrar si es por estar solos, por el tema a tratar, o por algo que no adivino.

—Esto es innecesario, no tenemos nada que aclarar, Juli. Me parece hermosa la noticia. Aunque me llama la atención porque estabas negado, pero, eso es algo muy personal en lo que no debo meterme. Sé que somos amigos, aunque nunca tocamos con demasiada seriedad el tema. De todas formas, me pongo muy feliz por ti.

Habla casi sin respirar, con una verborragia inusitada. ¿De verdad cree que yo estoy creyendo su relajado discurso?

—Sh —protesto poniendo un dedo en mi boca para que haga silencio y me acerco a su lado.

Me agacho frente a ella para quedar a su altura y poder llenarme la vista con su mirada.

—En realidad nunca quise tener un hijo en estas condiciones. Mi matrimonio es un desastre y tú lo sabes, no te mentí. Tampoco obvié la parte en que yo apostaba a no perder lo poco que tenía con Angie, fuese lo que fuese.

Quiero repetirle que no estoy enamorado de mi esposa y que Angie no creo que lo esté de mí, que somos un matrimonio, pero que apenas si tenemos intimidad de cualquier tipo y que la dejé embarazada mientras hacia el amor pensando en ella, pero no creo que sea del todo oportuno.

—Una noche olvidé cuidarme y ella no me lo recordó, porque Angie sí buscaba este hijo. Vani, estoy muy enojado porque me mintió... me engañó. Pero el bebé me ilusiona, me hace sentir feliz.

—No entiendo por qué me das estas explicaciones. No las merezco y no me las debes.

—Nena, eres, primero que nada, mi amiga y necesito conversar estas cosas con mis amigos, porque me asfixio si no lo hago. Y... hace menos de quince días tuvimos sexo, aquí mismo, creo que vale la intención de querer explicarte que yo no jugué contigo... —me interrumpe, imagino que porque no quiere escuchar más y la respeto.

—No fue nada lo nuestro, Julián, solo sexo. No puedo negarte que me pareces un hombre atractivo y me dejé llevar por el recuerdo de lo nuestro, por el reencuentro, por las cosas que me dijiste. No soy una mujer de hacer lo que hice contigo, pero, tal vez, como dijiste, era una deuda pendiente entre nosotros y ya la pagamos. Yo...

¡Por favor, la cantidad de boberías que está diciendo!, no puedo escucharla más. Yo le gusto y ella me gusta, nos morimos uno por el otro y no somos capaces de enfrentarlo por estar, ambos, en pareja y no está mal, pero negarlo no...la interrumpo con un beso de esos que le demuestran a una persona cuanto te gusta.

La tomo de la nuca y la acerco a mi boca sin darle la posibilidad de resistirse. Mis dedos acarician su cuello y con la otra mano la pongo de pie, sin dejar de besarla. Es tan dulce, tan suave, sus labios son tan provocadores...sus besos fueron hechos para mí, sin duda, porque me elevan al paraíso. Juntamos nuestros cuerpos, sus brazos me rodean los hombros y largo un suspiro. Ella me acompaña con un hermoso y sutil gemido. Giro mi cabeza y aprovecho para tomar aire y darle la oportunidad a ella de hacerlo. Mi lengua roza sus labios y se encuentra con la de ella antes de entrar a su boca y nos debatimos, unos interminables segundos, en una guerra de seducción con ellas.

Abro los ojos para verla bien de cerca y la aprieto más fuerte contra mí. Mi corazón galopa de una manera peligrosa. Este beso es el peligroso. Siento sus dedos entre las hebras de mi pelo. ¡Dios cómo me gusta eso!

Con sus manos me lleva más hacia su boca y muerde mi labio inferior, tirando de él y alejándose de mí. Quedo tan agitado o más que cuando termino mi rutina de ejercicios y es solo un beso. Apoyamos nuestras frentes y suspiramos juntos. No hay palabras para decir. Nuestros cuerpos son los que hablan, nuestras bocas, nuestras manos, incluso nuestras miradas que no se desprenden.

—Juli, no hagamos esto más difícil.

Noto como su voz se quiebra y ruego porque no sea por lo que presiento. No por favor, no puedo verla llorar. No, Vani no lo hagas.

Me alejo de ella unos centímetros para mirarla bien y sí, lo está haciendo. Una lágrima enorme cae por su mejilla y luego otra. Mis dedos las secan, pero no es suficiente. Su llanto es silencioso y su mirada no quiere esquivar la mía. Sus lágrimas caen una detrás de otra humedeciendo sus preciosas mejillas.

—¿Por qué lloras? —le pregunto en un susurro, intentando mantener seca su cara, acariciándola mientras lo hago.

—No lo sé… De impotencia, de bronca. No quiero que seas infeliz. Me encanta que vayas a tener un hijo. Me duele que no haya sido conmigo, en otro momento tal vez. Con el único hombre que imaginé ser madre fue contigo… siempre pensé que cuando volvieras podríamos planear una vida juntos. Pero nunca volviste y ahora que estas aquí… estás casado, con un bebé en camino y yo en pareja. Esto es lo real y nos demuestra que ya pasó nuestra hora.

Le cuesta hablar, se toma su tiempo para pronunciar cada palabra y con cada una la daga se clava más y más profundo en mi corazón. Esto tiene olor a despedida.

Sus manos me acarician las mejillas con una dulzura irresistible, caricias que dejarán su huella para siempre en mí. Como un tatuaje invisible en mi piel.

La abrazo lo más fuerte que puedo y ella hace lo mismo, su cuerpo se acomoda al mío como siempre pasa. Pero estos abrazos no son para mí, ya no pueden serlo. No es justo ni para ella ni para mí. *Ok*, entiendo que para Sebastian y para Angie tampoco.

Con Vanina yo puse más que el cuerpo. No puedo explicarlo bien, pero con ella no fue solo sexo, sexo puro y sencillo, fue algo más y supongo que esto sí es un engaño a mi esposa.

Cuánto duele renunciar a algo tan lindo, a algo que podría ser tan profundo, hermoso y hasta eterno. Algo que atrae a nuestros cuerpos para que se fundan en uno solo, algo sin nombre aún, pero prometedor. Algo que, sin duda, a través del tiempo, haría participar nuestras almas y nuestros corazones.

Es imposible pensar en un nosotros hoy por hoy.

Fui responsable de perderla, debo asumirlo, como lo hice una vez. Ella pertenece a mi pasado, un pasado lleno de errores y, aunque ahora sí me arrepienta, no puedo hacer nada para volver el tiempo atrás ni solucionar este presente abrumador. Aunque me hubiese gustado intentarlo, no puedo cambiar nada de mi vida en este momento.

Debo dejarla ir, otra vez.

Vanina

La soledad de mi casa es la misma que todos los días, pero saber que Sebas no vuelve después de trabajar siempre me relaja demasiado. A veces ni me cambio y trabajo en pijama, como lo estoy haciendo en ese instante. Necesito terminar la traducción en la que estoy trabajando antes de salir para el gimnasio, porque tengo que hablar con Julián, no puedo poner ninguna excusa esta vez.

No pude pegar un ojo imaginando el motivo, pero la idea que más me cierra es que Angie nos descubrió. Mi única idea posible. Una espantosa idea, por cierto.

La hora llega, tengo que cambiarme. Me comunico con mi novio y prometo llamarlo más tarde. Cuando no está lo extraño mucho. Si bien no compartimos gustos es una linda compañía. Y ahora reconozco, que la culpa de pensar en otro hombre constantemente, me carcome el cerebro alejándome de él. Siento como si un pájaro carpintero me golpea la cabeza con su pico una y otra vez con ideas imposibles y lo único que logra es apartarme de mi novio, más y más, con cada picotazo.

Al llegar al gimnasio no me cruzo con nadie, ni con Pilar, quién me había dicho que estaría temprano. Hago algo de ejercicio, porque para eso estoy aquí. Al verlos llegar, de a uno, nos vamos acomodando e invadiendo el bar.

Llega mi amiga con el morochaso *sexy* y a los minutos Julián. Lo escaneo de arriba abajo. Es impresionante, solo con esos jeans oscuros y una camiseta puede ser tan… tan… me reservo el pensamiento, ya saben lo que pienso cada vez que lo veo. Resumo, no me arrepiento de haberlo tenido entre mis brazos. En realidad, sí, pero por otros motivos. Basta, no quiero seguir con mis lamentos.

Quiero inmiscuirme en la vida de mi amiga como ella lo hace en la mía y dar la noticia de su boda, pero me sale el tiro por la culata. Angie y su bomba me dejan poco menos que helada. Creo que mi sangre se convirtió en escarcha. No puedo verme al espejo para darme cuenta si mi boca está cerrada o abierta. No puedo sacar mi vista del verde hipnótico de los ojos del, ahora, ¿futuro padre? Sí, eso escuché.

Estúpida de mí… yo pensando en él, excitándome con su recuerdo en brazos de mi novio y él haciendo el amor con su mujer. Puedo imaginarlo así cada noche. Mentiroso, cobarde, falso.

¿Cuánto dolor, impotencia y bronca puedo aguantar? Ya nada es igual en mi vida gracias a este maldito error. Nunca debí entregarme a ese hombre, sabía que sería una perdición. Pero no pude resistirme.

De pronto me reconozco impotente, comprendiendo que no puedo dejar de pensar en él, por más voluntad que ponga. A cada momento imágenes de su cuerpo, de sus besos, de su cara, de sus susurros, vienen a mí y no puedo borrarlas o esquivarlas. Mientras, él seguía intentando que su matrimonio funcione.

¿Pero por qué me enojo de esta forma, si yo hago lo mismo con Sebastian? Cierro los ojos intentando entenderme un poco y dejar afuera las incomodidades y el pensamiento de que algo de esto es injusto, porque no lo es.

Mi mente es un desastre. Quiero huir, una vez más. Pero esta vez, para siempre.

Con su mirada me quiere decir algo, pero no comprendo muy bien y lo dejo pasar. Antes de que pueda felicitarla a ella, escucho que un mensaje entra en mi teléfono, ruego en mi interior porque sea de Sebas y me saque de este momento que no quiero vivir.

No puedo creer que sea Julián, me sonrío por la impotencia

que siento y miento, es mi mejor opción dadas las circunstancias. Escribo algo que debería sentir, pero no lo siento y otra vez la culpa. Es un amigo y va a ser papá, pero yo solo pienso en que no quiero que lo sea. ¡Soy despreciable! Entonces dibujo a la fuerza una sonrisa y, aunque quiero verme sincera, creo que no lo logro, porque su respuesta es de enojo. Sus hermosos ojos verdes lo delataban.

El tiempo se detiene, creo, porque nada pasa por mi cabeza, la conversación de la mesa pasa como un largo silencio. Veo labios moviéndose, gente gesticulando y riendo... y yo solo quiero irme, pero me parece que voy a quedar un poco expuesta si lo hago, por lo que aguanto estoicamente, hasta que todos se van dispersando. Pero, ¡cómo no!, antes de intentar irme, Julián vuelve a la carga para hablar conmigo. ¡Es que no quiero hablar con él! Grito en silencio, porque no me siento fuerte para enfrentarlo; ni sincera, para felicitarlo o para resistirme a su cercanía.

No puedo negarme, lo intento. Pero como es normal ante él, no mandan mi cerebro ni mi coherencia. Por lo que mi cuerpo y mi incoherencia me ponen frente a él, otra vez en su íntima oficina. Una oficina que hasta huele a sexo, para mí.

—Esto es innecesario, no tenemos nada que aclarar Juli. Me parece hermosa la noticia. Aunque me llama la atención porque estabas negado, pero, eso es algo personal en lo que no debo meterme.

No sé de dónde saco cada palabra. Creo que ni sé qué decir, pero mi voz suena, por lo que supongo que algo estoy diciendo, no sé si es digno de escuchar siquiera o si es algo coherente. Creo que no, porque él me silencia.

—Una noche olvidé cuidarme y ella no me lo recordó, porque Angie sí buscaba este hijo. Estoy muy enojado porque me mintió... me engañó. Pero el bebé me ilusiona, me hace sentir feliz.

—No entiendo por qué me das estas explicaciones. No las merezco y no me las debes.

Entonces dice algo sobre que, somos amigos y empieza a recordarme que tuvimos sexo y no quiero escuchar más, me hace mal reconocer que engañé a mi novio con una persona que dejó embarazada a su esposa, tal vez el mismo día que estuvo conmigo. Podía ser, claro que sí. Para hacerme daño a mí misma yo soy mandada a hacer, por lo que alimento esa idea, la imagino como un puñal y me lo clavo bien profundo, para ver si dejo de pensar en ese hombre desnudo en mi cama, de una puta vez.

—No fue nada lo nuestro, Julián, solo sexo. No puedo negarte que me pareces un hombre atractivo y me dejé llevar por el recuerdo de lo nuestro, por el reencuentro, por las cosas que me dijiste. No soy una mujer de hacer lo que hice contigo, pero tal vez como dijiste era una deuda pendiente entre nosotros y ya la pagamos. Yo...

No, no, por favor no, que no me bese. Vale aclarar que no me muevo ni un centímetro para evitarlo.

Delicioso. Es innegable que es el mejor besador del mundo. Sus labios suaves aprietan los míos en el momento que me ayudaba a ponerme de pie y en segundos, ya está su cuerpo contra el mío.

Bienvenida la incoherencia en este momento, porque la puedo culpar de mi abandono ante este contacto.

Lo abrazo y le devuelvo ese beso, que tanto necesito. No me sacio de él. Me duele pensar que sus besos producen más emociones en mí que los besos de mi propia pareja. Pero en el momento de saborear sus labios todo se desvanece, incluso mi cerebro se desconecta para evitar pensar y regalarme este momento de plena satisfacción.

Enredo mis dedos en su pelo, noto su lengua luchando con la mía, incitándola a acariciarse. Sus labios entre los míos, me hacen sentir viva, diferente. El beso habla por mí, y creo que, por él, y no quiero descubrir lo que dice. No me animo a descifrarlo.

Me asusto. Alejo mi cuerpo y, luchando con ganas de seguir, dejo escapar su labio inferior de mis dientes. Y todo se vuelve oscuro, gris, vacío. Y digo algo así como que no me lo haga más difícil y alguna palabra más... y la angustia me toma por sorpresa.

Lloro en silencio y controlando el dolor que inexplicablemente siento. Sin reconocer el motivo exacto, una ansiedad enorme de vacío crece en mí.

Un final es imprescindible en este momento, es "ahora o nunca".

¿Cuánto más daño necesitábamos hacernos y hacerle a los demás para darnos cuenta que nada de lo que habíamos hecho debería haber pasado?

Él me descubre llorando e intenta secar mis lágrimas, pero es inútil. Ante su pregunta de por qué lloro y con la angustia retenida puedo ser yo, dejar fluir mis ideas. Entonces un montón de palabras sinceras, acumuladas en algún lugar recóndito de mí, salen sin permiso. Ni yo misma sé qué es esto lo que siento o pienso porque no había tenido el valor de pensarlo, ni lo había conversado conmigo misma todavía.

—No lo sé… De impotencia, de bronca. No quiero que seas infeliz. Me encanta que vayas a tener un hijo. Me duele que no haya sido conmigo en otro momento, tal vez. Con el único que imaginé ser madre fue contigo… siempre pensé que cuando volvieras podríamos planear una vida juntos. Pero nunca volviste y ahora que estás aquí… estás casado, con un bebé en camino y yo en pareja. Esto es lo real, son los hechos y nos demuestran que ya pasó nuestra hora.

Julián está convirtiendo mi vida en un caos, aun sin proponérselo. Y no es solo él el responsable. Yo tengo la culpa de ceder a la atracción que sentimos cada vez que estamos cerca. Me es imposible resistir a mi deseo por él.

Escucho la súplica de mi cuerpo otra vez, rogando por el suyo y necesito complacerlo. Lo abrazo fuerte y me devuelve el abrazo y… lo siento tan cerca, tan mío, tan perfecto… Me estremezco y me alejo incrédula de sentir estas cosas por alguien de mi pasado, alguien que no puede ser más que mi amigo, mi ex.

—Te felicito, de todo corazón –digo como una experta mentirosa.

Ya me estoy acostumbrando a serlo con él y me duele en el alma.

Me despido con una caricia en su mejilla y lo dejo atónito.

Puedo distinguir cuando una persona no entiende nada de lo que le acaba de pasar.

Pobre Julián, lo dejo así. Pero necesito irme para no arrepentirme después, no quiero arrepentirme de nada más.

—Vanina –me llama y lo ignoro—. ¿De verdad me dices esto y te vas?

—Lo siento. De verdad que sí, pero me voy a vivir mi vida, la real, y creo que es lo mismo que tú tienes que hacer. Por el bien de los dos, Juli.

Pensando en cómo lograr mi cometido, llego a mi solitario departamento y me encierro a llorar a moco tendido. No dejan de salir lágrimas de mis ojos, me odio por hacerlo de esta manera porque ni siquiera comprendo el motivo. Solo sé que necesito llorar y estoy complaciendo mi necesidad.

Incluso necesito no pensar y eso también lo estoy haciendo. Solo me dedico a llorar, llorar, llorar y a dormir, aunque eso no lo premedito, sale solo. Me duermo tan profundamente que amanezco con mucho dolor de cuello, enredada en el mismo sofá en que me acomodé para dar pena de mí misma.

Al despertar y volver a la vida, recuerdo todo lo que pasó, imágenes de cada momento pasan como diapositivas... la esposa de Julián dando la noticia, Julián disculpándose, Julián mirándome, Julián besándome y... Julián, siempre Julián.

La angustia se apodera de mí otra vez al pensar en mis propias palabras reconociendo que él es el único en el que había pensado para mi futuro familiar, con el único que alguna vez había soñado tener un hijo y debía reconocer que así había sido, porque nunca más pensé en formar una familia. Ni Sebastian, siendo mi pareja actual, ocupa ese lugar en mis pensamientos. Aunque debo ser justa, él sería un padre maravilloso, pero no el padre para mis hijos.

Hola culpa, bienvenida otra vez, ya somos las más grandes amigas ella y yo, tanto que no podemos pasar un día sin vernos.

Me sacudo los pensamientos y los ahogo en la ducha caliente.

Pongo la música a todo volumen, mi vecina seguramente estará contenta por el sonido. Yo creo que un día le va a dar un paro cardíaco. ¿Se habrá repuesto de mis gemidos de aquella vez, la pobre? ¡Oh, no! Olvidé comprar las verduras para la cena, voy a tener que cambiar el menú... no sé si ponerme la camiseta rosa o la blanca...

Mis pensamientos vagan en cosas como estas, imposible que quiera pensar en nada relacionado con Julián, un bebé, una esposa y un novio y, mucho menos, en lo que habíamos pasado los últimos días. No hay chance.

Vuela libre, mente mía, pienso. Tendría que volver a ponerme el jean oscuro con el saco verde... eso es. Así quería pasar mis horas.

Trabajo duro, nunca tuve tanta concentración en una traducción, pero debo ser sincera, no tengo idea de qué traduje. Creo que debo repasarlo, por las dudas. No confío en mí.

Pilar llamó a mi teléfono, Sebas llamó a mi teléfono y Julián llamó a mi teléfono... No atendí a ninguno. No tengo ganas de hablar con nadie, de dar explicaciones, de ser gentil o simpática, porque no estoy de buen humor.

Entonces una catarata de mensajes cae.

Pilar:
¿Morocha estás bien? ¿Necesitas hablar? Llámame, perra.
Voy para tu casa y si no abres tiro la puerta abajo.

Mi amiga es así de amorosa... y determinante. Pero una fiel compañía con quien puedo hablar.

Sebastian:
Hola hermosa, te extraño. ¿Cómo va todo? Llámame, ¿sí? Te quiero.

Dulce, él me saca una sonrisa y al segundo un par de lágrimas. ¿Recuerdan el temita de la culpa? Me quiere y yo le hago esto. ¡Por Dios, si yo lo quiero! ¿Por qué le miento y lo engaño de esta forma? No se lo merece. Soy una muy mala persona. Sí, lo soy. No tengo perdón.

Julián:
Vanina, por favor contéstame el teléfono. Quiero saber que estás bien. Yo me siento miserable habiéndote dejado ir así.

Julián me lo está complicando con este mensaje, no puedo hablar con él, no quiero pensar en él. Prefiero mantenerme en silencio e indiferente. Tal vez tampoco se lo merezca, pero ya le dije todo lo que podía decirle. No queda nada más.

Julián:
Nos merecemos otra charla, Vani, por favor.

No hay manera de que charle con él, no. No. Más silencio.

Julián:
Ok. Entiendo. Perdón. No te molesto más. Me quedo con lo que dijiste y me dedico a vivir mi realidad.

Es lo mejor, ¿es lo mejor?

Julián:
Lamento que mi realidad no sea la tuya o tu realidad no sea la mía. Hubiese sido lindo.

Auch, golpe en las costillas y duele un poco. Pero no me quedo a pensar en esto. No puedo. No debo.

Uno a uno borro cada mensaje. Listo. Misión cumplida. Como si nada hubiese pasado.

Cada uno adonde pertenece, él con su familia y yo con mi novio.

Como si fuese fácil olvidar y dejar de pensar en ese tornado que arrasó mi vida y dejó destrozos esparcidos por todo mi ser, cierro los ojos, suspiro y me lo propongo con firmeza.

Definitivamente este es el comienzo de mi olvido o, al menos, el intento. Un intento que llevaré a cabo con todas las fuerzas de mi cuerpo y de mi voluntad.

Entonces, con la mejor de las intenciones de volver a tomar el mando de mi vida, llamo a mi novio.

Es momento de dejar a Julián y al pasado adonde pertenecen, en el pasado. Quisiera tener la fortaleza de gritar a los cuatro vientos, ¡Julián, eres solo mi pasado! y creérmelo… hoy no la tengo, pero si tengo fe que llegará ese día.

Debo aceptar mi presente y Julián, tiene que aceptar el suyo.

Adiós Julián, fue lindo reencontrarnos, pero nuestros caminos no tienen el mismo destino.

Segunda

parte

Julián

Ya ha pasado un mes y unos días. Sé con exactitud cuántos, pero para que ser patéticamente exactos, ¿no?

Aún no puedo con la idea. Sigo impresionado como en aquel primer momento. ¡Voy a ser padre!

No voy a negar que tuve, y tengo, altibajos. Hay días en los que amanezco feliz y otros no tanto, incluso a veces (los menos) estoy triste. Y sé que es porque Angie está en medio de todo esto opacando la novedad y volviéndola rara, ambigua.

Algo que debía parecerme hermoso es... ya ni sé qué es, o qué siento al respecto.

El solo hecho de pensar en la madre de este hijo me da una sensación indescriptible de bronca e impotencia y una terrible necesidad de volver el tiempo atrás y ponerme ese bendito preservativo. Y otra vez, el rencor por ese engaño espantoso aparece y me llena de ira.

Ella sabía lo que hacía esa noche, ella lo sabía y no le importó engañarme. Estoy seguro.

Mi hijo no tiene la culpa de nada. Yo amo a este ser que crece en ese vientre en el que aún no se nota nada y, aun así, acaricio ansioso. Lo hago cada mañana al despertar y cada noche antes de dormirme. Es un hermoso ritual que me inventé.

Yo estoy más entusiasmado que la propia madre. La mujer que buscó este embarazo demasiado tiempo, incluso utilizando armas no muy comunes como la trampa y la farsa para lograrlo y que, resulta ser mi esposa, parece no tener registro de que va a ser mamá. Muy a mi pesar.

En mis mejores días, cuando me siento contento, resignado, a decir verdad, no puedo dejar de comprar lo que veo y me gusta para mi bebé. Angie se enoja y dice que esperemos al tercer mes, que ya falta muy poco, y me recuerda siempre nuestra pérdida anterior, como si fuese fácil olvidarlo. Tal vez ella si puede y lo ha superado sin problema, yo no. Yo nunca, nunca dejaré de imaginar lo maravilloso que hubiese sido conocer ese bebé tenerlo en mis brazos y llenarlo de besos y mimos. Soñé tanto darle todo mi amor, el más puro y verdadero... y no pude.

Sí, yo todavía pienso en ese hijo que no había conocido y a quien había esperado tan ilusionado, para darme una panzada de amor. La misma que me quiero dar con este pequeño que ahora me tiene anhelante y me ha permitido alejarme del camino de la perdición en el que me había metido por Vanina.

No la responsabilizo, por el contrario, supongo que ella ni es consciente de lo que pasa por mi cabeza cuando la pienso o la veo. Aún hoy, siento que pierdo la cordura cuando la tengo cerca y lucho con todas mis fuerzas por no hacerlo.

Tal vez decir que por ella me metí en un camino de perdición es mucho, pero yo lo veo así. Hubiese dejado todo por ella. A la larga, sé que hubiese sido así y tal vez, hubiese perdido más de una cosa en el camino... ¿Si me hubiese importado? Tal vez no si ella era mi premio.

Pero con un hijo en camino, todo cambia.

Todavía recuerdo las palabras de nuestro último encuentro a solas. Una poderosa furia y una cruel impotencia se adueñan de mí cada vez que las traigo a mi conciencia, porque es inevitable pensar en lo que podría haber sido.

Soy consciente de mirarla de la forma prohibida que lo hago; pensarla con deseo, con pecado; imaginarla mía; tocándola como si me perteneciese... lo peor de todo es que no puedo cumplir nada de lo que pienso o imagino y eso me consume día a día. Además, saber con certeza que a ella le pasaba lo mismo y que tuvimos que renunciar a nuestro deseo, fue un tormento, porque ese deseo era más que la simple necesidad de enlazar nuestros cuerpos y gozar, siempre fue más que eso y quién sabe a qué podríamos haber llegado juntos si hubiésemos podido intentarlo.

Soy sensato, sé que pasó lo que no tenía que pasar, que todo ha sido un error, algo que no ha estado bien desde el principio, pero a mi cuerpo y a mi mente, eso mucho no les importa; ellos ignoran a su novio y mi mujer. Sin embargo, no a mi hijo, eso ya sería demasiado.

Lo que no significa que no la extrañe entre mis brazos. Añoro sus besos, sus caricias, su piel contra la mía y todos los maravillosos efectos que ese contacto me regalaba.

No puedo dejar de pensar en ella como la mujer que más deseé en toda mi vida. Tampoco puedo decir que no recuerdo lo que hicimos en mi oficina porque mentiría, lo hago como si hubiese pasado ayer y también lo que sentí entrando en su cuerpo esa primera vez… fue algo indescriptible e incomparable. ¡Cómo olvidar esa sensación de sentirme completo por única vez!; de no necesitar nada más en el mundo que sus abrazos, sus besos y su mirada. Lo repetiría cada vez que la veo solo para volver a estar así de feliz, aunque sea un momento.

Envidio demasiado a su novio, solo por poder verla, tocarla, compartir su vida y tenerla cerca. No puedo, ni quiero, imaginar que él puede hacer con ella lo que yo quisiera cada noche entre las sábanas, amanecer abrazados y disfrutar de un despertar juntos. Me siento patético evocando un momento que nunca viví, pero hoy no es uno de esos días en los que me siento bien.

La veo, la escucho, le hablo, compartimos tiempo, pero siempre en grupo, nunca solos; porque ya que no sé de los que soy capaz. No me creo con la fortaleza necesaria de evitar, al menos, hablar de lo que pasó entre nosotros, y mucho menos de resistirme a sus labios, esa boca que me provoca sin que lo sepa y con la que no puedo dejar de soñar. Tampoco puedo dejar de evocar su mirada, esa última mirada tierna que me regaló acompañada de la caricia más sentida que recibí en mi vida.

Toda ella es una ilusión perdida, convertida ahora en una

fantasía eterna. Una bella utopía en mi vida.

Parece ser que el saber que yo estoy esperando un hijo con mi esposa la acercó más a su novio, y no la culpo. Imagino que su refugio, para la culpa que siente, es Sebastian y no está mal.

Yo, en cambio, no tengo refugio... ni culpa.

Angie está ausente, en todos los sentidos posibles. Nunca está en casa y cuando lo hace, es como si no estuviese.

¿Sexo? Puedo contar con una mano las veces que me aceptó y fue como un trámite. Al menos, mi cuerpo se afloja en esos encuentros y la satisfacción produce una chispa de algo positivo; entonces amanezco entusiasmado y tengo fuerzas renovadas, seguro que tiene que ver con las endorfinas, porque con el amor no.

Lo que puedo asegurar es que nada me llama la atención después de Vanina. No hay mujer que me tiente. Ni Angie, ella es solo la comodidad. Lo hago con ella porque está en mi cama y, cabe aclarar también, que solo me excito imaginando a mi morocha, pensándola y recordándola. Sí, lo sé, ¡horrible! Lo peor es que pensando en Vanina y con mi enorme mano cumplo buenas fantasías, por ahora, eso me alcanza. Y, como no pienso en el mañana, no me importa como seguiré más adelante.

Continuar viéndola en el gimnasio o en reuniones de amigos, es una lucha constante entre mi cuerpo y mi cerebro. Quiero tirarme encima de ella sin que me importe nada, pero la razón va ganando.

A veces la descubro mirándome y más loco me pongo. Saber (o imaginar) que ella todavía me ve con deseo, me tiene hundido en el mismo infierno. Cada vez que nos acercamos a saludarnos sentimos esa corriente que corre por la piel quemando cada punto de contacto. En más de una ocasión no pude con mi genio y la besé muy cerca de sus labios. Como respuesta obtuve una sonrisa cómplice. Sí, lo sé, parezco un chiquilín, y ella no se queda atrás.

Es perfecta... Esa mujer debería ser mía porque nos complementamos, nos sentimos, nos buscamos con la mirada, nos deseamos con locura a pesar de todos y todo; puedo sentirlo y hasta juraría que a ella le pasa lo mismo que a mí. Me lo dicen sus preciosos ojos celestes, casi transparentes y no puedo siquiera preguntárselo, aunque sea solo para sacarme la duda y no sentirme como un tonto paranoico.

Nunca más nos vimos solos, como nos lo prometimos. En eso cumplimos y nos comportamos como adultos, bueno...después de habernos comportado como adolescentes hormonales y desesperados. Aprendimos algo al menos.

Seguimos entendiéndonos bien, somos amigos. Tanto ella como Pilar tratan de convencerme de que hable con Angie para que me explique qué fue lo que la impulsó a engañarme y embarazarse sin mi consentimiento. Ellas creen que así le doy la oportunidad de hacerme entender su punto de vista y quizá hasta podemos llegar a una mejor relación sabiendo lo que piensa uno y otro. Ellas creen eso.

Yo creo que me sedujo a conciencia esa noche. ¡Por todos los santos!, no lo creo, lo sé con seguridad. La conozco bien, no tengo nada que averiguar. Siempre me cuidaba con mi esposa, siempre, y ella era muy consiente de eso y los motivos por los que lo hacía. Sin embargo, la única noche que ella vio que no lo hice, la aprovechó y eso es jugar sucio, con trampa.

Pero lo hecho, hecho está. No sirve de nada quejarse ahora.

Entiendo a mis amigas, porque ellas no conocen a mi esposa tanto como los demás y no saben que, su único y principal motivo para todas sus acciones, es su comodidad. Nadie es más egoísta que Angie. Ellas desconocen que mi mujer quería un hijo a costa de cualquier cosa, y obtuvo lo que quiso. Claro que sin importarle si nuestro matrimonio aguantará o no y sin importarle siquiera la calidad de familia que nuestro hijo tendrá.

Rodrigo y Mariel, fieles y compañeros, hacen lo que pueden con mis estados de ánimo. El resto, ese maravilloso grupo de amigos que solo con su presencia ya me alegran la vida y me ejercitan el corazón haciéndome sentir querido y llevándome a quererlos, como siempre, siguen conmigo, son como mi familia. Ellos me conocen y saben cómo me siento respecto de lo que me toca vivir con mi esposa y su embarazo o, mejor dicho, mi hijo o hija. Aunque, no saben nada de lo que pasó con Vanina.

Y, porque son como familia, estoy sintiendo ese desborde de amor que se siente, creo o imagino, cuando un sobrino llega al mundo.

Estamos sentados, soportando las largas horas de espera, para conocer a la hijita de Ana, que se está demorando en salir a conocer el mundo. Martina... la tan esperada Martina que, llena de orgullo a su padre, aún sin haberla conocido.

Fernando intentó poner en palabras lo que se siente estar a pocas horas de conocer a su hija, pero no le alcanzó el idioma entero. Me ilusiono al pensar en eso y quiero que pasen los próximos seis meses y medio más rápido que lo normal y así poder tener en mis brazos a mi propio bebé. Ese bebé que me va a enseñar a amar sin razón, solo porque sí, solo por amar. Sentir sin pensar...eso quiero, por fin aprender a sentir sin pensar. Dejarme llevar por un amor verdadero, sin condiciones.

No puedo dejar pasar la noticia: tenemos un nuevo integrante en el grupo, con quien aún no me siento muy cómodo, dada mi relación laboral. Será cuestión de tiempo aceptar a mí empleada, Melanie, como la nueva conquista de uno de mis amigos.

Todos estamos apostando a Rafael en este momento, porque lo vemos bastante comprometido con esta relación, al menos más que con cualquiera de las otras mujeres que le conocimos. Ella es asombrosa, divertida, inteligente, con mucho carácter y lo sabe llevar bien al solterón. Creímos que seguiría así para siempre: soltero y sin apuro. Nos gusta mucho Melanie para él, hablo en plural porque el grupo lo charla, incluso se lo decimos en la cara. Pilar está feliz, porque se parecen bastante; viven haciendo locuras que nos divierten a todos e incluso están corrompiendo a Mariana, quien está sacando una personalidad más divertida y despreocupada que asombra hasta el mismo Cristian. Nunca supimos de donde sacaba tanta energía la flaca y ahora también nos preguntamos dónde escondía ese ácido humor.

—¡Ya soy papá! —grita Fernando al salir detrás de una puerta, con un ambo celeste y un ridículo gorro del mismo color.

No puedo describir su cara de felicidad; lo único que se ve es su sonrisa, y muy por detrás sus ojos vidriosos, de seguro por haber llorado de alegría. ¡Quién podría culparlo si es el momento más esperado por él y Ana!

No puedo imaginar lo que se siente conocer a una hija, verla por primera vez, tenerla en brazos, escucharla llorar y darle ese primer consuelo al sostenerla.

Siento que mi visión falla y veo nublado, de pronto me siento melancólico y entonces una mano toma la mía con fuerza. Giro mi cabeza y la veo a ella sonriéndome con dulzura.

—Ya te llegará el momento —dice Vanina, como si hubiese leído mis pensamientos.

—No dejo de pensar en eso, Vani.

Me da un beso en la mejilla, dulce, húmedo y demasiado corto para mi gusto.

Todos abrazamos al flamante padre. Decidimos que las mujeres sean las primeras en conocer a la princesa y nos dejan con las ansias en la sala de espera.

Esta semana me la pasé visitando a la nueva familia; primero en el sanatorio y luego en su casa. Incluso los llevé a su departamento, cuando les dieron el alta y dejaron la clínica.

Angie solo fue una vez a conocer a la beba y después se olvidó del tema. Como todo lo que gira en torno a mí, en su vida, no es relevante. Ya tiene sus trofeos, que son mi dinero, y la gran de vida que con eso paga, y mi hijo. Nada más le importa.

Mis días pasan lentos, a veces oscuros, otras con un poco de alegría, pero pasan. Al igual que las semanas y meses.

Mi rutina es espantosa y aburrida, incluye el trabajo, los juegos de la consola, el gimnasio y ahora, las visitas a Martina. Ella se ha convertido, con sus escasos dos meses de vida, en mi cable a tierra. Esa beba me saca las sonrisas que casi nadie puede sacar en mí.

Me encanta la sensación de tener a esa beba en mis brazos. Todo en ella es amor y ternura, además de paz. Su mirada es la inocencia más pura y su boquita tan chiquita hace muecas cautivándome por completo; sus deditos, de insignificante tamaño para mi mano, toman uno de los míos y lo aprietan con fuerza... Puedo pasar horas mirándola, imaginando lo que voy a sentir con mi propio hijo. Si esta criatura me hace sentir tanto amor, alguien de mi propia sangre de seguro será... algo increíble.

De verdad que ya lo quiero ver nacer.

Casi cada tarde después de trabajar y antes de ir al gimnasio me doy una vuelta para verla y devorarle esos cachetones a besos.

Trato de no ir todos los días para no invadir la privacidad de mis amigos, pero a veces no lo puedo evitar y aunque sean unos pocos minutos, paso haciéndoles una visita relámpago.

—¿Otra vez te vas a casa de Fernando? —me cuestiona, mi irritable esposa.

Su voz está cargada de bronca y algo más que no puedo definir. Pero no es una simple pregunta, no suena así de sencillo para mis oídos.

—Sí, ¿quieres venir? —le pregunto. Iluso.

—No y creo que tú tampoco deberías ir tanto. ¿No te parece molesto?

No entiendo su comentario.

Su voz está rara, suena… diferente. Todo es extraño, su actitud también. ¿Quiere parecer celosa o en realidad se preocupa por algo? Parece como si escondiese otra intención detrás de esa pregunta. No la comprendo, no puedo sacar ninguna conclusión, ya no conozco a Angie tanto como creía y, a decir verdad, casi que no me importa a estas alturas.

Sí, no hay dudas, este matrimonio es un rotundo fracaso. ¿Qué será de nosotros en un futuro inmediato? ¡Por Dios!, no dejo de pensarlo. No es el momento de traer un hijo a nuestra pareja y ahora, con el hecho consumado, me siento intranquilo. No quiero un mal hogar para mi bebé, quiero que sea feliz y crezca rodeado de amor, sin embargo, en esta casa no hay amor.

Con Angie estamos tan lejos uno del otro, que me es imposible comprender nada de lo que piensa. No tenemos una buena comunicación y ella parece escabullirse de mí todo el tiempo, cosa que ya no me molesta demasiado, no obstante, me intriga, aunque no hago nada por evitarlo. No promuevo ninguna charla, la verdad es que estoy tratando de escaparle a las discusiones que no me hacen bien.

Le quedó clarísimo que no me sería fácil perdonar su engaño, se lo dije incluso entre gritos y en medio de un fervoroso altercado en el que me preocupé por su embarazo al verla tan nerviosa gritándome e intentando defenderse, por supuesto, y culpándome de no sé qué. Desde ese día procuro no meterme en discusiones con ella.

De todas maneras, insisto en que esta insistencia no es normal. Sigue pidiéndome que desista de visitar a mis amigos, sin ninguna razón lógica.

—No entiendo como no te das cuenta de que molestas. Ellos necesitan privacidad —dice, intentando convencerme con sus palabras y ya estoy empezando a enojarme.

—¿Y a ti desde cuándo te importa su privacidad? Si te deja más tranquila les voy a preguntar si les molestan mis visitas. ¿Qué te parece? —digo en tono sarcástico, ella me mira con desagrado y abre la boca para decir algo más.

En medio de mis pensamientos de inseguridad, porque ya hasta le creía que podía de verdad estar molestando, recibo un mensaje de Fernando.

Julián:

Martina no deja de llorar, te extraña. ¿Qué pasa que todavía no estás aquí? Además, es tu turno de cambiarle los pañales.

Sonrío ante el mensaje y me dirijo a la puerta ignorando el rezongo de la histérica de mi mujer. Ahora estoy seguro de no molestar. Y las palabras de Angie, pasan a reciclaje y hasta las borro de mi sistema.

Estoy llegando a mi destino cuando la veo. Vanina, casi susurro su nombre.

Paro la moto frente a ella y entonces se gira para mirarme, me sonríe, me deja sin habla y creo que sin la capacidad de respirar correctamente. No hay dudas, esta mujer puede conmigo y mi cuerpo.

Caigo en la cuenta que ya han pasado casi cuatro meses sin tocarla como quiero y sin besarle esa tentadora y provocadora boca. Todo mi cuerpo reacciona a su sonrisa y a su mirada. Estamos solos y eso es peligroso porque necesito con urgencia tenerla en mis brazos.

Acomodo la moto, porque casi estoy en la puerta de la casa de los chicos y ahí la dejaré estacionada. Se acerca y me besa en la mejilla a modo de saludo y yo le envuelvo la cintura con mi brazo en el mismo momento porque así lo siento. Es un simple y natural movimiento. No tengo ninguna intención más que saludarla, pero mis brazos actúan sin el control de mi cerebro.

Ella me mira con sus preciosos ojos y yo le devuelvo la mirada, observando cada detalle. Su belleza siempre me cautivó y me sedujo y así sigue siendo. Me pierdo en ese cristalino mar, su mirada me cuenta que me extrañó, o eso quiero creer, mientras que yo con la mía intento obtener un permiso. Ruego al cielo que ella lo note. Un beso, necesito sentir esos labios carnosos, rosados y perfectos sobre los míos. Y después que sea lo que Dios quiera, incluso podría pararse el mundo que no me importaría.

Estamos enfrentados, demasiado cerca, silenciosos. Mi mano se mueve en la cintura de ella imitando una caricia imperceptible que ella no rechaza. El silencio reina entre nosotros y la tensión sexual que nos rodea ya es insoportable. Mis músculos están demasiado rígidos, la sangre en mis venas circula a la velocidad de la fórmula uno, la vena de mi cuello late fuerte y puedo sentir mis frenéticas pulsaciones.

Todo pasa en pocos segundos; eternos y largos segundos.

Sus labios vuelven a sonreírme, un suspiro me abandona y entonces me juego a todo o nada, me es imposible no preguntarlo.

—¿Me besas o te beso?

Ella se acerca y sobre mi boca suspira, regalándome su tibio y sensual aliento.

—Mejor, nos besamos —susurra.

¡Por Dios, ella es todo sensualidad!, aunque también ternura y sobre todo entrega. Justo lo que necesito. Me pertenece por naturaleza, y yo a ella, sin embargo... Injusticias de la vida.

Me pierdo en sus labios. No soy impulsivo, más bien soy paciente. Disfruto estos segundos como los últimos de un condenado a muerte, sin embargo, ella no actúa así. El beso poco a poco toma temperatura y su boca se apodera de mis labios como me gusta. Su lengua se engancha a la mía, de forma incondicional y se abrazaban como si se hubiesen extrañado. Mis manos vuelan a su cuerpo y la pego a mi pierna, odio estar en la moto en ese instante porque la quiero apoyada en toda mi musculatura y en "mi amigo", que se está animando demasiado dentro de mis pantalones.

¡Madre mía! ¡Qué maravillosa sensación me producen sus besos y ahora me doy cuenta cuánto había extrañado sentirme así!

Puedo entender, en ese momento, lo fuerte que soy intentando mantenerme lejos. Yo tengo una fortaleza increíble y desconocida que, en ese instante, flaquea. Por fin la reconozco a ella, por primera vez, como mi gran debilidad. Es inútil no hacerlo, Vanina es mi debilidad.

Me alejo para mirarla y la invito sin palabras a acompañarme, a subirse a mi moto y venir conmigo, al lugar que nos guie el deseo.

Una mirada simple, provocadora, sensual. Una sonrisa y una palabra, es lo único que sale de mi boca.

—¿Vamos?

—¿Dónde? –quiere averiguar y le sale un suspiro hermoso, dándome la idea de que su respuesta es: «sí, vamos».

—Dónde quieras –digo yo, aunque, ya tengo una idea definida y nada ni nadie me lo va a impedir, solo ella si se niega.

Se sube a la moto y, antes de arrancar, le envío un mensaje a los chicos para que no me esperen. En el mensaje les digo que me surgió algo importante que hacer y arranco. Me giro para buscar un beso más y acelero provocando que sus brazos me rodeen y sus pechos se apoyen en mi espalda. ¡Mierda! esto se está complicando porque mi cuerpo está anticipándose y me tiene a mil. Estoy demasiado excitado como para pensar con claridad. No puedo perder tiempo, ya no vale un arrepentimiento de ninguna parte. Moriría si eso pasa.

Hacemos un par de cuadras y en el semáforo no me resisto, agradezco no llevar los cascos, así se me hace más fácil buscar sus labios. Me giro un poco, con mi brazo llego a su nuca y la acerco para darle otro beso más profundo y ella me lo devuelve con la misma pasión que yo se lo doy. Volvemos a andar, y el viento levanta mi camiseta justo cuando ella apoya su mano y quedamos piel a piel. Ella lo aprovecha para acariciarme. No puedo medir de ninguna forma el esfuerzo que tengo que hacer para mantenerme concentrado en el manejo y no en esa mano sobre mi abdomen, a tan pocos centímetros de mi sexo hambriento por un toque similar. Sus caricias se deslizan, como una tortura lenta, de un lado a otro. Llevo mi mano libre hacia su pierna y la acaricio desde la rodilla hasta su muslo con la intención de llegar más allá, sin embargo, una neurona bien conectada que todavía funciona, me lo impide.

Quiero provocarla de la misma forma que ella lo hace y nos

descubrimos mirándonos con sensualidad en el espejo retrovisor. Muevo mi cabeza, sin poder creer lo que está pasando y dónde la estoy llevando. Ella se inclina un poco más hacia mí y su aliento en mi cuello me hace suspirar. No aguanto un segundo más. Llevo mi mano hacia la de ella para guiarla a que me toque y aliviar un poco mi deseo, pero me arrepiento. Otra vez esa neurona que se mantiene despierta colabora conmigo. Llegamos justo cuando mi mente está claudicando en esa decisión.

—¿Todo bien? —le pregunto cuando vemos el hotel en el que estoy estacionando.

Necesito ser aprobado en esta silenciosa invitación.

—Perfecto —dice ella, me guiña el ojo, mientras bajamos de la moto y quedamos enfrentados.

La aborrezco a veces; no puede ser tan hermosa, tan atrevida, tan poco tímida y andar por la vida con esa libertad. Mentira, no puedo aborrecer semejante criatura divina. La tomo de la cintura y poso los labios con fuerza contra los suyos, bajo mis manos, le aprieto ese perfecto trasero suyo que tantos sueños se gana y la apoyo contra mi cuerpo necesitado. Adoro besar su boca.

Entramos abrazados como si de una pareja se tratase, no nos quitamos los ojos de encima y no puedo repetir las groserías que le digo que le voy a hacer. La muy provocadora juega a que lo duda, cuando la tenga como quiero no le van a quedar dudas.

Una vez que me hago con la llave del cuarto, ruego en silencio porque sea en el primer piso o en el más alto, para poder besarla otra vez lo más pronto posible. Si no es en la habitación directamente, que sea en el ascensor. Y así es, ya en ese pequeño cubículo no la dejo respirar, la aprisiono contra una de las paredes y la beso sin darle tregua. No me importa nada más en el mundo que esa boca roja y pecaminosa sobre la mía que me humedece con su contacto y me llena de lujuria, bañándome en su magia con cada movimiento.

—¡Nena, te extrañé tanto! —le digo sin despegarme de sus labios.

—Y yo a ti, ne —dice, me mira y me guiña otra vez el ojo cuando me dice nene.

Gruño con el deseo a flor de piel, ya me estoy descontrolando demasiado.

—¿No hay cámaras en este ascensor? —pregunta cuando le agarro ese trasero tan tentador y la refriego contra mí con desesperación, haciéndola suspirar.

—No lo sé, pero si hay le estamos regalando un lindo espectáculo a quien las vigila.

Sonríe con picardía y el ascensor para. Se abren las puertas, y con ellas, un mundo de fantasías para mí.

Buscamos el número de la habitación y entramos. Ella recorre con la mirada todo lo que la rodea y yo a ella, no me importa nada más. Al darse vuelta me encuentra mirándola con descaro y me sonríe.

—¿Te gusto? —indaga meneándose un poco al compás de una suave música funcional que ahora suena en ese cuarto, después de que ella apretara un par de botones del equipo que descansa sobre una de las mesas de luz.

—¡No sabes cuánto! —exclamo apoyándome en la puerta que había cerrado, hacía unos segundos, encerrándonos juntos en la tan deseada intimidad.

—Lo mismo digo.

Me deja con la boca abierta. No estoy acostumbrado a semejantes provocaciones, tan directas, de su parte. De verdad creí que estaría más intimidada, más insegura, algo avergonzada y, sin embargo, me incita y mide fuerzas conmigo. Lo que me tiene loco y fascinado.

Si algo me gusta de una mujer es la sensualidad y la provocación. Podría pasar una noche entera disfrutando de la seducción de una bella dama como la que tengo enfrente. Tan felina, tan *sexy*, tan segura de sí misma, tan dispuesta a todo por complacer mi deseo y buscar el suyo propio.

—¿Y qué hacemos al respecto?

No me muevo de mi lugar, pero tampoco dejo de mirarla con lascivia.

—Mirarnos hasta saciarnos puede ser una opción —dice ella caminando hacia atrás, más cerca de la cama que gobierna la habitación.

—No me alcanza —retruco, después de pensarlo unos segundos y me gano una sonrisa—, pero podemos intentarlo. Tal vez, sin la ropa puesta es más efectivo.

—Esa es una idea original. Me pregunto si puedes ayudarme

a quitármela.

Este juego me está dejando sin armas. No puedo resistir demasiado a la tentación. El hecho de que todavía esté vestida, estando solos, es pura casualidad, por lo que su invitación llega en el momento indicado.

Sin responderle, me acerco y comienzo a sacarle la camiseta ajustada que trae puesta y marca a la perfección sus curvas. Sin detenerme a mirarla demasiado, bajo mis manos hacia el botón de sus pantalones que, para mí fortuna, son tan sueltos que caen solos y ella, en un solo movimiento, los aleja de sus pies junto con sus zapatos.

Es mi turno, no me demoro demasiado porque mi ansiedad ya es intolerable. Comienzo con mi camiseta y entonces ella me frena y toma el control. Lo hace pausado y yo no puedo dejar de bufar como un toro embravecido, la sangre hierve en mis venas y ni hablar de la tensión de mi ropa interior, está soportando tanto como puede.

Sus dedos suaves recorren mi pecho, sin alejar sus ojos de los míos, esos mismos dedos atrevidos bajan por mi abdomen y se pierden en la tarea de desprender mis jeans. Mis músculos, todos y cada uno, se tensan de una manera increíble. A los pocos minutos, por fin mi desnudez está casi completa. Ayudo con mis zapatillas y alejo la ropa de mis pies.

Si ella supiera el efecto que tiene en mi cuerpo, correría por ayuda, porque tendría miedo de lo que soy capaz de pensar en hacerle.

Queda poco por sacar, sin embargo, así como está… solo puedo suspirar y decir que la vista es preciosa: Está de pie, frente a mí, con un conjunto de ropa interior de encaje color rosa claro. Luce fina, elegante y sensual. Su cuerpo es, para mí, una escultura moldeada por el creador de mis sueños. Todo en ella me gusta, incluso ese lunar pegado a su ombligo o las pocas pecas que tiene en el pecho y esa casi invisible cicatriz en su brazo que puedo ver de casualidad. Creo que me detuve demasiado a mirarla porque se nota impaciente, levanta una mano y chasquea los dedos para llamar mi atención.

—Tierra llamando a Rico —dice en tono gracioso y su mirada se encuentra con la mía otra vez.

—Perdón, es que no podía dejar de observarte. Eres muy… linda —explico poco, porque no quiero parecer desesperado, aunque podría agregar algunos adjetivos más, incluso, algunos algo subidos de tono.

Me acerco a ella, la rodeo con mis brazos por la cintura y me embriago de su perfume cerrando los ojos para no distraerme con nada más.

No sé qué había sido del Julián que la había traído hasta este lugar, el ansioso, el que la había arrinconado en el ascensor impaciente por sentirla.

Necesito reaccionar y estoy perdiendo esa capacidad con ella mirándome así de arriba a abajo en la misma forma que yo lo hago. Me pone como loco, pero no puedo avanzar. Suplico por un detonante, la deseo tanto que no puedo dejar de gozar con mucha calma cada instante, por si fuese el último.

Necesito una chispa que me encienda y desencadene la pasión que está al borde de salir de mí. Y, como si ello lo supiese, con un beso lo consigue.

Sus labios contra los míos, esponjosos, deliciosos; me besan sin intención de parar por ningún motivo y me dejo llevar por ella en este momento. Mi razón se desconecta de la realidad y el deseo arrebata el control de mis acciones y de mi cuerpo.

No tengo que hacer demasiado con mi boca porque ella la domina, como aquella maravillosa vez en que me exigió que la dejase morderme, y me gusta tanto que la dejo hacer. Sus labios, su lengua y sus dientes bailan una coreografía perfecta para lograr sacarme de las casillas. Mi respiración está al máximo y mi corazón…el pobre ¿será capaz de soportarlo?, galopa pidiendo un descanso, pero esto recién empieza.

Mis manos abandonan su cintura para atrapar sus redondas nalgas y apretarla contra mí por tercera vez en los últimos, no sé cuántos, minutos. Las de ella hacen el mismo movimiento.

La empujo para caer juntos en la cama, yo sobre ella. Amortiguo la caída con mis brazos y la dejo a Vanina con la espalda apoyada, mirándome lujuriosa y rogando por mi boca. Pero no sucumbiré a su ruego, tengo algo mejor que hacer.

Recorro con mis labios todos y cada uno de sus centímetros, escucho la perfecta melodía de sus gemidos en diferentes tonos y volúmenes. Se intensifican cuando me detengo en su sexo y saco su ropa interior. Ella colabora con su sostén. ¡Una belleza!

Juego con su goce un largo rato, provocándola, llevándola al límite más de una vez con mi boca y lengua, pero nunca la dejo caer. Solo en el momento en que casi llega a gritar de placer, me doy cuenta que estoy torturándola demasiado. La guio, como buen conocedor, por el camino del deleite, ayudado por mis dedos que la acarician con desenfreno, con furia, como si fuesen dueños de ese pedacito de piel que les toca estimular.

Comienza a tensarse, sus músculos rígidos y su espalda arqueada, me regalan la maravillosa vista de sus pechos erguidos y necesitados de mi boca, pero tengo una sola y con ella estoy satisfaciéndola. Devorándola de una manera insaciable, bebiéndome cada gota de su placer.

Sus manos se enredan en mi pelo y creo que puedo tener en ese mismo instante un orgasmo al oír el sonido perfecto, sensual y provocador de su clímax.

Sus posteriores palabras suenan muy excitantes, haciendo que cada pelo de mi cuerpo se erice y cada sentido despierte más.

—Te necesito dentro de mí, ahora, Julián.

Su voz entrecortada parece el ronroneo de una gata en celo.

¡Cómo resistirme a ese ruego u orden, qué más da si es una o la otra cosa! Allí voy. Su cuerpo sensible, su deseo, su excitación, su ruego... todo este conjunto es una exigencia para mí, quiero hacerla gozar todo lo que no pude antes, ni podré después. Me obligo a cumplir.

Mis manos caminan por su cuerpo, al igual que mi lengua que deja una brillante humedad en su piel caliente como el fuego.

Me alucina ver cómo se entrega a mí, desinhibida, natural, con esa pasión primitiva que la gobierna y me la regala sin pedir nada a cambio, solo el mismo placer compartido.

Por fin llego a ese destino abandonado. Maravillosos pechos, redondeces preciosas, húmedas de sudor, erectas por el deseo y la necesidad de ser atendidas por mi boca. Las beso, las muerdo y las lamo, a medida que descubro cuanto le gusta. Mis manos siguen investigando y jugando por su cuerpo, independientes y libres. No hay límites; yo hago, ella me deja y lo disfruta.

En cuanto a mí... ¡ni hablar!, estoy a punto de explotar. Ruego poder aguantar lo suficiente para darle el final que espera y no dejarla esperando.

Mi sexo la roza y, aunque creí que ya no podía, se estira más, como si quisiese entrar a su cueva sin necesidad de mis movimientos. Ahora los tensos son mis músculos y "mi amigo" que ya casi llora por atención. Cabe aclarar, que no le permití a Vanina que me tocase ni una vez, porque otra sería la historia y ya estaríamos durmiendo o tal vez por una segunda vuelta.

Aunque después de ese contacto, sí la dejo. Su mano me guía y entonces, por fin, entro en ella desesperado, presionado por la necesidad. Me quedo quieto una vez que siento la profundidad completa. Mi pecho sube y baja agitado, mis gruñidos no cesan. Mis brazos apoyados a ambos lados de su cabeza tiemblan por el esfuerzo y la concentración que estoy consiguiendo para controlarme. Porque sentir la humedad de su sexo que me recibe apretándome exquisitamente con sus músculos, sus piernas enredadas en mi cintura, sus uñas raspando mi espalda, su aliento caliente y agitado en mi pecho... ¡es demasiado para la sensibilidad de mi cuerpo en este momento!

—Por favor, muévete. Te necesito.

Suena tan desesperada como yo. Apoyo mis codos y hablo sobre sus labios.

—Dame un momento, nena, que esto es demasiado bueno y no quiero dejarte sin el placer que quiero darte.

Sus ojos se llenan de un brillo increíble y de pronto están oscuros como un mar tormentoso. Su boca se acerca más a la mía y nos besamos, nuestras lenguas se acarician fuera de nuestras bocas. Es perfecto, dedico unos segundos a ese contacto electrizante y comienzo con un leve vaivén de mis caderas.

Mi piel quema al igual que la de ella. Mis entradas y salidas son como echar leña al fuego. Ninguno de los dos puede dejar de gemir o jadear. Ruego por ser suficiente para ella con las estocadas que estoy comenzando a darle: profundas, fuertes y decididas. Sé cómo le gusta que la llene de esa manera, puedo recordarlo y así me gusta a mí también, por lo que no me limito. Pero es tanto lo que me gusta, que ya no puedo retener mi urgencia. Necesito explotar porque me siento llegar al límite.

Ruego en silencio por unos minutos más y pienso en que tenía que ir a visitar a la beba de Ana para llevarle el regalo que había comprado para ella. ¿Pueden creerlo? Estoy dentro de la mujer de mis sueños, a quien deseo con desesperación, ¡y estoy intentando pensar en un bebé! Necesito esa distracción para no ser tan patético, mi rendimiento está por parecer demasiado pobre. No siempre, solo en esa oportunidad, que quede claro.

Estoy siendo muy efectivo con mis movimientos y no solo para mi goce, la tensión de Vanina crece debajo mío y ¡bendita musculatura la que tiene!, la siento a mi alrededor succionando y exprimiendo mi necesidad. Mi cadera vuela como imantada hacia adentro, más y más, a una velocidad que me deja exhausto y no me importa, estoy dando todo de mí. Noto en ella un grito ahogado, casi mudo. La dejo sin aliento. Sus labios se abren y sus ojos se cierran. Le como la boca para que sus gemidos vuelvan a mí y los míos comienzan a salir mientras su final y el mío nos llevan al cielo.

—Nena esto es… —murmuro y no puedo terminar la frase, el orgasmo que me vacía en ella termina conmigo.

Era tal mi necesidad de esta mujer, que creo que nunca tuve un final tan largo. Lo disfruto entre sus labios, besándola, hasta que la fuerza de mis brazos me vence y caigo sobre su cuerpo tan sudado y caliente como el mío, además de agitado y con el corazón a punto de salir de nuestros pechos.

¡Es increíble sentir como funcionamos tan a la perfección, coordinados hasta el más mínimo detalle!

Sus brazos me aprietan sin importar cuánto la aplasto, sus labios besan mi cuello con dulzura y me susurra, erizando mi piel con su aliento. Yo no puedo salir de ella. No quiero salir de ella, ni alejar mi piel de la suya.

Y no lo voy a hacer.

Vanina

¿La verdad? Había empezado a contar los días en los que podía ganarle a la tentación y me alejaba conscientemente de Julián, pero ya estoy aburrida y dejé de hacerlo. Incluso estoy más confiada porque él colabora y no me provoca, al menos, no mucho. Solo un par de besos tentadores demasiado cerca de la comisura de mis labios, pero nada que me moleste, me doblegue o me disguste.

Sus miradas no son más importunas que las mías. Nadie podría culparme de mirarlo, porque es un modelo de hombre. No soy la única mujer que se pierde en el movimiento de esos músculos y esa cara tan masculina y sensual, aunque tal vez sí soy la más descarada, aunque me da igual. Tengo demasiadas luchas que ganar como para agregar la de no recrearme la vista. Además, él sabe cuánto me gusta, no le negué esa información. Aunque sí desconoce la necesidad que tengo de sus manos y su boca sobre mi piel.

El sólo recuerdo de su desnudez sobre y dentro de la mía es insoportable. No volví a sentir un placer tan arrollador como el que él me dió y no porque no lo haya intentado con todo mi ser. Busqué en mis momentos de intimidad con Sebas, esa complicidad, esa entrega, esa pasión violenta que él me dió, pero no la encontré.

Con Julián el sexo se vuelve irracional, necesario y apasionado, me obliga a abandonarme lujuriosa a ese deleite que promete, que veo en sus ojos, que siento en sus besos y en sus manos al tocarme. Me vuelve carnal, mi cuerpo cede por instinto a él, como un animal en celo.

Pilar me dice que estoy de mal humor desde un tiempo a esta parte, y es cierto. Yo digo, solo para mis adentros, que estoy frustrada e insatisfecha y por eso la mala onda que irradio. No me hace sentir bien esta conclusión, por el contrario, estoy cada vez peor porque sé que algo de esto hay. No es tan literal, puesto que no es una necesidad solo corporal, es más bien algo emocional. Es frustrante no poder dejar de pensar y analizar algo que ya ha pasado y que, por más que sueñe con que vuelva a suceder, no será posible. No debe ser posible.

Ya mi carácter me ha transformado en una persona insoportable. Al menos con mi novio, tengo poca paciencia, nada me conforma y vivo enojada con él. ¿Por qué? ¡Qué sé yo! Estamos discutiendo más seguido y no estamos pasando por un buen momento en la pareja. Creo que todo se fue desencadenando desde ese día en que, haciendo el amor, no me encontró en su mirada. Nunca hablamos del tema, aunque nos conocemos mucho y yo sé que todo empezó ese día. O es, quizá, mi culpa la que me lleva a imaginarlo.

Él trabaja cada vez más, incluso sus viajes se hicieron más seguidos, tal vez está buscando el alivio de mi compañía, que no es demasiado grata. Cuando él no está, aprovecho esos días para tomarme un respiro; la soledad y el silencio son unos buenos y necesarios socios, por momentos.

Las palabras de mi amiga que, según ella dice, me conoce mejor que yo misma ¿recuerdan?, fueron lapidarias para mi consciencia.

—Lo que te pasa a ti es que responsabilizas a Sebastian ser, estar y existir a tu lado, como si él fuese el responsable de que tengas que mantenerte lejos de Julián —dijo muy suelta de lengua una tarde de tertulias.

—Claro que no. Yo no quiero estar cerca de Julián. Lo nuestro fue un arrebato pasional que, según tú, podía aceptar porque era moderna ¿recuerdas?

Ese punto me lo anoté y me di una cucarda, después de todo

fue ella quien me obligó a lanzarme de lleno a esa tentación. Está bien, es mentira, claro que no lo veo así. Pero si quiero sacarme un poco de peso de la culpa, es una buena idea repartirlo con ella.

—Y Sebas, me exaspera a veces. Está demasiado tranquilo, me aburro con él... ya no es lo mismo —agrego.

—Amiga, tu novio siempre fue así, pero ahora te das cuenta porque probaste otra cosa. Porque armaste una nueva vida fuera de tu casa. Tienes amigos que te recuerdan lo que es divertirse, disfrutas de salir como siempre lo hacías y habías dejado de hacerlo por él. Y, sin ánimo de meterme en tu intimidad, podría jurar que tienes más piel y atracción sexual con Rico que con tu propio hombre.

¡Mierda!

Le faltó decirme «listo, te lo dije» y sacarme la lengua como hacía cuando de chicas nos peleábamos y nos gritábamos varias verdades atragantadas.

Esa conversación se había quedado flotando en mi cerebro, incluso creo que tiene luces coloradas titilando de forma constante para evitar que la olvide.

¿Y si tiene razón? ¿Y si Sebas no es el hombre de mi vida? ¿Y si mis necesidades pasan por otro lado?

No me animo a darle más vueltas al asunto, no quiero pensar en eso.

Sigo mi vida, viviendo día a día con lo que se me presenta y resuelvo en el momento, aunque las cosas han cambiado, y no solo por mi parte. Supongo que mi novio puede presentir que algo no anda bien y su defensa es la ausencia, la huida, meterse en su mundo interior y en sus propias necesidades.

No obstante, para todos los que nos ven fuera de casa, tenemos una hermosa e idílica relación. Porque hemos aprendido a vivir en ese clima de silencios y costumbres adquiridas, gracias a callarnos.

Otro día de trabajo y deporte pasó.

Sebas entra en casa después de un día largo de trabajo, tuvo que participar de una operación de emergencia, además de las programadas en su horario habitual. Comemos en silencio y nos acostamos de la misma forma, sin embargo, yo ya no quiero esto para nosotros. Lo que estamos viviendo no es sano, no es mi idea de lo que una pareja debe ser y quiero volver a sentirme feliz con él e intentar reflotar lo hermoso que habíamos tenido, porque la sola idea de no saber hacia dónde va este noviazgo me llena de impotencia y frustración.

Me recuesto sobre su pecho desnudo y comienzo a acariciarlo con lentitud. Es el momento de enfrentarse con lo que nos separa.

—¿Qué nos pasa, Sebas?

No me mira, ni deja de acariciar mi espalda. Suspira y en voz muy calmada, habla.

—Tengo la misma pregunta en mi cabeza desde hace un tiempo.

Se incorpora en la cama, y yo me siento enfrentándolo, para poder mirarnos. Su mirada transmite tristeza, pero es relajada.

—Puedo hablar solo por mí. No estoy bien con el rumbo que está tomando esto. Separados en la misma casa, así me siento Sebas y no quiero.

—Así estamos, Vani. Ya no compartimos nada de lo que antes compartíamos. Sales mucho más y casi ni te veo.

Esas palabras me enojan. Yo no quiero tirar culpas, quiero arreglar las cosas y él me está atribuyendo a mí la responsabilidad. No es justo. Él también pasa horas y horas fuera de casa, cuando no está de viaje. Lo interrumpo al instante.

—Así no. Yo no soy la culpable de esto, somos una pareja, por lo que los dos somos responsables. ¿O acaso crees que tú haces todo bien?

—Yo sigo siendo el mismo, no cambié.

—Entonces, sí, crees que estás haciendo todo bien.

De pronto la ira se apodera de mí y levanto la voz. Quiero decirle unas cuantas cosas, sin embargo, sé que después me voy a arrepentir. Suspiro y me llamo a silencio para escucharlo. ¡Me da tanta bronca verlo así de tranquilo! ¿¡Es que jamás pierde la calma!?

—Nunca dije eso, solo dije que yo no cambié. Tú, en cambio, sí. Y tal vez, y digo, tal vez —aclara levantando un dedo para que no le salte a la yugular con mi enojo—, ese es el motivo por el que estamos tan distanciados.

Se acomoda en la cama dispuesto a dar un sermón.

—Mira, linda, yo sé que somos diferentes, siempre lo fuimos, pero nos complementábamos bien.

—Es que yo cedía mucho y ahora no quiero hacerlo.

¿Dije eso? Traicionero subconsciente. Hace silencio, presumo que asimilando mis palabras.

—Supongamos que así es. Entonces, ahora que no lo haces, nos alejamos indefectiblemente. Tenemos diferentes gustos. Disfrutamos de las cosas de diferente manera. Descubriste adonde ser tú misma y eso está muy bien. Ese grupo de amigos con el que te reencontraste te hizo renacer de alguna manera. No lo niego, eso me tiene algo celoso, es cierto, sin embargo, te veo contenta no lo puedo negar. Aunque, desde hace unos días, no estás tan de buen humor y… no sé… tal vez estés notando que estamos pasando por este cambio y te afecta, es entendible. Aun así, a pesar de que nosotros no estamos bien como pareja, tú sí lo estás en tu interior habiendo recuperado algo que habías perdido, eso puedo verlo también.

Lo odio, odio que sea tan comprensivo, que me lea, que me entienda y lo peor, que no me juzgue.

Distinto sería que se entere cuando comenzó en realidad mi cambio de humor. Entonces no solo me juzgaría, sino que me condenaría a cadena perpetua.

Me detengo a examinar sus palabras por un instante y algo en ellas me suenan a ensayo, a descargo y a demasiado pensadas. Como si hubiese estado analizando y practicando la forma de dar esta explicación. ¿En realidad sacó esa conclusión solito y en este instante? Y si la respuesta es «no» y lo tenía todo resuelto, ¿por qué no había hablado conmigo antes?

—¿Y qué sientes tú con eso?

Mi voz está unos cuantos decibeles más baja e intento mantener la calma.

—Es lo que estoy evaluando. Todavía no lo sé.

¿Y eso qué significa? Yo no soy tan analítica de las personalidades como es él, yo no lo entiendo tan fácil. Levanto una ceja a modo de petición de que se explaye en lo que dijo o insinuó y me entiende, porque después de una sonrisa que no llega a sus ojos y sigue hablando

—Necesito tiempo para aclararlo. Pero no te preocupes, serás la primera en saberlo —me advierte; se acerca y con un beso dulce da por terminada la conversación. ¿Y mis preguntas y dudas?–. Por ahora nos puede alcanzar saber que estamos pensando lo mismo, que no queremos dejar vencernos por esta rutina miserable en la que estamos inmersos y eso me gusta.

Me vuelve a besar con dulzura la cara y el hombro, me llena de caricias y, recibiendo esos besos y arrumacos tan apacibles y melosos, dejo de lado todo lo que tengo ganas de saber. Me dedico a disfrutar. Nos recostamos abrazados y sus dedos recorren mi espalda de abajo hacia arriba, infinidad de veces, con paciencia y dedicación. Cada tanto un beso en la frente o en los labios me recuerda su gentileza y con una sonrisa en los labios me voy quedando dormida en sus brazos.

Quiero que funcione, todavía me eriza la piel, todavía me hace sentir bien. Apuesto a retenerlo a mi lado y pasar por esta crisis sin tener consecuencias.

Mis días pasan con la sensibilidad a flor de piel, voy del llanto a la risa en un segundo y me siento loca e incoherente.

La charla con Sebas me había movilizado, al igual que el nacimiento de esa beba hermosa, que nos tiene a todos embobados.

Esa niña no tiene defectos, sus deditos, su boquita, las mejillitas, sus dulces muecas, sus pequeños ojos y la naricita que apenas sobresale en su carita, todo en ella es precioso. La vemos bastante parecida a Ana, lo que mata de celos a Fernando… no me quiero ir por las ramas.

Después de esa conversación a corazón abierto con Sebastian, mejoramos. Al menos yo lo intento a diario. Él… bueno, creo que él sigue buscando la respuesta a mi pregunta. Pero no me niega su cariño, ni desprecia mi esfuerzo.

Una noche logré seducirlo e hicimos el amor, con dulzura, como él lo disfruta y lo hace y, como ese día necesitaba justo eso, me vino fantástico. Me volvió, diría que, en abundancia, el cariño hacia él, por lo que mi humor mejora.

Salvo cuando recuerdo más palabras de Pilar.

—No te mientas a ti misma. El sexo es solo eso, el amor otra cosa. Y tú, amiga mía, no amas a Sebastian, por más que hagas el amor con él mil veces en una semana.

Entonces, ¿qué conclusión debo sacar? ¿Qué me gusta tener sexo con dos personas, pero no amo a ninguna? ¿En qué clase de mujer me convierte esto?

¡Maldita Pilar que me deja pensando!

Yo sé que no amo a Sebastian, no al menos como me gustaría amarlo. Pero escucharlo de voz de alguien que me conoce tanto, me duele y me enfrenta con una realidad que no soy capaz de asumir todavía.

Mi cabeza es un torbellino de ideas, pensamientos y sentimientos. Hace meses que no me siento bien conmigo misma, ni con mi realidad. Todo en mi vida está mutando a un estadío diferente y no sé si es para bien o para mal, sin embargo, como todo cambio, produce un revuelo de sensaciones abrumadoras e indomables.

Y justo, estando en este estado, ni antes ni después, me encuentro con esa perfección sobre ruedas frente a mí. ¡Por todos los santos! Quien pueda ayudarme que me tire una soga y me aleje de Julián una vez más o que la tierra se abra y uno de los dos caiga al abismo.

Mi inconsciente comienza a gritar: ¡aléjate, aléjate! ¡Ahora! ¡Ya! ¡No te acerques!

Imposible, ya es tarde. Mi cuerpo se rebela y me obliga a apoyar mis labios en su mejilla y disfrutar de su brazo en mi cintura. Y su perfume, y su mirada y su sonrisa... todo lo que Julián le regala a mis sentidos.

Nos comemos con la mirada. Sus ojos fijos en mí hacen que todo desaparezca y el mundo deje de importarme. Siento sed de esa boca perfecta, que me promete más de eso que sé que puede darme y tanto me gusta. El silencio es eterno y excitante, todo está dicho con nuestros ojos y nuestra agitación.

Esa pregunta exacta, puntual y precisa que me trastorna y me hace perder la cabeza: «¿Me besas o te beso?» Por más vueltas y vueltas que le doy, no encuentro otra respuesta; el contexto no colabora y mis ganas tampoco. Nos besamos con ardor, con anhelo.

Después de ese beso, todo se torna fuego, el momento es pasional y caliente. El beso desencadena esa locura en la que siempre nos sumimos cuando estamos solos y el deseo nos encuentra desprevenidos.

Disfruto cada instante que vivimos encerrados en este hotel, cada mirada, cada palabra, cada beso, cada roce, cada gemido que nos dedicamos. Me tortura con sus labios de una manera exquisita. No me quejaría si, cual verdugo, me encerrara en un calabozo y volviera a torturarme con esta u otra de sus formas.

Después de volverme loca con esa experta boca y llevarme al límite tantas veces como quiere para dejarme caer al vacío cuando cree que no puedo más, entra en mí y apoyado sobre sus codos, me da la perfecta imagen de su cuerpo sobre el mío, su pecho agitado y sus sonidos llenos de deseo. Sentirlo en mi interior, después de anhelarlo tanto, es como tocar el cielo con las manos. Muero de ganas de volver a vibrar con ese movimiento tan propio de sus caderas que me fascina.

—Por favor, muévete. Te necesito.

Es lo único que pienso al tenerlo dentro de mí.

—Dame un momento, nena, que esto es demasiado bueno y no quiero dejarte sin el placer que quiero darte.

Si supiera cuánto placer me da solo con dejarme mirarlo, no dudaría y se movería sin esperar ni un segundo. Yo ya había tenido mi cuota, no me importa que esta vez fuese corto; solo un movimiento, uno solo y me haría volar por el aire, caer en picada y gemir descontrolada de nuevo.

Él me vuelve insaciable y poderosa, me hace sentir más mujer, la más deseada, la única importante. Hace que me sienta suya.

Cuando creo que ya está, que el goce ha sido perfecto, que sus movimientos me han dado lo que quería, observo como responde a su orgasmo. En ese final, en el que necesita vaciarse por completo en mí, me deleito con sus gestos, su cara y sus músculos. Es tan hermoso... Suspiro ante la imponente imagen y entonces pienso que ya debo relajar mi cuerpo y solo abrazarlo, pero no, quiero volver a empezar y no le permito salir de mí.

Su olor y su sudor son como un hechizo del que no puedo escapar.

Y otra vez, carente de toda inhibición y decencia, lo provoco.

Su respuesta es siempre la adecuada, la perfecta. Mi cuerpo pide y su cuerpo me da. Sus manos me recorren, sus labios me erizan la piel, su lengua me excita, sus movimientos me enloquecen. Acepto que me explore como quiera, que me penetre con la misma furia que me desea y lo deseo, que me posea y se adueñe de mí, como lo hago yo con él.

Es un momento único: nuestro, íntimo y soñado. Es el perfecto conjunto de acciones que me elevan a lo más alto y me dejan caer en una sensación vertiginosa de placer.

Por tercera vez alcanzo ese glorioso éxtasis que solo él me provoca. Ese que me deja muda, sin aliento, que me impide   pensar, que me provoca el trance más delicioso en el que todo se me olvida, incluso mi nombre y solo Julián, y sus ojos, están en mi mente, mirándome con deseo, con pasión, con devoción.

Exhausta, me relajo sobre su acalorado y perfecto cuerpo. Su pecho sube y baja, me siento acunada por ese movimiento y ya estoy somnolienta. Cuando lo escucho, cada uno de mis sentidos recobra vida.

—Nena, no podemos dormirnos.

Levanto mi cabeza para encontrarme con el verde de sus ojos y lo beso. No puedo estar tan cerca sin besarlo. No me deja escapar y me atrapa con sus brazos. Comenzamos a seducirnos otra vez, pero es demasiado y, aunque mi cuerpo ya responde, renuncio a ese deseo y me alejo de él.

Su mirada no me deja y la mía tampoco lo deja a él. Estamos desnudos y provocándonos en silencio, pero los dos sabemos que debemos irnos.

—Una ducha rápida y nos vamos —me dice, estirando sus brazos a modo de llamado—. No me prives de eso, Vani. Sueño con nosotros bajo la ducha.

—¿Una fantasía? —le pregunto.

Le sonrío con picardía, mientras me acerco para complacerlo y complacerme con esa petición.

—Una de las tantas —me asegura; se prende a mis labios y entre sus brazos me mete en la bañera.

Es el baño más erótico y provocador que alguna vez me di en mi vida. Sus manos enormes recorriendo mi piel resbalosa por el jabón, el agua tibia regalándome la bella imagen de su cuerpo húmedo… No hacemos más que tocarnos, mimarnos lento y, con parsimonia, nos acariciamos cada centímetro de piel. Si supiera dibujar podría hacer un perfecto retrato de él, porque cada detalle se graba en mi retina.

Algo más para archivar en mi *top ten*. Ya es tanto lo que tengo acumulado que dejé de contar y decidí archivar todo lo referente a mi Dios en la tierra bajo una carpeta con el nombre: "Antes de abrir buscar el extinguidor de fuego". Aunque le estoy buscando un mejor título, tal vez, uno más corto.

Estando bajo la ducha, nos parece escuchar el sonido de un teléfono pitando, pero el agua cayéndonos encima no nos permite confirmarlo. Demás está decir que eso es una excusa, la verdad es que al estar tan ensimismados en lo que hacemos le restamos importancia.

Sin embargo, al salir del baño, su teléfono suena otra vez y antes de atender nota que tiene varias llamadas perdidas de Ana, Fernando, Angie y Rodrigo. Su cara me da a entender la preocupación que siente. El pobre no sabe a quién llamar primero, al menos eso me dice, aunque se decide por Ana porque es la llamada que le parece más rara y piensa en Martina. Lo dejo hablar mientras me pongo la ropa, eso sí, tengo que hacerlo bajo su insinuante mirada.

Lo único que escucho son afirmaciones de parte de él y solo con sus gestos me informa que más intrigado se pone cada vez. La comunicación dura unos pocos segundos. Después de colgar la llamada, me abraza.

—Ana quiere que vaya para su casa y que no hable con nadie antes. Algo no anda bien y me da miedo.

—Pero ¿qué puede haber pasado? ¿La beba está bien? —Asiente y me abraza más fuerte intentando olvidarse de todo, pero su cara me dice que no puede.

Ya no es nuestro momento.

—Juli, ve tranquilo. Hablamos en otra oportunidad. De todas maneras, no hay nada que hablar, como siempre. Está todo bien.

—Nada está bien, Vani. Esto no es normal. No podemos vivir así.

—Lo sé. Pero es lo que nos toca. Tenemos que seguir evitando estos encuentros. Tarde o temprano vamos a cometer un error más grave y lastimaríamos a otras personas. Esta vez fue… otro desacierto...sigamos evitándonos.

—Odio hacerte esto —afirma apretándome fuerte contra su cuerpo.

Yo lo comprendo. Lo conozco y sé que no tiene mala intención, ni quiere usarme de juguete. Es solo que no podemos resistirnos y soy tan culpable como él.

Ahora la que se siente mal soy yo. Por él y por mí, pero también por Sebas, no estamos bien y yo sumo problemas. La verdad, en Angie no reparo nunca, ella misma se niega a disfrutar de este hombre, ajeno para mí y suyo. Nunca, en mi vida, podré entender a esa mujer. ¿Rechazar a Julián? Dios le da pan a quien no tiene dientes, es demasiado injusto.

Decididamente no estaba pensando en nada cuando acepté encerrarme en una habitación de hotel con él. O sí, estaba pensando en Julián. Aunque es lo que más deseo en el mundo debería haberlo evitado. Por desgracia, no tengo la fuerza que se necesita para hacerlo.

No, no es una excusa, soy consciente de mi error y responsable por lo que hice. Fueron muchos meses lejos de ese fuego que mi cuerpo necesita de la misma manera que mis pulmones precisan el aire para respirar. ¿Me arrepiento? Esa es la pregunta clave...no tengo la respuesta.

Me encanta estar con Julián, me vuelvo loca con la sola idea. Aunque mi amiga, la culpa, arrase conmigo durante días, es como ese dicho de mi abuela, "¿quién me quita lo bailado?". Así me siento. Si me pongo razonable, me aborrezco, no puedo hacer esto y seguir con mi noviazgo como si nada pasara, mintiéndole a quien quiero y con quien convivo; no obstante, si soy pasional me convenzo a mí misma que la vida es una sola, que debo ser moderna (por consejo de Pilar) y acepto la consecuencia. Claro que llorando por los rincones durante varios días.

Sí, soy patética, y estoy por completo trastornada.

Dejamos el hotel. No hablamos mucho más, porque con sus pensamientos está en otro lugar y hasta yo me estoy inquietando. Me deja a pocas cuadras de mi casa y promete llamarme para contarme de que se trata tanta intriga.

Ya en casa, como algo, me pongo el pijama y me acuesto, no

sin antes rememorar cada detalle de mi encuentro con Julián, prometiéndome no volver a hacerlo y sintiendo que, algo dentro de mí, no anda bien. Una terrible angustia arremete contra mí. Me cuesta respirar. Siento mi corazón acelerarse, mis ojos se nublan, pero no hay lágrimas, solo un profundo e incoherente miedo a pensar, a sentir, a vivir. Inhalo y exhalo con profundidad. No puedo moverme de mi lugar, no tengo valor, cierro fuerte los ojos y me dejo vencer por el sueño, confusa y sudada.

Sebastian llega tardísimo a casa y ni lo escucho porque estoy muy dormida, como tampoco escucho cuando se levanta al otro día para ir a correr. Agradezco que así sea, porque necesito tiempo para darle a mi cerebro la posibilidad de que se reinicie por completo. Y ni hablar de mi cuerpo.

Mientras desayuno, intentando pensar en cualquier cosa menos en Julián, el timbre me sorprende.

No solo no quiero pensar en él, tampoco quiero verlo, ni olerlo, ni tenerlo cerca, pero parece que el mundo se ha complotado en mi contra y lo tengo parado, precioso, en la puerta de mi departamento. Su cara no es la mejor, sus ojos están irritados, tiene unas terribles ojeras que me dan la idea de que no ha dormido lo suficiente y los hombros caídos... en realidad, no tan precioso. Ni la sombra del sensual hombre que dejé ayer sobre esa moto, ni del Julián intenso y seguro de sí mismo que yo conozco.

De pronto recuerdo esas llamadas y me pongo en alerta. Lo invito a pasar en silencio y ni se demora en saludarme, por lo que imagino que algo importante no anda bien. Se sienta en el sofá y yo a su lado. Me mira fijo y sus ojos comienzan a nublarse, a humedecerse, como si estuviese a punto de llorar.

—Perdóname que vine aquí, pero... no sabía dónde ir.

Su voz suena demasiado desganada y triste.

—¿Estás bien?

—No.

Hace una pausa como tomando valor para contarme.

—Es muy duro... Lo que me hizo la perra de mi esposa es... No puedo ni decirlo en voz alta —dice entre titubeos.

Una lágrima solitaria cae por su mejilla y se la seca con brusquedad con la palma de la mano, como con enojo. Después de otro largo silencio, me tira la bomba.

—Me miró con lo del emba razo, todo fue una mentira, cruel, vil e inhumana.

Mis ojos no pestañean, puedo imaginarlos a punto de salirse de sus órbitas. Estoy muy desconcertada por lo que me cuenta. No puede ser cierto.

—No entiendo¿cómo que te mintió? ¿Por qué?

—Según ella para evitar perderme, porque sentía que eso estaba pasando y sí, era así. Yo me estaba replanteando seguir con ella. Ya sabes que no estábamos bien. Yo sé que Angie no me quiere, así es que eso no se lo creo, ella no tiene miedo de perderme. Aunque puedo suponer que lo hizo para no perder su estilo de vida, que eso es lo único que ama de mí y con un embarazo se aseguraba que al menos por un tiempo yo me quedaría con ella. Su plan era hacerme creer que por segunda vez perdía a su bebé, inventando una excusa cualquiera. De esa manera se ganaba unos años más, porque sabía que yo no la dejaría sola con ese dolor. Ya sabía cómo actuaba este imbécil ante esas desgraciadas circunstancias.

Tengo miles de preguntas, pero no hablo. No quiero interrumpirlo, solo lo escucho. Su dolor me aprieta el pecho. Verlo sufrir de esta manera me duele también, sus lágrimas recorren su cara. No puedo imaginar lo que siente, no solo su bebé no existe, sino que su esposa le mintió de una manera imperdonable. Pienso en el amor que ya tenía hacia su hijo y como la realidad lo abofetea muy duro y vuelve a dejarlo sin nada. Necesito abrazarlo y consolarlo, pero es evidente que lo que él necesita es hablar.

Termina contándome cómo Fernando y Ana se habían enterado de la trampa de Angie. Había sido por una amiga de Ana que también lo es de su esposa, un lío que me enredó un poco, pero me dio igual, no es lo importante. Sí lo es el hecho de que, la muy desgraciada, hablando con su madre, frente a sus amigas y sin darse cuenta, dejó en evidencia sus planes. ¡Vaya con su estupidez! Es grave también el hecho de que la suegra de Juli estaba al tanto de lo que la hija tramaba. Todo es tan descabellado y horroroso. Cuando Angie recapacitó y notó su error, quiso enmendarlo y comenzó con una mentira que ni ella se creía. Todo lo demás se desencadenó de un día para otro.

Ana se enteró, después Fernando que, lo habló con Rodrigo, y ambos se lo dijeron a Julián, por eso las llamadas insistentes. Como era de esperar, Angie quiso frenar el rumor inventando algo; primero intentó que su esposo no viese a sus amigos ganando tiempo. Al no lograrlo intentó hablar con él con un pretexto ensayado, aunque sin lograrlo porque estaba conmigo en la ducha. ¡Qué locura!

Claro que él tampoco le dio tiempo a hablar después de haberse enterado por los chicos. Aunque sí le dijo muchas cosas y al dar por terminada, unilateralmente, la discusión, salió de su casa y por no sabe qué motivo, se encontró tocando mi timbre.

Este sería un breve resumen de todo lo que me contó.

Cuando termina de hablar me quedo en shock, inmóvil, perpleja, asombrada y varias cosas más. Todo parece una novela increíble. ¡Es terrible esta mujer!

Incapaz de comprender su malicia, le pregunto si está seguro de que todo es cierto, no porque no le crea yo a él, sino porque lo que me cuenta me parece inverosímil. No entra en mi imaginación semejante maldad.

—Vani, me lo terminó confesando ella misma. Es despreciable. No la creía capaz de tanto, pero lo es. Ahora quiere hacerme creer que está arrepentida.

Su voz se quiebra y sus lágrimas vuelven a pasear por su hermoso rostro. Me da mucha ternura y lo abrazo. Sus brazos hacen lo mismo con mi cuerpo y me aprieta fuerte. Entonces llora con ganas y con la voz rota me habla de su real dolor.

—Otra vez una ilusión rota. Ya no hay hijo. Quedé vacío, no me queda nada a que aferrarme. ¿Ahora qué hago con este amor que sentía por esa criaturita que, hasta me la imaginaba? ¡No sabes la bronca y la impotencia que siento! ¿Qué tanto daño le hice para que me provoque este dolor?

Puedo imaginar que está viviendo un duelo por un bebé que creyó real. Puedo entender sus lágrimas. Una vez más me duele su dolor y trato de consolarlo mientras le acaricio la espalda y lo dejo apretarme tanto como necesite. Quiero que me sienta cerca, que confíe en mí, si mi presencia lo ayuda, quiero estar presente para él, y si mi abrazo lo consuela, entonces lo abrazaré. A pesar de todo, él es muy importante para mí. Y entiendo que lo soy para él en este momento y me encanta que así sea. Que se refugie en mí.

Nos mantuvimos unos minutos en silencio, supongo que está intentando controlar su llanto y viajando mentalmente a un mundo que solo él conoce. Estamos acurrucados en el sillón. Nos habíamos acomodado enfrentados para poder mirarnos al hablar, pero su angustia lo llevó a ese eterno abrazo que, quiero suponer, lo consuela y le da el afecto necesario para tranquilizarse. Apoya su cabeza en mi hombro y rodea mi cintura mientras yo con una mano acaricio su cabello y con la otra lo mantengo envuelto entre mis brazos.

Es un momento muy íntimo, sentido y nos dejamos llevar. Quiero que se relaje, que pueda ir dejando el sufrimiento, asumiendo una realidad a la que debe enfrentarse sí o sí, por más que duela. A pesar de ser un hombre grande incluso de tamaño, lo siento pequeño y vulnerable en este instante, y no me gusta verlo así. Su rostro de sonrisa alegre se esfumó, la perdió, no la encuentro en sus ojos y me da mucho miedo que tarde en volver a aparecer.

La puerta de mi departamento se abre y los ojos de Sebas nos encuentran abrazados, demasiado pegados. Mi corazón se acelera, me siento incómoda. Todo lo que hicimos, desde ese primer beso negado en su oficina, se me viene a la memoria como una película, por momentos pornográfica, entonces recuerdo el motivo del abrazo y reacciono. No hay nada que ocultar, al menos, en este momento.

Mi novio me clava la mirada sin entender demasiado y su cuerpo se tensa. Sacudo mis recuerdos y me quedo solo con la realidad y pensando en los motivos de nuestro abrazo, en que él es mi amigo y yo estoy actuando como su amiga consolándolo en un mal momento. Y entonces actúo, levanto una mano para asegurarle que no pasa nada y con un gesto le hago saber que después le contaré.

Suspiro ante su caída de ojos y su asentimiento con la cabeza. Él me regala una sonrisa que le devuelvo y todo está en paz.

El sonido de la puerta al cerrarse y los pasos de mi novio traen devuelta a Julián de su lugar mágico donde estaba perdido en su pensamiento obteniendo la calma que secó sus lágrimas. Se sobresalta y me suelta algo avergonzado al notar a mi novio a nuestro alrededor. Supongo que le pasó lo mismo que a mí.

Se saludan en silencio mientras se acomoda un poco más lejos de mi cuerpo. Le doy una sonrisa sincera para que sepa que está todo bien y me devuelve un gesto que apenas eleva la comisura de su boca.

Como buen anfitrión, Sebas se acerca a nosotros y le da a Juli un vaso con alguna bebida fuerte, supongo por el olor, y un beso rápido a mí. Julián agradece y se lo toma sin dudar.

Unos incómodos minutos silenciosos fueron interrumpidos por el sonido de su teléfono. Bufa furioso al ver en la pantallita quien es la persona que lo llama y, antes de atender, cierra los ojos tomando aire y buscando paciencia.

—No tengo nada para decirte… Sí estaba en el gimnasio… Estoy bien, no te preocupes.

Imagino quien es y hasta lo que ha dicho. Veo la tensión en su cara al cortar la comunicación, así como la noté en su voz al hablar. Su dolor, impotencia y bronca lo tienen sumido en un lugar en el que no me gustaría estar.

—¿Dormiste en tu oficina? —Afirma con un movimiento de cabeza a modo de respuesta a mi pregunta—. ¿Qué vas a hacer Juli?

—No lo sé.

Pasa las manos por su pelo largo que cae sobre su cara, y no puedo creer las ganas que tengo de acariciarlo y darle afecto. Está tan vulnerable y tan hermoso a pesar de sus ojos enrojecidos y esa sombra oscura y espantosa debajo que dejan ver todo su dolor. Se para sin aviso y me sobresalto porque no me lo esperaba.

—Me voy. Gracias por escuchar, morocha. Sebastian, perdón por la molestia.

—Todo bien, viejo. No hay problema.

—Juli, ¿dónde vas?

No tuve más respuesta que un beso en la mejilla y un «te llamo», me quedé mirando la puerta que se cerraba.

¡Por Dios, qué fuerte todo!

Al reaccionar me doy cuenta que estoy sola, Sebastian está en el cuarto y no lo vi alejarse.

En este instante, habiendo estado entre mis dos hombres me

siento una mierda. No tengo derecho a hacer nada de lo que estoy haciendo con Julián y no me refiero a consolarlo por esta trastada de Angie, sino al sexo que nos embriaga tanto que nos hace ser infieles, pecadores, cobardes y mentirosos.

Toda la angustia que tengo acumulada por el dolor de mi amigo y la forma culposa con la que me responsabilizo desde hace meses, toma fuerza y me abraza como una grandísima hija de p… amiga y me empuja hasta que hunde en un pozo recóndito y oscuro. Siento las lágrimas asomarse sin permiso. Intento retenerlas, pero no puedo, y las dejo caer sin más. De pronto la conversación con Sebastian se reproduce frase a frase en mi cabeza y se suma a la lista de cosas por las que llorar. Las palabras de Pilar no quieren perderse la fiesta y ahí se presentan: «Podría jurar que tienes más piel y atracción sexual con Rico que con tu propio hombre», «no te mientas a ti misma, el sexo es solo eso, el amor es otra cosa». Todo comienza a girar a mi alrededor y tengo miedo. Otra vez era un miedo irracional. Mi respiración se acelera sin control, pero me falta el aire. No puedo respirar y siento que si me muevo me caigo en un abismo sin fin, literalmente hablando. No puedo ni quiero moverme y me agarro fuerte con mis puños al lateral de sillón, evitando sentir este vértigo. Mi corazón galopa sin detenerse subiendo segundo a segundo su velocidad, y ya siento el ruido de sus latidos en mi cerebro como un golpeteo constante. El dolor se hace presente y me obliga a cerrar los ojos, y ese líquido que estaba dudoso de caer es empujado por mis párpados y cae como una catarata mojando mis pestañas y no veo nada más que una luz brillante que me enceguece; y el ruido del galope de mi corazón en mi cerebro no cesa.

Luego, nada.

—Vanina. Vani. Vani, por favor. ¿Qué te pasa?

La voz conocida, aunque distorsionada, se oye como si estuviese dentro de una lata de conserva. Una sombra dibuja la forma de una persona frente a mí. Algo aprisiona mis brazos a la altura de mis hombros y me obliga a moverme. La cabeza me pesa y tengo una punzada demasiado dolorosa a la altura de la sien.

—Linda, mírame. Vani.

Bajo mis párpados y siento como raspan mis ojos secos. Una

bocanada de aire entra en mis pulmones y sacudo la cabeza como si de pronto volviera a la vida. Veo a Sebastian sentado a mi lado hablándome, está blanco como un papel y con una cara de susto digna de foto. Creo que le sonrío, o al menos, eso intento. Y me abraza fuerte.

—¿Qué pasó? —le pregunto muy confundida.

—No lo sé, dímelo tú. Estabas con los ojos abiertos, casi sin respirar, tensa… como ida. No me escuchabas, ni me hablabas. ¿Estás bien?

Me acaricia la cara y me acomoda el pelo que tenía pegado en las mejillas húmedas por las lágrimas viejas. Me da varios besos en un lado y el otro.

—¿Es por la visita de Julián? —me pregunta unos segundos después.

¿Y ahora? ¿Puedo desaparecer?

—No… y sí —digo confundiéndolo un poco, al menos eso no es mentira, pero lo que digo después… Bueno, es una omisión tal vez, no una mentira–. Es una suma de cosas, de pronto me dio mucha angustia todo lo que estoy viviendo: nuestra charla, lo que me contó Julián y una conversación que tuve con Pilar. Creo que me dejé llevar y…solo eso, me angustié.

—¡Solo eso! —repite enojado por la poca importancia que yo le doy al asunto—. ¿Qué pasó con Julián? –pregunta intrigado y con la voz baja.

¡Claro, él no lo sabe!, entonces le cuento y lo dejo sin habla… y distraído, justo lo que quiero: que se olvide de mi paseo por quien sabe qué mundo paralelo.

Julián

Todo se fue al demonio. Ya no puedo controlar mi vida ni mis sentimientos.

¿Algo más va a pasarme?

No puedo llorar, porque la bronca me lo impide. Otra vez me quedo solo con la ilusión de una paternidad. Una vez más la esperanza se me escapa de las manos y, aunque quiero atraparla, nada. Mis manos están vacías y aun húmedas con el amor que había llegado a sentir por ese bebé, que no era nada... o sí, era una mentira.

Durante dos noches duermo en el cuarto que yo había llenado de ositos de peluche y ropa para mi hijo o hija. Dos eternas noches tirado en el suelo intentando comprender por qué alguien que llegué a querer podría sentir la necesidad de hacerme tanto daño.

Nunca escuché su versión: la verdadera, una sin mentiras. Ni lo voy a hacer. Ya no me interesan los motivos de Angie para cometer semejante injusticia porque nada me va a convencer de que no lo hizo por maldad y egoísmo. Fue un ataque directo y profundo a mi corazón. Me vio amar incondicionalmente a esa "nada" que había inventado; me vio hablarle a ese vientre vacío; me vio sonreír de felicidad ante la posibilidad de mi paternidad... ella me vio y siguió callando, mintiendo y, tal vez, hasta riéndose de mí.

Me cansé de todo lo que me rodea. Estoy al borde de un precipicio que me atrae y me llama a dejarme caer. Sé que todo va a explotar y no voy a poder controlar las esquirlas. No quiero lastimar a nadie que no se lo merezca, pero siento que no puedo más con mi control. Necesito gritar, pegar, romper todo, llorar e incluso desaparecer del mundo.

Perdí la cuenta de las veces que Angie golpeó la puerta de la habitación en la que estoy encerrado, pero nunca obtuvo de mí ni una sola puta palabra.

No comí, no dormí, no hablé con nadie.

Solo estamos mi conciencia y yo encerrados en esta penumbra, y ambos estamos tan mal que no nos podemos ayudar ni aconsejar, por eso no tengo ni idea de cómo seguir adelante con todo esto. Juro que intento pensar bien y llegar a la conclusión de que Angie tuvo un buen motivo, uno más que importante para hacer lo que hizo, pero no encuentro la posibilidad, ni la más remota, de que pueda existir alguno.

No quiero hacer nada de lo que me pueda arrepentir. ¿Pero de qué podría arrepentirme? No lo sé, no me da la cabeza para seguir pensando y analizando lo que soy capaz de hacer en este momento de tanto dolor.

Ante la necesidad de explicaciones inexistentes, también invento la posibilidad de que mi esposa se vio de pronto enamorada, y prefirió cualquier excusa para no perderme. Sin embargo, eso tampoco puedo creérmelo, el tiempo vivido a su lado me impide hacerlo. Enloqueció, es eso, no puedo abandonarla si es así, aunque parece bastante cuerda en sus demás acciones como para necesitar un loquero. ¡No, ella no está loca!, pero intenta volverme loco a mí. No lo va a lograr.

Por mi bien, quiero dejar de pensar y eso hago.

No tengo demasiado claro la hora que es. Escucho la puerta de la calle cerrarse, por lo que imagino que mi queridísima esposa se va a trabajar. Entonces recuerdo que yo también tengo un trabajo, una empresa, una vida, gente que sí me quiere y que podría estar preocupada por mí y decido salir al mundo. A la verdadera y cruel realidad en la que estoy viviendo.

Con pasos lentos como si estuviese enfermo, camino a mi habitación. Apenas puedo moverme, me siento débil. Noto que ahora tengo un hambre voraz porque me ruge el estómago y casi siento dolor de lo vacío que lo tengo.

Tomo el mando del día: como algo, me ducho, me visto y me resisto a seguir mirando la imagen que me devuelve el espejo. No soy eso, mis ojeras, mi ceño fruncido, mis labios rectos y apretados que no logro relajar, mis músculos que me duelen de lo tenso que me siento... Busco mi teléfono que encuentro en la cocina y veo las decenas de llamadas y mensajes que recibí. No contesto ni leo ninguno.

Bloqueo mi mente de problemas y me voy a la empresa. Me enfoco en el trabajo después de haber disfrutado el viento en la cara, la libertad y la adrenalina que me dieron el paseo a toda velocidad en mi moto. Debería haber sido más prudente, aunque en ese instante solo quería sentir algo que me dé placer: sentirme vivo y, al menos por esos pocos minutos, lo logré.

Encerrado en mi oficina, me lleno de presión laboral de la que no me gusta, pero es lo que necesito para poder sobrevivir este día sin pensar en nada más. Mi secretaria está feliz de tenerme tan concentrado y cooperativo para todo lo que tengo que hacer porque no siempre es así. Soy bastante desprolijo y despreocupado y, la pobre, lo padece. Me apoyo mucho en su perfeccionismo laboral, me lo deja fácil.

Siguiendo con la rutina de un día de semana, voy en mi moto otra vez a toda velocidad, rumbo al gimnasio. Sé lo que me espera y, tal vez de forma inconsciente, es lo que quiero. Necesito ver caras amigas, no quiero que me compadezcan ni me tengan lástima, sé que mis amigos no son así. No obstante, no hay precedentes de algo como lo que esta perra me hizo, por lo que no tengo muy claro cómo van a reaccionar cuando me vean.

O los mando a la mierda, o acepto lo que venga. Ya veremos lo que me dicen.

Como era de esperar, la primera persona con la que me cruzo es Rodrigo.

—¿Tú te viste en un espejo? Te estás desinflando.

Bien uno menos, solo me carga con mis músculos. No puedo esperar menos de él; me conoce, me entiende y me respeta. Esperará a que yo esté dispuesto a hablar del tema.

—¿Vas a hacer primero la rutina o los números? —pregunta.

Ya estamos caminando juntos hacia la oficina y nos cruzamos con Mariel, me da un beso y un abrazo y se une en silencio a nosotros prendiéndose a la mano de su novio.

—¿Hay mucho lío o puede esperar? No tengo la cabeza para pensar en números.

—Puede esperar. Está todo bien. Hay una buena noticia: llegaron las máquinas nuevas. Mañana las podemos empezar a poner en el salón anexo.

—¡Buenísimo, por fin buenas noticias! —digo mirando a Mariel, y guiñándole un ojo—. ¿Pueden creer lo que hizo?

¡Ahí vamos!, ya no soporto el silencio. Necesito exorcizarme.

Puedo leer en sus ojos el dolor y la bronca que sienten con todo lo que me está pasando. Por supuesto que es lo que esperaba de ellos.

—No, yo al menos, no. Aunque él dice que siempre la creyó capaz de todo —contesta la petiza sin dejar de mirarme y apuntando con un dedo a mi amigo.

—Ya lo sé. Debería haber creído más en esa idea.

Sí, debería haber confiado más en el instinto de Rodrigo.

—¿Qué piensas hacer?

Una pregunta concreta, simple y que debería tener una respuesta igual, pero no la tengo todavía. Solo había pasado los días compadeciéndome de mí mismo y odiando la idea de saberme roto otra vez.

Lo que sí tengo claro es que Rodrigo quiere fuera de mi vida a Angie desde hace mucho tiempo y, con este episodio, imagino que sus deseos estarán elevadísimos. Pero casi nunca lo pone en palabras directas, respeta mis decisiones y me apoya o me acompaña en ellas, lo que agradezco mucho. Porque yo había seguido buscando, como una aguja en un pajar, el amor o la armonía que, nuestro matrimonio, había perdido. Y él me entiende o, mejor dicho, me respeta.

Opto por no responder, muevo mi cabeza para ambos lados y elevo mis hombros en señal de no saber qué hacer.

—Julián, dime que la echaste de tu casa, que está durmiendo en un hotel, en la casa de su madre, de una amiga, o en la mismísima calle. Por favor, dime que hiciste algo drástico esta vez y que no te estás dejando tratar como un estúpido, porque ella hizo siempre eso y tú la dejaste.

Está enojado y gritón. Mariel intenta calmarlo, pero lo que logra es que se aleje de ella y se levante de golpe haciendo que, la silla en la que estaba sentado, cayera hacia atrás provocando un terrible estruendo.

—Todavía no tomé decisiones. Estoy analizando las opciones que tengo —digo intentando manejar el enojo que me provoca el descontrol de mi amigo.

—¡Y una mierda! La única opción es hacerla desaparecer de tu vida. ¡Por Dios, haz que te respete de una vez!

Esto lo grita golpeando mi escritorio. Mariel se sobresalta, y yo estallo enojado.

—No es la forma en que quiero hablar esto.

Me levanto y a los cinco segundos estoy caminando por el pasillo de los vestuarios. Enfurecido. Rabioso.

—¡Me importa un carajo como quieres hablar el tema! —grita Rodrigo a mi espalda, casi me está pisando los talones—. Pero lo vas a hablar. ¡No seas cobarde!

—¡¿Quién te piensas que eres?!

Ahora sí, me doy la vuelta y le clavo la mirada. Estoy enojadísimo y saco pecho frente a él, que se frena muy cerca de mi cara.

—Apenas tu mejor amigo. El mismo que se está cansando de ver cómo te haces el tonto y dejas que te traten como tal.

—Basta, Rodrigo. Te lo advierto…

—¿O qué?

Levanta su barbilla, mi ira me lleva a empujar con mi pecho el de mi amigo y largo todo el aire que tengo guardado en mis pulmones.

Quiero pegarle fuerte, muy fuerte. Mis manos se cierran por inercia y mis nudillos quedan blancos por el esfuerzo. Vuelve a provocarme con la mirada y el movimiento de su barbilla, y exploto. Algo caliente me recorre la espalda como si fuese un líquido energizante que me da fuerza y el empujón que necesito. Aprieto mis labios entre sí y el cuello se me tensa. Noto sus manos en mis hombros cuando me empuja y, como si fuese a lo lejos, puedo oír como vuelve a repetir «¿O qué?». Está provocándome a tener una pelea que, con gusto, le voy a dar.

Después de recuperar mi verticalidad, que había perdido por su empujón, arremeto contra su mandíbula con el puño de mi mano derecha y me crujen los nudillos, pero el alivio es inmediato, igual que la velocidad con la que la adrenalina me ciega y vuelvo a tirar un golpe con la izquierda que no llega a destino, porque un puño da de lleno en mi pómulo y me hace volver unos pasos. Vuelvo a mi lugar y me tiro contra ese oso gigante que me está golpeando y lo aprieto contra mi cuerpo cayendo los dos al suelo.

Escucho la voz de Mariel y veo gente a nuestro alrededor, pero estoy consumido por la ira. Nada me importa más que golpear e insultar. Y eso hago. No sé las barbaridades que salen de mi boca y de la de él que, incluso a veces, sonríe con ironía como si disfrutase de esto. Mis manos vuelan de un lado a otro, algunas veces aciertan el golpe y otras no. También recibo más de uno, no voy a negarlo. La cara me arde. Hay sangre en mis manos y en las de él. ¿Cómo demonios hemos llegado a esto? Una nueva trompada en su boca cuando me siento volar hacia atrás, y me ponen de pie. Estoy algo desconcertado porque yo no hice esos movimientos.

Ya estoy lejos de mi oponente que está siendo consolado por una preocupada Mariel. Me suelto de mi agarre y me doy cuenta de que nos habíamos trasformado en el centro de atracción del lugar.

Una voz dice algo así como que la función ha terminado y la gente de a poco desaparece.

Lautaro y Fernando todavía me tienen de los brazos para evitar que vuelva a atacar. Veo la cara de Vanina, sus ojos muestran el terror que siente. Me juzgo a mí mismo como un estúpido y bajo mi mirada. Noto unos pies que se acercan a mí y una caricia suave me pide volver a la calma; llevo mis ojos a esa persona que, con dulzura, me pide tranquilidad y veo a Mariana sonreírme cuando nota que lo logro.

En el mismo momento que Carlos me empuja y me sienta en un banco para limpiarme las heridas, veo a Pilar hacer lo mismo con Rodrigo, quien no sé si está peor o mejor que yo. Nos dedicamos una mirada, pero no puedo descubrir que sentimientos contiene, aunque estoy seguro que en la de él no hay enojo sino preocupación y serenidad tal vez, sí, eso es lo que encuentro en esa mirada. Como si se hubiese sacado un peso de encima, como si hubiese hecho algo que, sí o sí, tenía que hacer.

Nadie habla. Nadie toma partido por nadie.

Si busco bien en mi interior encuentro sosiego; me siento sereno también, como mi amigo, algo así como quien se quita un terrible peso del pecho que no lo dejaba respirar. Sacudo mi cabeza y de pronto las nubes negras se mueven dejándome ver la claridad que, aunque nublada, está ahí.

Ahora lo comprendo todo: Rodrigo me había provocado para que sacase mi bronca, esa que tenía guardada en mi interior y pedía a gritos liberarse. Él mismo se había expuesto para mi desahogo y me obligó a reaccionar. Ahora lo veo claro. Lo miro y entonces él me guiña un ojo y me dedica una sonrisa de lado que me lo confirma.

—Listo. Ponte hielo en este golpe para que no se inflame demasiado.

La voz de Carlos me aleja de mis pensamientos y le agradezco el haberme curado. Me miro los nudillos que están ahora limpios de sangre, pero lastimados.

—¿Qué pasó, Juli? —dice Vanina y se sienta a mi lado.

Me gusta sentirla cerca y oler su perfume.

Tenerla ahí me hace recordar que no la llamé, ni la puse al corriente de nada de lo que había pasado después de haberla visitado y haberla dejado por demás de preocupada.

Su mano suave acaricia la mía, lastimada, con dulzura.

—Está todo bien Vani, no te preocupes —le susurro y le doy un beso en la mejilla para hacérselo creer–. Te prometo que te llamo y te cuento todo después.

Me paro sintiendo dolor en todo el cuerpo. El muy tarado me ha dado duro con sus golpes y ahora lo siento.

—Ok, entendí –rezongo mirando a mi mejor amigo que me

sonríe triunfante—. Pero lo voy a hacer porque yo lo decidí no porque tú así lo quieres. Además, no soy estúpido, ni tonto, ni me dejo tratar como tal, siempre fue mi decisión, para bien o para mal. Todo, siempre, fue mi estúpida decisión.

Salgo hacia la calle, caminando lento por los dolores que me golpean en cada movimiento. No es que no tenga aguante, pero nunca había recibido tantos golpes y tan duros. Vanina se interpone en mi camino y no me deja avanzar, sin embargo, no puedo permitirle que no me deje tomar las riendas de mi vida. La decisión está tomada y nada ni nadie me hará cambiar de opinión. Intento seguir caminando.

—¿Dónde vas? No puedes manejar en ese estado y mucho menos si estás en la moto.

Mira hacia atrás de mis hombros buscando ayuda y alguien la socorre.

—Yo te llevo, Juli —dice Cristian poniéndose a mi lado y dejando tranquila a la morocha y supongo, que a todos los presentes.

Vanina

Hasta el día de hoy Sebastian no ha vuelto a decirme nada sobre mi escapada del mundo real, pero me estudia con la mirada mientras me muevo por el departamento. Está buscando indicios de quién sabe qué, o tal vez solo quiere estar más atento por si me vuelve a pasar.

Pilar, en cambio, no deja de decirme que fue un aviso del estrés al que me estoy sometiendo, que necesito parar mi cabeza y mi cuerpo de lo que sea que los tiene así de acelerados. Ella sostiene que tuve algo que llaman ataque de pánico y que mucha gente lo padece cuando está demasiado colmada de problemas y necesita evadirse de ellos. Al menos, eso es lo que entendí de su precario diagnóstico. Es pediatra, no psicóloga, pero una pediatra con la buena intención de ayudar.

Mi cabeza está acelerada, sí, y no tengo el freno a mano. No puedo dejar de pensar en todo lo que gira por mi cabeza y me confunde. ¿Cómo se hace? ¿Acaso existe un botón, un interruptor o algo?

Repaso la conversación con mi novio y analizo su gran cambio o, mejor dicho, el cambio de nuestra relación. Tampoco puedo dejar de recordar como me siento cada vez que Julián se me acerca o lo veo de lejos con toda su masculinidad o cuando estoy a solas y desnuda con él, disfrutando de sus atenciones y el nivel de placer que me hace alcanzar o la comodidad de su simple compañía.

La culpa vuelve una y otra vez a golpear en mi conciencia para dejarme claro que lo que hago está mal. Sigo sumando; las palabras de mi amiga están presentes y ya me tienen convencida de que todo lo que veo en Sebas no es nuevo, pero que recién ahora me molesta y, como si todo esto fuese poco, entonces un novedoso dilema se presenta ante mí: ¿por qué ahora me molestan estas cosas y antes no? La gota que derrama el vaso, es la tristeza en los preciosos ojos de Julián al saber que no va a ser padre y descubrir de lo que es capaz su mujer. Y, aunque no debería afectarme tanto, lo hace; me afecta y me duele muchísimo. Él me eligió para hablar sobre sus problemas, desnudar sus sentimientos, mostrarme su dolor e incluso sus lágrimas, las que se le habían escapado en mis propias narices. ¿Cómo no solidarizarme con ese sentimiento?

¡Y Pilar tiene el tupé de pedirme que deje descansar mi cabeza de los problemas! Ni su casamiento, ya próximo, me distrae. Lo que suma más culpa en mi vida.

¡Culpa! Culpa, qué palabra espantosa que debería dejar de existir, pero entonces tendría que buscar un sinónimo porque está presente en cada hora de mi día. Error, falta, desliz, pecado... da igual, todas suenan demasiado feas. ¿O lo feo es lo que hace sentir su significado?

Debería dejar de pensar y pensar.

No sé nada de Julián; nadie sabe nada, ni Rodrigo, ni Mariel. Nadie. Me dejó preocupada y triste por su dolor, contándome en detalle lo que Angie le había hecho y desapareció. Así nada más. Hasta visité a Ana para ver a Martina con la ilusión de saber algo de él también, pero nada. Desaparecido. No responde mis llamadas, ni mis textos, en realidad, parece que a los de nadie.

Sin rastros de él, dejo de insistir y de esperar. Y sigo con mi convulsionada vida.

Con Sebastian las cosas siguen frías o más bien congeladas. Por más que intentemos acercarnos, hablar de cosas comunes y cotidianas, no podemos. Desde hace días él le dedica más tiempo a la pantalla de su móvil que a mí y apenas cruzamos palabras o miradas.

Necesitamos cortar esta tensión. Nunca una discusión o conversación nos había alejado por más de un par de horas, no obstante, esta vez han pasado varios días y seguimos igual. Yo sé que bien podría dejar pasar el tiempo, ver cómo se van dando las cosas, porque tal vez lo que necesitamos es eso: tiempo. Pero… ¿y si no? ¿Y si al no hacer nada esto se muere?

No puedo dejar de hacer cualquier esfuerzo posible y dejar todo al azar o al destino. Aunque a veces pienso que, si el final es inevitable, que se precipite y deje de dolerme de una vez, aun así, ¿cómo saberlo? Tengo la imperiosa necesidad de luchar y ver que es lo que queda de nosotros, que es lo que podemos salvar.

Ahora entiendo a Julián, hay que luchar hasta el final por la relación, luchar hasta quedar sin aliento por lo que uno cree que es lo mejor en su vida. Y si bien no sé si Sebas es lo mejor en mi vida, es lo que me calma, lo que me hace bien y me da esa estabilidad que estoy necesitando con urgencia. De pronto, entre tanto pensamiento, recuerdos hermosos y conmovedores tocan la puerta de mi conciencia: esos largos baños de espuma, placenteros y eróticos en los que nos pasábamos horas conversando de todo y nada a la vez, el agua se enfriaba y entonces nos quedaba calentar nuestros cuerpos con caricias y besos.

Todo era alegría, ¿por qué no puede volver a serlo? Bien vale la pena intentarlo, al menos por esos lejanos recuerdos, lo haré. Voy a cortar con todos mis rollos mentales y voy a jugármela por el cambio que necesito.

—Sebas que te parece si nos tomamos unas vacaciones. Creo que necesitamos alejarnos de todo y ver qué pasa con nosotros —digo desde la cama mientras se prepara para salir rumbo al trabajo.

—No es una mala idea. ¿De verdad te interesa saber qué pasa con nosotros?

Su pregunta no es clara, ¿duda de mis intenciones de seguir con él o dudaba él de las suyas? Me levanto de la cama, me acerco donde está parado, abrazándolo por los hombros y le doy un beso en los labios.

—Claro que me interesa.

Me devuelve el beso, con vacilación, pero yo le quito esos titubeos provocándolo con mi lengua. Necesito hacerle sentir que yo estoy dispuesta a seguir intentando que nuestra relación se recupere de lo que sea que la haya atacado. ¡Sh, silencio, ya sé que la atacó, es solo que no quiero decirlo! Se siente mejor disimular que no lo sé.

—Tengo que ir a trabajar —me dice en un susurro, mientras disfruta de mis besos.

Esa clase de besos que hace varias semanas que no nos damos. Una mano aprieta mi trasero y siento que vuelve mi Sebastian, ese que se volvía loco por tocar mi culo. Sonrío sobre sus labios, me pego a su cuerpo y puedo sentir su erección sobre mi vientre.

—Ok, entonces...

Juego una carta peligrosa porque puede salir para el lado contrario del que espero. Me alejo y me tiro en la cama dejándolo con los brazos vacíos. Lo quiero juguetón, provocador, mío como siempre ha sido, no lejano.

Se deja caer sobre mí con suavidad y comienza a acariciarme de una manera deliciosa. ¡Lo extrañaba tanto! Sus manos suaves, su dulzura y sus besos lentos me mantienen segura de su presencia y sin eso yo no puedo seguir. El miedo de perderlo me deja sin fuerzas.

Un suspiro de satisfacción me abandona cuando ya no hay vuelta atrás y todo su cuerpo pide el mío a gritos. Nos desnudamos en cuestión de segundos, hambrientos uno del otro. Entra en mí sin previo aviso, ni bien mi espalda toca el colchón y mis piernas su cintura. Mi gemido de placer lo hace sonreír triunfante. Y su boca se llena de la mía con besos cálidos, fogosos por momentos, pero tan suyos. Besos con marca propia, besos al estilo Sebastian, pausados y llenos de ternura.

Me entrego a su roce, a sus movimientos lánguidos, profundos y controlados. No pienso en nada ni nadie, solo en nosotros dos gimiendo y desnudos sobre nuestra cama. Su mirada se clava en la mía, su deseo busca el mío. Mis labios se entreabren en busca de aire, para largar toda la pasión que siento en este orgasmo que me asalta y me endurece el cuerpo.

—Te quiero.

Sus palabras finales, esas que nunca faltan en ese instante cúlmine de fuego cruzado entre nosotros y un gruñido cargado de aire tibio me invade la cara. Un beso acompaña los espasmos de mi cuerpo al liberarse de toda esa tensión acumulada.

A todo ese huracán de sensaciones, le sucede un profundo silencio de calma y dulces caricias.

¿Estamos juntos y bien otra vez?

¡Por favor que así sea! Solo eso quiero. Estar bien, en paz conmigo misma y con él.

Mi cabeza, mi cuerpo y mi corazón ya no soportan más altibajos. Necesito la estabilidad que él me da, la que teníamos antes de que yo perdiese la cordura por un cuerpo musculoso; un masculino y provocativo rostro y el tremendo sexo que ese espécimen me regaló.

¿¡En qué quedamos!? Nada de Julián, Vanina. Pero él nunca escapa del todo de mi cabeza y mucho menos después de una dulce sesión de amor con mi novio porque el final es irremediablemente comparado y nunca hay similitudes. Eso me duele y me incomoda. Haber conocido la miel que el cuerpo de Julián ofrece, ha sido un error, uno muy peligroso que amenaza mi sensatez y mi decencia y me guía, pasito a paso, a querer repetir el pecado de tentarme en sus brazos en cualquier momento.

¡Para criticarme, les presto mis zapatos y caminen mi camino!

Dos largos días hacía que no veía a Julián y verlo así, en ese estado de agresividad, peleando con su mejor amigo, no es lo que esperaba.

Parpadeo varias veces seguidas, sin poder creer lo que veo. La furia sale de sus ojos, su voz suena grave y poderosa en cada insulto que brota de ella. Si no me doliera lo que veo, podría hasta sentirme excitada con la imagen de este hombre fuerte y peligroso defendiéndose y, a la vez, atacando como un león furioso.

Me es imposible comprender el motivo por el que Rodrigo y Julián están enredados entre golpes de puño y patadas. Pero nadie habla ni pregunta, por lo que, opto por esperar.

Una vez separadas esas dos masas musculosas, ahora sudadas y ensangrentadas, me acerco a Rico. Carlos está limpiando sus heridas, que no son muchas, aunque sí los golpes que dejarán su rostro bello demasiado marcado por unos días. Me mantengo alejada y espero hasta que Carlos termine con su tarea.

¿Qué habrá provocado semejante pelea? ¿Y por qué demonios yo estoy tan preocupada y dolida por ver así a Julián?

Ya libre de cualquier intromisión, nadie está con él en ese banco en el que se sume en sus pensamientos con la mirada clavada en su enemigo íntimo, su amigo, su hermano de la vida. Noto una irónica sonrisa en Rodrigo dirigida a Julián. ¡Estos tipos están locos! No entiendo nada, se dan semejantes trompadas y después se sonríen. ¿O son estúpidos o mi cerebro está inventando la imagen?

—¿Qué pasó, Juli?

Lo hubiese abrazado fuerte y le hubiese besado cada golpe para aliviar su dolor, claro que, si lo sintiese, porque no parece dolorido y si no estuviésemos rodeados de gente, además. Es un macho fuerte pero quebrado por otro tipo de dolor.

No quiero, aunque mi cuerpo sí, como siempre desobedeciendo las ordenes claras y concretas de "no toques, no te acerques" (transgresor como está desde hace un tiempo), no cumple consignas y me acerca a ese hombre que solo emana calor humano y, en mi caso, puedo sentir algo de testosterona, no obstante, eso puede ser un juego macabro de mi anhelante sexo, valga la aclaración. Como mi mano forma parte de mi cuerpo desobediente, se estira para acariciarle la mejilla colorada y el pómulo que ya comienza a crecer en su hinchazón, quitando algo de la belleza de su cara. ¡Una verdadera lástima!

—Está todo bien, Vani, no te preocupes.

Su voz suena más grave que nunca y tiemblo de ansiedad. El beso en la mejilla no me lo esperaba, aun así, me gusta. Entonces se aleja en cuerpo y mente; lo pierdo, ya no está conmigo.

—Te prometo que te llamo y te cuento todo después —agrega.

Se para con cuidado después de decirme eso y ahora veo que sí siente dolor. Pone la mirada en su amigo y pronuncia esas palabras, que imagino que solo ellos dos entienden. Necesito comprender, quiero comprender. ¿Qué hizo por su estúpida decisión y qué quiere Rodrigo que él haga? ¿Quién lo trata de tonto, estúpido y que se yo que más? ¿Dónde va?

—¿Dónde vas? No puedes manejar en ese estado y mucho menos si estás en la moto.

Me interpongo en su camino, no puedo permitirle salir sin

apenas puede caminar. Miro por atrás de él ¡alguien que me ayude! Está más que claro que no puedo frenar a esta mole, si quiere escaparse de mí, lo hará.

—Yo te llevo, Juli —dice Cristian y entonces sí puedo respirar con tranquilidad.

—¡Por favor alguien que me diga qué significó este circo!

Mi amiga con su grito es escuchada creo que por el barrio entero.

Ahora sí, esto se convertiría en una peluquería llena de chismes. Quiero cortar por lo sano y miro a Rodrigo. Él es el único que puede explicar lo sucedido. Entiende que mi mirada es una pregunta y todos quedamos esperando sus palabras.

—Julián necesitaba recordar que tiene sangre en las venas —asegura con una sonrisa y se toma la mandíbula derecha por el dolor que le provoca el movimiento de su boca—, y que es capaz de tomar buenas decisiones.

Ok, no entendí tampoco, pero parece que a todos les basta esa respuesta y comienzan a moverse cada uno para su destino. Ayudo a Mariel a mover el gigante cuerpo de su novio, adolorido y presentando algún problema de madurez en este momento en que juguetea con su novia pidiendo caricias y besos en los golpes, simulando un llanto compungido. ¿Pero cuántos años cree que tiene? Me sonrío, girando mis ojos con gesto de «¡es terrible!» y Mariel me guiña un ojo, a ella le encanta esa actitud de niño.

No está bien decirlo, pero con tantos pecados cometidos qué más da sentir un poco de envidia por este amor, por esta pareja que parece tan imperfectamente perfecta. Él, enorme, juguetón, casi inmaduro e impaciente y ella menuda, seria y tolerante. Casi opuestos, pero con encastre perfecto. En realidad, quiero algo así... ¡bien por ellos que lo tienen, aunque qué injusto para los que no! Lo sé, no habla bien de mí este comentario; no me siento bien con mi vida por estos días, debería ser comprensible.

Nos quedamos en el gimnasio un rato más en nuestra mesa de siempre. Nadie toca el tema de la pelea ni se lo nombra a Julián para nada, todos sabemos lo que está viviendo, sin embargo, sin él en el lugar parece un tema intocable. Su dolor está presente en cada uno de nosotros porque lo queremos demasiado, además, Rico es buena gente, no merece pasar por nada parecido. Todos somos conscientes de eso.

Me voy con las chicas a visitar a Ana y a su beba y después de un par de horas vuelvo a casa. Sebas no está, aunque dejó una nota cariñosa que descansa en la mesa. Le dedico una sonrisa después de leerla y envío un mensaje en el mismo tono. Estamos luchando por recuperar lo que queda, juntos seguro podemos lograrlo. Esto me gusta.

Una ducha larga y caliente me saca el cansancio y la tensión que ni sabía que tenía, con todo lo que había presenciado. Vuelvo a la imagen de la pelea, la recreo como puedo. Me inculpo por haber pensado lo excitante que se veía el cuerpo de Julián y sus gestos con esa tensión muscular y cegado por la furia. Tenía una imagen peligrosa y demasiado tentadora. No me gusta ni comparto la agresión física, aun así, verlo en esa postura había hecho que desapareciera por completo el otro cuerpo, maravilloso también, por cierto, que se enfrentaba a él y solo mis ojos habían observado sus movimientos, sus músculos, su cara furiosa, su pecho que, agitado, subía y bajaba; cada una de esas cosas que veía me transportaba a una cama y lo posicionaba frente a mí o encima de mí. Y esa furia hecha pasión me acariciaba el cuerpo con destreza y me llenaba de lujuria entrando en mí con fuerza y profundidad.

Cada vez que recuerdo su cuerpo sobre el mío, lo siento, lo revivo y me quedo vacía al volver a la realidad. Por mucho que me niegue a pensarlo o decirlo, mi cuerpo ha descubierto un antes y un después con Julián. Él se ha trasformado en el dueño de mis fantasías, de mi pasión más primitiva. Su piel es mi paraíso y siento una necesidad casi obscena e ilegal por ese hombre.

Reconocerlo me duele en el alma, porque Sebas existe; está conmigo, me quiere y lo quiero. Luchamos juntos para recuperar la tranquilidad de nuestra pareja, no obstante, todo lo que él me da y, que es mucho, no alcanza para cubrir esa necesidad carnal que piden mi cuerpo y mi mente.

Mi pensamiento está en una nebulosa de fantasías y realidad, mezclando todo y tratando de desarmar el enredo de recuerdos y deliberaciones, mientras el teléfono suena sin parar.

Atiendo después de, según pude ver en la pantallita de mi

móvil, cinco llamadas. No sé cuánto tiempo pasé volando con mi imaginación y absorta en mis pensamientos, pero estoy casi desnuda y con el pelo aun húmedo, recostada boca arriba en mi cama y no recuerdo como llegué a este lugar.

La llamada es de Julián, cumpliendo con su promesa de hacerlo para contarme todo. Por fin, ¡para qué negarlo!, me moría por saber. Lo que no me esperaba, es que me dijera que estaba en la puerta de casa.

Tengo que pedirle que espere a que me cambie y por mi cabeza cruza uno de los recuerdos *top ten* que archivo: ese descarado encuentro en mi habitación, cuando me acorraló contra la pared y le dí la mejor visión de mis pechos desnudos. No solo recuerdo eso, sino también su aliento recorriendo mi cuello y la imagen de su provocadora mirada tan cerca de la mía y... ¡Santo Dios!, las mismas ganas de besarlo me invaden otra vez.

El timbre me recuerda que está esperándome afuera y sacudo mi cabeza alejando todo tipo de imágenes, suspirando para dejarlas ir.

Hablando de imágenes, la que recibo al abrir la puerta es muy dura. La maravillosa cara de Julián se esconde detrás de inflamaciones y diferentes tonos de colorados y morados. Lo único que puedo reconocer de él es el color precioso de sus ojos, bueno y su cuerpo perfecto, pero eso no lo miro porque estoy concentrada en su rostro, por el momento deformado.

—¡No lo puedo creer!, ¡eres un asco! —exclamo riéndome, para quitar de mí la angustia que me da verlo así.

—Gracias –dice él, sin poder devolverme la risa por el corte que tiene en el labio—. Seguro que estoy mejor que Rodrigo.

—¿No lo viste todavía? —pregunto, y niega con la cabeza mientras se sienta en el sillón del salón—. ¿Cómo estás?

—Como me ves por fuera, estoy por dentro.

Su respuesta es acompañada por un gesto que intenta ser una sonrisa, pero ni se le parece.

Necesito abrazarlo, aunque no lo hago y me felicito en silencio por mi fuerza de voluntad.

Su mirada refleja la tristeza que siente, sus ojitos pícaros no brillan como me gusta. Extraño al Julián provocador, con esa mirada que incomoda y obliga a removerse en el asiento para que no se note que está seduciéndote y, cuando menos lo esperas, hace esa sonrisa sensual de lado, te liquida y caes entregada para lo que quiera y disponga. Bueno, eso me pasa a mí.

—Me separé. Se terminó —sentencia decidido, con la vista apuntando a un punto invisible en mi blanca pared.

Mi boca permanece luchando entre la necesidad de abrirse para reflejar mi asombro ante el comentario y mantenerse cerrada para que no se note.

—¿Y cómo te sientes al respecto? Digo, ¿estás tranquilo?, ¿seguro de hacerlo? ¿Ella lo tomó bien?

Tengo miles de preguntas y opto por las primeras, pero segura de que me quedaré solo con las respuestas que él quiera darme.

—Creo que me saqué una pesada mochila de mi espalda. Ella me ayudó a tomar la decisión con lo que me hizo. Sé todo lo que luché y aguanté para que nuestro matrimonio funcionase y no lo logré. Sé que no bajé los brazos nunca, estoy tranquilo. Me frustra saber que perdí años haciéndolo y que no me queda nada. Me duele darme cuenta que no puedo terminar de asumir que no voy a tener ese hijo que hasta hace cuatro días nada más, esperaba con tanta ansiedad.

Ahora sí lo abrazo, no me resisto al notar sus ojos lubricados por las lágrimas. Entre sus brazos lo vuelvo a escuchar, pero no lo suelto.

—Me duele el corazón, Vani. Siento que todo es tan injusto —dice en un suspiro.

Se separa de mí y pone su mirada en mis ojos. Está cerca, muy cerca de mi cara. Hace una pausa y después de negar con su cabeza me tira otra bomba.

—Te quiero.

Julián

¡Qué bajo vengo cayendo! Parece que todavía el pozo no llega a su base y caigo más profundo aun sin ver el final.

Ya lo mío es patético, no solo engaño a mi mujer con una ex novia de la que estuve muy enamorado (por no decir que fue el único amor que tuve y que no hay mujer que me vuelva más loco y me ponga la sangre más caliente que ella), sino que dejo embarazada a mi esposa estando borracho y pensando en dicha mujer. A pesar de estar enojado me hago la idea de ser padre y amo, sin poder negarme a hacerlo, a ese ser que no nace todavía, no obstante, no todo termina ahí, sino que después de unos meses, me entero que es todo mentira y, aun sabiendo que ese niño no existe, no puedo dejar de conservar las esperanzas de que todo es un mal sueño, y ese bebé sigue estando donde me dijeron que estaba. Sumando más miserias, por una discusión estúpida, termino a trompadas con mi mejor amigo y mirándome al espejo puedo deducir que fue una terrible pelea que la adrenalina no me dejó notar. Yo estaba seguro que no sabía pelear.

Este último pensamiento me saca una sonrisa irónica que se me borra cuando escucho la puerta y veo a Angie entrar. Justo la persona que esperaba. No tengo nada ensayado ni pensado, no obstante, sé lo que quiero transmitirle y ¡por Dios que tengo claro, por primera vez en la vida, lo que tengo que hacer!

Al entrar y verme, sus ojos dejan de brillar y su sonrisa se vuelve incómoda, aunque al notar mis golpes su cara demuestra el espanto y la duda que siente.

—¿Qué te paso, Juli? ¿Quién te hizo eso?

Suena desesperada y se acerca a velocidad para hacerme ¿una caricia? ¡Perra! Le freno la mano al momento que me alejo de ella.

—No importa. A ti no te importa

La señalo con el dedo y creo que hasta cara de asco pongo.

—Por favor, Julián —dice mientras larga un enorme suspiro y sus rasgos se vuelven tristes—. Tenemos que hablar de una vez por todas. Escucha mis motivos. Estoy sufriendo tanto como tú.

—¿De verdad? ¿Tanto como yo? Y entonces, ¿por qué no se te nota? No veo nada que me demuestre tu sufrimiento. Es más, llegué a casa y no te encontré llorando. ¿De dónde vienes?

Tal vez esa pregunta está de más, aunque la hago porque estoy siendo sarcástico. Necesito hacerle sentir mi enojo, por lo que no pienso demasiado lo que digo cegado por mi ira.

—De casa de mi madre.

—¡Otra desgraciada! No comprendo cómo pudo ayudarte en esta mentira tan… tan… no me sale la palabra justa, porque tal vez no exista la palabra para definir el tipo de mentira que fuiste capaz de crear.

—¿Puedo explicarte?

La muy bruja cree que tiene la oportunidad de hacerlo, muy equivocada está. Levanto la voz, tal vez demasiado para lo que estoy acostumbrado.

—¡No tienes derecho de hacerlo! ¡No lo voy a permitir! Porque no te creo nada, nunca más podré creerte. Desde hace mucho tiempo todo lo que sale de tu boca son mentiras camufladas de verdades, yo no creía casi ninguna y, aun así, elegía disimular y hacer de cuenta que sí lo hacía. Aunque nunca, ni en la peor de mis pesadillas, imaginé que podías ser capaz de una cosa semejante.

—Puedo expl…

—¡No, no me interesa! Lo lamento por ti, lo que vas a hacer es escucharme y en silencio. Eres una persona desagradable y mala.

Incapaz de querer —digo, interrumpiéndola. Hago una pausa para tomar aire y fuerzas para decir todo lo que tengo atragantado—. El primer bebé que perdimos me rompió el corazón y la ilusión. Creí que sentías lo mismo y que no sabías como demostrarlo. Esa mentira me la creí de verdad, te doy puntos extras. Este segundo bebé, el que inventaste, volvió a romperme el corazón que apenas había curado, sin embargo, lo que más me enfurece es que había recuperado las ilusiones, tenía grandes esperanzas de poder ser feliz, a pesar de todo. ¿Sabes? ¡Me arruinaste la vida Angie, y eso no puedo perdonártelo!

—Julián, no pensé...

—¡Claro que no!, eso lo sé. No pensaste.

—¡Basta! ¡No eres perfecto, no soy la única responsable de todo! —grita enojadísima sin permitirme continuar. La dejo defenderse, solo por caballerosidad, la poca que me queda en ese momento—. Te pedí un hijo miles de veces y no quisiste dármelo. No solo tuve que soportar esa negativa, sino que también tus engaños constantes con mujeres desconocidas. ¿Acaso crees que no lo sabía? Nunca te importó este matrimonio como me decías.

—Nunca entendiste nada de lo que te dije, es evidente. Un hijo no era la solución para nosotros por eso me negaba, porque no podríamos ser una buena familia sin comprensión, sin diálogo, ¡está a la vista! Lo de mis engaños, es obvio que lo sabías y no vengas ahora a decirme que te molestaba, nunca te importó. Te aseguro que si tú no me hubieses rechazado tanto como lo hacías, nunca lo hubiese hecho. Sé que no está bien, pero era eso o dejarte —suspiro cansado e impotente—. Angie, esta discusión no va a ninguna parte. No me quieres, no me amas y no sé si alguna vez lo hiciste. Y yo hoy, no solo no te quiero, sino que no te perdono ni lo voy a poder hacer nunca. Este matrimonio se termina aquí y ahora.

—No es tan fácil, Julián.

—Sí, sí lo es. No te inquietes, sé cuáles son tus preocupaciones. Vas a quedarte con este departamento; lo voy a poner a tu nombre así haces con él lo que te plazca. Los abogados harán su trabajo y te daré lo que te corresponde, ni más, ni menos. Pero a mí no me vuelves a ver y mucho menos a envolverme en tus patéticas mentiras. Es más fácil de lo que parece, ya lo verás.

—Eso lo veremos.

La muy desgraciada se anima a amenazarme. Lo presiento, no va a ser mansa, aun así, no me importa. Solo quiero liberarme de este abrojo que solo me impide seguir con mi vida. Para bien o para mal es "mi" vida y quiero vivirla tranquilo. Los abogados harán su trabajo y, por desgracia para ellos, tendrán que soportarla porque yo no pienso meterme en esos asuntos. Sabrán cómo cuidar mis intereses.

—Angie —intento sonar tranquilo y bajo la voz todo lo que mi enojo me permite—, no estás en condiciones de amenazarme. Ahora me voy a ir y tal vez no sepas de mí en mucho tiempo porque no tengo nada que decirte. Mandaré a alguien por el resto de mis cosas, ya armé un par de bolsos que me llevo ahora.

—Lo tenías todo preparado, ¿no es así?

—No. Nada estaba planeado. Incluso dudé mucho si esto merecía un perdón o, al menos, la oportunidad de dejarte hablar. Los golpes de mi cara y mi cuerpo dan fe de eso.

—No te entiendo

—Ni falta que hace.

No le aclaro nada porque me parece que es un tema mío y de mis amigos. No puedo ni quiero decirle que Rodrigo me había hecho reaccionar a trompadas. Ni contarle que todos y cada uno de ellos quieren que, de una vez por todas, la deje y me libere de este matrimonio basado en mentiras y peleas.

Agarro mis cosas y, sin mirar atrás, dejo mi casa y a mi mujer. No me siento mal ni culpable, tal vez sí un poco vacío.

De todos los años que vivimos juntos puedo contar con los dedos de mis manos las alegrías y los buenos momentos que me llevo como recuerdos para mantenerlos en mi archivo personal. Es poco, casi nada... pero es algo.

Me muevo con lentitud hasta mi coche y lo cargo con los bolsos, no es el momento de andar en la moto, por más sensación de libertad que me dé sentir el viento en mi cara. Me siento como puedo quejándome en silencio de los dolores y acordándome de Rodrigo en más de un movimiento, por supuesto, soltando algún exabrupto en voz alta, aunque descansando en la idea de que él estaría, tal vez, igual o peor que yo, y entonces me sonrío. Me digo a mí mismo que necesito hablar con él y, a pesar de que lo sufriríamos, darle un abrazo. Pero antes, tengo que ver a Vanina. Ella me calma, me da fuerzas, ella se está convirtiendo en un motor para seguir avanzando. No es consciente de cuánta energía me da solo con una sonrisa y con una mirada franca, ni de cuanta paz me hace sentir.

A pesar del dolor que sé que le causa verme, me obligo a ser egoísta y que me importe una mierda; quiero verla, quiero que me mime con sus caricias, con sus palabras o con sus silencios. Ella es mi consuelo.

Por fin, ahora tengo un refugio: mi refugio es ella.

Su cara al verme en la puerta de su casa, es para retratar. Ni yo mismo salgo del asombro cuando me miro al espejo. Sí, soy un asco y es sincera al decírmelo.

Conversamos como lo necesito; ella me escucha y no me juzga, parece que me entiende y me apoya. Me siento demasiado bien cuando le cuento mis cosas y, con pocas palabras o una simple pregunta concreta, me deja pensando o asumiendo realidades. Rodrigo me empuja a entenderme, a valorarme y a enfrentar los problemas. Él sabe escucharme y me conoce demasiado, pero Vanina es un bálsamo, es la calma después de la tormenta. Y necesito de ella en este momento: la tormenta está pasando, lo presiento, aun así, necesito que me calme, me consienta, me vea...necesito que vea lo que soy, lo que siento.

Y lo logro, ella me ve, me encuentra en la oscuridad de mi angustia durante nuestra conversación y yo me dejo arrasar por ese abrazo que me consuela y me atraviesa el corazón sin previo aviso y me pega a sangre fría. Y entonces, suelto las palabras sin filtro alguno: «Te quiero».

De forma inmediata siento la tensión en su cuerpo.

No quise decir eso, no lo pensé ni lo premedité. Pero no me asusta. Claro que ella es otra historia, a ella le aterra.

Vanina

¿¡Qué!?

Me pareció escuchar, ¿te quiero? ¡Claro que no! No, no escuché eso. La quiero tal vez en referencia a Angie o a su bebé que no va a tener. Seguro que fue eso.

Bajo mi mirada y me aparto con una fingida e incómoda sonrisa. Con un dedo me levanta la cara para volver a mirarme y obligarme a mí a hacerlo también.

—Vani, en estos días te convertiste en un gran apoyo y te quiero por eso, además, porque eres una gran amiga. Gracias, de todo corazón –dice y me besa en la mejilla, con uno de esos besos que se dan con todo lo que uno siente, los que se dan con el alma. Ese beso recorre quién sabe qué camino y me llega al corazón, donde se clava como una flecha, desgarrando a su paso todo lo que puede, pero sin dolor.

Cada vez que lo miro, que lo observo de verdad, en esos momentos en los que solo existimos él y yo (momentos como este donde nadie nos rodea), veo su alma. Lo veo a él, me muestra su ser sin disimular nada, sus miedos, su dolor, sus pérdidas y/o su necesidad de consuelo. Al abrazarlo siento que se afloja y que es justo lo que necesita de mí, como si lo entendiera a la perfección, y creo que es así. Algo dentro de mí está siempre atento a distinguir qué busca en cada instante y eso es lo que hago cuando lo descubro: sigo mi instinto y, parece que, con él, me funciona siempre. No tiene que agradecérmelo porque me da gusto hacerlo, porque quiero hacerlo y, hasta creo, que lo necesito. Es una necesidad inconsciente, claro está.

—De nada, te lo mereces. Yo también te quiero mucho, Juli.

Intento romper el tenso clima que azotó mi salón de un momento a otro. No me hace bien esta melancolía y no me ayuda a actuar y razonar a la vez.

—¿Qué piensas hacer ahora? No quiero suponer que vas a dormir en la oficina de ahora en adelante —le pregunto y, de pasada, cambiamos de tema.

—No, claro que no. Eso lo hago por comodidad, queda cerca de casa y tengo ropa... Es eso, cómodo, nada más, aunque para un día o dos. —Sirvo algo fresco mientras nos distendemos y la conversación fluye sin presiones.

Me dice que se va a instalar un tiempo en su hotel del centro, hasta poder pensar con claridad como seguir, que va a poner en manos de sus abogados el divorcio y que no tiene ganas de esperar ni un solo día, por lo que, en ese mismo instante, se comunica con ellos y pide una cita para ponerlos al corriente de las noticias y darles la orden de avanzar. También me dice que imagina lo complicado que se va poner todo por el dinero y la mala predisposición de Angie ante la separación. Hasta me cuenta sobre la disimulada amenaza de ella.

—No puedo creer que tenga la desvergüenza de amenazarte de esa forma.

—Vanina, no la conoces lo suficiente. Aunque parece que yo tampoco, a decir verdad. Es capaz de muchas cosas.

Hace una pausa y toma aire como para dar un largo monólogo. Yo me acomodo con las piernas enredadas en el sillón como suelo hacerlo y sonríe al verme, le respondo levantando mis hombros haciéndole saber que no me importa que me vea así, relajada. Ser quien soy de entrecasa frente a él me sale con naturalidad

—Angie viene de una familia de mucho dinero. Cuando la conocí, una da las cosas que me dio confianza, fue saberla de "buena familia" como decía mi padre, y no por frívolo, lo sabes, sino porque me daba la buena impresión de que no buscaba al hombre empresario y millonario, sino a Julián, sin apellido ni riqueza. Lo de siempre, no tengo que explicártelo. Sentí que se acercaba a mí, por mí, no por lo que tengo. Con el tiempo me fui dando cuenta de que era todo apariencia, que solo les quedaba una hermosa casa que les costaba horrores mantener entre la madre y ella. El padre falleció no hace mucho y les dejó una fortuna, pero en deudas. Creo que tenía un problema de juego y algunas apuestas le salieron mal. Perdió su patrimonio entre el juego y los malos negocios, los que hacía por la desesperación de verse en la ruina. Claro que, de esto, yo me enteré ya con mi novia embarazada y a punto de casarnos. Yo creo que me eligió sin saber nada de mí, pero al darse cuenta lo que podía sacarme y a pesar de no amarme, se quedó conmigo. No vi nada claro hasta que perdió el embarazo y dejó de importarle todo lo que tenía que ver conmigo. Ella ya no necesitaba fingir, tenía mi apellido; vivía en un departamento a su gusto, porque demás está decir que dejé que lo eligiera; disfrutaba de mis ingresos y contactos; y no le faltaba nada. Incluso el dinero que ganaba en su trabajo, o gran parte, se lo daba a su madre para solventar gastos. Trabajo que consiguió gracias a mí y mis contactos, dicho sea de paso. No sé cómo van a hacer ahora. Tiene una carrera prometedora y tiene un buen salario, sin embargo, sus gastos son superiores a lo que gana.

Me siento incómoda escuchando sus intimidades, pero si él quiere contarme yo lo voy escuchar. Por un lado, no puedo comprender a Angie, ninguna mujer en su sano juicio podría evitar tentarse e incluso enamorarse de Julián, un hombre impresionante por donde se lo mire. No solo su aspecto, porque su personalidad es tan hermosa como su cuerpo y su cara. Todo él es adorable, querible.

Por otro lado, me da impotencia saber que todo eso de lo que intentó huir lo atrapó igual y con la guardia baja, justo después de haber perdido su brújula, esa guía que siempre fueron sus padres. Máxime su madre. Ellos tenían demasiado claro que las amistades por conveniencia o, mejor dicho, que las relaciones por conveniencia, no eran sanas y se lo habían enseñado de una manera cruda, tal vez sin tacto, y eso lo marcó toda su adolescencia y veo que también su juventud. Lo peor es que si deja crecer este monstruo en su interior, su adultez será marcada también por ese verdugo, ese miedo irracional a confiar en alguien equivocadamente.

Él tiene que reconocer que los que lo queremos estaremos a su lado cuidando sus sentimientos, siempre, y que si alguien llega con malas intenciones es lo bastante inteligente para apartarlo de su vida y seguir moviéndose por el buen camino. Tendrá que aprender a alejar la desconfianza de su vida. Todo siempre cae por su propio peso y puedo sumar otro dicho que sirve también, las mentiras tienen patas cortas. Como pasó con Angie, más tarde o más temprano se sabría la verdad y, aunque tarde y habiendo sufrido, está logrando alejarla por fin.

Recuerdo que cuando éramos adolescentes, a Julián le costaba hacer amigos. Sus padres no le permitían nuevas relaciones tampoco porque desconfiaban mucho. Ellos mismos, siendo adultos, habían sufrido alguna desilusión de amistades interesadas en negocios o conveniencias varias y no querían que sus hijos conocieran ese tipo de maldad, como lo llamaban.

Julián era temeroso de esa situación, claro que sus miedos eran infundados, pero como todo miedo que anida en el interior de cada uno, se volvió absurdo y creció tanto que hasta forma parte su personalidad, es indudable. No sé nada de su juventud ni como lo manejó entonces, aunque esto con Angie no lo deja bien parado. Debería aprender a confiar más en sí mismo. ¡Tan seguro que es para tantas cosas y tan vulnerable para otras! No es confiado en el manejo de sus sentimientos, noto su miedo al respecto. Sabe demostrar cariño, aun así, no deja que se lo demuestren y lo necesita, ahora más que nunca.

—Julián, sé que tal vez no es el momento, aun así, tengo que decirlo: debes tener más confianza en tu criterio. Eres una buena persona, de buen corazón y que tengas dinero es irrelevante. La gente puede quererte igual y ser indiferente a ese detalle, como tus amigos o yo. No todos somos iguales. Hay más gente bienintencionada en el mundo de lo que crees. Deja de pensar que tu riqueza material te condiciona como persona porque no es así. Lo que sí lo hace, en cambio, es tu riqueza espiritual y en eso eres millonario. Tus padres no tenían razón, Juli. Esa fue su experiencia y no significa que la tuya sea igual. Y Angie… bueno, ella fue una excepción. Eres un ser hermoso, déjate querer, déjate conocer.

—Es que a veces se hace difícil ver más allá de las personas cuando te dicen las palabras que quieres escuchar. Durante el día me cruzo con mucha gente así y no sé descubrir la sinceridad en cada uno de ellos. Aunque de a poco empiezo a confiar más en mí y en la gente. Sé distinguir mi error; entiendo que soy yo el del problema, el que tiene la inseguridad y se condiciona por los prejuicios.

—Eso es un gran paso. Pierdes más alejándote de los sentimientos que cada persona te ofrece, que aceptándolos.

Por fin puedo ver otra vez esa sonrisa en sus labios, hasta sus ojos sonrieron cuando me miró.

—Gracias.

No tiene nada que agradecer. Pero la caricia que me da con sus suaves dedos está muy bien.

Está más tranquilo y podemos conversar de otros temas, incluso sale el de los viajes de Sebastian que, dicho sea de paso, vuelve a partir en dos días y ya se hacen demasiado seguidas esas ausencias. La excusa esta vez es adelantar las visitas a los pacientes para poder tomarse algunos días de vacaciones conmigo, como le pedí.

—¿Cómo lo llevas?, digo, que tu novio se vaya tantos días y tan seguido —me pregunta.

—Ya estoy acostumbrada, o al menos, lo estaba. Ahora tendré que hacerlo a esto de que sea cada vez más pronto. Es por una buena causa. Ayudar a las personas que no pueden acceder de otra forma a una cirugía reparadora es algo muy noble.

No sé si lo notará, pero con estas palabras intento convencerlo de que es maravilloso lo que hace y que yo lo apoyo. Bueno, tal vez lo digo en voz alta para creérmelo yo también.

—Sí, claro que lo es. Lo que no es noble es dejarte tanto tiempo sola. Yo no lo haría.

—Julián.

—Fue una broma.

Otra vez esa sonrisa y ahora se suma su mirada verde, pícara y cristalina, esa que tanto extrañaba. Pronto estaría recuperado, con toda su arrogancia masculina invadiendo mis sentidos y otra vez debería ir con cuidado y alejarme un poco. Sin embargo, ahora no es el momento; él me necesita y yo, aunque no pueda ni quiera reconocerlo, también lo necesito cerca, muy cerca.

—Me tengo que ir, morocha —dice poniéndose de pie.

Hace dos horas, no más, que Julián ha dejado ese beso dulce, tierno y casto en mi mejilla y no puedo dejar de sonreír.

Estoy contenta por como se dan las cosas. Puedo acostumbrarme a esta amistad, siempre que mi relación con Sebas continúe sobre rieles, se mantenga fuerte y yo, inamovible en la idea de no recaer en las garras de la pasión desenfrenada que me promete una mirada de Julián. Sí, seguro que todo se arreglará y mi vida podrá encauzarse.

Mi llamada toma por sorpresa a Pilar. La tengo abandonada con tanto problema girando a mi alrededor. La conversación con mi amiga, larga, por cierto, pasa por todos los temas: mi noviazgo y futuro viaje, Julián y su separación y, por supuesto, su casamiento que la tiene ocupada y feliz y yo, portándome como una mala amiga, no la ayudo como debería y no he mostrado el interés que ella espera. Por supuesto que estoy más que feliz por ellos, sin embargo, tanta angustia en mi vida me impide disfrutar de su presente.

Nuestra comunicación se ve interrumpida por la llegada de Sebastian. Me despido de Pilar y le dedico una sonrisa a mi novio.

—Hola, guapo, ¿por qué tan temprano?

—Vani, me voy esta noche, tuvimos que adelantar el viaje.

Su mirada denota decisión y firmeza como si quisiera evitar que yo lo convenza de lo contrario. Nunca lo haría y lo sabe, aun así y por su misma actitud, yo reacciono diferente a lo usual, no entiendo que me lleva a decirlo, sin embargo, lo digo. ¿Qué intenciones tiene esta frase? Nunca lo sabré, es algo inconsciente, y sale sin ningún tamiz; primero en mis fueros íntimos y luego por mi garganta.

—Me estoy cansando de esto, ya no sé si quiero que sigas viajando. ¿¡Por qué siempre tienes que ir tú!?

Su mirada incrédula me fulmina.

¡Carajo, no le gustó! Nunca me miró así, creo que busca las

palabras correctas y tal vez no las quiere decir o no las encuentra. De todas formas, su silencio me dice todo lo que tiene que contenerse para no explotar. Igual, sus estallidos son apenas un par de frases en un tono apenas más alto que lo normal, por eso no me asusta. Aunque, a esta altura y bajo mi nueva lupa, ya no sé si su control es de verdad tan poderoso o todo le importa un comino. Y en eso me quedo pensando mientras lo veo deambular por la casa armando el bolso de viaje en silencio.

Busco en mi memoria las discusiones, pocas, pero las habíamos tenido. En ninguna gritó o se exaltó, subió por demás el tono, se enojó dando un portazo o algo que me haya demostrado que tiene sangre en las venas. En todas fue medido, exacto con sus palabras y tranquilo. Mi temperamento exige que ponga todo en una discusión, por lo que recuerdo también mi arrebato en cada una, fue tremendo y veo tan claro, ahora en la distancia, lo opuestos que somos hasta en algo tan pequeño como una discusión... y también en cosas importantes como planes, sueños... el futuro en general. Ni hablar si busco en el archivo de momentos más íntimos, en las noches de amor y lujuria, ¿lujuria dije? no, no hubo nunca ese tipo de accionar en nosotros, solo deseo, pasión y sin desenfreno. Tal vez algo por mi parte, no obstante, él mismo me volvía a la calma.

Toda nuestra relación se basa en momentos pensados, calculados, promovidos por ideas conversadas. Nos está faltando emoción, espontaneidad y un sentido, un rumbo o tal vez, un camino que no hemos proyectado, pero ¿por qué? Toda pareja tiene un proyecto, ¿por qué la nuestra no?

De pronto me encuentro pensando en que me acomodé en una rutina, me dejé envolver por una realidad y me pareció bien hacerlo de alguna manera, y ahí quedé estancada.

Entonces una conclusión llega a mí, después de tanto meditarlo, mientras veo a Sebastian salir de nuestro cuarto ya listo y recién duchado, guapo, con su cabello húmedo: tengo que pedírselo, tenemos que buscar ese cambio, saltar al vacío sin medir consecuencias, un proyecto, una ilusión, algo a lo que aferrarnos para luchar juntos.

—Vanina, para no dejar la conversación inconclusa...

¿Qué conversación? Yo estoy tan metida en mis pensamientos que no recuerdo las últimas palabras. Frunzo el ceño con gesto de estar recapitulando en esos eternos segundos, buscando la información en mi cerebro. ¡Ah sí! Cierto que está enojado... Entonces lo miro, ya sabiendo a lo que se refiere y esperando lo que tenga que decirme.

—Mis viajes no son un tema de discusión, lo siento —sentencia, así, sin más.

—Está bien.

¿Eso es todo? Su explicación no debería alcanzarme y a él, que yo haya reaccionado así, debería molestarle. ¡Qué chata es nuestra vida!, ¡qué poca emoción le ponemos! Yo soy demasiado pasional como para vivir así.

—¿No tenemos ni un ratito para conversar? —insisto.

—Lo siento, Vani, no. A la vuelta te lo prometo. Te voy a extrañar, linda —me dice como quien dice se te acaba de caer un papel, y me da un beso en los labios, con sabor a nada.

Siempre la misma despedida, ya no sé si estas palabras y gestos tienen un sentido o si son producto de la rutina, así como el "te quiero", mientras se recupera de su orgasmo. Todo esto tiene que cambiar y es el momento de buscar juntos ese proyecto, esa nueva vida.

Bueno, el momento no, ya tendría que esperar a su vuelta, aunque la idea está tomada por mí, faltaba trasmitírsela a él.

Julián

Todavía no puedo creer haber dicho esas palabras sin pensar. «Te quiero». Un par de palabras que encierran muchas cosas y muchos significados. Claro que yo debería investigar un poco, en mi interior, el significado que quise darle.

Recuerdo que su calor corporal me daba tanta paz, la que en ese momento necesitaba que no pude contener las ganas de decirlo, y ¿por qué no reconocerlo?, sentirlo. No pude detenerme a pensar, solo actué por su reacción. Ese abrazo, esa mirada, esa naturalidad con la que ella me lleva a un lugar mágico, uno sin problemas o al menos, uno donde todos se ven solucionables, me atonta.

¡Madre mía, qué incomodidad! Ella no lo esperaba y yo menos a pesar de que salió de mi propia boca. ¡Inaceptable! También fui rápido en lo siguiente, al menos pude improvisar sin mentir. Claro que la quiero como a una amiga, se lo hice saber y agradezco con sinceridad que esté de nuevo en mi vida. Me fui por la tangente como pude y ella lo aceptó.

Volvemos a tener esa conexión que teníamos cuando apenas éramos un par de adolescentes y con una mirada nos entendíamos. ¡Es tan fácil con ella!

Una conversación larga y productiva nos lleva a estar juntos toda la tarde. Hasta que sintiéndome recuperado, al menos por un rato y olvidándome de todo, menos de ella, digo esa tontería que yo no la dejaría sola como lo hace su novio. Es cierto, no le mentí, no la dejaría sola por celos, por sentimientos de posesión... por lo que fuera, pero si ella fuera mía no la perdería nunca de vista.

Su reacción es clara, no es el momento ni el lugar, y para no seguir, porque me conozco, me voy. Hubiese rogado, suplicado o incluso la hubiese obligado a besarme con esa maravilla que tiene por boca y, como también me conozco, sé que eso no me alcanzaría e iría a por más. Se puede decir entonces que escapo de la tentación.

Ya en soledad debo enfrentarme a mis fantasmas otra vez. ¡Mierda!, tengo uno nuevo "te quiero". Eso dije, pero ¿por qué? ¿Qué me llevó a hacerlo?

Todavía no puedo recuperarme de mis dolores, de mis pérdidas, ni asumir las consecuencias de todo lo que vengo viviendo y haciendo, como para meterme en otro problema que, puedo adivinar, no será fácil de resolver ni de atravesar, y no me va a dejar entero. Bueno, no estoy entero, vengo un poco roto, sin embargo, ni ese poco me va a quedar sano si este problema, llamémosle bomba, me explota en la cara. ¿Acaso debo dedicarle tiempo a pensarlo o dejarlo pasar como si fuese una palabra dicha fuera de lugar y en el momento menos oportuno? Sí, sí Julián, ¡eso es!, actuaremos como el avestruz, metiendo la cabeza debajo de la tierra. Perfecto. Eso es lo mejor. Mi consciencia siempre es la mejor dando consejos, ¿o no? Hoy elijo seguirlo y espero que sea lo correcto.

Como todo se entremezcla dentro de mi cabeza, sigo analizando mi tiempo con Vanina y vuelvo a nuestro último encuentro, ese que tuvimos antes de que se me despedazara la vida con lo de Angie. ¡Por Dios!, si todavía recuerdo sus gemidos en ese desconocido hotel y, solo por eso, me olvido de mis inoportunas palabras por un rato.

Todo ha pasado tan rápido... Hasta hace pocos meses estaba buscándola y ahora estoy loco por ella, y hasta está grabada su huella en mi cuerpo, imborrable. No puedo entenderlo, no me dí cuenta cómo pasó todo.

Al principio, ella había sido tan reticente a mí, pero después... Cuando estamos juntos puedo percibir que me da todo; su cuerpo maravilloso se regala a mis necesidades de una manera increíble, sensual y perfecta; su piel, sus curvas… toda ella fue creada para que mis manos la acaricien y recorran centímetro a centímetro. Su sexo es ideal para albergar el mío, caliente, apretado y húmedo como lo necesito. Y su cara… ¡Dios mío! cada rasgo es hermoso. Todo en ella es perfecto para mí.

Cada encuentro había sido tan sorprendente, tan ideal que no me permitía la sola idea de no volver a intentarlo tantas veces como las posibilidades me lo permitiesen, sin embargo, sí, debo recurrir a esa nefasta idea; no tentarme, no tentarla, tengo que bloquear mi deseo por esa mujer porque puedo involucrarme más de la cuenta en esto y no estoy en condiciones. Debo cuidarme yo, porque sé que nadie más lo hará. También sé que no debo recordar, que tengo que apartarla de mis pensamientos, pero a la vez necesito tenerla presente; es una necesidad más fuerte que yo. Solo con su presencia me siento un poco más feliz, su mirada me nubla la razón. ¡Ya no sé qué pienso, qué quiero, ni qué siento! Esto me abruma, me condiciona y me fascina al mismo tiempo.

Quiero escapar, pero no puedo o, tal vez, no quiero. Tengo miedo. Me asusta esta realidad, aunque me emociona enfrentarme a ella. ¿Qué carajo me está pasando? Porque a pesar de que mi mente me grita, enfurecida, que de esta no salgo ileso, no puedo dejar de desearla, de querer volverla loca y que me desee tanto que no pueda vivir sin mis besos y caricias, que ruegue por ellos y que me sueñe como yo lo hago.

Sentado en el suelo, y apoyando la espalda en el borde de la cama, sigo con mis pensamientos y no puedo sacar ideas claras. Ella está absorbiendo mi vida, por ella asumo que ya no tengo esposa y que por fin me siento libre. Tal vez esta sensación no la tendría si Vanina no estuviese presente en mi cabeza. No lo sé con certeza, pero tampoco me importa.

Por supuesto que no es lo mismo con mi hijo, la morocha tiene cierto poder sobre mí, aunque no tanto como para ayudarme a ahuyentar ese dolor ante la realidad absurda que me obligó a enfrentar la cínica de mi esposa. El recuerdo de ese embarazo inexistente vuelve a golpearme fuerte en el alma y mis lágrimas me piden permiso temerosas de salir, aun así, las libero porque me siento torpe reteniéndolas. Lloro, necesito sacar esta tensión, esta frustración. El dolor no se va, no me abandona y lo dejo fluir.

Todo se junta en mi interior. Este cúmulo de cosas despierta mi corazón dormido; recuerdo a mis padres e imagino como hubiesen tomado todo esto; añoro un abrazo cariñoso de mi madre, y hasta una inútil e interminable discusión con mi padre. Incluso una pelea tonta con mi hermana, aunque termine con un regaño para mí por ser el más grande. Volvería el tiempo atrás para vivir todo eso una vez más. No entiendo por qué evoco tanto el pasado en este último tiempo, pero me limito a pensar que es porque en realidad no los lloré lo suficiente.

Me recuerdo cerrado a las emociones, a los sentimientos, negado al amor, al cariño y ahora lo siento; siento el cariño de la gente y lo hago tan fuerte que me duele el cuerpo; la falta del amor en mi vida, ese amor que podía ser cubierto con la llegada de un hijo y no pudo ser, una vez más; o ese amor de pareja que me negó una mala elección de la mujer indicada.

Me frustro, grito y sigo llorando como un niño. Necesito limpiarme del dolor y de la angustia para poder seguir en pie. Esta vez voy a enfrentarme cara a cara con el presente, no me voy a anestesiar para no sentir. ¡Mierda de presente que me toca!, pero, aun así, quiero vencerlo, cambiarlo, deseo crecer, ser un poco feliz y no conformarme con nada menos. Ya no me alcanza solo un rato de alegría. Y, una vez más, llega a mis pensamientos Vanina, y veo imposible esta decisión porque me doy cuenta, así en frío, sin meditar demasiado, que ella es mi felicidad y no la tengo ni la puedo tener… ¡no la voy a tener nunca! Y otra vez me siento infeliz y, como encerrado en un círculo, vuelvo al mismo punto de partida.

Me tranquilizo después de un trago fuerte de algo que encontré en la heladerita de la habitación, y me meto al baño. Bajo la ducha me doy cuenta que sigo siendo patético y que no puedo con mi vida tal y como está. Respiro profundo y enumero los pasos a seguir a partir del día siguiente, uno a uno. Primero, debo cerrar el tema con Angie, abogados de por medio, por supuesto. Debo abrazar a mi amigo, al que ni una llamada telefónica le dediqué. Debo dejar de pensar como un estúpido en una mujer ajena. Debo elaborar mi sano duelo por esa paternidad que no fue. Debo hacer miles de cosas más, sin embargo, creo que prefiero dormir y dejar de ser invadido por el bichito de la soledad que habita este horroroso y frío cuarto de hotel. Sí, eso es... dormido no pienso, no siento, no recuerdo y lo mejor de todo, el tiempo pasa.

A la mañana siguiente no tengo ganas de analizar nada de lo que pensé; todo fue como una violenta tempestad, aun así, me niego a evaluar daños y sigo. Voy a trabajar como de costumbre, de pronto recuerdo un par de reuniones y temas pendientes y me pongo a ello. Mi mente se llena de responsabilidades olvidadas y pasa la mañana. Al medio día voy a ver a Melanie para saber si sigue conforme con el trabajo, si le tomó la mano a las recetas del menú y a los tiempos del restaurante, además, le quiero consultar a Ricardo, el gerente, cómo la ve, confío en su visión. Me encuentro con Rafael y me sacan un par de sonrisas. Admiro el cambio de mi amigo. Ella es una hermosa jovencita que lo tiene de las narices con sus locuras. ¿Quién diría que Rafa fuese capaz de enamorarse así de una mujer diferente, para nada despampanante ni llamativa, nada de escote pronunciado, ni caderas voluminosas, como las mujeres que le conocimos? Y sí, así es el amor, golpea fuerte cuando menos lo esperas, eso creo o eso dicen y eso repito, porque a mí el amor no me golpea seguido.

Ya en el gimnasio, camino directo a la sala de las máquinas nuevas y quedo muy conforme con el resultado. Rodrigo sabe lo que hace y yo lo dejo libre. Sin que yo lo vea venir, me da un golpe en la espalda y le largo una palabrota, todavía tengo el cuerpo algo moreteado y con dolores. La cara no me libera de las miradas atónitas de la gente, por el arcoíris de colores que presentan mis golpes, pero veo que la suya está igual o peor que la mía y largo la carcajada.

—Estás peor que yo.

—Solo porque me dejé golpear —le digo en broma.

Me da un abrazo. No me importa el dolor, lo necesito, agregamos un par de palmadas en la espalda y nos alejamos. Tampoco nos vamos a comportar como las mujeres melancólicas.

—Quedó muy bien, te felicito —agrego, señalando la sala, y me sonríe.

—Se agradece. ¿Cómo estás?

Me siento en el banco de abdominales y lo miro.

—Mejor de lo esperado, peor de lo que debería. Por cierto, gracias.

—Fue un placer romperte la cara ante semejante bobería que escuché. Necesitabas reaccionar. De verdad, perdón si no fue la mejor forma, pero fue la que encontré.

—Creo que fue la que necesitaba, al menos me llevó a tomar la decisión correcta.

Hago una pausa y elevo los hombros como entregado a lo que venga a partir de ahora.

—El divorcio está en marcha y no creo que sea fácil. Quiere plata. ¡Es tan obvia! Eso me dijo, por supuesto que, con otras palabras.

—Es lo esperable de semejante bruja malparida.

Me rio de su enojo y le cuento todo lo que pasó, claro que con él me es demasiado fácil hablar y termino incluyendo mi encuentro con Vanina. Necesito su punto de vista y me lo da.

—Aléjate. Déjala. No la lastimes, ni te lastimes. Ella parece ser la más coherente de los dos.

No dice nada que no haya pensado, aunque, ¿cómo hacerlo?

—Estuvo hace un rato y tuvo que irse con Pilar, tenía una prueba del vestido de novia. La petiza está con ellas.

—¿Cómo la viste?

—La vi bien, como siempre, con todo en su lugar.

Me río de su comentario y no puedo más que asentir, ¡quién podría evitar echar una mirada a semejante cuerpo!

—Escuché que Sebastian se fue unos días y a ella no le gustó. Después me fui y quedaron parloteando como cotorras.

Mi cabeza no puede pensar en nada más. Sebastian se fue unos días, yo estoy cerca y no puedo perder esta oportunidad, no quiero hacerlo. ¡Qué necedad la mía! Cada pensamiento del día anterior es desechado con una sola noticia.

¡Qué mal tipo soy!, por supuesto que no me gustaría que hagan lo mismo con mi mujer, sin embargo, no puedo resistirme: la quiero en mi vida y no me alcanza con verla de lejos. Quiero mi felicidad y no me voy a conformar con menos.

Después de un par de horas, me libero y voy directo al hotel, quiero llamarla y tentarla para vernos. No, mejor la voy a visitar sin avisarle, para evitar negativas. Creo que mejor le mando un mensaje y la invito a comer.

Vanina

Sin Sebastian me la paso fuera de casa: almuerzo con una compañera de trabajo, voy al gimnasio más temprano de lo usual, hago salida de compras con las chicas y, por fin, voy a ver el vestido de novia de mi hermosa amiga. Carlos va a quedar enloquecido cuando la vea; es un vestido es muy atrevido, como ella misma. Tiene un escote bastante provocador y la espalda completa cubierta por una fina transparencia, todo bordado en cristales y, como toque final, usará una diadema sencilla enganchada en su cabello recogido. Todos los detalles hablan de ella y la reflejan, como debe ser. Incluso los zapatos con tacón de cristal, un detalle por demás de original en el que había gastado más de lo pensado.

Escuchamos divertidas, aunque interrumpiendo para opinar, todos los detalles que prepara para la fiesta. Mi teléfono suena interrumpiendo la descripción de la decoración de la tarta a de bodas.

—Juli. ¿Cómo estás?

Las chicas se sonríen y piden que le dé sus saludos.

—Bien, aunque veo que más solitario que tú —dice entre risas al escuchar los gritos de Pilar y Mariel haciéndose bromas.

—No creas que somos muchas, solo Pilar, Mariel y yo. Sin embargo, ellas dos solas hacen que parezca una muchedumbre. ¿Estás mejor?

Bajo la voz, para que las chicas no escuchen la conversación que nos ocupa.

—Sí, ayer hice un poco de catarsis después de irme de tu casa. Estar solo en el hotel me ayudó, aunque hoy no quiero repetirlo. Pensé que podíamos vernos y matar la soledad, me dijeron que Sebas se fue y pensé que, tal vez, querrías compañía.

¡Qué peligrosa es su invitación! Muero por eso, pero no debo, no después de mis proyectos de mirar para adelante con mi pareja y después de la impresionante, y no muy lejana, tarde en el hotel que pasamos. No voy a repetir. Ya siento las cosquillas en mi entrepierna con imaginarme una noche entera en la cama con ese monumento de hombre. ¡Por Dios, qué horror, las cosas que llego a pensar!

—Es que quedamos en ir a casa de Pilar.

—Que venga, yo puedo consolarlo si está triste.

La voz de mi amiga se hace escuchar sin problema.

—Ya la escuchaste –digo entre risas mientras escucho su carcajada.

—Dile que llevo vino –responde contento.

Es bueno escucharlo así después de los días que viene pasando.

Se suma Rodrigo a la invitación y lo que pretendía ser una cena de mujeres se transformó en, no está bien que la llame cena de parejas ¿no? No, claro que no, solo es una cena de un grupo de amigos. Lo que tampoco es una mala idea porque necesito ese tipo de distracción, ahuyentar de mi mente los temas que me tienen tan pensativa, al menos por unas horas, es lo que más deseo.

El pequeño grupo que armamos es divertido, nos reímos y nos olvidamos de todo. Julián está más animado. Su cara y la de Rodri son una buena exposición de colores y, aun así, no parecen doloridos. Nadie habló de Angie, ni de su separación o de Sebastian, todo fueron banalidades, por no decir bobadas, recuerdos y anécdotas llenas de humor.

Carlos no puede creer lo que Pilar había sido de adolescente. Puedo asegurar que fue un tiro al aire, como el mismo Fernando, quien hoy es un serio abogado, padre y esposo y ella, una excelente pediatra y futura esposa. Los comparo porque eran los más problemáticos y no solo en clase, sino también en las salidas de aquella época y parecían tal para cual. Más de uno apostaba que ellos serían pareja, no obstante, nunca se gustaron.

Lo pasamos muy bien, pero como todo, también llega a su fin tan linda reunión y, aunque me hubiese quedado más tiempo, tengo que descansar.

—Chicos, debo decir hasta aquí, no puedo más del cansancio —digo al terminar mi segundo café—. Llama a Ramos, rubia, así no se demora.

—¿Quién es Ramos? —pregunta Mariel intrigada.

—Un señor amoroso que tiene un taxi y nos conoce desde… bueno, desde que tomamos tequila —contesto con una mirada cómplice con mi amiga, para que recuerde la borrachera de esa lejana noche—. Desde entonces es nuestra salvación cuando estamos sin coche o borrachas —dijimos lo último a coro.

Yo no estoy con el coche, cosas de perezosa, no disfruto de manejar y menos de noche, además andaba con Pilar en el suyo.

—De ninguna manera te vas en taxi, yo te llevo —sentencia determinante, Julián.

Como la frase y el tono de voz que utilizó no dejaron posibilidad de negativas, aquí estamos, nos encontramos en su automóvil, acompañados de una suave música y una distendida conversación. Aunque al llegar a la puerta de mi edificio la conversación deja de ser distendida y de pronto nos gana el sabernos solos, lejos de las miradas indiscretas. Otra vez y como siempre.

Julián posa sus ojos verdes y brillantes en mi boca, se acerca despacio y lleva una mano a mi cuello para acortar más rápido la distancia. Es increíble la poca voluntad que tengo ante su provocación. Ese beso inminente amenaza con volver a romper mi serenidad, mis convicciones, mis decisiones y no quiero permitírselo. Sin embargo, deseo ese contacto que de pronto llega, sin más espera y su simple roce me estremece, eriza cada milímetro de mi piel. Sus labios entreabiertos se mueven de lado a lado sobre los míos, dejando ahí su aliento tibio.

—Julián, voy a bajar del coche y me lo vas a permitir sin intentar convencerme de nada.

—No sé si voy a poder —aclara sin quitar sus hermosos ojos de los míos y sin dejar de pasar su lengua por mis labios.

Puedo rechazarlo mil veces, pero dejar de sentir lo que me hace sentir, es imposible. Cierro los ojos y lo beso por unos deliciosos segundos hasta que, con toda la fuerza de voluntad con la que cuento, me alejo de su boca y lo saludo con una sonrisa.

—Hasta mañana.

—Hasta mañana, nena. Quiero que sepas que puedes conmigo —dice con la voz algo alterada por el deseo, puedo sentirlo. De a poco reconozco sus reacciones ante mí. Me guiña un ojo y espera que entre a mi edificio, antes de arrancar el motor.

Apoyo mi espalda, corrección, no solo mi espalda sino mi cuerpo entero, en la pared del ascensor y cierro los ojos. ¡Por Dios! ¡La cantidad de sensaciones que provocan sus besos en mis labios! Siento miles de hormigas recorrer mis piernas y no puedo contener los latidos de mi corazón. No es justo, ni para mí ni para él, sentirnos tan atraídos, tan deseosos uno del otro. Yo, en realidad, creo que debería ir presa por pensar las obscenidades que le haría en este momento si no me hubiese resistido al poder de su boca.

Una llamada telefónica de mi novio me despierta de mi letargo, me dice que su viaje se alarga y que debe quedarse unos días más. No me gusta escuchar sus palabras porque yo tengo mucho que decirle, tenemos mucho que hablar y necesito su presencia. No puedo sacarme de la cabeza la conversación pendiente y comenzar, de una vez por todas, a darle un nuevo destino a nuestra historia. Además, necesito con urgencia sentir sus caricias, sus besos y su cuerpo junto al mío para dejar de pensar en otras caricias, otros besos y otro cuerpo junto al mío.

Ya me estoy cansando de su ausencia, la cual no es solo física. Ayer solo hubo un mensaje en todo el día. Ya nada está bien entre nosotros y aunque sé cuáles son nuestros problemas, los cambios asustan; y yo estoy muy asustada porque él no es el mismo. No conversamos de la misma manera y ya no sé qué pasa por su linda cabeza y de eso, no me siento responsable.

Me acuesto y me duermo analizando todavía mi relación, mi noviazgo.

Hoy es un nuevo día, tengo trabajo, mucho y ya siento que me asfixia tenerlo. Hasta el trabajo, que me apasiona, me está pesando. Tendría que tomarme esos días que dijimos, aun así, no me ilusiono a pesar de que Sebas dijo que es buena idea porque sé que no está convencido. Lo conozco y su cara me respondió con más contundencia que sus palabras.

Las horas pasan lentas, pero me las ingenio para entretenerme.

Llamo a mis padres que los tengo un poco olvidados. Ya están al tanto de nuestro reencuentro con los chicos, mamá está contenta y me manda saludos para todos. No le cuento sobre mis problemas con Sebas para no preocuparlos. Corto la comunicación feliz de recibir mi sesión de mimos maternos y paternos, aunque sean por teléfono. ¡Me hacen tanto bien!

Sebas sigue sin llamar, de modo que decido no darle más vueltas al asunto y dejar de esperar, a su regreso será un tema para agregar a la conversación, con la ilusión de que no se transforme en discusión.

Arreglamos con las chicas pasar a visitar a Martina y luego ir al gimnasio.

Ya estoy sudando en la cinta de correr, distraída con la música que suena, pero en pocos segundos mi distracción cambia de rumbo y deja de ser auditiva para ser visual.

Julián aparece vestido con un increíble traje negro con rayitas grises, sí, sé que es irrelevante, pero me gusta ponerle un poco de suspense. ¡Por Dios!, parece que se lo hubiesen pintado sobre el mismo cuerpo de lo bien que le queda. No puedo quitarle los ojos de encima y sé que no soy la única.

Convengamos que él tampoco es el único hombre digno de admiración en el gimnasio, aunque no puede compararse su presencia y actitud con la de nadie, al menos no para mí. Rodrigo también es atractivo y enorme, o los dos rubios que hacen fierros más allá, pero Julián arrasa con todos ellos. Él es impactante, su forma de caminar, de moverse, de mirar y sonreír, todos sus movimientos muestran seguridad y sensualidad al mismo tiempo. Es provocador y tentador, todo él es la invitación misma a la perversión, con esa cara de niño malo es un juramento de buen sexo, y yo doy fe de ello.

Se ríe, libre de las presiones que pueden originarle sentir cuatro ojos, como mínimo, recorriéndolo y desnudándolo con la mirada. No, no me equivoqué, digo cuatro ojos porque a los dos míos les sumo los dos de la morena que está en el escalador a mi lado, ella jadea y no tengo en claro si por el cansancio o porque está a punto de tener un orgasmo al ver a Julián, y no la culparía.

Él saluda a uno y a otro con movimientos sensuales, al menos para mis libidinosos ojos. Bajo la vista un momento, no quiero que me descubra mirándolo de esta forma porque sería un poco incómodo. Al levantarla de nuevo, lo veo sacándose la chaqueta y, cuando se arremanga la camisa que deja en evidencia los músculos que cubre y yo tan bien conozco, ya no lo soporto. No puedo concentrarme y si quiero cumplir mi promesa de resistir a la tentación y evitar colgarme a ese cuerpazo, tengo que alejarme tanto como pueda.

Atravieso el gimnasio entre las máquinas intentando no ser vista por el lobo feroz y, cual presa escurridiza, me meto al vestuario. Incluso esquivando a Rodrigo y Mariel que se acercan a su amigo riéndose de quién sabe qué.

Ya en la ducha pienso que estuvo cerca; estoy a salvo, aunque sigue en mis pensamientos Me remonto a una semana atrás y no puedo dejar de pensar que estoy orgullosa de él, lo veo entero a pesar de lo que tuvo que vivir. Supo enfrentarse a la bruja de Angie y superar sus mentiras. Se separó sin escándalos y lejos de sentirse culposo, se liberó, y se le nota.

Yo en cambio, no puedo decir lo mismo. Mi pareja está en medio de una crisis y en mi consciencia habita la culpa, alimentada por mí misma con este tipo de actitudes. Me refiero a mirar con lujuria y deseo a un hombre que no es el mío. Es duro notar que esa culpa se hace gordita y va creciendo tan rápido que asusta, ocupando cada vez más espacio en mi cabeza.

Julián

Día largo de trabajo, intenso, con millones de problemas a resolver y Angie que decide aparecer pidiendo una reunión para poner "en números", el divorcio. No fueron sus palabras, pero es lo que quiso decir.

Llamo a mis abogados, ellos tienen que acelerar este trámite y evitarme problemas. Les doy indicaciones y me aconsejan como seguir. Les pido que no me tengan en cuenta, en lo posible, para ninguna reunión con ella porque no me interesa verla. Todavía puedo sentir la bronca en mi cuerpo ante su mentira. Mi duelo de paternidad sigue inconcluso, es una herida que no sana y aún sangra. No, no puedo perdonarla y no sé si alguna vez podré. El tamaño de esa mentira no tiene perdón ni olvido. La vida le va a demostrar cuanto se equivocó conmigo cuando lo único que intenté fue darle amor o, a falta de él, cariño, compañía, aunque ella no lo aceptó ni tampoco le alcanzó. No me estoy poniendo en el papel de víctima, sé que hice mi parte mal, no lo niego.

Yo no fui un buen esposo la mayor parte del tiempo que estuvimos casados, tal vez no la respeté, es cierto, sin embargo y en mi defensa, puedo decir que todo comenzó ante sus rechazos. No quiero limpiar culpas. Todo fue una porquería desde que arrancó, a decir verdad, no obstante, ya no hay vuelta atrás, ya está hecho. Pude, a pesar del dolor infinito que me causó, poner fin a esta mentira. No tengo idea de cuanto más tendré que pagar y no me refiero a sentimientos ahora, todo vale la pena con tal de tenerla lejos, bien lejos.

Llego al gimnasio, directo de la oficina, no tengo ganas de pasar por el hotel. A pesar de que no puedo estar mejor atendido y tratado (convengamos que soy el dueño y todos lo saben), ese hotel no es mi lugar, es ajeno, frío, no hay nada que me dé contención. No es un hogar.

Mi secretaria ya se puso en campaña de conseguirme una buena inmobiliaria para ver si me compro un departamento y eso vengo conversando por teléfono, con el agente inmobiliario que me asignaron, cuando llego al gimnasio. La música hace que baje un poco el mal humor que traigo, como siempre me pasa, por los temas laborales y personales con los que tuve que lidiar en el día. Uno de los entrenadores me ve y se ríe de mis golpes que ya casi ni se notan. Todos se enteraron de la pelea con Rodrigo, aunque saben que no pasó a mayores y lo solucionamos. Me saco la chaqueta y la cuelgo en una silla, me arremango la camisa mientras miro a mi alrededor: clientes, caras conocidas y entrenadores, todos me saludan y respondo con más o menos entusiasmo dependiendo de quien se trate.

Diviso, en una caminadora, un cabello negro que me enloquece y la cintura que no se queda atrás: es ella, la morocha más bonita. Busco sus ojos, quiero que me mire, pero no lo logro. La chica a su lado no me quita la vista y la saludo, la conozco de verla por aquí y de cruzármela muchas veces, demasiadas. Sé que me busca, pero a mí me importa un carajo. Antes por estar casado y ahora, porque solo tengo ojos y cuerpo para una sola, aunque no me corresponda, o al menos, no del modo que quiero. Nunca me metí en una aventura con una mujer en ningunos de mis trabajos, es para lío, no voy a empezar ahora.

Otra vez miro a Vanina, necesito una mirada de esos ojos preciosos, tan sinceros y sin secretos para mí. A través de ellos la veo a ella, sus humores y sus inquietudes, puedo adivinar lo que siente o piensa la mayoría de las veces. Así descubrí lo mal que se siente cada vez que me ve o cada vez que nos separamos después de darnos el inmenso placer que sentimos cuando estamos juntos. Es eso la que la aleja de mí, se siente irresponsable y le duele y ¿quién soy yo para hacerla sufrir? Cumplo con la distancia que nos impuso o pidió, aun en contra de mi voluntad, porque ella es todos mis deseos convertidos en mujer, ya lo dije, y se me hace dificilísimo complacerla en esto.

Quisiera que el tiempo se detuviera en este instante en que estoy mirándola mientras ocupa todos mis pensamientos y me permite huir o tapar por un momento cada problema, cada dolor que tengo. No tengo testigos que sepan lo difícil que se me hace no buscarla o mantenerme lejos. Una carcajada exagerada me saca de mis fantasías y no puede ser otro que mi amigo y su simpática novia.

Odio que Rodrigo nunca tenga mal humor, sin embargo, para eso estoy yo y se lo voy a sacar por un rato, me gusta molestarlo y tengo claro cuál es su punto débil: Mariel. Me pongo frente a ella y él me bloquea el camino, ya conoce mi juego, pues, si me conoce, sabe que igual lo voy a hacer, aunque suplique. Mira de frente a su novia y dobla las rodillas para quedar a su altura, muy cerca de su cara, ella lo mira con una enorme sonrisa y yo atrás hago lo mismo.

—Por favor, colorada, por favor —ruega el cobarde y yo ya me retuerzo de risa—. No lo permitas. Que no lo haga.

—Te lo prometo, amor —dice ella mientras me mira por encima del enorme hombro de su novio.

¡Qué bien mienten las mujeres!

No le doy ni cinco segundos, está distraído con la respuesta de ella y es mi momento. La tomo de la cintura, la pongo a mi altura y le aprieto mis labios cerrados en los suyos. Nos reímos sin poder controlarlo mientras lo escuchamos gritar simulando un enojo que no es nada real y se la carga en la espalda como una bolsa de papas.

—Me lo prometiste, petiza. Ya no puedo confiar er puedo creerte nada.

Van caminando rumbo a su oficina y no deja de gritar estupideces.

—Al menos agradeceme el "rapidito" —le digo en broma y el caradura levanta el pulgar dándome las gracias.

No sé si van a tener sexo rápido en la oficina, pero lo que sí sé, es que yo en su lugar lo tendría.

Llevo mi mirada más allá, hacia el pasillo, mientras sigo riéndome, y veo a Vanina escabulléndose en el vestuario.

Ya no me reconozco, no puedo evitarla. Siento que esa mujer me pertenece y debería ser mía. Sebastian no es un hombre para ella. Yo la conozco, sé lo que necesita y no me considero más que nadie, solo sé lo que quiere porque la adivino, la veo y la entiendo. Sé hacerla disfrutar y no me refiero solo al sexo que, no deja de ser importante y nos complementamos a las mil maravillas, sino a todo lo demás. Nos reímos y podemos conversar de todos los temas, pasar horas haciéndolo. Cuando no la veo extraño su pelo rozando mis manos o mi cara o solo volando suelto, ese pelo que me vuelve loco o sus ojitos bellos, dueños de esa mirada irresistible.

Camino rumbo a mi oficina y absorto en su recuerdo me choco con Pedro, uno de los entrenadores, quien viene acompañado de la chica del escalador quien me mira decidida a jugar el juego de la seducción; no, mi reina, mi placer tiene dueña y no conseguirías hacerme cambiar de parecer ni en los próximos mil años. Mi cuerpo, sin mi permiso, hizo votos de castidad para cualquier otra mujer que no sea mi perdición: ella, la única, Vanina, mi fantasía constante, la que no me deja ni de noche ni de día y no puedo evitarlo. Tal vez tampoco quiero hacerlo.

Cruzo con ellos, como mucho, veinte palabras y me encamino a la oficina, tengo que cambiarme para hacer mi rutina. Antes de entrar veo a la morocha salir, con el cabello húmedo y vestida con un simple jean y una camiseta, ¡no puede estar más linda! Me acerco a saludarla y huelo su perfume, ¡me encanta!, reconozco que nunca registré el perfume u olor propio de ninguna mujer, pero a muchos kilómetros de distancia puedo adivinar el de ella: tan suyo, tan suave, tentador y dulce. En este momento lo único que quiero es besarle el cuello y aspirar esa esencia hasta que mi olfato quede saciado de él. Le acaricio el pelo, le llevo un mechón rebelde hacia atrás y la invito a un café. No espero la negativa que puede darme, no la dejo pensar y le tomo la mano para llevarla a la oficina.

Me muevo rápido.

Ya estoy preparando el café y ella está sentada en una silla frente al sofá y creo que todavía no entiende que hace aquí.

—¿Cómo van tus cosas? —pregunta antes de que me siente a

su lado con las tazas en las manos.

—Hechas un lío. Angie llamó. Al menos coincidimos en algo: queremos que salga rápido el divorcio. Hoy hablé con los abogados y ellos están acelerando todo.

—Y tú, ¿cómo estás?

A esto me refiero cuando digo que su mirada no me oculta nada. Su pregunta fue más real con su mirada que con sus palabras. Su preocupación es genuina.

—Como puedo. A veces no me creo que ya no estoy casado, que vivo en un hotel y el proceso de un divorcio, que puede ser complicado, está en camino. Todavía sueño con ese bebé que no fue.

—Juli, lo siento mucho, y lo sabes.

—Sí, lo sé. No hablemos de mí… ya es tema pasado. Las heridas van a ir cerrando. ¿Tú cómo estás?

Es justo que sepa como sigue con sus problemas. Y así alargar el tiempo de tenerla cerca.

—Como puedo.

Me sonríe al imitar mi respuesta, pero su sonrisa no llegó a sus ojos y noté cierta nostalgia.

—Yo te cuento mis cosas. ¿Por qué tú no?

—Tengo miedo de poner en palabras lo que no quiero reconocer en realidad.

¡No, no, no, Dios mío! No lo soporto, no puedo verla llorar, ya la primera lágrima llenó su ojo y cayó sobre su mejilla.

—No puedo —dice y se larga a llorar.

—Sh, tranquila.

Me agacho frente a ella y le seco ese líquido espantoso de sus mejillas con mis dedos.

Esa hermosa mirada cristalina se cubre de angustia y entonces me abraza fuerte. ¿Pero qué le pasa? ¿Por qué llora? Me parte el corazón escuchar la congoja con la que suspira y le beso la frente. La levanto en mis brazos, pasando un brazo por la parte de atrás de sus rodillas y el otro por los hombros y me siento en el sofá con ella en mis piernas y la consuelo con caricias en la espalda, en el pelo, seco sus lágrimas y la dejo desahogarse.

No le pregunto nada. No la suelto de mi abrazo y ella no me

suelta tampoco. Necesita contención, puedo adivinarlo, necesita un abrazo, cariño y se lo estoy dando. Tomo nota mental de hablar con Pilar, porque no la veo bien y entre mis brazos, de a poco siento como recupera la calma. Tomo su cara entre mis manos, le seco las últimas lágrimas y le beso la punta de la nariz.

—¿Qué pasa, hermosa? Nunca te vi llorar así.

—Tengo problemas con Sebastian y tengo miedo de no 1 der solucionarlos. Aunque más miedo me da ser la responsable.

Eso me sonó a reproche, no me lo dijo, pero esa responsabilidad me incluye estoy seguro.

—¿Le contaste algo?

—¡Estás loco! Nuestra pareja viene en picada y no por haberme acostado contigo. No somos los mismos que antes y aunque yo quiero luchar, siento que remo a contracorriente. No lo veo concentrado en lo mismo. Lo siento distante y me dijo que el viaje se prolonga más de lo pensado y ni una fecha de vuelta tiene. Tenemos una conversación pendiente y no es capaz de llamarme por teléfono y… —otra vez el llanto, pero la freno. No puedo escucharla.

—Vani, no llores más. No se solucionan las cosas llorando.

Aborrezco a Sebastian, no solo por tenerla como yo quiero, sino porque la hace llorar de esta manera. La siento sobre el sillón y me pongo de frente para que me vea.

—Sé de lo que hablo cuando digo que la pelées hasta quedarte sin fuerzas. Pero las peleas son de a dos y cuando uno tira la toalla, ya nada se puede hacer. Hazle notar a tu novio lo que se pierde, de lo que eres capaz por mantenerlo a tu lado y evita que tire la toalla —le digo.

No quiero escucharme, quisiera tener las fuerzas para darle otro consejo, seducirla, tenderle una red de la que no pueda escapar, hacerla desistir de intentar reflotar esa relación e intentar tener una conmigo. No obstante, todavía tengo un poco de cordura.

—Espero poder o al menos tener la oportunidad de hacerlo.

La interrumpe el golpe de unos nudillos en la puerta.

—Adelante —digo sin abandonar el sillón, ni las manos de Vanina, porque no quiero que se vaya en este estado.

Rodrigo se asoma cauteloso.

—La gente que contratamos por el tema de la publicidad está esperando. ¿Puedes atenderlos?

Miro a Vanina y ella me sonríe.

—Yo me tengo que ir, Juli. Gracias por todo. Ocúpate lo que tengas que hacer.

Me besa la mejilla y me deja con las manos vacías y el corazón estrujado por haberla visto tan triste.

—¿Estás bien, morocha? —le pregunta Rodri que ve su cara lagrimosa.

—No, pero ya va a pasar.

Rodrigo me mira sin entender, el muy desconfiado cree que soy el responsable. Y no lo culpo por pensarlo.

Vanina se va, no sin antes darle un abrazo y un beso. Mi amigo entra preocupado, cerrando la puerta a su espalda.

—¿Todo bien?

—Sí... no, tiene problemas con el novio. Pero como dijo, ya van a pasar.

—Julián, no te metas. Lo que sea, es entre ellos dos.

—No necesito que me lo aclares. No soy tan mala persona. No voy a caer tan bajo. Lo último que quiero es verla sufrir.

—Bien. Cuenta conmigo como siempre. Puedo volver a golpearte para hacerte entrar en razón.

—Sí, me imagino —digo con una sonrisa y un puñetazo en el brazo.

Cosas de hombres; estúpidas cosas que demuestran afecto y reemplazan las cursilerías de un abrazo o un beso.

—Hay que hacer pasar a esa gente, y quédate, dame una mano, que esto me aburre —agrego sin mentir.

Vanina

Pasan los días sin Sebastian. Una semana hace que está de viaje y solo nos comunicamos un par de veces. Él argumenta estar muy ocupado, pero yo creo que no tiene ganas de hablar conmigo. A falta de sus mensajes de «buen día» o «que duermas bien», como solía hacer en otros viajes, yo le envío algunos contándole cosas de todos los días y agrego alguna foto para que me recuerde. No me doy por vencida.

Julián no me pierde pisada y se comporta como el gran amigo que quiero tener. Me escribe mensajes o me llama para ver como sigo, me distrae con comentarios tontos e incluso me cuenta y pide consejo sobre los departamentos que está visitando para comprar. Nos vemos en el gimnasio, pero físicamente nos mantenemos distantes, o al menos, lo que para nosotros significa "distantes". Aunque no nos quitamos la mirada en algunas ocasiones; yo lo noto, sé cómo me mira y yo... ¿yo?, ¡es simple!, no puedo dejar de admirar la belleza de la naturaleza, ¡¿qué le voy a hacer?! Las cosas lindas fueron creadas para ser observadas, ¿o no?

Estoy entrenando más de lo habitual para matar el tiempo, además, encontrarme con los chicos me obliga a no pensar demasiado.

Pilar ya está loquísima con la boda. Hoy salimos solo las mujeres, "novias del gimnasio", nombre que Mariana le puso al grupo. Hasta Ana viene con nosotras dejando a Martina al cuidado de su padre. Vamos a tener nuestra primera salida de mujeres con Melanie como parte integrante. Es encantadora y divertida, aun así, cuando su novio no está, todavía le cuesta un poco soltarse y esa inhibición va desaparecer hoy mismo.

La verdad es que lo pasamos genial. No pueden ser más entretenidas, somos todas diferentes, con personalidades interesantes, pero nos entendemos a la perfección y, si de diversión se trata, nos complementamos aún mejor. Comenzamos con vino, nos sentíamos femeninas y finas; seguimos con cerveza, ya estábamos más distendidas y nada nos importaba; terminamos con tequila, solo para cerrar la noche bien arriba.

Entre copa y copa, la lengua se va entre mujeres, eso lo sabemos todos y es ley, las mujeres tenemos que criticar o decirnos secretos y romper con alguno también. Termino contando, aunque me prometí no sacar el tema, lo mal que estoy con mi novio y hay más de una confesión de intimidades. Hasta me enteré que Rodri es inquieto y ansioso en la cama, palabras de su novia; que Cristian tiene pilas larga duración, por lo que hacerlo con él es pasar la noche en vela, cosa que dejó a mi amiga al borde de la euforia. Pobre Carlos cuando lo agarre. Ella no se quedó atrás con los comentarios y, sin dar demasiado detalle, dijo que Carlos es muy cumplidor y nunca la deja insatisfecha, ni siquiera la tercera vez. Puedo adivinar que no siempre es así, ¡le encanta exagerar! Ana nos contó que pasar una noche con su, ahora marido, fue lo que la convenció de empezar una relación seria con él. ¿La calladita y traga libros resultó ser una catadora de sexo en la universidad? Melanie no opinó al respecto, se sentía vergonzosa con los comentarios, aunque dijo que estaba todo perfecto con Rafa y sus ojitos brillaron al nombrarlo. Sin embargo, fue la exuberante Noelia, la que nos dejó con la boca abierta contando demasiado, Lautaro se convirtió, a partir de este momento, en héroe nacional. Yo no quise ni pude opinar al respecto, porque podría decir cosas que no eran convenientes, aunque, si tuviera que hablar de sexo sin duda me referiría a Julián, y mi única palabra sería "INCREIBLE", así, todo con mayúsculas. Para ser justas también, contaron alguna que otra noche frustrada, lo cual los convertía en hombres imperfectos, normalitos, y no en robots sexuales.

Llego a casa tardísimo, casi amanece y la gente comienza las rutinas diarias. Por suerte para mí, yo administro mi tiempo en el trabajo, el resto de las chicas está en problemas.

Mientras subo en el ascensor analizo la noche, después de tantas horas juntas y sacando trapitos al sol nos conocemos un poco más, resultan liberadoras estas salidas. Me enteré que todas habían pasado por una ruptura amorosa o una crisis de pareja, incluso alguna contó sobre alguna infidelidad. Eso podría tranquilizarme y hacerme entender que lo que me pasa es parte de la vida y las relaciones humanas, pero no es así. Sigo sintiéndome una mierda, culpable por pasar momentos demasiado intensos con un hombre que no es el mío y también sigo sintiéndome un desastre al ver como agoniza mi noviazgo y a mi novio no le importa demasiado.

Una vez dentro de mi departamento me pongo a trabajar en un nuevo proyecto, sin dormir, no tengo sueño aún y como estoy sola nadie me detendrá cuando el sueño me pida una cama, sea la hora que sea.

Casi a media mañana, que llegó sin que me diera cuenta, recibo por fin un mensaje de Sebastian. Ya no son llamadas, solo mensajes y me duele en el alma notarlo cada vez más lejano. Me confirma que mañana está de vuelta. Un suspiro enorme me abandona. Me siento aliviada, la necesidad de conversar con él me abruma, me asfixia, necesito ver qué pasa, proponer una tregua a este final amenazante y probar una relación nueva. Nos queremos, estamos bien juntos. Podemos volver a intentarlo. Sonrío aliviada y me vuelvo a concentrar.

Ya sin el peso de la espera, siento como que una contractura enorme se afloja de mi espalda.

Dos horas más tarde recibo un mensaje de mi amiga, creo que sigue borracha porque no entiendo lo que me escribe, por la cantidad de palabras mal escritas. Para que entiendan he aquí un ejemplo: «Hoja morojha cono dijiste». Me río, supongo que quiere saber cómo dormí y le contesto de la misma forma, adrede escribo mal. Hacemos una ida y vuelta de estupideces mal escritas y sigo con lo mío.

Siempre un poco de distracción me sirve para descansar la mente.

Me quedo dormida en mi cómodo sofá frente a la tele y a la tarde, casi noche, me despierta el timbre. Puedo describir mi aspecto en detalle, pero con, "lamentable", alcanzaría para dar una idea. El pelo puede catalogarse de nido de pájaros; el maquillaje, ¡mi Dios!, terrorífico y de forma literal, porque la máscara para pestañas corrida me hace unas ojeras increíbles. Tengo cara de zombi. El vestido que es de una tela fina y con vuelo, se convirtió en una sola arruga y los zapatos… ¿los zapatos? Bueno, no sé dónde dejé los zapatos. Asomo mi ojo, aterrador y lagañoso, por la mirilla de la puerta y un increíble Julián en traje, esta vez gris claro, con camisa blanca y con el pelo recogido en un rodete sobre la cabeza que lo hace lucir interesante (sí, pude ver todo eso con solo una miradita), está en mi puerta.

—Juli, te abro y esperas cinco minutos para entrar, necesito poder huir sin ser vista. No estoy en condiciones. ¿Promesa?

—No seas ridícula.

—Me lo prometes o no te abro.

Escucho su risa y me sonrío. Juro que no se reiría tanto si me viera, aunque, pensándolo bien, sería la ocasión justa para que deje de sentirse atraído por mí.

—Lo prometo, morocha –dice todavía riéndose.

Tomo carrera, preparo un pie detrás de otro y medio girada, diría que casi de espaldas a la puerta, la abro y salgo corriendo como alma que carga el diablo, hacia mi cuarto. No quisiera contar que en el camino me pegué con el borde de la mesa y una gran palabrota salió sin pensarlo de mi roja y despintada boca. Escucho la nueva carcajada de Julián entrando y ya no hay vuelta atrás. Me encierro en mi cuarto y le grito que prepare café o se sirva lo que quiera de la heladera y me tenga paciencia. Vuelvo a decir un par de palabrotas ante el dolor del golpe, apoyada sobre la puerta cerrada ya en perfecto resguardo de ser vista. Misión cumplida.

Mientras lucho para desenredar mi pelo (que necesitaría un baño de crema desenredante), me quito el maquillaje y me pongo un jean y una camiseta; me pregunto qué demonios hace este hombre en mi casa y sin avisarme de que vendría.

Salgo después de unos minutos con la frente en alto como si nada hubiese pasado, y lo veo mirando el reloj.

—¿Tanto tardé?

¡Dios mío, es eróticamente bello! Levanta sus ojos y esa sonrisa, justo "esa sonrisa", aparece en su boca.

—Tranquila, solo cuarenta minutos.

Me acerco y le doy un beso en la mejilla, veo el café listo a punto de servirse y eso hago para dejar de mirarlo.

—Era eso o morir del susto al verme.

Se ríe otra vez ante mi ocurrencia y dice algo mientras se levanta de la silla en la que estaba sentado y va a buscar el azúcar a la cocina. No lo escucho… me distraigo un poco con las vistas.

Se sacó la chaqueta y sus mangas de camisa están arremangadas, la corbata floja y un botón desprendido, pero eso ya no lo veo porque me da la espalda. Increíble la vista, la enorme espalda me obliga a mirar la mínima cintura, y esta, me obliga a mirarle el fabuloso culo que el pantalón le marca tan a la perfección. Pasa por mi lado y hasta me doy la vuelta para no perderme el espectáculo. ¡Qué horror!

Ya en mi posición normal, me quedo unos segundos grabando la imagen en mi memoria y con un susurro en mi oreja que me eriza la piel y me trae de vuelta.

—¿En qué te quedaste pensando?

—En nada… —en tu espalda, tu cintura y tu culo—. Nada.

—No me atendías el teléfono y pasé para ver como estabas. Espero que no te moleste.

—Ah, no por supuesto que no. Es que estaba durmiendo, por eso no escuché las llamadas. Con las chicas tuvimos una noche larga.

—Me enteré. Me hubiese gustado ser mosca y mezclarme entre ustedes para escucharlas. No creo que hayamos salido ilesos de ahí.

—Bueno, no soy yo quien hable de lo que anoche se supo. Pero sí puedo decir que unos cuantos secretos fueron develados, para bien o para mal, sobre cada uno de ustedes.

Sonrío sin querer, acordándome de algunos comentarios.

—No creo que tú tengas quejas de mí.

¡Será cabrón!, eso es un golpe bajo.

—Julián, no empieces.

—Nunca terminé —dice con picardía y, por suerte, cambia de tema—. ¿Cómo estás?

—Mejor. Mañana vuelve Sebas y por fin vamos a ver qué pasa. Tengo muchas cosas que decirle y espero que pueda escucharme.

—Me alegro por ti, si es lo que necesitas.

No me gusta el tono que utiliza, incluso suena enojado y hasta parece que quiere agregar algo que sabe que no me va gustar, y por eso calla. Rogando que este pensamiento sea mi fabulosa imaginación, le dejo bien clara mi idea, solo por las dudas.

—Sí, es lo que necesito, Julián.

Cambia de tema, sin dirigirme la mirada e ignorando lo que digo.

—Me acaba de invitar Fernando a comer y, como sabe que estoy contigo y Sebastian no está, me dijo que te invite. ¿Vamos?

—Claro, quiero ver a Martina. Hace varios días que no la veo.

—Yo la abrazo primero.

Ya suena más relajado, incluso me guiña el ojo.

—¿Qué pasa con los caballeros en este mundo? —digo sonriendo y me dedico a levantar las tazas y dejar de mirar sus labios, que también sonríen.

Conversamos un rato más y vuelve a preguntarme como sigo porque recordamos mis lágrimas del otro día. Vuelvo a responder que estoy mejor y agrego un poco de emoción en el discurso ya que, de verdad, estoy emocionada por tener esa conversación pendiente con Sebastian y noto que, otra vez, le cambia el humor.

Es evidente que, saber que Sebas regresa y que yo sigo con la intención de recuperar lo perdido, no le gusta. No es mi intención preguntar el motivo, tengo miedo a su respuesta. Prefiero mantenerme ignorante al respecto, es más sano, al menos para mí.

Vamos a casa de Ana y Fernando y como dijo, abraza primero a Martina sin darme la menor posibilidad de queja. Aunque yo la hago dormir en mis brazos y, recién después de hacerlo, decido irme a casa. Por supuesto, Julián no me deja ir sola y me lleva en su coche, no puedo negarme.

Escuchamos música y conversamos de manera amena hasta que llegamos a la puerta del edificio. Otra vez nos sorprende el erotismo propio de la oscuridad, de la noche que se filtra en el interior del automóvil y entonces, todo se torna incómodo y tenso. Julián se acomoda de frente a mí y sus ojos verdes brillan de esa manera que lo hacen cuando quiere prometer algo con su mirada, ese algo que me encanta y que no debo tomar. Comienzo a ensayar diferentes formas de escape en mis pensamientos cuando veo que, con mucha lentitud, se acerca mirándome la boca y humedeciéndose el labio inferior. ¡No otra vez!

—No soporto mirarte y no besarte. Ya no puedo resistirme a tu boca —susurra con los ojos cerrados, con sus labios ya sobre los míos para terminar aprisionando uno y mordiéndolo con suavidad—. Toda la tarde fue una tortura.

Entreabre su boca y con suavidad la roza con la mía, varias veces de lado a lado. Solo siento la suavidad de sus labios y su tibia respiración entrando como una brisa en mí y yo la devoro con demasiada hambre de él. Es increíble lo que solo un roce logra en mí. Apoyo mi frente sobre la suya, tiemblo de ansiedad y de impotencia. Me derrito por sus besos y caricias, pero no puedo, necesito aprender a evitar esto que me arrastra con una fuerza irreal hacia su cuerpo.

—Julián, no debemos.

—No me digas algo que ya sé. Sé que no debemos. Pero queremos, tanto que hasta nos duele contenernos.

No se aleja ni un milímetro de mi boca y me desespera la necesidad que tengo de ese beso, de esa lengua enredándose con la mía.

—No quiero querer. No puedo hacer más esto. Tengo una pareja por la que estoy luchando. Necesito creer que vale la pena, probarme que no invertí tiempo y cariño en vano con Sebas. Que lo que tengo con él es verdadero. Y si sigo aceptándote y engañándolo nunca lo sabré.

Lo miro a los ojos y una sonrisa mentirosa se dibuja en su cara. Por fin se aleja, aunque no lo suficiente, su aliento se estrella todavía en mi cara de una forma demasiado erótica, provocando un "sinericidio" de mi parte.

—Juli, eres hermoso; me gustas mucho, tal vez demasiado, aun así, no puede ser.

—No sabes lo que daría por poder cambiar las cosas. Nena, te necesito en mi vida.

—Estoy en tu vida.

—No de la forma que quiero. Tal vez tome solo lo que puedo

tener, solo lo que puedas darme, aunque sabiendo que lo que busco es otra cosa —dice en un tono de voz que me eriza el vello de la nuca. Su mirada descansa sincera en la mía, que se nubla ante cada palabra de su tentadora boca—. Deseo que me rescates, que me enseñes a sentir algo diferente al conformismo. Sé que podrías hacerlo, sé que podría sentir mucho por ti. Eres la única persona que me hace pensar que puedo volver a creer en algo. Vanina, ¡rescátame!, por favor… nena, por favor, no me rechaces.

—No puedo.

Y no pude… no pude hablar, no pude alejarlo, no pude rechazarlo, no pude esquivar ese beso, intenso como pocos, y pasional como todos.

Su boca se apoderó de la mía y sus manos de mi cara. Lo beso llorando.

Lloro por lo que sentía y no quería, por lo que era y no debía ser. Por no poder acudir a su pedido de rescate. Por Sebastian, por Julián y por mí. Por sentir que todos estamos pagando las consecuencias de besos como este y de caricias como las que quería sentir y que me estaba negando.

Al notar mis lágrimas aleja su boca unos pocos milímetros de la mía, no lo suficiente como para no seguir volviéndome loca con su cercanía.

—Perdón, pero… —se interrumpe, ahora sí, soltándome y llevándose las manos a la cabeza, con furia. Se acomoda el pelo hacia atrás en un movimiento brusco y vuelve a mirarme. En su mirada veo convicción, coraje—. Perdón, Vanina. Juro que no quiero faltarte el respeto. No quiero sentir que te obligo a nada. Es que, aun así, no puedo resistirme. Te pienso, te imagino, te sueño, te tengo en mis pensamientos más de veinte horas al día y te extraño si no te veo.

No quiero escucharlo, no puedo hacerlo. Me enojan sus palabras, no sé por qué, tal vez como defensa y no voy a detenerme a pensar el porqué de mi enojo. Es que no puede decirme nada parecido. No debería hacerlo.

—Julián no puedo escucharte. ¡Déjame en paz!

Abro la puerta y me bajo, furiosa conmigo misma, nunca debí aceptar ni uno solo de sus besos. Nada de esto hubiese pasado si no le hubiera permitido besarme, tocarme, acariciarme. Igual, de nada sirve arrepentirse, todo está sucediendo y no hay vuelta atrás.

—No puedo hacerlo.

Siento sus manos en mi brazo reteniéndome, impidiéndome abrir la puerta del edificio y veo sus ojos. Y lo encuentro a él en ellos, vulnerable, sincero y cargado de impotencia.

—No puedo mantenerme lejos —agrega con firmeza.

—Inténtalo. Necesito que lo intentes.

—¿Y qué pasa si no puedo?

Me suelta el brazo al hacer esa pregunta, que no tiene respuesta, al menos no una mía.

—No lo sé.

Soy sincera, no quiero mentir. Abro la puerta y lo miro al cerrarla, justo cuando sus palabras salen de su boca.

—Ni yo.

Es el peor viaje en ascensor de toda mi vida. No quiero llorar. Quiero sentirme fuerte, había logrado lo que buscaba: rechazarlo, negarme e imponerme ante mi rebelde cuerpo que rogaba por el suyo. Debo festejar el triunfo, sin embargo, lo único que puedo hacer es rebobinar y volver a escuchar cada palabra suya.

"Ay, Julián, ¡qué tarde volviste! Cuánto hubiese dado por vivir esto unos años antes. Te esperé como una estúpida y nunca llegaste; justo cuando no te espero lo haces, vuelves. ¡Maldito destino que me toca vivir!"

Soy consciente de que tengo que parar con esto, que no puedo alimentar más esta fantasía que crece en mi interior como un demonio, destruyendo todo a su paso. Quiero dejar de traerlo a mi cabeza con mi pensamiento, con mis recuerdos. Necesito obligarlo a abandonar mi cuerpo, mis labios y mis manos. Ya no quiero retenerlo en mi interior. No quiero recordar lo que es capaz de hacerme sentir. Este recuerdo que me agobia necesita morir hoy, antes de que sea demasiado tarde.

Veo la puerta del ascensor abrirse y mi vida cobra un nuevo sentido, pude con él, pude conmigo. Tengo esperanzas. No lloro. No me enojo. No hago nada más que abrir mi departamento y cerrar con llave después de entrar; contestar el mensaje de texto de Sebas que me desea buenas noches y me aclara que no puede llamarme; ponerme una camiseta vieja para acostarme e irme a la cama y, dormir, eso es lo que hago, dormir sin pensar, sin sentir, sin arrepentirme, ni creerme una fortaleza que no tengo, pero que, al menos, pude disimular.

La mañana llega y yo sigo sin pensar en nada. Me lo propuse y lo estoy logrando. La ayuda es la música a todo volumen que me acompaña mientras pongo un poco de orden a mi casa. El orden que no tiene mi vida.

Julián

La confesión de Vanina de querer recuperar la pareja me tiene preocupado, molesto, enojado y frustrado. Lo primero porque su llanto fue genuino y me duele verla triste. No me gusta el llanto en las mujeres, porque me afloja, me pone sensible, sin embargo, el llanto de Vanina me duele: siento como si alfileres se clavaran en mis ojos, hasta creo que puedo llorar al verla hacerlo y el estómago se me endurece de una manera incómoda y dolorosa. Al menos eso sentí en la oficina del gimnasio al verla triste y llorosa. Estoy molesto y enojado porque ese estúpido del novio no la trata como se merece y no la cuida, si lo hiciera sabría cómo se siente y nunca hubiese caído en garras como las mías. Sobre lo que hicimos, sé que soy responsable en un porcentaje mayor al de todos, no lo dudo y me sigue ella, pero él tiene algo de responsabilidad, no sale indemne de esta. Por algo ella se dejó llevar por mi seducción, ¿o no? Y la frustración viene de las ganas que tengo de que no pueda reflotar la relación y estar yo dispuesto a consolarla.

Patético, horroroso, pero lo siento y ¿me transforma eso en un mal tipo? No, si no hago nada al respecto, no. ¿No? No.

Pasan los días y aunque me gustaría invitarla a comer, incluso que me ayude a elegir departamento, verla y pasar momentos... no hago nada. Solo me limito a mirarla en el gimnasio y mantenerme en contacto por teléfono.

Cualquier cosa que pasa en el día quiero compartirla con ella: cosas mundanas, cotidianas e insignificantes, pero quiero que las sepa y conocer su opinión. Lo sé, estoy convertido en un estúpido. A veces solo le escribo preguntándole que hace, ella me responde y yo sonrío, imaginándola.

Vanina:
Trabajo en algo aburrido, tanto que trato de sentarme incómoda, en el suelo para no dormirme.

Y entonces quiero tocar el timbre de su casa con una película en la mano y un vino en la otra, y compartir con ella ese momento, entretenerla y que no tenga molestias y que no sufra por nada ni por nadie.

Pienso en los motivos que tengo para sentirme tan atraído y deduzco que es la soledad. Desde que me fui de casa, nadie me espera en ningún lugar, no de esa manera que se espera a una pareja, y termino solo en esta habitación de hotel que, insisto, por muy hermosa y cómoda que sea, no es mi casa, no me siento en mi hogar. Ya no solo pienso en sus piernas, en su cintura, en sus besos y en sus caricias, además de su perfecto trasero... todo de ella me importa, mucho más desde que sé que no está bien. Y me asusta, sí, descubro que me asusta.

Hoy me enteré que sale con las chicas y un poco de celos siento. Ya sé que no tengo derecho, pero es que sé de qué manera se arregla para salir y, ya es hermosa y sensual por naturaleza, cuando se maquilla y se viste de una manera diferente es, algo así como un farol en la oscuridad; llama demasiado la atención. A decir verdad, el grupo entero de mujeres es una buena postal. ¡A cuál más linda! Harían una buena competencia de buenos cuerpos, sin dejar de lado sus caras, aunque los hombres miran los cuerpos, sé de lo que hablo, soy un hombre.

Paso una noche de mierda. Sueño con ella siendo perseguida por un desconocido y me despierto sudado y con ganas de pegarle a alguien. ¡Soy un tarado! Eso me pasa por dormirme preocupado y pensando en cómo la estarían pasando, dónde habrían ido y quién las estaría mirando.

La llamo casi al medio día, nada. Otra vez un rato más tarde y nada, no me atiende. Tampoco lo hace en dos oportunidades más. Me pongo nervioso y llamo a Rodrigo, él debe saber. Antes que le pregunte nada, me cuenta que Mariel llegó hecha un desastre a su casa.

—Si te digo que ni la llave podía poner en la cerradura de la borrachera que cargaba y no paraba de carcajearse, no pude volver a dormir.

El que no deja de reír recordando a su novia en ese estado es él.

—¿Todas tomaron?

—Creo que Ana fue la más recatada, por Martina, no por propia voluntad. A Fernando no le gustó mucho que haya tomado ni ese poco. Está un poco obsesivo con el cuidado de «sus chicas» como dice él.

Ahora soy yo quién se ríe por los comentarios. Pienso en Vanina borrachita, el recuerdo de esa noche y lo que hicimos contra la pared de su edificio me da duro y "mi amigo" me dice que debo cambiar de imagen.

—Pilar llamó a Carlos para que las pase a buscar por lo que me dijo la petiza y no creo que lo recuerde ahora. Los temas de conversación nos incluyeron, tú te salvaste. Vanina se portó bien y no contó nada. Parece que tomó poco, como para limitarse. Pero Mariel... creo que hasta les dibujó mi pene. Noelia, no escatimó en detalles, ¡pobre Lautaro!, su intimidad ya dejó de serla.

—¿Ella te contó que hablaron de eso? ¿Me estás cargando...? —pregunto intrigado, ¿de verdad hablaron de eso?

—No viejo, no te cargo. Las mujeres borrachas son capaces de cualquier cosa. La petiza en ese estado es un volcán activo y vino como loca, le pregunté porque tanto mimo, ¿me explico? —me pregunta dándome a entender que tipo de mimos solicitaba y daba la muy pervertida—. Y, entre beso y beso, me contó todo. Al menos, la mayoría no recordará nada.

No dejo de reírme. ¿Quién sabe las cosas que charlan estando solas estas brujas? Con la conversación, por un momento me olvidé del motivo de mi llamada.

—¿Qué sabes de la morocha? La llamo y no atiende. Quiero saber cómo sigue —ahora sí pregunto lo que quiero saber.

—Juli, espero que sepas lo que estás haciendo —dice, y su voz cambia de repente, ahora tiene una buena carga de preocupación—. No quiero verte otra vez sufriendo por una mujer ahora que Angie desapareció.

—Tranquilo, estoy bien. Solo necesita un poco de compañía y yo estoy, como amigo. No me estoy metiendo entre ellos. Ya no pasa nada entre nosotros. Lo hablamos con claridad.

Intento sonar tranquilo y sincero. Hay mucho de cierto en mis palabras, aunque no le cuento que me paso los días pensando en ella. No quiero alarmarlo, ya demasiado lo hago yo. Tampoco tengo ganas de escuchar sus quejas y consejos, que son genuinos y sinceros, me basta, por ahora, con mi consciencia.

—En ese caso, tú sabes más que yo. Puedo decirte que llegaron, como te dije, borrachas y casi al amanecer, por lo que imagino que debe estar durmiendo.

Le siguieron temas laborales y cortamos con otro comentario sobre la conversación de las chicas que se acordó, esta vez con respecto a Fernando, aunque reparamos en que Ana no había tomado, por lo que eso es más peligroso.

Paso la tarde analizando proyectos y me intereso tanto en la remodelación del primer hotel que compró mi padre que me olvido de todo. Cada vez me siento más orgulloso de él y todo lo que logró. Lamento los años en los que fuimos como perro y gato y, aunque no sé qué hubiese sido de mi vida si hoy viviera, no me arrepiento de nada más que de las discusiones estúpidas que tuvimos. Sé que supo que lo amé y sé que, a su modo, me amó. Ser sobreprotector, exigente y un poco dictador, como yo le decía cuando me enojaba, era su forma de decírmelo.

Sí, me arrepiento de no haberlo llorado como necesitaba hacerlo, de no haber hecho el duelo de su partida en aquel momento. Otra vez me encuentro cerrando temas pasados, aceptando mis errores, reconociendo a la gente querida. Los sentimientos me pegan cada más fuerte y me siento vivo cuando el cosquilleo de mis ojos se pone molesto ante el recuerdo de mis padres, mi hermana o los hijos que no tuve.

Haber llorado, de verdad, con ese tipo de llanto que acongoja e impide respirar bien, me liberó muchísimo. Siempre me lo prohibí por miedo a debilitarme, pero me doy cuenta que estaba debilitado aún sin hacerlo. Acumulé angustia, dolor y fue peor. Hoy me doy cuenta que, de haberlo hecho, no tendría tantos problemas para demostrar lo que siento, tampoco los tendría para animarme a sentir y, sobre todo, para dejarme querer, como me dijo Vanina.

Hace mucho que no practicaba el placer de sentir, lo que fuera, amor, enojo, furia, pasión de la fuerte, mariposas en el estómago ante un beso que no llega, ganas de compartir algo con alguien, deseo irrefrenable, alegría de ver a una persona. No me refiero solo a Vanina. Ella me origina mucho de lo que enumeré, es cierto, pero otras cosas las tenía a diario y no las disfrutaba, no las percibía, no me daba el lujo de sentirlas. Un corazón dormido no es lo que te lleva a ser feliz exactamente y yo no lo soy, o no lo era. De a poco creo que estoy aprendiendo a luchar por esa felicidad que no tengo y siempre quise. Ya no me conformo con menos. Imagino todos los días algo más para mí. Por primera vez en muchos años quiero aprender a buscar la alegría de vivir que siempre soñé, no voy a seguir disimulándola. Soy positivo, aunque por momentos no, sin embargo, tengo las fuerzas renovadas.

Salgo de la oficina con buen humor y voy directo a casa de Vanina. Intento llamarla antes para avisarle que estoy en camino y no me atiende.

El show divertido que me da antes de abrir la puerta no me lo esperaba. La veo correr y golpearse el dedo del pie huyendo de mí, como si algo pudiese asustarme de ella.

No sé el estado en el que se encontraba, pero sí veo como vuelve y su naturalidad me encanta. No usa demasiado maquillaje, se ata el pelo descubriendo su hermoso rostro sin miedo de mostrarse, no usa ropa llamativa. Es segura de sí misma hasta lo insospechado.

Ella es una musa para mí, lo reconozco, quiero ser como ella: simple, genuina, sincera, alegre, hermosa por dentro porque eso la hace más hermosa por fuera.

Saber que se puede vivir con esas premisas me hizo comprender que yo no lo hacía y sin darme cuenta ni cuándo ni cómo, comencé ese cambio que, por estos días, me tiene tan movilizado y pensativo.

La veo bien, hacemos bromas y me tranquiliza su sonrisa.

—¿Cómo estás?

Es una pregunta que tengo que hacer con mucha seriedad si quiero la verdad y es lo que hago.

—Mejor, mañana vuelve Sebas y por fin vamos a ver qué pasa. Tengo muchas cosas que decirle y espero que pueda escucharme.

—Me alegro por ti, si es lo que necesitas —digo, sin mostrar mi bronca.

Sí, tengo bronca. No debo y lo sé. Es lo que ella quiere, aunque no es lo que yo quiero. Espero no lo note, aun así, casi no puedo disimularlo. Me asustan estas sensaciones que me invaden sin control.

—Sí, es lo que necesito, Julián.

Claro que se da cuenta, mi voz no suena creíble. Soy una porquería de amigo. Cambio de tema para no pensar en lo que me responde.

—Me acaba de invitar Fernando a comer y, como sabe que estoy contigo y Sebastian no está, me dijo que te invite. ¿Vamos?

—Claro, quiero ver a Martina. Hace varios días que no la veo.

El cambio de tema me anima y el nombre de esa beba preciosa más todavía.

Después de una buena velada, como decía mi padre, a cada uno le toca retirarse a su casa y a mí, a la fría habitación del hotel.

Si pudiera tentar a mi morocha preferida, tal vez esta noche ninguno tendría que dormir solo, y nada me gustaría más que amanecer un día entre sus brazos y hacerle el amor sin dejarla levantarse por la mañana, con el pelo revuelto y los ojos hinchados. Debe ser preciosa cuando se despierta. Sé que no puedo y no debo pensar así, sin embargo, soy demasiado consciente de mi apetito por ella.

Tuve que luchar demasiado todo el día contra el deseo de tocarla y no arremeter contra su boca. Esa boca que es como una maravillosa obra de arte y me tienta demasiado. Me sigo conteniendo todo el camino de regreso a su casa, estamos tan cerca uno del otro en este cubículo tan pequeño. Soy un caballero, aguanto estoico su perfume cada vez más impregnado en mi coche. Trato de sacar temas de conversación para evitar pensar y lo logro, o al menos lo hago hasta que el automóvil se detiene frente al edificio y sé que es el último minuto y que, de este, depende poder liberar mi necesidad, quiero sentir su respiración en mi boca. Quiero un beso de esos carnosos labios y no puedo aguantar un día más, por eso los miro con gula; me pueden, me hipnotizan y me acerco casi sin darme cuenta.

—No soporto mirarte y no besarte. Ya no puedo resistirme a tu boca —susurro con los ojos cerrados, rozando sus labios y le muerdo uno. Es dulce, rico—. Toda la tarde fue una tortura.

Quiero ese contacto. Dejo mi boca sobre la suya y la muevo de un lado a otro para sentirla en toda la extensión de la mía y me bebo su aliento en un suspiro. Sé que está incómoda y que esta vez no voy a tener más respuesta que esta cercanía. No es como las otras veces; su decisión de mantenerme alejado es real y la entiendo, aun así, yo soy un irrespetuoso desubicado que la necesita con alevosía y me obligo a tensar la cuerda tanto como puedo para hacerla desistir de su idea. Una mierda, eso soy, un mal tipo.

—Julián, no debemos —me dice con su frente pegada a la mía.

¡Dios, cuánto la deseo! Ahora, justo en este momento de vulnerabilidad y certeza de que a ella le pasa lo mismo que a mí. Su cuerpo tiembla ante el mío, con el mismo deseo, lo puedo sentir.

—No me digas algo que ya sé. Sé que no debemos. Pero queremos, tanto que hasta nos duele contenernos.

Vuelve a rechazarme y a ponerme a Sebastian como escudo. Me alejo ante sus palabras y quiero sonreír demostrándole que la entiendo, aunque escucharla decir cuánto le gusto a pesar de todo, puede conmigo. Es ahora o nunca. No seré a partir de este momento el mejor amigo, ni el mejor hombre, pero quiero hacerlo. Le declaro mi necesidad de tenerla conmigo, le pido ayuda, le ruego que me rescate.

No me importa que diga que no puede, porque su boca me grita en silencio que la muerda, la coma, la devore, y es justo lo que voy a hacer. No quiero que se aleje más, y tomo su cara entre mis manos. Es un verdadero placer el beso que le doy, ¡es increíble la necesidad que tenía de él! Mi cuerpo se resiste a dejarla ir, pero sus lágrimas humedecen mis dedos y tengo que entender que la estoy lastimando con mi terquedad y egoísmo.

¡Qué impotencia, saberla tan mía y tan ajena! Tomo valor y me alejo para evitar seguir besándola, me juego el todo por el todo y le digo cuanto la pienso y como la extraño. No quiere escucharme, lo veo en su furiosa mirada y la abrupta salida del coche. Se me escapa, pero no quiero permitírselo; le tomo el codo para girarla y que me vea y le expongo mi corazón lastimado en una sola mirada.

—No puedo mantenerme lejos —le digo.

—Inténtalo. Necesito que lo intentes.

—¿Qué pasa si no puedo?

Dolerá y pasará, tal vez. Tal vez no. Es el fin. No puedo con esto: no quiero verla sufrir ni quiero verme sufrir. ¡Todo se me escapó de las manos! Yo no soy esto. Yo no complico la vida de la gente que quiero, no la lastimo ni la hago llorar y, sin embargo, eso estoy haciendo.

—No lo sé.

La veo poner un freno invisible entre los dos: el vidrio nos separa. ¿Qué voy a hacer si no puedo? Ella no sabe.

—Ni yo.

Vanina

Pasado el mediodía, Sebas llega con un terrible aspecto. Cara de cansado, la ropa por demás de arrugada por el viaje y de un humor un poco complicado. Se toma su tiempo para una ducha, mientras yo preparo algo para comer. Prefiero dejarlo llegar y acomodarse, fueron muchos días lejos de casa.

No obstante, ya pasaron más de dos horas desde de que llegó y estoy desesperada por comenzar a hablar, ansiosa e impaciente. Él ni siquiera había notado que el vino era su preferido, ni que me había puesto el vestido que le gustaba. Casi no me dirigió la palabra, lo veo demasiado absorto en sus pensamientos. Está raro y a mí se me retuerce le estómago.

—Sebas, necesito decirte algunas cosas que estuve pensando mientras no estabas.

—Vani, antes que hables de nada, quiero que sepas que hoy a la noche vuelvo a viajar. Solo vine para que charlemos sobre algo muy puntual —dice rápido, interrumpiéndome.

Me enojo con esas pocas palabras descargando toda la furia acumulada.

—¡No puedo creerlo! ¿Me estás diciendo que te vas, otra vez?

—Pasaron muchas cosas que no sabes y quiero ponerte al tanto.

¿Me convierte en patética si me pongo furiosa y celosa de sus pacientes? ¿Qué tan mala persona soy si me importan una mierda en ese momento? Ya no sé qué lugar estoy ocupando en su vida, me siento insignificante en este momento, no sabe cuánto y, como cobarde que soy, no se lo voy a decir. No quiero parecer una desalmada por no pensar en esa pobre gente que necesita su ayuda, pero de verdad, en este momento pienso solo en mí, me importo yo y nadie más.

Lo miro fijo a la cara, sin hacer movimiento alguno para que no crea que quiero decir algo, solo quiero escuchar lo que tiene para decir, sin embargo, me arrepiento justo en el momento que él abre la boca e intenta comenzar su frase. Si se va otra vez, tengo que decirle todo lo que siento, sin perder más tiempo.

—Sebas, deberías hacer lo imposible para quedarte, unos días al menos. Necesitamos hablar, estar juntos. Estas semanas no me llamaste y apenas me escribiste. Quiero que me demuestres por una vez que te importo más que nada, más que…

—Conocí a alguien —me interrumpe sin quitarme la vista de los ojos.

¿Qué? ¿Alguien? ¿Alguien, cómo? ¿Un paciente…? Alguien. ¿Alguien, quién? ¡Por Dios, esto no está pasando!

—¿Qué dijiste? —pregunto.

De más está decir que entendí perfecto lo que dijo, pero necesito ganar tiempo o dárselo para que se desdiga y no termine la frase que no me interesa escuchar.

—Es una enfermera. La conocí en uno de los viajes y nos hicimos amigos. Tenemos muchas cosas en común, lo que hizo que notase aún más los diferentes que somos nosotros y que, quedase expuesto, sin necesidad de meditar demasiado, ese contraste.

Ahora entiendo todo, sus pensamientos están tan claros… Odio la pausa y la tranquilidad con la que habla y odio lo que me dice.

—Mira tú, ¡qué interesante! ¿Algo más te hizo notar?, por ejemplo, ¿qué ya no quieres luchar por nada de lo nuestro, ni saber qué queda?, eso también, ¿no? Solo te vas con ella, lejos, ¡¿quién sabe dónde?!, a ver qué pasa y, si no es lo que imaginabas, yo acá debería esperarte como una estúpida. ¿Es eso? ¿Eso es lo que me vas a decir?

—No. No te pido nada. Ni que me entiendas, ni que me pe dones y mucho menos que me esperes. Solo escúchame. Nosotros ya no tenemos un nosotros, somos tú y yo, cada uno por su lado. No sé cómo pasó, ni cuándo, pero nos convertimos en dos extraños —dice acercándose a mí y me toma las manos con dulzura—. Vani, seamos sinceros, no hay mucho por lo que luchar. Si seguimos intentando buscarle una solución nos vamos a lastimar. No te amo, no me amas y los dos lo sabemos. Nunca me voy a arrepentir de quererte, de haber convivido contigo, ni de tener lo que tuvimos. Eres hermosa, una bella persona y te mereces algo más que lo que puedo darte y yo también me lo merezco.

—Y ella te lo va a dar.

Me suelto de su agarre, esto no está bien. Algunas de sus palabras me duelen mucho.

—No lo sé, aun así, lo voy a averiguar. No estábamos bien, Vani. Ya nada es lo mismo, no te alcanza lo que soy, y no es un reproche, es un hecho. Tal vez antes, o eso quería creer yo, nos servía acomodarnos el uno al otro. Tu locura por vivir y tu energía se contrarrestaban con mi calma, pero eso ya tampoco me alcanza a mí. Me molesta tu actividad constante y a ti te aburre mi poca predisposición a seguirte. Ya ni mi forma de hacerte el amor te satisface.

Una última puñalada, eso son sus palabras. Mi esperanza moría, había tenido una muerte lenta y agonizante. Estoy tan dolida y rabiosa.

—Me duelen tus palabras. Todos estos años lo único que hice fue aceptarte, cambiar lo que podía para acoplarme a ti, para estar bien, para compartir cosas y no sufrir esas diferencias que teníamos. Es evidente que no te bastó. No entiendo cómo me dices esas cosas, son muy dolorosas. Todos mis cambios fueron para el bien de nuestra pareja y noto que tú no eres capaz de verlo, ni de hacerlo en caso de ser necesario. No al menos como lo hice siempre yo, aunque no lo pidieras. Tal vez esta es una nueva oportunidad en tu vida, con seguridad lo es —digo y hago una pausa para inspirar profundo—. No entiendo cómo pudiste... Renuncias, así como así a esta relación. Claro, ¡tirarla a la basura es lo más fácil! No puedo entender como fuiste capaz de engañarme de esta forma.

Si bien la última frase podría gritármela él a mí también, si se enterase de lo mío con Julián, no es lo mismo. Con él no proyecté un cambio, ni se me cruzó por la cabeza dejar a mi pareja para intentar algo nuevo. Yo no abandoné el barco en plena tormenta, yo seguí intentando mantener derecho el timón, a pesar de los vientos… a pesar de todo.

Entiendo que nadie es mi testigo, para que corrobore lo que tengo que hacer para poder rechazar a Julián y tampoco de la culpa que siento por no haberlo hecho antes. Sin embargo, no puedo volver el tiempo atrás, solo puedo intentar arreglar lo que rompí, aunque ya veo que no, eso tampoco puedo y no por mí, sino por él. Él, que sí decidió ir más allá y no rechazar a esa mujer. Sebastian sí prefirió sucumbir a la tentación y dejarse llevar. Abandonándome a mí y todo lo que teníamos juntos.

Necesito llorar de dolor, de impotencia, de bronca y de enojo, pero no puedo. Solo lucho por evitar pronunciar las palabrotas que salen de mi interior. Corro al baño y me encierro, furiosa conmigo y con él. Me mojo la cara para enfriar la calentura que sube por mis mejillas, es imposible.

—Vanina, por favor.

—Por favor, ¿qué? —grito desquiciada—. Quieres que te lo haga fácil, ¿no? Así no sientes ninguna responsabilidad por mi dolor al dejarme. No te preocupes.

Salgo con la frente en alto, sin decir nada más. Saco el bolso para que pueda cargarlo con sus cosas y lo dejo solo.

—Tómate el tiempo que quieras. Me voy a lo de Pilar, o a la mierda, pero por mí no te preocupes —le grito enojada, pero me toma de los codos y me abraza fuerte.

—Perdón, perdón no te mereces esto —tal vez sí, grita mi inconsciente—. Nunca quise hacerte daño.

—Pero lo hiciste.

—Sí, lo hice. Y… hay más —dice, hace una pausa y me aprieta más fuerte para que no me aleje—. Vani, ella está embarazada.

¡No lo puedo creer! Esto es demasiado. Ya no quiero escuchar.

—Por eso viajé de urgencia, porque tuvo una pequeña pérdida y se asustó. Estuvo internada…

—¡Me importa todo una mierda, Sebastian! ¡Toma todas tus porquerías y vete de mi casa! ¡Ahora! —le grito.

—Vanina...

—Nada. No quiero volver a verte, al menos por un tiemp No te cruces por mi vista.

Me voy dando un portazo, me siento horrible, engañada, estafada, celosa y violentada. Nada puede calmarme. Un terrible dolor de cabeza hace que me apriete las sienes, no lo soporto, todo da mil vueltas en el ascensor, mientras bajo. Las palmas de las manos me sudan y el calor me sofoca. No me siento bien. Marco el teléfono de Pilar. No puedo respirar con normalidad, me falta el aire.

—Necesito que vengas a buscarme a casa.

Ni si quiera escucho su saludo, tengo miedo de no poder terminar la frase. Apenas puedo hablar.

—¿Qué pasa Vani?

Lloro, pero no me doy cuenta de cuanto hasta que ella me hace reaccionar con un grito.

—Vanina. ¿Qué te pasa?

—Ahora, rubia, me siento muy mal —susurro y ya no puedo hablar más.

No sé si corto la comunicación, no sé quién, ni cómo me sienta en el sillón del *hall* del edificio. La oscuridad me atrapa.

Alguien martillea en mi cerebro, puedo escucharlo y no lo soporto. Tiemblo y no puedo parar. Mi respiración es errática, siento que no la puedo controlar. Tengo miedo, no sé a qué, a todo y a nada. Me abrazo para aplacar ese miedo y no lo logro, incluso me da pavor moverme, no quiero caerme y sé que eso va a pasar si me muevo. Siento vértigo, mucho e inexplicable. No quiero mirar a nadie y me evado, miro la negrura, no sé si es creada por mí o está oscuro, muy oscuro, me rodea la penumbra, la que tengo en el alma, en la mente. Escucho voces, pero las ignoro y de pronto el silencio y la paz que necesito se hacen presentes. Luz clara, brillante y música, suave, lenta que penetra mis oídos y vuelo. No sabía que podía volar, pero lo hago y veo todos mis problemas de lejos, desde arriba y me rio de ellos, quiero que se arreglen solos, sin mí. Ya no me importan. Quiero dormir, mucho, toda una eternidad y lo logro, creo que lo logro, voy a dormirme.

—Vanina. ¡Por favor, reacciona!

Abro los ojos y la veo a Pilar llorando, con cara de terror y me abraza al verme despertar. ¿Seguimos en el edificio? Siento que me acarician el pelo y alguien me sostiene de la espalda. Me giro y veo a Sebastian, asustado.

—Esto no está bien. Sabes que debes ver a un médico, no es la primera vez que te pasa —dice, serio y enojado.

Tiene razón. Me preocupa lo que me está pasando y me asusta, aun así, no lo digo.

—Estos son ataques de pánico, Vani, ya te lo dije.

Sé que Sebastian se siente culpable y en parte lo es, o no. Tal vez soy yo, que no sé cómo aceptar lo que me dijo.

—Si puedes caminar vamos al departamento. Vas a estar mejor, más cómoda y llamamos al médico.

—No quiero que subas. Necesito cortar con esto, por favor vete. Pilar te llama después para contarte.

Mi amiga nos mira sin entender nada. Su cara es tremenda y eso que no sabe lo peor, que mi antisocial novio, cariñoso y bueno como ninguno, va a ser padre y no porque yo estuviese embarazada.

—Por favor, Sebastian. No lo hagas más difícil —le pido y acepta.

Lo veo irse con sus bolsos, después de darme un beso en la frente.

Cuánto duele su partida, sus palabras, su renuncia. Mi presente se va con él. ¿Y ahora qué…?

Pilar y yo subimos en silencio y nos recostamos en la cama. Me acurruco contra mi amiga y lloro, mucho, a gritos, con congoja y mocos. Nada le falta a mi deprimente llanto, que incluye exabruptos y un grito que sale de lo más profundo de mi pecho obligando a la rubia a taparse los oídos.

Mi amiga, de fierro como es, se banca todo en silencio. Solo cuando cree que puedo emitir sonidos parecidos a la voz, es cuando comienza a preguntar.

—¿Qué pasó con Sebas?

Julián

No me esperaba que los sentimientos por Vanina cambiasen así, de forma abrupta, de una terrible atracción pasó a ser algo más importante. Yo tengo la culpa por dejarlos crecer y lo peor, por alimentarlos. Las cosas se escapan de las manos más rápido de lo que uno piensa. Nunca creí que su rechazo podía doler tanto.

La comprendo, claro que sí, demasiado. Soy su demonio personal; puedo sentirlo; soy quien la provoca y la lleva a cometer errores, lo sé y me duele. Me siento culpable y horrible por eso, aunque no puedo evitarlo, necesito estar con ella tantas veces como pueda. Ella es un elixir, dulce y amargo a la vez, que necesito para sanarme. No tiene ni idea de lo que provoca en mí, de la necesidad que tengo de ella, de sus besos, de sus manos, de su entrega sin reproches. La forma natural en la hacemos lo que nuestros cuerpos piden es más que sexo, es confianza, es la saciedad de cada necesidad, nunca sentí tanto deseo y tanta satisfacción con una mujer, y no porque no lo haya buscado. Ella es todo lo que quiero y lo que necesito, no puedo dejarlo pasar sin intentarlo; aunque su rechazo es más de lo que puedo soportar, es evidente siento más que solo deseo por esta mujer y no puedo permitirme este dolor.

Ella no puede estar conmigo y yo no puedo estar sin ella, aun así, voy a intentar hacerlo. Tengo que hacerlo, por mi bien.

Ya se me acaban las excusas, no sé si es la soledad, la maldita habitación de hotel o la belleza de ella, ya no estoy seguro.

¿Será que mi corazón se atrevió y se dejó llevar? ¡Mierda!

Intento, con fuerza, persuadirme de que toda esta vorágine de sensaciones es debido a todo lo que tuve que vivir en estos últimos meses. Que estoy confundido y su belleza me marea, que soy un hombre y ese cuerpo me pierde y solo es el sexo que practicamos juntos lo que me atrae y que tarde o temprano ese deseo se diluirá como cualquier otro.

La imagino en brazos de Sebastian después de una deliciosa reconciliación, con besos y caricias como las que solo ella sabe dar y me duele el estómago de solo imaginarlo. Sé que a esta hora están juntos y me convenzo que es lo que tiene que ser.

Con esas ideas en la cabeza tomo decisiones, apresuradas, aunque conscientes.

Pongo en aviso a Rodrigo y nos organizamos para vernos y firmar unos papeles que necesita. Nos juntamos a comer en mi restaurante para degustar la excelente comida de Melanie, ¡por favor, es una perdición! Agregamos a la invitación a todos los chicos, solo hombres. Nos entendemos mejor entre hombres. No quiero sentimentalismos, hoy no estoy de humor para eso.

—Te dije que esto no traería nada bueno.

Rodrigo insiste en que él me había avisado, claro que sí, y lo sé. Mi razón también me gritó peligro en todos los idiomas y cada vez más alto, pero decidí ignorar todo y a todos. Por las mismas ganas que tenía de arriesgarme y disfrutar de lo poco o mucho que podía de Vanina, mi morocha embriagadora, que no me deja en paz, vuelve a mi memoria una y otra vez y la encuentro cada vez que cierro mis ojos.

—Ya es tarde para eso amigo. Se me fue de las manos. Soy el único responsable y como tal, el que debe enmendar el error.

—¿Cuánto tiempo te vas?

—Tranquilo para el cumpleaños de mi sobrina vuelvo

—Son varios meses —dice Fernando y abre los ojos sin poder creer mis palabras.

—La verdad es que antes voy a volver para el casamiento de la rubia … y veré como están las cosas. Me debo este viaje. No solo lo necesito para tomar distancia, es también un proyecto pendiente y se lo debo a mi padre.

—Porque nunca nos pusiste al día con lo que estaban pasando, me siento un mal amigo sin haberme dado cuenta de nada.

—Es que nunca quise que se enterase nadie, Lautaro, no es un tema para estar contando. Ella está comprometida y yo, bueno, yo lo estaba. Además, pensamos que sería… nada, ya no importa.

—Mariana se dio cuenta, me lo dijo hace unos días y yo no le creí. Es una bruja, no se le escapa nada —dice Cristian, son sus pr meras palabras en todo el almuerzo. Él de verdad, no puede creerlo.

—Por favor no quiero de esto un chusmerío, no quiero que se converse, ni llegue a oídos de Vanina ninguno de sus comentarios. Sean discretos, por ella y por mí. Solo necesito contarles lo que me pasa y por qué me voy. Son mis amigos y necesito que lo sepan. Sé que pido mucho, pero me gustaría que las chicas no se enteren, en lo posible. No la juzguen, no la critiquen. Hicimos lo que pudimos con lo que teníamos. Es una mierda esto, me siento un monstruo.

—Tranquilo viejo. Todo pasa, esto también lo hará.

—Sí, Fer. Esto también pasará.

Cerramos el almuerzo con abrazos de despedida. Prometo pasar por casa de Ana a ver a la gorda preciosa antes de irme. Martina me tiene loco y pensar que no la voy a ver por un tiempo me rompe el corazón.

La tarde es lenta y cansadora. Por la mañana había intentado llamar a Vanina y la llamada había entrado directo al contestador, no quise dejar mensaje. Estoy intentando una vez más, pero no logro que atienda. Cambio de idea, necesito saber que está bien.

—Hola, rubia.

—Rico, ¿cómo estás? —pregunta a modo de saludo.

La noto rara, tal vez la llamé en un mal momento, entonces decido ser rápido, por las dudas.

—Bien, ¿tú?

—Bien… Bien —hizo una pausa innecesaria. Algo no está bien, pero si no me lo dice no voy a preguntar.

—Pilar, te llamo para despedirme. Me voy un tiempo, trabajo y quería saludarte.

—¿Por cuánto tiempo?

—No sé, unos meses. Tengo una remodelación pendiente de un hotel y…los permisos de obra, ponerme de acuerdo con el arquitecto, los diseñadores… es un trabajo largo… después el presupuesto…en fin. No es un tiempo definido.

Todo puedo manejarlo como hasta hoy desde mi oficina, o con algún que otro viaje, no obstante, me sirve el pretexto y me agarro con fuerza a él. Tanto, que hasta me lo creo.

—Pero prometo venir para la gran boda. No pienso perdérmela.

—Eso espero o nunca te lo perdonaría. Te voy a extrañar, no quiero que te vayas. No te vayas, por favor.

Esta es la Pilar que esperaba encontrar del otro lado del teléfono. La divertida, la que suena como que en el mundo no hay problemas. Su simulacro de llanto compungido me causa gracia.

—Pareces una nena caprichosa, pobre de Carlos lo que le espera contigo.

—Él me ama caprichosa y loca como soy.

—Sí, me consta —digo; tengo que seguir ocupándome de cosas y la más importante, despedirme de Vanina, por lo que corto la conversación sin más—. Rubia, no puedo comunicarme con Vanina.

—Vani no se sentía bien y apagó el teléfono, quería dormir sin que la interrumpieran.

Eso me suena a mentira, piadosa tal vez. No importa, lo entiendo.

—Entonces le dejo un mensaje. Dile que intenté llamarla y… nada más —digo, qué más podía agregar, odio lo que me está haciendo, no quiere ni oírme. Me obligo a no juzgarla y a comprenderla—. Cuídate, Pilar, saludos a Carlos y nos vemos a la vuelta.

Cortamos la comunicación con un par de chistes que me lo hizo más tranquilo. Odio las despedidas.

El mensaje para Vanina no sería fácil, pero como dicen "no hay mal que por bien no venga", le busco el lado bueno a la imposibilidad de hablar con ella y se lo encuentro en la idea de que no puedo arrepentirme, ni nada de lo que me diga me hará cambiar de opinión. Necesito irme, tomar distancia a pesar de querer quedarme.

Juián:

Vani, hola. Intenté comunicarme contigo desde temprano y no pude. No importa, te entiendo. Una vez más te pido disculpas por mi comportamiento. Ya son muchos perdones, lo sé. Por un tiempo no vas a tener problemas conmigo. Tal vez ya te enteraste que me voy unos meses, no sé cuantos. Tengo la excusa perfecta del trabajo, pero tú y yo sabemos que, es solo eso, una excusa. No puedo seguir viéndote sin poder acercarme. Nada de lo que te dije la otra noche es mentira. No puedo sacarte de mi cabeza, y la única forma que encuentro es huir, alejarme. Me pediste que te dejara en paz y con justa razón, esta es la única forma que encuentro para hacerlo. Deseo que seas feliz, y si tu felicidad está con Sebastian, yo no quiero impedirlo, sin embargo, también sé que si estoy cerca no lo permitiría con mis intromisiones. No quiero verte sufrir por mi culpa. No quiero volver a verte llorar por mí o por nada de lo que yo haga. Tus lágrimas me duelen más de lo que puedes imaginar cuando soy el responsable. Cuídate, nos vemos a la vuelta. Y otra vez, perdón. Mil veces, perdón: por invadir tu vida y ponerla de cabeza.

Me voy a dormir con la conciencia tranquila y pensando que estoy obrando bien, que el avión que tomaré a la madrugada, alejándome de la tentación, es la mejor opción con la que cuento y me aferro a ella con uñas y dientes.

Un ruido me despierta a poco de dormirme: la puerta de mi habitación se abre y Vanina se acerca a mí, a paso lento.

—¿Qué haces aquí? ¿Quién te abrió la puerta?

Me incorporo en la cama, sin entender demasiado lo que estoy viendo.

—La gente de recepción me dio la llave, les dije que era urgente —susurra.

No entiendo demasiado, estoy medio dormido. ¿Cómo puede ser posible? Aun así, me basta la respuesta ante la sorpresa. Me siento en la cama al ver que ella lo hace a mi lado, con sus ojos vidriosos, con restos de lágrimas. Lágrimas de las que seguro soy yo el responsable y se los acaricio viendo, deleitado, como los cierra para que mi dedo la acaricie.

—Julián no quiero que te vayas por mí. Sé que es poco lo que puedo ofrecerte ahora, pero peor es nada.

Su boca se acerca a la mía. Sus labios suaves y carnosos, perfectos y tentadores rozan los míos con delicadeza y adquieren la forma exacta para adaptarse a mi boca y todo se vuelve rojo, rojo de pasión, esa pasión que no puedo controlar con ella. La atrapo entre mis brazos y la recuesto en la cama, me acomodo sobre ella abriendo sus piernas con mi rodilla. Su maravilloso pelo está extendido sobre mis sábanas y comienzo a acariciarlo.

—Me encanta tu pelo.

—Lo sé —dice.

Su sonrisa es perfecta, sus ojos ya no están vidriosos, aunque sí brillantes.

—Y tu mirada, porque no me miente —agrego, sin dejar de mirarla.

—¿Eso quiere decir que yo si lo hago?

—Sí, muchas veces. Cada vez que me dijiste que no me querías cerca mentías. Cada vez que me pedías que no te besara, mentías.

Mi mano comienza a desvestirla con lentitud, desprendiendo cada botón de la blusa y el del pantalón. Mi boca le acaricia con pequeños besos la cara, los hombros y el cuello, despertando el deseo. Sus manos queman en mi espalda con sus subidas y bajadas, solo tengo puesto mi bóxer y puedo sentirla sobre mi piel. Abro su blusa y me apoyo sobre ella, quiero apreciar su suavidad. La beso, con dulzura, con pasión y desenfreno. Me levanto para sacarle el pantalón y su ropa interior y mi poca ropa también desaparece. Otra vez sobre su cuerpo, ya desnudos, siento su calidez y entro en ella, invitado por su humedad, lo hago con pausa, saboreando cada segundo de unión.

—Este es mi lugar en el mundo, nena.

—¿Cuál?

—Entre tus piernas.

Solo esas palabras y el descontrol, la pasión y el deseo se adueñan de nosotros.

Mi cuarto está plagado de ruidos eróticos, jadeos, gemidos, suspiros, el golpeteo de mi cuerpo contra el suyo, sus peticiones y mis ruegos.

Terminamos exhaustos, sudorosos, saciados.

Se acomoda a mi lado cuando el huracán de placer termina y pasa su mano por mi pecho que sube y baja aún agitado por el esfuerzo.

—No. Te quiero aquí —le digo y la subo a mi cuerpo, toda ella en contacto con cada parte de mí–. Tu piel contra la mía, así me gusta. ¡Esto es el paraíso!

Nos dormimos después de varios besos y caricias. Cada encuentro con ella mueve algo en mi interior desacomodando todo mi presente y me deja pensando y sintiendo cosas que no entiendo muy bien.

El despertador me avisa que es hora de despertarme, no quiero hacerlo, no quiero que su cuerpo se aleje del mío, no quiero sentir ese frío. Pero el ruido se torna insoportable. Abro los ojos sin moverme para no despertarla y… estoy solo, en mi cama, tenso, incómodo. Todavía siento su peso sobre mí como si hubiese estado de verdad aquí. Suspiro saturado de frustración. Me siento estúpido, no puedo creer la realidad con la que viví ese sueño. Hasta siento los restos de placer en mi cuerpo.

Miro el reloj, las cinco de la mañana, hora de irme hacia el aeropuerto para poner la distancia y el tiempo en medio de todo esto que me atrapa y me hunde cada vez más. Ahora más que nunca es lo que necesito.

Hubiese querido otra cosa. Otro final para nosotros, pero llegué tarde. No volví a tiempo a su vida o no me mantuve cuando estaba. Fui lo suficientemente cobarde para perderla antes y lo soy ahora. Pero como cuando una piedra se lanza ya no vuelve atrás, el tiempo que pasa no se puede recuperar. Es una lástima.

Ya en el aeropuerto intento no pensar porque sé que estoy a punto de arrepentirme, me conozco y siento que estoy aflojando. No tengo la respuesta del mensaje que le envié a Vanina y me duele no recibirlo, no saber que piensa. No quiero dejarme llevar por mi mala consejera mente en este momento que me dice: "No le interesa nada de lo que pienses, digas o hagas", porque sé que no es así. A veces enojado o frustrado uno piensa cosas que no son y eso no es real; Vanina me aprecia, es más, me quiere. No como quisiera que me quiera, pero sé que lo hace.

El altavoz llama a la puerta de embarque. Mi tiempo se agota, es ahora o nunca. ¿Me voy o me quedo? Las dos voces se escuchan en mi interior, pero una grita y la otra susurra, apenas perceptible. Me quedo con la voz de la razón.

Subo al avión.

Quiero dejar de pensar, me pongo auriculares y música alta, todo lo que mis oídos pueden soportar. Necesito acallar los pensamientos y recuerdos. Los minutos pasan mientras los pasajeros suben y se acomodan. Al rato siento el movimiento del avión que carretea. Mi corazón se calma e intenta recuperar el ritmo normal. Miro mi móvil por última vez, antes de apagarlo y veo lo que quería ver.

La respuesta de Vanina es un sencillo:

Es lo mejor, no estoy enojada. Nos vemos a la vuelta.

Pocas palabras, esperaba más, aunque al menos me respondió. Tal vez en unos días vuelva a escribirle porque no pienso romper el contacto con nadie, ni con ella. Intento pensar en otra cosa y, con una sonrisa, abro el mensaje de la rubia esperando un comentario jocoso y no lo encuentro, tampoco me gusta lo que leo.

Pilar:
Llámame antes de irte, es urgente.

No me importa que no pueda hablar por teléfono, la llamo. No me saluda, solo me grita.

—¡Qué mierda le hiciste! Rico, yo te quiero, pero no puedo permitir que lastimes a Vanina. Ella no está bien y te hago responsable.

—Pilar...

Quiero preguntar qué pasa, por qué dice que ella no está bien y qué es lo que tiene, pero no me lo permite.

—Nada. Pilar, nada. Te vas a hacer cargo de esto. Vas a tener que hacer algo.

—¿Algo como qué?

Me desconciertan sus palabras y me pongo torpe. No sé qué pasa, qué pretende. Algo me perdí y no tengo como averiguarlo. No puedo frenar el maldito avión. No tengo tiempo para hablar. Veo a la azafata caminar hasta mí, seguro para pedirme que apague el estúpido teléfono y no puedo cortar la comunicación. Escucho el sonido ensordecedor de las turbinas.

—No sé. Busca la solución. Te fue fácil meterla en problemas, sácala de la misma manera.

—Rubia, nunca quise lastimarla.

El avión vibra por el movimiento y mi cabeza, por la confusión.

—Lo sé, Juli, pero lo hiciste.

—Señor, por favor, necesito que apague su móvil.

La azafata, muy gentil me lo pide y yo quiero gritarle que no puedo. Pero me lo vuelve a pedir y sé que tengo que hacerlo.

—Pilar tengo que cortar, el avión está despegando. Yo lo voy a solucionar. Te lo prometo.

¿Qué mierda tengo que solucionar y cómo?

Vanina

—Yo lo mato. Lo busco, lo encuentro y lo mato, pero de un modo muuuuy lento. Tal vez antes le corte el pene con el que embarazó a esa mujer. —Pilar grita demasiado enojada.

Viene acumulando enojo desde que comencé a contarle que Sebas al llegar me dijo que se volvía a ir, después de eso pasé por el detalle de que me dijo que no me amaba, antes por el que conoció a una mujer y todo lo demás que me dijo, eso de, *ya no somos los mismos* y bla, bla, bla, y, la frutilla con la que decoré todo fue, que estaba esperando un hijo con otra.

Por supuesto todo entre llanto y enojo, bronca y dolor.

No puedo contenerla, está muy enojada. Quiero aplacar su furia y le cuento lo que pasó con Julián, pero creo que no es el momento tampoco, porque vuelve a estallar.

—Ese es otro estúpido. No, no lo puedo creer... los hombres no piensan con la cabeza, o sí, pero con "la otra" cabeza. Sabía lo que estabas pasando con tu novio y a pesar de eso insistió.

—Soy yo la responsable, cada vez que me buscaba de esa forma. —Revoleo los ojos y ella asiente, entiende lo que quiero decir con "la forma en que me buscaba"— Yo accedía.

—No debería haberte "buscado" nunca.

Hace con sus dedos como si pusiera comillas a la palabra buscado, lo que me causa risa y, clavándome un dedo en medio del pecho, cosa que me devuelve la seriedad, agrega:

—Y no lo defiendas, ni se te ocurra.

—Cuando te lo conté me dijiste que lo hiciera, que me dejara seducir por ese pedazo de hombre y me sintiera moderna. ¿En qué quedamos?

—Tal vez me arrepienta del consejo, lo dije como broma, como ironía y no sé… creo que me equivoque. Perdón, soy una porquería de amiga. No te di el mejor consejo. No solo no creí que lo harías, sino que nunca imaginé que, si aceptabas, sería más de una vez.

—No tiene la culpa de mis actos. Nadie la tiene. Solo yo.

—Basta de culparte. La culpa te trajo a este punto. No pienses más así.

Conversamos dando vueltas por los mismos temas, como en círculos: «no te culpes… soy culpable… si encuentro a Sebas le corto su miembro y se lo doy a los perros…» «Julián no se espera lo que tengo para decirle…» «él no es el único culpable…». En fin, ninguna conclusión. Pero me sirve para desahogo, para secar las lágrimas y esbozar una sonrisa, con mi amiga no puedo mantener la seriedad al ciento por ciento. Ella me deja más tranquila.

Ya es de noche y necesito pensar, descansar y afrontar mi realidad; además de repasar la conversación con Sebas y hallar el motivo de su renuncia y engaño. Entender, replantearme cosas, enfrentar otras y eso tengo que hacerlo sola, por lo que empujo a mi amiga hasta la puerta y la cierro a su espalda, aunque ella no quería irse.

El doctor me dijo que estoy sufriendo ataques de pánico. Todavía me rio de mi reacción cuando me preguntó si estaba teniendo problemas laborales o personales que me mantuviesen preocupada. «*No sé… puede ser… tendría que pensar*», fue mi respuesta. No es que los niegue, es que no quería contarle mis problemas a un desconocido. No sé por qué imaginé que después me preguntaría: ¿qué tipos de problemas?, solo quise evitar esa pregunta ya que la respuesta sería una larga lista.

Me recetó una pastilla de las que no pude ver el nombre. Pilar salió corriendo a comprarlas y, literalmente, me la metió en la boca cuando volvió.

Julián llamó cuando estaba contándole a mi amiga todo lo que había pasado entre nosotros y, también lo de Sebas, no era el momento para que lo pusiera en aviso sobre el episodio del "escape de mi mente" o ataque de pánico. Le hice señas a Pilar para que no le dijera nada y que no le hiciera saber que estaba conmigo, no era necesario.

Cuando me dijo que el motivo de su llamada era para despedirse, se me cerró la garganta, no pude respirar. No podía pensar con claridad, no en ese momento bajo el efecto de la droga (fuera cual fuera que tomé), la angustia del abandono de Sebas y demás noticias.

En pocos menos de dos horas estuve sin el pan y sin la torta, como decía mi madre. Me causa gracia reconocer que la frase me venía como anillo al dedo, también como decía mi madre. Yo, con mi cabeza hecha un lío, buscando una vía de escape, intentando huir de mis problemas con Julián y Sebastian, y ellos abandonándome al mismo tiempo, por distintos motivos, aunque abandonándome al fin.

Mi razón juega conmigo, me quiere hacer creer que no sirvo para nada. Como novia hice las cosas mal, a tal punto que conduje a mi hombre a brazos de otra mujer; y como amante soy un fiasco, porque a pesar de gozar como desquiciada en sus brazos, nunca pude disfrutarlo y hacerme cargo de lo que había hecho.

Mi vida estaba llena de afecto, de gente, de alegría, de todo lo que me colmaba de felicidad y, de la noche a la mañana, está vacía.

Cierro los ojos llorosos e hinchados, con fuerza y dolor. Ya nada me importa. Me siento sola, inútil y muy poca cosa. ¿Tengo trabajo? ¡Qué más da!, puede esperar, no pienso levantarme de esta cama. Quiero dormir.

¿Por qué será que cuando necesitamos que el tiempo vuele, parece ir más lento? No son las seis de la mañana y yo estoy despierta desde hace más de dos horas.

Recuerdo que tengo el mensaje de voz de Julián y decido escucharlo, aunque sé que es una despedida por lo que le dijo a la rubia. Lo escucho tres veces en absoluto silencio, pensando en cada palabra que me dedicó, reconociendo el intento de sonar con frialdad a la vez que cercano, con la intención de no herirme, ni mentirme, aunque haciéndome saber que no se retracta de ninguna de las palabras que había dicho. Me emociona escucharlo, y me duele a la vez que se vaya, aun así, siento que está bien que lo haga por el bien de los dos. Nuestras circunstancias, nuestros presentes, no son compatibles.

No puedo más con todo lo que me pasa y no quiero verlo, por eso creo que es súper beneficioso que viaje. Tal vez soy demasiado egoísta, pero no puedo tenerlo cerca, no después de volver a escuchar que no deja de pensar en mí. Aunque desee abrazarlo y me haga olvidar el mundo como solo él sabe. Pero hoy sé que las consecuencias son nefastas y llegan sí o sí, no puedo frenarlas más.

Pilar sigue muy enojada con los dos, sin embargo, Sebastian para ella es tema cerrado y olvidado, con Julián es otra cosa. A pesar de que quiero que entienda que yo lo acepté, que sin mi respuesta él no hubiese insistido que, incluso que yo le di el pie en alguna ocasión y le permití seguir avanzando, no quiere entenderlo. Lo hace responsable de cada lágrima que derramé anoche, mentira, no de todas, solo de la mitad. Incluso, de la mitad también, de que yo haya sufrido estos ataques. Demás está aclarar a quién es que culpa por la otra mitad. Aunque yo sé que ellos no son los responsables, soy yo.

No puedo sincerarme tanto con ella, diciéndole cuanto deseé a Julián, cada vez. Cuánto me gusta y como tiemblo cada vez que recuerdo nuestros encuentros. Cuánto me duelen los ojos cuando intento no mirarlo. No puedo reconocer que hacer el amor con Sebastian me sabía a poco, habiendo disfrutado de las manos y del cuerpo de Rico esas pocas, pero imborrables, veces. ¿Cómo hacerle entender que soy la responsable de ese engaño, de esa provocación, de dejarme vencer por la pasión que me prometía su mirada, a pesar de tener una pareja? Pareja que entró en crisis por mi culpa y no supe como salvarla.

Claro que soy única responsable y culpable de lo que me toca vivir. Y por eso no puedo con mi conciencia que me grita desesperada, ¡¿cómo pudiste?!

Lloro, grito, me desespero, me calmo, me culpo, me avergüenzo, me oculto y me asusto; en soledad.

Hace dos días que no me saco el pijama. No salgo de casa y apenas como algo, no tengo hambre. Pilar viene y me llama a cada rato, son las únicas llamadas que tomo, y los mensajes que leo son solo los de ella también. Aunque sé que tengo a todos preocupados, sin embargo, me entienden y respetan la distancia que puse.

Sigo con las pastillas que me recetó el doctor. Me mantengo alejada, según su consejo, de lo que yo considero que son las cuestiones que me llevaron a sentirme asustada y culposa, y comienzo una terapia con una psicóloga.

Voy en camino a retomar mi vida y así lo siento.

De mi (hoy) exnovio, solo sé que está preocupado por mi salud. Carlos lo puso al corriente de lo que me pasó y del tratamiento que voy a seguir, parece que se quedó conforme. El embarazo de su nueva novia sigue bien, pasó el susto y ahora son una pareja feliz o eso supongo.

Julián me llamó y como no lo atendí dejó otro mensaje de voz. No me resistí a escucharlo, aunque lo intenté por varias horas. Sabe lo que me pasó; Rodrigo se lo contó. Está desesperado, quiere volver, aunque solo si yo también lo quiero y la verdad es que no. Se responsabiliza también y se arrepiente, dejó a entrever que Pilar lo llamó y lo insultó. Sí, la rubia tiene carácter. Yo sabía que estaba enojada y su enojo nunca se queda con ella, sale a modo de explosión.

Me quiero convencer de que la soledad me va a ayudar a reencontrarme, eso espero, porque ya no sé qué es lo que quiero. No sé siquiera si tengo sentimientos que ofrecer. Mi mundo está dado vuelta y no parece girar, quedó estancado, parado en un punto sin retorno y sin posibilidad de avance.

Hoy cumplo cuatro días de encierro y por fin voy a ver la luz del día. Mi primer encuentro con la psicóloga es en media hora y tengo miles de cosas para contarle. No pretendo guardarme nada, quiero sacar todo lo que me asfixia, lo que me impide seguir, aunque no me guste lo que encuentre en cada sesión debo enfrentarlo si quiero curarme el alma.

Sé que avanzo rápido, contando lo que vivo en estos días y no me detengo mucho, pero es que no hay mucho que decir.

Mis días pasan como si yo fuese un barco a la deriva.

También pasan las noches una a una, no las cuento más, dejé de hacerlo en la décima. Me propuse algo y lo pienso cumplir. Tengo como meta llegar al final de cada día habiendo sonreído al menos una vez y lo voy logrando.

Sebastian me llamó hace poco, pudimos conversar y me pidió perdón por no haber visto las señales que le di con mi salud, por no respetarme y por no cuidarme. Yo le pedí disculpas por todo lo malo que pude haber hecho para que nuestra relación se truncase.

Todo había sido fácil entre nosotros cuando los besos y el deseo eran la novedad y se disfrazaban de amor. Ese amor que nunca había llegado de verdad; nunca estuvo presente entre nosotros y no es justo mentirnos, ni reprimirnos la posibilidad de conocerlo en otra persona. Yo no sé si esa mujer es esa otra persona para él, aunque se lo deseo de corazón.

Todavía no puedo perdonarlo y tampoco decirle que le fui infiel. Apenas puedo reconocerlo para mí, sin embargo, creo que con él se cerró el círculo y no tenemos nada pendiente.

Fui infiel. No me animo a decirlo en voz alta porque me da miedo escucharme. Siempre pensé, ¿quién puede culparme? si la tentación es tremenda y el hombre que me tienta, lo es también, pero lo cierto es que hoy sé que no importa quién me culpe, importa que yo misma lo haga. La culpa me dejó sin salida. Obstaculizó cada camino. En este tema me faltó coherencia, no la tuve entre lo que pensaba y lo que hacía, por eso estoy como estoy. Nunca entendí las consecuencias hasta que las tuve que enfrentar.

Julián me escribió, no quiere hablarme para no complicarme las cosas. En realidad, fue una solicitud mía, no sabría cómo hablarle o qué decirle. De todas formas, lo aceptó y sus mensajes son dulces. No me pregunta a cada rato como estoy, no me presiona con que le cuente mis avances; solo es él, con bromas y chistes. Me cuenta como avanza su proyecto y lo contento que está por verlo plasmado en papeles, en principio. La remodelación de ese primer hotel de la familia era el sueño de su padre y eso lo tiene ansioso y contento. Me manda flores y bombones y hasta envió una bandeja con un desayuno completo, el día que le dije que no estaba comiendo bien.

Lo extraño, pasan las semanas y no verlo es cada vez más duro, como lo fueron los primeros días sin Sebas, aunque ahora solo pienso en Rico y en lo que pudo ser. Claro que él no me deja olvidarlo, aunque no lo sabe ni lo sabrá. No tiene ni idea como me gusta su personalidad, su humor, su cuidado, su presencia aun en su ausencia y...todo lo demás, obvio.

Todos estos gestos que tiene conmigo tranquilizaron a mi amiga y ya su enojo no es tal, tuvo que pasar un poco más de un mes para que aflojara. Claro que, además, Pilar está que no puede con su genio, los nervios de la boda la tienen insoportable y no registra ningún otro tema. Rodrigo le preparó una rutina en el gimnasio para que libere las energías de la manera más sana. Es eso o la pelea constante con el pobre novio, ya debe estar arrepentido de proponerle hacer el gran evento.

Ya no falta nada, no puedo creer que en menos de cinco días mi amiga da el sí ante un juez, y pasa a ser una mujer casada.

Hoy nos juntamos en casa de Ana y Fernando porque Martina cumple cinco meses y, además, porque cualquier excusa sirve para juntarnos. Sé que lo hacen en parte para ayudarme y se los agradezco porque me hace muy bien estar con ellos y compartir mi tiempo.

Ahora ya no necesito tanto de la soledad. Mi recuperación es casi un hecho mientras sigo con mis pastillas y mi psicóloga. Aunque ya los padecimientos, miedos, dudas y autoreproches están en el pasado, creo, no estoy segura, la terapeuta dice que es muy pronto para decir eso, pero de lo que sí estoy segura, es de poder dominarlos un poco y de sentirme más positiva conmigo misma. Siento que puedo perdonarme por mis errores y reconozco mis debilidades, eso es un gran avance. Hoy soy consciente de todo lo que hice bien y mal, de por qué lo hice y lo enfrento.

Estos días, ocupados, a conciencia, por diferentes actividades me hicieron bien. Vivo sola otra vez y lo disfruto, disfruto mis momentos conmigo y mis momentos acompañada por otra gente.

Todavía me juzgo, aunque me entiendo un poco más y también me perdono más.

Parece mentira que solo pasaron unas cuantas semanas, casi dos meses, pero para mí fue una eternidad.

Julián

—Anoche te extrañamos mucho, viejo. No es lo mismo sin ti.

—Rodrigo no seas tan sentimental —digo en respuesta.

Yo los extraño más y por eso me cubrí la agenda con compromisos, así no me tiento de comprar un boleto para el primer vuelo y volver.

—Yo solo extraño a la homenajeada. Fer me envió una foto, no puede ser más linda esa beba.

—Sí, pasa de brazo en brazo y hace mil monerías. Pero cuéntame, ¿tú cómo estás? —pregunta mi amigo.

—¡Qué se yo! Extraño, quiero volver. No puedo con esta culpa que siento, aunque saber que Vanina está mejor, me calma un poco. Te juro que hago todo lo que puedo y lo que ella me deja para enmendar, al menos un poco, mi error.

—Hace unos días hablamos con la rubia y ella nos dijo que Vanina no te responsabiliza de nada. No te pongas una mochila que no te pertenece.

—La presioné —aseguro, para qué esquivar responsabilidades, no sirve de nada.

—Tal vez, pero lo hecho, hecho está —me replica él, y también tiene razón.

—Es lamentable, pero es así. ¿Cómo la viste ayer?

—Más delgada, linda, sonriente, sin ojeras espantosas como las de hace unas semanas atrás. Y prometió este lunes volver al gimnasio —dice, hace una pausa y cambia su tono de voz—. Está bien, Juli. Ya pasó lo peor.

—¿Se sabe algo de su ex?

—No. Me enteré que hablaron, pero no sé nada más. Ella me dijo que no hay nada pendiente entre ellos. No quiero preguntar más de lo que ella cuenta.

—¡La extraño tanto! —lo digo, porque necesito decirlo, me queman las palabras en la garganta—. Te juro que nunca creí, ese día que la volví a ver en la fiesta, que mi vida cambiaría tanto.

Hace silencio, ya no quiere repetirme que me lo dijo y le agradezco que me evite tener que decirle que tiene razón.

Me duele la distancia, la soledad que siento sin ella es insoportable. Extraño su presencia, verla, aunque sea de lejos, una vez al día. Extraño horrores esa sensación de ardor y deseo que sentía al mirarla. Cada día es como una nueva dosis de agonía. Sigo preso del amor que me negó aquella noche. No es que yo le haya dicho que la amaba, aunque dejé claro que podría llegar a sentir amor por ella, con el tiempo. ¡A la mierda con el tiempo! Si su ausencia me duele tanto y me pega tan duro, creo que ya estoy perdido.

No quiero pensar en ella, sin embargo, por las noches dormir no es una posibilidad. El sueño huye de mí y cuando logro atraparlo, me invaden las pesadillas de una forma despiadada y cruel, recordándome lo hermosa, sensual y caliente que puede ser la mujer que quiero borrar de la memoria. Entonces me doy cuenta que su ausencia no me ayuda tampoco. Los kilómetros que puse entre nosotros no me quitan su recuerdo, es más, creo que, de forma inconsciente, lucho para no olvidar.

Cada sueño, por más erótico que sea porque comienzan así todos, termina con un típico momento cariñoso de esos que se viven en pareja, como si tuviese que confirmarme que una vida con ella podría ser fácil y hermosa. Cosa que, dadas las circunstancias, queda fuera de cualquier realidad y transforma un perfecto sueño, en una terrible pesadilla.

Me mantengo en contacto con todos los chicos y sé cómo sigue, todos me dan su punto de vista. Incluso ella me va demostrando su mejoría. Aun así, me gustaría ver con mis propios ojos como está, su mirada que no me miente, me diría más cosas que cualquiera, incluso que ella misma. No obstante, la quiero respetar como no hice hasta ahora, ella necesita evitarme y sé que si estoy allí no podré alejarme. Ya lo intenté y no funcionó, pero ahora está en juego su salud y yo no seré quien la perjudique.

Me tapé las horas del día con trabajo y hasta algunas noches con cenas programadas por mi eficiente y nueva asistente. Una jovencita, extrovertida y bulliciosa que me recomendó el gerente del hotel a quien conozco desde hace muchos años, por lo que confié en su recomendación y no me arrepiento.

Alex, no me permite llamarla Alexandra, es muy despierta y tiene demasiada energía, no me deja a sol ni a sombra y es mi nueva asistente, no quiere que le diga secretaria. Es muy divertida, le debo todas mis sonrisas en esta aburrida ciudad. Me acompaña, o sigue, a todos lados tomando notas, incluso de detalles insignificantes, aunque reconozco que, más de una vez, esos detalles me salvaron de una mala decisión. Es una persona con muchas carencias afectivas y entre conversación y conversación, nos contamos cosas que no debería contarle a una asistente. No sé si es por mi mal momento o es ella que no para de indagar y hablar, me fue sacando palabra tras palabra y dije más de lo que quería. Aunque tampoco me arrepiento.

Es tan menuda como Mariel, me recuerda a ella en eso y también en su carácter y en sus regaños. Sí, me regaña, a mí. Le llevo cinco años, casi treinta centímetros de altura y soy su jefe, pero ella manda. Me despierta cada mañana porque desconfía de los despertadores y me trae café con algo para comer porque también desconfía de mis desayunos y menos mal que hace, porque si no, pasaría de comer. Incluso me programa los horarios para que no deje de entrenar en el gimnasio del hotel donde me hospedo.

¿Por qué cuento todo esto? Porque gracias a ella no desistí y no volví. Es mi compañía, mi cable a tierra. Dice que vió en mi un grandulón que necesita mimos, esas fueron sus palabras, no las mías. No me incomoda que me vea así, porque se comporta de manera muy profesional la mayor parte del tiempo, sin embargo, cuando estamos solos, no podemos evitar conversar de todo y reírnos. Y yo necesito reírme.

Conozco bastante de su historia y la pobre sufrió mucho. Le costó enamorarse alguna vez y asumir ese amor y por eso soportó demasiado, pero es tiempo pasado. Mi premio a su confianza fue contarle mi propia historia. Sus reacciones son muy graciosas y ni hablar de sus gestos, en diez años va a tener más arrugas que las que tenía mi abuela, a los ochenta. Odia a Angie con todas sus fuerzas y habla del grupo de mis amigos como si los conociera y creo que, si la pongo frente a ellos con lo detallista que es, los reconocería sin que yo le dijera quién es quién.

Le tocó lidiar por teléfono con mi ex esposa en un par de oportunidades, porque dice que tiene algunas dudas con respecto a la división de bienes. No me importa nada… nada en absoluto lo que ella quiera de mí. Alex la trata cordial y le hace saber que yo no la voy a atender y, así y todo, sigue llamando. No la soporto. No puede entender que no le corresponda más de lo que mis abogados e incluso el suyo le dicen, pero ella es así. Yo sabía que no era una santa y supe resguardar lo me pertenecía por derecho, bueno, yo no, sino mis abogados. Fueron inteligentes y astutos después de conocer ciertos movimientos de mi querida esposa y algunos gastos demasiado extravagantes. Hoy se los agradezco.

Mi relación con Alex, a pesar de conocernos desde hace poco más de un mes, es increíble y la enana (como le digo con cariño), no deja de sorprenderme. Comencé a tentarla para que se vaya conmigo, una vez que yo vuelva donde pertenezco en realidad. Esa idea es cada vez más cercana, porque se hace duro esta soledad a pesar de que ella me ayuda muchísimo a soportarla. Esta lejana ciudad no es mi lugar.

Estoy ansioso, demasiado nervioso y temo por mi corazón, porque no viene demasiado bien el pobre.

Este banco es muy incómodo… No pude, no me resistí y llegué al aeropuerto más temprano de lo que debía.

—Te lo avisé, Juli, era de gusto venir tan temprano.

—Cállate, enana, no me contradigas. Ya estamos aquí, de qué sirve que me digas que me lo dijiste —le digo en tono de broma y le sonrío ante su gesto de enojo.

Hoy viajo para no perderme el casamiento de Pilar. Además de ver cosas de la empresa. Quiero ver a los chicos, abrazar y mordisquear los cachetes de Martina y, por sobre todas las cosas, quiero ver a Vanina. Necesito que sus ojos me digan que está bien y que puedo dejar de preocuparme por mis desubicaciones. Voy a pedirle perdón mirándola de frente.

—Ok, no te lo digo más. ¿Puedes quedarte quieto?

No dejo de mover una mano o un pie, estoy insoportable y nervioso; ella me lo hace notar, a su manera: con un pisotón en el pie que se movía sin que yo pudiese evitarlo.

—¡Si serás bruta! No, no puedo.

Me mira y se ríe con una de sus simpáticas carcajadas. Luego me abraza fuerte y yo le devuelvo el abrazo.

—No tengas miedo, voy a volver —le aseguro guiñándole el ojo.

—Lo sé.

—También sabes que la próxima te vienes conmigo.

—Todavía no lo pensé bien. No me presiones, grandulón.

—No seas terca; te ofrezco un trabajo, mejor pagado que el que tienes aquí y, si no consigues casa, te doy un lugar donde vivir hasta que lo hagas. Incluso si compro algo grande hasta puedes vivir conmigo, aunque sea por un tiempo.

—A la vuelta te tengo la respuesta.

Está casi convencida, pero no se anima. Yo me creo capaz de lograr disuadirla. Ella se vendrá conmigo, a como dé lugar.

Llaman a embarcar y otra vez tengo taquicardia. Me paro como un resorte y le doy otro abrazo.

—Cuídate. No olvides todo lo que dejé encargado.

—Sí, pesado, soy más eficiente que tú. Me llamas si me necesitas.

—Claro, tranquila. Voy a estar bien —me despide con un pico en los labios y una sonrisa pícara—. Gracias por estar, Alex.

—Chau, chau, déjate de sentimentalismo que aquí la mujer

337

soy yo.

Se ríe ella sola de su ocurrencia y me empuja para que me aleje.

Casi corro por el aeropuerto, llego a la puerta, entro al avión, y me desplomo en el incómodo y diminuto asiento que no está pensado para gente de mi tamaño.

El ruido ensordecedor de las turbinas me avisa que es hora.

Nos vamos y sonrío.

Vanina

—Pili si no te quedas quieta esta mujer no va a terminar nunca de peinarte —le digo a mi amiga.

La peluquera me mira agradecida ante el comentario.

—¡Dios mío!, esto es insoportable. Mientras más miro el reloj, más lento pasa el tiempo.

—Tranquila, todo está como debe estar. Lo único que puede fallar es que el novio se dé cuenta y te plante en el altar.

—¡Tan mala amiga puedes ser!

—De las más crueles. No me importaría suplantarte con ese bombón moreno de labios gruesos.

—¡Epa!, te estás pasando querida.

—Sabrás disculpar, es que estoy tan necesitada —aseguro en broma y la peluquera ya no sonríe, sino se carcajea—. No sabes lo buen mozo que es el novio de esta desgraciada —le digo, y vuelve a reír.

No es la mejor manera, pero es la que encuentro para que mi amiga se distienda. Todavía tenemos la tarde completa y parte de la noche para esperar.

—Estás quedando hermosa, Pilar. De verdad. Carlos no va a poder creerlo cuando te vea.

Por fin se dejó peinar y pasamos a maquillaje.

En la habitación del hotel donde pasarían la noche de bodas nos encontramos, el séquito de la diseñadora de modas que hizo el vestido que, incluye una peluquera, un maquillador, una vestuarista o como se llame quien asiste a la diseñadora para poder dar los últimos toques del vestido y la simpática diseñadora, una persona de confianza de la novia que vengo a ser yo, la novia misma y un joven que va y viene con bebidas y aperitivos. Este último, fue un obsequio del gerente del hotel, no el joven sino el servicio que nos presta. Este servicio fue a pedido del dueño del hotel, el siempre atento Julián. A quien voy a volver a ver en pocas horas y trato de no cavilar demasiado en ello.

La noche anterior se robó todos los pensamientos que podrían habitar en mi cabeza. No pegué un ojo, no solo por los nervios de la boda (aunque no soy yo quien se casa estoy nerviosa porque quiero que todo salga hermoso y mejor de lo planeado por mi amiga, porque se lo merece) sino por la inminente llegada de Julián.

Él y yo nos debemos una charla. Yo necesito que sepa que no es responsable de lo que me pasó. Mariel me dijo que no deja de especular que lo es y me duele que así sea. Yo sé lo que se sufre por la maldita culpa, ¡vaya que lo sé! y, además, conozco las putas consecuencias que trae. Todavía no imagino de qué forma voy a enfrentarlo, ni el momento. Tampoco tengo idea de la reacción que tendremos al vernos después de casi dos largos meses.

Brindamos con *champagne* por segunda vez en la tarde, pero esta vez, además, le acerco un bocadito de queso, creo. No puede tener el estómago vacío o se va a casar borracha y por supuesto, diciendo bobadas y seduciendo al novio, la conozco. Carlos no tendría problemas, pero el cura... No, no, no estaría bien. La sola imagen que me invento me obliga a darle otro bocadito por las dudas.

El maquillador, entre gritos y euforia, va maquillando la cara de Pilar dejándola cada vez más radiante. Es de esos homosexuales divertidos y gritones que viven la vida llenos de felicidad y alegría, y por momentos nos la contagia, hasta cantamos algunas canciones para acelerar el tiempo. La rubia pidió naturalidad y así está, natural y preciosa. Termina con ella y es mi turno. Le ruego, imploro, que no se le vaya la mano con los colores, casi que prefiero ir sin maquillaje, pero acepto un poco.

Por fin todos terminan, falta nada más que una hora. El vestido está listo para ser descolgado de la percha y es momento de que deje sola a la novia.

—Amiga, este momento va a ser inolvidable. Te quiero y te deseo toda la felicidad del mundo con tu morenazo.

—Lo sé y te lo agradezco. Vamos, vamos que se hace tarde y no quiero llorar.

Me empuja por la puerta y nos sonreímos al despedirnos. Está feliz y se lo merece.

Camino hasta la habitación donde me cambiaré y esperaré a Lautaro y Noelia que se ofrecieron para llevarme a la iglesia y luego traerme a la fiesta, sí, es uno de los salones de este hotel.

Hago un repaso rápido de la boda: Carlos no pudo cerrar la boca cuando Pilar entró, a paso lento, hermosa como estaba y de la mano de su apuesto padre. Apenas si pudo darle un beso cuando ella se acercó y se sonrojó al ver como su novio la miraba. No puedo creer a Pilar sonrojada por algo. Leí sus labios y le dijo: «Estás hermosa, mi reina», tonto el apodo que tienen, pero a ellos les gusta.

La ceremonia pasó rápido. Lloré, sí, algunas lágrimas de alegría. Saludamos a los novios y nos fuimos rápido hacia el salón para esperar su llegada y tirar pétalos de rosas en la entrada. Fue idea de Ana, la romántica del grupo.

Y ahora sí, cuando entro al salón lo veo. Me sudan las manos al instante y las rodillas comienzan a flaquearme. La primera vista que me regala es la de su espalda, enorme, triangular... y el traje negro le queda perfecto. Bajo la mirada para no perder detalle, y no me los pierdo, incluso hasta quiero agacharme a quitar la pelusa que se ha pegado a su botamanga. Lleva el cabello recogido, como cada vez que lo vi con traje. Aunque a mí me encanta el pelo suelto. porque lo muestra como es: rebelde y fresco.

Rodrigo, impecable, dicho sea de paso, me ve y con una sonrisa le avisa que me acerco. Julián se gira. No sé para que lo hace, casi caigo de culo, debería avisar antes como para estar preparada y creo que ni haciéndolo yo evitaría el impacto. No me acordaba que era así de impresionante. No reparo en nadie más de los que lo rodeaban.

Noelia llega a su lado antes que yo y se gana un abrazo de oso como los suele dar él, espero que le quede alguno para mí, porque quiero uno de esos. Total, son gratis, no puede negármelo. Lautaro, que ya lo había visto le da una palmada en la espalda y después es todo para mí.

Su mirada, la sonrisa que cubre su cara, sus ojos y sus brazos, todo… ¡Sí, sí, sí! Me da un abrazo de oso y me despega los pies del suelo levantándome por la cintura. Después de un sonoro beso en la mejilla, me susurra un hola al oído que me estremece entera. Yo, por miedo a caerme, solo por eso, estoy prendida de su cuello. Me baja y me gira con el brazo en alto para que me luzca y silba a modo de piropo, seguido de un comentario de Rodrigo y un codazo de Mariel. El resto fueron carcajadas.

Julián está de vuelta.

Los novios llegan, hacemos eso de los pétalos y saludos, y la fiesta se anima. Por supuesto que todos nos sentamos en la misma mesa, apretados, aunque juntos. Julián no está a mi lado, cosa que agradezco porque su perfume es exquisito y embriagador y viene acompañado por su sensual voz, su pícara mirada y "esa" sonrisa, es un conjunto demasiado dañino para mí. No quiero mentir, pero diría creo que mi cobardía me lleva a conversar casi en exclusiva con Melanie que está justo a mi lado y del lado contrario al que está él.

Esto pasa hasta que suena el vals. Los novios, padres y demás familiares bailan, todos elegantes y risueños. Después cada uno de los gigantes saca a la novia y nosotras al novio, yo soy la primera y le digo esas estupideces que decimos las amigas.

—Ni se te ocurra hacerla sufrir porque te dejo sin huevos —digo y me río de mi propio comentario, Carlos me hace girar en el aire entre sus brazos, sonriente y feliz—. No te preocupes que también la voy a obligar a que te haga feliz.

—Gracias, Vani, eso está mejor. Creo que soy yo quien corre más peligro.

No termina de hablar que vuelo por el aire entre los brazos de alguien y aterrizo apretada a un cuerpo musculoso y perfumado.

—Hola, guapa —me dice en tono sensual mientras me hace ojitos y frunce sus labios.

—Creo que te equivocaste de dama, la tuya es esa pelirroja que está atrapada en brazos de otro hombre.

Rodrigo gira su cabeza para ver a quien me refería.

—No te puedo creer, no la puedo dejar sola un minuto.

—Es que es muy bella.

—Ajá.

—No puedo creer como te tiene de tonto.

Me regala una preciosa sonrisa de enamorado mientras la mira.

—Alguien te observa con un hilo de baba colgando de la boca.

Miramos a Mariel que nos sonríe mientras se despega de Cristian y lo llama con el dedo índice. ¡Es sensual la petiza! Y mi amigo se derrite en el mismo instante. Me da un beso en la frente y me abandona, así como así, en medio de la pista. A mí no me importa.

—¿Solita? —escucho a mis espaldas.

—Desde hace... dos segundos —respondo, mirando todavía a Rodrigo y me sonrío cuando levanta a su mujer y le come la boca de un beso.

—Bueno, ya no —dice Julián.

Me giro cuando me toma de la cintura, me apoya una mano en la espalda y me extiende la otra para que se la tome y bailemos.

—Esto no se baila así. El vals terminó.

—Pero no lo bailamos, por lo que me lo debes.

Aunque me siento ridícula bailando vals mientras suena rock o lo que sea, lo hago embriagada por su perfume y mareada por su mirada. ¡No puede ser tan hermoso! No hay hombre en el mundo que me provoque lo que Julián. Una simple sonrisa o palabra me bloquea, me seduce. Todo él, sus movimientos, cada sonrisa, cada mirada, son como dardos envenenados de seducción y me los clava uno a uno, y no puedo resistirme.

—Estás muy linda.

No, no voy a soportar palabras de ese tipo envuelta con sus brazos y susurrando en mi oído.

—Gracias, y tú muy elegante.

Y precioso, perfecto, sexy. ¡Increíble! Eso lo callé.

—¿Podemos hablar después de la fiesta? Me voy mañana y no quiero hacerlo sin que hablemos.

—¿Te vas, otra vez?

Dejamos de bailar, nos separamos un poco de la pista y nos sentamos en unas banquetas, frente a lo que sería una barra de tragos.

—Sí, tengo compromisos y... un poco mi vuelta depende de nuestra conversación —titubea un poco al decirme eso.

—No es justo que me dejes a mí esa responsabilidad.

—No, no me malinterpretes. Es que necesito saber cómo estás, de verdad, y si no te afecto con mi presencia. No es que me considere tan importante... —dice y hace un gesto con los ojos que me pareció muy gracioso, simulando confirmar que sí era importante, pero en tono de broma—. Solo que como fui en parte responsable, no me gustaría cargar otra vez con esa responsabilidad.

—No fue así, Juli.

—Sh, sh, ahora no. Estamos en una fiesta y las fiestas son para divertirse.

Me toma la mano y en dos segundos estamos bailando, saltando y riendo con el grupo que lo hace rodeando a los novios.

Me siento feliz, completa. Me duele la cara de reír tanto, como hacía mucho que no lo hacía. Soy parte de esta gente, mis amigos, perdidos y recuperados, quienes me regalaron más amigas y entre ellos me sané las heridas.

Me alejo un poco y me acomodo, sola, en esa misma banqueta de antes y los observo. Se divierten como supieron hacerlo siempre, con tonteras y bromas, nunca crecieron en ese aspecto. Veo a Julián molestar a Rodrigo mientras le da un pico a Mariel. Melanie, ya no se siente tímida ni por su jefe ni por el grupo, abrazada a Noelia y Lautaro hacen los coros de la canción que bailan Ana y Mariana, mientras Fernando, con Martina en brazos, las observa divertido y enamorado porque Ana está más linda que nunca con su maternidad. Cristian es un poco más duro para el baile por lo que solo salta llevando el ritmo y Rafa no le quita la vista a Melanie que me olvidé de decir, tiene un vestido bastante osado, con transparencias y escote que deja ver un cuerpo pequeño, aun así, muy armonioso. Aunque, si una llama la atención, esa es Noelia que se me acerca contoneándose. ¡Siempre tan exuberante!

—¿Qué pasa?

Me pregunta como distraída con una copa de algún líquido colorido que agarra de la barra.

—Nada, los miro mientras descanso los pies.

—¿Pero, te sientes bien? —solo asiento con la cabeza y se vuelve con seguridad hacia mí, con la mirada penetrante, como si quisiese investigar algo—. Te encanta Julián ¿no?

Pero, y ¿esta?, ¿qué se trae? ¡Está loca!, ¡cómo va a largar una pregunta así!, sin previo aviso.

—Claro que no. ¿Estás borracha?

Es una opción.

—No, no sé, tomé un poquito, tal vez no lo estoy todavía; tus ojitos brillan y tu sonrisa es enorme cuando lo miras y yo soy muy perceptiva y observadora —agrega y levanta las cejas varias veces y dibuja una sonrisa pícara—. Dejen de jugar al gato y al ratón. Me voy a bailar, mi amorcito me espera.

Y sí, su amorcito la esperaba... y yo estoy petrificada. Tuvo el tupé de guiñarme un ojo antes de dejarme sola. Nunca me sentí tan desnuda, es evidente que no soy lo disimulada que creí ser.

Se acerca Pilar sonriente, bailando descalza, con el vestido agarrado con ambas manos y dejando a la vista sus eternas piernas. Me grita porque está eufórica de felicidad y por la música que suena a todo volumen.

—¿Qué muerto viste?

—¿Qué?

—Tienes cara de haber visto un muerto —dice, se ríe y yo le sonrío—. Bailemos, morocha, hoy no es un día para pensar en nada. Vamos. Julián está que arde y necesita mimos

¡Y dale! Me tiran a sus garras como si fuese una presa para alimentarlo.

Yo no quiero tentarme. No quiero caer en esas garras y demasiado me aguanto las ganas de mimarlo, como para que estas mujeres me vengan con estos comentarios. Y, dicho sea de paso, sí, Julián está que arde. Bailando como loco, sin saco, con la corbata como vincha sobre la frente, el pelo suelto, ¡me encanta!, ojitos vidriosos (efectos de los tragos que lleva tomados) y una enorme sonrisa que le llega a los ojos. Es todo un espectáculo para mi vista.

—Vanina quiere escaparse de la pista —grita mi amiga a viva voz y al instante estoy en andas de dos enormes brazos.

No me dejan tranquila. Todos temen que tenga una recaída y me cuidan. Los quiero, son increíbles. Julián me mira preocupado cuando Lautaro me deja en el suelo y yo le sonrío para tranquilizarlo. Me guiña un ojo y seguimos bailando.

La fiesta es alucinante, todos bailan y se divierten. Carlos y Pilar se miman, se sonríen y se miran con provocación y complicidad.

La noche es perfecta.

Julián

Otro vuelo espantoso. Odio volar. Y más cuando quiero que lo que vuele es el tiempo. Ya estoy aquí, demás está quejarse.

Miro para la entrada y los veo a los tres. Rodrigo me grita sin disimulo y llamando la atención de todos, Rafa larga una carcajada mientras Mariel niega con la cabeza sabiendo que su novio nunca va a cambiar. Todos lo sabemos. Le doy un abrazo a cada uno. Estoy emocionado, no quiero que lo sepan, pero lo estoy. Se me aflojan un poco las rodillas cuando Mariel me da una caricia en la mejilla y me dice: «Bienvenido, te extrañamos». ¿Qué más puedo hacer que aliviar la tensión con mi broma? ¡Le doy un pico!

—Yo no te extrañé —dice su novio besándola después.

Y así es, nada cambió. Volví a casa.

Me llevan al hotel, donde tomamos un café para ponernos un poco al día, más en cosas laborales. Viene Lautaro que se enteró que ya llegué, y conversamos un rato más.

Me despido para descansar un poco, estoy cansado. Ya en mi habitación, veo la funda del traje que mi secretaria me llevó y sonrío. Caigo en cuenta que hoy la voy a ver a Vanina y sé que va a estar hermosa. Voy a tener que aguantar como nunca, aunque un abrazo no se le niega a nadie; me alucina la idea de que la voy a poder tocar, al menos un poco mientras bailamos.

Duermo un par de horas, pienso otro par y recuerdo el resto.

Recuerdo el sueño de mi última noche en esta cama y no puedo evitar masturbarme en la ducha. Estar cerca de Vanina ya está teniendo efectos negativos en mí. No es negativo masturbarme en la ducha para nada, pero es que lo hago pensando en ella. Es la imagen de ella la que me produce la terrible erección y la posterior necesidad de aliviarme y esta es la parte negativa.

Vuelvo a sentir esa debilidad que ella me genera. Es una debilidad hermosa que me acelera el corazón y las ganas que me provoca verla se torna casi inmanejable.

Tengo el teléfono en la mano a punto de marcar su número, sin embargo, me niego a hacerlo. No me atrevo, no sé por qué no lo hago. En cambio, llamo a Alex.

—¿Qué tal el viaje?

—Horroroso.

—¿Nervioso?

—No puedo más.

—Debes estar muy buen mozo con el traje.

—Lo estoy —confirmo riendo. Sé que quiere quitarme presión y distraerme y para eso la llamo para que lo haga—. ¿Cómo van las tareas que te asigné?

—¡Eres increíble! Sabes a la perfección que todo está mejor que si estuvieras aquí. No molestes.

—No le hables así a tu jefe, enana —bromeo y ella se ríe—. Me tengo que ir. Te quiero.

—Y yo. Diviértete y olvídate de todo. Aquí te espero.

Corto la llamada con una sonrisa. Y no tengo muy claro si es por cortar la comunicación después de esas palabras o por estar a solo media hora de ver a Vanina.

Después de la ceremonia tenemos que salir rápido para la fiesta por no sé qué detalle que había organizado Ana. Como vengo medio desconcentrado hago caso, sin consultar. Llego al mismo tiempo que Fernando y Ana, pero no los saludo, sino que les quito de las manos a una preciosura vestida de fiesta y la hago reír a carcajadas con besos en la panza. Cuando creo que tuvo suficiente, abrazo a mis amigos.

—Los felicito, está hermosa. Y enorme. No lo puedo creer.

Martina me mira y me sonríe, me toca la cara con su manita pequeña y me derrito de amor. Después me agarra con las dos manos y acerca mi cara a su pancita.

—¿Quieres más cosquillas? —le pregunto, no se las niego y vuelve a reírse como loca.

Van llegando los demás. Me saludan felices de verme y yo hago lo mismo. Hasta que Mariel me mira, me guiña un ojo y Rodrigo me sonríe.

—Creo que vas a querer mirar lo que veo —me dice mi amigo y al instante sé quién ha llegado.

Los latidos de mi corazón acelerado se hacen presentes en mis oídos opacando la música que suena a todo volumen. Me giro para verla entrar y para darle ese abrazo que quiero, sin embargo, no puedo moverme. Está preciosa, más de lo que podía recordar. O yo estoy muy enam… no, ella está más linda.

Saludo a la exuberante Noelia que me pega sus enormes protuberancias al pecho con el abrazo que nos damos y luego es su turno.

Me deja sin habla cuando la tengo bien cerca. La abrazo con las manos bien abiertas para poder abarcar más de ella y la levanto un poco para rozarla con mi pecho, sentirla bien cerca y, ¡mierda! toco su piel. Su espalda descubierta me regala ese contacto y alucino, no quiero dejarla. Es tan suave, tan tibia, su perfume y su pelo me vuelven loco y ahí está "mi amigo" elevándose y pidiendo mimos. Alejo mi cadera para que no lo note y no puedo creerlo, no soy un adolescente calentón, por favor. Solo puedo decirle hola, nada más sale de mi voz. Tomo una de sus manos y por Dios quiero ver esa espalda. La hago girar sobre su eje y silbo. ¡Caray, esta preciosa! Rodrigo pone en su voz lo que quiero decirle yo.

—¡Ay!, morocha, estás muy sexy.

Por el tono libidinoso que usa se liga un codazo de Mariel y la risa de todos.

Mi cabeza gira en una nebulosa. La sensación de volver a tocar su piel desnuda fue increíble. Me siento un tarado. Con mis veintiocho años, puedo decir que toqué más de una decena de mujeres, y no quiero impresionar a nadie, pero me quedo corto con ese número. Sin embargo, nunca que recuerde, tuve esta sensación de perder la cabeza por esa suavidad. Necesito volver a tocarla ahora. Siento que puedo lanzarme a ella en cualquier momento, sin poder frenarme y eso le hago saber a Rodrigo porque necesito que me dé una mano.

—No voy a poder aguantar.

—Viejo, no eres un joven con las hormonas revolucionadas.

—Sí, lo soy, estúpido.

—Estúpido eres tú si vuelves a cagarla.

—Entonces no me dejes solo.

—¡No lo puedo creer! —gruñe y, aun así, no se despega de mi lado.

Ya en la mesa, incluso evita que me siente cerca. Bien. Sabía que podía contar con él, aunque, ella me lo complica más de lo que supuse. Mientras habla con Melanie que, por cierto, tenía sus curvas escondidas, vuelvo a Vanina porque no puedo dejar de mirar sus hombros y su espalda. Odio que no me mire o me hable, pero más odio que me exponga de esta manera lo que no puedo acariciar y besar como me gustaría.

Soy un mal jugador, porque soy tramposo. Yo sé que le pedí a mi amigo que no me dejara con ella solo y yo mismo me hago trampa, cuando veo que la abandona en la pista de baile me acerco.

—¿Solita?

Soy patético.

—Desde hace dos segundos —me contesta.

Gracias a Dios que no se da vuelta, porque me encontraría babeando mientras la recorro con la mirada de arriba abajo y me deleito con ese precioso culo que se marca en el demasiado sensual vestido colorado.

—Bueno, ya no.

Por fin me hago de esa espalda y la abrazo.

—Esto no se baila así, el vals terminó —dice sonriente.

—Pero no lo bailamos, por lo que me lo debes.

Me importa un carajo como se baila esto si lo que quiero es

tenerla así, bueno, no así exactamente, pero es lo único que puedo hacer.

—Estás muy linda.

Solo me animo con esa palabra, sin embargo, hay muchísimos adjetivos más que le vendrían como anillo al dedo.

—Gracias, y tú muy elegante —dice, y por fin podemos tener una pequeña conversación.

Me siento más tranquilo habiéndole dicho que teníamos que hablar con más seriedad. De esa manera me comprometo con ella, ya no podemos escaparnos de la charla pendiente. Después de aclararle mis motivos me la llevo a bailar, no quiero seriedad en esa preciosa carita, no ahora. Además, su boca está llamando demasiado mi atención con ese color rosado. Así es más seguro, para ella.

Ya en la pista de baile Rodrigo me agarra del brazo y me dice un par de palabrotas.

—¿Te cuido o no?

Lo miro y no sé si es o se hace el bobo y, porque se lo merece, le doy un pico a Mariel.

—Petiza, mantenlo cerca que está por hacer cagada.

—Amor, cuánto tiempo puedo retenerlo yo, tú o nadie —dice Mariel mientras mira a Vanina otra vez sentada en la barra—. Si por lo menos estuviese más... no sé, o menos...

—¿Linda, hermosa, sensual, bella? —digo yo, para ayudarla a encontrar las palabras.

—Eso, él lo dijo —dice, me gira y me obliga a bailar quitándomela de la vista—. Estás perdido Juli, perdido.

No le confirmo ni le niego nada, prefiero no pensar en eso.

Me entretengo con los chicos, bailo con Martina y me distraigo un rato. Solo un rato.

—Vanina quiere escaparse de la pista —grita, Pilar, con la nombrada de la mano.

Lautaro corre a buscarla, la trae al grupo y ya no se escapa. Todos la cuidan, veo como la contienen y están pendientes. La miro, para descubrir si está bien y me guiña un ojo.

Ahora el que se escapa de ellos soy yo alejándome un poco. Y, ya a la distancia, trato de imaginar esos días en los que no me permitió estar, adivinar su sufrimiento y, entonces, la recuerdo llorando, con los ojitos colorados de alguna vez que lloró por mí y se me retuerce el estómago y siento como si unas molestas agujas me pincharan los ojos. Me saco la imagen de la cabeza y la observo maravillado. Ríe, baila, canta… está bien, aunque lo que tuvo que pasar me duele mucho y más me duele no haber estado para acompañarla. No me lo permitió, ni ella, ni nadie.

Me tomo un trago fuerte y vuelvo mi vista a mi perdición.

Es perfecta. Ese vestido rojo como la sangre, rojo pasión, le queda perfecto, claro que si fuese de otro color sería lo mismo. porque ella es sinónimo de pasión para mí, y si viene en ese vestido, ni hablar. Sexy, simple, lánguido, liviano, se adapta a cada una de sus curvas, a cada movimiento de su maravilloso y, tal vez, más delgado cuerpo. Me llaman la atención esos tirantes finitos que sostienen un escote cruel en el que puedo ver la unión de sus pechos. Por desgracia, puedo verlo yo y quien quiera mirar. Esas delicadas tiritas se cruzan por detrás hasta llegar a su cintura pequeña y perfecta para caber entre mis manos. Y como si todo eso fuese poco, la piel de la espalda blanca y lisa, brilla desnuda como si fuese una luz parpadeante y yo un minúsculo mosquito idiotizado con ella.

Me siento atado de pies y manos mientras me hundo en el mar, quiero gritar, respirar y no puedo. Me ahogo. Estoy desesperado por esta mujer que me enloquece. Es una locura que creí que había dominado, pero no, sigue estando. Incluso a la distancia, es ella quien domina mis deseos. Mi cuerpo entero le responde solo a la morocha y la necesito como al agua. ¿A quién quiero engañar pensando lo contrario?

Me encuentro a lo lejos con la mirada de un resignado Rodrigo y levanto los hombros como confirmándole que no me importa nada. Estoy perdido, sí, como dijo la petiza. Perdido por Vanina. La veo bailar y todo lo demás desaparece, es puro fuego, sensualidad; su movimiento es criminal, no lo resisto. Mi cuerpo se acalora, mi piel se enciende y no puedo controlarlo.

Me alejo, me distraigo o eso intento. Busco a Pilar para ese fin y para bailar, además tengo que cruzar unas palabras que tengo pendientes con ella.

—Rico, estás guapo.

—Hago lo que puedo, rubia —digo en broma–. Tú estás preciosa.

—Gracias. Lo sé —digo, reímos juntos, pero de pronto se pone seria y me abraza fuerte—. No quise gritarte ese día, ni insultarte.

—Tranquila, ya lo sé. Todo fue raro, aun así, tenías razón. Yo fui un descarado y no la cuidé como debía.

—Ajá. Pero ella se dejó —me sonreí sin ganas—. Vani está bien. Fue duro, pero ya pasó. Solo necesita asumir cosas que todavía tiene sin asumir, aunque solo ella se puede ayudar en eso. No te culpes, ella no lo hace. Yo, un poco, pero que no te importe.

—Resultaste buena amiga.

—La mejor, cariño.

—Vamos, mi reina, que tenemos una larga noche por delante —dice Carlos, bastante desarreglado y un poco borracho.

—No llegas ni al ascensor, mi rey —le asegura Pilar, mientras me guiña el ojo y en silencio, solo con un movimiento de labios, me dice que me quiere.

Le devuelvo el gesto con una sonrisa y los veo partir rumbo a una noche de bodas que, quién sabe si se consume, a juzgar por la borrachera del novio.

El salón de a poco se vacía y yo busco con la mirada a Vanina que está sentada junto a Noelia y Lautaro, los tres miran embobados a Martina quien duerme plácidamente en brazos de su madre.

—Vani, ¿podemos hablar? —le digo en voz baja, sin que nadie escuche.

—Siempre y cuando me puedas llevar a casa, porque vine con ellos y no quiero demorarlos si quieren irse.

—Por supuesto. Si quieres vamos saliendo y conversamos en el bar del hotel, con un café de por medio.

Saludamos a los que quedan y nos vamos. En el camino solo comentamos la fiesta y alguna que otra cosa irrelevante. Llegamos al bar y pedimos dos cafés, nos acomodamos en una mesa bien apartada de todos y todo y nos miramos, por fin, sin caretas, sin prejuicios, sin miedos.

—¿Perdón?

—¿Es una pregunta?

—Es que, son tantas mis equivocaciones contigo que, tal vez, ya no me perdones más —le digo casi avergonzado.

—Eso no va a pasar, porque tus intenciones son buenas.

—No tanto, nena.

—Julián, por favor.

—Lo sé. Es una broma. De verdad, Vanina, perdóname, nunca quise que esto pasara. Se me fue de las manos.

—Ya estás perdonado. Nunca te hice responsable de nada más que de seducirme —dice con una sonrisa sincera—. No quiero que te responsabilices por nada.

—No te preocupes por mí. Ya estoy grande y sé enfrentarme a mis problemas.

—Soy un problema, entonces —dice sonriente.

No quiero pensar en la frase que dijo y no estoy para bromas de este tipo, si es que fue una. No obstante, tampoco para dejarlas pasar.

—Sí, lo eres. Un hermoso y tentador problema que, si otra fuese la realidad, yo podría solucionar de alguna forma. Sin embargo, en vistas de que no es posible, lo haremos a tu manera.

—Gracias.

Si al menos supiese cuál es su manera...pero dejo la pelota en su campo para que ella me lo diga. Yo tengo claro lo que quiero, lo que no sé es lo que ella quiere.

Su silencio me mata, ruego en silencio que no me pida que la lleve a su casa, porque eso significaría que tengo que hacerlo y no quiero, ni puedo, separarme de ella.

—¿Cómo va tu tratamiento?

—Bien, yo creo que avancé mucho, mi psicóloga y mis amigos también lo creen.

—Yo no sé si avanzaste o no, sin embargo, te veo bien. Casi podría decir que nunca tuviste ningún problema. Estás... radiante, sería la palabra. Y no es un piropo, es una realidad —le aclaro levantando un dedo para que no me malinterprete o se incomode—. Sé, por los chicos que, con Sebastian, pudiste conversar y...

Necesito saber sus sentimientos, quiero ver qué tipo de espacio tengo. Quiero hacer algo, esta vez a paso seguro. Muero por esta mujer, ya no puedo mantenerme ciego a lo que me pasa.

—Con Sebas ya está todo aclarado. Nada nos une y no siento rencor. Me dolió muchísimo, aunque hoy creo que me dolió más en el ego que en el corazón.

Frunzo el entrecejo a modo de pregunta, porque no sé si estoy comprendiendo bien lo que dice.

—Entre nosotros nunca hubo amor verdadero, Juli. Nos queríamos mucho y nos acostumbramos a estar juntos, creo que eso fue todo. Hoy lo entiendo y lo puedo decir, tal vez por eso fue fácil que pasara lo que pasó entre nosotros —agrega.

—¿Y qué pasó entre nosotros? Digo, yo tengo claro lo que pasó por mi parte, me falta saber que piensas tú.

—No quiero… es… Julián, no me hagas esto.

Busco en sus ojos algo que no sea incomodidad, algo que me avise que no está bien, que puede afectarle cualquier avance de mi parte, sin embargo, sus ojos brillan. No veo tristeza, ni dolor, nada de que preocuparme, solo es vacilación y desconcierto; y de eso me tengo que ocupar.

—No te hago nada, solo una pregunta. Vani, en mí no cambió nada: te pienso, te recuerdo y te deseo como siempre, o más.

No me acerco, no la toco, mis manos se mueven solas y las retengo como puedo. Lo que más quiero en la vida es un beso de esa boca, de esa fruta prohibida, que me seduce y me marea. Espero en silencio una palabra, la miro, le ruego una respuesta con una sonrisa.

—Lo que pasó entre nosotros, ya pasó. Fue una necesidad que teníamos…

—Tengo —la interrumpo, pero decide ignorarme y me sonrío.

—…los dos, pero…

—¿Sigues teniendo esa necesidad?

Volví a interrumpirla. No puedo sacar mis ojos de su boca, aunque lo hago igual para buscar en sus ojos esa chispa, ese deseo, eso que veía cuando la besaba. Porque quiero verlo antes de avanzar, estar seguro de hacerlo bien esta vez, no voy a cometer el mismo error.

—Julián. ¿No sé qué quieres que te diga?

—Quiero que me digas si te pasa conmigo lo mismo a que a mí contigo, si sigo pareciéndote hermoso, si tienes esa necesidad que tenías cuando me devolviste aquel primer beso. Quiero que me digas si te mueres por volver a besarme, ahora, aquí, como lo hago yo.

«Por favor contéstame que sí, por favor», rezo en silencio.

Me mira con sus ojos transparentes, bellos, sinceros... y veo ese deseo, esas ganas que no dice, pero, aun así, me contengo.

—Te llevo a tu casa mejor. Tenemos que descansar.

Sé que ahora se siente desconcertada. No me importa. Mi propósito es que me conteste sin evasivas. No que me mire la boca con ganas y no haga ni diga nada.

Tengo tantas ganas de ella, como ella de mí. Pero no quiero lo mismo que antes, no me importa una noche de pasión y después nada. Quiero más, quiero todo. Quiero palabras, quiero confirmaciones. Quiero más.

Vanina

Estoy incómoda, placenteramente, incómoda.

Julián vuelve con su insinuación y me siento en las nubes. Me encanta este hombre, me vuelve loca el poder que tiene sobre mí con solo mirarme. Es un poder adictivo. Sus ojos me recorren la cara, se clavan en mi boca y no puedo respirar con tranquilidad. No me animo a decirle cuanto me gusta y es porque estos estúpidos ataques de pánico me descolocaron algo en mi cabeza, no me salen las palabras.

Insiste, no me deja pensar, no me da escapatoria Mi cuerpo reacciona, siento como mi sangre corre aligerada, mi corazón galopa más fuerte, mi respiración se acelera, mi sexo se inquieta, mis manos sudan, mi cabeza martillea y yo, yo no hago nada. Seducida por este hombre solo lo miro, esperando una respuesta a un comentario idiota de mi parte, «no me hagas esto». Soy un fiasco, de verdad... Pero él responde con una seguridad que me enciende.

—No te hago nada, solo una pregunta. Vani, en mí no cambió nada, te pienso, te recuerdo y te deseo como siempre o más.

Y yo, todo eso y en ese orden o en cualquier otro. ¡Entonces díselo! Me grita mi interior y creo que sí, lo voy a decir. Abro la boca y hablo.

—Lo que pasó entre nosotros ya pasó. Fue una necesidad que teníamos… —digo.

¿Qué? ¿Yo dije eso?

—Tengo —agrega, sin dejar de mirarme.

¡Dios mío! Sí, tengo yo también. Pero sigo hablando sandeces, queriendo terminar una frase incoherente.

—…los dos, pero…

—¿Sigues teniendo esa necesidad?

Sí, sí, sí, sí.

—Julián. ¿No sé qué quieres que te diga? —digo, en vez de esos tantos "sí" que tengo atragantados.

Claro que sé lo que quiere que diga, pero no me animo, no puedo. Solo espero ese beso que no llega. Nunca se acerca, nunca me acaricia y me desespera que no lo haga y más me desespero no atreverme a hacerlo yo. Soy una cobarde.

—Quiero que me digas si te pasa conmigo lo mismo a que a mí contigo. Si sigo pareciéndote hermoso, si tienes esa necesidad que tenías cuando me devolviste aquel primer beso. Quiero que me digas si te mueres por volver a besarme, ahora, aquí, como lo hago yo.

Mi cerebro se desconecta de todo. Solo existe él en mi mundo. Lo observo maravillada por lo que veo. Un hombre deseoso de mí, despeinado, con cara de cansado, con labios suplicantes de una respuesta (que yo le niego) para poder avanzar sobre los míos, con unas enormes manos contenidas sobre la mesa, moviendo una taza vacía. Sigue pareciéndome hermoso, o incluso más que eso. Mucho más. Es perfecto para mí. Sé lo que puede hacerme con esa boca, con esas manos. Y tengo calor.

—Te llevo a tu casa mejor —susurra.

Me lo merezco. Sí, me lo merezco. Me hago cargo. Pero no puedo, no me atrevo, tengo miedo. Miedo a mañana y miedo a sus respuestas. No quiero despertarme en su cama y sentirme vacía. No estoy fabricada para ser amante. Y menos de él. Ya no. Eso lo tengo claro. Eso ya lo aprendí.

—Gracias.

Simple. Es lo que tenemos que hacer.

El viaje en el coche es insoportable. Apenas respiro. Solo escucho los latidos de mi corazón en mis oídos y una lágrima amenaza en mi ojo. No voy a llorar, no tengo ningún derecho a sentirme así.

—Te acompaño a la puerta.

Lo miro y sonrío. El aire se torna pesado entre nosotros. La seriedad se instala en su cara y es más lindo todavía. Abro la puerta del edificio, entra y esperamos juntos el ascensor.

—¿Te veo más tarde? —pregunto con esperanza.

—No lo sé. Tal vez pase por el gimnasio a la noche para saludarlos a todos. Si estás ahí, te veo.

—¿A qué hora te vas?

—Seis y media de la mañana —responde justo cuando el ascensor llega y subo.

Mi despedida fue un beso en su mejilla y una caricia.

Después de ver la puerta cerrada trato de convencerme de que es lo que tiene que ser y creo que este pasa a ser el peor viaje en ascensor de mi vida, superando el anterior, aquel día que me dijo lo mismo que hoy, aunque en otro contexto.

Me encierro en el departamento y me saco los zapatos. Respiro profundo porque no quiero llorar y me tomo un vaso de agua. Antes de terminarlo siento un golpe suave en la puerta y abro después de verlo por la mirilla, con cara de abatido.

—Julián, ¿qué...?

—¿Qué te separa de mí ahora, Vanina? —me pregunta agitado.

Su cuerpo roza el mío, imponente. No me deja espacio ni para llenar de aire mis pulmones. Con una mano me atrapa por la cintura y la otra por el cuello. Y con su mirada me atrapa a mí.

—En este momento la ropa.

¡Por fin!... Hola, ¡desperté!

—Eso no es un problema y lo sabes. La verdad, nena, quiero conocer tus miedos.

Sigue sin avanzar, sin besarme, solo esa mano que me quema en la cintura.

—A que no resulte como quiero.

—Y eso qué carajo importa si lo disfrutamos intentándolo. ¡Intentémoslo!

Su respiración es cada vez más caliente y entra por mi boca

haciéndome desearlo más y más y... apenas puedo hablar. Miro sus labios a una mínima distancia de los míos.

—Julián...

—Vanina... —me interrumpe, y doy gracias al cielo, porque no tengo idea lo que le iba a decir—. No voy a parar esta vez.

—No lo hagas.

Sus labios son más deliciosos de lo que recordaba, o tal vez sin el condimento de la culpa saben más ricos. Sus manos suaves y cuidadosas me acarician la espalda; suspira en cada movimiento y hago silencio para escucharlo. ¡Es tan suave! No recordaba que lo fuera, mi recuerdo de él es otro, es algo así como la pasión en su estado más puro, pero esto me gusta. Me encanta. Un gemido se escapa de mi boca cuando la de él la abandona.

—¿Qué pasó? —pregunto mareada, sin saber por qué me deja rogando por más.

—¿Cerramos la puerta? —pregunta él, sonriendo y con los ojos brillantes.

—Ajá.

Cierra, se saca la chaqueta, me rodea la cintura con un brazo, y la otra mano la pone en mi mejilla. Ancla su mirada en la mía y comienza a caminar guiándome hacia la habitación. Su lengua recorre mis labios mientras caminamos y pega su sexo al mío.

—Quiero verte —dice poniendo sus manos en mis caderas y comienza a subir con lentitud el vestido hasta tenerlo todo arrugado entre sus dedos, entonces sube sus brazos, me pide que haga lo mismo y me lo saca por la cabeza.

Me deja solo con una diminuta tanga que apenas se ve. La intención había sido que no se notase con el vestido puesto, no estando desnuda, pero tampoco sabía que esto pasaría.

—¡Por Dios!, nena, me vas a matar de un infarto.

—Yo también quiero verte —le pido mientras le desprendo los botones de la camisa (los pocos que quedaban prendidos) y luego el cinturón.

Él me gana con el pantalón y mientras yo le saco la camisa él lo hace con el resto y lo tira lejos junto con los zapatos y medias. Estamos en las mismas condiciones.

—¡Por Dios!, nene, me vas a matar de un infarto.

Se ríe con una de esas carcajadas que me enloquecen y todo se vuelve ardiente como el fuego que nos quema vivos.

Me avisó que no pararía y no lo hizo.

No paró sus labios, ni su lengua, ni sus manos. Nos tocamos y besamos con ganas, con las que teníamos acumuladas hasta recién.

Me tumba en la cama y no me da tiempo a prepararme, entra en mí sin aviso previo y, poco a poco, va guiándonos al cielo. Apenas si soy consciente de donde estoy. Mis gemidos mueren en su boca y él no para de moverse dentro de mí, ya no soporto más, aunque quiero esperarlo, intentar notar cuando es el momento indicado para llegar juntos a ese orgasmo que amenaza arrasador, como todos los que me dio siempre con la velocidad de sus caderas.

No puedo más, abro los ojos y me encuentro con los suyos.

—Nena, ¡te extrañé tanto!

—Y yo.

Mis palabras apenas son un lamento porque en mi interior estalla una bomba. Arqueo mi espalda y él se pega más a mi cuerpo, no pasa ni el aire entre nosotros. Me tenso desde la punta de los pies hasta el último de mis cabellos y entonces, escucho su gruñido y las últimas embestidas, calientes y húmedas, que me llenan y desarman de placer. Nos dejamos envolver por cada movimiento involuntario que le sigue a ese derroche de pasión, abrazados.

Nos fundimos en un beso eterno mientras todo vuelve a su cauce normal.

Nos metemos entre las sábanas y me pongo de costado sobre su hombro, pero él me sube a su cuerpo y ahora cada parte de mí roza la misma parte de él.

—Así me gusta, tu piel contra la mía.

Me besa la frente, apoya mi cara en su pecho y me acaricia la espalda, una y otra vez.

Quiero mirarlo a los ojos. Me está derritiendo con esta dulzura de la no lo creía capaz y quiero hacérselo saber. Apoyo mis manos en su cuerpo y el mentón en mis nudillos, "esa sonrisa" se presenta ante mí.

—¿Cómo lo haces?

—¿Qué cosa? —pregunta y recibo otro beso en la frente, mientras me acomoda el pelo, de seguro, hecho un lio.

—¿Practicas frente a un espejo?

—No sé de qué me hablas.

Sacudo mi cabeza, como negando lo que dice y él levanta la ceja preguntándose que me pasa. Pobre, no entiende nada.

—Cada una de tus miradas y sonrisas parecen ensayadas frente a un espejo para lograr un cometido. Una mirada tuya me lleva al lugar que promete. Me regala tu sinceridad, tu intimidad, tu complicidad. Tus ojos hablan conmigo en silencio y tu boca —digo acariciando con lentitud sus labios mientras hablo—, es dueñña de un montón de perfectas sonrisas. Si es pícara me provoca, si es divertida me divierte, si es sincera me obliga a sonreírte, si es seductora me seduce y si es lujuriosa me hace cosquillas en la panza, y me obliga a necesitarte de forma inmediata. Yo la llamo "esa sonrisa". Por eso digo que, si ensayas, lo haces muy bien y tengo que felicitarte. De lo contrario, tengo que pensar que algo no anda bien y que solo es el efecto que provocas en mí y eso sería problemático.

—Creo que es problemático y acabas de empeorar el problema porque ahora lo sé, y si hago "esa sonrisa" que ya voy a adivinar cual es, puedo tenerte así cuando y donde quiera.

Acaricia mi cuerpo de arriba abajo, buscando una respuesta en mí, sin embargo, logra otra. Estoy exhausta y casi dormida. Ya amanece y hace casi un día entero que estamos sin dormir. Su cuerpo como colchón es perfecto y sus manos como canción de cuna son las ideales.

—Ya hablaremos del cuando y donde quieras, aunque te aseguro que será aquí y ahora —digo bostezando.

Me besa en los labios y me abraza más fuerte. Por primera vez en mi vida, dormiré en brazos de Julián, y nada me imagino más placentero. Miento, sí hay algo, tener una buena dosis previa de sexo.

Mis ojos pesan demasiado como para abrirse, aun así, el aroma a café recién hecho me pide despertar. Ronroneo como un gato mimoso mientras estiro mi cuerpo entumecido y desnudo cubierto por mi suave sábana blanca. El colchón se hunde a mis pies y después a mis costados haciendo que un solo ojo, porque el otro está holgazán, se abra para admirar la belleza felina que se acomoda sobre mi cuerpo sin hacerme el más mínimo peso. Sus piernas a los costados de las mías, su pecho contra el mío, sus codos a la altura de mis hombros, sus manos sobre mi cabeza que se mueven en suaves caricias y su intimidante y sensual rostro frente al mío, peligrosamente cerca mi boca hambrienta de la suya. ¿Será que estoy soñando?

—Buenas tardes, bella durmiente.

¡Ah! Es dulce, sí, tal vez cursi, pero dulce. ¡Y no estoy soñando!

—Buenas tardes. Quiero un poco de ese café que huelo —pido con una sonrisa al verlo tan perfecto, tan tentador y tan cerca. Enredo mis dedos en su cabello despeinado y le doy un beso con labios cerrados y sabor a poco.

Paso mis manos a su espalda desnuda, él apoya su mejilla en mi pecho y se relaja con un suspiro que calienta mi piel.

—Me gustan —digo con voz relajada, refiriéndome a sus mimos en mi cabeza y mis manos sobre su espalda.

—¿Qué cosa?

—Las caricias, podría pasar horas así. Me encantan.

Levanta su cara y me mira a los ojos. ¡Hermoso!

—¿Tienes hambre?

Esa sonrisa pícara y provocadora me seduce de una manera descontrolada. No es "esa sonrisa", pero se le parece bastante.

—Mucho —respondo cerca de su boca, me hundo en sus maravillosos ojos verdes y lo beso con lentitud. Habla sobre mis labios, en un susurro ronco que me eriza la piel.

—Tienes que comer algo.

—Ya estoy comiendo —digo y devoro su boca con mucha ansiedad, es demasiado tentadora como dejarla pasar. Jadea entre mis labios como respuesta.

Pierdo el control del beso en un instante porque lo toma él, como siempre y lo guía a uno más profundo y certero que nos traslada a ese lugar idílico de deseo irrefrenable al que viajamos cuando nos besamos de esta forma. Va abandonando mi boca con parsimonia hacia un costado y sigue hasta mi mejilla, mi mandíbula, mi oreja.

Muerde mi cuello y vuelve a mi boca cuando tiro de su pelo provocándolo, entonces engancha mi labio inferior con sus dientes y tira de él. Se deja caer a mi lado y en dos segundos se saca el bóxer. Me regala la perfecta imagen de su desnudez y me destapa poco a poco, recorriendo con su libidinosa mirada cada parte de mi cuerpo que va descubriendo la sábana.

Mi piel arde con su mirada, su deseo me quema. Acaricia con su enorme mano una de mis piernas desde mi tobillo, tortuosamente hasta la mitad del muslo y la acerca a su cuerpo. Toma la otra pierna flexionando mi rodilla hasta que mi pie se apoya en el colchón. Mi respiración no alcanza a llenar de aire mis pulmones. La anticipación de lo que está por venir me tiene por demás de excitada. Acerca sus labios a mi rodilla levantada y baja por el interior de mi muslo rozando y humedeciendo cada centímetro hasta llegar a mi ansioso sexo, lo esquiva besando la piel de mi cadera y subiendo por mi vientre y mis pechos. La imagen de su cabeza sobre mi cuerpo húmedo por sus besos; mis manos enredadas en su cabello: sus labios y lengua torturando mis pechos; su mirada buscando la mía y la mía perdida en esa imagen erótica... me vuelve loca. Desde esa posición, con su lengua jugando sobre mí, me mira y me guiña un ojo. Me resulta demasiado excitante, mi perfecto hombre sexy y se me escapa un gemido de placer.

—¿Te gusta lo que ves? —pregunta sin retirar los dientes de mis pechos y mostrándome "esa sonrisa".

—Me gusta tu boca sobre mi piel.

Mi mano llega a sus labios y acaricio su lengua con mi dedo, cierra su boca sobre él lamiéndolo de punta a punta y me estremezco ante su jadeo. Cierro los ojos cuando mi dedo se encuentra con la punta de mi pecho y los acaricia con su lengua. Estoy que ardo de deseo por este hombre que respira agitado sobre mi cuerpo.

—Nena, eres tan hermosa.

En un imperceptible descuido, giro mi cuerpo para quedar sobre él y mis labios son ahora los que lo recorren. Su pecho sube y baja; sus abdominales se tensan a mi paso; mi lengua sigue cada músculo al compás de sus jadeos; sus oblicuos dibujan una flecha indicando el final de mi recorrido y la sigo. Su sexo me espera ansioso.

Se estremece y un gemido de agradecimiento sale de su boca cuando la mía se llena de él. Semejante hombre, gigante y musculoso, se hace pequeño y sumiso ante mí, entregado al placer que mis labios le dan y me siento poderosa, deseada. Sus manos acomodan mi pelo y mi cara y su mirada queda atrapada.

—Quiero ver tu boca sobre mí —susurra con voz ronca y seductora.

Le doy el show que pide, con mi lengua y mis labios y lo llevo al mismísimo infierno. Es mío en este momento y lugar, Julián es mío.

—Basta, nena, por favor.

No me importan sus súplicas. Quiero su placer. Quiero verlo entregado a mí, como yo me entrego a él. Lo quiero llevar al mismo lugar que él me lleva con su boca. Quiero ver el orgasmo dibujado en su cara.

Su cuerpo comienza a tensarse, sus labios se entreabren y sus manos se aprietan en mi cabeza. Su pecho sube y baja frenético. Su mirada me abandona cuando sus ojos se cierran con fuerza y un perfecto y poderoso gruñido se pierde en el aire. Sigo con mi única tarea: darle placer hasta verlo sumergido en el éxtasis.

¡Dios mío, es hermoso! Y lo quiero para mí, ¡solo mío!

Dejo que su cuerpo se relaje mientras él, sin olvidarse de mí, me acaricia la espalda cuando yo descanso sobre su cuerpo.

—Fue fantástico e inesperado.

Me dice, aún con los ojos cerrados. Una de sus manos baja hasta mi cintura y un poco más agarrando mi trasero desnudo.

Quiero quedarme así para siempre.

Julián

No puedo creer que me dejó ir cuando le dije que pensaba en ella y que la deseaba como siempre. No puedo creer que no me aguantara y subí igual a su casa. No puedo creer que me respondiera que lo que nos separaba era nada más que la ropa. No puedo creer que ella me haya dicho que podía darle un infarto verme desnudo... ¡No puedo creer nada de lo que pasó estas últimas horas!

El enorme placer que me da, la irresistible necesidad que tengo de poseerla una y mil veces, lograr cumplir ese pedacito de sueño al tenerla sobre mi piel, rozando cada centímetro... haberla acariciado hasta sentirla dormida sobre mi cuerpo es otro sueño cumplido y ahora verla despertar, hermosa, sonriente, con el pelo enredado, los labios y ojos hinchados, negándome su cuerpo desnudo tapado con esa sabana, es como estar en el mismísimo cielo.

Esto es lo que deseo en mi vida, que me diga una y mil veces que tiene hambre de mí, que se alimente de mis besos, que me seduzca y me provoque increíbles sensaciones con sus labios y su lengua.

Acabo de tener uno de los mejores orgasmos de mi vida en sus manos, con su boca devorándome y succionando cada gota de mi placer. Mi idea era al revés, quería verla derretirse en mi boca, pero, inesperadamente, ella cambió los roles. No me quejo, jamás lo haría.

Su desnudez no está para ser ignorada. Y no lo voy a hacer. Una vez repuesto me dedico a ella, acaricio su espalda y es suave, tibia; su cintura pequeña, ideal para que mis manos casi la abarquen por completo. Bajo un poco más y me encuentro con esas montañas perfectas, carnosas, sensuales y las acaricio. La tengo como quiero, desnuda a un costado de mi cuerpo, boca abajo, con una de sus piernas sobre una de las mías y un brazo sobre mi pecho.

Con una de mis manos le acaricio el trasero, sin ganas de dejar de hacerlo jamás y con la otra el hombro y el cuello alternando según mis deseos. Tengo manos traviesas y juguetonas. La que no quiere abandonar sus nalgas encuentra un camino y lo sigue. Es una línea que baja, separando esas provocadoras colinas que tan bien calzan un pantalón, una línea que se torna cada vez más tibia y húmeda a medida que llega a la unión entre sus piernas.

La siento temblar con esa caricia y vuelvo a hacerlo. Subo y bajo varias veces hasta ese punto que se va poniendo más caliente y expectante, delicioso. Sé que la torturo y que necesita que la toque, sin embargo, me encanta su estremecimiento ante la espera y sus exhalaciones de aire tibio sobre mi pecho. Con mi otra mano la tomo del cuello y le levanto la cara para besarla; apenas la dejo respirar, ella no me niega su lengua y se aprieta contra mí. Siento como se moja mi pierna en contacto con su sexo, la subo a mi cuerpo, rozo a "mi amigo" en ella y gemimos los dos.

—Me contagiaste el hambre —le digo y le sonrío.

Me acuerdo todo lo que me dijo sobre mis sonrisas y mis miradas. Si ella supiera que la miro y le sonrío como dice que lo siente, que me lee y me conoce como nadie. Es peligroso. Me vulnera que así sea, aun así, me encanta.

—¿Tienes hambre? —repite con voz muy, muy sexy, y asiento en silencio.

Se mueve contra mí, provocando que cierre los ojos. Le freno la cadera y me muevo yo contra ella para escucharla gemir, dirijo mi mirada a esa unión y me humedezco los labios imaginando lo que voy a hacer, vuelvo a provocarla y en un movimiento la giro sobre la cama y le apoyo la espalda en el colchón.

No tardé ni tres segundos en llegar a mi destino, con mis manos sobre sus piernas y mis labios sobre su humedad, su cuerpo comienza a contonearse sobre mi lengua, llevo una de mis manos a uno de sus pechos para pellizcarlo, apretarlo, lo que sea que le provoque placer. Deseo más gemidos, jadeos, gritos, mucho ruido, quiero escuchar lo que le provoco. Pide clemencia, quiere más, pide que pare… no sabe bien que quiere, que acelere mi lengua o mis dedos, que la deje, que le muerda… quiere todo, porque está a punto de llegar a tocar el cielo con las manos; el cielo que yo le bajo a la tierra y me fascina que así sea. Me tira del pelo, mueve mi boca sobre su necesidad, me excita como se contonea y gime, y mientras ella disfruta yo intento un poco de cordura tocándome porque no soporto la presión y el deseo, pero quiero que llegue así, siendo devorada por mí.

Su orgasmo se apodera de su cuerpo, se tensa y me pide más. Y yo se lo doy. Lo que me pida, hasta el mismo arco iris si lo quiere.

—Sí, nena, no te resistas.

—Por favor —arrastra la letra "r", sin dejar de gemir, y un grito ahogado la deja inmóvil.

Se muerde el labio inferior mientras arquea la espalda y eleva sus pechos.

Esa imagen, todos los sonidos que salieron de su boca y mi mano, que no hizo un movimiento lento precisamente, me tienen a punto de estallar. Me trepo a ella, necesito solo entrar y acompañarla a ese cielo y, por suerte, me lo permite. Me recibe con las piernas atrapando mi cadera y sus brazos me aprietan, su boca se apoya en la mía, ¡es perfecto!

Dos, tres movimientos, cuatro… vuelve a gemir y yo jadeo sin control… cinco, seis… diez. No puedo más. Cierro los ojos, levanto el torso y entro profundo en ella para acompañarla otra vez con este nuevo éxtasis, esta vez para los dos. Juntos.

Esto es lo que busco y lo que quiero. Vanina es lo que quiero.

Apenas si puedo moverme, estoy tendido en la cama, tan exhausto como ella; la miro y me sonrío, porque no sé qué decirle que no le haya dicho. Ya no puedo decirle una vez más que es hermosa, porque se lo dije mil veces. Tampoco quiero mostrarle cuan perdido estoy por sus encantos y ante la idea de tenerla así para mí, no todavía.

—¿Podemos comer algo ahora?

—Por favor —ruega con una preciosa sonrisa de esas que llegan a los ojos.

Se levanta desnuda y se pone una camiseta grande y vieja que le queda como si se hubiese puesto el camisón más sexy. Solo el saber que está desnuda debajo me enloquece, aunque mi cuerpo dudo que responda. Me pongo el bóxer y nos vamos a la cocina por ese café y algo para comer.

La miro deambular por ahí y me digo que puedo acostumbrarme a esto; sí, puedo hacerlo cada mañana. Quiero vivir esto el resto de mi vida.

—Vani.

Me mira seria porque está concentrada en lo que hace. Nada difícil: unta mayonesa en un par de panes para prepararnos unos sándwiches, pero su mente no está aquí.

—Quiero que sepas que no puedo quedarme. Tengo compromisos, reuniones, y de verdad tengo que irme —le digo.

—Lo sé.

—No, no lo sabes. Y quiero explicártelo —le tomo la mano y la siento sobre mis piernas en el sofá. Me encanta tenerla cerca—. No venía con la idea de buscarte sino de evitarte, no obstante, otra vez no pude hacerlo y, con esa idea, me tapé la agenda de cosas que hacer a la vuelta. Me obligué a irme otra vez porque no sabía como estabas, y si mi presencia no era buena para ti, entonces, no quería estar cerca tuyo por más que fuese mi deseo.

—Juli, no es necesario. Solo quiero que sepas que yo no soy una persona que se acuesta con un hombre cada vez que tiene ganas y sigue con su vida. Lo que me pasa contigo es bastante raro, aun así, no es lo que quiero que pase.

—No te entiendo. ¿Qué me quieres decir? —pregunto y no sé por qué, pero presiento que no quiero escuchar lo que va decirme.

—No quiero ser tu amante. Prefiero ser tu amiga antes que eso, por lo que no es necesario que me digas nada; prefiero que sigas con tu vida y yo con la mía. Esta es la última vez que aceptaré que me seduzcas.

—De ninguna manera, nena, yo no te voy a dejar. No quiero solo tener noches perdidas de sexo contigo. Yo quiero saber a qué podemos llegar juntos —le atrapo la cara entre mis manos y veo una lágrima amenazándola. Le beso ese ojo y evito el llanto—. Cuando llegué te pregunté cuál era tu miedo.

—Que no resulte como quiero —me repite y lleva sus manos a las mías sobre sus mejillas.

—No sé cómo quieres que resulte todo esto, pero yo quiero que resulte bien. Y si no, al menos, haberlo intentado con todas las ganas, los dos somos capaces de eso, ya lo hicimos y en circunstancias más adversas con nuestras anteriores parejas.

—Julián, esto me asusta, no me preguntes por qué, porque no soy capaz de explicarlo.

Me acerco a sus labios y le doy miles de pequeños besos hasta que logro una sonrisa sincera que cubre su hermosa mirada de alegría.

—Por fin una sonrisa. Tengo hambre —le digo y le beso la sonrisa preciosa que me regala.

Nos sentamos en la mesa a comer lo que ella preparó. No le saco los ojos de encima, es imposible que lo haga. Tengo que creer lo que está pasando.

—¿Qué? —me dice cuando me sorprende mirándola.

Tengo que disimular, no quiero parecer sentimental. Ella tiene miedo de lo que puede pasar y yo estoy aterrado por lo que me está pasando.

—Nada, solo me estaba preguntando si dormías con eso.

¿Cómo se le llama a esto? Ah, sí, mentirita piadosa.

—A veces, aunque tengo cosas más lindas. Hoy no esperaba compañía.

Levanta las cosas que quedaron en la mesa y al pasar por mi lado me da un simple beso en la boca. Me fascina la sensación ante una acción tan sencilla y natural por la que, hasta anoche, yo hubiese dado mi vida.

Cuando vuelve la atrapo por la cintura y la siento en mis piernas.

—No puedo creer que me tenga que ir —digo besándole el cuello y aspirando su perfume. Meto una de mis manos por debajo de su camiseta y le acaricio la espalda, con la otra toco sus piernas.

Quiero ser un pulpo y poder acariciarla toda, llevarme la impresión de su piel en mis manos. Me abandono en sus labios, y ella responde a mi beso aferrándose a mi cuello y pegándose a mi pecho. Me está volviendo loco, pero me tengo que frenar porque no hay tiempo de nada; miles de cosas me esperan, por ejemplo: Rodrigo en el gimnasio con una pila de papeles y el abogado para ver unos temas de mi divorcio de Angie.

—Nena, para. Te juro que por más que quiera, no puedo.

No deja de besarme y no solo en la boca, en el cuello, en el pecho... me desespero. Le saco la camiseta, la dejo como Dios la trajo al mundo y la miro con demasiado deseo. Ella me devuelve la mirada y se muerde le labio inferior.

—¿Siempre logras lo que quieres? —pregunto con picardía.

—Soy un poco persistente.

Me dice provocándome y sentándose en el borde de la mesa. Me saco el bóxer y en cinco minutos estamos jadeando sobre la mesa.

Siento que me va a ser imposible abandonar el departamento, sin embargo, tengo que hacerlo. Me reprendo en silencio miles de veces por haber organizado tantas reuniones.

Pienso en Alex y sé que tenemos que hablar, definitivamente.

Me cambio como puedo, ella se pone la camiseta, solo porque se lo ruego. Es una pervertida provocadora y alucino pensando que me encanta que así sea. Me pienso llegando a mi casa y que ella esté dispuesta a cualquier juego, que me desee como yo lo hago, que me permita acceder a su cuerpo cuando la necesito y ni hablar que ella va a poder tomar del mío lo que quiera, cuando quiera y donde quiera.

—A la vuelta hablamos. Ponemos todo esto en contexto y vemos como lo manejamos —digo y la abrazo por la cintura, la aprieto contra mí y ella enreda las piernas en mi cadera—. Piensa en mí, en nosotros. Voy a volver mucho antes de lo que piensas.

—¿Me lo prometes?

—Te lo prometo. Si no cumplo te dejo ir a buscarme.

—Te tomo la palabra.

¡Qué difícil se me hace!

¡No puedo creer que sea cierto!

Miro para atrás antes de que las puertas del ascensor se cierren. La dejo en la puerta del departamento, mirándome y casi desnuda. No es un detalle tonto porque no hace más de diez horas yo estaba desesperado, a punto de las lágrimas, por un beso de ella o un simple abrazo que me acerque un poco su piel y ahora la abandono a pesar de que se me ofrece. Levanta una mano y me dice chau en silencio. Se me rompe el alma. No quiero irme. Quiero gritarle tantas cosas... sin embargo, solo le digo: «Chau, nena».

El ascensor se cierra y me llevo las manos a la cabeza, me tiro el pelo para atrás y me apoyo en una de las paredes. La sonrisa se me dibuja sola y enorme, tanto que me duelen las mejillas. Una carcajada sale ronca, creo que yo no fui, aunque, como no hay nadie conmigo deduzco que sí. Es indescriptible la sensación: el estómago se me retuerce, siento que está vivo, que tengo algo dentro de él y el corazón golpea fuerte en mi pecho. Es hermoso sentirme así.

No puedo quitar de mi cabeza todas las imágenes que grabé de ella, sin embargo, la última es la mejor, ella apoyada de costado sobre el marco de la puerta, con una prenda enorme, vieja y desteñida, que solo tapa hasta donde comienzan sus piernas largas y perfectas. Me estremezco recordando que debajo de esa tela no había nada más que su bello cuerpo. Estaba preciosa con su pelo revuelto por haber hecho el amor más de una vez; sus labios, mi locura, con restos de mis besos; sus ojos brillando y su mirada rogando porque yo vuelva.

Dejo salir un profundo suspiro asumiendo que ella llega a mi vida, con todo su bagaje, aumentando mis miedos, y se van mi soledad y también mi desolación. Si así se siente la felicidad, puedo decir que soy feliz. Por fin puedo decirlo. ¡Soy feliz! Por el tiempo que dure.

Salgo al fresco; llueve, pero me importa un carajo mojarme. Me doy cuenta de que todavía sonrío, y sacudo la cabeza negando mi estupidez. Saco el teléfono una vez encerrado en el coche y veo las seis llamadas perdidas de Rodrigo y las dos de Mariel; veo también una de Angie, la borro y marco a Rodrigo.

—No te preocupes por nadie, que nadie se preocupa por —dice enojado y gritando.

—Hola para ti tamlén —digo, escucho la risa y algo que no

entiendo en la voz de Mariel—. Hola, petiz¡

Siempre atiende con el altavoz y esta vez no es la excepción.

—¿Dónde estás? Tenemos que vernos.

—Sí, mi amor —digo en broma—, en una hora estoy en el gimnasio.

—Ese me gusta más, peti —dice mi amigo y esa voz me suena un poco sensual como para estar hablando conmigo—. Bueno te espero allí. Tal vez llegue un poco tarde.

—Déjalo así —dice Mariel y se ríe.

—¿Qué hacen? —pregunto riéndome yo también.

Puedo imaginar lo que hacen a juzgar por los ruidos y carcajadas.

—Trato de sacarle el sostén y no me deja.

—¡Rodrigo! —ella grita enojada y escucho un ruido.

¿Le pegó? Se me escapa una risa pensando en Rodrigo reprendido por Mariel. Es una imagen divertida.

—Es la verdad. ¡No me pegues en la mano! Julián, esto se me complica, te veo después. ¡Colorada, ven para aquí!

—¿Para qué atiendes el teléfono si estas jugueteando con tu novia?

—Porque no lo estaba haciendo, hasta que me mostro la ropa interior que se compró.

—Estuve hasta recién con Vanina —lo digo de golpe, ya está.

Si lo pienso mucho empiezo a dar vueltas y me enredo en palabras.

—¡Ay, mierda! —Mariel grita y escucho golpes.

—¿Estás bien? —escucho que pregunta mi amigo—. Julián casi se mata mi novia por tu culpa. Salió corriendo hasta el teléfono, se chocó con la silla y va descalza.

—Perdón, Mariel —digo mientras me río a carcajadas.

—No puedes largar una bomba así sin avisar antes —me grita furiosa.

—Lo sé, petiza, pero si no tu novio no te sacaba la mano de encima.

El silencio me indica que quieren detalles.

—Me doy una ducha y voy para allá. Prefiero tu casa hoy —les digo.

Corto con ellos después de una mini guerra porque quieren que les adelante algo, y yo no lo hago.

Envío un texto a Alex, para que sepa que sigo vivo porque sé lo que me espera si no lo hago, y me sonrío imaginándola enojada por no saber nada de mí en dos días.

Julián:

Alex, a mi vuelta tenemos que hablar.

Alex:

¿Tengo que asustarme, grandulón?

Julián:

Un poco. Llegó el momento de tomar decisiones. Y eso te incluye.

Alex:

¿Cómo estás?

Julián:

Mejor que muy bien, enana.

Alex:

¡Dios mío, si es lo que pienso…! No creo estar preparada para lo que quieras decirme.

Lo sé. Sé que no está preparada, pero me importa una mierda. No tengo demasiado claro desde cuándo soy tan egoísta, solo sé que quiero tomar de la gente lo mejor que puedan darme, y esta mujercita es increíble, voy a quedarme con lo que ella me da, porque es mucho y porque sé que me quiere y sí, me voy a aprovechar de eso.

Vanina

Parece que estoy flotando en una nube. Su perfume o, mejor dicho, su particular olor está en toda mi casa y en mis sábanas. Me tiro en la cama, aspiro sobre la almohada y sonrío como una tarada.

Me repito sus palabras en mi cabeza: «De ninguna manera, nena, yo no te voy a dejar. No quiero solo tener noches perdidas de sexo contigo. Yo quiero saber a qué podemos llegar juntos. No sé cómo quieres que resulte todo esto, pero yo quiero que resulte bien. Y si no, al menos, haberlo intentado con todas las ganas, los dos somos capaces de eso, ya lo hicimos y en circunstancias más adversas con nuestras anteriores parejas».

Claro que sé que peleamos con fuerza por rescatar nuestras anteriores parejas y en vano, porque no había tanto... ¿Tanto qué? ¿Qué sentimientos nos unen a Julián y a mí?

El hecho de conocerlo desde hace tantos años, haberlo amado y tener esa increíble atracción sexual, me atemoriza, me pone insegura. Me hace pensar que todo es una mentira, un engaño de nuestras pieles, de nuestras manos y bocas, para permanecer juntas. Los besos son malignos, ya me pasó, engañan cuando vienen acompañados de sensaciones lindas. Y los suyos traen de todo, solo por eso me siento engañada, pero a la vez, no me importa y un algo indescriptible me impulsa a averiguar qué es esto que vivo como la impresión de estar llenando mi cuerpo de un oxígeno tan puro que me hace sentir viva y libre.

Me aterra, pero no me paraliza como ayer. Por el contrario, es un miedo que me empuja a lo desconocido, obligándome a conocerlo, a descubrirlo. Puede ser que lo intentemos con todas las ganas, aunque sufrir después sería terrible. Sé que no puedo pensar en eso, que es un maldito cliché de las novelas románticas ese miedo de enamorarse y no ser correspondido o, a pesar de intentarlo, no lograrlo. Pero es inevitable. Eso puede alejarme, seguro que sí, no obstante, no quiero que lo haga.

Tal vez el corazón me duela más si esto no funciona, porque estoy volando muy alto, lo sé. El abismo que tengo delante me dice que la caída puede ser letal y ya vengo magullada, y él también. Pero, ¿por qué tiene que haber una caída? ¿Por qué en mi vida las cosas no pueden salir bien? Soy una caminante más en este mundo y tengo las mismas posibilidades que tienen todos de enamorarse y ser feliz con ese amor.

Sí, apuesto a esto, lo voy a intentar, quiero hacerlo. A pesar de no contar con el diario de mañana y no saber qué va a pasar y si vamos a sufrir o cuánto.

La vida está llena de sorpresas, y Julián es una de ellas. ¿Quién en su sano juicio podría no aferrarse a este "sorpresón"?

Tomo mi teléfono y escribo un mensaje.

Tengo tanto miedo como ganas de intentarlo. Y me muero de miedo, nene.

Escribo sin dudarlo un segundo más y le envío el mensaje.

Julián:
Somos dos, hermosa. Me fascina que me digas nene, aunque me provoca lo que a ti "esa sonrisa".

¡Qué lindo es, Dios mío! Tengo ganas de abrazarlo otra vez.

Vanina:
Lo siento, NENE. Será en unos días.

Julián:
*Vamos a tener que ponernos de acuerdo en este tipo de co-
sas. No me gustan las maldades.*

Vanina:
Otra vez lo siento. Nene.

Me meto en la ducha con una tonta sonrisa en los labios y Julián nunca más sale de mi cabeza. Ni ese día, ni al otro, a la hora que
partió su vuelo. No pudimos despedirnos porque no tuvo tiempo, me
mandó un mensaje al momento de despegar. Ya no puedo dejar de
pensar en él. Lo extraño.

Antes, al menos, podía luchar un poco conmigo misma y ganaba. Solo era esa atracción maldita, pero ahora, es diferente. Tengo derecho a hacerlo, puedo imaginar, puedo recordar, puedo esperar y nada
me lo impide, porque es mío. Mi hombre, mi seductor, mi fantasía.

Con Pilar de viaje de bodas no tengo posibilidad de charlas acla-
ratorias para mi mente o compensadoras de tiempo muerto o de las que
se necesitan para no extrañar tanto a alguien. Como me pasa a mí.

Habíamos decidido que no blanquearíamos nada hasta no
saber que había que blanquear. No sabíamos que éramos, que teníamos. Pasó todo tan rápido que se nos escapó ese detalle, claro
que apenas tuvimos tiempo de hablar. Nuestras bocas estuvieron
muy ocupadas, por nosotros mismos, aun así, ocupadas.

Pasan los días, tengo muchísimas ganas de verlo.

Me mima con regalos. Me envía flores, desayunos, porque le
dije que era exquisito el que me había enviado antes y hasta un camisón recibí. Nada sensual ni provocativo, más bien algo parecido a
mi camiseta de dormir, pero nueva. Cosa que me causó algo de risa.

Pasó una semana que se me hizo eterna. Fueron días largos
de poca concentración, poco entrenamiento y muchos suspiros.
Siento que cada caricia que no le doy, cada beso que no llega a su
boca, es un suspiro que me abandona. No quiero irme en suspiros.
Quiero esas caricias y esos besos, sueño con ellos y otras cosas más...
¿para qué negarlo? Aunque todos mis sueños comienzan en besos y

se pierden después en un camino de pasión y desenfreno. Ese camino que descubrí con él y del que no quiero alejarme jamás porque mi cuerpo funciona con esa pasión; aprendió que se puede ser libre, expresarse y sentir con tanta intensidad como la que se desea a alguien o más. Nunca me pasó, y no quiero con esto desmerecer lo que tenía con Sebas, sin embargo, nunca tuve el cielo en mis manos, nunca usé el arco iris como un tobogán con él. Nunca me quedé sin aire gritando de placer.

Perdón Sebas, lo intenté, disfruté de tus caricias, pero no llegaban a esos lugares escondidos como tesoros, los que sí descubrió Julián y sin el más mínimo esfuerzo.

Tal vez yo tampoco fui lo que Sebastian necesitaba y por eso no estamos juntos. Fuimos incompatibles desde el minuto cero y luchamos por adaptarnos, con una buena intención y no siempre las buenas intenciones alcanzan.

Qué fácil suena hoy; con el tiempo en medio, algunos ataques de pánico, varios frascos de pastillas y muchas sesiones con la psicóloga para evitar que se repitiesen.

Mato el tiempo vacío (o lleno de Julián) con actividades en las que lo incluiría. Visito a Martina y a sus papás que, dejaron de ser los dueños de casa, ahora todos vamos a casa de Martina no de Ana o Fernando. Salgo con los chicos, voy al gimnasio y paso horas con Rodrigo y Mariel quienes, me parece, saben que algo pasó entre nosotros y no me importa porque si Pilar estuviese, lo sabría también. Y Rodrigo es la Pilar de Julián, ¿se entiende?

Aun así, sin Julián presente no pienso hablar con ellos. Creo que no sabría que decirles y, además, no puedo desnudar mis sentimientos o, lo que carajo sean, con ellos antes que con el merecedor de estos.

En pocos días vuelve mi amiga y su marido. Ya no me acuerdo si les conté que es muy guapo el moreno. Bueno lo es. Y después de empezar el gimnasio con los chicos, ¡madre mía! Por eso mi amiga, que no tiene ni un pelo de tonta, lo cazó, perdón, se casó.

Otro lunes sin ganas de trabajar, pero lo hago, y sin ganas de extrañar, pero lo hago.

Y así llego al viernes esperando a Pilar con los brazos abiertos y no para preguntarle como lo pasó en su idílico viaje de luna de miel. ¿Qué me va a decir? ¿Horrible? Ni el mal tiempo puede hacer horrible un viaje de bodas, incluso creo que el mal tiempo lo hace aún mejor. La espero para contarle lo que me pasa, lo que siento, lo aterrada y entusiasmada que estoy con esta relación. Relación que se hace inminente con los días, porque ahora es solo extrañar, desear y fantasear con algo que sí va a ser.

Quisiera saber cuántos días más tengo que esperarlo, no obstante, no lo pregunto. No quiero que Julián piense que lo apuro. No está en un viaje de placer, por lo que debo comportarme como la mujer de casi treinta (no, no, veintiocho) años que tengo. Este es un tema que debería conversar con Sara, mi psicóloga. La llegada de los treinta me aterra. ¿Por qué? Sería su primera pregunta, y mi respuesta sería, eso quiero saber ¿por qué? Analizando opciones de respuestas, escucho el timbre.

—Estás hermosa. ¿Rubia que te hiciste?

Es lo primero que puedo decirle a mi amiga cuando la veo.

—Me corté el pelo, me lo pidió mi marido.

Enfatiza en esa palabra y me sonrío. Su melena ya no existe, en cambio, lleva un moderno corte que deja al descubierto su cuello y cae hacia un costado de su rostro más que del otro.

No tengo claro si su belleza está en el corte o en su sonrisa que hace que le brillen los ojos. Tal vez sea el bronceado, también. Me entrega un montón de regalos y nos sentamos abrazadas en el sillón. Está tan exultante de felicidad que no nota que yo estoy igual. Me cuenta de los lindos paisajes, de su propio lindo paisaje con forma de hombre y algunas anécdotas de sus torpezas que son para morirse de risa y cuando cree que ya no tiene nada más para contar, me pregunta como estoy.

—Mucho mejor. Y comenzando algo parecido a una relación con Rico —digo, así, como si nada.

—¡Mentira! —dice, en el mismo momento que se levanta y comienza a saltar como un canguro, no sé si por nervios o de alegría—. ¿Sí? Mentira, no te creo. ¿De verdad?

Solo asiento con la cabeza y una sonrisa idiota en mis labios, como toda respuesta. Grita, me abraza y llora. Esta mujer está loca, no puede llorar por esto.

—Eres tonta, ¿cómo vas a llorar?

—Es que me pone contenta porque es lo que más quiero en el mundo, verlos juntos, casados y con hijos. Ese es uno de mis tantos sueños.

—Pero ¿qué dices?

—Eso. Él es el único hombre con el que puedes estar. A pesar de que te envidie.

—No importa yo te envidio a tu marido también, estamos a mano.

—Por fin. El destino tiene sus vueltas, pero llega.

Sus palabras me dejan pensando. Nunca me dijo nada parecido. Ni sabía que lo pensaba. Claro que fue testigo de mi vida con Julián desde el mismo comienzo de la historia, del comienzo de mi noviazgo, de cuando se fue y cuando no volvió. De mi espera a pesar de todo, de cuando desistí de hacerlo y también lo fue de cuando me enteré que lo volvería a ver, ni que decir que fue testigo, en primera fila, de nuestro bochornoso reencuentro.

Tal vez la nuestra es una historia sin fin, de esas eternas, con idas y vueltas. Solo lo dirá el tiempo. El que creo que no pasa si no lo veo.

Otro domingo y cada vez tengo menos ganas de hacer cosas. Ya no me alcanzan las llamadas telefónicas, los mensajes, los regalos. Lo extraño horrores, como nunca extrañé a nadie en mi vida.

Hoy, como casi todos los días, nos encontramos en el gimnasio. Todos menos él y se nota su ausencia. Yo intento distraerme con lo que me rodea para no pensar. Martina gatea llamando la atención de todos y Fernando no puede quedarse sentado con nosotros por seguirla, nos divierte ver como lo tiene de acá para allá. Noelia se sienta a mi lado y me guiña el ojo. ¿Esta mujer está bien? Pilar llega a los gritos y Rodrigo le vuelve a repetir que está preciosa con su corte de pelo y la abraza pronunciando uno de sus desubicados comentarios. Mariel se ríe de él caminando hacia la puerta.

—¿Amor? —grita desde unos metros más allá, abrazada a un hombre que tiene a ¿Martina?, en brazos y a su lado una jovencita sonriente de casi la misma altura que Mariel. Lo abraza por el cuello y le da un beso en la boca que el hombre responde.

—Lo odio, odio que esto pase —comienza a gritar Rodrigo y entonces veo como Julián se aleja de la petiza poniendo la mano en la cintura de la desconocida señorita que sigue sonriendo, mientras caminan hacia nosotros.

Martina le agarra la cara a quien era mi sueño convertido en realidad hasta hoy, y él se la lleva a su pancita para hacerle cosquillas, muerto de risa. Y yo, de intriga y celos. Muero de celos.

¿Quién carajos es esa mujer?, ¿por qué él la abraza por los hombros y por qué se sonríe y me mira con cara de idiota?

Vergüenza debería darle.

—La venganza es terrible, amor —bromea Mariel, mientras todos saludan a Julián que está contento, muy contento.

Diría que se ve feliz. Y yo lo odio en este instante más que nunca porque veo que esa mujer no se le despega y él tampoco la suelta. Se acerca, me da un beso en la mejilla y me guiña un ojo. Yo apenas le sonrío y ni se da cuenta.

—¿Rubia? ¡Estás hermosa! te queda muy bien el cabello corto. Pero a ti, morocha, ni se te ocurra —me dice ándome a los ojos.

Mañana mismo me voy a la peluquería a pelarme. Por estúpido.

Miro a mi alrededor y no veo a nadie sorprendido, solo soy yo la única y creo que también Pilar. Parece que el resto estaba al tanto de su llegada. Noelia me mira y levanta los hombros, está muy seria como resignada y me señala con el mentón, de manera disimulada, a la petiza esa que no se despega del que creí mi hombre, mi destino, mi futuro y se ha convertido ahora en mi desilusión.

No lo puedo creer. No de él.

Julián

Días de mierda y largos. Eternos, mejor dicho. Colmados de cosas que no tengo ganas de hacer.

Desde hace más de una semana que Alex intenta sacarme una sonrisa, sin embargo, después de enterarse de que quiero volver con mi gente, casi ni ella sonríe.

—Vamos, enana, dame ánimos.

—Estoy peor que tú.

—Sabías que esto era pasajero y también sabes que ahora puede continuar con una sola respuesta tuya. Conoces mis condiciones, dime las tuyas.

—No tengo condiciones. Quiero irme contigo, pero me da miedo a lo que pueda pasar. Somos dos, grandulón, no todo depende de mí.

—Por Dios, todo el mundo tiene miedo. Si no te gusta lo que te ofrezco, te vuelves. Tu puesto anterior va estar esperándote, claro, si tu preocupación es el trabajo, porque es lo único que podrías perder.

—Y a í

—Entonces ahí está la respuesta, ven conmigo. Si vienes no me pierdes.

—Eres imposible. No puedo creer que me convenzas de esto. Lo que menos me gusta es tener que compartirte.

—¿Es un sí?

Me confirma con la cabeza y me emociono. No quiero a esta maravillosa persona lejos de mi vida ahora que la conocí. Me acerco y la levanto en un abrazo hasta mi altura, le doy un beso en la mejilla, con mucho ruido, y se ríe mientras me abraza.

Tiene esas risas que contagian y cuando menos lo esperas, estás sonriendo con ella. A pesar de su historia, Alex es toda luz, cuando debería ser lo contrario. Es un ejemplo. Con su corta edad, sin padres, sola en el mundo y con tanto amor incondicional para dar, tanta alegría para compartir y sin pedir nada a cambio. Salió adelante de una enfermedad que casi le cuesta la vida, sola y sin nada. Tuvo que enfrentarse a una vida con gustos y puntos de vista diferentes que no todo el mundo acepta, pero que ella no calla. La admiro. Quiero que me inyecte un poco de su energía, buena onda y fuerza, todos los días. Por eso la quiero cerca y a mí no me importa compartirla si con eso consigo mi propósito. Se enoje quien se enoje, comenzando con el gerente de mi hotel a quien no le gusta mucho la idea de perder a tan eficiente secretaria.

—Aquí van mis condiciones, cambié de idea, ahora las tengo: Quiero conocer a tus amigos. Voy a necesitar gente a mi alrededor.

—Ok. Trato hecho.

—Incluida a Vanina, con ella te voy a compartir después de todo.

—Está bien, pero te prohíbo hacer comentarios que me metan en líos.

—Eso no te lo prometo —dice, se sonríe y me pasa el papel que sale de la impresora—. Última firma y si aceptan el trato, última reunión para el jueves que viene. ¿Saco pasajes?

—Para el domingo, a primera hora. ¿Vas a necesitar ayuda con las cosas de la mudanza o conmigo alcanza?

—Por ahora solo me llevo la ropa, alcanzan tus brazos para levantar las maletas.

—Estoy feliz de tenerte, enana. Te quiero.

La abrazo, estoy feliz, no puedo dejar de sonreírle y me agarra la cara entre sus manos y me besa. Su mirada se llena de lágrimas de alegría y mi sonrisa se ensancha de emoción.

—Gracias, Juli. Yo también te quiero y no puedo dejarte pasar por mi vida sin intentar retenerte.

Saber que no me voy solo y no la tengo que dejar me da paz. Y saber que el domingo vuelvo a mi gente y a mi hermosa morocha, me saca un peso de encima.

Por fin tengo una fecha, ya veo el final del camino.

Cada día fue una agonía sin Vanina. Casi peor que antes de volver, porque ahora sé que me espera, que es toda mía, que me piensa y me extraña. También sé que no me voy a morir de ganas de besarla o tocarla, cosas que ya puedo hacer sin impedimentos.

Me río recordando la cara de mi amigo cuando le conté, aunque dijo que le sorprendía, reconoció que se lo esperaba. Claro que sí, me conoce y sabe que estoy perdido y loco por ella. No soy de abandonar mis metas con facilidad y, aunque ella no lo fue nunca, cuando la volví a ver no me quedó otra opción. Era eso o el manicomio.

—¿Sabes lo que haces? —me preguntó.

—Sí, nunca estuve más seguro en mi vida.

—¿Qué piensas hacer con tus celos?

—¿Por qué me dices eso?

—Porque no va a pasar un día en que yo no le dé un beso en la boca.

Se rió a carcajadas el desgraciado. Sé que va a cumplir y espero el momento. Tal vez Vanina no sea como Mariel y no se lo permita. Ruego que así sea.

Todo el tiempo que permanecimos separados, la llamé por teléfono y le mandé miles de mensajes, pero no es lo mismo. La extraño a mi lado, extraño sus manos sobre mí, su mirada en la mía.

Solo pensar en la suavidad de su piel me provoca un baño de agua fría. Me viene a la memoria una y otra vez su imagen de ella en el marco de la puerta, despeinada y casi sin ropa, con su mano saludándome y "mi amigo" despierta eufórico y, aunque quiera evitarlo, tengo que darle unos mimos, porque si no lo hago el dolor posterior es insoportable. Masturbarme con ella en mi memoria sigue torturándome, porque a pesar de saberla mía, todavía no la tengo.

Aunque todo mejora, ahora que sé que falta menos, casi nada.

Les aviso a los chicos de mi vuelta y les pido que no digan nada. Quiero ver su carita cuando me vea, quiero hacerla desear mi beso. Planeo sorprenderla delante de todos y sé que ella no se va a animar a besarme, ni se va a acercar y yo, si ella no lo hace, tampoco lo haré.

Sueño con Vanina. Cada noche me visita una nueva fantasía y, por Dios que quiero cumplirlas todas y cada una. Esa mujer amenaza con mi cordura en su ausencia y con su presencia es aún peor, me lo demostró cada vez que hicimos el amor. Yo nunca tuve sexo con ella, tal vez la primera vez, y solo los primeros minutos, hasta cuando descubrí que nací para ella o ella para mí, da igual el orden.

Mujeres lindas en el mundo hay millones, pero ninguna capta mi total atención. Solo ella. Ella es la mismísima lujuria hecha mujer y la más empalagosa dulzura personificada. Me produce, con la misma intensidad, ganas de tirarla en el suelo y hacerla gemir hasta escucharla gritar de placer, como de darle el beso más tierno y largo del mundo, perdido en su hermosa mirada.

Por ella la palabra pasión está en mi vocabulario, pasión en el más amplio de los sentidos.

Ella es todo lo que busco y lo que quiero en una mujer. Y aunque me arrepienta del tiempo perdido, me encanta sentirme como me siento ahora. Una inmensa alegría de vivir me acompaña cada mañana al despertarme y cada noche al acostarme. Solo está un poco opacada por la distancia, sin embargo, mañana termina mi agonía.

Duermo apurado y adelantando el tiempo en mi cabeza para que se haga la hora del vuelo, como si de mí dependiese.

Ya en el aeropuerto, Alex intenta distraerme una vez más, sin embargo, ella está más nerviosa que yo.

Por fin el altavoz anuncia la partida de nuestro vuelo que resulta ser intenso y largo.

Tomamos un taxi hacia nuestro destino, nadie nos espera. Ahora que le dije a Alex que, al llegar al hotel dejamos las cosas en la habitación y nos vamos al gimnasio porque nos esperan, comenzó a temblar. Ella me pidió conocerlos y compartirme, a eso vamos. Aunque intento ahora yo calmarla a ella, me es imposible, saber del grupo no es lo mismo que conocerlo y, además, está Vanina por quien siente especial intriga y es lógico.

Hicimos lo pactado, ya vamos en mi automóvil camino al gimnasio y trato de apaciguar a Alex con una caricia en su mejilla y se la pellizco para que se mueva su comisura y dibuje una sonrisa.

—Tranquila, va a estar todo bien —le aseguro al cruzar la puerta de vidrio.

Ni bien entro me agarran los zapatos y al mirar hacia abajo una sonrisa se me dibuja en la cara.

—Preciosa, ¿me estabas esperando?

Levanto del suelo a Martina que venía gateando como loca, seguida por el padre, que me saluda con un abrazo.

—Hola, ¿Fernando?, soy Alex —se presenta y como pensé, ella sabe quién es quién

Le paso una mano por el hombro y la guío. El grupo está sentado más adelante. Veo a Mariel caminar hasta mí con una sonrisa que no me gusta... se prende a mi cuello y llama a Rodrigo que abraza a una chica de cabello corto que no conozco, me guiña el ojo y me da un pico. Ya entendí.

Rodrigo grita y todos me ven. Mi morocha me mira y no entiende nada. Mira a Alex y entiende menos. No me gusta su mirada, pero todos me saludan y yo estoy feliz de verlos. Martina no me suelta y yo tampoco. Es todo muy confuso. La chica de cabello corto resultó ser Pilar y está hermosa, sin embargo, yo quiero sacarle una sonrisa a esa boca que me muero por morder y le digo a Vanina que ni se le ocurra cortarse el pelo como su amiga, no gano nada. ¿Desconfía de mi llegada?, ¿de Alex? Alex, me doy cuenta que no la presenté y que la tengo temblando entre mis brazos.

—Chicos ella es Alex, mi nueva amiga —digo y le guiño el ojo—. Y asistente.

Todos la saludan con una sonrisa, menos Noelia que me lanza una mirada de odio que desconocía en ella y mi morocha que no para de maquinar. Puedo ver el engranaje de su cabecita trabajando.

Alex enseguida se pone a conversar con cada uno y dice sus nombres sin que nadie se los haga saber. Los conoce por mí, a través de mí y se los hace notar, adquiriendo enseguida la confianza que sabía le darían. Yo estoy feliz de poder acercarle a su vida a esta gente, ella se merece el cariño que sabemos brindar en este grupo y quiero compartirla con ellos.

Me siento frente a Vanina que no me mira. Le paso a Ana a su hija, que ya llorisquea un poco ante tanto alboroto. Tomo mi teléfono y escribo.

Julián:
Estás preciosa. Quiero morderte esos labios carnosos hasta
que te duelan.

Sonrío y la miro.

Vanina:
No puedo creer que me hagas esto.

Responde y su mirada se clava en la mía como si de estalactitas, o estalagmitas, se tratara, da igual cual, lo importante es la idea. Hielo en forma de agujas, eso vi que sus ojos lanzaban a los míos. Frunzo el ceño a modo de pregunta y me señala con disimulo a Alex; no entiendo, aunque no puedo decirle nada en ese momento porque la veo entrar a Gaby, que había quedado rezagada por una llamada telefónica y le hago señas. Se acerca dubitativa, (¡es tan tímida!) y me acerco a ella para darle la misma confianza que le di a Alex.

—Ella es Gaby —les digo a todos y ahora nadie entiende nada. Lo veo en sus ojos, aun así, no soy yo el que debe hacer ningún comentario.

—Mi novia —agrega Alex y se sonríe.

Es su compañera, su apoyo incondicional. Nunca vi una pareja tan ideal. Ellas solas en el mundo pasaron por mucho, aunque ahora me tienen a mí: su hermano mayor. Porque Alex me recuerda mucho a mi hermanita o a como que yo creo que podría ser mi hermana hoy.

Otra vez se presentan y saludan y yo ya quiero continuar lo que dejé con Vanina. Me siento a su lado, nadie nos mira, solo Noelia que ahora me sonríe. Esta mujer se volvió loca.

—¿Qué pasa, morocha? ¿Qué te hice?

—Ahora ya sé que nada, perdón por desconfiar.

No entiendo, la miro y la veo mirando a Alex con una sonrisa, la primera.

—Pensé lo peor… que ella y tú… —dice titubeando

Ahora sí entiendo. ¿Entonces esto es una escena de celos? Me pone feliz que me cele, no me importa si desconfió, no me importa nada, solo que le dio celos, y a mí una necesidad enorme de besarla y abrazarla… y después seguir con lo que se dé.

—¿Qué? ¡Estás loca! Con lo que pasé para que me dieras una mínima esperanza. En cinco minutos en mi oficina, quiero comerme esa boca —digo, me levanto y antes de irme me acerco a su oído—. Me vuelve loco que te hayas puesto celosa.

No la dejo hablar, no la miro. Les aviso a Alex y Gaby que vuelvo enseguida. A nadie le importa que me vaya, ellas acaparan las preguntas y las sonrisas.

Me siento en mi sillón y espero, ansioso. Pasan los cinco minutos y no aparece. Cuando estoy por salir a buscarla la veo entrar y cerrar la puerta con llave. Sonrío y la miro de arriba abajo. Tiene uno de sus conjuntos deportivos que es como casi nada de ropa, además es tan ajustado que me dibuja su contorno con detalles.

—Hola —me dice en voz baja y con una sonrisa tímida. La sonrisa, no ella—. ¿Por qué no me dijiste?

—Porque quería sorprenderte.

Me mira mientras camina despacio hacia mí.

Se sienta de frente en mis piernas con las suyas a cada lado de las mías y su mirada queda prendida en la mía, o al revés. No puedo dejar de mirar esos ojos que me hablan, que me suplican un beso. Ese beso que no quiero demorar más. Le tomo la cara en mis manos y mientras me acerco le digo hola.

El primer roce de su boca en la mía es la gloria. Todo mi cuerpo se estremece y el de ella tiembla. Sus brazos me envuelven por los hombros y sube una mano a mi cabeza enredando sus dedos en mi pelo, me encanta que lo haga y me pierdo en esa boca. La devoro, me come, nos mordemos, nos besamos como si no hubiese un después. Bajo mis manos a su cintura y la aprieto contra mí. Estoy demasiado excitado para seguir con este juego, la quiero desnuda y tocando cada parte de mi cuerpo.

—Nena, te extrañé –digo mientras le saco esa mínima prenda que apenas tapa sus pechos y cuando los tengo desnudos, bajo mis labios y los beso ante su atenta mirada.

Le sonrío y me sonríe, sé que le gusta mirar como adoro sus senos con mi boca.

Me saca la camiseta cuando ya es demasiado el deseo, vuelvo a sus labios, me muero de ganas de entrar en ella de la misma manera que soñé cada noche. Sus manos me queman la piel de la espalda y mi control es nulo. Me paro con ella y la dejo el suelo. Comienzo a tocar su cuerpo y ella a desprenderme el pantalón con la misma desesperación.

Golpean la puerta… ¡No, no, ahora no! La miro a los ojos, quiero adivinar si se incomoda, no quiero hacerla sentir mal por un arrebato de pasión. Se ríe nerviosa, pero me besa sin dejarme hablar, veo que no le provoca más que morbo y me encanta. Sigo en lo mío, meto una mano dentro de su short y le apretó el culo al mismo tiempo que le muestro cuan excitado estoy, pegándola a mí.

—¿Quién es? —pregunto en casi un suspiro. Me mira, la miro y esperamos la respuesta.

—Juli, perdón, Martina llora porque se va y quiere saludarte —Mariel suena como disculpándose y gruño, enojado con el momento.

—Voy, petiza. Dame un minuto

Le sonrío a mi mujer y le doy un beso más, mientras me agacho a buscar la ropa del suelo, vuelvo a besar sus pechos y su cuello, aspirando su perfume.

—No lo puedo creer. ¡Te deseo tanto! —murmuro sobre su cuello.

—No más que yo.

Me guiña un ojo y se viste. Cuando ya estamos listos y más tranquilos, la miro en silencio dos segundos y la tomo de la mano.

—Vanina, salgamos juntos ahora. No hay nada que ocultar. Eres mi novia a partir de este momento.

—¿Te me estás declarando? ¡Qué antiguo!, ¿novios?, eso es una palabra para jovencitos —bromea y me guiña un ojo.

—Somos jovencitos, adolescentes, no me importa. Vamos…me aburro de esperar… ¿somos o no somos novios?

La miro y sonrío.

—No lo sé.

—Yo sí sé. Sé que no me importa nada ni nadie más que tú. Por lo que yo decreto que somos novios.

Abro la puerta y salgo, me quedo esperándola con la mano tendida. Es su decisión. Me sonríe y me da la mano. Ya pegada a mí, agrega un beso en la punta de mi nariz.

—Vamos, nene. Seamos novios.

Esta mujer puede con todas mis defensas. Su simpleza, su entrega, que es la misma que me da en la intimidad, su sinceridad, todo eso me encanta. Ella me dice con sus titubeos que aún no está segura, pero también que quiere intentarlo, por eso me da la mano. Prometimos hacerlo poniendo todo y eso pone, todo. Su ser completo está dedicado a mí, a nosotros y por eso mismo mi corazón estalla en un galope que no puedo contener.

Caminamos dos o tres pasos y me freno, no puedo seguir. La apoyo contra la pared y la beso, con lenta pasión, no hay arrebato, solo la acaricio con este beso. Quiero aniquilarle el corazón, llegarle al alma, su abrazo me dice que es un buen intento y di en el blanco porque no deja de apretarme contra su pecho que se hincha contra el mío mientras inspira con fuerza como si quisiera absorber el momento. Sin separar mi boca de la suya abro los ojos y la busco en ese mar, ahora turbulento, atiborrado de sensaciones, las mismas que las mías, y sobre mis labios se sonríe.

—Me encantan tus besos.

¡Por favor! Es hermosa y diciéndome esas palabras más aún.

—Y a mí me encantas tú.

—Por fin, el gato cazó el ratón —exclama Noelia cuando pasa cerca nuestro y me da una palmada en el hombro.

—Bruja —le grita Vanina riéndose.

—Y muy orgullosa, corazón.

Caminamos de la mano, como acordamos y no hay muchas miradas sorprendidas, a decir verdad, solo algunas, otras felices, otras dudosas.

La que más me llega a emocionar es la de Alex porque ella padeció conmigo la soledad y la angustia de este viaje, y me dio valentía para seguir intentando, a pesar de todo. Ella fue la que, la noche de la fiesta de casamiento de los chicos me dijo: «Vuelve a ese maldito departamento y cómete el orgullo, después su boca». Literalmente.

—Ay, ay, ay, me va a dar algo —cacarea la exagerada de Pilar y abraza a mi novia, separando nuestras manos.

Hay un par de felicitaciones más. Mariel me guiña el ojo, mi amigo me da una palmada en el hombro, gira sobre sus talones, agarra la cintura de Vanina, se agacha hacia un costado y, cual galán de telenovela, llevándola a ella hacia atrás, le da un pico lo bastante largo como para que todos lo vean y se rían. Me lo merezco. No lo puedo negar.

—Perdón, morocha, era necesario —le dice después de besarla, no antes. Es muy caradura.

—La próxima me avisas y me preparo —le responde mi hermosa mujer.

Pongo cara de enojado y ella ahora es la que se ríe y me besa, con un beso rápido que me deja perdido. ¡¿Tan fácil puede ser?!

Vanina

«Alex, mi nueva amiga», dice el estúpido, infiel, desubicado.

¡No me interesa! Grito en mi interior y estiro todo lo que puedo la palabra.

No entiendo por qué la trae aquí, delante de todos. Mucho menos entiendo el porqué de sus palabras y promesas antes de irse. No puede haber cambiado tanto.

Ya me había tenido en su cama, no tenía que mentirme, no puedo creer que yo fuese una más para él. ¿Por qué hacerme caer tan bajo?, ¿por qué engañarme y hacerme sentir ilusión? ¿Por qué prometerme algo que no cumpliría? Si yo no se lo pedí.

Me destrozó. Siento ganas de salir corriendo y no volver a verlo en mí, miserable a partir de hoy, vida.

Se sienta y me mira. Odio que me mire. ¿Qué pretende? ¿volver a pedirme perdón con cara de arrepentido y empotrarme contra una pared, ahora a espaldas de su nueva "amiga"? Pues esta vez no lo va a lograr. No soy tan tarada ni estoy tan necesitada.

Me odio por verlo y comenzar a temblar, me aborrezco por tentarme con su boca y desear que me regale esa sonrisa que me encanta y ¡quiero que deje de usar ese perfume! Porque me voy a volver loca.

Julián:

Estás preciosa. Quiero morderte esos labios carnosos hasta que te duelan.

Y yo el pene y dejarte sangrando, por mentiroso. ¿¡Puede ser tan caradura!?

Vanina:

No puedo creer que me hagas esto.

Si las miradas mataran estaríamos en su velorio con la que le dediqué después de escribirle. Espero que le quede claro, aunque parece que no y con su cara me lo pregunta. ¿De verdad, me pregunta por qué? Me deja otra vez en nada, enojada. Más que eso, furiosa. Se levanta y abraza a otra mujer. Esto ya es el colmo, no lo soporto.

—Ella es Gaby.

—Mi novia —aclara Alex y se sonríen.

Pausa, paremos el tiempo. De preferencia, el mundo entero.

Ok. Empiezo a ver borroso. Pienso, pienso. Ok, veamos, es su... novia, no la "amiga de..." Tengo que recapitular.

Alex es homosexual, su novia es Gaby. Julián sigue siendo mí Julián y tiene ganas de morderme los labios hasta que me duelan. Bien, es una idea que puedo aceptar.

Todos saludan a las chicas, yo quedo petrificada mirando un punto, negro en estos momentos, sobre la pared blanca y agradezco no haber hecho un escándalo, ni decir nada de lo que tenga que arrepentirme. Ahora lo miro con otros ojos, saco el velo de los celos y el enojo. Me vuelve la alegría de verlo, más que eso, es felicidad. Su sorpresa, doble, fue efectiva. Siento su perfume otra vez y hago una nota mental, voy a comprar un par de frascos extra porque me encanta. Está a mi lado. Me río por dentro y me avergüenzo al mismo tiempo.

—¿Qué pasa, morocha? ¿Qué te hice? —me pregunta inquieto.

Nada, lindo, no hiciste nada más que engatusarme y lograr que ya no pueda vivir sin tus besos... ni tu perfume.

—Ahora ya sé que nada. Perdón por desconfiar —le digo y

miro a Alex con una sonrisa—. Pensé lo peor… que ella y tú...

—¿Qué? ¡Estás loca! Con lo que pasé para que me dieras una mínima esperanza. En cinco minutos en mi oficina, quiero comerme esa boca. Me vuelve loco que te hayas puesto celosa.

¡Mi Dios y yo quiero esa boca! Su susurro llega a mis entrañas ¡Qué maldito, o bendito, poder tiene sobre mí!

Lo veo alejarse. No me acuerdo ni cuanto son cinco minutos. Apenas si recuerdo que los minutos son una unidad de tiempo. Mi cerebro está loquito, revolucionado. Muero de ganas por salir corriendo a sus enormes brazos que me abrazan con tanta dulzura a veces y otras con tanta pasión.

Me doy cuenta que nunca me presente con Alex y Gaby, la pareja de novias, me grabo eso en la cabeza para que los celos no vuelvan. Las dos parecen felices de estar aquí.

—Hola, soy...

—Vanina, lo sé —me interrumpe Alex y me da un abrazo que me casi me deja sin respiración—. No hagas sufrir al grandulón. Te adora, no sabes lo que te extrañó.

—Ah, ¿sí? —le sonrío y ella me la devuelve—. Y yo a él.

Creo que podemos ser amigas esta chica y yo, me cae muy bien.

—Hola, Gaby. Es un placer conocerlas —agrego.

—Tenemos muchas cosas que hablar nosotras —me dice con seriedad Alex.

—Bueno, espero que no sean todas advertencias —digo en broma.

—Algunas. El resto es para que sepas quien es de verdad ese oso cariñoso —me asegura señalando el pasillo por donde desapareció mi hombretón y recuerdo que me espera.

—Creo que lo sé. Pero me encantarían los detalles.

Le guiño un ojo y salgo para encontrarme con mi renovada ilusión, mi esperanza… mi futuro.

Abro la puerta y ¡mierda!, casi tengo que retroceder para no caerme. No me acostumbro al impacto que me da su imagen. Es alucinante, imponente. Sentado en ese sillón, semejante hombre, dueño de esa sonrisa, "mi sonrisa" y esa mirada verde y libidinosa que me estudia cada curva y hace que me hierva la sangre.

—Hola. ¿Por qué no me dijiste? —pregunto.

—Porque quería sorprenderte.

Pone esa voz que me hace temblar, sexy y prometedora.

Camino despacio, no por parecer sensual, sino porque me estoy conteniendo. La idea de mi cuerpo es tirarse en palomita, pero mi razón me indica lo contrario, no mostrarme tan desesperada como estoy. Y, por una puta vez, mi cuerpo obedece porque sabe que, aunque lento, va a llegar igual a su destino: su boca, sus manos... todo él.

Me siento en sus piernas y su mirada me dice cuanto me desea; quiero decirle lo mismo... un beso hermoso, muero por uno de tus besos, ruego en silencio y como si me escuchase, me toma la cara y después de un seductor y suave, «hola», me apuñala el corazón con un beso certero, directo, de esos que saben lo que hacen. Inhalo su perfume, su olor a hombre, su deseo por mí.

—Nena, te extrañé.

Quedo agonizando, con ese «nena». Suena tan sexy en su voz. ¿O es que siempre me dice cuando su deseo es más fuerte que él o que yo?

Sus manos se descontrolan, quedo sin el top en pocos segundos y me deleito con sus labios y su lengua sobre mis pechos. Archivo la imagen mientras la disfruto. Le quito la camiseta porque yo también quiero mi porción de piel para comer, aunque eso empeora las cosas y hace que perdamos la poca sensatez que nos queda. Se pone de pie para comenzar a desvestirnos; es un momento de desesperación absoluta por parte de los dos y... golpean la puerta.

¡No es justo, no ahora! Nada me va a impedir seguir con esa boca sobre la mía, vuelvo a ocuparme de eso y él da un paso más, su mano caliente se mete entre mi ropa. ¡Por fin, quiero más! Quiero eso que me hace notar que tiene en sus pantalones.

Pero es imposible. Él gruñe. Me encanta ese sonido de frustración y sonrío. Aunque dejo de hacerlo cuando me dice lo siguiente, eso de ser novios. No quiero sonar ni ansiosa, ni emocionada de más, por eso no acepto enseguida, y porque me da pánico que esto vaya tan rápido.

Es cierto, yo no soy una jovencita, casi tengo treinta, ¡treinta!, pero sí quiero, sí, sí…novios, a pesar de todo quiero serlo y ver qué pasa. Sin embargo, sigo sin aceptar su propuesta, no entiendo porque me idiotizo justo en los momentos más importantes. Ya habíamos quedado, mi mente y yo, que al miedo había que enfrentarlo.

—Yo sí sé. Sé que no me importa nada, ni nadie más que tú. Por lo que yo decreto que somos novios —dice.

Es tan seguro que a veces parece arrogante, y me derrite su arrogancia, digo… su seguridad.

—Vamos, nene. Seamos novios —digo porque es lo que quiero.

Salimos de la mano y le doy un beso en la nariz; eso hacemos las novias también, ¿no?

Tengo un poco de inseguridad, sé que son nuestros amigos, no obstante, más de uno no tiene ni idea lo que venimos haciendo desde hace meses. Me siento un poco atrapada por la vergüenza y la duda, haciendo que mis pasos sean lentos y aunque me dejo llevar por su mano, estoy aterrada. El terror no me deja notar lo que se traía este hombre entre manos. Me acorrala contra la pared y otra estocada, la final, un beso que me mata. Ya no agonizo. Morí por él.

Es mi perdición, nada en la vida vuelve a ser lo mismo después de este beso y aunque me aterra, me importa una mierda. Se me infla el pecho de emoción y lo aprieto contra mí, es mi hombre. Este beso, que archivo en primer lugar en el *top ten*, ya bastante colmado de imágenes a cuál mejor, es lo mejor que me pasó desde que lo volví a ver en aquella fiesta de reencuentro.

En este beso somos él y yo, y el mundo está afuera, observando el comienzo de nuestra propia aventura.

—Me encantan tus besos.

Tengo que decírselo, tiene que saberlo para que no deje de dármelos nunca.

—Y a mí me encantas tú.

Todo lo demás fue un caos para mi cabeza. Lo gritos de Pilar, las sonrisas de las chicas, las palmadas de ellos para él. ¿Acaso sabían algo? Alex estaba muy feliz por nosotros y veo el cariño en ella para con mi hombre y me arrepiento de haber dudado de ambos.

Alguien me gira desde la cintura, quedo mirando el techo y

me besa. Abro más los ojos y no es Julián. Pero ¿qué...?

Todos se ríen al ver a Rodrigo hacer su maldad y entonces comprendo. La venganza no se hizo esperar mucho.

Me acerco a Julián y le doy un pico en sus labios, que casi forman una trompita, parecida a la de Martina cuando llora, de lo más tentadora. Ahora puedo, ¿por qué no hacerlo?

La tarde pasa. Sin tiempo. No sé decir si va rápido o lento, solo sé que pasa, que recibo caricias, mimos, abrazos, miradas y sonrisas de mi hombre frente a todos y soy feliz. Lo más importante es que lo veo feliz a él. Ese brillo en sus ojos verdes, antes no estaba y si yo soy la responsable ¡Aleluya!

Alex nos cuenta cómo se conocieron, como le insistió para que se vinieran con él y lo que le costó convencer a Gaby.

Giro mi cabeza y miro a Julián que sigue conversando, lo veo sonreír. Me tiene de la mano y no me suelta. Es evidente que cambió para bien, ya no tiene miedo de conocer gente y hablo de conocerla a fondo, abrirse a ella. Bien podría haber pensado, el anterior Rico, que estas mujeres se acercaban a él con otras intenciones, no obstante, supo leerlas, se dio permiso a conocerlas y descubrió en ellas lo que salta a simple vista: una increíble necesidad de afecto y una mega capacidad de darlo.

Bien por Julián, por comprender de una vez que la vida se trata de esto. No es un ensayo, no hay otras oportunidades. El tren que pasa, ya pasó, el próximo es otro, no el mismo.

—Son geniales —le digo mientras me abraza y apoyo mi cabeza en su hombro.

—Son más que eso. Máxime, Alex. Si conocieras su historia... ya lo vas a saber y no vas a poder creer que sea feliz, es feliz. Son un ejemplo de vida, las dos.

Veo orgullo y admiración en sus ojos al mirarlas. Tal vez note lo mismo en los míos, pero por él. ¿Se dará cuenta de su propio cambio? Todavía no borré sus palabras de mi memoria: «Quiero que me enseñes a conocer otra cosa que no sea conformismo. Rescátame». Si supiera el dolor que provocaron esas palabras en mí por la inmensa necesidad de hacer lo que me pedía, por no verlo sufrir más y a la vez, por no poder. Recuerdo que pensé: «él no puede sentir conformismo por la vida, su obligación es vivirla a pleno, tiene todo lo necesario, yo puedo rescatarlo, pero no sé hacerlo. No puedo hacerlo».

Aquella inseguridad, la preocupación de estar haciendo lo correcto en aquel momento. Esa obligación moral que me aturdía y me guiaba a solucionar una relación que ya no tenía solución y que yo no lo quería ver. Todo vuelve a mí: la oscuridad, el miedo, la falta de aire, el sudor, el vértigo, el silencio, quiero volar... y tiemblo.

—¡Hey!, ¿estás bien? Vani, mírame.

Lo miro. Está oscuro, aun así, lo veo, lo encuentro. Me sienta en sus piernas, mi lugar preferido. Veo otras caras de espanto. Pilar me mira asustada y la escucho: «Otra vez no...»

—Vani, nena, estoy aquí —su voz suena bajito, lejos, pero acercándose—. Vani.

Siento su caricia en mi cara y en mi espalda y la oscuridad desaparece. Mi cuerpo vuelve a mí, veo la luz y lo abrazo.

—Eso es, hermosa. No me asustes. No te escapes. Te quiero, hermosa, te quiero conmigo, siempre conmigo —me susurra y sus palabras se acomodan en un lugar calentito de mi pecho.

—Me quiero ir —susurro.

Me muero de vergüenza, no quiero que esto me pase más y menos delante de él. Ni de nadie. No quiero ser una débil mujer que se asusta ante los recuerdos de las cosas feas que pasó. No quiero que mis angustias me persigan. No soportaría vivir con esto toda mi vida.

—Claro, ¿estás con el coche? —afirmo con la cabeza y me sonríe—. ¿Rodri llevas a Alex y Gaby al hotel en el mío?

Salimos abrazados, Pilar nos acompaña hasta la puerta preocupada y recuperando los colores de las mejillas.

—Voy con ustedes.

—Estoy bien, Pili. Te lo prometo. Ya pasó, pero siento mucha vergüenza. Me quiero ir.

—¡Qué vergüenza ni qué mierda, tonta! Eres más fuerte que un roble, eso te tiene que dar orgullo, pudiste sola con esa oscuridad... —dice, y me guiña un ojo. Ella sabe qué tipo de oscuridad me ataca en estos casos que creí no tener que volver a vivir y lo mira a Juli que se sonríe—. Me llamas para contarme todo.

Subimos por fin solos a mi automóvil y sin hablar llegamos a casa.

Cierro la puerta y lo abrazo, lo encierro entre mis brazos tanto como puedo por su tamaño, y aprieto, me aprieta y estamos pegados. Me besa la sien y sonrío, aunque no me ve. No tiene ni idea de lo que hizo por mí. No es consciente del demonio que ahuyentó, del enorme monstruo con el que se enfrentó y ganó. No lo hice sola. Sin él, ese ataque me atrapaba, juntos pudimos. Su voz me trajo de vuelta, sus caricias, su contacto. Por increíble que suene, solo lo vi a él en esa temible negrura.

—Estoy bien —le aseguro con mi boca pegada a la piel de su cuello.

—Me asustaste.

—Perdón.

—Solo si no pasa más.

—Si estás conmigo, puedo intentarlo —le aseguro y es lo que creo.

Recién ahí nos miramos. Y nos besamos.

Tengo que acostumbrarme a esta sensación, a saber que está a mi lado y que, en cualquier momento, puedo recibir estos letales contactos sobre mi boca.

Julián

Me despierto desorientado, esta no es mi cama. Siento el brazo de Vanina sobre mi espalda y una de sus piernas enredada con la mía. Entonces me doy cuenta que estoy en su casa, en su cama, porque a pedido suyo me quedé a dormir y recuerdo también el motivo, su angustia, su carita de terror, su cuerpo temblando entre mis brazos. Vi en ella una inmensa fragilidad, que no tiene, pero ahí estaba, como queriendo invadir un cuerpo que no le pertenece y no podía permitirlo. Su mirada se perdía e intentaba huir. El brillo intenso de sus ojos celestes desaparecía y con todo mi corazón luché por mostrarle lo que sentía, que ahí estaba yo acompañándola para lo que sea, que no se aleje, que me espere.

Me estremezco al volver a sentir esa impotencia de ver como la perdía, incluso teniéndola en mis brazos, mis palabras llegaban a pocos centímetros de ella y se desvanecían... hasta que la vi volver a mí. Desesperada me encontró, según sus propias palabras, en esa oscuridad y supo aferrarse a mi mano.

Giro mi cabeza y la hermosa imagen de su paz me llena la visión. Su rostro relajado, sus labios rellenos y perfectos están entreabiertos. Le doy un beso suave para no despertarla. No todavía. Me levanto con suavidad para que no la despierte tampoco mi movimiento y voy a su cocina a preparar el desayuno. No tardo demasiado, porque la verdad, no es nada elaborado lo que hice. Dejo la bandeja en el suelo y la observo. Ha cambiado de posición, ahora duerme boca abajo, su pelo cae parte en su espalda y parte sobre la almohada, está desnuda por solicitud mía, igual que yo, porque me gusta su piel contra la mía, más ahora que puedo disfrutarla. Las sábanas apenas tapaban una de sus piernas y casi la mitad de su precioso trasero. Con lentitud tiro de la tela para descubrir su belleza. Me deleito con cada centímetro de esa perfección.

El desayuno puede esperar, yo no. Le acaricio las piernas desde abajo, es tan suave. Acerco mis labios a mis manos y acompaño su recorrido con besos, adoro su piel. Llego a sus nalgas y no me resisto, porque es perfecto y lo aprieto con ambas manos. Veo como se dibuja una sonrisa en su boca y entonces le muerdo uno de esos cachetes redondos y duros, retiro mis dientes y succiono con mis labios dejando una hermosa marca, mi marca. Vuelve a sonreír, divertida. Sigo subiendo por su espalda, mi lengua dibuja su columna, vertebra por vertebra. Ella corre su pelo para darme una total visión de sus hombros.

—Gracias –le susurro.

—Un placer.

Su voz suena como un ronroneo demasiado seductor y mueve su cadera contra mi sexo que ya está contento de rozarla.

—No me provoques, nena.

—¿O qué? —pregunta mientras con una mano busca mi pelo y me lo tira para llevar mi boca a la suya y devorármela en un beso apasionado.

¡Es una diosa! La deseo con locura cuando hace estas cosas. Me gustan sus arrebatos, su pasión. Vuelve a tentarme con su meneo contra mí, demasiado excitado sexo, y mi intento de seducción se va al infierno. Llevo mi mano a su vientre para acomodar su cuerpo, la levanto para que me de espacio y entro en ella, está más que lista para mí. Suspiro cuando llego al fondo y ella me regala un suave gemido con la promesa de muchos más y comienzo a moverme con lentitud para conseguirlos.

Mi vista es más que divina. Su cara, la veo de perfil, es de goce absoluto, su espalda arqueada forma un hermoso tobogán para mis manos que caminan por ella hasta su provocadora cintura y su culo… me tiene delirando viéndolo chocar contra mi vientre mientras mi sexo entra y sale del suyo, atrapando todo su placer y dándomelo también a mí. No puedo pedir más. Mis caderas se mueven y la embisten extrayendo de ella sonidos deliciosos que aumentan mi goce y elevaban mi deseo al límite.

Sus gemidos ya son suaves gritos y mis jadeos casi impiden mi respiración. La tomo de su cadera clavando mis dedos y la levanto un poco más, necesito más profundidad, llegar a su más íntima esencia. Sé que le gusta, ella no me lo oculta, quiere más, pide rapidez y se la doy. Al sentirme gime descontrolada, llevándose mi resistencia con ella. Es increíble, no puedo parar, no quiero hacerlo. Mis dedos anclan en su carne y no tengo contemplación, ella responde con sonidos ahogados. Se tensa, abre su boca en un gesto de absoluto deleite y tiembla, me encanta llevarla a estos extremos y verla así, dispuesta a dar todo. Sus músculos internos se tensan y abrazan mi sexo, provocando una corriente que sube por mi espalda hasta mi nuca.

—¡Por Dios, nena!

Hace ese movimiento suyo, dos, tres veces… No puedo más, sé que va a ser increíble lo que voy a sentir. Cuatro… no sé cuántas veces me succiona y me lleva a mi propio éxtasis.

—No pares ahora, por favor —me pide y no paro ante la inminente llegada de su segundo orgasmo, que alarga el mío, envuelto en ese torbellino de lujuria, jadeos y gemidos.

El placer me atrapa por completo y me quita toda la energía. Son unos segundos gloriosos, en los que me siento desfallecer.

Me recupero de a poco y me dejo caer sobre su cuerpo ya flojo y manejable por mis manos. Apoyo mis codos para no aplastarla y le susurro al oído.

—Buenos día, preciosa.

Quiere girar y mi peso se lo impide. Volteo para quedar a su lado y ella hace lo mismo para quedar boca arriba.

—Sí que son buenos —dice en un suspiro, y su mirada pícara puede conmigo; le doy un beso largo enredando mi lengua en la de ella y mordiendo sus labios, hasta que creo oportuno dejarla respirar.

—Tenemos desayuno, tal vez frío.

—Tú eres mi desayuno —dice intentando sentarse en mí, casi agonizante, miembro masculino.

—No, no… tengo que comer. Muero de hambre.

—Cómeme, entonces.

No puede ser tan descarada, sin embargo, lo es y me fascina. Tengo que sacarle la mano de mi cuerpo. Quiero comer, porque de verdad lo necesito, no tengo fuerzas. Entre el viaje, la reunión y el susto de ayer, no pude probar bocado y ella tampoco, debemos comer.

—No seas traviesa.

Sonrío mientras niego con la cabeza y me imagino que esta relación va a ser divertida, interesante, pasional, ardiente y con mucha ternura. Justo como me gusta. Pongo cara de perrito triste y ruego que funcione.

—Tengo hambre.

Creo que lo logro porque se levanta riéndose a carcajadas y trae la bandeja a la cama.

—Tengo que pasar por el hotel a cambiarme. Hablar con las chicas y avisarles que estoy vivo. Y tengo que ir a la oficina.

—Eso es mucho para un lunes.

—¿Puedo darme una ducha antes de salir? —le pregunto.

—Claro. ¡Cómo no!

Le doy un beso es esa trompa preciosa y me voy desnudo al baño, sabiendo que me mira como la miraría yo si fuese ella la que camina desnuda.

Salgo en diez minutos, con mis jeans y zapatillas puestas, poniéndome la camiseta. La imagen que recibo me deja inmóvil. No es saludable. Esta mujercita es traviesa y peligrosa. Esta vez no se puso su prenda vieja y gastada, incluso la que yo le regalé hubiese sido una buena opción, pero no… lo que tiene es un camisón, demasiado corto, o del largo justo para que yo quede pidiendo que sea más corto, es negro, transparente, con encaje a la altura de sus pechos y no lleva nada debajo. Desnuda. No me ve acercarme. La abrazo por atrás y ella gira entre mis brazos.

—Hola, hermoso.

La hermosa es ella y me tiene loco. Me acaricia la cara y me dice que es su turno del baño, yo asiento. Mudo, no tengo palabras. Esta rutina no entra aún en mi cabeza.

—Espera –pido cuando rompo el abrazo y la vuelvo a traer hacia mí—. ¿Esta noche puedes quedarte en el hotel conmigo? —asiente en silencio—. Entonces esta noche te quiero volver a ver con este trapo tan seductor y diminuto para que pueda sacártelo con los dientes.

—¿No prefieres la camiseta vieja?

Con una mirada con la que podría prender el fuego de una hoguera, la recorro, le sonrío y niego con la cabeza.

—Ok —dice y se aleja, contoneándose para mí y riéndose de su juego. Llega a la puerta de la habitación, se saca el camisón y me lo tira a la cara—. Cuídamelo entonces, no vaya a ser cosa que lo pierda.

¡Dios mío, amo a esta mujer! Depravada, loca, apasionada y divertida; con sus miedos y debilidades; con su mirada trasparente y sus labios de infierno; su precioso culo; su camisón y su camiseta vieja.

Sí, eso dije, la amo, como nunca amé a nadie más que a ella en otra época de mi vida. Y creo que me merezco un amor como este. Sí, me merezco a esta mujer hermosa, que me ve hermoso, que me desea tanto como yo a ella, que le gusta el sexo de la misma manera que a mí y que me besa dándolo todo, como lo hago yo. Que me mima, me escucha y me ve cuando me mira. Me acepta y disfruta de mi compañía.

La dejo en su casa, con su trabajo, sus tareas y la promesa de llamarme después de su consulta con la psicóloga. Y me quedo con todo este sentimiento anudado en mi garganta.

Ya no sé qué debo o puedo hacer con esto que me pasa. Lo que viví ayer con Vanina me asustó mucho y no quiero volver a ver esa mirada nunca más en mi vida. Desconozco el origen de este trastorno, tengo cero experiencias en tratarlo, solo sé que funcionó mi método ayer, aunque no sé si la próxima vez funcionará. Me da miedo que expresarle mis sentimientos la acobarde. Tengo un lío en mi cabeza y no sé qué pasos seguir, si sólo mi instinto o pedir ayuda.

Tal vez lo mejor sea hablar primero con Pilar y me quedo con esa idea en la cabeza.

Al entrar al hall del hotel me encuentro con las chicas y Alex se me cuelga del cuello.

—Dime que está bien y que entre ustedes todo marcha sobre ruedas.

—Sí, enana. Ella está bien. Y, ¿qué te parece? Somos novios. ¿No es eso lo que querías?

—Sí y después de conocerla más aún. Es hermosa y simpática. Ella es perfecta para ti.

—Por un momento te odió. Pensó que tú y yo... —digo moviendo el dedo primero hacia ella y luego hacia mí.

Se largaron a reír las dos y yo las seguí.

Conversamos sobre las actividades del día que son esperarme y, una vez en la oficina, ponernos en tema sobre lo que había pasado en mi ausencia. Demás está decir que no desatendí nunca mis responsabilidades en la empresa, aun así, no es lo mismo si no estoy. Alex tiene que aprender las cosas de a poco. A Gaby le propuse trabajo en el restaurante con Melanie. Como ella era camarera en un bar, puede atender las mesas o si prefiere ayudar en la cocina, tengo entendido que le gusta cocinar y, aunque lo sigue pensando, la voy a llevar a conocer el restaurante y la gente con la que trabajaría. Ricardo la va a aceptar enseguida, estoy seguro.

Por la mañana, ya de camino al trabajo, contesto llamadas y dejo tranquilos a algunos de los chicos que quieren saber cómo sigue Vanina. Tengo esa conversación que me obligué a tener con Pilar, me deja tranquilo a mí y me hace entender que lo único que tengo que hacer es estar atento y ser yo mismo. Del resto se encargará su tratamiento que tan bien le está haciendo. Ok, eso es fácil, puedo hacerlo y ruego que eso sea lo correcto. Espero que sea un buen consejo.

Rodrigo me entretiene un rato más en la conversación porque me pregunta si estoy enamorado y, como tantas veces yo le pregunté y él me lo respondió, no me queda otra posibilidad que decirle que acabo de descubrí que sí. Estoy enamoradísimo y con miedo de ser el responsable de su nuevo ataque de pánico, o lo que fuese que haya sido. Me dice que no cree que yo haya sido el culpable y me dejo convencer. Es que no quiero pensar lo contrario, no podría resistirlo.

Paso la mañana con trabajo y le muestro a Alex las oficinas y a Gaby la presento con Ricardo y Melanie a la hora del almuerzo.

Ya por la tarde, en el gimnasio mientras entreno, pienso en Vanina y recuerdo que hoy volveremos a dormir juntos. Es un placer amanecer con ella en brazos; una sola experiencia me alcanzó para saber que cada día de mi vida quiero despertar así. Verla dormir y sentir sus caricias hasta conciliar el sueño. No sé cuándo me volví tan romántico. No sé desde cuando me pasa que, si una mujer tan excitante como mi morocha me provoca, a veces solo tengo la necesidad de abrazarla y nada más. La deseo siempre, no puedo con eso, no voy a mentirme a mí mismo, sin embargo, sus abrazos me enloquecen, son perfectos y me llenan el alma.

Termino con mi rutina en el gimnasio, ella se fue a su casa para prepararse y ya la extraño. Sentado en mi oficina recibo la llamada que no quería recibir, claro que las trampas en ella son moneda corriente, aun así, el llamar de un teléfono desconocido no me lo imaginaba.

—Angie no quiero hablar contigo, creo que lo dejé claro.

—Quiero que lleguemos a un acuerdo entre nosotros —dice la caradura.

—No es posible. Habla con mis abogados.

—Julián, voy a perder la casa de mis padres, no puedo mantenerla —exclama de pronto, interrumpiéndome—. Mi madre está depresiva, bajo tratamiento, y es muy costoso. Tengo demasiados gastos que me son imposibles de solventar... además tengo que pagar a los abogados.

—No es mi problema, Angie. Vende tus joyas, tus carteras, tus zapatos, tu ropa, tu coche, piensa, puedes manejar uno más económico, creo que cualquiera que circula por la calle lo es. Pueden vivir en el departamento que te dejé, tiene tres habitaciones, es por demás de cómodo para las dos.

Sé que estoy siendo irónico y mi tono no es el más adecuado, sin embargo, es el que me sale. No puedo ni quiero perdonarla. Nunca voy a olvidar el sufrimiento que me causó. Jamás.

—Angie, te di más de lo necesario y muchísimo más de lo que te merecías. Y no hablo de dinero, aunque eso también, fue mucho más. No me pidas nada. No vas a sacar de mi nada bueno, porque contigo no puedo ser bueno. Si no darte dinero te hace sufrir de alguna manera… perdón por decirte esto, pero te lo mereces porque no es ni la milésima parte de lo que tú me hiciste sufrir a mí.

—Julián. Me quedé sin trabajo.

—Lo siento. Adiós, Angie. No vuelvas a llamarme.

Antes de cortar la comunicación volví a escuchar mi nombre, pero no me importó.

No soy mal tipo, juro que no lo soy, aun así, me siento bien por saber que algo no le sale como quiere. No me siento culpable.

Dentro de lo que me toca darle por derecho, hay cosas que puede vender, dinero que puede usar para cualquier fin. Que aprenda a vivir con eso.

Bufo como un toro embravecido. Es que esta mujer me saca de quicio.

No puedo creer que solo su voz me ponga de este terrible mal humor. Ella me recuerda que a mis veintiocho años tuve que elaborar los dos peores duelos de mi vida. El duelo de mis padres y hermana es doloroso y aún insuperable, sin embargo, ella no tuvo nada que ver en cambio, con los otros dos sí, haciéndome sentir tanta desdicha, haciéndome creer que su dolor era insoportable y atándome de esa manera a su nefasta compañía; no conforme con eso, crear semejante mentira… ¿un embarazo? Niego con la cabeza recordándolo. La aborrezco, solo de pensar en que pudo hacerlo, que lo imaginó, lo ideó y programó cada detalle.

No, esas cosas no son fáciles de perdonar. Tal vez se me vaya la vida intentándolo o tal vez me convierta esto en una peor persona. No lo sé. Este rencor creció incluso un poco, no lo alimento, no puedo, mi corazón en este momento me impide cualquier cosa negativa porque me tiene contento, feliz. No obstante, el resentimiento no desaparece y no sé si alguna vez lo hará.

Rodrigo entra a mi oficina seguido de Mariel y me encuentran sentado con los codos sobre mi escritorio y mi cabeza entre las manos.

—Juli —dice la petiza y se sienta frente a mí, luego lo hace él—. No me asustes.

—Tranquilos, estoy bien —los miro y les sonrío de mentira, intenta ser una sonrisa, pero es una mueca—. Angie... Es que no quiero que invada mi vida otra vez. No quiero preocuparme por ella, no quiero ocuparme de ella y no quiero que me lleve a tener estos malos sentimientos.

Claro que ellos tienen sentimientos peores... no logro nada, o sí. Que me convenzan de que no está mal lo que siento y que es normal. Incluso logran que mi humor vuelva a ser bueno y me encuentre frente al hotel con una sonrisa, una de las verdaderas, pensando en mi novia.

Caray, cuánto tiempo sin asociar mi persona a una palabra tan común, pero rara para mí, incluso pequeña para definirla a ella. Vanina, hoy por hoy, representa mucho más que eso. No quiero imaginar lo que puede llegar a ser más adelante, en meses o años.

Sí, quiero mis años con ella, mi vida para ser preciso. Por ella mi corazón despertó de su letargo. No sabe lo que le debo. No, no tiene ni idea. Incluso si me hubiese rechazado y estuviese llorando por eso, debería agradecérselo porque como le pedí y cumplió, me rescató y ya no soy el mismo conformista de hace un tiempo muy corto, por cierto, ahora soy un hombre diferente. Conozco el amor, lo vivo en mi propia piel y es sensacional todo lo que experimento con eso. Lo malo y lo bueno. Y entre nada y el amor, hay un sinfín de sentimientos que también reconozco en cada persona que me rodea y puedo definirlos, aceptarlos, disfrutarlos y alimentarlos. Y eso es genial.

Notar los latidos del corazón en cada situación de la vida, es genial. Vivir las emociones a pleno, tener ilusión, esperanzas, sueños..., es genial.

Mi vida hoy, es genial.

Vanina

Día súper productivo. Terminé uno de los trabajos y lo pasé a revisión, ordené y limpié. Y al terminar con todo eso, fui a la psicóloga, me tranquilizó, por suerte. Por un momento creí que todo volvía atrás y comenzar de nuevo con mis miedos no está en mis planes, no quiero volver con todo eso.

No le dedico demasiado tiempo a este tema, no quiero uno solo más de esos episodios en mi vida. Dejo que fluya, que mis ideas se acomoden y sigo con mi meta, pero ahora renovada. Me obligo a más de cinco sonrisas diarias y dos episodios de felicidad o al menos de sensación de felicidad. Claro que, con mi chico a mi lado, eso puede volverse demasiado fácil.

Me queda tiempo para descansar un par de horas y salgo para el gimnasio. Tengo muchas ganas de ver a mi novio. Todavía no lo puedo creer. Julián llegó a mi vida para desordenarla de una manera increíble y todavía no puedo poner las cosas en su lugar.

Desde ese primer día en que lo vi en la fiesta… Todo enloqueció desde ese mismo día.

Todavía tengo esa lista de imágenes y momentos en mi cabeza. Esa lista que ya superó con creces el *top ten*. Verlo así, como es, su pelo, su cuerpo, su arrogancia masculina, sus preciosas sonrisas...fue una hermosa primera impresión. Le siguió el robo de ese beso prometedor y devastador, luego lo de la habitación de mi casa donde muy atrevidamente intentó seducirme y esa noche del cumpleaños de Rodrigo, contra la columna de afuera ¡Fue increíble!

No, no puedo seguir recordando mientras hago gimnasia porque me voy a deshidratar. La imagen de él, en moto, con su camiseta blanca y jeans rotos me da calor, demasiado y el sudor ya no es solo por mi actividad física. Soy consciente de lo que este hombre es capaz de hacer y de decir. El trío que forman mis labios con sus dientes y su lengua es letal, y eso solo empezando a hablar. No puedo olvidarme de sus manos, su pecho y demás partes del cuerpo que acoplan a la perfección con algunas partes del mío. ¡Uf, que calor! Y ahora me tiene a su disposición y es todo para mí. Mi novio, otra vez, una vez más esa palabra nos une.

Nos cruzamos en el gimnasio y, como siempre, ver su cuerpo sudando es una experiencia sin igual y sensual, sin embargo, tengo que buscar mis cosas en el departamento, ducharme y dirigirme a mi cita en un lujoso hotel con un hermoso y enorme hombre apasionado, por lo que no puedo esperarlo.

Miro hacia atrás en el tiempo y me doy cuenta que no pasó tanto. Que mi vida hizo un cambio radical en un abrir y cerrar de ojos. Veo a Sebas en mi cama despidiéndome con un beso la noche de la fiesta del reencuentro (donde de una u otra forma comenzó todo) y me angustio pensando que debería haberme tomado más tiempo para recuperarme, para olvidar y aprender de los errores. No obstante, aunque lo intenté, fue todo tan demoledor, tan arrasador que, no pude hacer otra cosa, y ya no sé si me arrepiento porque entiendo que no pude hacer mucho más que lo que hice. Se desencadenó todo de una manera tan estrepitosa... casi parece que fue ayer.

Pasé por mucho, sufrí y lloré, me arrepentí y me culpé. Hice cosas y dejé de hacer otras, cometí errores, muchos y feos. Pero la vida es esto: aprender de esos errores. Y espero que este no lo sea, porque puede voltearme para siempre.

Dejo de pensar en cosas feas con un movimiento de cabeza, como si con ese simple gesto ahuyentara los fantasmas. Solo necesito concentrarme en sentirme bien, en disfrutar lo que pueda de estos momentos y avanzar. No concibo la idea de volver a perder todo lo bello que este hombre me hace sentir.

Con qué facilidad uno se acostumbra a las cosas buenas y Julián es bueno para mí, estoy segura. Hagamos lo que hagamos, el destino o las consecuencias de nuestros actos estarán esperándonos, sean cuales sean. Por lo que me convenzo y decido entregarme a lo que esta relación me dé, por el tiempo que sea.

La conversación con mi amiga me aclara y convence.

—Morocha, no te preocupes por nada. Está perfecto que vivas este momento a pleno. Nadie puede juzgarte. Todos hacemos lo que podemos.

—Pilar, estoy contenta. Y tengo miedos, muchos.

—Me imagino... no es para menos. Pero la vida te vuelve a sonreír. Deja el pasado atrás, enfrentate al futuro y sorprendete de lo que puedas vivir en él.

Corto la comunicación que me da buena energía. Me gustaron sus palabras, voy a dejarme llevar a ese futuro lleno de sorpresas, sí, lo voy a hacer.

Llego al hotel y me encuentro con Alex y Gaby. Es una buena oportunidad para conocernos más y eso hacemos. Son fabulosas.

Alex es de no creer, no deja de hablar, contar y preguntar. Es muy divertida. Gaby más reservada, unos años mayor que ella. Casi como yo, a punto del cambio de década, casi por cumplir los tre... no lo voy a decir. No lo voy a decir.

Julián me encuentra escuchándolas, absorta. La vida a veces se ensaña con uno y no para de golpear. La historia de estas mujeres en conmovedora. A pesar de no tener familia y haber vivido una vida tan corta y sacrificada son felices y alegres, y viven su amor sin miedos, sin prejuicios. Ahora entiendo la admiración y el cariño de Julián por estas dos damas hermosas y muy fuertes.

Alex es huérfana desde los quince años. Vivió con su abuela al quedar sola. La mujer era, en realidad, la madrastra de su padre y falleció tres años después. Era una muy mala persona que la maltrataba, incluso con golpes, y la hacía trabajar hasta desfallecer, limpiando casas de gente conocida. En aquella época, Alex conoció a Gaby, una jovencita tímida, reservada y rodeada de una familia ausente.

Se mudó con Alex cuando esta quedó sola en esa casa enorme. Pusieron en alquiler algunos cuartos a personas de confianza y con ese dinero podían vivir, al menos hasta poder conseguir algún trabajo. Al pasar los meses, unos abogados se presentaron con una pila de papeles llenos de deudas y una hipoteca impagada. Perdieron la casa y quedaron en la calle. Sin embargo, ya habían conseguido trabajo, entonces alquilaron una habitación en casa de una familia.

A Gaby la echaron cuando dio a conocer su inclinación sexual y Alex padeció de una terrible neumonía que casi la mata, por lo que estuvo internada. En el hospital se contagió no sé qué enfermedad, por lo que su recuperación fue larga y costosa. Ambas sin trabajo otra vez vivían de pedir prestado y mendigando. Cuando Gaby consiguió hacer algunas changas en un bar y Alex salió del hospital, se enfrentaron a su amor. Amor que ni ellas creían posible.

A Alex le costó mucho reconocerse homosexual o, enamorada de su mejor amiga, pero una vez asumido, lo enfrentó sin miedos. Encontró trabajo en el hotel de Julián por pura casualidad y ascendió de puesto gracias a su inteligencia y buena actitud, hasta llegar a la administración. Con su sueldo se pagó cursos de capacitación y lograron una estabilidad económica y emocional que las hacía felices y orgullosas. No es para menos. Son pocas palabras para describir años de sufrimiento y dolor. Pero se acabó. Tienen una nueva y hermosa vida por delante y las quiero acompañar yo también. Son dignas de admirar, como me dijo Juli.

Por fin la vida les puso a ambas a su ángel guardián en el camino, como ellas llaman a mi novio, quien viene entrando. Ellas lo ven como a su hermano mayor, algo necesitado de afecto y contención, al menos así lo conocieron y eso fue lo que le dieron. Y él, por suerte, supo reconocer ese cariño, recibirlo y hacerlo crecer. Lograron una relación que les sirve a los tres.

Escucharlas hablar de mi novio me llena de orgullo.

—Nos dio cariño sin juzgarnos. Nunca recibimos de él una mala mirada.

—Hola, ¿qué pasa aquí? ¿Qué le hicieron a mi novia, brujas? —pregunta, juguetón, y me abraza.

—Estoy conociendo un poco más de ellas y de ti.

Le guiño un ojo y le sonrío.

—Julián es una de las personas más buenas, generosas y sencillas que hemos conocido.

Sigue Alex sin importarle que Julián la mire con ganas de cerrarle la boca para que deje de hablar.

—Se terminó la charla. Vamos a prepararnos para una rica comida y después quiero estar a solas con esta belleza.

Imagino que está incómodo, pero está bien escuchar lo bueno que la gente ve en uno.

—Juli, es muy lindo lo que dicen. Disfrútalo y regocíjate en eso.

Me gano un beso de lo más dulce y les guiña el ojo a sus amigas.

—Solo voy a decir esto una vez. Algo las puso en mi camino, en especial a esta enana bochinchera, para hacerme la vida más fácil cuando la tenía un poco complicada y lo menos que puedo hacer es devolver el favor. Además, se ganó mi cariño y Gaby —mira a la nombrada que tiene los ojos vidriosos y se resiste a llorar—, es una maravillosa persona que la quiere y eso merece mi respeto y... no se habla más. Estoy muy orgulloso de ambas por la vida que supieron construir —dice con una sonrisa tierna y se levanta conmigo de mano—. Me voy a duchar.

A mi hombre no le gusta escuchar piropos. Pues lo siento, porque yo no voy a escatimar en ellos. Que es buena gente y generoso yo ya lo sabía. Inflo mi pecho, engreída por el hombre que me lleva de la mano y me paro frente a él.

—¿Qué?

—Nada, solo mirarte. Y darte las gracias por ser como eres y hacerme sentir orgullosa del hombre que elegí.

Me mira. Me abraza y sigue caminando. Entiendo que de esta manera terminó el tema.

Se ducha, se cambia, lo miro, disfruto de lo que veo. Caminamos de la mano para encontrarnos con las chicas otra vez y con Rafael para ir a comer al restaurante de Julián, así Gaby conoce más del movimiento nocturno.

Volvemos temprano y solos. Los demás se quedaron con Melanie y Ricardo, por suerte Gaby está entusiasmada a pesar de sus dudas.

Y por fin, otra noche con él. Sus brazos me esperan y yo espero sus brazos.

Julián

Pasamos un lindo momento con los chicos. Me acostumbro fácil a la compañía de mi mujer, a tenerla cerca y a saberla mía. Ya no tengo dudas, la amo y no soy exagerado diciendo esto a solo dos días de ser su pareja. Mi corazón la descubrió mucho antes y ella se fue metiendo de a poco en él, beso a beso. Incluso siendo una mujer ajena, yo ya la amaba.

Ahora lo sé, ahora lo asumo. Mi dolor ante su rechazo fue porque la amaba. Me atreví a enamorarme de ella sin ser correspondido y sin tener ningún derecho. Espero que salga todo bien porque de lo contrario mi herida será incurable. Por ahora solo sé que la amo y ella me corresponde con su compañía, que me quiere, eso también lo sé. Voy a sembrar en ella el amor que quiero cosechar. Me tengo fe, mucha fe, más tarde o más temprano me va a amar como lo hizo una vez. Ojalá que más aún.

¿Desde cuándo soy tan optimista? Fácil, desde que estoy con ella: me dice hermoso, me considera maravilloso y está orgullosa de mí. Mi corazón se acelera cuando la veo, se regocija si me sonríe y se pone al borde del colapso si me besa.

Me siento en el sofá frente al televisor mientras Vanina sale del baño. Miro sin ver la pantalla y no dejo de pensar que pretendo meterla en la cama en segundos nada más.

¡Por Dios! Ella también pretende meterme en la cama, aunque más rápido. Trago con dificultad al verla.

—Trajiste el trapo —digo casi sin respirar.

Puedo con esto, puedo con esto. No me debo descontrolar. Casi tartamudeo cuando la veo acercarse a mí y sentarse sobre mis piernas, con una de las de ella de cada lado. Este camisón es muy, muy sexy y si ella lo tiene puesto, más todavía.

—Una promesa es una promesa.

Me toca cumplir mi parte y nada me da más gusto. Claro que le voy a sacar esta cosa con los dientes. Lo haría incluso si no lo hubiese prometido.

No puedo creer que hace pocos meses rogaba, mendigaba y hasta robaba un beso, un contacto y ahora ella se me ofrece y así.

Su perfume es delicioso, su boca un manjar y su cuerpo un pecado inevitable y en este preciso instante voy a convertirme en pecador.

Acaricio sus brazos con las yemas de mis dedos y ella hace lo mismo con mi pelo y mi cabeza. Solo nos miramos fijo y sonreímos. Nos deseamos con locura, lo veo en sus ojos, ella verá lo mismo en los míos porque no tengo intención de ocultárselo.

—Estás hermosa.

—Gracias —dice sacando mi camiseta de un solo movimiento.

Sin levantarla de mis piernas levanto mi culo, me saco el pantalón y mi ropa interior, liberando a "mi amigo" que no tiene ganas de esperar, sin embargo, lo siento por él, deberá hacerlo. Porque voy a mimar a mi mujer. Sí, mi mujer.

—¿Me vas a besar o solo me vas a mirar?

—Tranquila, nena, todo a su debido tiempo —le sus mientras muerdo el lóbulo de su oreja y recorro su espalda con mis manos. Me gano su primer gemido, suave, casi imperceptible.

Aspiro su perfume y muevo mi nariz acariciándole el cuello con ella, hasta la unión de sus clavículas. Tira la cabeza para atrás dándome mucho más espacio para mi deleite. Sus manos siguen en mi cabeza, me guían lento hacia arriba y mi lengua sube por la piel de su cuello. Succiono en una parte blanda y me retira, con risa de por medio, para que no le deje la marca como la que tiene en su trasero y que voy a ver en pocos minutos. Llego a su boca, entreabre sus labios y me sonrío provocándola, solo apoyo mis labios sobre los de ella dejado que tome la iniciativa, pero no lo hace. ¿Esto es una lucha para ver quién es más fuerte? Es ella, definitivamente, yo soy débil con esta preciosidad a milímetros de mí. No, no voy a esperar, soñé muchas veces con estos besos y tengo que ponerme al día. Giro mi cabeza y armo el encastre perfecto. Inspiro fuerte cuando mi boca toca la suya y me pierdo en ese beso. Sus manos me atrapan y profundiza el contacto. Su pecho se apoya en el mío, sus piernas me aprietan y las mías colaboran en poner su piel contra la mía. Acaricia mi espalda provocándome escalofríos porque lo hace con sus uñas, una y otra vez, mientras los besos crecen en pasión, desesperación y provocación.

Me levanto con ella en brazos y la dejo apoyar los pies en el mismo lugar en el que estamos. Llevo mi boca hasta su hombro y muerdo la fina tira que sostiene esta atrevida prenda, la guío hacia su brazo. Cae con sensualidad casi rebelando uno de sus senos, pero me deja imaginando, porque ahí queda. Solo veo descubierta la forma redondeada y de un tamaño ideal, aunque me tapa lo que quiero ver en realidad. Igual es una imagen perfecta. Dejo minúsculos y húmedos besos por su pecho hasta el otro hombro y hago lo mismo con la otra tira. Esta vez cae. Miro lo que quiero, muerdo, mojo y beso todo a mi paso, mientras bajo por su vientre y me topo con la tela otra vez, la muerdo y bajo con ella volviendo a quedar sentado, y entonces, el camisón cede desnudándola por completo.

Ella mira fijo cada movimiento de mi boca, entre suspiros y gemidos sutiles, observó con deseo la pasión con la que la besé, la miré y la toqué. Y me vuelve loco que le guste mirarme, porque más ganas me dan de seguir en esa tarea.

—Promesa cumplida —digo levantando mi vista a sus ojos y otra vez se sienta sobre mí, acomodándose a la perfección para que entre en ella sin ningún obstáculo.

Su inesperada actitud me roba un par de groserías, acompañadas de un par de protestas. No me lo esperaba tan rápido y la sorpresa me aniquiló.

Ella, para mí, es perfecta y cada vez estoy más sorprendido por lo que provoca en mí. Apenas nos besamos, solo nos miramos y nuestras bocas se rozan en cada subida y bajada de su cuerpo. Nuestras respiraciones se mezclan, nuestros sudores también, así como nuestros ruegos por más y los jadeos de placer. Se mueve llevándome a mi volcán interior y explotamos juntos en menos de lo deseable.

Su cara, al llegar a ese final esperado, es la gloria, no puede ser más hermosa... Sentir su cuerpo temblar de goce entre mis brazos, el sonido de sus gemidos y ser yo el responsable de semejante expresión, es todo para mí, tanto que me lleva a una semejante respuesta, en el mismo instante.

Permanecemos apretados, esto no es un abrazo, es una mezcla de brazos y piernas que nos pega la piel sin dejar espacio siquiera para el aire. Mi corazón no logra recuperarse... me asusta tanto sentimiento, siento que mi estómago se tensa y en mi garganta hay un nudo que apenas me permite tragar. En mi cabeza escucho el golpeteo de mi corazón, no para...no puedo controlarlo.

Apoya su cara de costado sobre mi hombro y pega sus labios a mi cuello; me roza, me besa y juega con su lengua. Mientras, acaricio su espalda desnuda y siento su cabello acariciando la mía. Puedo pasar horas haciendo esto. Antes no concebía la idea de abrazarla sin que sea en un acto sexual. Hoy pago por momentos como este, porque ella es fuego y pasión, pero también es mar y calma...y ternura, mucha ternura, que me envuelve de una manera que me impide pensar con claridad. No quiero que permanezca ignorante a mis sentimientos, pero temo expresarlos. Y no es por mí. Yo lo pondría en el canal de noticias más visto del mundo y en cada periódico de cada ciudad.

—¿Y si nos vamos a dormir? —pregunto sin lograr callar a mi cabeza, ni a mi corazón.

Me siento débil emocionalmente y es por ella. Ella es mi debilidad y no sé si ponerme contento o no. Buscaba amor y lo conseguí, con la única persona que lo imaginé. ¿Qué más puedo pedir?

Valió la pena la espera. Cada puto minuto de mi desgraciado matrimonio, valió la pena para poder compararlo con esta maravillosa emoción, que asusta, pero atrapa.

—¿Abrazados?

—Mucho.

—Entonces sí.

Y eso hacemos, dormimos muy, muy abrazados. Ella sobre mí, porque quiero que su piel me toque, quiero ese contacto. Es una sensación única que no quiero dejar de sentir. Su piel unida a mi piel, no necesito más.

Me despierto con mucho calor y es por su cuerpo que sigue pegado al mío, la giro con cuidado, evitando que despierte. Me levanto para refrescarme un poco y al volver a la cama ella la ocupa casi por completo boca arriba, atravesada de lado a lado. Me sonrío, la observo unos minutos, incrédulo de mi buena suerte. Me atravieso en forma opuesta a ella, utilizo su vientre como almohada y mis brazos envuelven su cintura. Sin despertarse lleva su mano a mi cabeza y ese simple contacto me basta para relajarme y dormir.

Vanina

Me despierto con la hermosa imagen del cuerpo de Julián desnudo; su cabeza sobre mi vientre y sus brazos en mi cintura. Sus piernas sobresalen de la cama y su perfecto culo, envidia de cualquier mujer, a plena vista. Podría quedarme horas observando semejante imagen, su cintura estrecha le da comienzo a su espalda, que se ensancha más y más, hasta llegar a sus hombros enormes. Puedo reconocer el principio y el final de cada músculo definido a la perfección y bien trabajado.

Duerme tranquilo. Su cara es demasiado atractiva y sus labios tentadores. Todo él es masculino y sensual. Claro que no puedo ver su mirada sincera, verde y preciosa, que me cuenta sus secretos cada vez que la pone en la mía. Le acaricio el pelo revoltoso que me encanta y con la otra mano, su mejilla. Lo hago con delicadeza, no quiero despertarlo, solo observarlo.

Esto crece demasiado rápido. Dos días, solo dos días y puedo imaginar este despertar el resto de mi vida. ¿Será normal olvidar todo lo anterior? Sus caricias borraron todo rastro de otras que hayan tocado mi cuerpo. Sus besos me hacen desconocer otros labios que no sean los suyos. Es duro reconocerlo.

No reniego de mi relación anterior y sé que disfruté cada

momento de los buenos, no los últimos. Sin embargo, ya no puedo imaginar otras manos u otra boca sobre mí.

No sé cuánto hace que estoy recorriendo su cara con mis dedos, si fueron minutos u horas admirando su belleza. ¿Qué me pasa? ¿Qué me hace sentir? Cada momento con él es... natural, como si toda la vida hubiésemos estado juntos, a la vez es todo nuevo y descubro cada minuto algo diferente que hace que me guste más su compañía.

¿Será que mi camino tenía un solo punto de llegada y era él? Lo esperé tanto tiempo, lo soñé, lo lloré y ahora está aquí conmigo, en una situación por demás de íntima y siento que todo mi ser le pertenece de una u otra manera. Que me preparé para esto sin notarlo, sin saberlo. Guardé celosamente mi amor, ese sentimiento que creí que nunca más llegaría a mí y ahora, casi puedo tocarlo. ¿Puedo haberme vuelto a enamorar del mismo hombre o nunca dejé de hacerlo?

No quiero seguir pensando, no puedo ni debo adelantarme a nada. Esto es demasiado nuevo, demasiado movilizante como para confundirme y hacerme creer lo que no es. Un pequeño error puede hacernos sufrir mucho.

Mi dedo roza la comisura de sus labios y me sonrío ante su mueca. ¡Es tan lindo!

—Buen día.

Es mi príncipe dormido que va despertando, pero no se mueve, ni abre sus ojos.

—Buen día, hermoso —susurro y me sonríe, pero sigue negándome su mirada—. Gracias.

—¿Qué hice para merecer un agradecimiento?

Ahora si puedo ver sus preciosos ojos verdes mirándome.

—Regalarme una buena vista —lo señalo de arriba hacia abajo—. En especial tu trasero, muy lindo.

Se sonríe y... ok, ahora si mi mundo comienza a temblar, porque me dedicó "esa sonrisa" y su mirada traviesa. Juntas son una bomba. ¡Ya no es sano que este hombre me guste tanto!

—Ya será mi turno de recibir ese regalo.

Besó mi vientre tantas veces como quiso y yo lo dejé. Después de todo no tengo nada mejor que hacer y yo muero por sus besos, donde sea que quiera dármelos, aunque toman temperatura y sus manos comienzan a moverse. Ya no solo se despertó él, sino su deseo y el mío, y ese despertar suele ser una combinación explosiva.

Terminamos enredados en la cama, devorándonos como si fuese la última oportunidad de hacerlo. Sus besos me hacen perder la razón y no puedo acostumbrarme a eso todavía. Su boca es demasiado eficaz para darme placer y no quiero dejar que domine mi cuerpo de la manera que lo hace, pero no puedo controlarlo. Sabe dónde y cómo besarme o tocarme.

Estoy atrapada en sus brazos. Hizo estragos en mí, estoy en lo más alto de la ola, gimiendo como una depravada en pleno orgasmo, pero no me perdona, sigue con sus caderas y golpeteos llevándome más lejos. Mierda, creí que no podía aguantar tanto y sigo sintiendo este descontrol interior; me quemo, puedo prender fuego un bosque en este instante solo con un roce. Mi cuerpo se tensa, grito. Llevo mi cabeza hacia atrás, intento tomar aire y llenar mis pulmones.

—¡Esto es increíble!

La frase sale en un grito, sin pensarlo. Miento, en realidad sí, lo pienso, solo que no quiero decirlo. Es sorprendente lo larga que puede ser esta sensación con Julián entre mis piernas.

—Sí, nena… es… increíble.

Jadea, gruñe, se mueve como me gusta. Mete una mano por debajo de mi cintura, me acomoda mejor y ¡ay, Dios mío! Puedo sentirlo más y más profundo

—Sí, hermosa, así —casi jadea las palabras. Es muy excitante escucharlo.

—No, basta, no puedo más.

Perdí la cuenta, uno tras otros los orgasmos me invaden, ¿dos, tres o solo es uno largo y potente? Se me eriza la piel, mi razón deja de funcionar, todo gira en este cuarto y nunca en mi vida estuve tan sudada.

—Sí, nena. Este conmigo, juntos ahora.

Me ruega con su voz ronca, distorsionada por el placer que, espero, sea tan desproporcionado como el mío, para no sentirme tan mal.

Me obligo a mantener los ojos abiertos y lo veo gozar y su cara es pura lujuria, su cuerpo tenso y lleno de músculos moviéndose entre mis piernas es una imagen sensual, erótica como pocas. Me mira en el increíble instante en que nuestro éxtasis se une y estalla y nos lleva al infierno para quemarnos vivos con la pasión que sentimos.

Jadeante y acalorado cae sobre mí, sin poder controlar su respiración y su cuerpo, dominado por los espasmos de su placer, no sale del mío.

—Te amo, nena, te amo. Ya no puedo callarme esta mierda. Te amo con la misma locura con la que te hago el amor.

¡¿Qué?! Dijo te a…, no… no lo dijo. ¿O sí? ¿Estas cosas no se dicen en momentos llenos de ternura, a la luz de las velas, en una cena romántica o en una noche estrellada entre besos y caricias? ¿Puedo haber estado tan equivocada? O tal vez no estoy al tanto de los cambios y no me modernicé. Tal vez ahora se dice desnudos, sudados y todavía agitados debido a la cantidad de orgasmos que tuvimos en plena mañana.

No obstante, si lo pienso, esta declaración es muy acorde a él, a todo lo que fuimos viviendo. Empezamos al revés. Despertamos nuestro amor dormido por años, a puro sexo, deseos prohibidos, encuentros a escondidas, miradas atrevidas y entrega absoluta sin pertenecernos. No, no debería extrañarme que así sea su declaración de amor.

Esto es demasiado fuerte: me ama.

Levanta su cabeza y me mira a los ojos, todavía agitado y su pelo es un desastre. No hablo del mío, porque no lo veo.

Me aterra, tengo dudas, muchas. Sé que puede doler más si esquivo el momento, prefiero chocármelo y hacer lo posible por salir ilesa. No quiero arrepentirme por no haberlo intentado. Me llena de felicidad saberlo, me muero de amor por este hombre que me dijo que me ama. No quiero seguir tapando el sol con un dedo…lo amo. Desde antes, desde siempre, nunca dejé de hacerlo.

Fue, es y será mi amor. Dejo de mentirme, me enfrento a mí misma y a su mirada. Me tapo la cara con las manos y se ríe. Sus manos me sacan de mi cueva improvisada.

—¿Puedes repetirlo? —le pido sin dejar de mirarlo como si fuese un bicho raro y buscando la excusa para alargar el momento de tener que enfrentarlo y decírselo a él.

—No.

Su sonrisa es enorme y sus ojos brillan.

—Por favor.

—No lo voy a hacer. No quiero presionarte, no quiero obligarte a nada.

Sus manos acarician mi cabeza. Todavía está sobre mí, incluso dentro de mí, sus codos apoyados a ambos lados de mi cabeza y su cara frente a la mía, a pocos, muy pocos centímetros.

Comienza a besarme la cara al mismo ritmo que sus caricias en mi cabeza, con parsimonia y con una ternura que nunca le vi en la mirada. Me está inundando el corazón de amor. No puedo dudar más. No necesito volver a escucharlo, me lo dicen sus ojos, sus manos y sus labios. Me besa la punta de la nariz y sonríe. Mi bobo, y recientemente descubierto enamorado, corazón deja de palpitar.

—Te quiero, morocha. Con el alma y con el cuerpo. Mucho más de lo que puedo expresar. Sé que te llevé a cometer un montón de locuras, pero mi intención era buena, siempre lo fue, te lo juro. Nunca quise solo tu cuerpo, había mucho más escondido aquí —dice señalándose el pecho—, y me dejé guiar por esto, volviéndote loca. Había un amor profundo en mi interior peleando por salir y ahora no puedo frenarlo. Ya no, pero lo peor de todo, es que tampoco quiero. Vani, te estás convirtiendo en algo muy importante. Quiero darte todo lo que soy. Pero no puedo pedirte que te pase lo mismo, no ahora. Puedo esperar.

Solo me mira con esa inmensa ternura y tanto amor y yo permanezco muda. Mis palabras parecen haberse escondido. ¡Tontas, salgan!, digan algo, que sea tan o más hermoso que lo que escuché. Sus labios sellan los míos como si no quisiera que yo hable, pero no voy a quedarme callada. Hey, palabras, escuchen… es el momento, sé que un par de ustedes pueden servir… háganlo por mí y por este grandulón que parece derretirse de amor por mí. Sí, por mí… Ayúdenme a decirle que desde esa primera vez que sacudió mi cuerpo, invadió mis pensamientos, que nunca dejé de amarlo o de esperarlo, muy a pesar mío. Sí, siento que me van a hacer caso y tomo aire, las palabras se acumulan en mi garganta.

Se aleja, me mira, voy… lo voy a decir, ahora… tres, dos, uno, ya.

—Yo también te amo, Juli. Desde antes de volver a verte. Desde siempre.

Niega con la cabeza y atrapa mi cara con sus manos.

—¡Ay, nena...! te amo. ¿Quieres volver a escucharlo? —asiento con una enorme sonrisa—. Te amo. Te amo y no sé por qué mierda tardé tanto en darme cuenta. No sé qué hacer... ¡Dios mío! Esto es... No sé si primero besarte, acariciarte o volver a hacerte el amor muy lento.

—¿Todo junto? —le pregunto y se pone su sonrisa, esa que me vuelve loca—. Eres tan...

Otra vez mi diccionario se averió, no encuentro una palabra que lo califique.

—¿Tan...?

—Hermoso, nene.

Me besa el cuello y me acaricia la cara.

—Me vuelve loco que me digas nene.

Sí, creo que no me miente. Sus labios se prendieron fuego sobre mi piel y después incineraron los míos sin piedad. Creció de a poco en mí, otra vez. Imposible no sentirlo, todo mi cuerpo está demasiado sensible y no es solo por su declaración y la mía, sino porque todavía no se ha recuperado del todo. Esta vez sus movimientos son lentos, profundos y agonizantes. Su mirada no se despega de la mía y me abstrae del mundo.

—Quiero escucharte, preciosa.

—Hazme gritar entonces.

¿Por qué pedí eso?

Apoya las manos en el colchón, levanta el pecho y su cadera se mueve sin consideración. Solo tres movimientos, certeros, profundos y con la pausa justa entre cada uno, logran en mí un grito que llena la habitación. Un suspiro sale de su garganta al verme estallar de placer.

—Por favor, ¡qué hermosa te ves cuando gozas! —me dice en un susurro ronco, sin dejar de moverse con la misma pausa y profundidad.

Otra vez se pega a mi cuerpo y con sus manos atrapa mis mejillas, otra vez sus movimientos se hacen lentos y agonizantes y se dedican a organizar un nuevo remolino en mi interior. Nuestros cuerpos están fusionados, son uno y prometen, juntos, atravesarnos con un ardiente orgasmo. Y así es. Me preparo para lo que viene: la imagen más varonil y erótica ante mis retinas. Se muerde el labio inferior, los músculos de sus brazos y abdomen se tensan, su cabeza se inclina hacia atrás y un sonido profundo entra en mis oídos cuando se deja ir dentro de mí.

—Por favor, ¡qué hermoso te ves cuando gozas!

Me sonríe cuando se apoya sobre mí y besa mi cuello para después morderlo.

—¿Por qué te sientes en el derecho de robar mis frases?

—Es que son las palabras justas para el momento indicado. Me gusta tu cara orgásmica.

Se ríe con una carcajada mientras se levanta y me da la mano para ayudarme a poner en pie.

—A mí me vuelve loco tu cara orgásmica.

Julián

Me encanta amanecer con mi morocha en mi cama. Tenerla desnuda para mí, sin nada que nos separe, ni la más mínima inhibición, es un sueño cumplido.

Esa felicidad que yo mismo, por tarado, ahuyenté en mi adolescencia viene a pegarme una patada en los testículos, haciéndome saber idiota y me pone en frente una nueva oportunidad. Esta vez lo quiero hacer bien. Todos mis sentimientos son hermosos, maravillosos. Pero también la deseo demasiado y desaprovechar su desnudez, la mía y una cama, sería una locura. Puedo sentir sus caricias suaves por mi cara y mi pelo y voy despertándome, verme tan cerca de mi lugar en el mundo" despierta también a "mi amigo". No sé cómo logra ponerme de esta manera en tan pocos segundos; siento que todo mi cuerpo son puntos débiles cuando ella los toca. Es una desesperada necesidad la que tengo por su cuerpo, por sus gemidos, por su placer y el mío, el que solo ella me da.

Por supuesto, terminamos haciendo el amor, pero esta vez fue más intenso, más descontrolado. No sé cuántas veces la escuché gemir, cuantas veces la hice tocar el cielo como me gusta. Su cuerpo se tensó en mis brazos y nunca más volvió a aflojarse, no se lo permití. Exprimí de ella todo lo que pudo darme, hasta que me dijo basta y así y todo seguí y ella me dio más. Nunca encuentro ese límite con ella. Solo puedo parar si mi cuerpo no me responde.

Desde que me desperté y comenzamos a besarnos, no paramos...todo ese tiempo fue demasiado arrasador e íntimo y tuve un orgasmo sensacional y sorprendentemente largo. No sé cómo, ni que camino tomó, pero llegó a mi corazón. Un maldito orgasmo me taladró el corazón. Jamás lo hubiese creído. Y pasó. Nunca creí que podría decir lo que dije en un momento como ese. Pero me superó el placer. Sentirla tan mía me decidió y no hablo de mía como de propiedad, sino mía, entregada a mí y a esa espontaneidad que surge entre nosotros. Se deja caer en el precipicio al que la empujo y caemos juntos, sin importarle nada, se une a mí como si de un solo cuerpo se tratase.

Su cuerpo y el mío se potencian, se provocan tanto placer que fue natural y no pude reprimirme. Salió así. Y no me arrepiento.

Le dije te amo y me sentí demasiado bien.

Que conozca mis sentimientos es lo que quiero. Aunque no me imaginé nunca su reacción. En realidad, ninguna de ellas. Ni su silencio al escucharlo, ni cuando se tapó la cara y me pidió que lo repitiera. En realidad, no era mi intención repetirlo, porque no pretendía que ella me dijera nada que no siente. Pero su «también te amo» fue música para mis oídos y, por supuesto, la tercera reacción que no esperaba. Podría decir, la que estaba seguro que no tendría. No hoy, no esta noche.

Aun así, la tuvo, me lo dijo y no tiene ni idea de lo que experimenté en mi interior. No puedo ser tan cursi de llorar por escucharlo, pero juro que es lo que tenía ganas de hacer.

Todavía no puedo creer que tengo la total libertad de acceso a esa boca, a ese cuerpo y ahora a su corazón, esto para mí es otro sueño cumplido.

Despertarme cada mañana y hacer esto... es... no sé, no encuentro las palabras. No parece saludable si lo pienso. Hace un par de horas que nos despertamos y no la dejé salir de la cama, pero tampoco salí de su cuerpo, lo invadí sin intención de volver a abandonar ese lugar, mi lugar preferido en este puto mundo.

No tengo fuerzas para más. Ya ni se si volveré a funcionar en los próximos tres o cuatro días, tal vez más. Pero es que ella me incita, me cautiva con una sonrisa o cualquier simple gesto, como mirarme. Pero si me dice nene, después de haberme dicho que siempre me amó, no puedo dejarlo pasar por alto.

Agradezco mi gusto por el entrenamiento, porque gracias a eso puedo caminar con ella en brazos hasta el baño y permanecer de pie. Mientras preparo la ducha, la veo sentada sobre el mueble del baño, hermosamente desnuda y acalorada, el pelo revuelto, las mejillas sonrojadas y los labios inflamados y brillantes. Dejo correr el agua para que obtenga una temperatura agradable, ocupo mi lugar favorito. Ya se lo dije, estar entre sus piernas es perfecto para mí.

Me sonríe y le tomo la cara entre mis manos. Observo cada detalle. Es preciosa, ¿lo sabrá? Beso sus ojos, ese pedacito de cielo privado, sus mejillas, su nariz y su boca. La lleno de besos castos, puros, secos, rápidos, muchos, tantos como lo que siento por ella y murmuro muy bajito, «te amo». No me da vergüenza repetírselo otra vez, tantas veces como quiera.

—Quiero escucharte.

Me dice en un susurro y acompaña esas palabras con una sonrisa radiante.

—Te amo, te amo —un beso—. Te amo —otro beso—. Te amo.

No cuento las veces que se lo digo, pero si ella no me calla, me agarra la noche diciéndoselo.

—¡Para… Julián, por favor!

Su voz es firme y el corazón se me detiene en este mismo instante. ¿Por qué? Sin darme cuenta frunzo el ceño y me pongo demasiado serio. Me alejo un poco para buscar la explicación en su rostro, en su mirada.

—Por favor déjame asimilar el primer te amo, después sigues y… ¡por Dios! déjame decir uno a mí también —suena a regaño.

Divertido y hermoso regaño.

Mi cuerpo vuelve a relajarse, mi corazón a latir y en mi cara se trasluce la felicidad, puedo sentirlo.

—Perdón, morocha. Tienes razón. Dímelo. Hazme más feliz.

—Te amo.

Aprieto sus mejillas y mi boca se pega contra sus labios, mi nariz aplasta la suya y me duele. Ella se queja también. Pero no puedo frenarme.

Me alejo y me río de su nariz roja y sus labios blancos. Nunca imaginé lo estúpido que uno puede ser enamorado. Tal vez un poco sí, recordando a mi amigo, él es un poco estúpido enamorado de su novia.

Una vez tuve un sueño parecido a esto que estoy viviendo. Claro que finalizaba de otra forma, pero estoy haciéndolo realidad. Ella en la ducha, bajo el agua que recorre con sensualidad sus curvas y yo observando envidioso cada gota. La cubro de espuma, le lavo el cabello, ella hace lo mismo. Jugamos, nos burlamos de nosotros mismos, nos besamos. Parece irreal el momento. Hubiese querido hacer el amor con ella en esa acalorada y erótica ducha, aunque lo dejo para otro momento. Ya habíamos tenido suficientes emociones esa mañana.

Ya limpitos, nos tiramos en la cama y envueltos en las toallas nos contamos las actividades del día.

—¿Me escuchaste?

Recibo un codazo en las costillas.

—Hey, ¿qué fue eso?

—No me estás escuchando. ¿En qué piensas? —me pregunta.

—En ti

—¿Me vas a contar?

—No. Tengo que irme, por lo que te echo... vamos. Te llevo a tu casa.

—¡Julián!

—Nada —digo entre risas y me cambio.

¿Qué le voy a decir?, ¿que ya me veo casado con ella, con 2 hijos y el tercero en camino? No hace ni una semana que estamos juntos. No hace ni tres horas que le dije por primera vez que la amaba. No puedo asustarla con mis acelerados pensamientos... No quiero que me interne creyéndome loco.

Le hago unos mimos, la convenzo de que no es nada importante y nos vamos. ¿Ya dije que puedo acostumbrarme a esta rutina? Bien, porque puedo hacerlo.

Baja del automóvil después de darme un beso, demasiado corto y soso.

—Hey, nena.

Salgo del coche, enojado. No es justo. Se da vuelta y me encuentra muy cerca de su cara.

—Merezco una mejor despedida —sentencio y así lo creo, no es broma.

La envuelvo con un brazo por la cintura, con la mano libre le tomo la nuca y la inclino hacia atrás con un beso que no va a poder olvidar en algunas horas. Ni yo tampoco. Creo que ahora sí mi cuerpo está a punto para otra dosis de buen sexo. No lo tuve en cuenta.

Me alejo y desde mi espejo retrovisor la veo entrar al edificio. Sonrío como un idiota, estoy acabado... sí, acabado.

Quiero hacer de esto lo mejor de mi vida y arriesgarme por este amor que hoy me hace feliz. Tal vez en unos meses esté llorando como un desgraciado porque no funcionó. Pero, como le dije a ella, lo vamos a intentar con todo lo que podamos y si tenemos que dejarlo atrás...habrá valido la pena cada momento. Y todos los recuerdos acumulados estarán ahí para siempre, haciéndome consciente de que una vez amé con locura. Entonces, por esos momentos y esos recuerdos, vale la pena arriesgarse. Pero, si sale bien...

Mi sonrisa se hace enorme, grito de felicidad en la pequeña cabina de mi coche y pienso que, si sale bien, será increíble y maravilloso.

Quiero vivir con ella el amor que reclamé, lleno de impotencia, tantas veces en mi vida. A pesar de ser tan poco el tiempo compartido, ya no soportaría perderla.

El día y el trabajo se vuelven pesados y aburridos y el tiempo demasiado lento. Por suerte tengo un par de visitas programadas con gente de la inmobiliaria. Quiero cuanto antes mi lugar, mi espacio, mi departamento.

No puedo sacar de mi cabeza la mañana que tuvimos, ardiente mañana por cierto y ese «también te amo», hace eco constante en mi cerebro y ya se volvió mi frase favorita.

—¿Qué te parece, grandulón?

—Me encanta. Este departamento es lo que estaba buscando. Mañana quiero volver a verlo con Vanina.

—Ahora lo arreglo. Es hermoso. Un poco grande para ti solo.

—No siempre voy a vivir solo, enana. Más pronto de lo que creo voy a tener compañía. Más de una noche voy a tener alguien con quien dormir y también los fines de semana. Es este, no tengo dudas.

Salgo contento con la decisión. Ya imagino como voy a decorar cada habitación, la principal es la más grande por supuesto, una de las más pequeñas por ahora será escritorio y la otra la acondicionaré por las dudas que tenga invitados, la cocina es amplia como me gusta, con lugar para recibir a los amigos mientras cocinamos y tomamos alguna copa de vino. Un buen salón para el televisor y la consola. Es ideal.

Al otro día lo visito con mi novia. Le encanta y sin demoras hago la propuesta a la inmobiliaria.

Pasan los días. ¡Todo va tan rápido! No vuelvo a dormir con mi morocha. Dadas las actividades semanales se nos complicó. Y no insisto porque tengo reuniones programadas a primera hora y sé que con ella en mi cama no me duermo temprano y amanecer desnudos pasa a ser una provocación a la que por el momento no pienso resistirme. Esto no significa que no le hice el amor, ni la besé como necesito. Siempre encuentro el lugar para hacerlo. Ella no se queda atrás, es bastante atrevida, para qué negarlo.

Es viernes a última hora, Alex está terminando de ver unos papeles de la remodelación que debo firmar y me voy. Tengo una preciosa foto de mi mujer en el móvil y la miro sin poder creer todavía que hace casi una semana me dijo que me ama.

De la noche a la mañana mi vida dio un vuelco. De pronto parece que todo se encaminó y se puso a mi favor. Incluso Angie colabora, autorizó a su abogado a darle para adelante con el divorcio, sin seguir poniendo objeciones y así pronto lo firmaremos. Mi matrimonio pasará a ser un capítulo cerrado en mi vida. Por otra parte, el departamento ya es mío. En unos días me lo entregan y me queda comprar los muebles. Pienso estrenar cada rincón con Vanina para comenzar a llenarlo de buenos y nuevos recuerdos.

—Listo, nos vamos. Firma al pie de cada hoja. La semana que viene vamos a tener que viajar.

—No tengo ganas, Alex.

—No me importa. Es lo más efectivo para acelerar la inauguración —dice y le hago caritas para convencerla de no viajar—. Por favor, Juli no seas caprichoso. Aquí también, firma.

Me señala el último renglón de la última hoja.

—Listo, ¿me puedo ir?

Salgo de esa oficina antes que ella me confirme que terminé con mis obligaciones. Me doy la vuelta en la puerta para mirarla y me mira riendo. Le guiño un ojo mientras mueve la cabeza negando lo estúpido que me veo por la ansiedad que cargo.

Llego al estacionamiento del gimnasio y no veo el coche de Vanina. Me quedo sentado en la moto y la llamo.

—¿Dónde se supone que estás? —digo haciéndome el enojado al escuchar que atendió la llamada.

—¿Vas a ser ese tipo de novio, celoso y posesivo?

—Puede ser... incluso puedo ser de los que encierran a la novia en la casa y no la dejan salir por todo el fin de semana.

—Puedo aceptar esa idea —se ríe y la veo estacionar cerca de donde estoy—. ¿Dónde estás?

—Nena, ese pantaloncito es muy corto.

Levanta la vista y me ve. Se para en seco y me sonríe.

—Juli, tengo que cortar. Un hombre muy, muy sexy, me mira con ganas de sacarme la ropa en este instante —se sienta en mi moto de frente a mí y me abraza por los hombros—. Por fin pude deshacerme del pesado de mi novio.

La amo, mucho más que hace una semana y más, incluso, que hace un par de horas. Le devoro los perfectos labios provocadores que tiene y le aprieto el culo como si fuese la última vez que puedo hacerlo.

—Te extrañé, preciosa.

Vanina

Sentada en el gimnasio mientras miro la gente que me rodea, me doy cuenta de cómo cambió todo para mí. Reencontrarlos fue mágico, turbulento, sí y, aun así, mágico. Amigos viejos y amigos nuevos colman mi vida de alegría y compañía y me descubro feliz de tenerlos.

Hace un mes que estoy con Julián. Nunca imaginé volver a tenerlo para mí. Reencontrar este amor significa un antes y un después en mi vida.

Mi chico aparece en escena con ese short y nada más. Bueno, eso es un decir, nada más de ropa porque el cuerpazo está completito. Se pone una camiseta (que no cubre mucho tampoco) dejándome frustrada.

—Hey.

Mariel lo fulmina con la mirada cuando descubre sus manos vacías.

—Es mi turno —dice divertido

Martina se ríe porque pasó volando de los brazos de Mariel a los de Julián. Le dedica mimos a la beba y le saca más carcajadas mordiéndole la pancita. Ese es el juego preferido de los dos.

—Morocha, a mi oficina.

Su voz suena seria y determinante. Pero a mí me causa risa.

—No te voy a permitir que le hables así a mi amiga.

—Ahora —ordena agarrándome de la mano y guiñándole un ojo a Pilar que se ríe mientras levanta a Martina.

Caminamos por el pasillo y todavía escucho las risas y comentarios: «Todavía no lo puedo creer, Rico y la morocha…»; «Me encanta la pareja»; «son tal para cual»; «Juli está irreconocible».

Lo miro y me sonrío.

—¡Cómo les gusta parlotear!

—Nos quieren, es eso.

Entramos a la oficina y cerrando la puerta me mira fijo.

—Tengo novedades. Angie firmó los papeles. Soy un hombre divorciado.

Me alegro por él y se lo digo, además se lo demuestro con un abrazo de oso, bien apretado de esos que quitan el aire.

Insisto, es tan fácil acostumbrarse a las cosas buenas. Me acostumbré a su presencia en mi vida más rápido de lo que imaginé. Ya no quiero volver a vivir sin él. Me completa, me hace bien, me da la paz que necesito y la seguridad. Luché contra cada uno de sus besos y caricias e intenté evitarlo muchas veces (aunque algunas no lo logré) y cometí esas locuras que él dice que hice por su culpa. Se fue metiendo poco a poco en mi corazón. Claro que comenzó por mi cuerpo, el muy caradura, después en mi mente y sin darme cuenta llegó a mi corazón lastimado y dolido.

Su primer «te amo» despertó en mí el registro de mi amor por él. Por supuesto que tarde o temprano lo reconocería, sin embargo, venía lento, con miedo y la inseguridad propia de la nueva relación. Además, habiendo empezado como empezó… todo era demasiado complicado en mi cabeza entonces.

Hoy creo que volvería a hacer cada una de las locuras y cometería cada uno de los errores, sé que dañé a personas en el camino, incluso me dañé a mí misma, lo reconozco, pero… Yo no puedo conmigo cuando estoy con él. De todas formas, si este es el resultado, ya no importa haber sufrido, haber llorado y menos importa haberme dejado seducir.

Si tuve que pasar por todo eso para encontrar o recuperar al amor de mi vida, valió la pena. Ahora tengo muy claro que mi amor siempre estuvo ahí. Amo a mi gigante musculoso con todo mi ser, mi cuerpo está incluido en mi ser, es obvio, y creo que me convertí en ninfómana. Casi todos nuestros besos comienzan como una chispa de deseo y crecen convirtiéndose en una ardiente llama, quemándome en mi interior. Por eso a veces solo lo abrazo y evito su boca, como en este instante.

—Dame un beso.

—No, tenemos que salir con los chicos.

—Uno solo.

—Uno solo ya es peligroso —se ríe y me mira fijo—. No lo hagas.

Creo que descubrió cual es "la sonrisa" porque es lo que está haciendo.

—No, Julián —en mi defensa, digo que es mucho más fuerte que yo y me atrapa en sus brazos—. ¡Ay Dios!

—No, nena, ni Dios te salva de que te coma la boca.

A veces me pregunto qué fue lo que me enamoró de él, ahora, no en la adolescencia. Saco de la lista su físico y su cara porque sería mucha ventaja, eso lo dejo para lo que fue la primera impresión, demasiado buena primera impresión. No olvidemos que lo estoy mirando y…yo diría que es una continua buena impresión.

Como decía, lo que me enamoró, fue la seguridad que crea en mí. No sé cómo lo hace, pero soy segura de mí misma con él. Además, me llenó de paz en momentos de mi vida en los que en mi cabeza solo había tormentas. Claro que primero la volvió un desastre, invadiendo cada pensamiento, desde el primero de la mañana hasta el último antes de dormir. Me colmó de inseguridades y ansiedades primero y después las despejó una a una, inventando esa necesidad de él de la que hoy soy presa. Con un solo beso, ese primer beso robado, me robó también la cordura. Después me regalo recuerdos bizarros y provocadores, pero llené mi lista con el *top ten*, eso es una ventaja. Volvió realidad algunas de mis fantasías. Se convirtió en el perfecto ladrón de mis besos, caricias y gemidos. Me rompió, sin intención, el corazón en mil pedazos y al enterarse, los pegó uno a uno, arreglándolo por completo. Y, por si fuera poco, liberó mi sexualidad.

Vertiginoso, ¿no?

¿De verdad necesito volver a pensar qué me enamoró de él? Todo, su locura me enloquece y me convierte en esto, la mujer enamorada locamente que soy hoy.

Hoy dormimos en el departamento nuevo de Julián. De verdad es hermoso. Él dice que por fin se siente en su hogar y puedo confirmarlo porque cada rincón habla de su dueño. Hasta su perfume está en el aire.

Nos sentamos en el sillón del salón de estar ni bien llegamos y me saca los zapatos. Lo miro y sé que algo se trae entre manos, aun así, cualquier pensamiento se me escapa al sentir sus dedos en mis pies.

—Deberías dejar ropa y algunas otras cosas para no ir y venir con el bolso.

—No sé, tal vez... —digo mientras disfruto de su masaje en los pies y casi no escucho lo que dice o no le doy importancia. No quiero que se desconcentre.

—Incluso deberías pensar en mudarte un par de días a la semana y no solo de viernes a domingo. O pensar en la posibilidad de quedarte para siempre.

—No sé, tal vez... sería cuestión de pensarlo.

En realidad, no tengo intenciones de pensarlo en este momento, me gustan sus masajes en mis pies. Me levanta en brazos al ver que ya mis ojos se cierran.

—A dormir, preciosa.

Nos recostamos ya sin ropa y nos acomodamos enfrentados, me gusta descubrirlo en la misma cama, saber que estamos juntos.

También nos gusta mimarnos, aunque a veces se nos va de las manos. Nunca nuestros mimos terminan en mimos. Pero ¿qué puedo decir?, este hombre me vuelve loca, lo miro y me gusta, me seduce, es demasiado atractivo y esto me pasa desde el mismo momento en que lo vi en esa fiesta en la que nos reencontramos. Recuerdo que pensé en él como el hombre más sensual que había visto hasta entonces y lo sigo pensando. Más ahora que sé que es demasiado pasional y que cada vez que me hace el amor lo hace sin guardarse nada, ni de lo que da, ni de lo que disfruta.

Hace mucho que no le digo que lo amo. Creo que aún no nos hacemos la idea. En un mes volví a escucharlo en varias oportunidades, pero no tantas como me gustaría, no lo culpo, yo tampoco lo hago. Y es que cada vez que nos lo decimos quedamos con déficit emocional, es cierto, no miento. Como en todo lo que hacemos entregamos todo y decir te amo para nosotros es más que simples palabras. Deberíamos naturalizarlo, lo sé, pero le quitaría emoción. No quiero acostumbrarme a escuchar esas palabras como me acostumbré a escuchar sus buenos días. Quiero que siempre sean especiales y salgan con la intención necesaria para que suenen reales. Hoy lo necesito, necesito ver sus hermosos labios repitiéndome esas palabras. En especial hoy que cumplimos un mes de novios.

—Eres muy lindo —le digo mirándolo embobada.

—No tanto como tú —susurra, sus manos son tan suaves... me acaricia con mucha ternura y se acerca para besarme, demasiado lento para mi gusto—. No te dije todavía que este mes fue el más feliz de mi vida.

—Pensé que te habías olvidado.

—Pensaste mal. Yo no me olvido de las fechas importantes y esta es una fecha muy importante. Tú, eres muy importante para mí.

Por fin sus labios tocan los míos. Me muerde y me recorre la boca con su lengua atrevida. Me acaricia el pelo y baja por mi espalda hasta mi cintura, para acomodarme y pegarme a su cuerpo. Pero no se queda conforme y me acuesta sobre él, como le gusta y me dice esa frase que me derrite.

—Así me gusta, tu piel contra la mía —me dice y sus ojos se quedan en los míos. Mis dedos se pierden en su pelo —. Te amo, nena.

—Te amo, nene.

Todo lo que vi después de eso, fueron músculos de un pecho enorme que se movía a una velocidad frenética y gemí, grité, gocé, sin inhibición, hasta que el techo giró y todo se volvió placer.

Cada encuentro de estos me deja los músculos abarrotados, los pulmones clamando por oxígeno y el corazón pidiendo más lugar en mi pecho, porque se siente enorme. Mi cuerpo y mi alma le pertenecen. Cada vez que hacemos el amor le doy un poco más de mí y recibo un poco más de él. Creo que cada segundo que pasa mi amor por él es más fuerte.

Giro sin pensarlo demasiado y me pongo sobre su pecho, como le gusta tenerme y, para que negarlo, donde más me gusta estar.

—Te amo más de lo que lo digo. Te amo porque me completas, porque me haces feliz. No podría vivir sin ti porque, junto con ese primer beso, me robaste también el corazón. Y cada vez que hacemos el amor me enamoro más porque lo que hacemos juntos es perfecto. Eres perfecto, a mi modo de ver, al menos. Te esperé y no me defraudaste, volviste a mí. Tal vez tardaste más de lo que esperaba, pero aquí estás mi amor, llenando mi vida de locura. Mi amor. Eso eres, mi amor.

Me escucha sin quitarme la mirada y supongo que las palabras sobran porque solo me besa, con besos lentos y profundos que terminan en un fuerte abrazo y, recostada en su pecho, me voy quedando dormida.

—Vani —su voz es apenas un susurro en mis oídos.

—Mmm…

—No quiero que te duermas sin escuchar que te amo, tanto que duele.

Me sonrío emocionada, le beso el pecho sin abrir los ojos. Acomodo mi mejilla sobre su corazón y aturdida por esos hermosos latidos, me duermo.

Julián

Anoche escuché su declaración de amor sin quitar la mirada de sus preciosos ojos. Solo pude decirle que la amaba, no obstante, tengo más para decir.

¿Yo soy todo eso para ella? y me lo dijo justo en el momento en que estaba eligiendo las palabras para pedirle, para rogarle, que piense en venir a vivir conmigo, ahora o más adelante, pero que sepa que esa es mi intención. Que la quiero cada noche y cada mañana conmigo así, en mis brazos, así de cerquita.

¿Cómo puedo explicarle que ella no me robó el corazón sino el alma?, supongo que es eso, porque siento que sin ella ya no soy nada. ¿Cómo le pido perdón por no haber sido lo suficientemente valiente para buscarla antes, por haberla dejado hace diez años atrás o por haberla defraudado haciéndola esperar, sufrir y llorar? ¿Cómo le digo tantas cosas…?, es muy difícil expresar con palabras lo que se siente y mucho más difícil es cuando el sentimiento es tan grande y profundo, y uno no tiene la experiencia necesaria.

Quiero decirle que la amo cada vez que la miro, cada vez que me sonríe, cada vez que me mira. Quiero decirle que la amo todo el puto día y como el cobarde que soy, en vez de hacer eso, no se lo digo nunca. No quiero abrumarla o asustarla. Aunque si ella me dice todo esto, ¡a la mierda con el susto!, cada vez que sienta que tengo que decirle algo cursi se lo voy a decir y si quiere reírse que lo haga, lo hará consciente de haberme transformado en este estúpido enamorado, y si no le gusta ya es tarde, acaba de decirme que ya no puede vivir sin mí.

Ya no voy a quedarme buscando el momento para decirle cada cosa que pienso y siento porque acabo de aprender algo importante, el momento ideal para decir te amo es siempre, y se lo dije a pesar de saberla casi dormida.

Yo no pude dormir. Mis pensamientos no me dejaron descansar, mi sonrisa no quería borrarse de mi cara. Sentí el estómago lleno de... ¡carajo!, tengo que decirlo porque es verdad y no me hace menos hombre, espero... lleno de mariposas. El pecho se me infla en cada suspiro que largo por la impotencia de no poder besarla o acariciarla como quiero en este instante porque duerme. No puedo dejar de mirarla.

Quisiera que fuera consciente de que ella mantiene mi cuerpo funcionando, mi corazón latiendo, mi sangre fluyendo por las venas. De verdad que no me atrevo a pronunciar estas palabras, me hacen sentir débil, aun así, son tan reales como el deseo que tengo en este instante por ella, tanto que la voy a tener que despertar para hacerle el amor como quiero y decirle que la amo, muchísimo, más de lo que ella supone o imagina. Quiero que sepa que ya nada en mi vida tiene sentido sin ella.

Su cara es la mismísima imagen de la paz, la que en este momento le voy a quitar.

Estamos de costado, enfrentados y, por supuesto, desnudos. Acaricio su mejilla y sus labios, los mueve en una mueca deliciosa porque le molesta mi contacto, pero no despierta. La destapo y su belleza me atrapa, me vuelve loco. Me pego a su cuerpo y la abrazo, está caliente y yo también, pero por diferentes motivos. Levanto una de sus piernas y la apoyo en mi cadera. Estoy justo donde quiero estar, mi lugar preferido en el mundo, entre sus piernas, no hay nada mejor. Mis manos buscan las zonas perfectas para acomodarse y las encuentran, una en su espalda, que comienza a dibujar líneas sin sentido sobre su piel; y la otra, como no hacerlo, en su perfecto trasero. Sonrío porque sé que la voy a despertar y le voy a quitar esa tranquilidad, sé que no me va a rechazar. Apoyo mi sexo justo en la entrada del suyo y comienzo con mi artillería de caricias y besos.

—Mmm –si supiera lo que genera ese sonido en mí, no lo haría—. ¿Qué estás haciendo?

—Nada, sigue durmiendo.

Abre apenas los ojos y se ríe.

—¿De verdad me lo dices?

Casi no puede hablar, porque mi boca está lamiendo la suya.

—Sí. No te necesito.

Me río con ella y llevo mi cadera para adelante sintiéndola ya húmeda para mí, reconozco que mi mano jugueteó un poquito para lograrlo. Le robo un primer gemido, todavía tímido. Me recibe, deseosa como yo, de que avance sin cuidado y lo hago en un segundo intento. Ella acomoda su cuerpo para darme espacio, yo ocupo todo el que me da.

—Buen día, mi vida —digo y abre los ojos otra vez y me sonríe.

Me muevo, gime, sonrío. Me mira con deseo y en sus ojos, en su mirada cristalina y sincera, muere mi razón.

La recuesto sobre su espalda y comienza el desastre. Su cuerpo atrapa el mío y nos perdemos entre gemidos y gritos incontrolables. Mis caderas ayudan a conseguir cada uno de esos sonidos. Pero sus manos no se quedan atrás. Sé que está a punto de llegar al final que me pide, pero no se lo voy a permitir.

—No pares, por favor —me ruega.

No lo hago, pero mi velocidad baja y es un simple recordatorio de mi presencia. Solo nos enloquece, pero no nos hará llegar a ningún lado.

—Ayer no te dije nada porque me dejaste sin palabras, nena. Tuve tiempo de pensar toda la noche mientras te miraba.

Le doy lo que quiere, porque con sus ojitos me lo ruega, le saco un rápido orgasmo y la dejo temblando mientras yo estoy muerto de deseo por seguir. La llevo al límite, ese límite en el que me gusta tenerla para verla estallar en tantos pedazos como pueda, recogerlos después uno a uno y volver a armarla entre caricias y besos. Ya está sedada y yo sigo con mi declaración de amor.

—El perfume de tu piel es afrodisíaco. Tu cuerpo desnudo es un pecado.

Sigo moviéndome porque no puedo contener mis ganas, así como ella no puede contener su respiración y gemidos.

—No vuelvas a parar, por favor —es una súplica demasiado erótica. Aun a pesar de mi voz ronca y apenas dominada tengo que terminar mi idea.

—Quiero que sepas que esta es mi forma de demostrarte cuan atrapado me tienes. Mi amor por ti es infinito y, si te parece exagerado, es porque no estás en mi cabeza, ni en mi corazón... ni en mi maldito pene.

Sé que eso sonó desubicado, pero estoy a punto de volar de placer y ella me va a acompañar. Ese gemido precioso me lo indica, sonríe a mi comentario, nada puede decir porque está que arde como yo. Toco el fondo de su interior unas cuantas veces, a cuál más agresiva y resulta espectacular. Llegamos juntos y es maravilloso. Sentir la presión de su sexo succionando el mío justo en el momento que ya no tengo fuerza para nada, es un toque extra que me alarga el goce y quien lo logra es ella.

—Mi vida, mi pasión, mi todo.

No quiero decirlo y como lo pienso con tanta pasión, sale en voz alta en el momento que me desplomo sobre su cuerpo. Ella toma mi cara que está hundida en su cuello y me mira con sus ojos llenos de lágrimas.

—¡Mierda! ¿Qué pasó?, ¿te hice daño? Perdón mi vida, te juro... —no me deja terminar y me besa, aun así, hablo casi dentro de su boca—. ¿Por qué lloras?

Se ríe con lágrimas en la cara. ¡Está loca esta mujer! Me tiene asustado e ignorante de lo que le pasa y ella ahora se ríe.

—Es que me emocionó lo que me dijiste y lo que sentí mientras lo hacías.

—¡Por Dios, mujer! ¡Qué susto! Creí que... no importa... —le devuelvo el beso y sonrío—. No dije más que lo que sentía.

—¿Te das cuenta que destrozaste el momento que teníamos?

—Lo siento, no tengo práctica, pero te juro que la voy a conseguir.

Ahora sé que puedo hacerla llorar de emoción también y, aunque no me gustan sus lágrimas, puedo tolerarlas si son de felicidad.

—Eso espero.

Me empuja poniendo sus manos en mi pecho y me dejo caer en la cama. Camina su desnudez como algo natural y no es consciente de que, a mí y a "mi amigo", nos hace mal ver esas curvas moverse con tanta sensualidad.

Pasamos un sábado como ninguno. Con declaraciones, secretos y demostraciones. Es todo raro y yo estoy tan entregado... De verdad que no tengo práctica en estas cosas del amor. No sé expresar lo que siento con palabras, soy más de los actos; me gustan los abrazos y caricias. Incluso con mis amigos soy así. Nunca me acostumbré a decir lo que siento o tal vez nunca sentí nada tan importante, sin embargo, con ella necesito aprender. Quiero decirle lo que me pasa, lo que logra en mí; quiero que sepa cuanto me transformó y lo bien que me hizo.

Aprender a amar no es fácil, pero ella es una excelente maestra.

Como cada noche que paso con ella me entrego a la tentación y hacemos el amor. Y, como cada mañana que la veo desnuda a mi lado, vuelvo a entregarme a la tentación y le hago el amor. El domingo nos vemos con los chicos, todos llegan a casa en diferentes horarios y algunos se quedan a comer a la noche. Cada vez estoy más convencido de dar mi próximo paso.

—Mi amor —dice, abro grande los ojos antes sus palabras y me mira con una sonrisa—. ¿Qué? Acostúmbrate, lo eres. Supéralo.

Me río con su comentario y niego con la cabeza, puede conmigo. Me acabo de sacar de la cabeza la última duda.

—Termino de limpiar esto y ¿me llevas? —me pregunta.

—No.

Me mira ante mi negativa que suena demasiado contundente. No dejo de levantar los libros que tiró Martina y no la miro. Por dentro estoy riéndome a carcajadas porque su cara es una mezcla de sensaciones y algo de enojo asoma en sus ojos, volviendo ese mar un poco turbulento, esto lo sé porque la espío de reojo.

—Julián, me pediste que no trajera el coche porque me llevabas.

Camina hacia mí y no la miro. Por su voz, estoy seguro: está enojada.

—Fue así, es cierto. Pero no te voy a llevar.

—Eres… grr… te odio cuando te pones tan arrogante.

¿Eso fue un gruñido? ¿Gruñó?

—¿Qué pasó con "mi amor"?

—Estúpido.

Saca el bolso con sus cosas y termina de meter lo que le falta para encaminarse a la puerta después.

—Hey, tranquila. En mi casa nadie me insulta —digo y ahora su mirada lanza dardos envenenados—. No te voy a llevar porque te vas a quedar aquí esta noche, otra vez.

Le quito el bolso de la mano y forcejeamos, de gusto, porque jamás podrá contra mí.

—No me vas a obligar. Si me lo hubieses pedido de otra forma tal vez lo hubiese pensado.

—Te vas a quedar y listo. Supéralo —le digo en el mismo tono que ella me lo dijo. Otra vez hizo ese gruñido de animal y no aguanté más la risa. La abracé, aun en contra de su voluntad—. Es una broma, morocha, no te enojes. Lo que no es broma es que quiero que te quedes hoy también, y mañana, y pasado. ¿Siempre?

Se toma unos minutos para sacar todo el enojo de adentro, algunos golpes en mi brazo y en mi pecho son necesarios para su desahogo y, como me lo merezco, no puedo decir nada.

—No, es muy pronto. No quiero mudarme contigo todavía.

Su voz suena tranquila y su cara dibuja una sonrisa, deduzco que no quiere que me sienta lastimado con su negativa.

—Eso dolió, acabas de clavarme un puñal.

—Juli, hace un mes que estamos juntos. Debemos ver como se dan las cosas. No te rechazo. Pero quiero ser una persona razonable. Además, no podría pasar todas las noches y las mañanas de mi vida con las piernas abiertas.

—Hey, no lo digas así. Podemos probar otras posiciones —me río solo de mi chiste y me gano un codazo en las costillas—. ¿Y si te prometo que solo lo hacemos a la noche? —ahora la que se ríe es ella, sin embargo, yo me pongo serio y respiro hondo antes de hablar—. Vani, mi pedido es serio. Quiero que seas lo primero que veo cada mañana al despertar. Quiero compartir mis rutinas contigo, mis secretos y problemas, y también cargar con los tuyos. Quiero mirarte mientras te vistes y saber de antemano la ropa que te voy a sacar a la noche. Quiero verte dormir, verte despertar, quiero cocinarte, ver juntos una película, darte un beso fugaz solo porque sí, porque pasé por tu lado. Quiero muchas duchas contigo, lavarte el pelo, acariciarte hasta que te duermas, hacer el amor cada vez que tengamos ganas, seducirte y que me seduzcas, sin horarios, ni días. Mirarte y enamorarme más, más y más. Sentir todos los días, esa flecha que atraviesa mi corazón cada vez que nuestras miradas se cruzan.

Lo digo todo junto casi sin respirar, mirándola a los ojos que se le ponen cada vez más brillosos y acariciando su sedoso y precioso pelo negro. Y ¡qué bien se siente!, liviano, como si me hubiese sacado un peso de encima.

—Eso fue lindo. Muy lindo. Nunca nadie me dijo algo tan hermoso. Juli, te juro que quiero lo mismo. Pero más adelante. Podemos ir probando algunos días de la semana.

Asiento feliz. La entiendo y me lo esperaba, pero de esta forma lo va pensando, analizando y cuando menos lo imagine, la atrapo.

—Y sí, hoy me quedo.

Vanina

Ese lunes comenzamos la prueba.

Lo llevábamos bastante bien, solo que a veces Julián no acepta un "no puedo" como respuesta, se aparece en mi casa y se invita a dormir. No me quejo, me encanta que pase, aunque no se lo diga.

—Esto es trampa —digo al abrir la puerta ya con mi camiseta de dormir puesta.

—No lo es.

—Julián, ¿no tienes ganas de extrañarme un rato?

Apenas puedo moverme porque me abraza como si hiciera un siglo que no nos vemos y yo me lo comería a besos en este instante. ¡Huele tan bien y está tan bueno con esos jeans rotos! Seguro vino en moto y la sola imagen de él en esa moto me pone a mil.

—No. Suficiente con lo que te extraño en el día, a la noche no lo soporto. Vamos a la cama que necesito abrazos.

Así no puedo echarlo, claro que no lo quiero hacer… no obstante, esta situación me asusta. No quiero apresurar las cosas y, no sé… que se aburra de mí, porque puede pasar. No podría soportar una separación si se da cuenta que este amor que me dice tener, es pasajero. Yo creo en sus sentimientos, solo que tengo miedo que él mismo se esté engañando y yo sea ese amor del pasado que volvió un día y la novedad lo ciegue.

Entiendo que le gusto y no lo dudo a juzgar por sus reacciones y eso puede influir en la necesidad de verme todos los días. Hacer el amor con él es increíble y, si siente la mitad de lo que yo siento, entonces puedo entender que quiera hacerlo a cada hora, como yo. Sin embargo, esta atracción, esta novedad, esta pasión o deseo puede tener un final y para mí sería devastador. Amo a este hombre como a nadie, nunca dejé de hacerlo, ni en su ausencia, de eso hoy estoy segura, por lo que de mí no tengo miedo. Sé que él es el indicado y con él quiero mi vida, mis hijos, todo.

Si no fuese el amor de mi vida, dejaría pasar al verdadero para quedarme con Julián, hasta ese punto lo amo. Por este mismo motivo, si se aleja de mí... no, no, no quiero ni puedo pensarlo.

—Esto no es justo, mi amor. Dijimos... —me calla con un beso.

—Claro que es justo. Quiero abrazos y besos y es justo lo que voy a recibir.

—Supones que te los voy a dar obedeciendo a tus caprichos.

"Esa sonrisa" hace su aparición. Se saca la camiseta y me deja mirar con ganas, muchas ganas, ese cuerpo que me vuelve loca. Me tiene atrapada por la cintura y me lleva caminando hacia atrás con un destino fijo, mi cama. En el camino va perdiendo las zapatillas y medias y yo, la cordura con los besos que me da.

—¿Y si yo no quiero abrazos y besos? —intento sonar enojada.

—Voy a hacer que los quieras en cinco minutos.

—No soy tan fácil —aseguro soltándome de su agarre y cruzando mis brazos sobre el pecho.

Me mira como con ganas de comerme, ¿se notarán mis ganas de comerlo también? Por favor que deje de mirarme con esos ojos pícaros llenos de promesas porque voy a perder el equilibrio. De verdad que esto no es justo, no puedo controlar la rebeldía de mi cuerpo estando con él, y no me acostumbro.

—No estoy de acuerdo, eres fácil.

—Es que tú sabes que hacer y donde —digo en mi defensa.

—Eso es gracias a tu generosidad. Si tú y tu cuerpo no me mostraran lo que les gusta, no podría saberlo.

Me ganó, ya estoy de nuevo entre sus brazos y cayendo a la cama con su cuerpo sobre el mío.

—Nunca lo vi de esa forma.

—Y yo nunca lo vi de otra. Soy detallista, mi vida —me dice, ya sus manos bajan a mis piernas y suben por debajo de mi vieja camiseta quemando mi piel en cada roce—. Quiero conocer cada necesidad de tu cuerpo para que no puedas pensar en nadie más tocándote. Solo yo y para siempre.

Me desnuda en pocos segundos y en otros pocos se desnuda él.

Adoro sus besos, caricias, sus modos de hacerme el amor, todos ellos, porque no siempre es igual. Cada vez que lo hacemos me dice algo diferente con su cuerpo y eso también es generosidad. Yo no me quedo con nada, le doy todo, pero él tampoco me lo niega. Puedo ver la necesidad que tiene de mí y me encanta.

Por momento creo que mis dudas son infundadas y, en la vorágine de este placer que siento en sus brazos, puedo cometer una locura y aceptar lo que me propone. Vivir con él sería mi sueño, nada quiero más en la vida que estar juntos siempre, despertar y dormir en sus brazos. Formar una familia, ser su futuro, no obstante, no sé si es ahora el momento de hacerlo.

Una noche más abrazados, una mañana más besándonos como si no nos hubiésemos besado hasta la madrugada.

—Hola, mi vida.

No separa su boca de la mía para decirlo. Y yo no puedo separar mis manos de su pelo revuelto. Me trepo a su pecho y sonrió en sus labios.

—Tengo mucho trabajo y una reunión temprano para entregar algo que terminé ayer.

—¿Y eso significa que me vas a rechazar?

—No, de ninguna manera. Eso significa que vamos a tener que ser rápidos.

Se ríe a carcajadas y me gusta oírlo. Su felicidad es la mía.

Me prepara el desayuno mientras me arreglo para salir. Esto son los momentos que me llenan de amor. Verlo ser él, en mi casa, compartiendo cosas insignificantes que, aun siéndolo, forman la cotidianeidad. Esto es lo que quiero y ya sé que es lo que me pide y me ofrece, pero tengo miedo, mucho miedo de que, algo de esto, no sea real.

Quiero mandar al carajo mi conciencia, mi parte racional, pero es más fuerte que yo. Mi psicóloga dice que no fuerce mis decisiones y eso voy hacer. Si mi cuerpo no me responde como quiero, cuando estoy con él, al menos quiero de mi lado a mi cerebro.

Me acerco para darle el beso que se merece por el desayuno y me detengo al verlo con gesto de enojado mientras mira un mensaje en su teléfono. Me gusta verlo fruncir el ceño. Muy pocas veces le vi cara de enojado y es muy sexy. Debería hacerlo enojar más seguido, aunque debería estar vestido con uno de esos infartantes trajes que le quedan pintados.

—Voy a tener que matar a una enana —dice en un tono más elevado que el normal, está enojado y supongo que a Alex le conviene estar lejos en este momento.

Lo abrazo y le beso la mejilla. Pasa sus manos por mi cintura y me mira preocupado.

—Me tengo que ir de viaje hoy a la noche. Quiero que vengas conmigo.

—Julián, no puedo. Tengo trabajo, y mañana una reunión por un proyecto nuevo.

—Dos días, Vani, por favor, mi vida. No me hagas esto.

Pone cara de llanto y ojitos de perrito abandonado, por supuesto que merece un beso por eso y por verse tan tentadora esa boca con olor a café.

—Tendrías que hacer alguna audición para alguna telenovela. Seguro te dan el papel principal, el más dramático —se ríe y yo lo sigo—. ¿De qué se trata el viaje?

—Tengo que revisar cómo va la remodelación del hotel y hay un par de cambios que necesitan mi aprobación. Así terminamos de una vez.

Desayunamos conversando. Me cuenta cómo va la obra, los nuevos cambios y los proyectos futuros. Yo le hablé sobre mi nuevo compromiso, que es muy interesante ya que se trata de la traducción de un libro y es algo que nunca hice. Me doy cuenta que por estos momentos pagaría una fortuna porque esto es lo que busqué en mi otra relación, algo en común, proyectos compartidos, hablar del futuro, acordar planes sabiendo que vamos a estar juntos. De esto se trata compartir la vida con alguien y me encanta la sensación.

La noche llegó sin tregua, no pudimos vernos. No hizo tiempo de llegar al gimnasio, donde lo esperaba.

—¿Cómo van las cosas, morocha?

Rodrigo se sienta con Mariel y Noelia en la mesa de siempre, yo estoy mirando el mensaje de Julián diciéndome que no llega a verme.

—Bien —respondo un poco desanimada.

—Estaría bueno que se entere tu cara entonces —dice Pilar llegando por atrás y me da una palmadita en la espalda. Bruta como siempre.

—Atención, el que no quiera perderse el espectáculo que mire —grita Fernando desde la puerta de entrada y todos giramos para ver a Martina intentando mantener el equilibrio de sus primeros pasos, agarrada a las manos de su padre. Se ríe contenta mientras rebota contra el piso y sigue.

Cristian se agacha frente a ella y pasa a ser su meta. Tropieza y se cae, pero sin pensarlo dos veces se levanta y vuelve a caminar con los bracitos estirados, los deditos cerrados en los de su papá y recibe un abrazo al llegar.

—Muy bien, princesa —le dice Cristian mientras la llena de besos. No creo que exista una niña más mimada que esta.

Esta reunión da más para la tertulia que para el deporte y en eso estamos.

—¿Cómo va todo con Julián? —me pregunta Noelia.

—Bien, muy bien.

De pronto se hace silencio. Pilar, Noelia, Mariana, Ana y Martina, ahora casi dormida. Todas ellas mis amigas, me miran como si fuese a dar un discurso y mi voz sale, así no más, sin mediar pensamientos.

—Me pidió que me mudara a su departamento.

Todas sonríen contentas y se vuelven a poner serias ante mi no-sonrisa.

—Y te dió tanto miedo que dijiste que no —dice Pilar, yo asiento y le permito decir lo que quiera, después de todo lo dirá igual. No hay nadie que pueda impedirle decir lo que piensa—. ¡Dios mío! ¿Qué pensé cuando te elegí como amiga?

—Qué era la mejor del mundo entero —digo y todas nos reímos—. ¿Acaso no piensan que es muy pronto?

—Sí, ¿y qué? —Ana es la más seria de todas y su palabra es casi siempre la que se toma como religión. Por eso su incoherencia ahora me deja pensando.

—Puede no funcionar.

—Sí, ¿y qué? —agrega Mariel imitando a Ana.

Todas se miran y sonríen. ¿Acaso soy la única cuerda del grupo? Llega Gaby y Pilar no la deja ni sentarse.

—Julián le pidió a Vanina que se mudara a su casa, ¿Qué opinas?

—Sería genial. Él te adora, Vani —me dice y casi me convence.

—No las soporto... a ninguna. La única que se salva es Martina, porque no habla.

Me voy hacia una de las caminadoras y escucho la voz de mi amiga.

—Cobarde.

Y las risas de las demás. Sí, creo que tienen razón, soy una cobarde.

Los dos días sin Julián me sirvieron para pensar en todo.

Lo extrañé demasiado para ser solo dos días. De pronto la palabra cobarde se había transformado en mi nueva compañera de cama, de ducha, y de ejercicio. ¿Era tan cobarde o era responsable?

Una tarde me encontré haciendo una lista mental de los pros y contras de una vida con Julián. Esto se está poniendo serio, por mi salud mental debo tomar una decisión.

Julián llega mañana, atrasó su vuelta y yo creo que me muero de ganas de verlo.

Invité a las chicas a casa para que me ayuden a pasar el rato. Quiero dejar de pensar, de extrañar y de obligarme a decidir. Me meto en la ducha, enojada conmigo misma, no puedo creer que me haya vuelto tan dependiente de sus besos. Quiero un beso suyo, una caricia… y ni hablar de otras cosas, pero lo que más extraño son sus besos.

—Hola, mi amor.

Corrí al escuchar el sonido de mi móvil y mientras atendía me envolví en la toalla.

—Hola, mi vida.

Sonrío por como suenan esas palabras y me enamoro un poquito más.

—Te extraño —agrega.

Acabo de tomar una decisión, la próxima vez que viaje, voy con él. No me gusta extrañar, odio extrañar.

Julián

Días de mierda, a veces odio el trabajo y las reuniones. Odio todo lo que me aleje de mi hermosa y sensual morocha.

Creíamos que no llegábamos a tomar el vuelo previsto, sin embargo, no fue así. Aunque no tuve tiempo de avisarle a Vanina que llegaba según lo planeado. No importa, será sorpresa. Tiro el bolso en mi departamento y llevo a Alex a su casa. Rumbo a casa de mi novia la llamo, quiero escuchar su voz y hacerme la idea de que, en menos de media hora, voy a estar abrazándola.

—Hola, mi amor.

Esas palabras me aceleran el corazón y despiertan mi cuerpo que venía medio dormido estos días, es que ella las pronuncia con mucha intención.

—Hola, mi vida. Te extraño.

Quisiera decirle más cosas, pero se las voy a decir en un rato mientras la tengo en mis brazos.

—Y yo. No veo la hora de verte.

—¿Que hacías?

—Espero a las chicas —dice. Oh, oh, qué complicación —. Acabo de salir de la ducha. —Oh, oh, qué complicación.

Estaba por girar el volante para volver a casa y no interrumpirla, pero no lo hago. Ella y ducha en la misma frase es sinónimo de belleza.

—¿A qué hora llegan?

—En una hora y media. Pero… —no me importa nada, solo quiero verla y la interrumpo.

—¿Ya te vestiste?

Por favor, por favor, que diga que no.

—No.

Sí, esa es mi chica. Se me viene la imagen de ella envuelta en esa diminuta toalla que más que tapar destapaba.

—¿Te acuerdas del día que fui a tu casa a llevarte la invitación del cumpleaños de Rodrigo?

—¡Cómo olvidarlo!, fuiste un atrevido.

Se ríe y eso me provoca que lo que tengo entre mis piernas me moleste más de lo que me molestaba.

—Nena, ese día terminé masturbándome en la ducha.

—No fue mi culpa.

—Cierto. Pero si fue tu culpa el día que te encontré hablando con Pilar, algo sobre alguien que te empotre contra la pared hasta que te haga gritar su nombre.

—Ese día… ¡qué vergüenza! Estaba muerta de miedo de que me hubieras escuchado desde el principio porque estaba hablando de ti y de lo que me hacías pensar cuando te veía.

¡Dios mío no lo puedo creer! Qué poco va a durar esta sesión de sexo. No puedo más.

—Abre la puerta, nena.

Abre y al verme no puede creerlo. Me sonríe, pero no se mueve.

—¿Qué haces aquí?

Tiro las llaves y el teléfono, dejo mis manos libres para abrazarla y ella se deja. Cierro la puerta con el pie y la aprieto contra la pared, la lleno de besos. No solo la beso porque la extrañé, sino porque me muero de ganas de hacerle el amor, ¡ya! La conversación telefónica y mi imaginación me tienen ardiendo. Sin dejar de besarla me saco la camisa y ella se ríe de mi desesperación, pero no hace nada para frenarme o sí, me provoca más. Agarra la toalla con una mano y la deja caer como aquella vez. Veo sus pechos, su cintura y su cadera. El contorno de su sinuoso y tentador cuerpo. Su piel suave me ruega que la toque.

—Eres tan hermosa… y provocadora… y atrevida.

Mi boca baja por su cuello y luego por sus pechos. La miro y me encuentro con sus ojos y su sonrisa. Saco mi lengua y comienzo mi ritual; escucho su primer gemido y suspiro. Estoy en mi cielo. Pocos segundos tarda en prenderse a mi pelo, ¡por fin!, creí que no lo haría y me gusta, me encanta. La toalla ya no se interpone entre nosotros y puedo ver su desnudez. Me refriego contra ella, estoy descontrolado. Ella lo nota y me desprende el pantalón, mientras yo la toco por todas partes. La hago gemir y ella me hace jadear al meter su mano dentro de mi ropa interior y cierro los ojos. No lo soporto, no ahora.

—No me toques.

Abre sus ojos y se ríe. Me baja la ropa y levanta una pierna sobre mi cadera, me ayuda a entrar en ella sin dejar de mirarme. Sabe lo que necesito, a ella.

—Sí, esto es lo que necesitaba —digo invadiéndola, suspirando y gozando cada centímetro de la forma más lenta que puedo.

Pongo mis manos en su precioso trasero y ella sube la otra pierna, dándome más acceso. Comienzo a saciar mi deseo con desenfreno y ella me deja. Me recibe con gemidos, con pasión. Sus manos se clavan en mis hombros y su boca se bebe mi placer. Me deleito con su cara cuando llega al final, la dejo relajarse, pero quiero más. Camino con ella enredada en mi cadera y me siento en una de las sillas del comedor. Consigo más profundidad en ese movimiento y largo un par de palabrotas que la hacen reír.

Ahora la que mueve las caderas es ella y yo la ayudo con mis manos en su cintura. Estoy a punto de estallar. Beso sus pechos, jadeo en ellos, los veo moverse frente a mí, son preciosos. Levanto la vista y me encuentro con la de ella. Me sonríe, le sonrío y su cara comienza a transformarse, se llena de placer y lleva a la mía a hacer lo mismo. ¡No puedo más! La levanto con mis manos y la bajo contra mí, acoplándome a sus propios movimientos. Perfectos movimientos que acompaña con esa tensión interior y me exprime el placer que tengo guardado desde hace dos putos días.

—¡Dios mío, nena, te amo!

Me entrego a ella y me dejo caer en sus brazos, llevándomela conmigo en el mismo placer. Se retuerce contra mí, se tensa y luego se afloja, mientras yo no puedo dejar de sentir los espasmos en mi cuerpo que me debilitan por completo.

Enredados y pegados nos besamos. Su pelo cae por mis hombros y su espalda. No le permito alejarse de mi cuerpo, la quiero piel a piel.

—Eres un mentiroso, pero te amo igual —di . Me sonríe y me derrito.

—¿En cuánto tiempo llegan las chicas?

—No tengo la idea de la hora que es, nene.

Muerde mi labio inferior y tengo ganas de obligarla a cancelar la invitación.

—No quiero irme.

—Lo sé. Pero no me avisaste que venías.

—¿Ahora es mi culpa que tú te diviertas mientras yo no estoy?

Se ríe y me provoca con sus movimientos de cadera. Es un poco peligroso seguir en esta posición.

—Es que te extrañaba y no quería estar sola.

Si no deja de moverse voy a tener que acostarla en la mesa y volver a… ¡me vuelve loco esta mujer! Cierra los ojos y comienza de nuevo a moverse hacia atrás y adelante, con lentitud y me dejo hacer. Es excitante sentir como crezco dentro de ella, como de a poco crece mi deseo y mi placer. Mis manos están apoyadas en su pierna y no hacen nada. Solo disfruto con los ojos cerrados de su vaivén de caderas y sus gemidos suaves.

—Julián, mi amor —su voz suena demasiado ronca, abro los ojos y veo en los suyos lo que me va a pedir con la boca—. Necesito que me hagas el amor como me gusta.

No necesito nada más. Me paro, la recuesto sobre la mesa y me muevo como me pide. Sé cómo le gusta y a mí también. En unos pocos movimientos profundos y brutales, comenzamos a gemir sudados y sonrientes. Otra vez alcanzamos ese final deseado. Y nos fundimos en un abrazo.

Estaba cansado por el viaje. Ahora estoy rendido. Apenas si puedo moverme. Me cambio mientras ella camina hasta el cuarto y comienza a vestirse. La miro, sus movimientos son elegantes y femeninos y me hipnotizan.

—Hermosa.

Eso sale solo, mis pensamientos a veces me traicionan. No me quejo, me hicieron ganar un abrazo y un beso extra.

—Voy a tener que echarte.

—Lo sé. Pero necesito que me empujes hasta la puerta y me la cierres en mis narices porque no quiero irme.

Se ríe y me vuelve a abrazar.

El timbre suena, pero ella no me suelta. Con su mirada quiere decirme algo que no comprendo.

—¿Qué?

La apuro para que no se le escape el pensamiento. No quiero perderme lo que sea que quiera decirme.

—Nada —dice y ¡mierda!, sabía que era algo que quería ocultar—. Te amo, solo eso. Y ahora, te vas.

Me cruzo en la puerta con Pilar y Mariana que se burlan de mí y me empujan hacia afuera. Las mujeres juntas son muy brujas. En la calle me encuentro con Mariel y Noelia. Y obvio, más burlas.

—Son insoportables. Todas. No se salva ninguna —les grito mientras subo al automóvil y ellas se ríen de sus propias bromas.

—¿Vanina, tampoco?

—Es la peor de todas.

Aun así, me tiene embobado. Tal vez embrujado. Eso es... me hizo una brujería. Esa es la explicación más lógica que le encuentro a esta situación.

Antes de arrancar el motor me sonrío y envío un mensaje de texto.

Julián:
¿A qué hora se van?

Vanina:
¡¡¡¡Julián!!!!

Me río de su respuesta porque me imagino su sonrisa al escribirla.

No me queda otra que arrancar el motor y alejarme del único lugar en el que quiero estar en este momento. ¿Cuándo se va a dar cuenta que no puedo, ni quiero dormir sin su cuerpo pegado al mío?

Llego al edificio y me encuentro con Rodrigo esperándome.

—Estoy aburrido, viejo y me dejaron con la cama fría.

Me carcajeó de su cara de drama. Yo creía ser el único exagerado.

—Y a mí me cerraron la puerta en la cara.

Nos damos un abrazo cuando estamos cerca y subimos a casa para tomarnos un par de cervezas.

—¿Cómo va el hotel?

—Mejor de lo que esperaba. Estoy muy contento con el proyecto.

—Me alegro mucho —dice, hace una pausa y encuentra no sé qué atractivo en la botella que tiene en sus manos, la mira un rato y sigue—. Me quiero casar.

Me atraganto con el trago de cerveza ante sus palabras. ¡¿Qué?! Rodrigo, mi amigo, el mismo que dice no creer en el casamiento. Esto es demasiado para ser cierto.

—Me da miedo que la petiza no quiera —agrega con cara de preocupación.

—Es imposible que no quiera. No hay una mujer más enamorada que ella.

—Sí, Vanina —me guiña un ojo y yo le sonrío, brindamos con nuestras botellas y me convenzo de sus palabras, quiero que así sea—. ¿Qué pasa si me rechaza?

—No lo va a hacer.

—¿Y si lo hace?

¡Qué terco! Aunque lo entiendo, yo mismo dudé más de una vez antes de tomar una decisión. Pero como todo lo que se ve desde afuera se ve con más claridad, yo sé que ella nunca lo rechazaría.

—Más de una vez rechazó irse a vivir conmigo.

—Tal vez no espera que le pidas casamiento, nadie lo espera en realidad. Y por ese motivo tal vez la impresiones. Después de recuperarse del desmayo que le vas a provocar, te va a decir que sí

—se ríe sin ganas, puedo ver en su cara el miedo—. Hey, ella te adora. Si no se quiere casar lo peor que puede pasar es que sigan así, como están. Y yo no los veo mal.

—Necesito que hagas algo por tu amigo. Quiero estar seguro, no quiero estropearlo todo. Necesito que me averigües si me aceptaría.

—No voy a hacer eso… le quita emoción. Quiero verte llorando y temblando, sufriendo sería la palabra acertada.

—Eres un idiota.

—Pero me quieres. Y para que te rías de mí, también estoy sufriendo. Le pedí a Vanina que se mudara conmigo y también me rechazó. Y, acá estoy.

—Estropeado.

—Así es. Pero no desisto. Lo voy a lograr. Ella cree que es muy pronto y la entiendo, para mí también lo es, pero la voy a convencer de todos modos.

—Odio a las mujeres.

—En especial a dos de ellas.

Volvemos a brindar y a reírnos.

—¿Tú te das cuenta lo que Vanina te cambió?

—Sí. Y por eso no la quiero dejar escapar otra vez.

—Así se habla.

Nos tomamos una cerveza más y lo veo partir, preocupado y cabizbajo. En ese estado no le hace honor a su tamaño. Bueno, tal vez yo tampoco al mío.

Otra noche sin mi mujer. Otra noche solo, en este enorme departamento que compré pensando en ella y en todos los hijos que podamos tener. Sí, pensando en nuestro futuro, en nuestra vida juntos.

Vanina

—¿Tú te das cuenta cómo tienes a ese hombre? Si no te das cuenta te lo digo yo: está muerto a tus pies.

—Basta, Mariana, si están aquí es porque no quiero pensar en él.

—¡Dios mío, no lo puedo creer! No entiendo tus miedos. Es pronto sí, pero ya no son adolescentes. Si no resulta te vas de su casa y ya está. Pero solo hace falta mirarlos para darse cuenta que los dos están muy enamorados y que nada los va a separar.

La voz de Ana es una melodía en mis oídos. Quiero creerle. Le creo. Sí que le creo. ¿Y entonces?

—Vanina, ese grandulón ha derramado más de una lágrima por ti. Y solo los hombres que aman lloran por una mujer, sea cual sea el tipo de amor. Nosotras fuimos testigos de lo que sufrió creyendo que nunca podría recuperarte.

Alex no me miente, como no lo hace ninguna de ellas que intenta convencerme de que vea lo que ellas ven. Miro a Pilar y levanta las cejas como preguntándome qué estoy pensando.

—Ok, ya entendí. Creo que le voy a dar una oportunidad.

—¡Por fin…! —grita Noelia que brinda con su copa en alto.

Después de una buena comida, tertulia y algunos chismes,

me dejan sola casi a media noche. Entonces mi cabeza comienza a mover sus engranajes, sin embargo, aunque vuelven mis dudas al pensar en mi novio y su pedido de convivencia, creo que tomé la decisión correcta, ¿o no?

Me acuesto a descansar porque mi cuerpo y mente están exhaustos. Me despierta el sonido de mi teléfono y veo que tengo un mensaje de mi amor, miro el reloj y es temprano todavía. Hoy puedo dormir un rato más, pero la intriga me puede y a pesar de que los ojos me arden miro la pantalla, me los refriego para poder ver bien y leo:

Julián:
Si estás libre almorzamos y me tomo la tarde para estar contigo.

Le respondo con una sonrisa en mis labios.
Almorzamos y pasamos la tarde juntos, mi amor.

Me recuesto sobre la almohada. Me siento como una niña emocionada ante el primer noviecito. Sonrío porque ese noviecito que me sacaba las sonrisas tontas antes, es el mismo que lo hace hoy. No puedo evitarlo. Julián me da felicidad, alegría. El sonido de que otro mensaje llegó a mi móvil me saca de mi estúpida nube rosa.

Julián:
¿Y la noche, mi vida?
Lo quiero, lo quiero, lo quiero.
Y la noche también.

Julián:
¡Soy feliz!

Y yo, gracias a él.

Almorzamos en un lugar al aire libre. Caminamos de la mano en un parque lleno de niños y Julián se pone a jugar a la pelota con un grupo que no dejaba de alabarle los músculos. Se saca una foto con ellos enseñándoles como mostrar sus bíceps como si fuesen fisicoculturistas. Es fantástico con los chicos, me produce mucha ternura verlo interactuar con ellos.

La tarde vuela, el atardecer nos encuentra tumbados sobre el pasto y haciendo planes para el fin de semana. Es demasiado fácil compartir el día con él. Las conversaciones se dan, los proyectos se suman, entre besos y sonrisas armamos y desarmamos planes a futuro.

En algún momento de silencio recuerdo que esto, entre otras cosas, es lo que le falta a mi anterior relación y sonrío ante el recuerdo de Sebastian. Ese hombre guapo que me quiso y quise, aunque nunca amé ni me amó, me dio la experiencia necesaria para saber hoy que, lo que tengo con Julián, es verdadero y sí es amor: amor del bueno, del duradero, del que todo lo puede.

Lo observo hablar y no puedo creer que sea el mismo joven que un día me dijo que me amaba pero que necesitaba otra cosa de la vida; que no podía pedirme que lo esperase, no obstante, él un día volvería. No puedo culparlo por querer vivir su vida. Además, cumplió su promesa, volvió por mí. Claro que volvió transformado en el mismo demonio. Me resultó imposible alejarlo, me doblegó y volvió a enamorarme. Pero esta vez me inutilizó para cualquier otro hombre, aunque si lo analizo bien, ya lo había hecho y yo no me había dado cuenta.

—¿Me escuchaste?

—Claro que no —digo sin disimular. Lo que me lleva a recibir una buena dosis de cosquillas.

—¿En qué pensabas?

—En ti. En que una vez me dijiste que me amabas pero qu me dejabas —me sonríe con tristeza. Yo lo beso y me recuesto sobre su pecho—. Está bien que lo hayas hecho. No te culpo. Además, cumpliste tu promesa y aquí estamos otra vez juntos.

—Perdimos mucho tiempo, morocha.

—No es cierto. Ganamos, Juli, ganamos en experiencia. Ahora sé que te amo, que nunca dejé de hacerlo a pesar de haberlo intentado.

Queda pensativo y serio, sin quitar su mirada de la mía. Amo esos ojos verdes que se clavan en mi alma.

—Entonces… puedo sonar cursi —me aclara con el dedo levantado a modo de advertencia—, si vivimos todos estos años buscando enamorarnos, sin conseguirlo a pesar de intentarlo, podemos decir que nuestros corazones estaban esperando este reencuentro —hace una pausa para aclarar sus pensamientos—. Entonces siempre fuiste tú. Aquí, siempre estuviste tú. —Se señala el pecho con la palma abierta como acariciándose el corazón—. Creo que deberían pasar varios años más para decirlo, pero aun así estoy casi seguro de que eres el amor de mi vida. Si este amor, sin alimentarlo siquiera con mis pensamientos, estuvo dormido, aun así, vivo dentro de mí por tantos años, ahora que estamos juntos y no hago otra cosa que verte y tocarte o pensarte y extrañarte… ¿hasta dónde puede llegar? Vanina, mi amor por ti es infinito. Esta es la única conclusión a la que puedo llegar.

Me mira sin sonreír, con cara de preocupación. Sin darse cuenta de que lo que dijo fue hermoso y que tengo muchas, muchas ganas de llorar de felicidad.

—¿Fue muy cursi? —pregunta con una carita de duda que me mata.

Niego con la cabeza. En realidad, es especial para romper los momentos románticos. Claro que él no sabe cuan romántico puede ser, aunque no creo que quiera saberlo.

—Por momentos sí —digo, me sonrío y él también lo hace—. Pero es muy lindo que lo pienses así. Yo estoy casi segura de lo mismo. Podemos tener esta conversación dentro de diez años, para saber si es cierto que eres el amor de mi vida, y dentro de veinte volver a intentarlo, y después de…

No puedo seguir hablando porque su boca se apodera de la mía. Cierro los ojos y me entrego al sabor de sus labios. Puedo alimentarme sin problema de sus besos por varios meses. No me importaría hacerlo. Cuando aleja su boca de la mía, yo me quedo esperando por más y con los ojos cerrados. Gruño cuando no recibo ningún otro contacto y entonces abro un ojo, espiando para saber qué hace. Me mira intrigado ante mi reacción y se ríe.

—¿No hay más besos? —pregunto. Se levanta negando con la cabeza y me da la mano para ayudarme a ponerme de pie.

—No por ahora, viciosa.

Caminamos de la mano hasta el coche. Mientras él se ríe y yo me hago la enojada. Quiero más días como este en mi vida, muchos, muchísimos más. Quiero ser infantil, una mujer estúpidamente enamorada y que él disfrute con eso. Quiero charlas, besos, mimos, sonrisas. Quiero que esta mano no me suelte nunca y me acompañe el resto de mi vida así, agarrada a la mía.

—No voy a entrar a ese automóvil sin un beso más –lo digo solo de caprichosa, sé que me lo dará de todas maneras. O eso creía, porque no fue así. Ante su negativa me pongo a caminar, riéndome de mi propia estupidez.

—Vanina, no me hagas ir a buscarte.

No me doy vuelta, solo escucho su risa alejándose, sigo caminando hasta que con un brazo me atrapa de la cintura desde atrás y me hace girar.

—¿Tanto te gustan mis besos? —pregunta juguetón.

Me enloquecen y si vienen acompañados de esa sonrisa y esa mirada, a cuál más pícara y provocadora, más todavía. Sin dejar de mirar su boca muevo la cabeza de arriba hacia abajo.

Me gusta este juego, siempre que consiga lo que quiero… y sí, lo consigo. Me da un beso y después otro, en realidad, el segundo se lo robé. Y también le robo uno en el primer semáforo en el que paramos, solo para divertirme con su risa. Porque su risa es lo mejor del mundo. Todo él, es lo mejor del mundo.

Pasamos por un lugar de comidas rápidas y pedimos unas hamburguesas para llevar. Las comemos en el sofá del salón mirando o intentando mirar una película, pero la verdad es que no le prestamos demasiada atención. Cualquier cosa nos distrae, desde bromas, cosquillas o comentarios tontos.

Ahora ya estamos en las preliminares de nuestro sueño, o mejor dicho de nuestra ida a la cama. No pinta como que pronto nos dormiremos. Y la verdad es que ya no necesito rogar por besos. Me tiene atrapada contra el respaldo del sillón devorando mi boca y mi cuello, claro que sus manos no están quietas y agarran a su paso lo que pueden. Ok, yo no me quedo atrás. Una de mis manos guía su cabeza para que su boca siga con sus roces y la otra por debajo de su camiseta acaricia la piel de su espalda.

—Podríamos pasar así el resto de nuestros días y noches —habla perdido en mi cuello calentándome con su aliento. Me toma el pelo a la altura de la nuca y tira de él para que lo mire. Sus ojos se funden en los míos y me estremezco al ver el amor y la pasión con los que me mira—. ¿Por qué no quieres vivir conmigo, Vani?

—Julián...

No quiero hablar ahora, habíamos tenido un día perfecto y quiero la noche perfecta.

—Vanina... –dice mi nombre en el mismo tono que yo y sigue hablando—. Me angustia esta situación. Me da miedo pensar que no estás segura de lo que tenemos. ¿Es eso?

—No.

Me siento estúpida pero no me salen las palabras. Amo al hombre que me está rogando con la mirada que le diga lo que siento, para poder seguir besándome después.

—Entonces, ¿qué es? Quiero la verdad.

Se aleja un poco de mí, se sienta y me lleva con él para sentarme sobre sus piernas. Me encanta que haga eso cuando tenemos que hablar con seriedad. Pero esta vez me siento enfrentada a él con mis piernas a cada lado de las suyas.

—Estoy esperando, morocha.

—No sé, no es nada... o es todo... ¡Dios mío, Julián!

Mezclo mis dedos entre las hebras de su pelo y acaricio su boca con el pulgar de la mano libre. Es tan lindo, tan dulce y provocador.

—Todo lo que vivimos fue demasiado fuerte y en tan poco tiempo... me da miedo. Tengo miedo que vuelva a pasar.

¿Por qué las lágrimas aparecen cuando no deben? Hago mucha fuerza para que desaparezcan de mis ojos y no quiebren mi voz, pero no creo lograrlo.

—Mi temor es que un día te canses, que esta atracción que sentimos se agote. Que estés confundiendo la pasión que vivimos con amor. Tal vez eso te pase por el solo hecho de sentir algo diferente conmigo de lo que sentías con Angie, puede pasar, y no te culparía por ello. Sé que me dices que me amas y te creo, solo que tengo miedo que lo estés confundiendo todo y para cuando te des cuenta yo ya me haya acostumbrado demasiado a ti —me seco la lágrima solitaria que no pude retener y sonrío sin ganas ante unos ojos vidriosos en los que leo confusión, dolor y algo más que no identifico—. Me sería muy fácil acostumbrarme a hacer dos cafés por la mañana, a esperarte después del trabajo, a recibir tu beso de buenos días y tus caricias antes de dormirme. Ver tu ropa junto a la mía en el armario, compartir y armar nuestra propia rutina. No soportaría que cuando yo vea eso como parte de mi vida, tú te des cuenta de que lo que necesitas es otra cosa, que no soy lo que esperabas y Juli… yo ya te amo demasiado como para volver a perderte.

—Eso no va a pasar, nena. No eres una atracción para mí.

Ahora el que me acaricia es él y yo estoy a punto de quebrarme en llanto. Haberme desahogado es lo mejor que pude haber hecho. Pone una mano sobre mi mejilla y yo la apoyo para sentir más el contacto.

—Eres mi vida. Ya no podría dejarte, no podría cansarme de ti, nunca. Es evidente que no soy muy claro cuando te digo cuanto te amo: te amo con locura, con la misma que te deseo cada día, no es una sola cosa, son las dos, te amo muchísimo y te deseo. Vani quiero todo contigo, nena, una casa, una vida, una familia, hijos. Todo. Hoy te lo dije, eres el amor de mi vida. Fuiste, y eres, la única que mi corazón aceptó —dice, y ya no puedo contenerme: lloro porque no soporto sentirme estúpida. Lo amo, me ama y yo pensando estupideces—. No, no llores. No te presiono más, te espero lo que sea necesario, pero no llores. No por mí.

—Ayer lo hable con las chicas —digo entre suspiros y congoja.

—¿Y qué te dijeron?

Sus dedos secan mis lágrimas y una sonrisa tímida en sus labios quiere distraerme.

—Que soy una tonta.

—Lo mismo pienso.

Se acerca a darme un beso. Su intención es alejarse enseguida, pero yo necesito más. Al notarlo me toma la cara con sus dos manos y me besa con más entusiasmo y ese beso dice más que mil palabras. Sus labios me rozan con suavidad de un lado a otro, grabándose en los míos. Su respiración tibia invade mi ser. Acomoda su cara para el perfecto encastre de nuestras bocas, me besa poniendo el alma y para finalizar me da un pequeño y sonoro beso de labios cerrados.

—Te amo, mi vida. Si estuvieras en mi corazón no dudaría de nada. Ya no hay lugar para mí en el mundo si es lejos de ti. Fui un idiota una vez, no voy a volver a serlo.

Fueron las últimas palabras que le escuché por no sé cuantos minutos que duró nuestro nuevo beso, eterno, caliente, expresivo… letal. Aleja su cara y apoya su frente en la mía. Aspira profundo y cierra los ojos.

—Hazme el amor, no me dejes pensar. Bésame, abrázame, tócame y convénceme de que soy esa mujer y que nunca me vas a dejar —susurro sobre su boca y no se hace rogar.

Nos fundimos con el amor que sentimos. Él llenando mi interior, sentados y apretados. Moviéndonos al mismo ritmo. Sacando nuestro placer, robándonoslo uno al otro. Mis gemidos llevan a sus jadeos. Mis gritos a sus palabrotas. Todo es pasión, desenfreno, lujuria y amor, mucho amor. Sus manos queman mi cuerpo, mis uñas arañan el suyo. Sus verdes y dilatados ojos, me miran con deseo. Mi boca lo devora de la misma manera.

Mi cuerpo se estremece al sentir el remolino que se origina en mi sexo, sube por mi vientre e infla mi pecho. Apoyo mis manos en sus hombros, clavo las uñas, gimo, llevo mi cabeza hacia atrás y estallo de placer al sentir sus labios húmedos y calientes en mis pechos.

—Preciosa, eres mi vida. No lo olvides. Te amo.

El «te amo» es casi un grito apasionado cuando su orgasmo lo hunde más en mí y su cuerpo queda pegado al mío en un fuerte abrazo.

Quiero una foto de nosotros, de este instante. Abrazados, yo sobre sus piernas, él aún en mi interior. Su brazo rodeando mi cintura, dando la vuelta completa para pegarme a su pecho y una mano entre mi cabello sostiene mi cabeza pegada a la suya que descansa sobre mi hombro y cuello. Mi pelo cae sobre su espalda y mi costado. Mis brazos cubren lo que pueden de su ancha espalda. Así recuperamos la cordura, la respiración y los latidos de nuestros corazones se calman.

Un beso tibio en el cuello, me despierta de mi letargo y me estremece erizándome la piel.

—¿Tienes frío?

Sus ojos vuelven a mirarme con ternura.

—No, no —digo mientras con sus manos acomoda mi pelo y atrapa mis mejillas. Su tacto es puro amor, o yo lo amo tanto que todo lo veo así.

—¿Vamos a la cama?

Me levanto en silencio y estiro mi mano para que venga conmigo. Caminamos en silencio esos pocos pasos y no es incómodo. Ambos tenemos ideas rondando en la cabeza y lo respetamos. Nos acostamos enfrentados, mirándonos.

—Puedo demostrarte que no solo eres una atracción para mí. No puedo negar que tu cuerpo me distrae —dice cubriéndome con la sábana y sonriendo al mismo tiempo—. Pero puedo soportarlo.

—Bien, probemos entonces.

—Cuando quieras.

—Mañana nos despertamos y no hay sexo.

Esto se pone divertido. Sonrío con picardía y él me ofrece mi sonrisa preferida.

—Mañana tengo que ir a la oficina un rato.

—Mejor, entonces. Desayunamos y te vas.

—Ok, es un trato. Seremos una pareja común, que se despierta de una noche de descanso, pero eso implica unos mimos y besos. Una ducha, desayuno y después me voy.

—Perfecto.

Él es perfecto y el abrazo que me da es perfecto; el beso en la frente y sus labios pegados en ella son... perfectos. Y su cuerpo tibio pegado al mío, debajo de las sábanas, lo es también.

—Perfecto.

—¿Y si cumplo? — dice.

Creí que ya estaba casi dormido porque hubo unos cuantos segundos de silencio, tal vez minutos, es indudable que no se había dormido aún. Sus pensamientos lo torturan, pobre hombre. No me importa si cumple o no. Voy a vivir con él. Sí, y al demonio las dudas, los miedos y la terrible atracción. Todo lo quiero de él, todo. Su pasión, su amor, su ternura y sus rutinas. Y también quiero disfrutar a tope de esta atracción arrolladora que nos consume cada día.

—Tal vez me mude.

Sonríe sobre mi frente y me aprieta más a su cuerpo. Su pecho se agranda con una profunda respiración. ¿Cómo pude dudar de su sincero amor? Beso su pecho a la altura de su corazón y apoyo mi oído para que su latir sea mi canción de cuna.

—Te amo —le digo y sé que se sonríe.

Julián

Apenas pegué un ojo. Toda la maldita conversación hacía malabares en mi cabeza. ¿Cómo puede creer que ella para mí es solo un cuerpo bonito para adorar? Yo lo pongo en estas palabras porque ella es un cuerpo bonito para adorar, sin embargo, también es mucho más. No una sencilla seducción para tener sexo. Eso sería una mujer hermosa en un bar. Ella es todo, aparte de eso.

Espero que haya recibido el mensaje. Mi cuerpo y mis besos fueron los que hablaron por mí. Yo solo me entregué a sentirla y ¡cómo la sentí! Ella tiene que entender que este amor es así, pasional, carnal, verdadero.

Sigo pensando en anoche, recuerdo el nuevo desafío y bien, ahora sí creo que estoy en serios problemas. Hubiese preferido que se ponga algo para dormir, así al menos, sería más fácil cumplir mi promesa. Pero no lo hizo.

La tengo apoyada en mi pecho, como me gusta tenerla, y a simple vista está su espalda desnuda, hermosa y suave, su cintura y el nacimiento de su trasero. Si muevo las sábanas unos cinco centímetros más abajo, tendría la versión completa. Su pelo cae para un costado, me encanta su pelo. Me gusta que me haga cosquillas y me roce cuando la tengo encima de mí, galopando, sedienta de placer.

¡No, no! Esto no va por buen camino.

Quiero distraerme un poco. Intento salir de la cama sin que despierte. Se gira al perder contacto conmigo y veo sus pechos desnudos, son perfectos. ¡Esto es un infierno! Sus labios entreabiertos y su brazo sobre la almohada. No quiero correr la sábana, no debo, no puedo. Aunque debería tapar esa pierna por demás de sensual que quedó al descubierto.

Niego con la cabeza y me levanto. Me estoy torturando solo. Puedo tenerla al medio día cuando vuelva de la reunión, que mi exigente asistente y amiga me puso un sábado a la mañana. O puedo no hacerlo, no me voy a morir si un día no hacemos el amor.

Salgo de la ducha un poco más concentrado en mi tarea de resistir. Para mantener el cuerpo fresco, apenas me seco y me envuelvo la toalla en la cintura para vestirme en el vestidor. Si no quiero tentaciones es mejor no salir desnudo.

—Buen día, hermoso.

Comenzamos. Apenas la miro. Su pelo es delicioso todo despeinado y sus labios y ojitos hinchados son la mismísima ternura personificada. Lo que no son una ternura son ese par de tetas perfectas que no se tapó con la sábana.

—Vístete. Ponte algo —le pido sin mirarla y la muy bruja se ríe.

Camina delante de mí, con toda su maravillosa desnudez y agarra mi camisa blanca. Blanca, no negra ni azul, sino blanca. ¿Y eso que tapa? Nada, por supuesto, además de jugar con mi imaginación y fantasías. De verdad estoy en problemas.

La abrazo de pasada y le doy un beso corto con los labios cerrados y sigo caminando. Necesito vestirme y que se vista. Eso sería ideal y que se ponga una túnica.

—¿Preparo café?

—Por favor —suspiro al saberme solo en el cuarto y me río.

No puedo creer que me esté autoflagelando con esta estupidez. Puedo aguantarme, por supuesto. No soy un anormal, pero el solo hecho de tener que hacerlo, me juega en contra. Ella es una provocadora profesional y yo un tarado que siempre le digo lo que me gusta, por lo que va a aprovechar cada oportunidad... la conozco.

Salgo buscándola con la mirada, para evitar acercarme. Sonrío sin poder creer el juego en el que me metió. Sí, tengo la mujer más hermosa que se pueda imaginar. Se acerca para darme un abrazo y rodeo su cintura, no puedo negarme. Le acomodo un mechón de pelo y me besa con sabor a café. Deliciosa combinación.

—¿Cómo dormiste?

Esa es una pregunta tonta, con ella siempre duermo bien. Aunque hoy no fue el caso, sin embargo, no lo sabe ni lo sabrá.

—Muy bien. Como siempre que dormimos juntos —¿quiere guerra?—. Cuando no estás en mi cama a veces me desvelo.

—Mentiroso

Niego con la cabeza. Niego por lo que dijo y por ver los tres botones de arriba desprendidos y los dos de abajo en el mismo estado. O, mejor dicho, solo los dos del medio prendidos. Puedo ver la unión de sus pechos y de sus piernas con la misma facilidad que si no tuviese mi camisa puesta. Y el maldito color me regala la sensual transparencia de sus redondos y apetecibles…

—No miento. Por eso te necesito en mi casa todas las noches. Me es imposible trabajar sin dormir.

Se ríe ante mi cara de queja. Tomamos el café y me ofrece una tostada con mermelada. Mientras la como, voy provocándola con la mirada y la sonrisa que le gusta. Yo tampoco tendría la culpa si ella me buscara. Pero eso no pasa. Es más inteligente que yo.

Se sienta en el sillón y se acomoda sobre sus piernas dobladas, mientras me preparo para salir. Me acerco a darle un beso antes de irme.

Ya casi… me siento orgulloso de mí.

—Me voy, preciosa. Vengo en dos o tres horas.

Me rodea los hombros con sus brazos parándose en el sofá y tengo su escote delante de mis ojos. Pero no lo miro. Me besa, con trampa, porque lo hace jugando con su lengua. Inspiro su perfume y creo que me estoy volviendo loco, cuando mete una mano por el cuello de mi camisa, me acaricia la espalda y con la otra me tira del pelo para que la mire.

—Te voy a extrañar.

La odio con todas mis fuerzas. No digo nada, porque no puedo hablar. Agarro mis cosas y me voy con una tremenda erección guardada en mis pantalones.

Vuelvo los pocos pasos que hice, para abrazarla y la tomo de la nuca para pegar su boca a la mía, aspiro su aroma y cuento hasta veinte.

—Te amo, nena. Hoy a la tarde hacemos tu mudanza.

Pongo cara de ganador. Ella solo asiente.

—¡Soy muy feliz! —grito y camino hacia la puerta escuchando su risa.

La amo con todo mi corazón y con algunas otras partes de mi cuerpo. Llego al ascensor y no puedo caminar. Esto es muy molesto. Miro el reloj, falta media hora. Escribo un rápido mensaje avisando que llego tarde y vuelvo sobre mis pasos. Entro al departamento tirando llaves, teléfono y billetera. En dos segundos me saco el pantalón y los zapatos, me desprendo los botones de la camisa. Todo en cinco pasos, bajo su atenta y asustada mirada.

—Ya cumplí, nena, me fui. Ya cumplí.

La levanto del sillón, me prendo a su boca con un beso apasionado y logro escuchar ese gemido que tanto me gusta, el primero, el que me indica el buen camino. Sus manos me sacan la camisa que ya estaba abierta y mis manos vuelan a sus piernas para subirlas a mi cadera. Antes me baja el bóxer y su sexo desnudo roza el mío. Puro placer.

Chocamos con la pared y la afirmo ahí para rozarme contra ella. Yo estoy desnudo, ella casi. Mi cara se hunde en sus pechos y con los dientes corro la camisa para saborear ese pedacito de piel tan tentador. Miro hacia arriba y la veo sonriendo, le guiño un ojo y saco mi lengua. Sus manos aprietan en mi pelo y largo un gruñido, entro apenas en su interior y ella gime.

Esto es perfecto. Mi mañana acaba de mejorar. Se desprende la camisa mientras la saboreo y entro en ella despacio. Ahora sí, toda ella desnuda ante mí. Empieza el show. Comienzo mis movimientos, profundos y certeros, puedo verlo en sus ojos y en su boca, además de escucharlo en sus gemidos, sutiles por ahora. Pero quiero más, quiero que grite, que me pida más. Sus pechos bailan para mí, su cadera disfruta de mi agarre y sus labios ruegan por los míos. Esta imagen es demasiado erótica como para que yo la evite.

La recuesto sobre la alfombra. Parezco poseído, no dejo de mover mis caderas a un ritmo increíble exprimiendo sus sensuales ruidos.

—Te amo, con tanta intensidad, nena.

Casi no puedo hablar, me cuesta incluso respirar. Estoy a punto de lograr su orgasmo y acompañarla después con el mío. Lo logro, estalla en un espasmo que la deja tensa y presiona sobre mi sexo. Gruño descontrolado porque es más de lo que puedo soportar, pero me contengo.

Pido demasiado de ella, lo sé y no me importa, quiero más. Sigo bombardeando su interior, su mirada está en mis ojos. Intenta hablar con la poca voz que puede hacerlo.

—Julián.

Niego con la cabeza y le sonrío como puedo. Tengo mucho calor, mi pelo tiene gotas de sudor, mi espalda y mi cuello están húmedos. Ella me acaricia sin importarle.

—No digas nada. Necesito esto cada noche, cada mañana. Te amo. Dímelo. Dime que me amas y grita mi nombre.

Me clavo en ella muy profundo para que me sienta. Una y otra vez.

—Hazme el hombre más feliz del mundo.

—Te amo —dice y apenas la escucho. Está demasiado agitada y a punto del segundo orgasmo que le voy a sacar. Tira mi pelo con desesperación—. Te amo.

Ese maravilloso sonido me llega al corazón. Su mirada se nubla llena de amor y una sonrisa llena de luz se dibuja en sus labios.

—Te amo —vuelve a decir más alto—. Te amo —grita y yo dejo de respirar.

Mi cadera está por salirse de lugar por las embestidas agresivas con la que amo a mi mujer. Apoyo mis manos en el suelo para darme más impulso. La vuelvo loca de placer y me vuelvo loco de placer. Enloquecemos los dos.

—Más.

—Te amo.

—Más.

—Te amo. Te amo. Te amo.

Ella con su «te amo» y yo pidiendo más, entre jadeos, interrumpiéndonos, llegamos a un final arrollador. Un placer casi irreal.

Mis ojos pican, sus ojos lagrimean.

Una vez que mi cuerpo me libera de las sacudidas involuntarias a los que me sometió, rompo en carcajadas. La felicidad me inunda el pecho, necesito estallar de esta manera. No puedo dejar de reír y ella me sigue.

Estamos locos. Locos de pasión. Locos de amor. O simplemente locos.

La miro mientras ríe y beso su nariz.

—Ya había cumplido y ya me dijiste que te mudabas. No hay vuelta atrás.

Niega con su cabeza.

—Bien. Yo también te amo.

Vanina

Todavía recuerdo aquella noche y la mañana posterior en la que no pude no aceptar mudarme con él. Todo su cuerpo me habló, me ofreció su futuro y gritó su amor, en cada caricia, en cada beso... Esos ojos clavaron su mirada en mi alma y pude entender que cada una de sus palabras salía de su corazón, como lo hacían las mías.

Claro que eso no nos garantiza nada, el futuro dirá cuanto de fuerte tiene nuestra unión.

Pasaron los días y las semanas.

Me gusta verlo sonriente y feliz, los dos lo estamos. Su trabajo me lo quita bastantes horas diarias y alguna que otra noche en la que tiene alguna comida. Aun así y aunque llegue cansado, tengo la atención necesaria. Me mima, me ama y me lo dice tantas veces como quiere y yo hago lo mismo.

Si era esto lo que planeaba para nosotros, días llenos de amor y pasión, compañía de la buena y largas charlas, le salió perfecto. Sí, mi vida con él es como la esperaba: una hermosa locura.

Conservo mi departamento como oficina. Puedo concentrarme y trabajar mejor sin esa distracción caminando en paños menores por ahí. Claro que a veces ni eso respeta y llega sin ser invitado con la excusa de estar cerca. Se adueñó de mi cuerpo y de mi voluntad sin ningún tipo de impedimento, claro, si yo nunca me opuse a nada, incluso le facilité las cosas mostrándome tal cual soy, cada sensación, sentimiento o pensamiento está a su alcance y se aprovecha de eso sabiendo que y como hacer para que yo no pueda dominar mi cuerpo. Aunque eso no me extraña, porque pasó desde el primer día y sigue pasando.

Hoy cumplimos un mes de vivir juntos.

Seguimos siendo muy ardientes, sí, qué le vamos a hacer, nos gustamos mucho. Cada vez que hacemos el amor nos damos mucho más que pasión, siento su amor en cada beso, en cada caricia. Nuestros cuerpos hablan por nosotros y nos decimos infinidad de cosas. Pero lo que más me gusta es su mirada; en sus ojos están sus palabras. Si me desea me lo expresa con un intenso brillo que oscurecen el verde y si quiere decirme que me ama con palabras, sus ojos se adelantan y se ponen vidriosos, cargados de una ternura inexplicable que hace que el verde sea muy claro y aunque su boca no lo haga, sus ojos sí sonríen.

Darme cuenta, con el correr de los días, que soy feliz, tanto como nunca lo he sido, es muy fuerte. Tal vez no me permito pensarlo mucho, no le doy lugar a mis pensamientos para hurgar en mi corazón. No sé, por cobardía tal vez, en realidad no siento que esto pueda acabarse, pero y si... ¿sí? Mejor entonces no analizar las cosas y seguir mirando hacia adelante, ya conozco las consecuencias de estudiar todo y pensar demasiado.

Todo fue demasiado rápido, intempestivo y arrasador como un huracán. Esta historia dejó en mí mucho aprendizaje. Tal vez uno de ellos es que en la corta vida que nos toca vivir hay que aprovechar al máximo y no conformarse con menos que lo que uno quiere y siempre buscar más, por las dudas que algo decida sorprendernos. Julián me sorprendió.

Festejamos saliendo a comer solos, en plan romántico y llegamos a casa muy mimosos. Eso nos pasa cuando nos dan ataques de enamoramiento y nos decimos miles de te amo y esas cosas melosas, no tengo que explicarme más, ¿no?

Nos dormimos pegaditos, abrazados, como nos gusta.

No sé cuándo me dormí, solo sé que me despierta el roce de

un suave beso en la cabeza y una mano recorriendo mi espalda, sube y baja y vuelvo a caer en un profundo sueño.

—Me gustaría hacerte pequeña, tanto como para que entres en mis manos y poder tenerte ahí, para admirarte, protegerte, verte dormir por horas. Gracias por estar en mi vida, por aceptarme a pesar de haber sido tan egoísta. Antes y después, siempre fue mi voluntad la que seguí, a pesar de lastimarte sin quererlo; sé que lo hice y eso no me lo voy a perdonar nunca —es un susurro que al principio se coló en mis sueños y ahora me hace despertar.

Julián habla tan bajo que apenas puedo oírlo. Por eso decido no interrumpirlo, prefiero quedarme quieta, creo que él me prefiere dormida. Su voz me llega desde la espalda y sus dedos dibujaban sin sentido sobre mi piel, tan suave que la erizan con el contacto—. T amo con locura, cada día de mi vida quiero pasarlo contigo y deseo que se cumpla el sueño que acaba de despertarme. Quiero hacerte mi esposa y verte embarazada; quiero convertirte en madre, tener uno o muchos hijos productos de este amor que sentimos. Otra vez soy egoísta, pero no puedo evitar desearlo como loco.

Su mano acaricia mi cintura y camina hacia mi vientre después, sus dedos lo acarician con inmensa ternura. Me besa el hombro y se aleja.

Mis ojos se abren llenos de lágrimas. Puedo imaginar mi cuerpo desnudo y durmiendo sobre sus manos unidas, como lo susurró y es una imagen que me hace sentir amada, cuidada, él hace que sienta que yo soy todo en su vida. Tanto que a veces me da miedo de no estar a la altura o no ser tan especial como me considera.

Escucho el agua de la ducha y me quedo pensando en lo que escuché. No sabía que seguía sintiéndose culpable por mis sufrimientos. Yo no lo veo así y la verdad, me duele que él sí. Por otra parte, si algo no tiene mi novio es egoísmo. ¿Pero qué película está viendo? Evitó que yo me metiera en el mundo espantoso en el que él se metió en su juventud, tuvo la fuerza de dejarme ir para no lastimarme mientras buscaba sus sueños o encontraba su camino. Eso no es egoísmo, es valor, coraje. Y después, al volver a vernos, nos mareamos por el deseo, tal vez era este amor disfrazado e irreconocible el que nos tentaba y, a pesar de no saberlo, nos dejamos llevar. Se nos hacía imposible alejarnos o evitarnos, fuimos los dos los responsables.

Llevo mis manos a mi vientre sin darme cuenta. Un bebé. ¿Quiero un hijo ahora? Por supuesto que mi gran ilusión es formar una familia con el único hombre capaz de lograr que yo me imagine mamá. Pero no lo pienso como algo que deba suceder ya. ¿O sí? Mi edad. Eso es un dato importante. No soy una niña. Empezar la maternidad a los treinta no es lo mismo que a los veinticinco.

¡Pero si yo no tengo treinta!, ¡no tengo treinta! Son dos años menos y muchos días, pocos años, sí, pero muchos días. Y horas, ni hablar.

Volviendo al tema de ser madre, debo pensar esto en frío, aunque tal vez estas cosas no se piensan y solo se dan. ¿Acaso hay un tiempo ideal para tener un hijo, una edad, una fecha, una situación determinada? ¿O un hijo es una maravilla que golpea el alma con fuerza en el mismo momento que se forma dentro del vientre materno y ya nada más importa un carajo? ¿Cuándo una mujer sabe que quiere un hijo o que está preparada para ser madre?, ¿dónde se venden los manuales?

Miro mi mano que sigue en mi vientre, me sonrío y una lágrima cae por mi mejilla. ¿Estoy llorando? Paso mis dedos por mis ojos y es un hecho, me encuentro con dos lágrimas. La verdad es que mi llanto se ha vuelto un poco revoltoso, saca a relucir sus agüitas en momentos inesperados.

Mi psicóloga me dijo que todas mis angustias y miedos desaparecerían con el tiempo y le creo, porque algunas ya están en el olvido y apuesto a que mi hombretón me ayudará a terminar de curar mis pensamientos culposos y asustadizos. Él va a ser mi remedio perfecto.

Sé que tener un hijo y casarnos sería el broche de oro para cerrar esta historia de amor como una pareja normal. Y con normal, quiero decir políticamente correcta, acomodada a las normas culturales aceptadas y todas esas cosas que a veces son solo teoría. Pero nosotros no somos ese tipo de parejas y, además, recién empezamos a serlo, ¿para qué apurarnos? ¿Nos casaremos? Tal vez sí, lo quiero, lo anhelo, pero para un futuro. Así como los hijos, quiero uno, dos, cinco...con él, los que lleguen.

Este es un tema difícil, sé que es una deuda pendiente en la vida de mi amor, pero para mí puede llegar a transformarse en un compromiso que no quiero asumir por obligación. Quiero estar lista, si es que puedo darme cuenta cuando lo estaré. Amaría darle un hijo a este ansioso futuro padre y si todo sigue como esperamos y queremos, se lo voy a dar. Solo necesito vivir este amor con más pausa, pisando un poco el freno. Todo es tan intenso y fue tan rápido que apenas si puedo asimilarlo.

Un beso en el mismo hombro que antes me saca de mis pensamientos. Olorcito a Julián llena mi olfato y me giro para ver lo que tiene para mí. Sé lo que voy a ver, pero igual me sorprendo. Debería ser ilegal por ser tan… tan… ¿qué se les viene a la cabeza si hablamos de un hombre que les gusta? Eso es…, eso también… y eso…, todo, la lista completa.

—Buen día, preciosa.

Me sonrío al verlo. Lo amo y me ama y todos los días nos volvemos a elegir. Eso quiero, avanzar así y todo se va a dar con naturalidad, ¿no?

—Buen día, mi amor —adoro su sonrisa cuando me escucha decirle mi amor—. Mi amor.

Sí, otra vez. Me encanta. Como premio recibo un beso, corto para mi gusto, pero tierno.

—Ven mi vida. Te quiero aquí —señala su pecho y me sonríe—. Con…

—Con mi piel sobre la tuya —lo interrumpo y su sonrisa de hace enorme.

Solo quiero disfrutar de sus caricias en mi espalda, mientras mi cuerpo descansa sobre el suyo como le gusta.

¿Acaso hay un mejor lugar que este?

Julián

¡Por Dios, el tiempo vuela! O al menos mi tiempo vuela desde que mi vida es felicidad. Esa felicidad que sabía que existía y que antes se me escurría entre los dedos. No dejo de pensar en todo lo que perdí y extraño, aun así, no reniego de la vida que me toca hoy y asumo esta realidad maravillosa, con lo que tengo y con lo que no.

Debo confesar que ya no estoy tan sentimental con ese tema y reconozco que si no fui feliz por un tiempo no fue por mi culpa, ni tenía nada malo yo, sino que tuve una mala racha, o que debía pasar por eso para tener esto. Con "esto" me refiero a mi vida, a mi amor, a todos ellos, tengo muchos amores y de todo tipo.

Asumo con un poco de vergüenza que, en mi búsqueda de esta tranquilidad que hoy tengo, aceleré demasiado, apuré los tiempos, de verdad que estaba muy ansioso. Es que descubrir a Vanina y todo lo que ella significaba, fue muy, muy intenso. Ahora a la distancia lo entiendo, ella me siguió como pudo hasta que se plantó firme y me frenó. Le estoy agradecido por haberme enseñado a esperar y a disfrutar del momento.

Al vivir lento, aprendí a ver a la gente, a verla de verdad, a dejarla entrar en mi vida sin esperar que estén analizando el momento oportuno de darme el puñal por la espalda... eso que tantas

493

veces me repitió mi padre y que él decía que era enseñarme a cuidarme de los otros, ya quedó atrás. Además, mi hermosa morocha me aseguró que tengo quien me apoye y ayude a reconocer o ahuyentar ese tipo de gente si es que aparece algún día en mi vida. Las personas ya dejaron de ser, en mi cabeza, esas malas influencias que buscaban algo de mí, no sé qué, pero algo.

Mi mente ya está más clara con esas dudas que antes me ahogaban y me condicionaban. Ahora tengo claro que hay gente buena y gente mala, los que te quieren y los que no, en fin... todo eso.

—Vamos, Julián, me quiero ir a casa.

—Ya voy, enana.

Mi perfecta asistente, Alex, me apura y yo no puedo dejar de mirar la foto que tengo en mi escritorio. Más de una en realidad, pero la última es especial. Esos ojitos tan brillantes y la sonrisa perfecta de labios llenos y rosados, sumado a ese oscuro cabello suave, tan suave como el algodón... es perfecta. Sonrío como un idiota, estoy hecho uno de verdad. La puerta se abre como si una estampida de animales fuese a aparecer y es solo ella con cara de furia salvaje. Mi asistente de metro y medio.

—¿Y? —me mira y revolea los ojos—. Es muy linda sí, pero la ves en tu casa en vivo y en directo, ¿qué te parece?

Me levanto riendo, esta mujer me tiene como maleta de loco de un lado a otro sin darme respiro.

—Es mi aniversario, Juli, Gaby me mata si la comida se le quema y más si no llego a conseguir las flores que sé que espera.

—Vamos, vamos. Dile que le envío un beso y mis condolencias por soportarte un año más.

Llego a casa y me recibe la imagen del fantástico trasero de mi esposa. Nos casamos hace casi un par de años.

Bien, supongo que les interesan los detalles.

Se lo propuse en una de esas noches de pasión.

Ese día puntual yo estaba agotado, de verdad lo estaba. Pero Vanina es un show que no me gusta perderme en ningún sentido, y en la intimidad de la noche, mucho menos. Llegué cansado del entrenamiento y me metí en la ducha sin ganas de nada, me dolía el cuerpo y no tenía fuerzas ni para levantar un cubierto. Había tenido un día largo y agotador.

La muy atrevida se metió conmigo en el baño y no pude dejar pasar la oportunidad. No voy a detallar lo que hicimos, pueden imaginarlo. Solo verla pone a mi "amigo" en un estado de alerta que no puedo dominar, ya saben lo que logra verla desnuda y en mi ducha, con la espuma y su cuerpo muy, muy cerca del mío. Obra maravillas colmadas de lujuria conmigo. Esta mujer es mi paraíso y mi infierno, pero no me quiero ir de tema.

Salí de ese baño casi flotando. No sentía ni las manos de tanto que nos habíamos acariciado. Pero eso no es lo importante, yo ya le había pedido matrimonio miles de veces y ella no aceptó nunca. No es que me asustara o preocupara, para nada. Ella argumentaba que debíamos esperar un tiempo más, que habíamos hecho todo muy rápido y esas cosas que le pasan por la cabeza y nadie puede quitarle, por esto digo que se plantó y me frenó un poco.

Yo la tenía en mi casa, en mi cama, me dormía con ella entre los brazos y amanecíamos juntos quien sabe en qué lugar de la cama porque se mueve como una oruga. Me daba el beso de buenos días, hacíamos el amor a cualquier hora y en cualquier lugar. Me regalaba sus miradas, sus charlas, sus sonrisas… ¿Qué más le podía pedir?, tenía su vida y ella tenía la mía. ¿Que se casara conmigo? Eso sería demasiado regalo y no tenía problema de esperar.

Regalo… comentario aparte, pero relevante, esa noche todavía me debía mi regalo de cumpleaños. «Está en proceso, tardará un par de meses, te lo prometo», me había dicho aquel día, durante mi festejo. ¿Qué regalo tarda en hacerse un par de meses? Lo dejé pasar, porque no necesito nada, aunque su regalo para mí es importante porque sé que lo piensa bien y me sorprende cada vez.

No me fui de tema, insisto, esta deuda es un detalle relevante de la historia.

Vuelvo a la noche del baño. Salí después de afeitarme y la vi tirada en la cama, casi desmayada, cubierta con una toalla que, no tapaba mucho, en realidad. ¡Es tan hermosa! Lo pensé ese día y sigo pensándolo. Cada parte de ella lo es, suspiro y me sonrío, dichoso de ser quien soy y tener lo que tengo. Otra vez me distraje…

Me dejé caer sobre ella y le besé los labios. Ella se abrió la toalla y quedamos pegados como nos gusta. Adoro su olor, su calidez, sus besos y sus manos que me tocan a conciencia, haciendo desaparecer la mía por momentos, ese día no fue diferente.

—Quiero darte algo —dijo después de acariciarme la cara y el pelo y perderse en mi mirada con esos maravillosos mares que tiene por ojos.

Me dió un par de palmaditas en la espalda para que le dejara espacio y me giré en la cama. La miré caminar su desnudez con elegancia hasta el vestidor, la vi volver esta vez de frente y recuerdo que quise descubrir si me gustaba más cuando iba o cuando venía (no lo supe y no lo sé). Se sentó a horcajadas en mis piernas y yo me incorporé para apoyar mi espalda sobre el respaldo de la cama. Me entregó una cajita alargada que no me daba indicios de nada, no imaginé lo que podía contener. Su sonrisa me decía que esperaba que me gustara demasiado lo que iba a ver.

Miré la caja con intención de mostrarle, fuese lo que fuese, que me encantaba. No le miento, no me gusta, pero su ansiedad me daba ganas de hacerlo y no defraudarla era mi idea.

—¿Qué es esto? —pregunté intrigado y mirándola con una ceja levantada.

Es traviesa, mucho, y a veces me da un poco de miedo.

—Tu regalo de cumpleaños. Ya lo terminé. Perdón por la demora.

—Era hora, ya pasaron casi cuatro meses. Esto no se perdona con tanta facilidad —dije en broma abriéndola de una vez—. Vanina.

No podía creer lo que veía, la miré a los ojos y luego otra vez la caja, ahora abierta.

—Julián —dijo ella sonriendo y en el mismo tono que yo, pero más feliz.

Mis ojos se cubrieron de lágrimas. Tomé ese plástico, o cosa, qué se yo como se llama, volví a mirarlo y ahí había dos rayitas rosadas y si ella me lo regalaba solo significaba una cosa. Y yo no podía creerlo.

—No, no, no. No, ¡Dios mío, no puede ser! ¿De verdad? Mi vida… ¿qué es esto? –no sabía qué decir, qué hacer—. Estás… ¡Por

Dios! Dímelo, hermosa. Quiero escucharlo de tu boca, con tu voz. Dímelo.

Tomé su cara entre mis manos y la miré a los ojos, no la podía ver con claridad porque los míos estaban nublados. Soy un debilucho, pero es lo último que me esperaba y no podía creerlo. Amé ese momento, la amé a ella y amé la idea que tuve que empezar a creer.

—Estoy embarazada, mi amor.

La abracé tan fuerte que creí que le había roto un par de costillas. Besé sus labios, sus mejillas, sus ojos. No podía dejar de sonreír y ella me acompañaba en la alegría. No podía ser cierto. Yo, papá... no podía ser, no lo esperaba. Bajé mis ojos otra vez y encontré un sobre, saqué de dentro una imagen en blanco y negro, de una ecografía pegada sobre un papel que decía: «Para ti, papá».

—Es su primera fotito, esto es tu hijo —dijo señalando un pequeño puntito de diferente tonalidad.

Mi corazón podía salir caminando si lo dejaba fuera de mi pecho por lo fuerte que galopaba, no podía mantener mis emociones controladas.

¿Y yo creía que era feliz? No, feliz fui ese día, todo lo que quise lo tenía, todo, nada me falta. Solo quise que los meses pasaran para abrazar a mi hijo, fruto de este amor maravilloso que me devolvió el tiempo. O no, mejor que pasaran lento, para poder ver día a día la transformación de mi mujer en madre.

Volví a abrazarla y la recosté en la cama, besé su vientre, chato, demasiado, pero pronto esta panza estaría enorme y preciosa. Acaricié con la yema de mis dedos la suavidad de su piel mientras ella me acariciaba con mucha ternura la cabeza y las mejillas.

—¿Te gusta la noticia? —me preguntó, con una lágrima resbalando por su cara.

—Es maravillosa. La mejor que pude haber recibido en mi vida. ¿Cuánto hace que estás aquí, semillita?

No podía dejar de besarla y acariciarla. Le hablé a su pancita plana y hermosa, como un tarado. Estaba feliz, feliz de saber que ella me cumpliría el sueño de mi vida.

—Hace un poco más de un mes que "semillita" está creciendo ahí. Me enteré hace unos días y no sabía cómo decírtelo. Estaba tan emocionada y asustada.

Me sonreí con tristeza, recordando otros embarazos, otras ilusiones... Pero no quería que nada opacara el momento porque era perfecto.

—No puedo ser más feliz, mi vida.

—Lo sé. Y me encanta que así sea —me dijo.

La miré a los ojos y me perdí en ellos, en su amor. Vi un par de lágrimas bajar por su mejilla y algunas mías las acompañaron.

—Cásate conmigo —le susurré cerca de sus labios, su piel contra la mía, nuestros alientos mezclándose—. ¿Quieres ser mi esposa, nena?

—Sí, quiero ser tu esposa, nene.

Morí. Morí de amor, me llevó en el paraíso. La amé más a partir de esa noche y el resultado de este amor fue tan bienvenido como esperado. Acaricié su cara, su boca y le sonreí antes de besarla con dulzura, bajé otra vez a su vientre y ahí me quedé acariciándolo, besándolo.

—¡Por Dios, ya me estoy empezando a poner celosa!

La abracé fuerte contra mi piel, cada centímetro del suyo pegado a cada centímetro del mío y la acaricié por quién sabe cuánto tiempo, hasta que nos dormimos. Así como me gustaba, abrazados, pegados.

Y así fue como tuve las dos noticias más hermosas de mi vida en el mismo día.

Nos casamos a los pocos meses, con poca gente invitada a una ceremonia íntima. Ella estaba preciosa con su panza enorme y tuvimos una nena hermosa. Mi pimpollo. ¡Ella es tan bonita!, con su cabello oscuro y sus labios perfectos como los de la madre, tiene mis ojos, pero su mirada. Y me puede, me derrito al verla y si me mira, con esos ojitos pícaros y me sonríe, todo el mundo desaparece de mi alrededor.

Vuelvo al presente y no despego la mirada del trasero de Vanina.

—¡Gracias por la bienvenida, nena!

Juro que yo no soy, al menos no de manera consciente, pero

mis manos se pegan en la cadera de ella y "mi amigo" encuentra un lugar cálido donde acomodarse.

—Deja mi culo tranquilo, al menos por un rato —me dice guiñándome un ojo y vuelve a girar. Se agacha y estira los brazos— Vamos pimpollo, muéstrale a papi.

Mi hermosa hija de un año apenas cumplido, vestida con un vestidito floreado, está paradita y apoyada en el sofá con su carita cargada de emoción y duda.

—Vamos, tú puedes. Ven a saludar a papi.

Y entonces sucede. Suelta sus manitas y da unos tambaleantes pasos hacia mí, con una carcajada y un pequeño gritito histérico. ¿A qué no saben? Lloré, sí, soy un tarado. Pero es ella, mi bebé, mi hija y todo lo nuevo que vivo me golpea el corazón y me lo estruja. Me exprime el amor de una manera que no controlo. Amo ser padre y esposo. De ellas, de nadie más. La abrazo cuando llega a mí, se ríe con ese maravilloso sonido de felicidad plena y la beso en todos lados para alimentar esa risa y no me la niega.

—¿Desde cuándo practican esto?

Ahora es momento de saludar a la madre, la abrazo con mi brazo libre por la cintura y la pego a mí para besarla, con lengua incluida. Me despego de ella para ver sus ojitos brillantes y mi mano ya bajó hasta esa montaña deliciosa que pienso mordisquear esta noche.

—¿Sabes que te amo? —me pregunta muy seria.

—No me vas a creer, pero de verdad lo imaginaba. No eres muy disimulada.

—¡Qué vergüenza! —dice cubriéndose la cara con ambas manos y yo largo una carcajada.

Nada es comparable con llegar a casa, mi hogar, con mis dos morochas hermosas y mimarlas.

Vanina

Los veo jugar y no puedo creer que sean ellos quienes le dan la paz y el sentido a mi vida, pero es así. Con estas dos personas estoy completa. No son cualquier persona, son especiales, son mías.

Formé una familia, con el único hombre con quien imaginé hacerlo y le di una hija a mi precioso Julián, él a cambio me curó, me quitó ese monstruo que se alimentaba de mis dudas, de mis miedos y culpas. Ya no tengo más esos malditos ataques de pánico. Él sabe cómo hacerme sentir cuidada, querida, protegida, segura.

Soy feliz, por mí, por lo que tengo y porque le cumplí el sueño al amor de mi vida. Lo hice el hombre más feliz del mundo como me pidió, y juro que se nota. Ya tiene un par de arruguitas en los bordes de los ojos y en las mejillas de tanto sonreír. Le quedan perfectas, lo hacen interesante y más apuesto.

¿Qué puedo decir? Estoy tan, tan enamorada. Es un hombre especial, cariñoso, atento, compañero y buen amante. ¡Por Dios es tan buen amante! Por suerte esa pasión desmedida que vivimos durante un tiempo mermó, no es que me queje en absoluto, estamos más tranquilos y podemos estar sin tocarnos al menos un día o dos, a veces hasta tres. Ya mi cuerpo necesitaba algo de descanso. Recuerdo el sacrificio que fueron los últimos días de mi embarazo, yo

501

no podía con mi panza y él tenía miedo de lastimar al bebé. Fue difícil, sin embargo, los días después del parto... esos que los médicos dicen que hay que esperar... ¡ay, esos fueron los peores! No por mí, por él. Yo estaba en plan materno y olvidé mi sexualidad un tiempo, pero mi hombre, macho, semental... él no olvidó su sexualidad y sufrió un poquito.

Me mira desde la manta que está en el suelo y me guiña un ojo. Me derrito y trato de mantenerme en pie, después le tiro un beso y sigo preparando la comida. Mi pimpollo grita y se ríe con sus cosquillas. Es tan contagioso ese sonido que acompaño su risa con la mía y dejo todo para compartir ese momento, es hermoso y no me lo quiero perder. Me tiendo en el suelo con ellos, es mi turno de recibir las cosquillas y no me dejan en paz hasta que no lloro de risa.

—Tengo planes para esta noche, nena —susurra Julián en mi cuello, me lo muerde y una electricidad conocida me recorre la espalda.

Miro sus ojitos pícaros, me regala mi sonrisa preferida y ya estoy hiperventilando con la anticipación. Lo que no sabe es que pienso sorprenderlo. Esta noche va a ser especial.

—¿Qué tipo de planes?

—De los peligrosos, tentadores y traviesos.

Siento su mano en mi pecho y su dedo acariciando ese punto especial que hace que los gemidos se escapen solos. Mi bebé de un año y medio ya, está más que entretenida escalando a su padre. Para ella es como el Aconcagua.

—Muy bien pimpollo a dormir —digo jugando y mi marido se ríe para darme uno de esos besos por los que suspiro.

Lo acaricio y meto los dedos entre su pelo, más corto, ya no tan alocado y largo, y sus preciosos ojos se clavan en los míos, miro su alma, él mira la mía, lo sé, lo siento.

—¿Por qué eres tan hermoso?

Inhala profundo y exhala, no puede decirme nada porque lo agarré desprevenido.

—Algún día voy a encontrar las palabras para decirte lo que siento por ti y para agradecerte todo lo que me das. Es mucho más que te amo y gracias, Vani.

—No me hace falta. Solo devuélvemelo con tu amor, eso me

alcanza.

Dejamos los mimos y las palabras lindas atrás para dejarnos fluir en la rutina nocturna con nuestra hija. Comida, baño, cuento y canción de cuna.

Cuando terminamos de ser padres, nos podemos volver amantes y eso nos encanta.

Vemos la última mirada de los bonitos ojitos verdes de mi bebé, sus párpados caen cansados porque su día ya terminó.

Mi hermosa hija duerme su sueño como un ángel y el padre se convierte en un demonio. Me abraza desde atrás, pasa una mano por mi vientre y la otra por mi pecho y me atrapa contra su mullido cuerpo para besar mi cuello mientras me obliga a caminar hasta nuestra cueva del placer, como a veces llama a nuestro dormitorio.

Ni bien traspasa la puerta que cierra con el pie, comienza a desprenderse la camisa y me mira con cara de malo. Grr, me dan ganas de gruñir como un animal en celo con esa mirada.

—Sácate la ropa, nena.

Pero no puedo dejar pasar lo que tengo entre dientes, debo hablar ahora antes de que sea tarde.

—Tengo algo que decirte antes.

—No, no —dice, ya tiene e   rso desnudo y está por sus pantalones. Me saca la camiseta de un tirón y levanta una ceja—. Sácate la ropa, ahora.

—Pero… Juli.

Ya perdió su pantalón y ropa interior y va por mí. Me empuja en la cama y me despoja de la ropa, se tira encima de mí y besa mi cuello, aspira mi perfume y yo me estoy perdiendo, pero necesito hablar antes de gemir.

—Es importante, juro que después…

—Ok, que sea más importante que esto, morocha, o lo vas a lamentar.

Se recuesta a mi costado apoyado sobre uno de sus codos y con la cabeza descansando en una mano. Me recorre con la mirada, estoy desnuda recordemos, y él también, por lo que puedo no coordinar bien, aun así, allá voy.

—¿Eres feliz conmigo, mi amor?

—¿Qué pregunta es esa? ¡Claro que sí y lo sabes! —me mira con preocupación—. ¿Qué pasa?

—Nada, nada. Solo necesito saberlo.

—Soy muy feliz, nada me falta. Tengo todo. Mi vida está completa con ustedes dos, mi vida.

—¡Lo sabía!, no era buena idea —digo simulando una preocupación que no siento, pero me gusta ponerles actuación a las noticias, sé que él las disfruta más. Después, obvio, cuando se entera de qué va todo. Ahora, su cara es un poema. Me acaricia la mejilla y sus ojitos me escrutan con ganas de entenderme—. Juli, te molestaría que algo te sobrara.

—Vani, morocha, no estoy para juegos, "mi amigo" tiene necesidades, por favor, no perdamos tiempo. No te entiendo.

—Bien, bien, solo… déjame probar de otra forma.

Tomo su mano por el dorso y entrelazo mis dedos en ella, la paso por mi boca para besar su palma y la llevo a mi vientre sin dejar de mirar sus ojitos verdes que me preguntan con la mirada qué demonios estoy haciendo. Apoyo su mano en mi piel y sigo perdida en su mirada, levanto mis cejas, ahora la que pregunta soy yo. Sonrío y veo el maravilloso cambio en sus expresiones. Sus ojos comienzan a brillar, su mirada se llena de luz; su sonrisa, hermosa, enorme, inigualable, hace acto de presencia y entiende todo.

—¡No puede ser! —dice y yo asiento con mi cabeza—. Dímelo, mi vida. Adoro escuchar esto… es… —suspira—, dilo.

—Vas a ser papá por segunda vez, mi amor.

—¡Por Dios! No, no me importa que me sobre, pueden sobrar muchos más. ¡Es maravilloso! Necesito gritar… Lo sé, no lo voy a hacer. Te amo, lo sabes… ¿lo dije?… ¡te amo!

El pobre está mareado, lo dejo asimilar todo. Yo voy con ventaja, me enteré hace unas horas y ya tengo la idea un poco más asumida. Larga una carcajada enorme y me mira otra vez serio, su mirada llega tan profundo en mí que me asusta. Sus dedos en mi vientre se tensan y aprietan, su puño en mi cabello, lo cierra con fuerza, apoya su frente en la mía e inspira.

Amo sus reacciones, sus gestos. Miro sus ojos maravillosos, su cara masculina y atractiva, esa boca apasionada. Su cuerpo enorme, lleno de músculos, que me abraza y me permite el acople perfecto, y eso es solo la coraza; su interior, tan bello y perfecto como todo él también me atrapa.

—Gracias. Gracias, nena. Tuve muchos sueños, era feliz en ellos y tenía todo lo que deseaba, pero nunca, jamás, soñé algo tan enorme. No me animé a hacerlo o, mejor dicho, no sabía que podía soñar algo así, es un sentimiento que no puedo definir ¿sabes? Cambiaste mi vida, tú y esa maravilla que duerme con su carita de ángel y ahora esta nueva semillita... Claro que no me falta nada, todo me sobra y eres la responsable. Pero te juro que no me quejo, mi vida.

—Sabes que pasa, mi amor, que a las palabras se las lleva el viento, por lo que yo necesito que me demuestres todo esto que dices —le digo, mis manos toman su rostro lleno de felicidad y nuestros alientos se mezclan—. Puedes comenzar con tu boca, con uno de esos besos que sabes dar. Si tus manos quieren sumarse y hacerme estremecer sería fantástico, pero te pido que al final entres en mí y que tu cadera haga ese bendito movimiento tan rápido y explosivo. Yo voy a subir bien alto, como siempre y desde ahí, largándome en picada, atrapada por el vértigo que me da amarte así, voy a gritar el "te amo" más visceral, ese que sale de mis entrañas y es lo más real que vas a escucharme decir.

Pego mis labios a los suyos, estoy desesperada por sus besos.

—Hazlo, Juli. Déjame caer para decirte cuanto te amo.

Me mira con sus manos inmóviles y sus ojos nublados, niega con su cabeza y suspira antes de hacerme... ¡mi Dios!, me hizo esa sonrisa y ahí vamos. ¡A volar, a volar!

—Comienza poniendo tu piel contra la mía. Enciéndeme, nena. El resto viene solo.

Sobre la autora

Escribe con un seudónimo. Ivonne Vivier, no es su nombre real.

Es argentina, nació en 1971 en una ciudad al noroeste de la provincia de Buenos Aires, aunque actualmente reside en Estados Unidos. Está casada y tiene tres hijos adolescentes.

Como madre y esposa un día se encontró atrapada en la rutina diaria y se animó a volcar su tiempo a la escritura.

Desde entonces disfruta y aprende dándole vida y sentimientos a sus personajes a través de un lenguaje simple y cotidiano y lo que comenzó como una aventura, tal vez un atrevimiento, hoy se ha convertido en una pasión y una necesidad.

Nota de la autora: *Si te ha gustado la novela / libro me gustaría pedirte que escribieras una breve reseña en la librería online donde la hayas adquirido (Smashwords, iBooks, Amazon, etc.) o en cualquiera de mis redes sociales. No te llevará más de dos minutos y así ayudarás a otros lectores potenciales a saber qué pueden esperar de ella.*

¡Muchas gracias!

Su página de autor

Su Facebook

Los libros de Ivonne Vivier:

Helena la princesa de hielo - Aceptando el presente (libro 1) - Aceptando el presente (libro 2) - Besos de café y cerveza - Aceptando el presente (Bilogía completa) Solo en papel - Un inesperado segundo amor - Ven… te cuento - Protegiendo tu sonrisa – Yo quería ser actriz, no puta

Made in the USA
Columbia, SC
06 November 2019